PETRA K. GUNGL

Diabolisches Spiel

ÜBERSINNLICHE AFFÄRE Die Wiener Juristin Agnes Feder folgt ihrem Seelengefährten Siebert nach London und findet Arbeit beim Pharmaunternehmen SARFUR. Das Medikament, welches ihrem Chef Walter Bernty Ruhm und Geld bescheren soll, löst nach seiner Testung mysteriöse Todesfälle aus. Die Schuld schiebt er seiner Assistentin zu. Skrupellos mordet Bernty, lenkt den Verdacht auf Agnes und setzt alles daran, ihr Leben zu zerstören.

Bereits vor 600 Jahren hatte Agnes' karmischer Feind dafür gesorgt, dass der Heilerin von Stonehenge, Agnes' einstiger Inkarnation in England, alles geraubt wurde, was ihr teuer war: Liebe, Freundschaft und letztlich das Leben. Schon droht die Liebesbeziehung mit Siebert an Agnes' Hang zum Übersinnlichen zu zerbrechen, dennoch bleibt Agnes sich treu. Mithilfe ihrer telepathischen Fähigkeiten will sie den Mörder enttarnen – und muss teuer dafür bezahlen.

Petra K. Gungl ist gebürtige Wienerin mit einer leidenschaftlichen Liebe zu Tee und England. Beruflich setzte sich die Juristerei gegen Kunst & Germanistik durch. Die promovierte Juristin arbeitete mehrere Jahre im medizinischen Bereich. Von Jugend an dem Verfassen von Texten verfallen, schrieb Gungl während einer beruflichen Auszeit ihren ersten Roman und gleich darauf den nächsten und nächsten …, weil ein Leben ohne Plotten und Dichten für sie einfach undenkbar ist. Nach Familie und Schreiben bestimmt Wushu den Lebensstil der Autorin: Ihr Training im Shaolin-Tempel Austria besteht aus Kung-Fu, Taijiquan, Qigong und Meditation – und jeder Menge Muskelkater!

Besuchen Sie mich auf meiner Homepage http://petrakgungl.wix.com/autorin oder auf Facebook!

Bisherige Veröffentlichungen im Gmeiner-Verlag:
Diabolische List (2014)

PETRA K. GUNGL

Diabolisches Spiel

Roman

GMEINER SPANNUNG

Ausgewählt durch
Claudia Senghaas

Personen und Handlung sind frei erfunden.
Ähnlichkeiten mit lebenden oder toten Personen
sind rein zufällig und nicht beabsichtigt.

Besuchen Sie uns im Internet:
www.gmeiner-verlag.de

Im Ehnried 5, 88605 Meßkirch
Telefon 07575/2095-0
info@gmeiner-verlag.de

1. Auflage 2016

Lektorat: Claudia Senghaas, Kirchardt
Herstellung: Mirjam Hecht
Umschlaggestaltung: U.O.R.G. Lutz Eberle, Stuttgart
unter Verwendung eines Fotos von: © Gail Johnson – Fotolia.com
und © natalyon – Fotolia.com
Druck: CPI books GmbH, Leck
Printed in Germany
ISBN 978-3-8392-1810-5

Gewidmet meiner Mutter,
meiner Großmutter,
und allen Großen Müttern,
die da waren und noch kommen

VORBEMERKUNG

Im März 2006 endete ein Medikamententest in London mit einer Katastrophe. Angeregt von diesem Ereignis entstand vorliegender Roman, dessen Inhalt, handelnde Personen, Unternehmen, Konzerne sowie Firmennamen in keinerlei Zusammenhang mit den betroffenen Menschen und Unternehmen jenes Unglücks stehen. Alle Personen, Unternehmen, sowie die Handlung des Romans, sind frei erfunden. Jede Ähnlichkeit mit tatsächlich lebenden oder verstorbenen Menschen beziehungsweise mit real existenten Konzernen und Unternehmen wäre Zufall und von der Autorin nicht beabsichtigt.

YGGDRASIL

Der Weltenbaum im Nebel steht,
vergessen von den Heiden,
die Wurzeln tief in die Hölle dehnt,
wohlan sie Feuer weiden,
dort wo der Göttin Spinnrad dreht,
im ewigen Kreislauf aller Zeiten.

Der Stamm so gewaltig,
kein Mann ihn kann umfassen,
nächst der Brunnen Mimirs mächtig,
vermag der Wesen Geist in die Weisheit einzulassen,
in das Haus der tausend Türen,
die doch alle zu der einen führen.

Eine Ziege äst in der Esche Zweige,
über die Welt sich diese breiten,
der Götter Gericht unter ihrer Neige,
bereit das Schicksal beständig anzuleiten.
Doch geheim bleibt deren Ratschlag Schluss,
und das Leben, für uns, ein dunkler Fluss.

Verlässlich mästet das Euter der Ziege,
die Tapferkeit von Odins Krieger.
Schenkt Mut, auf dass der Träumer siege,
und aufersteht, während die Herde verharrt im Fieber.
Getragen von des Adlers Schwingen,
wird er das Lied der Ahnen singen.

Vier Hirsche weiden um des Baumes Weide,
verlockt durch der Knospen Süße.
Herrscher des Hains, Befruchter der Erde,
Diener der Göttin Gelüste,
erwarte die Seelen, die den Weltenbaum,
im Rad des Lebens erschaun.

Und Weisheit ist der Mühe Lohn,
Erkenntnis wird zur Pflicht,
dem Reisenden Verhöhnung drohn,
im engen Dorf der Seinen.
Denn Angst erzeugt, wer Wahrheit spricht,
wer frei in Wort und Taten.

1. KAPITEL

Welch Meisterstück ist ein Mann,
wie edel von Verstand, […]
und dennoch, für mich,
was ist diese Quintessenz des Staubs?
(William Shakespeare, Hamlet, 2. Akt, Szene 2)

»Ich will die volle Prämie.« Das Gesicht des Mannes, der so vehement sein Recht forderte, war rot angelaufen. »Das Antigen CD28 als Target anzusteuern ist allein meine Idee gewesen.« War der Edinburgher Mikrobiologe an und für sich eine nichtssagende Erscheinung, hatte er sich nun in eine Comicfigur verwandelt: Von Natur schmächtig standen zudem seine karottenfarbigen Haare wirr vom Kopf ab, und die blassen Augen drohten aus den Augenhöhlen zu ploppen. Walter Bernty kostete es seine ganze Kraft, nicht lauthals über diesen Wicht zu lachen. Nicht, weil er George respektierte oder dessen Gefühle schonen wollte, sondern weil er hierher in das Zimmer seines Mitarbeiters gekommen war, um ihr gemeinsames Problem endgültig aus der Welt zu schaffen. »Inklusive die offizielle Bestätigung als Forschungsleiter – *Ulysses* verdankt ihr mir allein«, nagte dieser weiter an Walters Beherrschung.

Der Ausblick aus dem Bürofenster auf die London Bridge, die sich über die Themse streckte, kühlte den Lachreiz als auch die unterschwellige Verärgerung hinlänglich ab. Als er sich wieder George zuwandte, waren jegliche

Spuren dieser kontraproduktiven Emotionen aus seinem Gesicht gewischt.

»Mein Freund«, begann er mit Kreide in der Stimme, »wir können über alles reden. Sieh her, was ich dir als Friedenspfand mitgebracht habe«, dabei hob er die Hand, die bislang eine Flasche hinter dem Rücken verborgen gehalten hatte, »einen Original Cardhu Special Reserve, 1982 destilliert.« Walter genoss die Reaktion seines Gegenübers. Kein schottischer Mann konnte sich der Versuchung dieses Whiskys entziehen, schon gar nicht George. Der starrte mit offenem Mund auf die noch verschlossene Flasche und schluckte.

»Wo hast du diesen Tropfen her? Der ist für das Königshaus gemacht worden.«

»Tja, mein Lieber, es ist eben ein Fläschchen auf der Geburtstagsparty unseres guten Prinzen William übrig geblieben«, zwinkerte Walter George zu, gewohnt, seinen Charme waffengleich einzusetzen. »Habe sie mir für einen besonderen Anlass aufgehoben. Aber du weißt vielleicht, wie das mit den *besonderen Anlässen* ist: Mal sind es zu viele Leute, für die reicht die eine Flasche nicht, dann sind es bloß ein paar Geschäftspartner, von denen du dir den edlen Tropfen nicht aussaufen lassen willst. Alleine ist es nicht feierlich genug, man braucht einen Zweiten, um den Genuss teilen zu können.« Walter ließ sich behäbig auf dem nächsten Stuhl nieder und streckte die Beine von sich. »Wir beide haben ein großartiges Medikament entwickelt, das jetzt vor seiner Testung steht – deswegen ist heute der perfekte Anlass. Also, wo sind die Gläser?« Der Satz war noch nicht gänzlich ausgesprochen, da hatte George bereits den Schrank nächst dem Schreibtisch geöffnet. Ein Klirren von Flaschen, ein Fluchen, und ein paar Sekunden später standen zwei Whiskygläser auf der einzigen freien Stelle der Schreibtischplatte.

»Schenk ein«, forderte George energisch. »Aber dass ich mit dir einen hebe bedeutet nicht, dass ich auf mein Geld verzichte.« Er ließ die Flasche nicht aus den Augen.

Sorgfältig, mit der gebührenden Hochachtung vor dem edlen Destillat, löste Walter die Versiegelung am Flaschenhals, zog den Korken bedächtig aus der Öffnung und hielt seine Nase über den aufsteigenden Alkoholnebel: Eine Idee von Honig kam ihm in den Sinn, schon nahm er jene dezente Apfelnote gepaart mit Birne wahr, die den vollmundigen Duftkörper abrundete und entdeckte zu guter Letzt einen geheimnisvollen Hauch von Rauch. »Fantastisch«, murmelte er und fragte sich, wieso er gerade diese Flasche für sein Treffen mit George ausgewählt hatte. Golden wie flüssiger Waldhonig ergoss sich der Whisky in die Gläser, und das glockenhelle Gluckern klang wie Musik in Walters Ohren. George ergriff eines der Gläser und ließ sich in den Bürosessel fallen.

»Auf *Ulysses*, für die einen die Heilung aller Autoimmunerkrankungen«, hob Walter sein Glas, »für uns der Goldesel, der *SARFUR* zum Marktherrscher macht.«

»Auf meine Prämie«, gab sich George angriffslustig und erwiderte die Geste.

»Von mir aus.« Walter wollte sich auf die Schenkel schlagen vor Vergnügen, dass George genauso reagierte, wie er es berechnet hatte.

»Meinst du das ernst?«, stammelte dieser, als traute er seinen Ohren nicht. Sein Mund stand offen, und die Hand mit dem Glas hing vergessen in der Luft.

»Lass uns erst mal trinken«, griente Walter sein bestes Hailächeln. »Reden können wir immer noch.« Die Männer verstummten. Wie Synchronschwimmerinnen nach dem Auftauchen aus dem Wasserbecken hielten sie mit identischem Gesichtsausdruck ihr Glas gegen die Lichtquelle an der Decke, bestaunten die goldene Farbe, holten es wieder zur Nase, sogen scharf den Alkoholdunst in die Köpfe und lächelten ob der berauschenden Wirkung. Erst dann führte jeder sein Glas an die Lippen und nahm den ersten Schluck zu sich. Die Zungen badeten in der Flüssigkeit, die ohne zu brennen ihre reichen Aromen verströmte. Wie Öl rann sie die Kehlen hinab, wärmte auf ihrem Weg die kalten Innenräume der Rivalen. Ein Schmatzen und ein Stoßseufzer indizierte den Gipfel des höchsten Genusses, den zwei heterosexuelle Männer gemeinsam erleben konnten. In die Rückenlehne gesunken, die Augen für eine weitere Sekunde geschlossen, schwelgten sie in der ganzkörperlichen Reaktion auf den Whisky, bis die Sensation allmählich abebbte.

»Mann, ich bin dir echt dankbar für diesen Schluck«, gab George widerwillig zu. »Wenn ich darf, schenke ich mir einen zweiten ein.« Walter zuckte unmerklich mit den Augenlidern, gab sich jedoch jovial und machte Anstalten, ihm die Flasche hinüberzuschieben. »Seit Nadine mich verlassen hat, ist das mein einziger Trost«, fügte George zu seiner Rechtfertigung hinzu. »Nicht, dass du mich für einen Säufer hältst …«

»Dafür ist das Zeug schließlich da«, winkte Walter ab. »Ich schenke dir nach, und du holst die *Ulysses*-Unterlagen«, er ließ den Blick demonstrativ über Schreibtisch und Ablageflächen schweifen, »falls du sie in diesem Saustall findest.« Ordnung gehörte nicht zu Georges Prioritäten. Der Schreibtisch war übersät von Papieren, Fachzeitschriften und Büchern, aus denen unzählige Spickzettel lugten. Am Boden stapelten sich Bücher, die in den überfüllten Regalreihen an der Wand keinen Platz mehr gefunden hatten. Umgestürzte Stapel hatten sich zu Bergen ausgewachsen, zerknüllte Papierkugeln lagen, wütend durch den Raum geschossen, auf Regalen, Boden, Kasten und Fensterbank. Dazwischen standen leere Colaflaschen und verkrustete Kaffeebecher.

»Wieso hast du es eigentlich *Ulysses* genannt? Alle anderen haben eine Buchstaben-Zahlenkombination«, weigerte sich George sowohl auf die Beleidigung zu reagieren als auch der Anweisung Folge zu leisten. Walter verschränkte die Arme vor der Brust. Solange George nicht tat, was er verlangte, würde er nicht nachschenken. Verärgern durfte er ihn allerdings auch nicht. Gut. Dann ging das Spiel eben weiter.

»Weil die Entwicklung so verdammt kompliziert und langwierig war wie der Joyce-Roman. Hab' ihn nie zu Ende gelesen.«

»Banause«, spottete George und wirkte erfreut, eine weitere Schwäche an Walter entdeckt zu haben. »Wir sollten trotzdem noch nicht in Phase 1 gehen – die Tests an den Makaken entwickeln sich nicht wie ich es mir vorstelle … ein weiterer Durchgang mit Ratten …«

»Du weißt, was jeder Tag länger kostet?«, herrschte Walter ihn an. »Wir haben alles auf *Ulysses* gesetzt, wenn wir jetzt nicht bald ins Verdienen kommen, geht die Firma pleite. Die Tests mit den Affen sind in Ordnung.«

»Ich brauche mehr Datenmaterial für die Berechnung der Dosis, es ist nicht abzusehen, wie das menschliche Immunsystem auf unser genetisch hergestelltes Immunglobulin reagiert …« Walter winkte genervt ab und kämpfte seinen Ärger nieder.

»Du hast die Ergebnisse von den Studien an menschlichen Zellen, Ratten und Affen. Alles was vorgeschrieben ist.« Es war definitiv an der Zeit, sein Vorhaben voranzutreiben. »Wird das noch was mit Nadine?«, wechselte er einer Eingebung folgend das Thema. Das war die Achillesferse des verklemmten Schotten und er würde ihm hierbei keinesfalls in die Augen sehen wollen. Erwartungsgemäß kniff George die Lippen zusammen und drehte sich samt Sessel zur Ablage hinter sich. Mit dem Rücken zu Walter kramte er zwischen Stapeln von Ordnern.

»Ich versuche, sie zu einer Versöhnungsreise nach Mauritius zu überreden«, antwortete er und gab sich vergeblich Mühe, zuversichtlich zu klingen. »was glaubst du, was das alles kostet: Fünfsternhotel, Businessclassflug, Tauchausrüstung und all der Schnickschnack, den sich Frauen wünschen. Romantik, Luxus, das volle Programm …« Während Walter Georges Rücken fixierte, griff er nach dessen Glas, goss kräftig Whisky nach und ließ einige Tropfen aus einer schmalen Phiole dazu hineinfallen. Die Phiole verschwand in Walters Laborkittel, und ein selbstzufriedenes Lächeln machte sich im Gesicht des Geschäftsführers breit. Dann streckte er erneut die Beine von sich und machte es sich bequem, so gut das in einem Designer-Metallstuhl eben ging.

»Das hätte dir früher einfallen müssen, du Geizkragen. Klassefrauen muss man was bieten.«

»Na, wenn du das sagst«, fauchte George und zog eine Mappe aus dem Stapel, »wie vielen Frauen lügst du gleichzeitig das Blaue vom Himmel herunter?« Er warf Walter die Mappe hin, bedacht, die Whiskygläser nicht vom Tisch zu fegen. »Ich war wenigstens immer ehrlich zu Nadine, habe sie geliebt. Aber was zählt das schon.« Resignation machte sich in Georges Gesicht breit, zusammengepresste Lippen, wässrige Augen. Gott, das Weichei würde gleich losheulen, unterdrückte Walter mühsam den Impuls, seine Gedanken laut auszusprechen.

»Tja«, prostete Walter seinem Mitarbeiter zu, nahm einen großen Schluck und griff nach den Unterlagen. »Ich bekomme übrigens eine neue Projektleiterin aus Österreich. Eine Top-Frau. Die wird deinen Job hier übernehmen«, sagte er über den Rand des Glases und weidete sich an Georges schreckensweiten Augen. »Keine Panik – hey, du wirst Bereichsleiter. Was sagst du?« Georges Kopf kippte misstrauisch zur Seite. Er kannte Walter Bernty zu lang, als dass er sich so leicht von ihm hätte blenden lassen, das wusste Walter. Ungeduldig blickte er auf das unberührte Glas vor George. Immerhin musste er sich nicht mehr allzu lange mit dem Kerl herumschlagen, das war ein gewisser Trost.

»Ich will als Forschungsleiter auf die Einreichunterlagen und die volle Prämie«, blaffte George. »Was ist – gibst du mir dein Wort?« Nervös griff er nach seinem Glas und stürzte den Whisky hinunter. Noch bevor Walter antworten konnte, hatte sich George nachgeschenkt und einen weiteren Schluck nachgeschickt. Walter sah förmlich, wie der Alkohol das Selbstvertrauen seines Assistenten stärkte. »Du kannst mich mal, Walter«, zischte der noch angriffslustiger als zuvor, »entweder ich krieg' was ich will oder deine Frau bekommt dieses MMS, du weißt schon, worauf sie sehen kann, wo du deine Pipette hineinsteckst, wenn der Arbeitstag hart wird …«

»Okay, sag' ich«, fiel Walter ihm ins Wort. Besagtes Foto kannte er nur zu gut, George hatte es ihm vorausschauend geschickt. Im Lustrausch hatte er auf das Abschließen der Verbindungstür zum Besprechungsraum vergessen, ein gottverdammter Fehler. Er hasste Fehler. Und wenn Walter eines noch mehr hasste, als Fehler zu machen, dann waren das Personen, die ihm seine Fehler vor Augen hielten. »Zufrieden?«

George verschlug es die Rede. Ganz offensichtlich hatte er mit einem zähen Kampf gerechnet.

»Okay? Einfach so?«, erwiderte George verblüfft. »Na dann … danke.« Linkisch prostete er Walter zu. »Danke auch für den Whisky. Kann mich nicht erinnern, jemals so einen edlen Tropfen getrunken zu haben.« Schließlich lachte George erleichtert auf und merkte kaum, wie der Boden zu schwanken begann, zu groß war die Erleichterung, seine Sache durchgeboxt zu haben.

»Das glaube ich dir gern«, erwiderte Walter und beobachtete die weiteren Auswirkungen des Whiskys auf seinen Assistenten. Die Augen verloren den Fokus, der Muskeltonus nahm rapide ab. Erst nachdem George das dritte Glas ausgetrunken hatte und es ihn eigentlich noch nach einem vierten verlangte, bemerkte dieser endlich selbst seinen angegriffenen Zustand.

»Der Whisky hat's aber verdammt in sich. Mann, der kann was.« Er rieb sich über Stirn und Augen. »Bin müde – besser, wir machen Schluss, sind sowieso wieder mal die Letzten im Institut. Hast du …« Die Zunge konnte die erwünschten Worte nicht formulieren, schwer und faul lag sie in seinem Mund. Aus unerfindlichen Gründen stemmte sich der Schotte an der Schreibtischkante hoch, doch die Beine trugen ihn nicht. Hätte Walter ihn nicht umsichtigerweise aufgefangen, George wäre der Länge nach am Boden aufgeschlagen. Jetzt lag er in Walters Armen und rührte sich nicht. Der Atem ging flach, die Augen waren geschlossen. Der kleine Mann wog fast nichts, Walter hatte keine Mühe, ihn in der gewünschten Position bäuchlings über die Sessellehne zu legen. Hastig lief der Mediziner zur Tür und versperrte sie. Im Zurückgehen lockerte Walter den Hosenbund, spürte seine Bauchmuskeln zucken und war über die auftretenden Darmgeräusche einigermaßen erstaunt. Er dachte daran, auf die Toilette zu gehen, doch zuerst musste diese Sache erledigt werden. Flink löste er Georges Gürtelschnalle, zog Hose und Unterwäsche herunter, bis er schließlich auf Georges nackten Hintern blickte. Lächelnd besah er sein Opfer. »Du dachtest, du hast Macht über mich, George.« Walter standen Schweißperlen auf der Stirn und das Hemd klebte nass an den Achselhöhlen. Obwohl er sich dazu berechtigt fühlte, sein Vorhaben zu vollenden, befiel ihn eine Unsicherheit – Skrupel? »Eine spannende Erfahrung, nichts weiter«, stieß er vehement zwischen den zusammengebissenen Zähnen hervor. Irritiert von der Gefühlswallung bemühte sich Walter mit all seiner Verstandeskälte um einen klaren Kopf. »*Das* ist Macht.« Mit geschlossenen Augen fühlte er dem Gesagten hinterher und fand, was er suchte. »Berauschend wie guter Whisky. Dein Körper, dein Leben in meiner Hand.« Ein Lächeln umspielte seine Mundwinkel. Aus der Brusttasche zog er Einweghandschuhe, die er mit der Sorgfalt eines Chirurgen überstreifte. Die Finger bewegten sich virtuos in der Luft, ehe sie im Laborkittel nach der Spritze samt der dazugehörigen Injektionsnadel griffen. Routiniert steckte er die Nadel auf die Spitze, nahm die Schutzkappe ab und zog reichlich Luft an. Ausreichend für eine Embolie, nickte er dem Gerät in seiner Hand anerkennend zu. In aller Ruhe griff er in Georges Gesäß und spreizte die Pobacken auseinander, bis die bläulichrote Haut des

Afters hervorquoll und mit ihr der faulige Geruch von Gedärm und Fäkalien.

»Dachte ich's mir doch, Hämorriden«, schmunzelte Walter zufrieden. »Solltest nicht am Klo Zeitung lesen.« Die Nadel durchdrang die Vene. Walter drückte die aufgezogene Luft hinein wie eine Schutzimpfung – dorthin, wo kein Leichenbeschauer nachsehen würde. Dann setzte er die Spritze ab, lockerte seinen Griff und sah zu, wie sich der After zusammenzog. Schließlich kleidete er George sorgfältig an, platzierte ihn am Schreibtisch, sodass er gut abgestützt vornüber gelehnt sitzen blieb.

Beim Verlassen des Büros zögerte Walter an der Tür. Er hielt die *Ulysses*-Akte unter dem Arm geklemmt, die Whiskyflasche samt den Gläsern in der Hand und blickte über die Schulter zum Schreibtisch, betrachtete den verdienstvollsten Mitarbeiter, den er jemals gehabt hatte.

»Schlaf gut, George, ich wünsche dir einen endlos schönen Traum von Mauritius. Das mit Nadine wäre soundso nichts mehr geworden.«

2. KAPITEL

Bezweifle, dass in Sternen Feuer sei,
Bezweifle, dass die Sonne sich bewege,
Befürchte in der Wahrheit Lügerei,
Doch niemals zweifle, dass ich Liebe hege.
(Hamlet, 2. Akt, Szene 2)

Licht leuchtete orangerot durch die Lider und die Luft war erfüllt von der feuchten Frische des Donaustroms. Die Stille des Augenblicks war das Knistern kleiner Wellen, die über den feinen Schotter strichen.

Die junge Frau lag in ihren Kleidern nahe der Wasserlinie, die Zehen in den nassen Steinen vergraben, die Arme über dem Kopf auf das Haar gelegt, das den Kopf gleich einem dunklen Strahlenkranz umrahmte. Ihre Gesichtszüge waren entspannt, die Haut blass. Es war ein langer harter Winter gewesen.

»Das ist ein Traum. So schön kann die Wirklichkeit niemals sein«, flüsterte sie, besorgt, die Schallwellen ihrer Worte könnten die Illusion zerstören. Was gewesen war, lag weit hinter ihr, was bevorstand, existierte noch nicht. Kein Schmerz und keine Freude wühlten sie auf. Jeder Muskel, jede Zelle ihres Körpers war in stiller Zufriedenheit versunken, keine Erinnerungen störten diesen Zustand. Zeit fühlte sich anders an, war nicht länger zerteilt, sondern glitt wie die Sonne über dem Himmelsbogen dahin. Sie hätten sich am Meer befinden können, so blau waren

Himmel und Wasser. Weit weg schien jeder Alltag, hier auf der *Insel*, wie die Wiener das Überschwemmungsgebiet an der neuen Donau liebevoll nannten. Die Donauinsel war zu einem einzigartigen Naherholungsgebiet geworden, wo von Schwimmen, Skaten, Radfahren, Drachensteigen bis Essen, Tanzen und Feiern alles möglich war. Träumen und Sonnenbaden eingeschlossen.

Langsam tastete ihre Hand den Radius des Arms ab. Kleine Steinchen klebten sich an die Haut, rieben sich an Größeren ab, waren kalt, manchmal scharfkantig, meist warm und rund. Dann fanden die Finger andere Finger, warm und weich, größer als die ihren und an den unteren Gliedern behaart. Die Finger begrüßten einander, verschränkten sich, streichelten liebevoll über die Haut des anderen und blieben irgendwann ineinander ruhen.

»Das Leben kann auch so sein, Agnes«, sagte eine Männerstimme bestimmt, sein Körper rollte näher zu ihr.

»Pass auf dein Bein auf!«, warnte sie, aber der Mann verzog zeitgleich sein Gesicht zu einer Grimasse. »Ach Siebert …«

»Wieder vergessen«, stöhnte er und ließ sich wieder zurück auf den Rücken sinken. Sein rechtes Bein war von der Hüfte bis zum Knöchel einbandagiert und steckte in einer Leinenhose. Der Schmerz ließ seinen Atem stoßweise kommen, wenngleich er bemüht war, ihn zu verbergen. Agnes hatte sich bereits aufgesetzt und über ihn gebeugt.

»Du musst dich von mir verwöhnen lassen«, ermahnte sie ihn, blickte so streng als es ihr möglich war drein. »In ein paar Wochen, wenn du fit bist, darfst du dich revanchieren.« Sieberts Gesicht verzog sich zu einem Lächeln, und seine Arme zogen sie an seine Brust. »Worauf du dich verlassen kannst«, raunte er nahe ihrem Ohr und küsste ihr

Haar. Sein Herz schlug kräftig und deutlich hörbar. Dankbarkeit durchströmte Agnes mit jedem Schlag. Erst vor wenigen Wochen war Siebert noch im Koma gelegen. Die Ärzte hatten keine Prognosen für seine Genesung abgeben wollen. Die offene Fraktur des Oberschenkels war gut versorgt worden, bloß der Patient war nach der Narkose nicht aufgewacht. Agnes hatte Tag für Tag an seinem Bett verbracht, mit ihm gesprochen, leise gesungen, Geschichten erzählt und über Träume berichtet. Nichts davon schien ihn zu erreichen, dennoch hatte Agnes an sein Erwachen geglaubt. Er war ihr Mann – und das, obwohl sie einander erst wenige Wochen vor dem Unglück begegnet waren.

Ersehnt und gefunden, durch alle Leben, durch alle Zeiten. Früher hätte sie solche Worte und Gefühle für puren Kitsch gehalten, etwas, das es vielleicht in der rosaroten Welt einer Barbara Cartland gab, aber nicht in der Realität einer vernunftbetonten Juristin. Hätte sie es nicht am eigenen Leib erlebt, es gesehen, gefühlt und mit jeder Zelle gewusst – nun, es gab einiges mehr, dass sie niemals für möglich gehalten hätte.

Am Krankenbett hatte sie sein Gesicht beobachtet und dabei stets das Piepsen des Monitors in den Ohren gehabt. Wo war er, fragte sie sich, in einem Traum gefangen? Sie selbst hatte besondere Träume. Ob Fluch oder Segen dahintersteckte, war noch nicht entschieden, doch hatten diese Träume von einem vergangenen Leben erzählt, von einer vergessenen Kultur. Damals waren Siebert und sie spirituelle Meisterinnen gewesen – und ein Liebespaar. Sie hatte im Traum die Meisterinnen um Hilfe gebeten und Hilfe erhalten. Wildrose, Anis und Koriander, Fenchel, Kardamom in Jojobaöl. Mit dem Duft der Vergangenheit hatte sie ihn zurückgeholt.

Seitdem waren die Wochen dahingeflogen. Siebert erholte sich, konnte bald mit Krücken gehen und das Spital verlassen.

Der Unfall hatte ihre Zuneigung vertieft – der *Unfall*, der keiner gewesen war. Keiner von ihnen hatte bislang gewagt, diese Nacht, in der ein Jeep Siebert angefahren hatte, zu erwähnen. Während der Gedanke daran für Agnes unerträglich war, fehlte Siebert jede Erinnerung an die verhängnisvolle Nacht. Nur eine Ahnung mahnte ihn wohl, es nicht genauer wissen zu wollen. Doch wer von uns hört schon auf seine Ahnung – diese innere Stimme, die meist recht hat und dennoch unbeachtet vor sich hin murmelt.

»Erzähle es mir. Was war in dieser Nacht los?«

Agnes hielt den Atem an. Warum jetzt – warum diesen perfekten Augenblick zerstören? Ein umständliches Räuspern brachte Agnes' belegte Stimmbänder in Sprechbereitschaft.

»Du hast nie gefragt«, wich sie aus. Er zögerte mit seiner Antwort.

»Wenn ich daran denke, wird mir …«, er zögerte, brummte ungehalten, »… ach, es ist wie ein schwarzes Loch. Dort hinzuschauen, ist beängstigend.«

»Und jetzt geht es – das Hinschauen?«, fragte Agnes.

»Hier«, seine Hand deutete dabei aufs Wasser, »geht es.«

»Lass mich nachdenken, wo ich anfange.« Agnes' Augenbrauen zogen sich zusammen. Eine verwickelte Geschichte. Dort, wo sie gearbeitet hatte, waren drei Menschen ermordet worden. Ihr Ex-Freund Norman war der ermittelnde Kriminalinspektor gewesen und hatte ihr das Leben zur Hölle gemacht. Zuletzt wollte er ihrer Freundin Megan die Morde anhängen. Doch Agnes war eine List eingefallen, wie sie den Mörder aus der Reserve locken konnte. Der

Köder war sie selbst gewesen. Norman, vor vollendete Tatsachen gestellt, hatte wohl oder übel mitspielen müssen, um sie vor dem drohenden Angriff zu beschützen. Aber das wusste Siebert alles noch.

»Es war der Abend, an dem das Frühlingsfest in der Firma war. Ich dachte, die Frau, die ich verdächtigte, würde im Festtrubel versuchen, mich zu vergiften. Das tat Michelle aber nicht. Später zog ich mich sogar in mein Zimmer zurück, um ihr eine gute Gelegenheit zu bieten.« Siebert sog scharf Luft ein. Ehe er etwas einwenden konnte, fuhr Agnes fort. »Schließlich konnte ich darauf vertrauen, dass Norman in der Nähe war und mir helfen würde.« Sie atmete tief durch, versuchte, die Enge in ihrer Brust zu lösen. Vergeblich. »Nichts passierte, und ich wollte heim. In der Tiefgarage ging dann alles schnell und langsam zugleich. Ein Motor heulte auf, Räder quietschten, ich starrte in Scheinwerfer, jemand gab mir einen heftigen Stoß, und dann knallte mein Kopf gegen ein parkendes Auto. Alles wurde schwarz um mich herum. Irgendwann kam ich wieder zu mir und sah eine Gestalt am Asphalt liegen. Regungslos.« Für einen Moment stieg die Übelkeit unerträglicher Angst in ihr auf. Ein tiefer Atemzug half weiterzusprechen. »Das warst du … wie tot bist du dagelegen.« Ihre Brust hob sich und kämpfte gegen die Enge an. »Ich konnte nicht schreien, nicht weinen, mich nicht bewegen …« Den Blick starr auf die Lichtreflexe der Wasseroberfläche geheftet, saß sie jetzt aufrecht vor ihm. »Ich denke, du wolltest in dieser Nacht nicht untätig bleiben und hast in der Garage auf mich gewartet. Mit dem Stoß von der Fahrbahn weg hast du mir das Leben gerettet. Der Jeep hat dich an meiner statt mit dem Wildfänger aufgegabelt, dir den Oberschenkel zertrümmert.

Nur weil du dich instinktiv abgerollt hast, konntest du den Aufprall überleben.«

Die Stimme versagte ob der Enge in ihrer Kehle. Ihre Hand schob sich über die brennenden Augen. Siebert zog sie an sich, hielt sie stumm im Arm. Ihre Wimperntusche würde Spuren auf dem Sweatshirt hinterlassen. Dumm, woran man in solchen Situationen dachte. Siebert hatte regungslos ihren Worten gelauscht, jetzt räusperte er sich.

»Haben sie den Fahrer? Ist es der Mörder?«

»Ich weiß nicht«, antwortete sie mechanisch und wusste, das war eine Lüge. Sie hatte die Wahrheit gesehen, war in die Erinnerungen der Mörderin eingedrungen. Vollkommen bedeutungslos – Telepathie wurde vor Gericht bestenfalls belächelt. Schlimmstenfalls stecken sie mich in die Klapsmühle, biss sich Agnes bei dem Gedanken auf die Lippe. Fakten zählten. »Angeklagt haben sie Dr. Karin Tolf, aber die war es nicht. Zumindest nicht im Jeep. Michelle Schoff saß drin.«

»Du weißt das?«

»Ja.«

»Woher?« Agnes zuckte mit den Schultern und schwieg. »Kannst es nicht beweisen«, schloss Siebert messerscharf.

»Exakt.«

Er drückte sie fester an sich. Das genügte ihm für den Augenblick.

Wie geordnet sich doch zwei Juristen unterhalten konnten, ohne über Gebühr emotional werden zu müssen.

»Agnes?«

»Ja?«

»Da ist etwas, was ich dir endlich sagen muss«, brach Siebert irgendwann das Schweigen. Agnes rückte etwas von ihm ab, musterte sein Profil, das energische Kinn mit dem Grübchen, das sie besonders liebte, die kräftigen Augenbrauen und die gewölbte Stirn. Sein Haar war kurz geschnitten, an den Schläfen begann es silbern zu glänzen. Sexy, fand sie, gerade weil er erst 30 war. Und erst die Lippen. Die drei Fältchen in der Mitte der Unterlippe faszinierten sie, erinnerten an die Weichheit seiner Küsse, an die Kraft und Energie, mit der er sie liebte. Da war auch schon wieder dieses verräterische Kribbeln im Unterleib, das jedes mal einsetzte, sobald sie ihn auch nur in Gedanken berührte. Was sonst als eine Liebeserklärung konnte jetzt erfolgen.

»Wegen meines langen Krankenstands wäre ich beinahe von meiner Anwaltskanzlei gekündigt worden.«

»Was?«, entfuhr es Agnes, schnappte völlig überrumpelt nach Luft.

»Ich habe nichts erzählt, weil du schon genügend Sorgen hast. Natürlich haben sie eine Ersatzkraft für mich engagieren müssen, jetzt ist eigentlich kein Platz mehr für mich. Glücklicherweise hat man mir kürzlich die Stelle bei der Partnerkanzlei in London angeboten.«

»Glücklicherweise ...« Agnes konnte sich nicht bewegen und starrte unablässig auf die drei Fältchen der Unterlippe. Sie bewegten sich wieder, formten Worte.

»Ich wollte schon lange hinüber. Allerdings war das, bevor ich dich kennenlernte. Jetzt kann ich mich natürlich nicht mehr richtig darüber freuen.«

Das waren Neuigkeiten – endlich hatte sie ihren Traummann gefunden, und er ging nach England?

»Was soll das?« Seine Miene verdüsterte sich bei ihrem Ausruf. Anscheinend verhielt sie sich genauso, wie er es erwartet hatte. Schuldbewusst biss sie die Zähne zusammen und verstummte.

»Ich habe mich umgehört, ob in einer anderen Kanzlei was frei ist, aber zurzeit sieht es nicht gut aus. Wenn ich meinen Job behalten will, muss ich nach London. Der Ausbildungskredit ist noch längst nicht abbezahlt.«

»Wie lange?«, fragte Agnes und versuchte, die aufkeimenden Verlustängste unter Kontrolle zu bekommen. Er warf einen flachen Donaukiesel über die Wasseroberfläche. Drei Mal päppelte er auf, ehe er endgültig unterging.

»Der Kredit?«

»London«, knurrte sie ungeduldig und hielt den Blick starr auf eine Gruppe Schwäne gerichtete, die von der anderen Seite auf das Ufer zu schwammen.

»Ein Jahr. Mindestens …«, er zögerte. »Eher zwei«, fügte er dann verhalten hinzu.

»Oh Gott«, stöhnte sie und schob sich sogleich die Hand vor den Mund. Sie wollte es ihm nicht verderben. War das das Ende ihrer Romanze? Die großartigen Gefühle nur eine Illusion? Verstand und kühles Überlegen waren gefragt. Sie musste ihn gehen lassen – genug, dass sie selbst keinen Job mehr hatte, denn bei *BabyStar*, dem Wiener Institut für künstliche Befruchtung und Forschung, hatte sie gleich nach dem Unglück gekündigt. Wie hätte sie Michelle Schoffs Gegenwart auch weiter ertragen können?

Die Schwäne drehten ab. Weiter oben warfen Kinder Brotkrumen ins Wasser. »Ich will nicht, dass du deine Arbeit wegen mir verlierst. Schon gar nicht, wenn du so gerne nach London willst. Also fährst du. Was ist schon ein Jahr?« An zwei Jahre konnte und wollte sie vorerst nicht denken. Immer einen Schritt nach dem anderen. »Wir haben es fast 30 Jahre ohne einander ausgehalten, da wird ein weiteres Jahr nicht so dramatisch sein.« Der Versuch, die Sache mit Humor zu nehmen, war ein kompletter Fehlschlag. Sieberts Miene blieb genauso düster wie sie sich fühlte. »Außerdem gibt es Billigflüge, da kann ich oft zu dir und du zu mir fliegen. Es wird irgendwie gehen«, versuchte Agnes Mut zu fassen. Sieberts gesunder Fuß scharrte im Kies.

»Hey, ich fahre nicht ohne dich. Das ist es mir nicht wert. Ich dachte, du kommst einfach mit … jetzt, wo du keinen Job hast, was hindert dich?« Agnes sah überrascht auf. Alles hinter sich lassen, die Morde, die Freunderlwirtschaft, den ganzen Wahnsinn, der sich hinter der spießigen Fassade der Normalität abspielte … aber wie sollte ein solches Unterfangen finanziert werden? Keinesfalls von Siebert. Eine Agnes Feder würde sich nicht von einem Mann aushalten lassen und Bezieherinnen von Arbeitslosenunterstützung durften nicht ins Ausland. Außerdem waren da noch ihr betagter Vater, das renovierungsbedürftige Haus am Riederberg und der riesige Garten zu versorgen.

»Es geht nicht. Wenn ich drüben keinen Job habe, dann kann ich nicht mit.«

»Dann suchen wir dir einen.«

»Das ist nicht einfach, das weißt du.«

»Wir sind EU-Bürger«, hielt er ihr entgegen. »Sonst irgendwelche Argumente, die dagegen sprechen?«

Agnes verdrehte die Augen. Als ob die Jobs in London nur auf Miss Agnes Feder warteten!

»Wann musst du im Londoner Büro anfangen?«

»Nächsten Monat.«

»WAS?«, schrie Agnes auf. Welche zynische Schicksalsmacht schenkte ihr den Seelenpartner, nur um ihn gleich im nächsten Augenblick aus ihrem Leben zu entfernen? Ihr Gesichtsausdruck verstärkte sichtlich Sieberts Gewissensbisse.

»Bitte sei nicht bös' auf mich.« Seine Hände umfingen ihr Gesicht wie ein kostbares Gefäß. »Ehrlich, ich weiß es definitiv erst seit letzter Woche. Hab' einfach nicht gewusst, wie ich es dir sagen soll.« Damit zog er sie an sich und presste seinen Körper gegen den ihren. Küsse drückten sich auf ihr Haar, bis Agnes über die Melodramatik der Situation lauthals lachen musste.

»Schluss! Du zerquetschst mich!«, protestierte sie, und seine Arme entspannten sich etwas. »Wir werden sehen, wie sich die Dinge entwickeln. Ich glaube nun mal an die Vorsehung – jetzt hat sie Gelegenheit, sich zu beweisen. Wir finden einen Weg. Es ist nur …«, sie stockte, als sein Blick mit ihrem verschmolz und das Feuer in ihrem Bauch jede Zelle in flüssige Schokolade verwandelte. Wie sollte sie jemals wieder ohne diesen Gefühl auskommen können – wer konnte schon Schokolade widerstehen? Mit Sicherheit nicht Siebert – und sie selbst schon gar nicht.

3. KAPITEL

Ich muss nach England, das wisst Ihr wohl?
(Hamlet, 3. Akt, Szene 4)

Die Birken trugen das frische Grün des Frühsommers. Ungestüm zappelten die Blätter im Wind, freuten sich wie Kinder über das unbeschwerte Leben. Der Himmel strahlte in seinem tiefsten Blau, und Bauschwolken zogen hoch über den Wipfeln der Fichten. Nahe der Birkengruppe stand ein Holzschuppen, verwittert und baufällig. Der Frost hatte die Teerpappe vom Dach gefressen, und eine Reparatur ließ sich wohl nicht länger aufschieben. Ein vor Jahren gefällter Baumstamm lag unweit der Tür und diente Agnes als Bank. Der Korb neben ihr war mit Holzscheiten gefüllt, die sie abends zum Feuermachen brauchte. Der diesjährige Frühling war zwar wundervoll warm und sonnig, doch hier am Berg, inmitten des Wienerwaldes, wurde es des Nachts ungemütlich feucht. Seufzend überblickte Agnes ihren Garten. Die alten Buchen berührten den Himmel, die Nussbaumblüten standen unauffällig von den Ästen ab. Selbst das alte Haus mit seiner einstmals weiß getünchten Holzveranda maßte sich Jugendlichkeit an. Mauerkatze, Schlingknöterich und das rosa blühende Goldgeißblatt, welches in die filigranen Holzverzierungen der verwitterten Veranda seine Triebe geschlungen hatte, bildeten eine üppig grüne Fassade und gaben dem Haus ihrer Mutter und Großmutter die einstige Leichtigkeit zurück.

»Hatschi!«, explodierte es förmlich aus Agnes, und das Zwitschern der Amseln verstummte. »Verdammter Schnupfen«, murrte sie und drückte die Nase ins Taschentuch. Die Augen waren verschwollen, die Nasenflügel vom oftmaligen Putzen rissig. Jedes Härchen auf ihrem Körper tat weh, als würden sie von einem Dämonenheer in sadistischer Langsamkeit einzeln aus der jeweiligen Pore herausgezogen. Vom Haus drang das Klappern von Geschirr herunter. Die gute Theres war nach wie vor in der Küche am Werken. Unwillkürlich musste Agnes lächeln. Ihre Schulfreundin war ihr so vertraut wie eine Schwester, die es sich nicht hatte nehmen lassen, mit frischen Lebensmitteln samt einem Genesungsessen zu ihr zu kommen. Thereses Gestalt erschien auf der Veranda. Der Wind erfasste den blonden Pagenkopf und zerzauste die ordentliche Frisur. Kaum hatte sie Agnes entdeckt, fuhr ihre Hand winkend in die Höhe.

»Ich gehe dann!«, rief sie.

Agnes spürte einen frostigen Schauer über den Rücken rieseln. Der Tag war viel zu schnell vergangen – Theres würde gehen, Platz machen für Siebert, der sich verabschieden kam … Entschlossen umklammerte Agnes den Griff des Korbs und stapfte den Hang Richtung Haus hinauf. Es nutzte nichts, diesen Nachmittag musste sie überstehen. Irgendwie ging es doch immer weiter.

»Nessi, ich hab dir die Suppe und das Hühnchen in den Kühlschrank gestellt. Für morgen bist du versorgt«, empfing Theres sie auf der Terrasse. »Iss was, verstanden? Du bist mager wie eine streunende Katze!«

»Du musst los?«, fragte Agnes, obwohl sie die Antwort kannte. Ein Motorengeräusch ließ sie zusammenzucken. Auch Theres hatte es gehört und deutete mit dem Kopf zum Gartentor.

»Er ist da«, stellte sie fest und umarmte Agnes, als wollte sie ihr damit Kraft spenden. »Du schaffst das schon.«

»Was sonst«, seufzte Agnes und machte sich frei. Mitgefühl machte die Angelegenheit nur schlimmer. »Danke für das Essen und deine Gesellschaft – du bist die Beste.«

»Wir hören uns morgen, ja?« Theres zwinkerte ihr aufmunternd zu und wandte sich zum Gehen. Siebert kam den Gartenweg entlang, einen Strauß Rosen in Händen. »Hallo, Siebert!«, rief sie ihm zu, »viel Spaß, ihr beiden!«

Agnes sah ihre Freundin hinter Siebert verschwinden – ihrem großen, breitschultrigen Freund, der sich für zwei Jahre nach London verabschiedete.

»Hey, du«, grüßte er vorsichtig.

»Keine Sorge, ich heule nicht – meine Augen sind vom Schnupfen verschwollen«, versuchte Agnes, die Situation aufzulockern – und scheiterte kläglich. Linkisch hielt Siebert ihr die Rosen entgegen.

»Für dich.«

»Lass uns reingehen«, erwiderte Agnes mit einem Stoßseufzer, der alle Hoffnungslosigkeit und Traurigkeit aus ihrem Körper vertreiben sollte. Doch dafür hätte sie stundenlang durchgehend seufzen müssen. Stattdessen vergrub sie die Nase in den Rosen und verzog keine Miene, als sich ein Dorn in ihren Daumen bohrte. Ein Blutstropfen wölbte sich über der Einstichstelle. Sieberts Hand auf ihrer Hüfte schob sie über die Türschwelle.

»Hier ist meine Adresse in London, ich wohne fürs Erste in einem Hotel.« Siebert legte einen Zettel auf die Kommode und beobachtete Agnes, wie sie Rose für Rose in eine Vase steckte.

»Was hängt denn hier alles rum?«, ließ er seinen Blick durch die Küche schweifen. Vor den Fenstern zur Veranda hingen büschelweise Kräuter an Haken und hatten die Gardinen verdrängt, ja selbst an den Schränken waren Kräuter zum Trocknen befestigt.

»Brennnessel, Gundelrebe, Schlüsselblume …«, zählte Agnes auf, »… was halt so anfällt im Frühling.«

»Und das trinkst du alles als Tee?«

»Ich mache auch Kräuterauszüge, Tinkturen oder koche damit«, antwortete Agnes, ohne ihre Rosen aus den Augen zu lassen. »Brennnesselsuppe, sehr lecker.«

»Klar«, kam es wenig überzeugt von ihm. Als Agnes den prächtigen Strauß am Küchentisch platzierte, schien Siebert Mut zu fassen.

»Ich werde nicht über Nacht bleiben, mein Flug geht morgen um sieben.« Agnes ließ sich auf die Bank sinken.

»Gut. Nicht, dass du dir meinen Schnupfen einfängst«, tat sie leichthin und fühlte sich elend. Alle Energie war aufgebraucht, die Arme und Beine verweigerten jeglichen Dienst, vielleicht auch, weil sich ihr Herz wie ein kleiner Hamster in den letzten Winkel verzog, anstatt munter seiner Arbeit im Laufrad nachzukommen. Unwillkürlich presste sie ihre Hand gegen die Brust und schloss die Augen.

»Ich habe für dich einen Flug gefunden, der nur 99 Euro kostet. In drei Wochen schon«, fuhr Siebert fort, die Stimme schuldbewusst, die Unterlippe trotzig vorgeschoben. Agnes musste einfach lächeln, kaum dass sie die Augen zu ihm hob. Wie sehr würde sie diesen energischen Mund vermissen, die drei Fältchen mittig der Unterlippe, das Grübchen am Kinn, die laubfarbene Iris seiner Augen. Braun, Gold, Grün. Sie musste diese Augen unbedingt malen, für sich auf Leinwand bannen, damit sie nie verloren gingen.

»Darf ich ein Foto machen, zum Abschied?«, platzte

sie mit ihrem Gedanken heraus. »Eine Nahaufnahme von deinen Augen.«

»Zuerst kommst du mal in meine Arme, wo du hingehörst, Nessi.« Damit zog er sie auf seinen Schoß und hielt sie einfach nur fest. »Ich vermisse dich jetzt schon.« Doch mit der Berührung strömten seine Aufregung, Vorfreude und Begeisterung zu ihr, erfüllten sie auf traurige Weise, selbst wenn sie die Aufbruchstimmung nur zu gut verstehen konnte. Dezent entzog sie sich dem Hautkontakt.

»Ich will dich nicht anstecken.«

»Keine Sorge, mich kann nichts aufhalten«, grinste er sie an, und Agnes wusste, dass das stimmte. Dieser dynamische Anwalt startete voll durch und begann ab morgen seine internationale Karriere.

Wasser plätscherte in die Wanne, was in der Stille des Hauses einem dröhnenden Wasserfall gleichkam. Es war kein Licht im Bad aufgedreht, nur einige Kerzenstumpen um die Wanne herum erhellten den Raum. Agnes hatte sich ihrer Kleidung entledigt und einen Bademantel übergezogen, war zurück in die Küche gegangen und hatte heißes Wasser über die Thymianblätter gegossen, die in einem Stoffsäckchen in der Teekanne hingen.

»Bäh! Thymian«, maulte sie vor sich hin. An diesem Abend gab es wohl keine Frau im Land, die schlechtere Laune hatte. Siebert war vor ein paar Minuten erst gegangen. Hatte sich ihr kaum genähert, aus Rücksicht auf ihre Erkältung.

»So verdammt anständig, dieser Mann«, murrte sie. »Gott, wie ich meine Rotznase hasse!« Sie warf den

Topflappen in die Ecke. Für Wochen getrennt und nicht mal Abschiedssex – schlimmer ging's nicht. Die Sehnsucht quetschte das Herz jetzt schon zu Brei. Das Atmen fiel ihr schwer, nicht nur weil die Nase komplett verstopft war. Ein tonnenschwerer Stein lag ihr auf der Brust. Irgendwie musste sie aus dieser Stimmung herauskommen. »Ich brauche etwas Stimmungshebendes – Melisse vielleicht?«, setzte sie ihr Selbstgespräch fort.

In dem Fundus von ätherischen Ölen fand sich rasch das gesuchte Fläschchen, und das unterste Regal barg sogar noch ein Säckchen Salz vom Toten Meer, welches sie ebenfalls herausholte. Etwas zufriedener ob des unerwarteten Fundes goss sie einiges von dem Salz in eine Porzellanschale und tropfte Melissenöl dazu. Der an Zitronen erinnernde Duft schaffte es tatsächlich durch die angeschwollenen Nasenschleimhäute und ließ sie ein klein wenig die Mundwinkel anheben. Der darauffolgende Seufzer löste ein paar Spannungen in der Brust, wenngleich sich Tränen in den Augenwinkeln sammelten, als wäre Lächeln schmerzhaft.

»Weinen verboten«, entschied sie, weil heulen half gar nichts. »Krankheit und Trauer sind Energieräuber – zum Teufel mit ihnen. Ich brauche eine Perspektive, irgendetwas, worauf ich mich freuen kann.« Aber es fiel ihr nichts ein. So rührte sie die Salzkristalle mit dem eigens dafür geschnittenen Haselstäbchen, vermengte Salz mit Öl, das Harte mit dem Weichen, tauchte ein ins Rascheln der Kristalle.

Irgendwann fiel der Blick auf die Teekanne, in der die Thymianblätter ihre Wirkstoffe freigaben. Intensiver Krautgeruch breitete sich mit dem Anheben des Deckels aus und mit ihm die Erinnerung an die Mutter, ihre Fürsorge für die kleine Agnes, damals, als alles noch heil war.

In der einen Hand die Porzellanschale und in der anderen die Teekanne brachte Agnes die Badeingredienzien zur Wanne, die randvoll war. Erste Pfützen bildeten sich auf dem Fliesenboden. »Chaosfrau!«, schimpfte sie, stellte die Schale ab, drehte die Hähne zu, zog den Stöpsel heraus und ließ ein paar Liter Wasser aus. Nebenher warf sie ein Handtuch auf die Lachen am Boden. »Alles unter Kontrolle.« Kaum war der Abfluss wieder verschlossen, ließ Agnes den Tee ins Badewasser fließen; beobachtete, wie sich gelbe Schwaden ausbreiteten, und sog den intensiven Kräutergeruch ein.

So wirst du ganz schnell wieder gesund, hörte sie ihre Mutter sagen, sah deren Gesicht auf der gekräuselten Wasseroberfläche. Mit lockerer Hand streute sie Meeressalz darüber und rührte durch das sonnengelbe Nass; noch fühlte sie die Kristalle zwischen den Fingern, die rasch dahinschmolzen. Der Duft der Melisse schenkte dem des Thymians eine neue, leichtere Note. Unbemerkt hatte sich mit der Bereitung des Badewassers ihre Stimmung gewandelt. Der Trennungsschmerz stand nicht länger im Vordergrund ihres Denkens. Etwas, das sich wie Müdigkeit anfühlte, machte sich breit: ein übermächtiges Bedürfnis nach Ruhe. Sie zog den Bademantel aus und stieg in die Wanne, die sie muschelgleich aufnahm. Irgendwie würde es weitergehen… Was einem bestimmt ist, bleibt nie aus, flüsterte die Mutter in ihr Ohr und Agnes nickte mit geschlossenen Augen.

4. KAPITEL

Die Schuld derart erfüllt von blindem Argwohn steht,
dass, den Verrat befürchtend,
sie sich selbst verrät.

(Hamlet, 4. Akt, Szene 5)

Am Türschild stand in dicken Lettern: *Dr. Wolfgang Brum*. Agnes zögerte, ihre Fingerknöchel gegen die Holzfurniertür zu schlagen. Jetzt war sie froh über ihren Entschluss, vor diesem Termin noch bei *Schönbichler* in der Wollzeile vorbeigeschaut zu haben, wo die Betreiberin dieses altehrwürdigen Teegeschäftes sie mit einer Teeverkostung und mehreren Probepäckchen verwöhnt hatte. Beim Gedanken an das Beisammensein mit dieser geradezu verwandten Teefreundin gelang es Agnes zu lächeln und die aufsteigende Abscheu flaute ab. Es war einige Wochen her, seit sie das letzte Mal bei *BabyStar* in der Wiener City gewesen war, und dieser Tag barg keinerlei angenehme Erinnerung.

Michelle Schoff war ihr damals über den Weg gelaufen – die Frau, die sie für die Mörderin der Sekretärin Muth und des Lehrmädchens Isabelle hielt. Die Frau, die auch sie hatte töten wollen und Siebert angefahren hatte. Natürlich konnte sie das nicht beweisen. Wer würde ihr abnehmen, dass sie Michelles Gedanken hatte sehen können? Dass sie die Gabe besaß, in den Augen von Menschen deren Gefühle zu lesen, und durch eine körperliche Berührung sogar deren Erinnerungen übermittelt bekam?

Michelle.

Sie erinnerte sich: Die blondierte Femme fatale stand in der Enge des Fahrstuhls vor ihr, wütend und frustriert, weil diese verdammte Agnes Feder immer noch lebte. Die Wand im Rücken und Michelles Zeigefinger in der Halsgrube, unentrinnbar – der Moment, als sie durch die fremden Augen die Morde sah; sah, wie Sieberts Körper über die Motorhaube geschleudert wurde. Kaum brach der körperliche Kontakt zu Michelle, versiegte der Strom von Bildern.

Was war in diesem Augenblick vor sich gegangen – hatte sie dieselben Fähigkeiten wie Sishla Vem, jene Traumgestalt, der sie sich so verbunden fühlte? War sie Sishla Vem? Der Zwischenfall mit Michelle hatte sich in der Realität ereignet, in der Welt der Naturgesetze und rationalen Kausalabläufe. Nach zwei Anschlägen auf ihr Leben konnte sie nicht daran zweifeln, dass die Feinde von einst ganz real in ihr Leben eingefallen waren.

»Frau Magister Feder, wie schön, Sie wiederzusehen!«, erschreckte sie eine Männerstimme. Kein anderer als ihr Ex-Chef persönlich kam vom Sekretariat auf sie zu. Sofort verspannte sich ihre Schultermuskulatur, und die Instinkte liefen im Alarmmodus.

»Guten Morgen, Herr Dr. Brum«, erwiderte sie höflich, wenngleich unterkühlt. Wie konnte er so nonchalant auf sie zugehen, nach allem, was geschehen war? »Ich komme wegen meinem Dienstzeugnis.« Sie hatten sich nicht im Frieden getrennt. Zu gut erinnerte sie sich an die versteckte Drohung, ihren Dienstvertrag nicht zu verlängern, würde sie vor der Polizei eine für die Firma kompromittierende Aussage machen.

»Jaja, natürlich, das sagten Sie am Telefon«, winkte der Mittvierziger ab. »Kommen Sie mal herein, die Sekretärin wird uns einen Kaffee bringen – ach, Sie lieber Tee, nicht wahr?« Sein künstliches Lachen katapultierte ihren Blutdruck in den lebensbedrohlichen Bereich. Dieser Besuch war keine gute Idee gewesen. Warum hatte sie sich das verdammte Zeugnis nicht mit der Post schicken lassen? Jetzt musste sie auch noch schlechten Tee trinken, wo sie doch die beste Breakfast-Mischung der Stadt in der Handtasche hatte! Im Vorübergehen rief er bereits seine Bestellung durch die offene Türe ins Sekretariat und widmete sich dann gleich wieder ihr. Galant hielt er die Tür auf und betrat nach ihr das Büro. Insgeheim schloss sie mit sich selbst eine Wette ab, dass er ihr dabei auf den Hintern glotzte. Eine blitzschnelle Kopfbewegung zurück machte sie zur Wettkönigin. Der Blick, mit dem sie Brum bedachte, war dazu geeignet, Thermalquellen schockzugefrieren und in der Tat ernüchterte er augenblicklich, ließ sich ihr gegenüber in einem der Lederpolstersessel nieder und quälte sie lediglich mit Small Talk, bis endlich die Nachfolgerin der ermordeten Frau Muth herein trippelte – deutlich jünger als Muth, attraktiv und bereit, dem Chef als Kellnerin zu dienen. Zumindest. Das alleine hätte Agnes wahrscheinlich nicht derart gereizt, hätte sie in der Vergangenheit nicht seine penetranten Annäherungsversuche erdulden müssen – und hätte sich damals nicht herausgestellt, dass Brum mit Larissa Muth eine Affäre gehabt hatte. Trotz Ehefrau und Kindern, trotz des Abhängigkeitsverhältnisses. Wie ungerührt er Frau Muths Tod hingenommen hatte – Agnes erschauderte bei der Erinnerung. Ihr Magen zog sich zusammen, und in der Kehle brannte Säure. Für eine Nachfolgerin war jedenfalls umgehend gesorgt worden.

»Haben Sie mein Zeugnis schon fertig, oder brauchen Sie von mir noch irgendwelche Informationen dazu?«, fragte

Agnes frostig, um die Stille nach dem Abgang der Neuen zu überbrücken.

»Nein, meine liebe Frau Magister Feder, ich brauche es eigentlich nur mehr auszudrucken. Ich wollte aus einem bestimmten Grund, dass Sie noch einmal zu uns hereinkommen. Die Sache ist die ...«, er rührte in seinem Espresso und suchte nach den richtigen Worten, »... diese *Angelegenheit* im März war wirklich ungeheuer belastend für uns alle. Kann schon sein, dass da einiges schlecht kommuniziert worden ist. Es tut mir aufrichtig leid, Sie als Juristin zu verlieren, aber ich respektiere Ihren Wunsch, nicht mehr hier am Ort des Geschehens arbeiten zu wollen.« Eine Pause entstand, und Brum lehnte sich zurück. Mit gespreizten Beinen und am Hinterkopf verschränkten Händen füllte er den Lederfauteuil aus. Dominantes Männchen, hab' schon verstanden, amüsierte sich Agnes. Seine Körpersprache schaltete in ihrem Kopf den Ohrwurm *I'm too sexy* von *Right Said Fred* an und ließ sie lächeln. Dieser Mann fand sich selbst so unwiderstehlich, dass er sich am liebsten gleich einer Katze am ganzen Körper ablecken wollte. »Bloß, der Arbeitsmarkt ist mit Juristen übersättigt«, holte er sie aus dieser verstörenden Vorstellung heraus. »Haben Sie daran gedacht? Natürlich bekommen Sie ein erstklassiges Zeugnis ausgestellt, aber es kann schon eine Weile dauern, bis Sie was Entsprechendes finden werden.« Wie umsichtig, ätzte sie in Gedanken, wo war der Haken? Nervosität kribbelte ihr im Bauch. Das Beste war immer noch die Offensive.

»Diese *Angelegenheit,* wie Sie es nennen, waren drei Morde und nebenbei noch zwei Anschläge auf mein Leben«, entgegnete Agnes mit einer Eiseskälte, die sie selbst überraschte, »aber machen Sie sich keine Sorgen um mich, ich werde schon etwas finden, Herr Dr. Brum.« Das hatte gut getan. Es ihm gleichmachend lehnte sie sich in die Polster, überschlug allerdings ihre Beine und starrte ihn nieder. Brums Verschlagenheit war so unübersehbar wie seine Selbstgefälligkeit. Geschickt wich er ihren Blicken aus und nippte am Espresso.

»Das Verfahren ist noch nicht abgeschlossen, liebe Frau Magister, daher können wir nicht beurteilen, ob es sich tatsächlich um Morde oder lediglich tragische Unfälle handelt. Wie auch immer, die Sache ist die: Sie haben hier in der Firma eine Menge mitmachen müssen. Als kleine Entschädigung für Ihr Ungemach könnte man Ihnen ein Praktikum in unserem Mutterunternehmen *SARFUR Chemistries* anbieten. Zwar nur 25 Stunden die Woche, aber so ein Auslandsaufenthalt macht sich exzellent im Lebenslauf – könnte Ihnen den entscheidenden Wettbewerbsvorteil bringen. Was meinen Sie, Frau Magister?« Agnes bemerkte nach ein, zwei Sekunden, dass ihr Mund offen stand. Ein Jobangebot? Wieso taten die das für sie? Für die Geschäftsführung von *BabyStar* war eine kleine Juristin wie sie doch von keinerlei Interesse.

»Ausland?«, brachte sie stockend hervor.

»In London«, antwortete Brum, befriedigt ob des gelungenen Knalleffekts, und legte all die herrlichen Aussichten auf eine internationale Karriere in diese zwei Worte. Da war sie, die Vorsehung! Vorsicht, mahnte die innere Stimme. Das Alarmsystem war trotz aufkeimender Euphorie noch intakt. Gut so.

»Wo ist der Haken bei dem Angebot?«

Brum räusperte sich. Er hasste ihre Direktheit, seine zusammengekniffenen Lippen sprachen Bände.

»Aber Frau Magister, was denken Sie denn – da gibt es selbstverständlich keine Bedingungen. Wir verschaffen Ihnen den Job in London und reden nicht mehr über die ganze Sache.« Die Worte waren absolut makellos, aber der Ton indizierte einen Haken so groß wie der Anker eines Flugzeugträgers, und sein Blick troff vor Bedeutungsschwere.

»Verstehe«, nickte sie, als ihr dämmerte, worauf sich das ›*reden nicht mehr über die ganze Sache*‹ bezog, »weit weg und aus dem Weg.« Brum grinste sie über den Rand seiner Espressotasse an. Agnes räusperte sich. »Gerichtliche Befragungen ausgenommen, das ist wohl klar.«

»Selbstverständlich.«

Sie musste sich entscheiden, Liebe oder Moral. Einer Zeitung hätte sie ohnehin nicht die Geschichte verkauft, wo sie doch am liebsten alles, was die letzten Monate geschehen war, vergessen wollte.

»Also?«, drängte Brum.

Das Ticket nach London lag zum Greifen nahe. Ja? Nein? Bauchgefühl.

»Ich nehme ihr Angebot an«, hörte sie sich sagen. »Wann geht's los?«

5. KAPITEL

Ein Traum ist selber nur ein Schatten.

(Hamlet, 2. Akt, Szene 2)

Wie zieht man für ein Jahr in ein anderes Land? Was nimmt man mit, was lässt man zurück?

Agnes stand mit einem monströsen Koffer samt einem Rucksack am Rücken am Flughafen Heathrow. Die Kopfhörerenden des iPods lagen lose über den Schultern. Den ganzen Flug über hatte sie *Simply Red* gehört, ihre Lieblings- und Lebensband, und Mick Hucknalls Stimme raunte nach wie vor in ihrem Kopf. Passkontrolle, Zoll passiert – keinerlei Unannehmlichkeiten, London liebte sie. Unentwegt summte sie den Refrain des letzten Songs *Stay* vor sich hin. Das Herz schlug verrückt vor Sehnsucht, obwohl oder vielleicht gerade weil sie sich hier in der Ankunftshalle so überflüssig wie eine Drohne im Bienenstock fühlte.

Es war laut, die Ankömmlinge gingen mit eiligen Schritten in alle möglichen Richtungen, an der Absperrung des Ankunftsbereiches warteten Chauffeure, Großmütter, Familien, Freunde. Aus dem nächstgelegenen *Café Costa* drangen Kaffeearomen, und von irgendwoher dröhnte Verkehrslärm. Trotz der Überforderung aller Sinne passte das Getümmel zu der Euphorie, die Agnes seit Tagen fest im Griff hielt. Der Entschluss, zum nächstmöglichen Zeitpunkt den Job bei *SARFUR Chemistries* in London anzutreten, lag nur wenige Wochen zurück, und jetzt, in diesem Augenblick, war ihr Traum Wirklichkeit geworden: Sie stand tatsächlich auf englischem Boden. Fehlte bloß noch die U-Bahn Richtung City. Agnes sah sich um und entdeckte über ihrem Kopf das U-Bahn-Symbol. Entschlossen packte sie den Koffer am Griff, schritt zielstrebig voran – und trat sogleich dem nächstbesten Engländer auf die Füße. »Excuse me«, sagte dieser höflich und ging weiter. Verblüfft starrte Agnes dem Mann nach. Er entschuldigt sich bei *mir*, dachte sie verwundert, während die eigene Entschuldigung an ihren Lippen hängen blieb. Das musste dann wohl die berühmte britische Höflichkeit sein, entschied Agnes, und ein Grinsen breitete sich vom Gesicht im ganzen Körper aus. In Wien hätte sie für ihre Unachtsamkeit einen grantigen Rüffel einkassiert. Lange Gänge mit Laufbändern waren zu überwinden. Manche der Reisenden standen mit ihren Koffern am Rand, ließen sich gemächlich vorantransportieren, doch die meisten gingen mit mäßigem Tempo auf dem rollenden Band dahin. Agnes überholte sie alle. Endlich kam die Station in Sichtweite. Einige Drehkreuze versperrten den Zugang zum Bahnsteig. Routinierte Touristen, vielleicht waren es auch Geschäftsleute, zogen ihr vorausschauend vorweg gekauftes Bahnticket aus der Jackentasche und durchschritten die Sperre ohne Verzögerung. Einige andere stellten sich genau wie Agnes bei den Ticketautomaten an. 20 Minuten später, das Ticket zwischen den Zähnen, in jeder Hand ein Gepäckstück, schob sie sich mit der Masse der anderen Reisenden ins Innere des Waggons der *Piccadilly Line*. Kleiner als die gewohnten Wiener U-Bahn-Züge, hatte diese hier einen geradezu eiförmigen Innenraum. An der Tür stehend, bekam Agnes das Gefühl, den Kopf einziehen zu müssen, damit er nicht von den sich schließenden

Türen eingeklemmt würde. Glücklicherweise erwischte sie einen leeren Sitzplatz, klemmte Koffer und Rucksack zwischen die Knie und wartete auf London. Ganz langsam und behutsam fuhr der Zug an, als wollte er die Besucherin auf sanfte Weise der Stadt näher bringen. Von hinten herum, durch die Vororte, vorbei an Backsteinreihenhäusern, deren Hintergärten den Gleisen zugeneigt waren, dem grauen Himmel davon, der sich vor Kurzem noch ausgeschüttet hatte. Die Häuserzeilen wurden dichter, das verdorrte Grün der schmalen Wiesenstreifen glitzerte nass in der Sonne, die sich ein Loch durch das Himmelsgrau gebrannt hatte. Häuser flogen am Fenster vorbei, der Zug hielt in Stationen, die so klingende Namen wie *Hounslow East*, *Boston Manor*, *South Ealing* oder *Acton Town* trugen. In der kurzen Zeit der Aufenthalte gellte ein sich stetig wiederholendes »*Mind the Gap*« durch die Station, das auf den Spalt zwischen Zug und Bahnsteig hinwies, bis sich die Türen wieder schlossen. Agnes verglich die Stationen mit dem Plan über den gegenüberliegenden Sitzplätzen. »*Earls Court* – da muss ich raus«, murmelte sie vor sich hin. Was leichter gesagt war, als getan. Fünf Uhr abends, und ganz London schien sich in ihrem Zugsabteil verabredet zu haben. Unter ständigem »Excuse me!« zwängte sie sich samt Rucksack und Trolley durch das Gedränge, wurde schließlich mit der Menge mitgezogen, hinaus auf den Bahnsteig, durch die engen neonbeleuchteten Gänge der Station. Schweiß brach ihr aus und perlte die Wirbelsäule hinunter, sog sich in ihr Shirt. Die Atmung wurde hektisch – *Klaustrophobia*. Zu viele Menschen in zu wenig Raum und stickiger Luft. Die Rolltreppenschächte wirkten wie dünne Röhren, waren mit Werbung gepflastert. Ameisen im Bau, anonymes Krabbeln unter der Erde. Wenn da eine Massenpanik ausbricht ... den Gedanken wollte sie nicht zu Ende denken. Mit zitternden Fingern drückte sie einen Lautsprecherknopf des iPods in den Gehörgang und konzentrierte sich auf Mick Hucknalls beruhigende Stimme ... *So beautiful* ... ein Song, so flüchtig wie ein heißer Tag am Strand. Die Menschen waren äußerst diszipliniert, drängelten nicht, bewahrten eine höfliche Distanz, soweit dies möglich war. Nichts Aggressives zu verspüren. Agnes hatte mittlerweile mindestens drei Leute angerempelt, die sich alle mit »Excuse me« entschuldigt hatten. Allmählich verstand sie die Wichtigkeit dieser Floskel. In diesem Ameisenhaufen waren befriedende Formeln notwendig zum Überleben. Völlig einerlei, wer wen rempelt – wenn es zu einer Kollision kam, entschuldigte man sich, und alle waren zufrieden.

Mit *Notting Hill Gate* war das Ziel erreicht. Wieder drängelte sie sich durch die Menge, murmelte artig »Excuse me«, harrte auf Rolltreppen aus und entschied sich mangels besseren Wissens intuitiv für einen der Ausgänge aus der Station. Als sie endlich aus dem Untergrund auftauchte, stockte ihr der Atem. Ein paar Schritte waren es nur, aber was für ein Unterschied! Vor wenigen Stunden war sie noch im Wiener Alltag eingebettet gewesen, und nun betrat sie eine Weltstadt, eine andere Sphäre. Das befreiende Gefühl nach der Enge der U-Bahn ließ sie einen tiefen Atemzug machen und bescherte ihr eine Lunge voll Abgase. Im steten Strom zog der Verkehr vorüber, antiquierte Taxis, schwarz und eckig, knallrote doppelstöckige Autobusse, Motorräder, Kraftfahrzeuge aller Typen und Größen hupten und stauten vierspurig zwischen *Notting Hill Gate* und *Bayswater*. Die Straßen und Gehsteige waren breiter als daheim, die Häuser klassizistisch, weiß getüncht oder aus Backsteinen, in jedem Haus befand sich ein anderer Shop, ein Gewühl von Menschen aller Farben wogte durch die Straße in allen möglichen und unmöglichen Outfits, hier und da konnte man ein Pub ausmachen, und in den Kellerabgängen stapelten sich schwarze Müllsäcke. *Bayswater Road.* Langsam ging Agnes die Straße hinunter, ohne zu wissen, ob die Richtung stimmte. *Notting Hill*, du liebe Güte, sie war wirklich in *Notting Hill!* Ein Fußgängerübergang mit der Bodenaufschrift ›*Look right*‹ ermutigte sie, die Fahrbahn zu überqueren. Zuerst das ›*Mind the gap*‹ und jetzt dieser Hinweis für die Fußgänger – wahrscheinlich hatten die Londoner viele Touristen im öffentlichen Verkehr verloren. Überraschenderweise blieben die Fahrzeuge – die aus der völlig falschen Richtung daherkamen – anstandslos stehen, als sie ihren Fuß auf den Zebrastreifen setzte. Britische Höflichkeit, sogar im Straßenverkehr? Was für eine Stadt. Auf der anderen Seite war ein Straßenschild an der Hausmauer angebracht. *Pembridge Gardens. Pembridge Square* konnte eigentlich nicht mehr weit sein. Nach dem hektischen Treiben der *Bayswater* war der *Pembridge Square* ein ruhiger Platz, der sich um eine umfriedete Parkanlage ausbreitete. Ihr Hotel, das *Vincent House,* war ein großes Eckhaus aus Backstein, erbaut in der Nachkriegszeit. Hier wohnte Siebert. Und jetzt auch sie selbst. Gemeinsam. Wir ziehen zusammen, dämmerte es ihr erstmals, und sie fragte sich, warum ihr diese Tatsache bislang nicht bewusst gewesen war. Jetzt war es jedenfalls für Zweifel jeglicher Art zu spät, also gab sich Agnes einen Ruck und ging entschlossen auf den Eingang zu. Froh, das Gepäck bald abstellen zu können, betrat sie das Foyer. Hier war es angenehm kühl, die Wände hell mit dunklen Sesselleisten, der Stiegenaufgang unweit der Lobby. Durch eine Schwingtür konnte sie in einen großen Speisesaal sehen. Da niemand am Empfang stand, klopfte Agnes auf die Klingel. Erwartungsvoll blickte sie sich um. Eine Weile blieb es ruhig, dann erschien eine junge Frau mit einem Willkommenslächeln im Gesicht. Rasch waren die Formalitäten geklärt, und die Concierge händigte Agnes den Zimmerschlüssel samt einem Briefumschlag aus.

»Das ist von Mister Thal für Sie hinterlegt worden«, erklärte diese dabei, »das Zimmer befindet sich im 6. Stockwerk. Abendessen beginnt um 7.30 p. m., dort drüben bei den Glastüren ist der Eingang zum Restaurant. Kaffee und Drinks werden im Clubraum gegenüber im Anschluss gereicht. Ich wünsche Ihnen einen angenehmen Aufenthalt, Miss Feder.« Ein antiquarischer Lift von der Größe einer Telefonzelle beförderte Agnes in irritierender Langsamkeit in den obersten Stock. Nach einer gefühlten Ewigkeit stand sie dann endlich in Sieberts Zimmer: Es war hell, ausgestattet mit Vorraum, einem winzigen Badezimmer und einem überraschend geräumigen Wohnraum, der insgesamt drei Fenster aufwies. Dem Doppelbett gegenüber befand sich ein Sekretär, daneben ein Kühlschrank und davor eine Mini-Sitzgruppe. Nahe dem Bett stand eine Kommode, auf der ein Silbertablett mit Wasserkocher, verschiedenen Tee-, Zucker- und Milchbeuteln platziert war. Es war stickig im Raum, also machte sich Agnes als Erstes daran, die Fenster zu öffnen. Der einsetzende Luftstrom kühlte den Schweiß auf Stirn und Hals, bewog sie, sich etwas hinauszulehnen. Üppiges Grün strahlte aus dem Privatpark des *Pembridge Square.* Bäume mit prächtigen Kronen spendeten Parkbänken Schatten. Ein gepflegter Rasen erstreckte sich zwischen Rosenbüschen und lud zum Dösen im letzten Sonnenschein ein, wenngleich sich keine

Menschenseele in dem kleinen Paradies aufhielt. Verzaubert und unberührt träumte das grüne Herz des *Pembridge Square* vor sich hin. Jetzt erst entsann sich Agnes Sieberts Brief, den sie die ganze Zeit hindurch nicht aus der Hand gelegt hatte. Ungeduldig schlitzten ihre Finger das Kuvert auf und entfalteten das Papier. Sieberts Handschrift zeigte sich wie ein Bild seiner selbst. Gleichmäßig und gut lesbar mit runden Buchstaben und schwungvollen Unterlängen.

Meine liebe Agnes! Ich kann es kaum aushalten, bis du endlich bei mir bist. Bitte warte in unserem Zimmer auf mich, ich werde so rasch wie möglich die Kanzlei verlassen und bei dir sein. Dein Siebert

Das Türschloss knackte.

»Du bist da!«, rief Sieberts Baritonstimme im nächsten Moment. Agnes wirbelte herum, musterte für eine Sekunde diesen großgewachsenen, breitschultrigen Glückstreffer von einem Mann und startete los, um sich in seine Arme zu werfen. Das echte Leben war eben kitschiger als jeder Film.

Im Speisesaal war es noch taghell, als Agnes und Siebert zum Abendessen eintrafen. Der Raum strahlte eine heitere Eleganz aus, ganz in Taubenblau und Creme gehalten. Mehrere Reihen von Tischen für zwei bis vier Personen boten den Gästen Platz, die zwischen ihren Sitzplätzen und dem an der Stirnseite des Raumes befindlichen Buffets hin und her pendelten. Ein bunt gemischtes Publikum von asiatischen Studentinnen bis zu den pensionierten Gentlemen aus Oxford traf hier zusammen.

Siebert grinste Agnes an. Ihre Wangen glühten, und aus ihren Augen strahlte so viel Lebensfreude, dass selbst die drei älteren Herren vom Nebentisch einen Blick auf die Neuankömmlinge warfen.

»Du leuchtest wie ein Christbaum«, amüsierte sich Siebert.

»Ist es so offensichtlich?« Agnes tastete mit gespielter Verlegenheit ihre Wangen ab. »Deine Bartstoppeln haben bestimmt die ersten drei Hautschichten von meinen Wangen gerieben«, fügte sie hinzu und lüpfte vorwurfsvoll eine Augenbraue.

»Sogar die alten Knacker dort drüben sind unruhig geworden«, deutete Siebert zu dem Tisch in der Ecke, »obwohl sich bei denen wahrscheinlich die letzten 20 Jahre nichts mehr geregt hat.«

Sie lachten übermütig und Siebert schnippelte weiter an dem obskuren Stück Rindfleisch, das in einer dunkelbraunen Soße ertränkt worden war. Oder sich selbst im Rinderwahn das Leben genommen hatte. Agnes hatte sich lieber auf Chips und gedämpftes Gemüse beschränkt.

»Ich habe eine Überraschung für dich, mein Schatz«, zwinkerte Siebert ihr zu.

»Du hast mich heute schon drei Mal überrascht«, erwiderte Agnes und verzog den Mund zu einem vielsagenden Lächeln.

»Wenn du das siehst, wirst du mir für immer verfallen sein – kannst du das riskieren?«

»Zu spät«, erwiderte sie mit vollem Mund, »ist längst passiert.« Ihre Füße verschränkten sich unter dem Tisch ineinander, weckten die zwecks Nahrungsaufnahme beiseitegeschobenen Bedürfnisse nach Berührung, Nähe, Sex.

»Okay, du wolltest es nicht anders«, konnte Siebert die Spannung offenbar nicht länger aushalten und zog zwei schmale Papierstreifen aus der Hosentasche. »Sieh es dir an«, forderte er sie auf. Agnes legte das Besteck ab und nahm die Karten an sich.

»Royal Albert Hall?« Ihre Augen fingen sich an einem wohlbekannten Schriftbild. »*Simply Red*? In der Royal Albert Hall? Oh. Mein. Gott. JA!«, jubelte sie los. Alle Gäste blickten sich zeitgleich nach ihnen um, doch das merkte Agnes in diesem Augenblick nicht. »Karten für *Simply Red*!« Fassungslos drückte sie die Karten an die Brust und ließ sich in den Sessel zurückfallen. »Wie bist du an die Karten gekommen, um Himmels willen?«

»Hey, sind das Tränen in deinen Augen?« Mit gespielter Besorgnis wischte Siebert mit einer Fingerspitze über ihr Unterlid. »Du bist wirklich der größte Fan, den ich kenne. Wäre eine Schande gewesen, dich nicht zum Konzert zu schaffen, wenn du schon mal hier bist. Die Royal Albert Hall soll eine besonders gute Akustik haben.«

»Aber es war bestimmt wahnsinnig schwer, Karten zu bekommen und teuer – du bist einfach ...«, sie rang um eine korrekte Bezeichnung, »fantastisch ... der Beste!«

»Das war es mir wert.« Sein Grinsen zeigte die ganze Befriedigung einer gelungenen Überraschung.

»Jetzt muss ich dich tatsächlich für alle Ewigkeit lieben.« Damit schob sie sich quer über den Tisch und drückte ihm einen Kuss auf den Mund, der einigen der umsitzenden Gäste möglicherweise in dieser Nacht den Schlaf rauben würde.

»Mein größter Wunsch wäre, Backgroundsängerin von *Simply Red* zu sein«, sinnierte sie, während sie mit verträumtem Blick die Tickets betrachtete.

»Agnes?«

»Was ist?«

»Ich habe dich singen gehört.«

»Ja und?«

»Du bist eine gute Juristin, bleib' dabei.«

»Was denn?«, sie zog die Augenbrauen zusammen, »vielleicht singe ich nicht so besonders, aber keiner übertrifft mich in der Inbrunst, mit der ich die Songs interpretiere.«

»Das ist allerdings richtig.« Siebert schmunzelte, und Agnes versetzte ihm lachend einen Tritt unter dem Tisch.

»Keine Angst, die Gefahr, dass ich Backgroundsängerin von *Simply Red* werde, ist so groß, wie dass Putin in den USA um Asyl ansucht.«

»Dann bin ich ja beruhigt.«

Er drückte ihr einen versöhnlichen Kuss auf den Handrücken.

»Aber ich könnte tanzen und das Tamburin schwingen«, träumte sie weiter, »bei der letzten Konzerttour hatten sie Tänzerinnen auf der Bühne.«

»Schatz, das sind Plätze ganz vorne«, erklärte er und wies auf die Karten, »Es wird fast so sein, als stündest du auf der Bühne.«

»Oh. Tatsächlich«, kontrollierte sie die Reihennummer nach. »Du bist der Wahnsinn, habe ich dir das schon gesagt?« Kokett klimperte sie mit den Wimpern.

»Hm, ich glaube, das war …«, er schaute auf seine Armbanduhr, »vor etwa einer Dreiviertelstunde. Du hast unter mir gelegen und …«

»Macho!«, lachte Agnes ihn aus und konnte ein Erröten nicht unterdrücken.

Beim Dessert schaffte Siebert es schließlich, das Gesprächsthema von *Simply Red* auf die bevorstehende Wohnungssuche zu verlagern. Er berichtete von seinen bisherigen Bemühungen, eine günstige Wohnung zu finden, was ein schwieriges Unterfangen in der Weltstadt war.

»Vielleicht kann Megan uns weiterhelfen«, wandte Agnes ein. »Wir haben ausgemacht, dass ich mich bei ihr melde, sobald ich angekommen bin.«

»Ruf' sie lieber gleich morgen an. In London ist es verdammt schwer, an eine Wohnung ranzukommen, wenn man nicht unbegrenzte Mittel zur Verfügung hat …« Sein Satz verebbte, die Aufmerksamkeit lag ganz bei Agnes' genussvoller Art, Custard Cream vom Löffel zu lecken. »Holst du deine restlichen Sachen später nach?«, fragte er schließlich.

»Welche Sachen?«

»Na, du bist doch eine Frau«, bemerkte er spitzfindig, »du wirst sicherlich nicht mit einem einzigen Koffer für ein Jahr in ein fremdes Land gezogen sein.«

»Doch«, erwiderte sie, zuckte mit den Schultern und delektierte sich an seinem verblüfften Gesicht. Von wegen: Frauen haben das zehnfache Gepäck wie Männer! Nun ja. Nachdem sie aufgelistet hatte, was alles von Bedeutung mit sollte, und feststellen musste, dass dafür ein Frachtcontainer nötig sein würde, hatte sie kurzerhand beschlossen, nichts weiter als das nötige Gewand für die nächsten zwei Wochen einzupacken, ihren Lieblingsschmuck, das Traumtagebuch, das Pendel und ein paar Kräuter. Winterkleidung würde sie beim nächsten Heimatbesuch einpacken.

»Überraschend«, nickte ihr Liebster anerkennend, und kleine Lachfältchen schoben sich an den Augenwinkeln zusammen. Zum Küssen. »Was hast du noch auf Lager?«

»Verrate ich nicht«, grinste sie, »eine Frau braucht schließlich eine geheimnisvolle Aura.« Ihr eigenes Lächeln schwand allmählich, als ihr in den Sinn kam, dass Siebert noch nichts von ihrer Vorliebe für Meditationen im Kerzenkreis, von den Träumen aus vergangenen Leben, dem Pendeln, von ihren empathischen Fähigkeiten und auch nichts von der Weissagung einer Handleserin, sie sei eine Hexe mit heilenden Kräften, wusste. Das würde er noch früh genug erfahren. Für den heutigen Tag hatte es genügend Überraschungen und Aufregung gegeben. Nichts war im Augenblick verlockender als die Aussicht, möglichst bald ins Bett zu kommen. Mit Siebert.

Nebel lag über dem Land. Das satte Grün der Hügel und Wiesen war durch die zur Erde gesunkene Wolkenbank kaum auszunehmen. Kein Laut durchdrang die salzige Luft, nichts bewegte sich, kein Halm, keine Blume. Es roch nach Torf, und das Atmen fiel schwer. Agnes rief etwas, doch sie konnte sich selbst nicht verstehen. Die Laute wurden vom Nebel gedämpft, klangen fremd. Weder war es die vertraute Melodie ihrer Stimme noch die Sprache, die sie zu sprechen pflegte. Ein Stein tauchte aus dem Weiß auf, stellte sich ihr in den Weg. Er überragte sie gut zwei Meter, war grau und verwittert, dennoch ging eine Wärme von ihm aus, als wäre er ein lebendiges Wesen.

»*Look within where I am, Violet Huntington*«, dröhnte es ohrenbetäubend aus allen Richtungen. Oder war die Stimme in ihrem Kopf? Noch ehe sie Zeit fand, die bizarre Situation zu überdenken, fühlte sie ihre Beine tief im Morast versinken. Erschrocken kämpfte sie gegen den Sog an, doch vergeblich. Beunruhigt wehrte sie sich gegen den unbarmherzigen Griff. Der Saum ihres Kleides war längst vom Schlamm besudelt, und der Stoff klebte an ihrem schweißnassen Körper.

»*Look within where I am*«, befahl die Stimme erneut. Angestrengt rang sie gegen die Umklammerung, versuchte, Halt am Steinkoloss zu finden. Es gelang ihr, die Finger in den Spalten zu verkeilen, ihre Beine gewannen bereits etwas an Bewegungsfreiheit, doch die unbekannte Kraft in der Erde zerrte unnachgiebig an ihren Füßen. In Todesangst klammerten die Arme, krallten sich die Finger in den Fels, zersplitterten die Fingernägel am harten Gestein. Verzweiflung erfasste sie, und Panik nahm ihr den Atem. Mit aller Kraft kämpfte sie gegen die Übermacht der Erde an. Nicht loslassen, beschwor sie die schmerzenden Hände, ich muss widerstehen. Es pochten die Worte im Rhythmus des Herzschlags gegen ihre Schläfen. Mit einem Mal begann der Koloss, der zuvor Halt versprochen hatte, zu schwanken, doch immer noch hielt sie sich an ihm fest, kämpfte gegen den Erdsog. »*Look within where I am*«, befahl die Stimme ein letztes Mal. Die Worte stachen wie Nadeln in ihre Stirn. Schon neigte sich der Stein dem Boden zu, der sie verschlingen wollte. Ein letzter Blick empor – mächtiger denn je ragte der Koloss über ihr, verdunkelte den Himmel. Es gab kein Halten. Himmel und Erde stürzten, schlugen über ihr zusammen.

Agnes fuhr hoch, strich über die feuchte Stirn mit verkrampften Fingern. Ein Blick auf die Nägel zeigte, dass der durchsichtige Lack unbeschädigt war. Alles in Ordnung: das Hotelzimmer am *Pembridge Square*, neben ihr schlief Siebert. Durch die Vorhänge drang die Morgendämmerung, und die Schatten im Zimmer waren im Begriff, sich aufzulösen. Sieberts gleichmäßige Atemzüge beruhigten ihr aufgewühltes Innenleben, halfen, selbst zu einem entspannten Rhythmus zurückzufinden. Obgleich ihr bizarre Träume mittlerweile vertraut waren, kam dieser wie ein Schock.

Es fängt wieder an.

Sie legte die Hände über ihren Solar Plexus. Die Wärme ihrer Hände drang durch den Stoff des Shirts, durch die Haut und tiefer in die Magengrube. Das Heben und Senken wurde langsamer. An Schlaf war nicht mehr zu denken, also stand sie auf und ging ins Bad, um den Teekessel mit Wasser zu füllen. Zurück im Zimmer steckte sie ihn ans Netz und zog Leggings über. Bis das Wasser zu kochen begann, hatte sie einen der Teebeutel aus der Papierhülle gezogen, in die Tasse gelegt und ein Waterbiscuit in den Mund geschoben. Schließlich goss Agnes gedankenverloren Tee auf, versenkte ihren Blick in die rotbraunen Aromaschwaden, die sich aus den getrockneten Blättern lösten.

Draußen fuhr ein Auto vorbei. Ihr Blick wanderte zum Fenster, spähte durch den Spalt zwischen den Gardinen und der Glasscheibe hindurch. Der *Pembridge Square* lag still unter ihr, der verschlossene Garten menschenleer. Gab es jemand, der genau wie sie gerade eben, einen Tee zubereitete und hinaus auf die Straße blickte? Hatte dieser jemand ebenfalls im Traum Todesangst durchlitten und verstand jedoch im Gegensatz zu ihr die Botschaft der Träume? Kopfschüttelnd begann sie Zucker in den Breakfast-Tea zu rühren.

Look within where I am, Violet Huntington.

6. KAPITEL

Denn noch ist's eine Frage, die für uns zu lösen bliebe,
ob Lieb' das Glück lenkt,
oder das Glück die Liebe.

(Hamlet, 3. Akt, Szene 2)

»Miss Feder?«, fragte eine glockenhelle Stimme hinter Agnes. »Hi! Ich bin Helen Waris, Personal Assistant von Miss Murdoch. Willkommen bei *SARFUR*.« Die etwa 20-Jährige schob ihre Sonnenbrille in die dreifarbig gelockte Aufsteckfrisur und hielt Agnes die Tür zum Büro auf. Telefonläuten drang ihnen entgegen. »Ist jeden Tag der gleiche Kampf gegen die Uhr. Dieser Schauspielkurs am Abend schafft mich noch.«

Agnes trat in den Raum und wurde zuallererst von einem fantastischen Ausblick auf die Themse gefangen genommen. Helen warf unterdessen ihre Tasche auf ein Sideboard, startete den PC und nahm gleichzeitig den Hörer ab. »Ja, die ist hier.« Mit einem Zwinkern signalisierte die Sekretärin Agnes, dass es um sie ging. »Schicke sie Ihnen gleich rüber. Alles klar.« Der Hörer landete mit einem lauten Knall auf dem Apparat, und Helen wirbelte zu ihr herum. »Das hier«, sie wies mit der Rechten auf einen kleinen Schreibtisch schräg gegenüber der Tür, »ist Ihr Platz, Miss Feder, und dort«, sie wies mit der anderen Hand zu einem schmalen Kasten, »können Sie Ordner, Bücher und persönliche Sachen aufbewahren. Gefällt es Ihnen?«

Agnes' Anspannung vor dem ersten Arbeitstag äußerte sich in Sprachlosigkeit. Die richtigen Vokabeln wollten ihr einfach nicht einfallen, und mit einem bösartigen Stechen im Magen zeigte ihr Körper, was er von der bevorstehenden Begegnung mit der künftigen Chefin hielt. Würde sie weiterhin wie ein Fisch dastehen und wortlos den Mund auf und zu klappen? Helen jedenfalls schien ihre Wortkargheit nicht weiter aufzufallen. »Jetzt gehen Sie mal zu Miss Murdoch, den Gang vor, dritte Tür links. Ich mache uns einstweilen einen Tee, und wenn Sie zurückkommen, erledigen wir den Rest: Personalabteilung, PC-Zugang, Firmenausweis.« Damit stand der Paradiesvogel von Assistentin wieder auf dem Gang und zeigte in die Richtung, in die Agnes zu gehen hatte. Beflissen folgte Agnes der Anweisung und fand jene dritte Tür, neben der *Virginia Murdoch* in weißen Lettern angebracht war. Agnes klopfte und trat ein. Eine zierliche Frau ging im Raum auf und ab, die eine Hand drückte ein Handy in das pechschwarze Haar, während die andere heftig gestikulierte.

»Das brauchen wir bis morgen – ist mir egal, ob das System abgestürzt ist – Sie haben den Termin einzuhalten.« Miss Murdoch fixierte Agnes für einen Moment und nickte ihr zu. Ihr Mund verzog sich offenbar angesichts der Ungeheuerlichkeit, die ihr Gesprächspartner am anderen Ende der Leitung von sich gab. »So war es ausgemacht – kommen Sie mir nicht mit unvorhersehbaren Umständen. Morgen, 10.00 a.m. Bye!« Damit warf Miss Murdoch das Handy auf den Schreibtisch und kam Agnes entgegen. Die Frau war zwar kleiner als Agnes und höchstens ein paar Jahre älter, doch anlegen würde sich keiner freiwillig mit Lady Kobra, soviel war klar.

Oh ja, Agnes hatte keinerlei Zweifel über das Vorhandensein eines Paares äußerst spitzer Giftzähne bei ihrem Gegenüber.

»Miss Feder? Sehr erfreut. Ich bin Virginia Murdoch.« Sie drückte Agnes' Hand und ließ sie schnell wieder los. »Leider ist heute der Teufel los. Ursprünglich wollte ich Sie herumführen, aber das wird Miss Waris übernehmen. Sehen Sie sich mal alles in Ruhe an, lesen Sie sich ein, wir werden dann morgen besprechen, wie ich Sie einsetzen möchte.« Energisches Klopfen an der Tür unterbrach Murdochs Ansprache. »Ja bitte?«, sagte sie, doch die Tür wurde bereits vorher aufgedrückt. Ein Mann erschien – er trat nicht einfach nur ein. So kam es Agnes jedenfalls vor, denn er trug seinen Kopf, als säße eine Krone darauf und jedes Detail seiner Kleidung war von bester Qualität, von der perfekt sitzenden Anzughose bis zu dem taillierten Hemd, das auf einen durchtrainierten Oberkörper schließen ließ. Agnes schätzte ihn auf 45, wenngleich er durch seinen dunkelblonden Haarschopf tatsächlich einiges jünger wirkte. Sogleich verspürte sie einen überraschenden Drang zu fragen, womit sie ihm dienen dürfe, was mehr als irritierend war und sie bewog, zurückzuweichen.

»Was gibt's, Walter?«, fragte Virginia Murdoch mit verändertem Tonfall. Etwas Weiches hatte sich eingeschlichen, beinahe Ängstliches. »Kann ich etwas für dich tun?«

»Ich wollte dich sprechen«, erwiderte der Mann kurz angebunden und fixierte sogleich Agnes.

»Darf ich dir Miss Feder vorstellen?«, reagierte Miss Murdoch auf das Interesse ihres Besuchers. »Österreichische Juristin von *BabyStar*, wird für zwei Jahre bei uns bleiben.«

»Sehr erfreut«, sagte der Mann und ergriff Agnes Hand. »Walter Bernty. Geschäftsführer und Leiter der Forschungsabteilung.«

In seiner Hand schien die ihre zu verschwinden. Agnes keuchte beinahe auf vor Schreck, als sie seine Haut berührte. Kühl und weich war sie, und doch hatte Agnes das Gefühl, in eine tödliche Falle getappt zu sein. Berntys bernsteinfarbene Augen hätten warm wirken müssen, jedoch das Gegenteil war der Fall. Sein Blick durchbohrte sie gleich dem eines Sammlers, ehe er den Schmetterling mit einer Nadel durchbohrte.

»Sehr erfreut«, stammelte sie mechanisch und schluckte. Sie musste unbedingt etwas Geistreiches sagen, ehe ihre Vorgesetzten sie endgültig für debil halten würden. »Ich freue mich sehr auf die Arbeit für *SAFUR*.«

»Ich werde Sie mir merken«, antwortete Walter Bernty mit einem Lächeln, das Agnes' Unbehagen nur noch mehr steigerte. Virginia drängte sich in den Raum zwischen Bernty und Agnes, breitete die Arme aus, ohne jemanden dabei zu berühren. Unmissverständlich versuchte die Chefjuristin, sie zur Tür zu scheuchen.

»Miss Feder, wenn Sie dann wieder zu Miss Waris gehen wollten«, fackelte ihre Chefin nicht lange herum. »Mr Bernty und ich haben eine dringliche Besprechung.«

»Natürlich«, brachte Agnes noch heraus und bemühte sich, nicht aus dem Zimmer zu rennen. Offenbar hatte sich die Dringlichkeit dieser Besprechung spontan manifestiert, wo doch Walter Berntys Besuch zuvor noch eine Überraschung für Lady Kobra gewesen war. In der berechtigten Sorge, in der Hast die Tür zuzuknallen, verharrte Agnes eine Sekunde, ehe sie diese leise hinter sich zuzog.

»Die lässt du in Ruhe, verstanden?«, hörte sie die Kobra zischen und dann bloß noch sonores Männerlachen.

Megan und Agnes standen in einer Reihe wartender Gäste nahe einer roten Kordel, die zwischen zwei Messingständer gespannt war. Endlich waren sie so weit aufgerückt, dass bloß noch zwei Paare vor ihnen auf die Zuweisung eines Tischs warteten. Agnes' Füße schmerzten vom absolvierten Gewaltmarsch in unpassendem Schuhwerk. Bei *SARFUR Chemistries* arbeitete sie seit Beginn der Woche vormittags, und anschließend nahm sie sich eine Sehenswürdigkeit nach der anderen vor. Heute war die Tate Gallery an der Reihe gewesen, bis sie zum Fünfuhrtee mit Megan zu *Fortnum & Mason* gehumpelt war.

»Die Gemälde von Turner sind einfach traumhaft«, versuchte Agnes, die ins Stocken geratene Unterhaltung in Gang zu halten. »Wie dieser Mann Licht eingesetzt hat … wenn ich da an meine eigenen dilettantischen Malversuche denke, möchte ich nie mehr einen Pinsel angreifen.«

»Gleich sind wir an der Reihe«, raunte Megan ihr zu, die einen zum Ausgang strebenden Gast beobachtete.

»Wird Zeit. Andernfalls würde ich mich jetzt auf den Boden setzen – die Blasen an meinen Fersen bringen mich um …«, zeigte sich Agnes erleichtert, als der Restaurantbedienstete die Kordel ausklinkte und damit den Weg ins Innere des *Diamond Jubilee Tea Salon* freigab. Seine Schritte wurden vom Teppich gedämpft, als er den beiden Frauen den Weg zu einem der weiß gedeckten runden Tische wies. Nach dem Trubel des Tages zwischen Menschenmassen und fremden Eindrücken genoss Agnes die entspannte Gelassenheit des Raumes, den luxuriösen Polstersessel in blassem Türkis, auf dem sie Platz nahm und endlich die Schuhe abstreifen konnte. Alles war durch und durch britisch, von der hellen Wandvertäfelung bis zur raffiniert indirekten Deckenbeleuchtung, dass man meinen konnte, sich in einen Jane-Austen-Film verirrt zu haben. Selbst die Speisekarte, die sie studierte, hatte diesen gewissen nostalgischen Touch, wobei Megan die ihre erst gar nicht aufklappte. »*Fortnum's Afternoon Tea*«, erklärte sie bestimmt und hielt Ausschau nach einer der Serviererinnen. »Da ist alles von *Scones* bis *Finger Sandwiches* dabei. Der Royal Blend wird ganz nach deinem Geschmack sein. Der wurde einst für Edward VII. gemischt. Assam und ein Hauch Ceylontee, hat ein kräftiges Aroma und ist gut mit Milch und braunem Zucker zu trinken.«

»Bestell einfach du.« Agnes ließ sich erschöpft gegen die Rückenlehne sinken und klappte die Karte zusammen.

»Erzähle mir von deinen ersten Arbeitstagen«, wechselte Megan das Thema, »ich bin fast vom Sessel gefallen, als ich in deinem Mail gelesen habe, *wo* du arbeiten wirst! Vor meiner Zeit in Wien habe ich fünf Jahre für *SARFUR Chemistries* gearbeitet. Aber das weißt du ja.«

»Dr. Brum hat mir den Job vermittelt«, begann Agnes.

»Wie selbstlos«, warf Megan sarkastisch ein.

»Die können mich nicht weit genug wegschicken«, bestätigte Agnes den unterschwelligen Verdacht ihrer Freundin.

»Hoffentlich ergeht es dir bei *SARFUR* besser als mir.« Angesichts Agnes' besorgter Miene zwinkerte Megan ihr beschwichtigend zu. »Keine Sorge, du bist schließlich keine Pharmazeutin. Als Juristin wirst du in einem anderen Arbeitsfeld eingesetzt.«

Eine Serviererin in langer weißer Schürze trat an ihren Tisch, nahm die Bestellung auf und verschwand genauso lautlos, wie sie gekommen war.

»Virginia Murdoch, meine Vorgesetzte, scheint in Ordnung zu sein«, wollte Agnes beim Thema bleiben. »Hat viel zu tun.«

»Die Rechtsabteilungsleiterin«, erinnerte sich Megan und nickte zustimmend, »die war immer korrekt. Vielleicht läuft dir mal ein Walter Bernty über den Weg – dann sieh zu, dass du das Weite suchst.« Megans Augenbrauen hatten sich während des Sprechens zusammengezogen, ihre Hände nestelten an der weißen Stoffserviette. »Na ja, das ist Vergangenheit. Gut, dass du bei der Murdoch bist.«

»Walter Bernty?«, hakte Agnes nach, endgültig neugierig geworden. »Der ist mir gleich am ersten Tag über den Weg gelaufen. Attraktiv wie der Teufel.«

»Und genauso fies«, bekräftigte Megan. »Lass dich bloß nicht von dem einwickeln.«

»Weil dann *was* passiert?«, ließ Agnes nicht locker. Megan lehnte sich zurück, verschränkte die Arme vor der Brust und fixierte die zartrosa Röschen, die in einer Silbervase die Mitte des runden Tisches zierten.

»Mister Bernty hat zwei Leidenschaften«, hob sie schließlich an, ohne den Blick von den Blumen zu lösen, »Geheimnisse anderer Leute und Frauen, die ihn ebenfalls nichts angehen sollten.«

»Das mit den Frauen kann ich mir vorstellen«, versuchte Agnes, mit der kryptischen Feststellung etwas anzufangen. »Zwischen Virginia und Bernty waren gewisse Spannungen zu spüren … kann natürlich auch beruflich sein.« Ein plötzlicher Gedanke schreckte Agnes auf. »Hast du vielleicht mit Bernty …?«

»Oh Gott, nein!«, widersprach Megan empört. »Möglicherweise wäre er dann nicht ganz so hinterhältig mir gegenüber gewesen …«, sie zögerte einen Moment lang und schürzte die Lippen, »… doch, wäre er genauso gewesen.« Agnes lachte leise. Sie mochte den trockenen Humor ihrer Freundin.

»Was hat er dir denn getan?«, fragte sie nach, obwohl ihr klar war, dass Megan nicht darüber sprechen wollte. Nach wie vor entzog sich ihre Freundin jedem längeren Blickkontakt.

»Ist eine lange Geschichte«, wich Megan erwartungsgemäß aus. »Sie führte jedenfalls dazu, dass ich meinen guten Ruf verloren habe und nach Wien wechseln musste.«

Also ein dunkles Geheimnis, dachte Agnes und wurde dieses Kribbeln am Ende der Wirbelsäule nicht mehr los, sah Megan, die Michelle anlächelt … »Den zweiten Geschäftsführer habe ich auch schon gesehen«, lenkte Agnes ab, von einem diffusen Unbehagen getrieben.

»Kensing heißt er. Kennst du ihn? Klein, dick, blasiert?«

»Oh ja«, stöhnte Megan und zog die Stirn kraus. »Vorsicht – der explodiert sofort, wenn jemand sein Ego kränkt. Wenn Bernty da ist, passiert das praktisch ständig. Die beiden liegen sich pausenlos in den Haaren.«

Der Tee wurde in edlen türkis-weiß-goldfarbigen Porzellankannen gebracht. Die Serviererin platzierte ein dreistöckiges Silbergestell, beladen mit schmalen Sandwiches, Törtchen und Scones, in der Mitte des Tisches. Die Scones dufteten süß, waren allem Anschein nach backofenwarm. Agnes lief das Wasser im Mund zusammen. Clotted Cream sowie Marmelade und ein Kännchen Milch gesellten sich dazu. Megan begann, eines der Scones aufzuschneiden und mit der Buttercreme zu bestreichen. Dann häufte sie einen Löffel Erdbeermarmelade darauf und biss herzhaft hinein.

»Seit dem Frühstück mein erstes Essen«, nuschelte sie, während sie hastig den Bissen hinunterschluckte. »Im Spital war Einiges los. Es beginnen neue klinische Tests, einer sogar von *SARFUR.* Ich bin bei den Vorbereitungen mit dabei. Blöderweise Bernty detto.« Wann immer Megan seinen Namen aussprach, senkte sich ihr Blick, verschloss sich ihr ganzes Wesen, fiel Agnes auf. »Aber danach wird es wieder ruhiger werden. Wir könnten uns mittags öfter mal treffen. *SARFUR* ist ja gleich um die Ecke von meinem Hospital.«

»Hm«, brummte Agnes mit vollem Mund, die sich in gleicher Art wie Megan ein Scone vorbereitet hatte und nun mit geschlossenen Augen den Bissen genoss. »Wow, schmeckt köstlich«, schwärmte sie. »Soll noch mal wer sagen, die Engländer essen nicht gut.« Megan lachte und hielt die Kanne über ihre Tasse. Indessen wischte Agnes die Finger an der Stoffserviette sauber und steckte die Hände in die Tiefen ihres Lederrucksacks. Nach einigem Kramen zog sie triumphierend einen kleinen Zettel und den Stadtplan heraus.

»Hier ist meine Telefonnummer. Ich habe mir gleich eine SIM-Card organisiert. Ruf' mich an, wenn du Zeit hast. Und jetzt zeig mal am Plan, wo das Spital ist.«

Megan schlug die richtige Seite auf und zeigte auf eine Straße.

»Hier ist es.«

»Tatsächlich gleich um die Ecke von *SARFUR*«, freute sich Agnes. »Und wo wohnst du?«

»In einem Haus am Bedford Square, Bloomsbury.« Die Adresse kam Agnes bekannt vor: War dort nicht das British Museum – feinste Gegend, mitten in der Stadt?

»Verstehe ich das richtig: Du hast ein Haus mitten in London?« Langsam dämmerte ihr, was Megan eben gesagt hatte, »Bist du … Millionärin?«

»Unsinn«, lachte diese verlegen, »meine Nichte Annie hat vor ein paar Jahren eine richtig große Erbschaft gemacht. Sie selbst ist Hebamme. Weil sie nicht alleine wohnen mag, hat sie mich als Untermieterin aufgenommen.«

»Ist das nicht die Anna White, die dich während deiner Wienzeit mit Darjeeling versorgt hat?«

»Genau. Sie ist die Tochter meiner Halbschwester, die Jugendsünde meines Daddys. Er ist mit 17 erstmals Vater geworden, deshalb ist Annie sogar etwas älter als ich«, erwiderte Megan. »Annie ist meine engste Vertraute. Ich habe ihr viel von dir erzählt, und sie brennt darauf, dich kennenzulernen.« Agnes stutzte bei diesen Worten. Viel erzählt?

»Weiß sie, was in Wien passiert ist?«

Megan nahm einen Schluck Tee und nickte beifällig.

»Alles?«

»Die ganze Geschichte.«

Agnes' Augenbrauen zogen sich unwillkürlich zusammen. »Auch von meinen Träumen?«

»Ganz besonders das«, gab Megan zu. »Verzeih' bitte meine Indiskretion, aber Annie versteht was von diesen Dingen, und sie ist absolut vertrauenswürdig«, beteuerte sie und fügte bedeutungsschwer hinzu: »Sie ist eine von uns.«

»Aber die Begegnung mit der Handleserin hast du nicht …?«, fragte Agnes ungläubig nach, obwohl sie die Antwort erahnte. Wie konnte Megan ihr Geheimnis einfach ausplaudern? Über solche Fähigkeiten zu verfügen, machte einen zu einem Sonderling, einem Esoterik-Spinner – das durfte doch nicht herumerzählt werden, als hätte man eben mal sein Talent im Töpfern entdeckt. Sie hatte eben erst diese übersinnlichen Wahrnehmungen für sich selbst akzeptiert, aber das hieß noch lange nicht, dass sie damit an die Öffentlichkeit treten wollte. Als *Hexe* belächelt zu werden – das fehlte noch.

»Komm doch am Freitag zum Dinner, mit Siebert natürlich«, versuchte Megan die verdorbene Stimmung zu retten. »Dann lernst du Annie kennen und wirst mir nicht mehr böse sein können.« Die Einladung kam so warmherzig und entwaffnend, dass Agnes sich fast schämte. Warum diese Empfindlichkeit? Megan war ihr stets eine treue Freundin gewesen, absolut vertrauenswürdig.

»Sehr gern«, lenkte sie ein. »Tut mir leid, dass ich überreagiert habe.« Bestärkend griff sie nach Megans Hand und drückte sie leicht. Im selben Moment entstand das Bild vor ihren Augen: Megan im weißen Kittel, die Michelle den Giftbehälter entgegenstreckte. Das Gift aus Megans Apothekenbestand, das später in ihrem Tee gelandet war. Das Frau Muth und das Lehrmädchen getötet hatte und beinahe auch Agnes. Agnes ließ Megans Hand abrupt los. Megan spürte den Wandel, hatte sich vielleicht selbst in Agnes' Gedanken wahrgenommen.

»Was ist, Agnes?«

»Eine Erinnerung, nichts Besonderes«, behauptete Agnes leichthin und wich Megans fragendem Blick aus. »Das passiert manchmal.«

»Wundert mich nicht, dass wir in London wieder zusammenarbeiten«, sagte Siebert und schwenkte die goldene Flüssigkeit in seinem Whiskyglas. »War eine nette Überraschung, dein Anruf heute.« Sie saßen nebeneinander auf einem der Sofas des Klubraums, der nach dem Dinner den Bewohnern des *Vincent House* zur Verfügung stand, und ließen den Tag ausklingen. Einige der Gäste tranken von dem dünnen Kaffee, der verlässlich niemandem den Schlaf rauben würde, andere gönnten sich wie Agnes und Siebert einen hochprozentigen Schlummertrunk. Die *Old Lawyers*, wie Siebert eine Gruppe von drei greisen Juristen nannte, hatten wie stets ihren Stammplatz nahe der Terrassentür eingenommen, durch die ein angenehmer Luftzug den Raum kühlte. Hinter Agnes' und Sieberts Sofa spielten Studenten Poolbillard. Das Klacken der Kugeln ließ Wiener Kaffeehausatmosphäre aufkommen, Heimatgefühle. Satt und zufrieden lehnte sich Agnes an Siebert, beobachtete die *Old Lawyers* und das pensionierte königliche Kindermädchen, das von seiner Runde durch den Garten würdevollen Schrittes zurückkehrte.

»Nachdem deine Anwaltskanzlei in Wien auch im medizinischen Bereich tätig war, ist es irgendwie naheliegend, dass die Partnerkanzlei in London eine ähnliche Klientel hat«, erwiderte Agnes mit einiger Verzögerung.

»*Tromp & Wotens* machen die internationalen Verträge für *SARFUR*. Nebenher betreuen wir deren gerichtliche Angelegenheiten.«

»*Wir*? Du identifizierst dich bereits mit deinem neuen Arbeitgeber?«, neckte sie Siebert augenzwinkernd. »Ich habe Virginia Murdoch übrigens nicht verraten, dass ich den besten Mann von *Tromp & Wotens* intim kenne«, gestand Agnes.

»Aus einem bestimmten Grund?«

»War so ein Gefühl«, murmelte Agnes vage.

»Alles okay bei *SARFUR*?«, fragte Siebert mit besorgtem Blick, und Agnes nickte zustimmend.

»Immerhin darf ich die Verträge für die Probanden der nächsten klinischen Prüfung checken, wichtige Rechtsanwälte anrufen«, sie zwinkerte ihm bedeutungsvoll zu, »und bei ein paar Projekten aushelfen. Meine Chefin ist zwar ein wandelnder Vulkan, aber wenigstens gibt sie mir was zu tun.« Erstaunt über die positive Bilanz, sah sich Agnes um. Noch vor ein paar Monaten war es für sie unvorstellbar gewesen, dass das Leben noch einmal schön werden könnte; dass sie an der Seite ihres Traummannes in der Heimat der Teetrinker einer interessanten Arbeit nachgehen könnte, unbehelligt von eifersüchtigen Ex-Liebhabern und Mordanschlägen. Tränen stiegen hoch, und eine sentimentale Rührung packte sie.

»Du denkst wieder zurück«, raunte ihr Siebert ins Ohr und küsste sanft ihr Ohrläppchen. »Hier hast du nichts zu befürchten, okay?« Sanft strich seine Hand über ihre Wange. »Das hier ist unser Neubeginn – alles Böse haben wir in Wien gelassen.« Seine Sorge um sie ließ Agnes das Herz übergehen vor Liebe. Warum tauchten aus dem Hinterhalt wieder und wieder die alten Angstgefühle auf, immer dann, wenn man am wenigsten damit rechnete?

»Mir geht's gut.« Sie lehnte ihren Kopf gegen seine Schulter und seufzte. »Weil du da bist.«

»Das soll mich überzeugen?«, tadelte Siebert sie. Sein Blick irritierte Agnes, schien zu forschend, zu entlarvend. Bloß keine Probleme wälzen, wappnete sie sich entschieden gegen den drohenden Tiefgang des Gesprächs. Einfach normal sein. Mit gespielter Heiterkeit prostete sie ihm zu und trank den Rest des Ports in einem Zug aus. Sie musste sich der Echtheit ihres gegenwärtigen Lebens vergewissern, und dafür gab es eine bewährte Methode. »Gehen wir hinauf?« Das Funkeln in ihren Augen ließ Siebert sein Glas eilig austrinken.

»Denkst du dasselbe wie ich?«, fragte er hoffnungsvoll nach.

Sie musterte ihn von Kopf bis Fuß, bis ihre Augen um seine Mitte hängen blieben.

»Scheint so«, schmunzelte sie und hob eine Augenbraue. »Folgen Sie mir, *Old Lawyer.*«

»Violet! Wo bleibst du, Kind! – Bringe eilig den Absud von der Brennnesselwurzel. Hörst du?«

Die Stimme verhallte. Violet stand über das Feuer des Herdes gebeugt, in welches sie zuvor noch aus Leibeskräften geblasen hatte. Die Flammen loderten angriffslustig in der gemauerten Feuerstelle. Die Wände ringsum waren von Ruß geschwärzt, Fleischstücke hingen im Kamin, an Haken befestigt. Mit aller Kraft hob sie einen Wasserkessel auf den Eisenring, der sogleich leise zu summen begann. Die Küchenmagd schickte sich an, die Feuerwache zu übernehmen. Einige Strähnen hatten sich aus Violets Zopf gelöst, der feuerrot bis zur Hüfte reichte. Neben der Kochstelle stand ein weiterer Topf. Noch bevor Violet diesen Kupferkessel anpackte, nahm sie zwei Tücher zum Schutz vor der Hitze der Metallhenkel zur Hand. Vorsichtig seihte sie die bräunliche Flüssigkeit in eine Schale, stellte den Topf ab und zog das Kleid zurecht, dessen Grün sich in ihren Augen wiederholte. Eilig steckte sie die Haarsträhnen zurück in das Zopfgeflecht und nahm raschen Schrittes die Treppen vom Untergeschoss ins Erdgeschoss zum Arbeitszimmer des ungeduldigen Onkels. Mit ihrem Eintreten unterbrach sie die Unterhaltung der beiden anwesenden Männer.

»Ah, Violet«, bemerkte der etwas jüngere der beiden.

Er war ein fülliger Mann von bleichem Teint, und seine grauen Augen blickten herablassend auf das Mädchen. Merit Thorn war der Ehemann ihrer Tante, ein wohlhabender Landadeliger von triebhafter Natur. Seine Gegenwart war für Violet stets mit großem Unbehagen gepaart, zu geschmacklos waren seine Anspielungen und anzüglichen Äußerungen. Sie hielt den Blick gesenkt, um ihre Abscheu zu verbergen, und erwiderte einen höflichen Gruß. Sogleich wandte sie sich ihrem Onkel zu, in dessen Haus sie seit einigen Jahren lebte, um dem Witwer zur Hand zu gehen.

»Hier Onkel, der Absud. Ich habe die Wurzeln genauso zubereitet, wie Ihr mich angeleitet habt. Wie kann ich Euch noch dienlich sein?« Zufrieden erwiderte der ältere Mann ihr Lächeln. Schon oft war er ob seines ebenso roten Haars für Violets Vater angesehen worden, was ihn recht schmeichelte.

»Gieße ein wenig davon in diese Flasche, aber sieh' zu, dass der Absud nicht zu heiß ist. Hernach gib zwei Teile von dieser Tinktur hinzu.« Er hielt ihr eine kleinere Glasflasche entgegen. »Dieses Elixier sollte dem Ausschlag auf Mister Thorns Kopfhaut ein rasches Ende bereiten«, und seinem Patienten zugewandt, sprach er: »Jeden Morgen und Abend massiert einige Tropfen davon auf die befallenen Stellen. Seht zu, dass der Wind ungehindert durch Euer Haar fahren kann, so oft dies möglich ist. Doch gebt acht: Keine pralle Sonne darf die empfindliche Haut zusätzlich reizen! Bereits nach einer Woche sollte sich ein sichtbarer Erfolg einstellen, und die Haare werden alsbald an den kahlen Stellen nachwachsen. Es war eine kluge Entscheidung von Euch, nicht allzu lange zuzuwarten, andernfalls hätte sich der Ausschlag über das ganze

Haupt ausgebreitet.« Merit brummte einige zustimmende Worte, ließ dabei jedoch die beschäftigte Violet nicht aus den Augen.

»Doktor Huntington«, hob er an, »verzeiht diese direkte Frage, doch zu ungewöhnlich ist, was mir hier ins Auge sticht. Wie kommt es, dass Ihr Eure Nichte zur Gehilfin ausbildet? Bestimmt gibt es unzählige junge Männer, die jene Ehre zu schätzen wüssten, von Euch lernen zu dürfen. Das ist doch keine passende Beschäftigung für eine junge Dame aus vornehmem Haus.«

Mittlerweile hatte Violet die Flasche verschlossen und ihrem Onkel überreicht. Verärgert warf sie Merit Thorn einen Blick zu. Die Arbeit bei Titus Huntington war ihr ganzer Lebensinhalt, wusste sie doch, dass sie niemals die Erlaubnis ihrer Eltern für irgendeine höhere Bildung erhalten würde. Titus hatte ihr ermöglicht, das Elternhaus zu verlassen, hier in London seinen Haushalt zu führen und dafür medizinisches Wissen zu erwerben. Es war ihr gestattet, in wissenschaftlichen Büchern zu lesen und bei der Zubereitung von Arzneien zu helfen. So hatte sich Violets Leben in den vergangenen Jahren äußerst interessant gestaltet. Jede Anfechtung dieses wunderbaren Zustands löste Furcht in ihr aus – Furcht, wieder in das elterliche Heim zurückkehren zu müssen und das eintönige Leben der Frauen des Landadels fristen zu müssen.

»Nun, tatsächlich hatte ich niemals zuvor einen so willigen Gehilfen bei meiner Arbeit. Violet ist ein kluges Mädchen, sehr fleißig und führt den Haushalt zu meiner höchsten Zufriedenheit. Ich habe meine Entscheidung noch nie bereut«, entgegnete Titus gutmütig. Als Witwer ohne Kinder war das Mädchen Ersatz für seine verlorene Familie geworden. Er war seinem Täufling in väterlicher Liebe zugetan und hatte erst kürzlich mit Sorge bemerkt, dass sie längst ins heiratsfähige Alter gekommen war. Auch Merit war dieser Gedanke bei Violets weiblichen Reizen sofort durch den Kopf gegangen.

»Die kleine Violet wird, wie alle jungen Weiber, einen Mann wollen und Kinder, das ist ihre gottgewollte Bestimmung. Wie meine Gemahlin von Ihrer Schwester, Violets Mutter, erfahren hat, gibt es auch den einen oder anderen passenden Bewerber, der dafür infrage käme.« Mr Thorn delektierte sich an Violets entsetzten Gesichtsausdruck. »Nun, wir werden einander alsbald im Hause deines Vaters wiedersehen. Vielleicht gibt es ja eine Verlobung zu feiern – lassen wir uns überraschen.«

»Ich werde nicht heiraten, Mister Thorn«, brach es aus ihr heraus. »Eher gehe ich ins Kloster.« Titus blickte missbilligend auf sie herab, für Gefühlsausbrüche hatte er nichts übrig.

»Das ist nicht der Ort, derartige Dinge zu bereden«, unterband er jede weitere Diskussion. »Bringe jetzt das Geschirr zurück in die Küche, Violet.«

Gehorsam entfernte sie sich, zum Bersten gefüllt mit Angst, Hass und Abscheu. Erst in der Abgeschiedenheit der Küche schrie sie: »Ich will nicht heiraten! Ich will nicht heiraten!«

»Wach auf!«, raunte eine Männerstimme in ihr Ohr. »Du musst niemanden heiraten!« Jemand rüttelte an ihren Schultern. Unangenehm, störend. Sie wehrte sich gegen die Erschütterung. »Agnes, schau mich an. Alles in Ordnung mit dir?«

Vorsichtig öffnete sie die Augen und sah Sieberts behaarte Brust vor sich. Langsam kehrte sie in die Realität zurück: London, Hotelzimmer, Siebert in ihrem Bett. Die Sonne stand noch nicht am Himmel, und das Zimmer lag im Dämmerlicht. Ein heftiger Wind fegte durch die offenen Fenster und ließ sie frösteln. Immer noch etwas verloren kuschelte sich Agnes in Sieberts Arme, der die Leintücher und Decken enger um sie schlang.

»Ein Albtraum«, murmelte sie und fügte ein schüchternes: »Entschuldige«, an.

»Nichts zu entschuldigen. Bloß – heiraten ist dein schlimmster Albtraum?«, bemerkte Siebert belustigt und strich dabei sanft über ihren Rücken, beruhigte sie, wie man es mit einem Kind täte. »Habe ich den Eindruck in dir erweckt, dass ich dich in Kürze zur Ehe zwingen würde?« Verlegen rieb Agnes ihre Füße an Siebert Beinen, die viel wärmer als ihre eigenen waren.

»Quatsch«, tat sie verlegen ab, »das hat nichts mit dir zu tun. Meine Träume sind einfach sehr lebhaft. Vielleicht ein Film, den ich mal gesehen habe – irgend so was.« Ganz dicht an Siebert geschmiegt, sich seiner aufwallenden Lust bewusst, konzentrierte sie sich mit allen Sinnen auf ihrer beide Körper, um den Traum zu vergessen.

»Du bist recht munter«, bemerkte sie zufrieden und ließ die Hüfte anzüglich kreisen.

»Was das für ein Film sein sollte, verstehe ich zwar nicht«, antwortete Siebert mit rauer Stimme, »aber jetzt, wo wir schon mal wach sind …« Damit endete die Unterhaltung, denn seine Lippen beschäftigten sich lieber mit Agnes' empfindsamer Haut nahe dem Ohrläppchen.

7. KAPITEL

Denn manche wachen, während andre schlummern,
das ist nun mal der Lauf der Welt.

(Hamlet, 3. Akt, Szene 2)

Die Sonne brannte unbarmherzig auf ihren Schreibtisch, die Klimaanlage war defekt und die Raumtemperatur in unerträgliche Bereiche angestiegen. Agnes speicherte das Schriftstück ab und entspannte ihren Rücken in der federnden Rückenlehne des Schreibtischsessels. »Das war der letzte Probandenvertrag«, ließ sie Helen wissen, die sich dafür kein bisschen interessierte. Ohne die geringste Reaktion zu zeigen, starrte sie auf den eigenen Bildschirm und tippte von Zeit zu Zeit in die Tastatur.

Agnes gähnte herzhaft. Wenig Schlaf gepaart mit Hitze und monotoner Bildschirmarbeit war eine fatale Kombination. Kaum kam ihr der Gedanke, eine Teepause einzuschieben, donnerte etwas gegen die Tür, die beinahe zeitgleich aufgerissen wurde – von Lady Kobra. Virginias schwarzblau gefärbtes Haar stand in solchem Kontrast zu der blassen Gesichtsfarbe, dass Agnes meinte, eine schwarz-weiß-Fotografie anzustarren. Trotz der Zartheit ihres Körpers strahlte die Frau eine aggressive Energie aus, die einem Gladiator zur Ehre gereicht hätte. Ihr Finger tippte unaufhörlich auf die Armbanduhr.

»Was?«, fragte Agnes irritiert ob des wortlosen Vorwurfs der Geste. Offenbar hatte sie wieder irgendetwas angestellt und damit Virginia auf die Palme gebracht. So sehen Giftzwerge aus, murmelte sie auf Deutsch, ohne die Miene dabei zu verziehen.

»Warum sind Sie noch hier? Die Probanden warten in der Klinik auf Sie!« Agnes riss die Augen auf, spürte wie Blut in ihre Wangen schoss. Der Termin war doch morgen – verunsichert warf sie einen Blick auf den Kalender.

»Da«, ihr Zeigefinger tippte auf die Stelle am Bildschirm, wo der Termin im Outlook eingetragen war, »das Treffen mit den Probanden ist morgen – ich bin eben mit den Verträgen fertig geworden«, begehrte sie auf.

»Die Probanden sind *heute* zum Gesundheitscheck in der Klinik, und im Anschluss werden die Verträge unterfertigt. Packen Sie alles zusammen und laufen Sie rüber.« Virginias Absatz stampfte einen hektischen Rhythmus. Wie hypnotisiert starrte Agnes ihre Chefin an, die mit den Armen zu wedeln begann. »Los, los, Beeilung!« Dann drehte sie sich abrupt um, warf die Tür hinter sich ins Schloss, ehe Agnes sich auch nur irgendwie rechtfertigen konnte. Mit dem Knall der Tür fiel die Starre von ihr ab, und in Windeseile druckte sie den letzten Vertrag aus, schob alles in eine Mappe, warf einige Kugelschreiber dazu und klemmte sich die Tasche unter den Arm.

»Bye!«, rief ihr Helen hinterher, doch Agnes war schon im Laufschritt aus dem Zimmer geeilt, die Treppe hinunter, die Straßen entlang dem Spital entgegen. Unentwegt überlegte sie, wie es zu diesem Missverständnis hatte kommen können. Hatte sie das Datum falsch verstanden? War ihr Englisch tatsächlich so schwach? Mit schlechtem Gewissen, schweißnass und einem Kreislauf, der im Erdgeschoss geblieben war, langte Agnes auf der Station ein, wo die klinische Prüfung von *Ulysses* stattfinden sollte.

»Sind alle ganz verrückt wegen dem Mittel«, murmelte Agnes und atmete tief durch. Ein paar junge Männer warteten am Gang und blickten ihr erwartungsvoll entgegen. Eine Tür öffnete sich, und Megan kam ihr entgegen.

»Ah, da bist du ja. Alles in Ordnung? Wirkst abgehetzt. Ich weiß, eigentlich war unser Termin für morgen angesetzt, aber da hätten unsere Ärzte nicht können. Irgendein Symposium, wo sie alle dabei sein wollen. Wieder mal so eine Aktion, bei der in letzter Sekunde alles umgeschmissen wird. Glücklicherweise konnte ich alle Probanden für heute bestellen.« Megan stutzte, weil Agnes sie mit offenem Mund anstarrte. »Was ist? Hat dir das Virginia nicht gesagt?«

»Nein, davon hat sie mir nichts erzählt«, polterte Agnes los. »Die Frau hat sie nicht alle!« Eine Zornesfalte legte sich senkrecht zwischen ihre Augenbrauen, die Megan erstaunt betrachtete. Im Moment war Agnes nahe dran, die Verträge aus dem nächsten Fenster zu werfen.

»Virginia wird vergessen haben, es dir zu sagen. Ist ja nichts passiert«, beschwichtigte Megan und wies auf eine der Türen. »Dieses Zimmer hier drüben kannst du benützen. Der medizinische Check ist erledigt, da hast du die Liste der Probanden, die für den Test fit sind.« Damit drückte sie Agnes ein Papier in die Hand und machte Anstalten, zu gehen. »Ich muss gleich weiter, aber wir sehen einander am Abend – nicht vergessen! Annie kocht etwas Feines zum Dinner.« Agnes blickte ihrer Freundin nach und seufzte. Irgendwie sollte sie jetzt trotz der Wut im Bauch mit der Arbeit anfangen. Abwechselnd schaute sie auf die Namen der Liste und die wartenden Männer.

»Mister Ian Miller?«, rief sie schließlich und schaute erwartungsvoll in die Runde.

»Das bin ich.« Ein blonder Bursche in Jeans und T-Shirt erhob sich und kam ihr lächelnd entgegen. »Hoffentlich dauert es nicht mehr allzu lang, hab' noch was vor.«

»Tut mir leid, dass Sie warten mussten. Mein Name ist Agnes Feder.« Sie hielt ihm die Hand entgegen und genoss seinen festen warmen Händedruck. Mit dem Kopf nickte sie Richtung Zimmer, das Megan ihr zugewiesen hatte. »Kommen Sie mit, Sie brauchen bloß den Vertrag durchzulesen und zu unterzeichnen, dann können Sie los«, versicherte sie und ging voraus.

»Hey, ich hole mir eine Cola, wollen Sie auch was?«, hörte sie Miller hinter sich sagen. »Sie sehen echt gestresst aus.« Er schlenderte die paar Schritte zum Getränkeautomaten und kramte dabei in seinen Jeans nach Kleingeld.

»Die beste Idee des Tages«, stimmte Agnes zu. Mit einem Mal fühlte sie in vollem Umfang den Druck, der auf ihr lastete. Die Schultermuskulatur war verhärtet, der Nacken schmerzte, hinter dem linken Auge pochte ein schriller Schmerz und der Boden schwankte bedenklich. Für einen Moment schloss Agnes die Augen und entsann sich einer der Übungen, die ihr im Traum von Sishla Vem vermittelt worden waren. Mit dem ersten Atemzug sog sie leuchtende Himmelsenergie über den Scheitelpunkt ein und spannte gleichzeitig den Beckenbodenmuskeln an. Sogleich fühlte sie eine belebende Kraft durch den Körper zirkulieren. Beim Ausatmen ließ sie die verbrauchte Energie wie schmutziges Wasser über die Fußsohlen und Handflächen ausströmen. Diese Übung wiederholte sie noch zwei Mal, ehe sie den neugierigen Blick des Probanden auf sich fühlte. Agnes öffnete die Augen und lächelte verlegen.

»Alles okay?«, fragte Ian Miller, der vermutlich damit rechnete, dass sie jeden Augenblick zusammenklappte.

»Entspannungstechnik gegen Migräne«, erklärte sie kurz und nahm ihm die Flasche ab, die er ihr entgegen hielt. »Die Münzen gebe ich Ihnen drinnen.«

»Ach was, Sie sind eingeladen – ich bekomme jetzt ja jede Menge Zaster: 2.000 Pfund! Die Kohle kann ich echt gut brauchen.« Betont lässig folgte er Agnes ins Zimmer. Dort standen gerade mal ein Tisch und zwei Stühle. Die Wände der rechten Seite waren durchgehend mit Regalen ausgestattet, in denen medizinisches Material gelagert war. Nichts schmückte den schmalen Raum, keine Vorhänge, kein Bild, kein Blumentopf. Sie setzten sich, und Agnes kramte die Verträge und Schreibutensilien aus der Tasche.

»Wissen Sie, meine Freundin ist schwanger«, erzählte Ian Miller unterdessen. »War nicht ganz so geplant, aber ich finde es cool, Vater zu werden. Blöderweise studieren wir beide noch, und unsere Eltern sind stinksauer. Wenn das Kleine erst mal da ist, werden sie sich schon wieder einkriegen, da bin ich mir sicher.« Den Burschen konnte anscheinend nichts aus der Ruhe bringen. Agnes mochte ihn auf Anhieb.

»Herzlichen Glückwunsch«, freute sich Agnes mit ihm, angetan von seiner offenen Art, fühlte jedoch einen Schatten auf sich lasten – oder lag er auf Ian Miller? Unsinn, entschied sie und wischte den Gedanken samt Schatten fort.

»Hey, sagen Sie Ian zu mir«, zwinkerte er spitzbübisch.

»Ian, okay. Ich bin Agnes«, erwiderte sie, bemüht, alle seltsamen Eindrücke ihres sechsten Sinns zu verdrängen. »Auf dein Baby.« Sie stießen mit ihren Cola–Flaschen an und lachten. Ian nahm einen großen Schluck und wischte sich mit der Rückseite seiner Hand genussvoll über den Mund.

»Das wird cool. Nancy ist die Richtige für mich. Das Studium werden wir auch noch hinkriegen. Mir ist diese Sache hier eingefallen. Ein Freund hat das schon mal gemacht. War total harmlos, und er hat dafür über 1.000 Pfund kassiert. Nancy findet das nicht so gut. Aber als Vater muss man doch Opfer bringen, nicht wahr? Immerhin spare ich mir die ganze Geburtssache mit Wehen und so. Das ist mein Beitrag«, lachte Ian und setzte die Flasche neuerlich an die Lippen und trank sie zur Hälfte leer.

Agnes betrachtete den jungen Mann. Kleine Lachfalten hatten sich um die Augen eingegraben, und auch um den Mund waren Spuren seiner Fröhlichkeit gezeichnet.

»Ich halte dir die Daumen, dass dieser Test genauso harmlos verläuft wie der deines Freundes«, platzte es aus ihr heraus. Schlagartig fiel das Lächeln von ihm ab und er sah sie verunsichert an.

»Weißt du irgendwas Genaueres über das Medikament?«, fragte er sichtlich nervös, und sogar seine himmelblauen Augen hatten etwas von ihrem Funkeln verloren. Unweigerlich ließ sich Agnes in die Tiefe seines Blickes fallen. Was sie seit der Mordaffäre in Wien tunlichst vermieden hatte, konnte sie in diesem Moment nicht verhindern. Der Schatten hätte ihr eine Warnung sein sollen, wusste sie in demselben Augenblick, in dem sie in das Gefühl von Angst tauchte, das ihr Gegenüber gerade eben empfand. Jedoch in Ians Seele überwogen Lebenslust und Freude samt einer großen Portion Liebe. Sie fühlte sich in seinen Emotionen wohl. Der Bursche war ein richtig netter Kerl. Jede Wette, dass er über empathische Fähigkeiten verfügte. Sie senkte ihren Blick, um die Verbindung zu unterbrechen, und sann nach Worten, die ihn beruhigen konnten.

»Ich bin Juristin, Ian, von Medizin und Forschung habe ich keine Ahnung. Aber diese Medikamente werden zuvor immer an Ratten und Affen getestet. Das Risiko wird so gering wie möglich gehalten. Außerdem sind ständig Ärzte um dich herum, die deine Körperfunktionen genau überwachen und analysieren. Sollte eigentlich unspektakulär über die Bühne gehen«, erwiderte Agnes, spürte aber ihre eigenen Zweifel. Sie hatte Ian nicht belogen; noch nie hatte man von schwerwiegenden Zwischenfällen gehört, mit klinischen Tests war leichtes Geld zu verdienen. Woher also dieses Unbehagen? Es konnte wohl nur an den mörderischen Erfahrungen mit den Medizinern von *BabyStar* liegen, befand Agnes. Pflichtgemäß schob sie Ian ein Vertragskonvolut von 17 Seiten über den Tisch.

»Soll ich das alles lesen?«, fragte er ungläubig.

»Klar, du unterschreibst es schließlich«, verlangte Agnes. »Über die Risiken bist du bereits von einem der Ärzte informiert worden. Da steht noch mal alles genau drinnen, vor allem, dass du ohne Zwang aus freien Stücken an der Studie teilnehmen und über die Versicherungssumme hinaus keinerlei Ansprüche an das Unternehmen stellen wirst. Ein Exemplar bekommst du mit nach Hause.«

Ian starrte auf die bedruckten Seiten, »Ich mache es sowieso«, sagte er schließlich, nahm den Kugelschreiber und unterzeichnete auf der letzten Seite. »Lesen tu' ich es daheim. Nancy wartet unten auf mich, wir gehen Kinderwagen aussuchen.« Der Kugelschreiber wurde von ihm auf den Vertrag geworfen, als wollte er nichts mehr mit der ganzen Sache zu tun haben. »Wann kriege ich das Geld?«

»Wir haben deine Bankverbindung und Kontonummer. Am Montag ist der Test; wenn du tatsächlich kommst, wird das Geld noch am selben Tag auf dein Konto überwiesen«, erklärte ihm Agnes und händigte ihm die Vertragskopie aus. »Dein Exemplar.«

»Cool, dann kann ich heute mit Kreditkarte zahlen. Also, wir sehen uns!«, lachte er, wenngleich seine Fröhlichkeit Agnes nicht länger überzeugte. Er rollte den Vertrag zusammen und winkte ihr damit zu. Agnes folgte ihm, unverhältnismäßig besorgt um diesen jungen Mann. Auch diese Gefühle schüttelte sie ab und suchte auf der Liste den Namen des nächsten Probanden.

»Mister Bob Gents?« Einer der wartenden Männer erhob sich.

»Das war köstlich!«, schwärmte Siebert und wischte mit der Serviette über die Mundwinkel. »Gibst du mir das Rezept von dem Shepherd's Pie, Annie?« Sie saßen alle um den Tisch, Annie, Megan, Agnes und Siebert, die nunmehr leeren Teller vor sich. »Das wäre was für die Jungs, am Fußballabend. Sonst gibt es Gulasch, wenn ich mit Kochen dran bin«, fügte er erklärend hinzu.

Annie lachte erfreut auf. Sie war eine dynamische Frau, der man die beinahe 50 Lebensjahre nicht ansah. Ihre Gesichtszüge waren von Lachfältchen geziert, und das Haar trug sie sportlich kurz, passend zu ihrer drahtigen Figur. Agnes und Siebert waren von ihr mit offenen Armen in dem schwarz-weißen Backsteinhaus am Bedford Square empfangen worden. Nach einer kurzen Führung durch ihr Heim machten sie es sich im Untergeschoss gemütlich, wo sich die Wohnküche befand. So gemütlich alle übrigen Zimmer auch eingerichtet waren, die Küche stellte definitiv das Herzstück des Hauses dar. Die Wände waren bis in Schulterhöhe weiß getäfelt, darüber in Blümchenmuster tapeziert. Annies Küchenmöbel stammten aus Großmutters Zeiten, ergänzt um einen zentral positionierten Küchenblock mit kupferner Abzugshaube, von deren Sims Kräutergebinde und Lavendelsträuße hingen. Auch vom Kaminsims unweit des Esstisches hingen Kräuterbüschel herab. In den Regalen standen vielerlei Flaschen und Töpfe, Geschirr und Teetassen sowie ein Sammelsurium von Teekannen verschiedenster Materialien und Farben. Durch die beiden straßenseitigen Fenster drang ausreichend Tageslicht in den Raum.

»Mir wäre zum Shepherd's Pie Shakespeare lieber als Fußball«, stellte Agnes fest. »Nur falls du mal für mich kochst.«

»*Sleeping within my orchard/ My custom always of the afternoon/ Up on my secure hour thy uncle stole/ With juice of cursed hebona in a vial/ And in the porches of my ears did pour the leprous distilment, whose effect/ Holds such an enmity with blood of man/ That swift as quicksilver in courses through/ The natural gates and alleys of the body …*«, rezitierte Annie mit düsterer Theatralik, das Glas erhoben, den Blick auf den blutroten Rebensaft gerichtet.

»Hamlet!«, rief Agnes begeistert. »Ist es in England Staatsbürgerpflicht, seine Stücke auswendig zu lernen?«

»Selbstverständlich. Der alte William ist ein Nationalheiliger«, feixte Annie. »Besonders für Schulaufführungen lernt man brav auswendig. Ich habe schrecklich gerne gespielt. Jedenfalls wusste Shakespeare was über Pflanzengift.«

»Mit *hebona* ist das Bilsenkraut gemeint, nicht wahr?«, konnte Agnes der Versuchung nicht widerstehen, ihre eigenen Kenntnisse sowohl in Kräuterkunde als auch in Literatur der Gastgeberin zu beweisen.

»Könnte auch Eibe sein. Zu Shakespeares Zeit waren Giftmorde quasi in Mode«, erwiderte Annie, und Agnes merkte ein Glitzern in den Augen der Hebamme. Schau an, ein Lieblingsthema von Annie, registrierte sie amüsiert. »Eibe ist höllisch giftig. Das Bilsenkraut wirkt anders, ist aber entsprechend dosiert ebenfalls giftig.«

»Nicht giftig genug«, warf Megan ein, »im Mittelalter hat man die Samen vom Bilsenkraut ins Bier gemischt, um die Rauschwirkung zu erhöhen. Die Stadt Pilsen in Böhmen hat ihren Namen wegen des Anbaus von Bilsenkraut. War auch ein Heilmittel bei Asthma.« Siebert, als Biertrinker alarmiert, räusperte sich voll Unbehagen.

»Meine Damen, mir wird in eurer Gegenwart etwas bange«, hob er an, die Shakespeare'sche Theatralik übernehmend. »Ihr kennt euch eine Spur zu gut mit tödlichen Giften aus. Ich fühle mich zunehmend wie Macbeth.« Die drei Frauen lachten amüsiert.

»Keine Angst, du bist von drei guten Hexen umgeben«, sagte Annie schließlich und wischte sich die Lachtränen aus den Augen.

»Die Giftigkeit ist außerdem eine Frage der Dosis«, verteidigte Agnes die Pflanzen. »Mit Bilsenkraut hat man schon viel früher Rauschzustände hervorgerufen. Druiden öffneten mit seiner Hilfe das Tor zu den Göttern, denn in dem Zustand der Entrückung war eine Kommunikation mit der Anderswelt möglich. Der Rausch war Teil eines Rituals, das hatte nichts mit dem heutigen Gebrauch von Rauschmitteln zu tun.«

»Ich würde mich nicht trauen, damit zu experimentieren«, warf Annie ein. »Nachdem es beträchtliche Schwankungen bezüglich der Inhaltsstoffe gibt und daher schwierig zu dosieren ist, gab es im Mittelalter bestimmt einige tödliche Vergiftungen.« Agnes nickte zustimmend.

»Das bayrische Reinheitsgebot räumte mit allen Beimengungen, die über Wasser, Hopfen und Malz hinausreichten, auf«, beruhigte Agnes Siebert, den Biergeschichte zu interessieren schien. »Es waren übrigens Mönche, die dem Bier Hopfen anstelle des Bilsenkrauts zusetzten. Während das Bilsenkraut wie ein Aphrodisiakum wirkte, dämpfte der Hopfen den Sexualdrang der Mönche.«

»Dann bleibe ich besser beim Wein«, grinste er sie an und prostete ihr mit seinem Glas zu.

»Es wurde auch als Anästhetikum in den frühen arabischen Spitälern verwendet«, warf Megan ein. »Laudanum hat man übrigens mit einem Extrakt von Bilsenkraut hergestellt, neben Opium natürlich. Müssen die damals gut geträumt haben!«, fügte sie scherzend hinzu. »Ein hochwirksames Mittel gegen allerlei Schmerzen, auch bei Husten. Langfristig hat diese Medizin bekanntermaßen zur Abhängigkeit geführt.«

»Glücklicherweise kann man auch ohne Laudanum schön träumen«, warf Annie ein.

»Ist auch sicherer«, meinte Agnes. »Die ›Flugsalbe‹ der Hexen hat wahrscheinlich auch Bilsenkraut enthalten. Jedenfalls glaubten die Frauen danach, tatsächlich geflogen zu sein oder gar sich mit dem Teufel gepaart zu haben.«

»Klingt nach einem Horrortrip«, warf Siebert ein.

»So sind Träume manchmal«, erwiderte Agnes mehr zu sich selbst als zu ihm. Einen Moment lang herrschte Schweigen.

»Hattest du wieder einen Traum – so wie zur Zeit der Morde?«, fragte Annie dann plötzlich. Als hätte sie ein Schlag in die Magengrube getroffen, setzte Agnes' Atmung aus. Starr blickte sie auf Annie.

»Ach, hast du schon öfter solche Träume gehabt wie letztlich?«, hakte Siebert ein. Agnes rührte sich nicht. Vergaß zu atmen.

»Du hast ihm gar nichts von deinen Träumen erzählt?«, stellte Megan zu allem Überfluss erstaunt fest. Der Druck stieg mit einer guten Erklärung die Situation zu retten. Wenn es denn eine gäbe – Siebert hielt doch bereits ihre Kräutertees für Hexengebräu!

»Begonnen hat alles mit den Mordfällen im Büro – und unserer Begegnung«, begann sie zögernd, wagte nicht ihm in die Augen zu sehen. »Damals hatte ich Träume, in denen mir nahestehende Menschen getötet wurden. Das Ganze spielte sich in einem anderen Leben, in einer anderen Kultur ab. Ich habe dir davon erzählt, als du im Koma gelegen bist.«

»Im Koma?«, unterbrach er sie ungläubig.

»Ähm, ja«, erwiderte Agnes und massierte sich unwillkürlich die Nasenwurzel gegen den aufkeimenden Kopfschmerz. »Später wurde mir klar, dass es eine Parallele zur Realität gibt und diese Träume mich vor drohender Gefahr warnen wollen.«

»Und du hast es bislang nicht für nötig erachtet, mir was davon zu erzählen?«, fragte er, und Agnes spürte die mitschwingende Kränkung. Was sie ihm da eigentlich erzählte, begriff er offensichtlich noch gar nicht. Dafür hob er abwehrend die Hände. »Die Geschichte mit meinem Koma zählt nicht, sorry«, setzte er nach, ehe sie antworten konnte. Sein Gesicht war ernst, und die Augen hatten etwas von dem warmen Glanz verloren, der bisher für sie reserviert gewesen war. Dann wandte er die Aufmerksamkeit seinem Weinglas zu und mied ihren Anblick. Das schmerzte mehr als alles andere. Verzweiflung stieg in ihr hoch.

Der erste Krach.

»Ich hatte Angst, dass du mir nicht glauben würdest«, flüsterte sie beinahe.

»Ach was«, fuhr er sie erbost an, doch schon im nächsten Moment richtete er seine zornigen Augen wieder auf das Weinglas. »Seit du hier bist, schläfst du schlecht, wachst schreiend auf. Sind das auch solche Träume?«, insistierte Siebert.

»Ja«, gab sie zu. »Aber andere als im Frühjahr.«

»Du hast mir also nie eine ehrliche Antwort auf meine Frage gegeben, was los ist. Jede Menge Gelegenheiten, mich einzuweihen.«

»Es tut mir so leid. Ich war einfach feige.« Jetzt, wo er sie mit diesem Blick anschaute, verstand sie es selbst nicht mehr. Die Gefühle der Kränkung und Enttäuschung flossen zu ihr, beschämten sie. Als hätte er es bemerkt, löste Siebert den Blickkontakt wieder. Ihr Herz klopfte gegen die Rippen, die Kehle war eng. Was hatte sie getan? Zaghaft berührte sie seinen Arm und suchte neuerlich seinen Blick.

»Sei nicht böse. Ich kann dir das erklären.«

Doch er sah an ihr vorbei.

»Später. Wir sind sehr unhöflich«, kanzelte er sie ab und richtete seinen Blick auf Annies Glas. »Annie, du sitzt auf dem Trockenen«, bemerkte er nun und griff nach der Flasche.

»Danke«, erwiderte diese mit hochgezogener Augenbraue. Anstatt es damit auf sich beruhen zu lassen und mit einem unverfänglichen Thema abzulenken, überraschte Annie die betretene Runde. »Ich werde euch beide nicht so aus dem Haus lassen. Mit mehr als zehn Jahren Altersvorsprung nehme ich mir die Freiheit, etwas zu der Angelegenheit zu sagen. In meinem Leben habe ich unzählige Pärchen gesehen, noch dazu in Extremsituationen.« In Annies Stimme schwang die Autorität der Hebamme, die gewohnt war, präzise Anweisungen zu geben. »Ihr seid das harmonischste Liebespaar, das mir je begegnet ist. Wie ein Puzzle ergänzt ihr einander. Lasst bloß diese Lappalie nicht eskalieren. Daheim hörst du dir an, was dir Agnes zu erzählen hat, und vergisst dabei nicht, dass sie dich liebt.« Sie zwinkerte Agnes zu. »Sorry, Schätzchen, das kann keiner übersehen. Und dazu sei dir gesagt«, jetzt fixierte sie Agnes mit grimmiger Miene, »du brauchst dich nicht zu verstellen. Mute diesem Mann getrost zu, dass er mit unserem Hang zum Spirituellen zurechtkommt. Wenn ich ihn mir so ansehe, meine ich, dass er selbst einige solcher Fähigkeiten aufzuweisen hat.« Annie lachte über die verdutzten Gesichter, die sie anstarrten. »Gut so, meine Lieben, jetzt habt ihr was zum Nachdenken. Das war noch nicht alles: kommt mit.« Damit scheuchte sie Siebert und Agnes aus der Küche, die, hypnotisierten Kindern gleich, Annie die Treppe hoch folgten, währenddessen sich Megan mit einem Grinsen im Gesicht daran machte den Tisch abzuräumen. Bis in die Mansarde kletterten sie, wo eine Tür den Treppenabsatz vom Gangbereich trennte. Annie drehte den Schlüssel im Schloss und stieß die ächzende Tür auf. Neben dem Türstock griff sie nach dem Lichtschalter, und gleich darauf erhellte eine Deckenlampe den schmalen Flur. Blümchentapeten zierten auch hier die Wände, und der abgestandene Geruch von Staub und getrockneten Rosen beherrschte den überhitzten Raum. Die Bodendielen knarrten bei jedem Schritt. Annie öffnete eine weitere Tür und wies in ein Schlafzimmer, das von einem Himmelbett dominiert wurde.

»So, Kinder. Das ist meine Mansarde für Verliebte. Hier wohnte früher meine Tochter, aber die lebt jetzt woanders.« Annies Blick schweifte durch den Raum, als erinnerte sie sich an bessere Tage. Dann zeigte sie auf einen winzigen Nebenraum. »Das ist das Bad. Klein, aber alles Nötige drin.« Agnes sah sich um, und Siebert beobachtete fragend Annie, ohne die Frage, die ihm auf der Zunge lag, zu stellen. Annie war schon wieder auf den Flur hinaus und ins nächste Zimmer gegangen. »Das war der Wohnraum. Ich habe ihn in letzter Zeit als Atelier benutzt.« Couch und Ohrensessel waren mit Leintüchern abgedeckt, der Kamin verstaubt, der Boden mit Papier ausgelegt, ein Teppich lag zusammengerollt unter der Dachschräge, um die Staffelei im Zentrum des Raumes klebten eingetrocknete Farbflecken. Das Bild, das darauf lehnte, war mit einem Tuch verhängt. Trotz der Zweckentfremdung wirkte das Wohnzimmer gemütlich, und Agnes konnte sich lebhaft vorstellen, wie es hier wäre, wenn die ursprüngliche Ordnung wiederhergestellt war. »Megan hat mir von eurer Wohnungssuche erzählt. Wenn euch die Mansarde groß genug ist, könnt ihr einziehen. Ihr zahlt eine moderate Miete, euren Strom- und Gasanteil und eine Pauschale für die Küchenmitbenützung. Saubermachen müsst ihr selbst, natürlich auch nach dem Kochen hinter euch wegräumen.«

»Wahnsinn!« platzte Agnes heraus. Was gab es da noch zu überlegen? Selbst Siebert, der bei schwerwiegenden Entscheidungen wesentlich bedächtiger war als sie, zeigte Begeisterung für das Angebot.

»Also mir gefällt's – kann mir gut vorstellen, ein, zwei Jahre hier zu leben.« Er schaute zu Agnes, machte dabei aber immer noch einen distanzierten Eindruck. »Was meinst du?« Agnes machte einen Schritt auf ihn zu, blieb dann aber stehen. Zwischen ihnen war längst noch nicht alles in Ordnung, selbst wenn er bereit war mit ihr in diese Wohnung zu ziehen.

»Wir haben echt Glück«, sagte sie und suchte in seinem Gesicht nach einer Spur seiner Zuneigung. Allmählich wurde sein Blick weich, und er strich ihr liebevoll eine Strähne hinters Ohr.

»Meine kleine Hexe«, sagte er und nahm sie in den Arm. Seine plötzliche Nähe gab ihr das Gefühl von einem schwankenden Bootsdeck zurück aufs Festland getreten zu sein. Sie grub ihr Gesicht in sein Shirt und ließ sich die Sinne von seinem Duft benebeln. Sandelholz, Leder und dieses spezielle Siebert-Aroma. Himmel, davon würde sie nie loskommen. Sein Kinn ruhte auf ihrem Scheitel, und sie spürte der schwindenden Anspannung nach. Alles würde gut werden. Annie war längst aus dem Zimmer geschlichen, die Tür zum Treppenabsatz fiel ins Schloss.

»Ich wollte dir oft von meinen Träumen erzählen, wusste aber nicht, wie ich anfangen soll oder wie du reagieren wirst.«

»Schon gut«, murmelte er und drückte einen Kuss in ihr Haar.

»Vielleicht vertraue ich dir nicht so, wie du dir das wünschst«, fuhr Agnes fort, angespornt durch seine Liebkosung. »Aber nach Norman – ich bin einfach verunsichert«, stieß sie hervor. »Du hättest dir etwas Besseres verdient …« Siebert legte seinen Finger auf ihre Lippen.

»Tut mir leid, wie ich mich aufgeführt habe. Ich dachte, wir könnten uns alles sagen. Und dann wussten Megan und Annie offenbar mehr über dich als ich. Nenn mich eifersüchtig, wenn du willst – bin halt doch nicht so vollkommen, wie du tust.« In seinem Blick lag gleichermaßen Bedauern wie Entschlossenheit. »Du wirst mir solche Dinge genau dann erzählen, wenn du es für richtig hältst.« Ohne eine Antwort abzuwarten, verschloss er ihren Mund mit seinen Lippen, küsste sie zuerst zärtlich, doch bald zunehmend leidenschaftlicher. Das kleine Wohnzimmer mit der Dachschräge fühlte sich bereits wie ihr Zuhause an, und der Gedanke an das Himmelbett wurde verführerisch.

»Ein Königreich für ein Bett«, raunte Siebert derart liebevoll in ihr Ohr, dass sich pure Hormonschauer in Agnes' Blut ergossen und quälende Lust auslösten.

»Wir müssen runter«, raunte sie mit letzter Willenskraft zurück. Der wehleidige Blick im jeweils anderen Gesicht brachte sie beide zum Lachen.

»Lass uns heimgehen«, brachte Siebert es auf den Punkt und grinste.

»Kann's kaum erwarten.« Agnes blickte nochmals zurück auf die Staffelei, und die Neugier gewann Oberhand. Vorsichtig lüpfte sie einen Zipfel des Tuchs und lugte darunter.

»Ich kaufe mir Pinsel, Farben, Rötel, Papier und Leinwand und male meine Impressionen von London«, beschloss sie mit leiser Stimme. »Annie wird mir doch die Staffelei borgen?« Beschattet von dem Tuch blickte Agnes in ein Mädchengesicht, gemalt im Stil Van Goghs.

»Die werden sich schon fragen, was wir hier oben anstellen«, trieb Siebert sie an.

»Ich komm' ja schon«, erwiderte Agnes und warf einen genaueren Blick auf das dunkelhaarige Mädchen auf der Leinwand. Etwas Trauriges lag in seinen Augen, etwas, das im Widerspruch zu dem lachenden Mund stand.

»Lass' das Bild lieber, Annie wird es nicht ohne Grund zugedeckt haben.«

»Du hast recht«, seufzte sie schuldbewusst, »ich bin ungesund neugierig.« Sie ließ das Tuch wieder über das

Bildnis fallen und folgte Siebert hinterher. Seine Hand griff nach der ihren und drückte sie sanft.

»Machen wir unseren Mietvertrag fix«, sagte er.

Die Sonne stand hoch am Himmel. Die Wiesen waren saftig, bunt, voll mit den Kräutern und Blumen des Sommers, die im Rhythmus des Windes tanzten. Violets Blick ruhte auf den sanften Wellen der Landschaft, die sich ins Unendliche zu erstrecken schien. Tausend Schattierungen von Grün, das Spiel der Sonnenstrahlen und Wolkenschatten berauschten ihre Sinne, ließen euphorischen Übermut in ihrem Körper aufwallen. Die Luft war mild, der Wind wirbelte die roten Haarsträhnen beinah zärtlich auf und spielte mit dem Saum der Tunika. Violets nackte Füße waren schlammverschmiert, und sie genoss das Gefühl, welches die feuchte Erde und das Gras in ihr erregte. Wie lange hatte sie darauf verzichten müssen! Die Stadt bestand aus Stein und Schmutz – es war nicht nur unschicklich, ohne Schuhe zu gehen, nein, es war angesichts der verdreckten Straßen völlig undenkbar.

Das Tuch, welches Violet quer über Schulter und Rücken geknotet trug, war bereits mit einer Vielzahl von Kräutern und Wurzeln gefüllt. Immer wieder kniete sie auf ihrer Wanderung nieder und schnitt Stängel durch oder grub mit dem Grabstock nach Wurzeln. In der Ferne nahm sich das Laub alter Eichen dunkel aus, kontrastierte die grob behauenen Steinsäulen in nächster Nähe, die im Licht der Sommersonne hell erstrahlten. Langsam wanderte sie auf die Steinkolosse zu, die miteinander durch quer liegende Steine zu Torbögen verbunden waren. Dort gab es die heilkräftigsten Kräuter zu finden, das wussten die Kräuterweiber der Umgebung seit ewigen Zeiten.

Ihr Onkel Titus hatte sich über die Jahre hinweg einen reichen medizinischen Wissensschatz angeeignet. Zur Ergänzung seines Medizinstudiums, zu dem auch die arabische Heilkunst gehörte, forschte er in den Klostergärten und zeichnete Erfahrungen der Hebammen sowie Kräuterweiber auf. Mit Misstrauen und Argwohn waren sie ihm erst begegnet, denn es waren argwöhnische Zeiten angebrochen. Noch war es Frauen erlaubt, heilkundigen Berufen nachzugehen, doch wehte diesen längst ein frostiger Wind entgegen vonseiten der Zünfte und der Kirche. So mochte es den Onkel nicht verwundern, wenn die Kräuterweiber selten ihr Wissen mit ihm hatten teilen wollen. Es bedurfte viel Geduld, Freundlichkeit und einiger Silberstücke, bis Titus befriedigt von dannen gezogen war. Jedoch fand der Onkel niemals die letzte Sicherheit, dass ihm das ganze Wissen weitergegeben worden war. Da war ein Gefühl der Unvollständigkeit verblieben, welches nicht vergehen wollte, hatte er Violet gestanden. Immerhin hatte er in Violet die Gehilfin gefunden, die er zu bestimmten Zeiten losschicken konnte, um die benötigten Pflanzen zu sammeln.

Im Näherkommen wandelten sich die Steine zu den Giganten, die sie vorstellten, und wie jedes Mal, wenn Violet diesen Platz zum Kräuterschneiden aufsuchte, erfüllte sie Ehrfurcht vor den unbekannten Erbauern dieser geheimnisumwobenen Anlage. Noch nie hatte sie sich in das Innere des Steinkreises gewagt. Man sagte, die alten Götter würden dort leben, enttäuscht von den Menschen, die sich von ihnen abgewandt hatten, um dem christlichen Gott zu dienen. Womöglich würden sie Rache üben an denen, die es wagten, in ihr letztes Refugium einzudringen.

Der Anblick der mächtigen Steine war in der Tat überwältigend: Als würden sie im Inneren lebendig sein und sprechen können, so standen sie da und blickten auf Violet herab. Fasziniert, fast wie in Trance, umwanderte sie den äußeren Kreis, berührte die Säulen, die sich mehr als nur kühl unter ihrer Hand anfühlten. Besonders dieser eine freistehende Koloss, dessen Querbalken herabgestürzt war, zog sie magisch an. Seine Oberfläche war glatter als die der anderen, und seine Erscheinung im strahlenden Sonnenlicht bewog sie, sich vor ihn zu knien und die Wange an seine Seite zu legen. Den Stein umarmend und mit geschlossenen Augen fühlte sie Frieden und Freude in ihr Herz strömen.

»Er bewahrt das Licht der Sonne.«

Violet fühlte die Worte mehr, als dass sie diese hörte und wähnte sich in einer biblischen Offenbarung. Jedoch: Ein sprechender Stein? Andererseits hatte Jesus einen brennenden Dornenbusch sprechen hören … Erwartungsvoll hielt Violet ihre Augen weiter geschlossen, lauschte in die Tiefe des Felsens auf ein neuerliches Zeichen.

»Er schenkt es dir, weil du dich ihm geöffnet hast.«

Wie liebevoll und warm diese Stimme zu ihr sprach – tief und männlich, zweifelsohne göttlichen Ursprungs. Freude erfüllte sie ob der wundervollen Erfahrung, die ihr wie ein Geschenk des Himmels dargeboten wurde. Dies war der Segen des Herrn, der ihr zuteilwurde, dessen war sie gewiss.

»Ich habe dich erwartet.«

Ihr Herz klopfte bis zum Hals, und mit aller Hoffnung hob sie den Blick zur Sonne. War Gott zu ihr gekommen? Würde sie jetzt sterben?

»Wer ist da?«, rief sie mit unverkennbarem Zittern in der Stimme.

»Theodor«, kam umgehend die Antwort. Die Silhouette eines hochgewachsenen Mannes in hellem Gewand trat vor die Sonne, verdunkelte die gleißende Scheibe. Violets Augen waren noch vom Sonnenlicht geblendet, sodass sie das Gesicht des Mannes nicht erkennen konnte. Er stand regungslos neben der Steinsäule.

»Bist du ein Engel des Herrn?«, flüsterte sie staunend.

»Nicht mehr als du«, antwortete er mit derselben Wärme wie zuvor. Endlich gewöhnten sich Violets Augen an den Schatten, und sie sah in das Gesicht des Fremden. Feine Züge in einem kantigen Gesicht, Augen von einer Glut, wie sie Violet noch niemals in einem menschlichen Angesicht gesehen hatte, dunkles Haar, das im Nacken zusammengefasst war, und ein Mund, der weich und energisch zugleich schien. Fürwahr, dies war ein Mann aus Fleisch und Blut, kein himmlisches Wesen.

»Wieso hast du mich erwartet? Wir kennen einander nicht«, fragte sie immer noch verwundert über diese seltsame Begegnung. Der Mann machte ihr keine Angst, ganz im Gegenteil, alles an ihm wirkte vertraut, als wäre er ein lange vermisster Freund, der endlich zurückgekehrt war. Genauso freudig klopfte ihr Herz. Theodor kniete sich zu ihr. Eigentlich hätte sie zurückweichen sollen, konnte sich jedoch nicht rühren. Sie war nicht sicher, ob sie wachte oder träumte. Etwas Unbekanntes regte sich, ein bislang verborgener Teil ihres Wesens trat in Erscheinung, folgte einem stummen Ruf. Ihrer beiden Augen befanden sich nun fast auf gleicher Höhe, drangen tief ineinander. Worte waren nicht länger vonnöten. Es gab ein unsichtbares Band zwischen ihnen, das an diesem Tag der Sonnwende im Schatten des Sonnensteins in Erscheinung trat, als ob eine Übereinkunft bestanden hätte, den Bund zu dieser Zeit, an diesem Ort zu erneuern.

Die Lippen nur einen Hauch voneinander getrennt, schloss Violet die Augen voller Erwartung. Noch hatten sie einander nicht berührt, noch waren sie der ausströmenden Wärme des anderen hingegeben. Jede Pore nahm die Gegenwart des Gegenübers auf wie ein Schwamm. Eine Sehnsucht machte sich in Violets Leib breit, die pulsierte und sie belebte, als hätte sie ihr bisheriges Leben schlafend verbracht. Der Moment, in dem ihre Hände die seinen berührten, war gleich dem Funkenregen des Schmiedes, der das glühende Eisen schlägt. Violet hob den Blick, sah Theodor an, den Mann, auf den sie gewartet hatte.

»Ich habe dich gefunden«, sprach sie und wunderte sich zugleich über ihre Worte.

»Es war die richtige Zeit. Der richtige Ort«, bestätigte Theodor. »Wir wurden geführt, denn alles soll genauso sein, wie es ist.« Seine Stimme erzeugte einen Widerhall in ihrem Inneren, der sie erregte und berauschte, eine Schwingung, die sie nie mehr missen wollte. Er nahm ihre Hände und legte sie behutsam auf seine Schultern. Seine eigenen Hände strichen über ihre Arme, über die Schultern, hinab an den Seiten ihres Rückens, über die Rundungen ihres Gesäßes. Dann zog er sie an sich, atmete ihren Duft tief in sich ein, genoss die Konturen ihres Leibes, die sich durch den Stoff ihrer Kleidung gegen seinen Leib drückten. Violet ließ dies widerstandslos mit sich geschehen, aller anerzogener Anstand war von ihr abgefallen. Es war ihr nacktes Selbst mit allen Gefühlen und Instinkten, das sich in die Umarmung gab. Neu war der Eindruck des harten Körpers, der sich gegen ihren presste, die Erregung ihres Gegenübers, seine Kraft, Hitze und begehrlicher Geruch. Dies war ein Wiedersehen, das fühlte Violet ganz deutlich. Theodors Lippen berührten ihr Ohr, flüsterten heiser.

»Ich kann es kaum glauben, dich wiederzuhaben. Verzeih' mein ungestümes Benehmen, doch so lange schon verzehrte ich mich nach dir. Mit deiner Zustimmung führe ich dich in das Innere des Kreises, als meine Braut, dort wo die Götter unsere Wiedervereinigung segnen werden.«

Violets »Ja« war ein Wispern, das Theodors Haar streifte. War sie von Sinnen? Hatte sie den Verstand verloren? – Es war ihr gleich. Sie wollte das, was hier geschah. Lächelnd löste er sich von ihr, hielt ihre Hand in der seinen und geleitete sie langsamen Schrittes in das Zentrum der Steinsäulen.

Ringsum waren Wolken aufgezogen, wenngleich der Himmelsraum über ihnen frei geblieben war und Sonnenstrahlen ungehindert auf sie fallen konnten. So betrat Violet zum ersten Mal das Innere des Steinkreises an der Seite von Theodor. Vor dem größten der blau schimmernden Steine blieben sie stehen. Theodor stand dicht bei ihr, die Hände zum Himmel erhoben. Und der Himmel bereitete ihnen ein Feuer, das nichts an Magie und Kraft vermissen ließ. Gleißendes Licht fuhr auf sie herab, alle Macht, die Violet hier vermutet hatte, entlud sich in diesem Augenblick: Etwas Neues begann.

»Was hast du geträumt?«, flüsterte eine Stimme in ihr Ohr.

»Bist du's, Theodor?«, antwortete sie, denn sie wollte das Gefühl nicht verlieren, das sie durchströmte.

»Nein.«

Agnes öffnete die Augen und blickte in Sieberts finstere Miene.

»Oh«, entfuhr es ihr, und die Augen weiteten sich vor Schreck. Böser Fehler. Jegliche Verschlafenheit verließ sie mit dem einem Wort.

»Wer ist Theodor?«, lautete der frostige Empfang in der Realität.

»Keine Ahnung. Habe ihn eben kennengelernt.«

»Wo?«

»Na im Traum …«, antwortete Agnes und versuchte sich an einem Lächeln, das verschmitzt aussehen sollte. Ging mit Humor nicht alles besser?

»Wieso träumst du von anderen Männern?«, reagierte Siebert mäßig amüsiert. Agnes setzte sich auf und bemühte sich nochmals um einen heiteren Tonfall.

»Du wirst doch jetzt nicht ernsthaft eifersüchtig sein auf einen Mann, der mir im Traum begegnet ist.« Sie musste lachen, was die Situation nicht gerade entschärfte. Vielmehr verließ Siebert das Bett und starrte zum Fenster hinaus.

»Was weiß ich schon von deinen Träumen? Du hast mir bislang nichts darüber erzählt. Aber bitte«, er hob die Hände, als wollte er sich ihrer Exzentrik ergeben, »ich dränge dich nicht, es ist deine Entscheidung.« In Agnes' Brust wurde es eng. Das hier wuchs sich zu einem handfesten Problem aus.

»Tu' das nicht«, brachte sie kläglich hervor. »Nicht zwischen uns beiden, bitte! Pass auf, ich dusche und dann erzähle ich es dir.« Er reagierte nicht.

Also stand Agnes auf, zog ein T-Shirt über, holte Unterwäsche aus der Kommode und ging ins Badezimmer. Lange blickte sie ihr Spiegelbild an. Eine 25-Watt-Lampe dämmerte über dem Waschbecken vor sich hin und ließ ihr Gesicht fahl erscheinen. Würde mit Siebert alles so werden wie in der Beziehung davor – war er gar krankhaft eifersüchtig? Wieso maßte er sich das Recht an, alles über sie wissen zu dürfen?

»Dusch erst mal«, nickte sie ihrem Spiegelbild aufmunternd zu. Sie drehte den Hahn auf, damit das Wasser eine erträgliche Temperatur bekam, zog das T-Shirt wieder aus und stellte sich unter den Wasserstrahl. Trotz des Chlorgeruchs war es herrlich, einzutauchen, übergossen zu werden, warm und wohlig; ein klein wenig auszusteigen aus dem Realen, hinein in die Wasserwelt, wo das Außen von einem abrückte.

Plötzlich war es stockfinster. Kein noch so schwacher Lichtschein drang in das Dunkel des Bades.

»Siebert, der Strom!«, schrie Agnes gegen das Prasseln der Dusche an. »Wirf' bitte eine Münze in den Stromzähler!«

Bald hörte sie es klappern, dann scheuerte Metall auf Metall, und ein Scheppern erklang. Das Licht ging wieder an.

»Danke!«, rief sie erleichtert.

Bewusst ließ sich Agnes mit ihrer Morgentoilette Zeit. Beim Zähneputzen fühlte sie sich bereits ausreichend gewappnet, um sich der Diskussion zu stellen. Immerhin hatte der Mann sein Leben für sie riskiert, und das dankte sie ihm mit mangelndem Vertrauen? »Jeder wäre da stinksauer«, sagte sie ihrem Spiegelgesicht, spülte den Mund aus und ging mit feuchtem Haar entschlossen ins Zimmer zurück.

Siebert saß Zeitung lesend am Tisch, der jetzt ganz zum Fenster gerückt war. Es duftete nach englischem Frühstück – Spiegeleier, gebratener Speck, Würstchen, Bohnen, Toast und Butter. Die Tischplatte war dicht belegt mit Tellern und Toastständern, Teekännchen, Zucker und Milch. Als er sie kommen hörte, hob er seinen Blick und schaute freundlich über den Zeitungsrand.

»Ich habe den Zimmerservice bemüht. Dachte, wir frühstücken mal am Zimmer – alleine.«

Agnes' Stimmung hellte sich ob seiner Friedensgeste auf. Das mulmige Gefühl im Bauch ignorierte sie mit aller Entschlossenheit.

»Ich kann verstehen, dass du sauer bist«, begann sie mutig, »zuerst mache ich mir eine Tasse Tee, danach folgt mein Outing, okay?«, und hoffte darauf, dass es noch nicht zu spät war, das Vertrauen wieder herzustellen.

»Du musst mir nichts erzählen, wenn du nicht willst«, wehrte Siebert wenig überzeugend ab.

Agnes seufzte, setzte sich an den Tisch und goss eine rabenschwarze Tasse Tee ein. Brauner Zucker und viel Milch ergänzten einander zu einem bittersüßen Seelenwärmer. Bereits der erste Schluck weckte jene Entschlossenheit in ihrem Kopf auf, die für unangenehme Gespräche unabdingbare Voraussetzung war.

»Als wir einander kennenlernten, begannen meine Träume. Ich träumte von einer längst vergangenen Zeit, von spirituellen Meistern und Meisterinnen, die gegen die drohende Übermacht des Bösen kämpften. Intrigen und Mord bestimmten diese Geschichten, in denen ich selbst Sishla Vem hieß und eine dieser spirituellen Meisterinnen von Valun war. Es hat eine ganze Weile gedauert, ehe ich mich darauf einlassen konnte, mehr in diesen Träumen zu sehen. Eine Handleserin hat mir und Megan auf den Kopf zugesagt, dass wir besondere Fähigkeiten hätten. Bei mir sind es vor allem die Träume und empathischen Fähigkeiten. Bald konnte ich die Träume deuten und erkannte die Warnung. Die Menschen in meinen Träumen entsprachen Menschen in meinem gegenwärtigen Leben. Du warst damals eine Frau namens Neddal und meine Geliebte, Michelle war meine Todfeindin Luva und die Tolf deren Handlanger Vihjgor. Auch mein Ex, Norman, war an der Verschwörung beteiligt. Sie brachten meinen Bruder, dich und zuletzt auch mich um. Trotz der Warnung, die mir durch diese Träume zuteil wurde, habe ich mich im März leichtfertig in Gefahr gebracht und damit auch dich. Ich hatte zu spät verstanden, was vor sich ging, konnte die Ereignisse mit den Träumen nicht in die richtige Verbindung bringen. Zu meiner Entschuldigung kann ich nur anführen, dass ich Megan unbedingt helfen wollte.« Die Erzählung brach ab. Agnes musterte Siebert, der sie mit ungläubigen Augen anstarrte. »Alles klar?«

»Nein«, kam die fassungslose Erwiderung, »das habe ich nicht erwartet.« Er kniff die Augen zusammen. »Du verarschst mich?«

Agnes gab ein ärgerliches Knurren von sich. »Genau deshalb habe ich es dir so lange nicht erzählt!«

Siebert hielt die Arme vor der Brust verschränkt, eine steile Falte zwischen den Augenbrauen.

»Dein Ernst?«

»Ich riskiere, von dir als Esoterikfreak abgestempelt zu werden – kein Scherz«, seufzte sie. Es dauerte eine unendlich lange Weile, bis er wieder seine Stimme fand.

»Entschuldige meine Reaktion«, seine Gesichtszüge waren weicher geworden, »gib mir ein wenig Zeit, das Ganze zu verdauen.« Agnes begann, Butter auf eines der Toast-Dreiecke zu streichen und Limettenmarmelade darauf zu verteilen, bloß um etwas zu tun. Es bedurfte ihrer ganzen Konzentration, die Hände nicht zittern zu lassen. Betretenes Schweigen machte sich breit.

»Du hältst mich für gestört?«, fragte sie nach, weil sie die Anspannung nicht mehr ertragen konnte.

»Bis jetzt noch nicht«, erklärte Siebert den Stand seines Verarbeitungsprozesses und lächelte zaghaft. »Was mir gefällt: Ich wollte immer schon mal eine Frau sein. Neddal – schöner Name. Haben wir es – du weißt schon – miteinander getan?«

»Du nimmst mich nicht ernst!«

»Ach, komm' schon, sei nicht so«, schmollte er. »Haben wir?«

Möglicherweise war mit Humor doch alles leichter zu bewältigen, also stieg Agnes auf sein Geplänkel ein. Wenn Feixen ihm dabei half, diese irrationale Geschichte zu verkraften, dann wollte sie ihm diese Atempause gönnen.

»Ja«, gab sie lächelnd zu, »und es war toll.«

»Solche Sachen träumst du?« Die Augenbrauen waren hochgewandert und verursachten ein freundliches Wellenmuster auf seiner Stirn. »Ich beneide dich«, meinte er mit einem anerkennenden Kopfnicken.

»Auch darum, dass ich miterleben musste, wie ich ermordet wurde?«, erwiderte sie forsch. Schluss mit Humor. »Und jetzt beginnt das alles von vorne – seit ich in London bin, entwickelt sich eine neue Geschichte in meinen Träumen. Eine andere Zeit, andere Personen, aber ich habe Angst, dass wieder etwas geschehen wird.« Endlich merkte Siebert, wie bang ihr zumute war.

»Wer ist Theodor?«, fragte er ohne sichtliches Anzeichen von Eifersucht. Agnes musterte ihn aus schmalen Augenschlitzen und fasste einen Entschluss.

»Du willst es wissen? Na dann …«, dabei erhob sie sich, machte die paar Schritte zur Kommode und holte einen Samtbeutel heraus. Kaum hatte sie das bronzene Pendel hervorgezogen, hörte sie Sieberts nervöses Scharren mit den Füßen.

»Was kommt jetzt?«, murmelte er.

»Das«, sie hielt ihr Kleinod an dem Kettchen hoch, »ist mein Pendel. Damit überarbeite ich meine Träume, versuche, sie zu interpretieren. So habe ich auch herausgefunden, wie ich dich wieder wach kriege. Das war nämlich auch ein Geschenk dieser vergangenen Zeit. Ich bereitete ein ätherisches Öl nach den Anweisungen von Sishla Vems Bruder, rieb dich damit ein und erzählte dir von unseren erotischen Abenteuern.« Wieder grinste Siebert übers ganze Gesicht.

»Kein Wunder, wenn ich da aus dem Koma aufwache.«

»Nicht witzig«, fuhr sie ihn an, legte ihr Pendel zurück in den Samtbeutel und fixierte ihn mit verschränkten Armen vor der Brust.

»Entschuldige, Nessi, Schatz«, beschwichtigte Siebert und streckte eine Hand nach ihr aus. Widerwillig überließ sie ihm die ihre und war doch froh über die Zärtlichkeit dieser Geste. »Das ist ziemlich viel auf einmal. Du erzählst mir gerade allen Ernstes, ich habe schon mal gelebt, sei eine Frau gewesen, und nicht nur das: eine Lesbe. Wie soll ich da ernst bleiben?« Seine Gesichtsmuskeln zuckten. Wage es nicht zu lachen, dachte Agnes mit einer Intensität, die augenblicklich die Heiterkeit aus Sieberts Gesicht wischte. »Das ist starker Tobak, den du da auftischst und den ich glauben soll. Dann ziehst du aus dem Beutel hier ein Pendel wie eine alte Zigeunerin! Das muss sich erst mal bei mir setzen, also sei nicht eingeschnappt. Ich halte dich *nicht* für verrückt, vielleicht ein wenig abgedreht, aber nicht verrückt. Bestimmt gibt es eine vernünftige Erklärung für das alles.«

Agnes entzog ihm ihre Hand, widmete sich der Teetasse vor ihr und nahm einen Beruhigungsschluck. Wie lange hatte sie selbst gebraucht, um diese spirituellen Erfahrungen akzeptieren zu können; die Tatsache, dass es da noch mehr zwischen Himmel und Erde gab, als man im Allgemeinen annahm. Sie musste Siebert einfach Zeit geben, darauf vertrauen, dass er damit klarkam.

»Natürlich, Siebert«, sagte sie schließlich versöhnlich. »Ich verstehe, dass du nicht von einer Minute auf die andere diese Geschichte akzeptieren kannst. Wenn du eine logische Erklärung für die Vorfälle fändest, wäre mir das nur recht. Bis dahin werde ich jedoch wegen der neuen Träume beunruhigt bleiben.«

Neuerlich ergriff sie das Pendel, hielt mit Daumen und Zeigefinger das Ende der Kette, an dem eine kleine Perle befestigt war. Die Spitze des Messingtropfens hing ruhig über der Tischplatte. Im Geist formulierte Agnes ihre Frage. Das Gewicht des Metalls zog schwer an der Kette, ein Vibrieren wurde sichtbar, das in ein gleichförmiges horizontales Schwingen überging. Angespannt beobachtete Siebert den Vorgang. Seine Füße bewegten sich, er setzte sich zurecht und räusperte sich.

»Was machst du da?«

»Ich frage nach der Bedeutung des heutigen Traumes. Wer Theodor war.«

»Und?«

»Ich bin noch nicht fertig. Die Antwort auf meine Frage, ob ich diese Violet in dem Traum bin, war *ja*. Jetzt frage ich nach Theodor.«

Siebert sagte nichts mehr, und Agnes hielt wieder das Pendel vor sich hin. Nach einigen Sekunden schwang es wieder horizontal. Sie stoppte es und hielt es erneut vor sich hin. Das Pendel begann kurz darauf, auf und ab zu schwingen. Agnes stellte eine Reihe von Fragen, die das Pendel entweder mit einem horizontalen oder vertikalen Ausschlag beantwortete.

»Jetzt sag' schon was«, polterte Siebert ungeduldig.

»Es ist wieder eine Geschichte aus einem vergangenen Leben – Mittelalter, hier in London und südlich davon. Ich war Violet, Annie war mein Onkel Titus und Theodor, der Mann, den Violet liebte – das warst du.«

8. KAPITEL

Die sind gesegnet,
deren Blutswallung und Urteilskraft so gut vermengt sind,
dass sie keine Pfeife abgeben,
auf der Fortuna jede Note spielen kann, die ihr beliebt.
(Hamlet, 3. Akt, Szene 2)

»Miss Feder!«, plärrte es über den Flur, ehe die Bürotür aufgerissen wurde. »Können Sie denn nichts richtig machen? Liegt das an Ihnen persönlich, oder wird in Ihrer Heimat tatsächlich so oberflächlich gearbeitet? Hier ist ein falsches Geburtsdatum eingetragen, und bei Miller fehlt eine Unterschrift.«

Montagmorgen – Virginia Murdoch, in denkbar schlechtester Laune, hatte sich vor Agnes aufgepflanzt.

»Das gibt's nicht, er hat vor mir unterzeichnet«, verteidigte sich Agnes, die eben noch ein Paket Druckerpapier aus der untersten Schreibtischlade hatte heben wollen.

»Doch nicht den Vertrag, es geht um den Aufklärungsbogen«, fuhr Virginia sie an, als hätte sie das dümmste Weib auf Gottes Erdboden vor sich. Den Aktenordner donnerte sie vor Agnes auf die Tischplatte.

»Aber das machen die Ärzte beim Aufklärungsgespräch!« Agnes war es so leid, den Prügelknaben zu geben. Diese Frau musste doch noch jemanden anderen zum Niederhacken finden.

»Ich habe Ihnen die Verantwortung für die Probanden

übertragen, also haben Sie dafür zu sorgen, dass alles in Ordnung ist. Wenn Sie damit überfordert sind, lasse ich Sie das restliche Jahr EU-Förderungen nachprüfen.«

Mit dieser Killerdrohung war das Gespräch für Virginia beendet. So plötzlich, wie sie hereingestürmt war, wandte sie sich auf ihren Highheels um und ließ demonstrativ die Bürotür hinter sich offen. Helen tippte sofort weiter in die Tastatur des Computers, gab sich jedoch keine Mühe, ihr Grinsen zu verbergen. Frustriert schubste Agnes die Schreibtischlade mit dem Fuß zu. Für diese Arbeit hatte sie von ihrer Chefin kaum Anweisungen bekommen. Klar, sie hätte die Papiere nochmals genau durchsehen müssen. Shit. Sie hatte wirklich einen Fehler gemacht. Virginia hatte recht, aber musste sie sie dafür in dieser Art zur Schnecke machen? Wie ein Vollidiot kam sie sich vor.

»Was habe ich ihr getan? Meine bloße Anwesenheit bringt sie zum Kochen ... das kann ja ein fröhliches Jahr werden«, seufzte Agnes, während sie die Unterlagen, die ihr Virginia auf den Schreibtisch geworfen hatte, in die Tasche schob. Klarerweise musste sie gleich zum Spital laufen, um die Unterschrift noch vor Beginn der Tests zu erhalten.

»Ich bin in einer Stunde wieder da«, ließ sie ihre Zimmergenossin wissen. Diese blickte auf, strich sich eine Haarsträhne aus den Augen und lachte. Die aufgetürmte Lockenpracht wackelte lustig mit.

»Nimm sie locker, Agnes«, sagte Helen und ihre Augen blitzten verschwörerisch. »Virginia hat zurzeit mächtig Stress im Liebesleben.«

»Walter Bernty?«

»Hey, für die kurze Zeit, die du da bist, hast du aber eine

Menge mitgekriegt«, nickte Helen anerkennend. »Wie's aussieht, hat er sie abserviert.«

»Tut mir leid für sie, aber ich mag das nicht ausbaden«, erwiderte Agnes und machte sich auf den Weg. Das bisschen Zuspruch von Helen hatte wider Erwarten geholfen. Als Agnes hinaus ins Freie trat, fühlte sie sich sogar ein Stückchen befreit. Unweit vom Gebäude verlief die Themse, Motorbootgeräusche und das Schlagen der Wellen hellten ihre Stimmung auf. Trotz der Eile entschied sie sich dafür, ein Stück des Weges am Ufer entlang zu gehen. Einige Parkbänke standen leer im Sonnenschein. Der Morgen hatte schwül begonnen und versprach eine Gluthitze für den Tag. Als sie auf der Klinikstation ankam, glitten Schweißtropfen ihre Wirbelsäule entlang, während in ihrem Sichtfeld kreislaufbedingt schwarze Sterne tanzten, die verantwortlich dafür waren, dass sie jetzt blindlings in eine Frau hineinrannte.

»Können Sie nicht aufpassen?«, ärgerte sich die Blondine, während sie ihren Arztkittel über den üppig-femininen Körperrundungen zurechtzog. Eine Parfümwolke haftete ihr an, schwer, süß und für Agnes ekelerregend vertraut. Sofort erschien ein Gesicht vor ihrem inneren Auge. Als sie aufsah, war es immer noch da. Michelle.

»DU?«, rief Agnes entsetzt. Auch Michelle verzog angewidert den Mund.

»Sag bloß, du arbeitest hier an der Klinik«, entrüstete sich die Blonde.

»Nein, bei *SARFUR*«, antwortete Agnes reflexartig und ärgerte sich über sich selbst. Was ging Michelle das an?

»Na großartig.« Michelles Mundwinkel bogen sich zu einem zynischen Lächeln. »Dann wären wir wieder mal im selben Unternehmen beschäftigt.«

»Verdammter Brum«, entfuhr es Agnes. »Oder hast du das eingefädelt?« Der Schreck saß ihr immer noch in den Knochen. Vor ein paar Monaten hatte diese Frau sie beinahe vergiftet und ihren Geliebten halb totgefahren. Jetzt stand sie vor ihr, als wäre nichts gewesen. Zufall – sollte sie das wirklich glauben?

»*SARFUR* ist glücklicherweise größer als *BabyStar*, da werden wir einander kaum über den Weg laufen«, meinte Michelle leichthin, und Agnes' Entsetzen stachelte Michelle zu weiteren Erläuterungen an. »Ich habe den Job praktisch am Silbertablett serviert bekommen.« Michelle hielt inne. Walter Bernty rief ihr von der anderen Seite des Ganges etwas zu. Michelle erwiderte ein kokettes »Okay!« und hob die Hand. Agnes konnte trotz der Entfernung das Funkeln in seinen Augen sehen. Michelle flirtete mit ihm. Manches änderte sich offenbar nie.

Bernty steuerte auf den Lift zu, und auch Michelle wandte sich zum Gehen. »Ich habe zu tun. Die Testreihe beginnt gleich.«

Agnes stellte sich ihr in den Weg. »Was ist mit Dr. Tolfs Anklage? Warum haben sie dich überhaupt außer Landes gelassen?«

»Dummerchen, ich bin unschuldig«, antwortete Michelle und verzog die blutroten Lippen zu einem Lächeln. »warum soll ich nicht das Land verlassen dürfen? Und was die Tolf angeht …«, jetzt beugte sie sich zu Agnes und versteckte konspirativ den Mund hinter der Hand. »Was glaubst du, was einem passiert, wenn man so viele einflussreiche Freunde hat und sich die teuersten Anwälte leisten kann? Sind doch alles nur Indizien.« Sie wedelte nonchalant mit der Hand, und ihr Gesichtsausdruck sagte Agnes, dass sie dem naiven

Mädchen vor sich die Welt erklären wollte. »Eine Verkettung unglücklicher Umstände hat zu den schrecklichen Ereignissen geführt. Dr. Wach hatte einen stinknormalen Herzinfarkt, Frau Muth und Isabelle sind einem Scherzbold zum Opfer gefallen, der wahrscheinlich gar nicht wusste, dass die Laborsubstanz tödlich wirkt, und du …«, genüsslich hielt sie kurz inne, um die Wirkung ihrer Worte zu verstärken, »… du hast auf der Party zu viel getrunken und bist dem Wagen vor die Stoßstange gelaufen. Dein Typ hat ja das Schlimmste verhindert. Der Autodieb hat Panik gekriegt, den Jeep abgestellt und das Weite gesucht.« Michelle weidete sich an Agnes' Mienenspiel, machte keinen Hehl aus ihrer Genugtuung. »Pech, was?« In Agnes' Ohren brauste das Blut, die Umgebung versank in dunklen Schatten, nur die Silhouette von Michelle brannte sich in ihre Netzhaut.

Hass. Sie wollte dem Miststück etwas von dem Schmerz zurückzugeben, den sie verursacht hatte, wollte das Grinsen in deren Gesicht zerschlagen. Das war der einzige, alles beherrschende Gedanke. Die Hände hatten sich zu Fäusten geballt. Mit dem nächsten Atemzug holte sie aus und schlug zu.

»Nein!«, explodierte ein Ruf in ihrem Gehörgang, und jemand warf sich dazwischen.

»Lass mich!«, schrie Agnes auf und wand sich unter Megans festem Griff an ihrem Handgelenk. Es war unmöglich, zuzuschlagen, sie bekam den Arm einfach nicht frei. Rot vor Zorn stierte sie Michelle an, die ihr ein »Verrückt geworden«, entgegen schleuderte, sich umdrehte und ging. Dann erst blickte Agnes zu Megan, die immer noch ihren Arm festhielt.

»Lass los!«, fauchte Agnes ihre Freundin an.

»Das bringt nichts. Vergiss es«, warnte diese sie leise und deutete auf die vorübergehenden Leute, die diese Szene mit Befremden beobachtet hatten.

»Was vergessen?«, fuhr Agnes sie an. »Dass diese Hyäne mich und Siebert fast umgebracht hat? Dass sie die Muth und Isabelle am Gewissen hat? Das soll ich vergessen? Kannst *du* das?«

»Nein«, entgegnete Megan bestürzt. »Aber wenn du sie schlägst, zeigt sie dich an, und dann bist du diejenige, die sich vor Gericht verantworten muss, bestenfalls schickt man dich zurück nach Österreich. Willst du das?« Agnes riss sich los und verschränkte die Arme schützend vor der Brust. Was war das für eine Welt, in der die Opfer verfolgt wurden?

»Der Teufel soll das verdammte Weibsstück holen! Jeder ihrer Schritte sei verflucht, bis ihre Schuld abgetragen ist«, hörte sie sich selbst reden. Ihr ganzes Herz warf sie in diesen Fluch; schwarze, finstere Inbrunst.

»Agnes, komm' zu dir – was tust du?«, zischte Megan sichtlich schockiert und versuchte, das Aufsehen, das sie verursacht hatten, nicht noch größer werden zu lassen. »Sink' nicht auf ihr Niveau.« Das Entsetzen in Megans Gesicht ernüchterte Agnes. Beinahe hätte sie sich um ihren Job gebracht und viel mehr verloren, als gewonnen. Die geballte Faust lockerte sich und Agnes starrte auf den Blutstropfen, der unter einem Fingernagel hervorquoll. Blutschwur. Der Fluch – Himmel, was habe ich getan? Sie fühlte, wie ihr Gesicht kalt wurde, die Knie weich.

»Ich kann es nicht vergessen«, flüsterte sie fast, suchte nach einer Rechtfertigung für ihre Entgleisung. »Muth, Isabelle, Siebert … das ist zu viel … soll das alles ungesühnt bleiben?« Megan trat nahe an sie heran. Kein anderer als Agnes konnte sie hören.

»*Sinnt nicht auf Rache, sie vergiftet euer Herz und gibt dem Bösen den Raum, den es verlangt.* Erinnerst du dich? Sishla Vem hat das in einem deiner Träume gesagt. Das Böse wird auf Michelle zurückfallen mit all der Gewalt und Macht, mit der sie es verbreitet hat. Kein Weg führt daran vorbei, so will es das Gesetz der Einsheit, der Kreis wird immer geschlossen. Denke an die Geschichte, Agnes, deine Geschichte.«

»Das hast du dir gemerkt?«, fragte Agnes berührt. Die Wut war verschwunden. Sie konnte sich hier stehen sehen, mit verzerrtem Gesicht, klein, machtlos, dem Rad des Schicksals ausgeliefert.

»Du hast mich deine Aufzeichnungen lesen lassen«, erinnerte Megan sie mit einem zaghaften Lächeln. »Diese Passage hat sich mir eingeprägt, weil ich selbst mit der scheinbar fehlenden Gerechtigkeit im Leben hadere. Es geht noch weiter, weißt du's?«

»Ja. Sishla Vem sagte, dass ihre Feinde durch viele Leben von dem Bösen und von dem Leid begleitet werden würden, das sie gesät haben. Sie meinte, man müsse Mitgefühl üben.« Betreten schwieg Agnes. Sie selbst hatte diese Weisheiten einst gelebt, vor Kurzem erst niedergeschrieben, hatte sich selbstgefällig mit den Federn eines vergangenen Lebens geschmückt. Wie wenig sie doch davon verstanden hatte.

»Es wird die Zeit kommen, wo du's umsetzen kannst«, tröstete Megan, als hätte sie ihre Gedanken erraten.

»Danke, Megan«, erwiderte Agnes, um Fassung bemüht. »Für alles.«

»Sag' mir lieber, was du eigentlich bei uns im Hospital zu suchen hast«, wechselte Megan hastig das Thema. Agnes zuckte zusammen und schlug sich mit der Hand gegen die

Stirn. »Oh shit –, ich muss Ian Miller erwischen, bevor der Test beginnt! Welches Zimmer? Megan – schnell!«

»Dieselbe Richtung, wie Michelle gegangen ist, und dann rechts, Zimmer 422«, erwiderte diese rasch.

»Danke!«, rief Agnes im Davonlaufen, registrierte die Türnummern, klopfte an und trat ohne eine Antwort abzuwarten ein. Im Behandlungszimmer waren die Vorbereitungen bereits im Gang – acht Probanden saßen aufgereiht vor dem dreiköpfigen Ärzteteam, Michelle und eine zweite Ärztin bereiteten alles darauf vor, einem nach dem anderen das Medikament zu injizieren. Ein dritter Arzt saß am Schreibtisch und protokollierte die Vorgänge. Ian Miller war der Erste in der Reihe. Sein ferrarirotes T-Shirt war ein echter Blickfang. Nervös blickte er zu Agnes auf, flutete sie mit seiner Unruhe. Instinktiv scheute sie die Verbindung, wandte sich unvermittelt dem Mann am Schreibtisch zu.

»Entschuldigen Sie bitte die Störung«, unterbrach Agnes die Vorbereitungen, »ich müsste kurz mit Mister Miller sprechen. Er hat den Aufklärungsbogen nicht unterschrieben.«

Michelle warf ihr einen giftigen Blick zu, wohingegen der Arzt am Schreibtisch ihr zunickte.

»Selbstverständlich.«

Widerwillig machte Michelle einen Schritt zur Seite. Agnes ignorierte sie und setzte sich sogleich zu Ian.

»Hi, Ian«, begann sie mit gedämpfter Stimme, »wie geht's dir? Alles in Ordnung?«

Etwas in seinem Blick beunruhigte sie, dennoch hielt sie ihm die Papiere samt Kugelschreiber hin.

»Ja, denke schon. Hier soll ich unterschreiben?«

Er nahm das Clipboard mit dem Aufklärungsbogen und zeichnete ihn ab. Agnes bemerkte, wie seine Hand leicht zitterte, und suchte seine Augen. Angst dominierte den sonst so fröhlichen Blick. Er hielt ihr den Kugelschreiber hin, und ihre Finger berührten sich. Seine Verunsicherung übertrug sich erneut auf Agnes und es war, als würde der hohe Stein aus ihrem Albtraum erneut auf sie stürzen. Entsetzt zog sie die Hand zurück, fürchtete sich davor, noch tiefer in Ians Gefühlswelt einzudringen.

»Alles Gute«, flüsterte sie, doch im Kopf schrie eine Stimme: *Lauf!*

»Bist du endlich fertig?«, blaffte Michelle sie in ihrer gemeinsamen Muttersprache an.

Agnes ignorierte den Angriff und schenkte Ian zum Abschied ein Lächeln. Draußen vor der Tür atmete sie tief durch, schloss die Augen und lehnte sich für einen Moment gegen die Wand. Was ging da drinnen vor? Ian war ein überdurchschnittlich empathischer Mann, das hatte sie gleich bei ihrem ersten Zusammentreffen gespürt. Nun war ihr, als hätte sie seine Ahnung eines drohenden Unheils in sich aufgenommen. Megans Stimme unterbrach ihre Gedanken.

»Hier, ich habe uns Tee gemacht wie in der guten alten Zeit bei *BabyStar*«, lächelte sie und hielt Agnes eine Tasse hin. »Drüben bei den Fenstern sind freie Sitzplätze, dort sind wir ungestört.«

»Die gute alte Zeit kann mir gestohlen bleiben«, grummelte Agnes, wurde aber durch die aufsteigenden Teearomen friedfertiger. »Dieser Tee allerdings nicht.«

»Hast du gewusst, dass sie zu *SARFUR* gewechselt hat?«, fragte Agnes, nachdem sie eine lange Weile schweigend beisammengesessen hatten.

»Sie ist mir am Freitag über den Weg gelaufen – Walter Bernty hat Michelle allen vorgestellt«, erwiderte Megan und hielt ihren Blick gesenkt. »George Abbey, ihr Vorgänger, ist vor etwa zwei Monaten plötzlich gestorben. Herzversagen – der war keine 40, der Ärmste. Muss der Stress gewesen sein. Am Ende eines Projekts, wenn es zur klinischen Prüfung geht, rotieren alle noch mal. Tierversuche, Dokumentationen und Aufbereitung für die Ethikkommission, um die Freigabe zu bekommen. Ich habe George noch von meiner Zeit bei *SARFUR* gekannt, ein ganz netter Kerl, bloß beim Geld hat er keine Freundschaft gekannt. Der hat dir nicht mal eine Münze für den Kaffeeautomaten geliehen«, erklärte Megan und lachte bitter auf. »Mit ihm hätte Walter nicht so umspringen können, wie er das mit uns damals getan hat. Genauso wenig wie mit Michelle.«

»Da haben sich die Richtigen gefunden«, wollte Agnes beim Thema Michelle bleiben, vielleicht gerade weil ihr die Konfrontation mit Michelle wie ein Stein im Magen lag. »Ihre bloße Existenz macht mich derart wütend, dass ich mich selbst nicht mehr kenne. Wenn ich an die Menschen denke, die sie auf dem Gewissen hat … sie jedoch läuft frei herum und macht Karriere.«

»Du hast aber keine Beweise für diese Behauptungen, Agnes«, warf Megan ein und schürte damit neuerlich Agnes Zorn.

»Du glaubst mir nicht!«, fuhr sie Megan an, die sichtlich zusammenzuckte.

»Natürlich glaube ich dir. Ich kenne deine Fähigkeit, solche Dinge zu sehen. Du weißt doch, wie ich das meine … du bist Juristin.« Mit angehaltenem Atem versuchte Agnes, den inneren Aufruhr in den Griff zu bekommen, und kämpfte gegen den Drang an, davonzulaufen.

»Tut mir leid«, brachte sie irgendwann doch noch hervor, »ich habe den Zusammenstoß mit Michelle noch nicht verdaut.« Sie schwiegen eine Zeitlang.

»Habt ihr im Hotel euren Auszug angekündigt?«, fragte Megan schließlich.

»Ja«, griff Agnes dankbar das neue Thema auf. »kann es kaum erwarten in die Mansarde zu ziehen«, gab sie sich betont unbeschwert und fühlte sich dabei wie eine Lügnerin. Betreten widmete sie sich dem letzten Schluck Tee und bemerkte seinen herben Geschmack. »Ein Darjeeling First Flush? Derselbe wie in Wien?« Der vergiftet war, fügte sie in Gedanken hinzu, und Megan schien diesen Gedanken zu hören.

»Oh nein!«, japste Megan und hielt sich für einen Moment die Hand vors Gesicht. »Wie konnte ich das nur vergessen!«

»Schon okay«, erwiderte Agnes, tätschelte Megans Arm und fühlte, wie ein Sog von Erinnerungen sie in eine tiefere Ebene zog. Das Bild von Megan mit dem Giftbehältnis in Händen drängte sich in ihre Vorstellung.

»Was ist?«, fragte Megan beunruhigt nach. »Du siehst mich an, als hättest du ein Gespenst gesehen.« In demselben Augenblick, in dem Agnes antworten wollte, wurde die Tür von Zimmer 422 aufgerissen. Einer der Ärzte kam wild gestikulierend heraus, rief Befehle in den Flur. Sekunden später liefen Krankenschwestern, Pfleger und Ärzte kreuz und quer, ehe eine Kolonne von Krankenliegen im Laufschritt herbei geschoben wurde. Medizinisches Personal kam über den Gang gelaufen, karrte Apparate vor sich her. Agnes und Megan hatten sich gleichzeitig dem Geschehen zugewandt und waren für Sekunden schreckensstarr.

»Das ist das Team der Intensivstation«, sagte Megan schließlich und sog Luft in die Lungen. Sie hatten beide aufs Atmen vergessen. »Großer Gott, was ist hier los?« Sie sprang auf die Beine und eilte zu Zimmer 422, gefolgt von Agnes.

»Ian«, murmelte Agnes. »Mein Gott, Ian.« Warum spukte er in ihrem Kopf herum?

»Wir brauchen noch mehr Beatmungsgeräte!«, rief einer der herbeigeeilten Intensivmediziner.

Michelle trat aus Zimmer 422, ihre Wangen glühten. Nacktes Entsetzen stand in ihren Augen, geradeso als hätte sie den leibhaftigen Teufel gesehen. Kaum hatte Michelle Megan entdeckt, rief sie ihren Namen.

»Wir brauchen mehr Hydrocortison – schnell!« Augenblicklich rannte Megan los, den Gang hinunter und verschwand hinter einer Tür. »Bring' alles, was du hast!«, schrie Michelle ihr nach. Schon kehrte sie zurück ins Zimmer 422.

Lärm drang heraus. Schreie. Stöhnen.

Zögernd trat Agnes an die offene Tür heran, erlag der Versuchung, hineinzublicken, bereute bereits im nächsten Moment zutiefst ihre Neugierde. Es bot sich eine Szenerie, die in ihrer Skurrilität einem Hieronymus-Bosch-Gemälde entsprungen schien.

Die Hölle. Männer krümmten sich am Boden, schrien und stöhnten. Ärzte und Pflegepersonal, hektisch, verzweifelt, konnten sie kaum fest genug halten, um ihnen weitere Injektionen zu verabreichen. Doch wie sahen die Probanden aus – die Haut lila verfärbt, die Köpfe auf das Doppelte angeschwollen. Deren absurd hervorquellenden Augen verursachten bei Agnes die Vorstellung, die Schädel wollten jeden Augenblick explodieren. Alle Versuche beruhigend auf die sich windenden Menschen einzureden, gingen unter den Schreien und Kommandos unter. Erst jetzt bemerkte Agnes zwei der Probanden mit dem Rücken an der Wand stehen, beide kreidebleich, flach atmend. Niemand beachtete die Männer. Entschlossen schlüpfte Agnes durch die Tür, um die am Boden arbeitenden Teams herum, und lief zu den beiden schockierten Männern hin. Keiner von beiden war Ian. Mein Gott, Ian … dachte sie, während sie sich den Probanden näherte, ohne einen weiteren Blick auf die Kranken zu wagen.

»Die beiden haben das Placebo erhalten, für sie besteht keine Gefahr«, rief ihr eine wohlbekannte Stimme in deutscher Sprache zu. »Bring' sie hier raus!« Für den Bruchteil einer Sekunde sahen sich die beiden Frauen an. Michelles Gesicht bot ein Abbild der Stresssituation, zeigte Verzweiflung und Schuldgefühle, die nur von professionellem Pflichtbewusstsein im Zaum gehalten wurden. Es war nichts übrig von Hochmut und Stolz. Der Augenblick ging vorüber. Michelle nickte Agnes auffordernd zu und widmete sich erneut dem stöhnenden Mann vor ihr.

»Kommt mit«, sprach Agnes die Probanden an und lotste sie aus dem Chaos. Draußen platzierte sie die beiden auf einer Bank im Wartebereich, nächst einer Glastür. Schweigend saßen die Männer nebeneinander, rührten sich kaum, atmeten immer noch stockend.

»Wollt ihr etwas? Tee?«, fragte Agnes nervös, weil ihr einfach nichts Besseres einfiel, und sie das Gefühl hatte, irgendetwas tun zu müssen. »Ihr beide seid in Ordnung, die Ärztin hat gesagt, dass ihr das Placebo bekommen habt.« Die Männer sahen sie entsetzt an. Was beruhigend gemeint war, zeigte eine fatale Wirkung auf den älteren der beiden, der nach Agnes Erinnerung den Vornamen Bob trug. Den Kopf schüttelnd und sich mit den Händen die Ohren zuhaltend, stöhnte er wieder und wieder: »Großer Gott, was ist passiert?« Damit wurde die Erstarrung des Zweiten gelöst. Er packte Bob am Arm und redete energisch auf ihn ein.

»Beruhige dich, Mann. Wir haben Glück gehabt. Sie werden die anderen schon wieder hinkriegen. Ganz bestimmt.«

»Bist du blind, Michael? Das kann keiner mehr hinkriegen. Die verrecken da drinnen!«

In ihrer Hilflosigkeit lief Agnes zum nächsten Automaten und holte zwei Becher heiße Schokolade heraus. Zucker und Kakao waren doch so was wie Medizin? Über Ihre Finger tropfte klebriger Kakao, kleine Wellen schwappten über den Becherrand. Die heiße Flüssigkeit biss wie Feuer in die Haut, doch sie konnte weder loslassen noch das Zittern unterdrücken. Erst als Bob und Michael ihr die Becher abnahmen, stöhnte sie auf und blies auf die verbrannten Stellen an den Fingern. Schmerz ist gut, dachte sie, beobachtete in absurder Erleichterung, wie sich der schwirrende Zustand in ihrem Kopf legte. Es blieb wenig Zeit dafür – schon sprang die Tür von Zimmer 422 auf und eine Krankenliege schob sich hindurch. Darauf angeschnallt einer der Probanden. Geräte wurden nebenher geschoben, ein Arzt fingerte am Beatmungsgerät herum, eine Schwester adjustierte die Infusion, die auf einem Gestell neben dem Patienten befestigt war.

»Fucking hell«, murmelte Bob, folgte der Liege mit weit aufgerissenen Augen und schob Agnes, die ihm die Sicht versperrte, zur Seite. Die Ärztin, die voranging und dabei knappe Anweisungen gab, war Michelle. Das gesamte Team tänzelte um die Liege herum, geschäftig, aufgebracht, um Ruhe bemüht, beschämend machtlos. Der Zug kam vor der Glastür ins Stocken. Michelle streifte im Vorübergehen Agnes' Schulter.

»Ist *das* Ian?«, platzte Agnes voller Entsetzen heraus.

Michelle wandte sich ihr zu, starrte Agnes an, wohl nur eine Zehntelsekunde, dennoch bohrte sich der Blick in Agnes' Herz. Michelles Hand lag für eine Sekunde schwer auf Agnes' nacktem Arm.

Das habe ich nicht gewollt, hörte Agnes, ohne zu wissen, ob die Stimme aus ihrem Inneren oder aus Michelles Mund gekommen war. Schon war die Gruppe mit dem Probanden vorüber und ließ Agnes, Bob und Michael in Verwirrung zurück.

Ferrarirotes T-Shirt und ausgefranste Jeans. Ian Miller. Das Gesicht monströs entstellt. Ihr Blickfeld trübte sich ein, der Boden schwankte, spürte die Beine nicht. Michaels Hand packte ihre Hüfte, zog sie auf den freien Sitzplatz neben ihn. Seine Stimme hörte sich an, als spräche er unter Wasser.

»Sie sind einer nach dem anderen umgefallen. Das können Sie sich nicht vorstellen, was da abgegangen ist. Ian war der Erste. Er hat sich den Kopf gehalten und gestöhnt, den Ausschnitt von seinem T-Shirt zerrissen, weil es ihm zu eng wurde, bald darauf ist er am Boden gelegen und hat sich vor Schmerzen gekrümmt. Einer nach dem anderen ist zu Boden gegangen, und dann sind die Köpfe aufgequollen. Ich dachte: Mann, die zerplatzen gleich, und das Hirn wird uns um die Ohren fliegen wie in einem Horrorfilm. Wir beide sind bei den Letzten gewesen, die die Injektion bekommen haben – haben gewartet, dass es jeden Augenblick bei uns auch losgehen wird. Scheiße, Mann.« Michael wischte sich über die Augen, hielt den Kopf gesenkt über seinen Knien.

»Bin in meinem Leben nicht viel in der Kirche gewesen«, murmelte Bob, »aber heute ganz sicher. Keine Ahnung, warum Gott mich verschont hat. Warum nicht Ian oder Paul?« Er sah zum Fenster hinaus. Agnes konnte Tränen zwischen seinen Augenlidern aufsteigen sehen. Die nächsten zwei Probanden wurden Richtung Intensivstation vorbeigerollt.

Die Tür fiel leise ins Schloss, jedoch das Licht ging nicht an. Agnes lag auf dem Bett und lauschte dem Klang der Schritte.

»Du brauchst nicht leise sein, ich bin noch wach.« Für einen Moment verstummte jedes Geräusch, dann setzte wieder Bewegung ein. Siebert erschien im Türrahmen, drückte den Lichtschalter und kam Richtung Bett auf sie zu.

»Hallo, Liebes.« Wie vorsichtig seine Stimme klang. »Tut mir leid, dass ich so lange in der Kanzlei zu tun hatte. Da ist es heute wegen dieser Sache mit den Probanden drunter und drüber gegangen.« Sein Kuss auf ihrer Stirn kühlte allzu rasch ab. Ernst musterte er sie. »Alles in Ordnung bei dir?« Agnes blinzelte, die Augen hatten sich noch nicht an das Licht gewöhnt.

»Es geht. Konnte einfach nicht mehr arbeiten, nachdem ich mich um Bob und Michael gekümmert habe. Die waren total am Ende – wie sie mich angeschaut haben – das krieg ich nicht raus aus meinem Kopf …« Sieberts Lippen pressten sich zusammen und zugleich schnaubte er durch die Nase. Das klang wie: ›Ich kann's verdammt noch mal nicht ändern.‹ Eine Zeitlang herrschte betretenes Schweigen.

»War ein harter Tag«, sagte er schließlich. »Wie bist du damit klargekommen?«

»Beschissen, was denkst du denn?«, erwiderte Agnes und spürte all die unterdrückten Emotionen gegen ihre Fesseln rebellieren. Schreien täte jetzt gut. Aber wenn sie nicht mehr aufhören könnte? »Ich habe hilflos zugesehen, wie sechs Männer um ihr Leben kämpften. Diese Schmerzen, die Todesangst ...« Die Erinnerung an entstellte Gesichter und sich krümmende Leiber legte sich wie ein Dämon über ihr Bewusstsein.

»Lass das«, sagte Siebert sanft und zog ihre Hände von der Stirn. Jetzt erst merkte Agnes, dass sie sich Stirn und Schläfen wundgerubbelt hatte. Als ob man Erinnerungen durch Reibung vertreiben könnte! Oh nein, sie würden an ihr kleben, so wie die anderen Dämonen ihrer Vergangenheit: Larissa Muths Leiche, Sieberts überfahrener Körper in der Tiefgarage ... *fort mit diesen Gedanken, fort...*

»Ich darf nicht mal bei der weiteren Untersuchung bei *SARFUR* mitwirken. Chefsache. Virginia hat mich angesehen, als wäre ich an der Katastrophe schuld.« Die Reminiszenz ließ Agnes hart schlucken, als steckten ihr Reißnägel in der Kehle. »Sie halten sich raus«, war alles, was ihre Chefin für sie übrig gehabt hatte.

»Wie geht es den Probanden?«, holte Siebert sie zurück in die Gegenwart. »Gibt es was Neues?«

Achselzuckend wickelte sie die Decke um die Füße und zog die Beine an. »Megan kennt die Schwestern auf der Intensivstation. Nach dem letzten Anruf von ihr weiß ich wenigstens, dass noch keiner der Männer gestorben ist. Allerdings sind zwei von ihnen ins Koma gefallen.« *Ian Miller*, flüsterte es in ihrem Kopf. Gerade Ian. Werdender Vater. Geliebter. Student. Sohn. Viel zu jung zum Sterben.

»Dass gerade du dabei sein musstest«, Siebert griff nach ihrer Hand und streichelte sanft mit dem Daumen über den Puls, »als hättest du nicht schon genug durchgemacht dieses Jahr.«

Agnes seufzte. Warum hatte die blöde Unterschrift von Ian fehlen müssen, warum war sie nicht gleich zurück ins Büro? Warum?

»Was einem bestimmt ist, das bleibt nicht aus«, sagte Agnes mehr zu sich selbst als zu Siebert. »Mamas Worte – ich hasse den Spruch.« Die Gedanken flogen zu ihrer Mutter, viel zu früh gestorben, schmerzlich vermisst. Hörst du mich Mama?, flehte sie in Gedanken. Bitte komm' zu mir und hilf' mir, ich habe solche Angst. Das ist alles zu viel, ich will nach Hause. Die Knie angezogen und umschlungen versuchte Agnes Halt zu finden, wo keiner war. »Und ich arbeite auch noch für die«, murmelte sie vor sich hin.

»Was meinst du?«

»Da stimmt doch was nicht, wenn Probanden dermaßen auf ein Medikament reagieren!«, antwortete sie ihm mit einer scharfen Prise Aggression.

»Es ist ein Zusammentreffen unglücklicher Umstände«, beschwichtigte Siebert, der offenbar überrascht war von ihrer Heftigkeit. »So etwas kann passieren.« Ihre Augen wurden ganz schmal und fixierten ihn argwöhnisch.

»Hast du jemals von einer solchen Reaktion bei Medikamententests gehört?«

»Nein, aber …«

»Das waren gesunde junge Männer, Siebert, mit einer Zukunft vor sich.« Die Bilder der entstellten Leiber traten ihr wieder vor Augen, da half es auch nicht, dass sie die Hände vors Gesicht schlug. Niemals würde sie diesen Anblick aus dem Kopf kriegen. Nie. »Ich arbeite für die«, sie hielt inne, als ein weiterer Gedanke seine Wurzeln in ihr Gehirn schlug, »und du auch, Siebert: Tromp & Wotens vertritt *SARFUR*.« Er hob abwehrend die Hände.

»Hey, wir brauchen alle mal Medikamente, richtig? Die müssen getestet und sicher sein. Die Jungs wussten, dass es ein Risiko gibt. Also komm mir nicht mit der Moral-Keule. Das sind keine Verbrecher, für die wir arbeiten. Die sind sich ihrer Verantwortung bewusst. Außerdem habe ich einen Ausbildungskredit abzuzahlen und bin heilfroh, nach dem Unfall einen Job zu haben.« Das saß. Dass Siebert wochenlang im Krankenstand gewesen war, ging definitiv auf ihr Konto.

»Pass auf«, begann Siebert energisch, »ich dusche rasch, dann lege ich mich ganz dicht zu dir, halte dich fest, die ganze Nacht.«

»Ja, mach' schnell.« Sie spürte seine Irritation und hatte doch nicht die Kraft, den Schein von Stärke aufrecht zu halten. Zusammengerollt blieb sie liegen, hob nicht mal den Kopf. Ihre Worte waren kaum hörbar. »Mir ist so kalt.«

Sieberts Sorgenfalte wurde tiefer. Es hatte über 30 Grad, alle stöhnten unter der Hitze, aber Agnes lag unter zwei Decken und zitterte am ganzen Leib.

»Hast du was gegessen? Gibt's einen Kräutertee, der beruhigend wirkt?«, fragte er in der Überzeugung, dass Agnes für alles ein Kräutlein eingepackt hatte.

»In der Kommode«, erinnerte sie sich, verwundert, nicht selbst auf den Gedanken gekommen zu sein. Siebert fand in einer der Laden ein Papiersäckchen und las laut vor: »Melisse, Baldrianwurzel, Hopfenblüte und Johanniskraut. *Entspannung* steht drauf.« Agnes nickte bloß, und Siebert machte sich daran, Wasser in den Kessel zu füllen.

»Eine Kräuterhexe, die auf ihre eigenen Tees vergisst«, rief Siebert aus dem Bad. »Das ist ja wohl noch nie vorgekommen.« Während der Wasserkocher mit Rauschen und Brummen seiner Pflicht nachkam, füllte Siebert Kräuter in ein Filterpapier, erzählte nebenher vom Anwaltsalltag und goss schließlich den Tee auf. Alleine ihn zu beobachten, wie er Anzughose und Sakko feinsäuberlich auf einen Kleiderbügel hängte und mit wenigen Handgriffen Ordnung im Zimmer schaffte, ließ Agnes' Zittern abklingen. Alltag und Gewohnheit hatten ihr Gutes, das war ihr noch nie so bewusst gewesen wie heute. Siebert verschwand ins Bad. Mit der Teetasse in Händen lauschte sie dem Prasseln der Dusche. Er würde in zehn Minuten fertig sein, sich an sie kuscheln, sie wärmen und die ganze Nacht lang im Arm halten. Sein Atem würde wie jeden Abend beim Einschlafen gleichmäßig in sanften Wellen in ihr Bewusstsein branden und sie sanft in die Traumwelt gleiten lassen.

Die Tafel war reich gedeckt. Ein Wildschweinbraten verströmte seinen würzigen Duft, der sich mit dem der Heidelbeersoße auf derselben Silberplatte vermischte. Zinnbecher und Teller standen wohlgefüllt vor den Gästen, und eine angeregte Unterhaltung begleitete die Mahlzeit. Zurück in dem Haus aus Stein mit seinen bleigefassten Fensterscheiben, enormen Kaminen und düsteren Winkeln fühlte sich Violet wieder genauso gefangen wie in ihrer Kindheit. Lustlos kaute sie auf einem Stück Brot, angewidert von der Gesellschaft, in der sie sich befand. Weder ihr Vater Antonius Huntington noch ihre Mutter Amanda schenkten Violet Beachtung, obwohl sie einander mehrere Monate nicht gesehen hatten. Stattdessen ereiferten sich ihre Eltern mit Sir Worthwill, dem Bischof O'Connor und Merit Thorn über die Hinrichtung von John Badby. Die Damen Irene Worthwill und Ann Thorn schwiegen, denn Politik interessierte beide nicht im Geringsten. Auch war Ann, im Gegensatz zu ihrer Schwester Amanda, von zurückhaltendem Wesen, und es lag nicht in ihrem Charakter, sich an Männergesprächen zu beteiligen.

»Mit Genugtuung habe ich ihn brennen sehen, draußen, vor den Toren der Stadt«, näselte der Bischof, wie es so seine Art war. »Halb London hat sich auf der Turnierfläche von Smithfield eingefunden, um dem Schauspiel beizuwohnen. Wart Ihr auch zugegen, Doktor Huntington?«

Titus Huntington blickte mit versteinertem Gesicht von seinem Teller auf.

»Ich meide solche Schauspiele, Exzellenz. Dies sind grausame, unzivilisierte Formen der Bestrafung, die einer christlichen Gemeinschaft nicht würdig sind. Meine Aufgabe ist es, zu heilen, nicht dem Tod zu applaudieren.«

O'Connor lüpfte eine Augenbraue ob dieser Anmaßung. Schon hob sich sein Brustkorb, um dem selbstgerechten Arzt die Leviten zu lesen, da fiel ihm Amanda Huntington ins Wort:

»Weswegen wurde John Badby denn letztendlich verurteilt? Hat er sich gegen den König verschworen?« O'Connor wandte den Kopf und vergaß für einen Moment, was er hatte sagen wollen.

»Meine liebe Amanda, *noch* nicht!«, belehrte er nun stattdessen die Gastgeberin. »Aber wer an der Heiligen Kirche Gottes auf Erden zweifelt, der wird sich gegen jede Ordnung stellen und die von Gott eingesetzten Herrscher der weltlichen Macht angreifen – dies ist nur eine Frage der Zeit.« Predigen ist wahrlich seine Passion, verdrehte Violet insgeheim die Augen zur Decke und fürchtete die Fortsetzung seiner Rede, wohl wissend, wie lange diese Ausführungen dauern konnten.

»Diese Lollarden sind Ketzer allesamt! Maßen sich religiöse Autorität an, die nur unserem Heiligen Vater im Rom und dem Klerus zukommt! Verlangen der Kirche apostolische Armut ab, die Güter sollen besteuert werden, man stelle sich das vor! Zweifeln daran, dass Jesus Christus seinen Leib und sein Blut beim letzten Abendmahl hingab, und verspotten die Heilige Wandlung vom Brot zum Leib Christi, die wir Priester vollziehen. Möge Gott ihnen verzeihen, wenn sie dereinst ihre Sünde vor ihn hintragen.« Es war für alle Anwesenden deutlich zu sehen, dass er selbst dies nicht vermochte.

»Sie schrecken nicht einmal davor zurück, die Bibel in die englische Sprache zu übersetzen«, ereiferte sich nun auch Merit Thorn. »Die heiligen Worte werden dem Pöbel zum Fraße vorgeworfen, geschändet!« Sein Freund der Bischof nickte beifällig, wobei sich dessen Doppelkinn aufblähte und entspannte wie der Kehlsack eines Frosches. Der Vergleich bereitete Violet unverhohlenes Vergnügen. Ihr Grinsen alarmierte Amanda, die ihre Tochter unter dem Tisch gegen das Schienbein trat, doch glücklicherweise bemerkte O'Connor nichts von alledem.

»Wie schon Matthäus 13, Vers 24 sagte: *Das Unkraut unter dem Weizen muss nach der Ernte verbrannt werden.*«, fuhr er eifrig fort. »Genauso müssen wir in dieser Angelegenheit vorgehen, die Häretiker müssen brennen, da gebe ich unserem Erzbischof Exzellenz Thomas Arundel vollkommen Recht. Sein Richtspruch wird die Ketzer Gehorsam lehren.« Ein kleines Rinnsal von Fett glänzte im bischöflichen Mundwinkel, während er weiter in Richtung seines Widersachers Titus sprach. »Eure Zurückhaltung führe ich darauf zurück, dass Ihr ein Oxfordmann seid. Dort wirkte dieser ketzerische John Wyclif allzu lang, verbreitete ungehemmt seine aufwieglerischen Ideen. Daran wird sichtbar, welch großer Schaden entsteht, wenn verderbtem Gedankengut nicht entschieden entgegengetreten wird. Es vermehrt sich andernfalls wie Unkraut.« Wobei es für Violet eher so aussah, als würde der Bischof im Wildschwein seinen erklärten Feind erkennen, den es ohne Gnade zu vernichten galt. Nun, zumindest dabei würde der fromme Mann obsiegen; dabei und damit, sie mit seiner nicht enden wollenden Litanei zu Tode zu langweilen. »Diese Gotteslästerer sind schlimmer als das einfältige Bauernvolk, das, im Aberglauben verhaftet, heidnische Riten vollzieht. Doch dies ist lediglich Ausfluss ihres beschränkten Verstandes. Ein Doktor der Theologie hingegen, der die Wahrhaftigkeit unseres Glaubens studiert hat, stellt der sich gegen die Heilige Kirche, dann ist das unverzeihlich.« Er bekreuzigte sich und murmelte dabei ein stilles Gebet.

Antonius Huntington, dem akademische und besonders religiöse Querelen einerlei waren, nutzte die Gelegenheit, eine Frage zu stellen, die ihn bereits lange beschäftigte:

»War tatsächlich Prinz Heinrich bei der Hinrichtung zugegen? Man sagt, er hätte den gottlosen Badby begnadigen wollen. Unterstützt der Prinz von Wales etwa die Lollarden? Will er gar gegen den König aufbegehren?«

»Großer Gott, nein! Der Prinz ist bloß jung und voll Idealismus. Mit eigenen Augen sah ich mit an, wie Heinrich den Sünder Badby aufforderte, seinen Behauptungen abzuschwören, ihm gar Leben, als auch eine Rente anbot. Doch Badby blieb dem Teufel verfallen. Er zog es vor, elendiglich in seiner Sünde zugrunde zu gehen, ohne jede Hoffnung auf das ewige Leben.«

»Ich war noch nie bei einer Hinrichtung zugegen!«, beklagte sich Amanda.

»Dies ist auch kein Schauspiel für das schwache Geschlecht«, wies der Bischof Amanda resolut zurecht. »Eure zarte Konstitution und filigrane Psyche könnten dies nicht ertragen. Allein das Geschrei des Verurteilten und der Gestank des brennenden Fleisches ist bereits für einen Mann eine schwere Prüfung.«

Merit Thorn nickte zustimmend. »Ganz meine Meinung. Auch ich halte es für besser, das Weibervolk von Hinrichtungen fernzuhalten. Ihr Platz ist im Hause, bei den Kindern. So will es Gott«, sprach er und fixierte dabei Violet mit einem heimtückischen Blick.

Ihre Wangen liefen blutrot an. Er tat es wieder! Gewiss würde das Gespräch sich ihrer Zukunft als Eheweib zuwenden. Irene Worthwill kam Thorn zuvor, nutzte die Gelegenheit für einen Themenwechsel.

»Das lässt mich an unsere liebe Violet denken, die es längst zu vermählen gilt. Findet sich kein Freier für unsere hübsche Jungfer?«, begehrte sie zu wissen. »An diesem unnatürlichen Leben im Haushalt ihres Onkels kann ja nicht länger festgehalten werden in ihrem Alter.«

Willfährig stimmte Amanda dem zu. »Natürlich nicht. Wir haben damals Titus nach seinem schweren Schicksalsschlag unsere Tochter überlassen, damit er die Einsamkeit leichter ertragen könne und Hilfe für den Haushalt bekäme. Es war nicht abzusehen, dass Violet mehrere Jahre bei ihm verbringen würde.«

Violet las ihrer Mutter Gedanken, denn sie kannte den Nachsatz: *… und dass Violet ungehöriges Wissen vermittelt wurde, das sich für eine junge Dame ihres Standes nicht geziemt …* nur zu gut.

»Dafür bin ich Euch überaus dankbar, Bruder und Schwägerin«, meldete sich Titus zu Wort. »Violet hat mir über die Trauer um mein Weib und Kind hinweggeholfen und ist für mich wie eine eigene Tochter geworden.« Sein Blick ruhte liebevoll auf seiner Nichte. »Ich wüsste nicht, was ich ohne sie getan hätte.«

»Nun, dieser Freude werden wir dich, lieber Bruder, alsbald berauben müssen«, hob Antonius an. »Es erfüllt mich mit Stolz, bekannt geben zu können, dass ich einen Antrag an Violets statt angenommen habe. Es handelt sich dabei um niemand Geringeren als Viscount Redhursts Sohn.«

Ein Raunen ging rund um den Tisch. Allein Violet fühlte sich ganz und gar nicht geehrt, sondern wollte augenblicklich im Erdboden versinken. Alles Blut war aus ihrem Gesicht gewichen, und sie musste sich zum Atmen zwingen um nicht einer Ohnmacht anheim zu fallen.

»Sehr gute Familie, ausgedehnte Ländereien«, nickte Antonius selbstgefällig. »Wir Väter sind uns über die Mitgift einig geworden. Dabei konnte ich mir das Jagdrecht in deren bestem Revier herausschlagen! Das ist die perfekte Verbindung.« Ihr Vater hatte sie für das lang ersehnte Jagdrecht verkauft? Violet stand auf.

»Entschuldigen Sie mich bitte, Vater. Ich muss eilig hinaus«, hauchte sie und rannte aus dem Zimmer. Durch ihren gepressten Atem hindurch hörte sie Merit Thorns gehässige Stimme: »Höchste Zeit, sie zu verheiraten, Antonius, das Mädchen wird immer aufsässiger.«

Endlich war Violet unter freiem Himmel, der orangerote, lila und leuchtend gelbe Streifen zur Verabschiedung der Sonne aufzog. Ein empörtes Schluchzen entrang sich ihr, zwang sie weiter fort von dem Haus, das ihre Heimat sein sollte. Verkauft! Vom eigenen Vater. Violet lief über die Wiesen, fühlte die Tränen nicht, welche unablässig die Wangen hinabströmten, stolperte in Löcher und über Steine, sprang über den Bach und hielt geradewegs auf den Wald zu. Es zog sie zu den Eichen, die hier seit Hunderten von Jahren ihren Platz hatten. Der Waldboden federte unter ihren Schritten weich wie ein Teppich, dicke Lagen von Laub raschelten, und Äste knackten. Ringsum lagen umgestürzte Bäume, gaben Zeugnis vom Unwetter der vergangenen Woche. Obwohl kein Weg die Richtung vorgab, eilte Violet zielsicher tiefer ins Herz des Hains. Allmählich wurden ihre Schritte langsamer, kam ihr Atem zu Ruhe. An einer Felsformation, die wie willkürlich inmitten des Forstes hingeworfen wirkte und fast gänzlich von Moos überzogen war, ruhte sie schließlich aus. Die Kühle der Moospolster an den Wangen beruhigte ihr Gemüt. Auf dem untersten der Steine sitzend nahm sie das Wesen des Waldes in sich auf, seinen Duft nach Pilzen, Erde, Laub und Beeren, den Kuckucksruf genauso wie das Rauschen der Baumkronen.

»Ich wollte, ich könnte hier bleiben und alldem entfliehen«, sagte sie zu sich selbst, den Blick zu den Baumkronen gerichtet.

»Das kannst du«, drang es gedämpft hinter dem Felsen hervor.

»Theodor?« Sie fuhr herum. Aus dem Schatten löste sich tatsächlich die Gestalt ihres Geliebten. »Du hier?«

»Ich wusste, dass du kommen wirst«, erwiderte er mit dieser Sanftmut, die sie vom ersten Augenblick an für ihn eingenommen hatte. Erfreut sprang sie auf und flüchtete sich in seine Arme. Ein Gefühl von Geborgenheit und Zuneigung setzte unmittelbar auf diese körperliche Nähe ein.

»Wie machst du das?«, fragte Violet schließlich, als sie

fürs Erste ausreichend Kraft an Theodors Brust geschöpft hatte. »Du schaust in die Vergangenheit wie in die Zukunft, weißt Dinge, die niemand wissen kann. Du musst ein Magier sein!«

»Nein, keineswegs«, lächelte er auf seine Liebste herab und drückte einen Kuss auf ihr Haar. »Dies alles«, seine Hand wies rundum, glitt gleichermaßen über Bäume, Felsen und Himmel, »spricht zu mir. Es gibt einen Zustand, in dem du mit allem verbunden bist, jedem Grashalm, jedem Wassertropfen, jedem Käfer. Die Sterne, der Mond, die Sonne sind in dir und du in ihnen, alles spricht zu dir, und du weißt dann, was war, was ist und was vielleicht kommen wird. Denn, was ist, war schon – was schon war, liegt uns zu Füßen. Wir spinnen die Fäden der Zeit mit unseren Gedanken.« Violet hing gebannt an Theodors Lippen. Gern erzählte er bei ihren geheimen Treffen fantastische Geschichten. Ein Lächeln huschte über seine Lippen, und er löste die Schnürung seines Umhangs, um Violet einen bequemen Platz im Schutz der Felsen zu richten.

»Dann blicke für mich erneut in die Zukunft, Liebster«, erwiderte Violet und ließ sich an seiner Seite nieder. »Die Eltern haben mir einen Gatten erwählt! Alles ist besprochen und beschlossen, die Braut verkauft.« Sie blickte in ein bleiches Gesicht, selbst Theodors Lippen hatten jegliche Farbe verloren.

»Das kann nicht sein«, sprach er so leise, dass Violet ihn kaum verstand.

»Wie sollte ich diesem Schicksal entgehen?« Mit zitternden Händen wischte sie über ihre Wangen, verschmierte die Tränen mit dem Staub. »Ich sitze in der Falle.«

Theodors Blick durchdrang das Angesicht seiner Liebsten, als wollte er ihr in die Seele blicken. Einen Moment lang presste er die Lippen zusammen, dann entspannten sich seine Züge wieder. »Ich werde bei deinem Vater um deine Hand anhalten, Violet. Zugegeben, ich habe nicht viel vorzuweisen, doch ich bin ein freier Mann, besitze etwas Land und kann eine Familie ernähren.« Violet hielt Theodors Hand fest und küsste jeden seiner Finger, schmiegte ihren Kopf an seine Brust. Tränen füllten ihre Augen.

»Vater wird dich nicht akzeptieren. Er hat eine Partie für mich festgemacht, die für ihn von persönlichem Vorteil ist. Darüber hinaus bist du nicht das, was er unter einem guten Christen versteht. Dir haftet ein zweifelhafter Ruf an. Man sagt, du hältst es mit Wyclif, mit den Lollarden. Manche raunen sogar, du dienst den alten Göttern.« Ein Schaudern ging durch ihren Leib. Waren es Hoffnungslosigkeit und Verzweiflung oder das Wissen, dass die Leute mit ihrer Vermutung recht hatten? »Alleine diese üble Nachrede macht dich für meine Familie inakzeptabel.« Ungeduldig wischte Theodor mit einer Handbewegung ihre Bedenken fort.

»Ich besuche die Kirche wie die anderen auch, keiner kann mir anderes nachweisen.« Sein Blick war fest auf Violet gerichtet. Was er ihr zu sagen hatte, musste sie akzeptieren, wenn sie seine Frau werden wollte. »Das Wort Gottes habe ich vernommen, denn es gibt geheime Gruppen, in denen die Bibel in unserer Sprache gelesen wird. Dennoch – die Regeln der Kirche können mich nicht überzeugen, weil ich den alten Glauben kenne, welcher im Einklang mit dem Wald, dem Himmel und der Erde steht. Der alte Glaube birgt Wahrheiten, die du auf dem Weg der Kirche kaum erfahren kannst, haben sie doch die Mutter, die fruchtbare Göttin der Erde und des Dunkels, zum Teufel gemacht und missachten ihre schöpferische Kraft. Alles Denken ist alleine zum Vater gerichtet, hinauf, zum Himmel, zum Licht. Doch ein Baum, der seine Wurzeln nicht tief in die Erde steckt, wird niemals bis zum Himmel wachsen. Du musst über das von den Würdenträgern Erlaubte hinausgehen, um wahrhaftig in die Göttlichkeit einzutreten. Wenn du dieses Wunder erfährst, erkennst du, dass es keine Trennung gibt.« Noch nie hatte Theodor so freimütig gesprochen. Wie sollte sie auf seine Worte reagieren? Was hatte er damit gemeint – war er ein Lollarde oder, schlimmer, ein Hexer, der den Teufel anbetete? Doch nein, dies hier war ihr sanftmütiger Theodor, der so viele wunderbare Geschichten zu erzählen wusste und zu jedermann gütig und hilfsbereit war.

»Es ist ein Frevel gegen Gott, andere Götter anzubeten«, stellte Violet zu ihrer eigenen Beruhigung klar. Sie fürchtete die Strafe Gottes, zu grausam war ihr diese von den Geistlichen geschildert worden.

»Wenn es keine anderen Götter gibt«, wandte Theodor ein, »was macht es dem einen dann aus? Ist er dann nicht ohnehin immer angesprochen?«

»Aber ...«, sie stockte, verstand nicht, worauf er hinaus wollte. »Gott ist vollkommen, nicht wahr?«

»Richtig«, bekräftigte er ihre Ansicht. »Denk' nach, Violet. Gott ist vollkommen – er kann nicht wie ein Mensch sein, nicht wie ein Mann, nicht wie eine Frau. Was man Gott nennt, ist in uns, in den Tieren, in den Pflanzen, im Wasser. Es ist unbeschreiblich, ohne Bild, jenseits unserer Vorstellungskraft. Der Mensch kann Gott nicht erfassen und behilft sich mit Bildern von dieser Göttlichkeit. Bilder von Heiligen, Engeln, einem Heiligen Geist, dem Gekreuzigten, alles Symbole deiner Kirche, und einst war es Mutter Erde und ihr Befruchter, der Sonnengott, die Wesenheit des Waldes, Nymphen, Kobolde, Elfen. Du siehst, der Christenglaube macht es genauso wie der alte Glaube. Das sind lediglich Hilfsmittel, das Unfassbare zu verstehen. Keiner weiß mehr als der andere, wir tappen alle im Dunkeln, solange wir die Göttlichkeit nicht selbst erfahren. Ich kenne keinen eurer Priester, der nur annähernd in diese alles verbindende Kraft eingetreten ist.« Während er sprach, hatte sich ein Leuchten über sein Gesicht gelegt. Er strahlte so viel Liebe und Vertrauen aus, dass Violet ruhig wurde und begann, das Gehörte zu überdenken.

»Und du?«, fragte sie mit forschendem Blick. »Du siehst in die Vergangenheit und in die Zukunft. Bist du in diese Göttlichkeit eingetreten, wie du es nennst?«

Theodor sagte lange nichts. Seine Arme lagen fest um Violets Hüften, als fürchtete er, sie wollte ihm entschlüpfen. Mit geschlossenen Augen atmete er den Duft ihrer Haare ein, bezaubert von der Fülle ihrer Reize. »Ich hüte den alten Glauben«, sagte er schließlich. »Es gibt nur mehr wenige von uns. In diesem Landstrich ist es bloß eine Frau, die auf der anderen Seite des Waldes als Hebamme arbeitet: Das ist meine Schwester Babeth. Dann mein Lehrer Bartholomew und seine Tochter Victoria und schließlich Raven, mein Freund und Schwager. Bald werden alle Hüter tot sein, die um die Weisheiten der Vorfahren wissen. Doch das Wissen wird nicht verloren gehen. Es ist gespeichert an besonderen Orten und in den Seelen der Hüter. Sie werden sich erinnern, kehren sie in ein Menschendasein zurück.« Er lächelte sie an. »So wie wir einander wiedererkannt haben, Violet. Auch du bist eine Hüterin – verstehst du das?«

Die Stimme versagte ihr bei dem Versuch, ein »Ja« zu erwidern. Theodor drang nicht weiter in sie, so als wüsste er, dass Violet nach und nach die Lehren der Ahnen verstehen und sich selbst auf den Weg machen würde.

»Was ist noch schlimmer für deinen Vater, als einen Schwiegersohn zu haben, über den Zwiespältiges geredet wird?«, fragte er sie.

»Da gibt es nichts Schlimmeres, Theodor«, antwortete sie und fühlte eine Woge der Resignation über sich hereinbrechen. Wozu quälten sie sich mit diesem Gespräch? Es gab kein Entrinnen.

»Nun, wie stünde er zu einer Tochter, die mit einem Mann durchgebrannt ist?«

»Damit wäre ich entehrt!«, keuchte Violet auf. Mit weit aufgerissenen Augen starrte sie Theodor an und versuchte, sein Ansinnen hinter diesen Worten zu erfassen.

»Das ist richtig, aber er desgleichen«, erklärte ihr Theodor seinen Plan. »Es gilt abzuwägen, ob dies für ihn derart schwerwiegend wäre, um einer Ehe mit mir zuzustimmen, bevor die Leute davon Wind bekämen.« Für Sekunden schloss ihr Liebster die Augen, nur um sie hernach umso eindringlicher anzublicken. »Ich hatte einen Traum, Violet. Du und ich – wir waren Mann und Frau, lebten in meinem Haus glücklich vereint.« Seine Hände griffen nach den ihren, umfingen sie schützend wie Muschelschalen. Violet betrachtete seine Lippen, die sich auf ihre Fingerspitzen senkten und kleine Küsse darauf hauchten. Die wohligen Schauer, die sie auslösten, hemmten ihre Urteilskraft. Die Brauen zusammengezogen kämpfte sie um Konzentration. Ihr Vater war überaus stolz, gesellschaftliches Ansehen bedeutete ihm alles. Um die Ehre der Familie zu schützen, würde er der Eheschließung mit Theodor zustimmen – oder aber …

»Wenn Vater mich in der ersten Wut nicht tötet, könnte der Plan aufgehen«, schloss sie ihre Überlegungen ab und schluckte tapfer den Angstkloß in ihrem Hals herunter.

»Mutter wird das Ihrige dazu beitragen, dass er einwilligt. Ein Skandal würde sie umbringen. Meine Tugend war Mutter stets ein geradezu fanatisches Anliegen. In London wachte eine von ihr erwählte Anstandsdame über mich, weil Mama meinem Onkel nicht zutraute, ausreichend meine Jungfräulichkeit zu beschützen.«

»Willst du dieses Wagnis eingehen?« Theodor hielt sie auf Armeslänge von sich weg, ließ die Hände jedoch auf ihren Schultern. »Für dich steht viel auf dem Spiel, Liebste. Ich kann nicht von dir verlangen, auf meine Visionen zu vertrauen.«

Sein fragender Blick entlockte ihr ein Lächeln. Die Entscheidung war längst gefallen.

»Doch vertraue ich auf dich«, verkündete sie. »So soll es denn sein, dass du mich entehrst, Theodor Wistlegreen.« Dabei richtete sie sich zu voller Größe auf. Ihre Augen glitzerten entschlossen. »Lass uns sogleich damit beginnen.« Eine lange Weile lag Theodors Blick forschend auf ihr, nahm ihr Antlitz, die darin gespiegelten Gefühle und Regungen auf. Die Ernsthaftigkeit darin schmolz zusehends zusammen zu einem Meer aus Wärme und Sehnsucht, Verlangen und Vorfreude. Seine Lippen senkten sich auf ihre, suchten sanft nach Bestätigung und wurden leidenschaftlicher, als sie diese fanden.

9. KAPITEL

Die Worte fliegen hoch, doch unten bleibt mein Sinn.
Worte alleine dringen nie zum Himmel hin.
(Hamlet, 3. Akt, Szene 3)

Die Dächer von Bloomsbury ... Annie Whites Blick weilte in der Ferne, während ihre Hand über die Gardinen der schmucken Dachgaupe strich. Der Duft des Waschmittels, durch die Hitze des Bügeleisens erweckt, lag in der Luft. Die Böden waren sauber geschrubbt, die Betten bezogen, die Kästen ausgewischt und mit lavendelimprägnierten Einlegepapier parfümiert. Mehr noch als bei der ersten Besichtigung der Mansarde wurde klar, dass dies die Räume eines Mädchens gewesen waren.

Agnes beobachtete Annies Andacht bei der Reinigung der Regale, die Sorgfalt, mit der sie Vorhänge drapierte, Porzellanfiguren auf dem Kaminsims glänzend rieb und Zierkissen am Kopfende des Bettes arrangierte. Eigentlich hätte Agnes längst mit dem Einräumen der Hemden und T-Shirts fertig sein können, wäre da nicht dieser pochende Kopfschmerz hinter dem linken Auge gewesen. Wiederkehrende Migräne-Attacken – ihr Souvenir von dem Sturz in der Tiefgarage. Schützend legte sie die Hand über das tränende Auge. Jetzt war es Annie, die Agnes musterte.

»Hast du genug Platz im Kasten? Wir haben damals einen Tischler beauftragt, die Dachschräge optimal auszunutzen. Die Koffer kannst du nachher in der Besenkammer abstellen.«

»Geht sich alles prima aus«, erwiderte Agnes und tastete nach den Akupressurpunkten an der Nasenwurzel. Der Druck tat gut. »Da ist mehr Platz, als man von außen glaubt.« Dabei stieg sie über zwei offene Koffer und nahm die Kleiderhaken mit Sieberts Anzügen vom Bett. Eine Mischung aus *Egoïste* und Leder stieg in ihre Nase. In der Magengrube zeigte ein kleiner Stich an, wie aufregend sein Geruch auf ihren Körper wirkte. Augenblicklich fühlte sie seine Lippen auf ihrer Haut, dachte an seine Hände, die über ihren Körper strichen.

»Zeit für Tee«, verkündete Annie und riss Agnes aus dem Tagtraum. »Megan hat mir erzählt, dass du Assam bevorzugst. Ich habe da eine ganz vorzügliche Mischung von *Fortnum & Mason*. Starke Gerbsäuren, duftet wie ein Picknick im Hydepark. Darauf steht ihr Kontinentaleuropäer doch?«, grinste sie herausfordernd.

»Genau! Das und eine Audienz bei der Queen«, zwinkerte Agnes zurück. Das Lachen löste Nadelstiche in der linken Hirnhälfte aus und trieb Tränen in die Augen. Als Agnes wieder aufblicken konnte, stand Annie bereits mit einem Kübel voll Putztücher am Treppenabsatz.

»Ich gehe schon mal das Wasser aufsetzen, kommst du nach?«

»Bin in fünf Minuten bei dir«, versicherte Agnes. »Ich räume bloß noch die restlichen Hemden ein. Küche?«

»Ja«, sie hielt nachdenklich inne. »Oder nein. Besser, wir setzen uns in den Garten, da ist es jetzt schön schattig.«

Rasch waren die restlichen Kleider aus den Koffern geräumt und verstaut, danach versuchte Agnes, die sperrigen Dinger in jener Liliputabstellkammer unterzukriegen, in der wahrlich kaum mehr als ein Staubsauger hineinpasste. Die einzige Möglichkeit bot sich unter den Regalbrettern der Rückwand, wenngleich etwa zwei Zentimeter Höhe fehlten.

»Verdammt!«, fluchte Agnes ungeduldig. Die Kopfschmerzen waren durch die Anstrengung explodiert. »Ihr geht da rein, so wahr ich Agnes Feder heiße!« Keuchend drückte sie gegen die widerspenstigen Gepäckstücke. »Ihr müsst …«, knurrte sie und ignorierte die Träne, die sich aus dem linken Auge löste. Ein Krachen und Poltern später bäumte sich das untere Regalbrett auf und entledigte sich seiner Last in Kaskaden.

»Oh Shit! Auch das noch«, fluchte Agnes beim Anblick der Schuhkartons, die allesamt ihre Deckel beim Aufprall verloren hatten. Der Boden war mit Fotos und Zeitungsausschnitten übersät. »Verdammter Koffer!« Jähzornig trat sie gegen Sieberts Hartschalenkoffer und schrie auf. Ein spitzer Schmerz zuckte von der Zehe bis ins Auge. Endgültig geschlagen sank Agnes zu Boden. Eingepfercht in der Abstellkammer, die Beine halb auf dem Flur, rieb sie sich die große Zehe. Die Misere ihres Lebens stand plötzlich in ihrer gesamten Unüberwindbarkeit vor ihr. Wozu bin ich nach London gekommen, wenn mich die Geschichte wieder einholt?, fragte sie sich in Gedanken, ich wollte doch bloß mit Siebert glücklich sein und die Morde in Wien vergessen. Statt dessen: Probanden im Todeskampf, eine Mörderin an den Fersen, erneut Träume von einem anderen Leben. Das konnte doch nur in einer weiteren Katastrophe enden!

»Ich will nicht mehr nachdenken«, entschied sie lauthals, während ihre Hand nach wie vor über die schmerzende Zehe rubbelte. Ihr Blick fiel auf eines der Fotos am Boden.

Das Licht der Deckenlampe warf seinen fahlen Schein auf ein kleines Mädchen in Annies Armen. Die unverwechselbaren Föhnfrisuren der 80er waren immer wieder aufs Neue kurios. Unwillkürlich musste Agnes lächeln. Auch ihre Mutter hatte eine solche Frisur getragen. War die Kleine Annies Tochter?

Ein anderes Bild zog ihren Blick auf sich. »Hallo, wer ist denn das?« Ein attraktiver Mann, gegen einen Baum gelehnt, blickte ihr entgegen, als wollte er die Fotografin mit bloßer Willenskraft entkleiden. »Ein Spanier, mindestens … was für eine Leidenschaft«, murmelte Agnes beeindruckt und konnte sich trotzdem ein Schmunzeln nicht verkneifen. »Schade nur, dass er auch so eine Föhnfrisur hat.«

In fremden Erinnerungen zu schnüffeln, war wenig ehrenvoll, hatte allerdings Agnes' Stimmung etwas aufgehellt. Jedenfalls stellte sich Lust auf Tee ein, und flugs wanderten die Kartons wieder an ihren alten Platz. Zuletzt legte Agnes Zeitungsausschnitte zurück in eine Flügelmappe. »Lauter Flugzeugwracks«, wunderte sie sich und schob die Mappe auf einen der Kartons.

In der Küche stand Teegeschirr auf einem Tablett bereit. Annie saß am Tisch und hielt ein Pipettenfläschchen gegen das Licht. Langsam goss sie Wasser hinein, ohne einen Tropfen zu verschütten. Jede ihrer Bewegungen war sparsam und zielgerichtet. Unfassbar, wie viele Babys Annie mit diesen Händen in der Welt in Empfang genommen hatte, drifteten Agnes' Gedanken ab, und ein ehrfürchtiger Schauer lief ihr über den Rücken.

»Kann ich helfen?«, fragte sie leise, um Annie nicht zu

erschrecken. Die Hebamme wandte den Blick keineswegs von ihrem Tun ab, sondern griff sich der Reihe nach drei kleinere Fläschchen, um jeweils einige Tropfen in das wassergefüllte Fläschchen zu träufeln.

»Das ist für meine Babys nach der Geburt«, antwortete sie schließlich, während sie die Mixtur schüttelte. »Ein paar Tropfen davon ins Badewasser, und die Kleinen kommen rasch über den Geburtsschock hinweg.«

»Sind das die Bachblüten, von denen du erzählt hast?«

Annie nickte und hielt Agnes eines der kleinen Fläschchen hin. »Hier zum Beispiel«, sagte sie mit bedeutungsvollem Lächeln, »*Walnut*, die Geburtshelferin. Für den Neubeginn, hilft bei der Umstellung«, zwinkerte sie Agnes zu, »auch Erwachsenen.« Agnes besah sich das Etikett und fühlte ein Kribbeln in den Fingern, die das Fläschchen umschlossen. »Dir geht's nicht besonders gut, was?«

»Das wird schon wieder«, versuchte Agnes Erläuterungen zu ihrem Seelenzustand auszuweichen.

»Megan hat mir von der Sache im Spital erzählt – von den Probanden und von Michelle.« Annies Hand streichelte über ihren Arm, angenehm warm, mütterlich. »Du hast es nicht leicht, Liebes.« Die freundlichen Worte brandeten gegen die inneren Mauern, die mit einem Mal aus Sand schienen. Schon stiegen Tränen auf, bereit, die Dämme fortzuspülen. Angst, die Kontrolle zu verlieren, schnürte die Kehle zu, nahm ihr den Atem. Das Stechen hinter dem Auge setzte im Herzrhythmus ein, lenkte die Aufmerksamkeit fort von den Seelenqualen hin zum physischen Schmerz. Die Dämme hielten. Annie zog sie neben sich auf den Stuhl und stellte ein Glas Wasser vor sie hin, in das sie ein paar Tropfen aus einem der Pipettenfläschchen fallen ließ.

»Trink' das«, forderte die Hebamme. Dankbar nahm Agnes die mütterliche Fürsorge an, sah jedoch etwas zweifelnd drein, sodass Annie umgehend eine Erklärung zur dargebotenen Medizin nachreichte. »Da sind Notfalltropfen drinnen, eine besondere Bachblütenmischung für Unfälle und tragische Ereignisse aller Art. Die nehmen der Verzweiflung die Spitze, machen den Kopf frei und das Herz leichter.« Zufriedengestellt hob Agnes das Glas an die Lippen und trank. Kaum hatte sie das Glas abgestellt, legte sich Annies Arm um ihre Schultern, genau, wie ihre Mutter es gemacht hätte. Ganz still saßen sie da und warteten. Eine Hebamme konnte sehr lange warten.

»Fühlst du eine Veränderung?«

Tatsächlich hatte sich der innere Aufruhr gelegt. Der Kopfschmerz war in einen erträglichen Bereich abgesunken. Erstaunlich.

»Und das ist nichts Chemisches?«, fragte Agnes sicherheitshalber nach.

»Nein«, wies Annie diese Vermutung von sich. »Bloß die Energie ausgewählter Blüten. Wir sind alle bloß Energie. Die Blüten helfen, wieder in eine höhere Schwingung zu kommen.« Annie stand nun hinter ihr, legte ihre Hände auf Agnes' Stirn. Eine prickelnde Wärme ging von ihnen aus, durchströmte die Haut, drang sogar durch die Schädelknochen und löste die Spannungen im Hirn. Endlich konnte sie wieder durchatmen, entspannte die Nackenmuskulatur und lehnte sich gegen Annies Bauch.

»Himmel, das tut gut«, murmelte Agnes mit geschlossenen Lidern. Einige Töne drangen an ihr Ohr, tief und melodisch, schmiegten sich in ihr wundes Innenleben. »Du bist ein Wunder, Annie.« Das Zeitgefühl kam abhanden, – waren es fünf Minuten gewesen oder eine halbe Stunde bis Annie ihre Hände zurückzog? Ein Seufzen löste sich, erleichterte sie.

»An was denkst du jetzt noch?«

Vor Agnes' Augen entstand das Bild einer Schwangeren. Gestern, an der Tür zur Intensivstation, hatte sie gewartet, das Gesicht verzerrt vor Kummer. Ian's Freundin.

»Kannst du der schwangeren Freundin von einem der kranken Probanden helfen?«, folgte Agnes ihrer Eingebung. »Sie heißt Nancy.«

»Klar, wenn sie es will.« Damit klopfte sie energisch Agnes' Schultern ab und ging zur Spüle. »Gib' ihr meine Karte.« Mit wenigen Handgriffen hatte Annie den Wasserkocher eingeschaltet und Tee in den Filter gelöffelt. Beladen mit dem Tablett und einem Teller Sandwiches, gingen die Frauen hinaus in den Garten. Unter einer Weide, der Stammform nach zu schließen hatte diese bereits unzählige Rückschnitte überstanden, genossen die Frauen kräftigen Assam, aßen und plauderten.

»Das hier haben wir uns redlich verdient, was?«, freute sich Annie über die laue Brise, die ihr Gesicht streichelte.

»Bei dir fühle ich mich wie zu Hause.« Agnes lehnte sich in die Kissen der Gartenbank und dachte an ihren eigenen Garten. »Nach der Gartenarbeit mit einer Tasse Tee auf der Veranda, die Abendsonne genießen ... du musst mich unbedingt mal besuchen kommen, Annie.«

»Gerne«, erwiderte diese, und ihre Teetasse klapperte auf den Unterteller. »Ich war noch nie in Wien.«

»Genau genommen wohne ich in einem Vorort von Wien, im Wienerwald«, erklärte sie. »20 Autominuten von der Stadtgrenze entfernt. Du wirst es lieben, und die Einladung gilt selbstverständlich auch für deine Tochter.«

»Hm. Danke.« Agnes bemerkte eine Veränderung in

Annies Gesichtsausdruck, spürte eine Schwere aufkommen, die sie sich nicht erklären konnte.

»Wie alt ist Sarah eigentlich?«

»26.« Annies Einsilbigkeit verwunderte Agnes in einem Ausmaß, das jegliches Nachfragen als Indiskretion entlarven würde. Schweigend tranken sie den Tee zu Ende. Backsteinmauern und üppig blühende Stauden hielten den Autolärm der Großstadt und in gewisser Weise auch die Realität fern.

Gegen sieben Uhr ging die Haustür. Schon beim ersten Klappern des Schlüssels im Schloss polterte Agnes die Treppen hinunter.

»Hi, Agnes«, begrüßte sie Megan und hob überrascht die Augenbrauen. »Alles in Ordnung – Umzug gut über die Bühne gegangen?«

»Ja, klar«, keuchte Agnes und bremste sich am Treppenabsatz ein. »Gibt es etwas Neues? Von Ian, den anderen?«

»Ist Annie nicht da?«, wich Megan ihrer Frage aus. Geschäftig zog sie sich die Schuhe aus, stellte die Tasche ab und suchte das Sofa im Wohnzimmer auf.

»Sie musste zu einer Entbindung«, lief Agnes ihr hinterher. »Wird wahrscheinlich nicht allzu lange dauern. Ist das dritte Kind der Frau.«

»Na dann.« Megan zuckte mit den Schultern. »Wir werden ihr was vom Abendessen auf die Seite tun.«

»Megan?«

»Ja?«

»Was ist los?«

Megan blickte Agnes fest in die Augen, als wollte sie ihre Freundin auf diese Weise stabilisieren. »Vier sind außer Gefahr. Bei ihnen haben die Gegenmaßnahmen endlich gegriffen.«

»Das ist ja großartig!«, rief Agnes und lächelte erleichtert. »Ist Ian dabei?«

»Nein, tut mir leid. Sieht nicht gut aus für ihn und den anderen Mann.« Sie schloss kurz die Augen vor Agnes' entsetzter Miene, sah sie gleich darauf wieder entschlossen an. »Multiples Organversagen. Keiner kann sagen, ob sie das überleben.«

»Verdammt.« Während Agnes sich auf das Sofa hatte fallen lassen, war Megan aufgestanden, um zwei Gläser Portwein einzugießen. »Für mich nicht«, wehrte sie ab. »Das macht es nur schlimmer.« Megan stellte ein Glas zurück und setzte sich neben Agnes.

»Wie konnte das geschehen?«, murmelte Agnes. Die Hoffnung auf Ians Überleben war wie ein Strohhalm geknickt. »Ich verstehe es nicht.«

»Keine Ahnung. Das Mittel ist vorab an Ratten und Affen getestet worden – das kam völlig überraschend.«

»Werden Medikamente immer an Affen getestet?«, fragte Agnes erstaunt nach. »Ich dachte, man nimmt Ratten, Meerschweinchen oder Mäuse. Aber Affen sind Menschen wahrscheinlich am ähnlichsten.«

»Nicht unbedingt«, widersprach Megan. »Von den Reaktionen her kann es deutliche Abweichungen geben.«

»Warum dann überhaupt Affen?«, erregte sich Agnes. »Tierversuche sind ohnehin barbarisch, aber an unseren nächsten Verwandten ist das noch mal so grausam.« Megan zuckte mit den Schultern.

»Irgendwie müssen die neuen Substanzen erprobt werden. Allein mit Zellkulturen erhält man keine aussagekräftigen Daten.«

»Scheint bei *Ulysses* nicht besonders geholfen zu haben«, konnte sich Agnes nicht verkneifen.

»Gerade im Fall *Ulysses* waren die Ergebnisse verheerend irreführend trotz aller Tests«, bestätigte Megan. »Man hätte sich absichern müssen – im nachhinein redet es sich allerdings leicht.«

»Also ist ein Fehler passiert?«

»Mehr als einer, wenn du mich fragst«, erwiderte Megan, und ihre Finger schlossen sich noch fester um das Glas. »Es ist unüblich, die Injektionen in so kurzem Abstand zu verabreichen, wie das mit *Ulysses* geschah. Das ist immerhin ein Wirkstoff, der das Immunsystem aktiviert – hoch riskant. Sonst liegen manchmal Tage zwischen den Medikamentengaben an die einzelnen Probanden. Ich verstehe die Eile nicht.«

Für Agnes war das weniger mysteriös.

»War schließlich Michelles Testreihe«, erwiderte sie und sparte im Tonfall nicht mit Zynismus. »Wir wissen, was ihr ein Menschenleben wert ist.« Megan schüttelte den Kopf, wollte sich anscheinend Agnes' Urteil nicht anschließen.

»Michelle hättest du heute sehen sollen. So kleinlaut habe ich sie noch nie erlebt.«

»Das wundert mich in der Tat.«

»Wie bitter klingt das denn? Michelle ist ein Mensch – mit Gefühlen.«

»Hallo?«, wandte sich Agnes empört Megan zu. »Wir reden von Michelle, der Mörderin.«

»Wir können es nicht ändern, dass die Polizei sie nicht überführt hat. Es gab keine Beweise.«

»Noch nicht.«

»Wer könnte sie jetzt noch belasten?«

»Ich zum Beispiel.« Herausfordernd reckte Agnes ihr Kinn vor.

»Womit willst du sie belasten? Du hast nicht einmal den Fahrer des Jeeps erkannt«, brauste Megan auf, zog im selben Augenblick aber schon wieder die Zügel an. »Vergiss es, Agnes. Du machst dich nur irre damit.« Agnes war aufgestanden und ging im Zimmer auf und ab. Das Bild von Megan mit dem Gift in Händen spukte wieder in ihrem Kopf herum. Mit einem Ruck blieb sie stehen und fixierte Megan mit eisigem Blick.

»Du verteidigst sie«, klagte Agnes sie an. Megan stellte das Glas mit lautem Knall am Tisch ab. »Hast du wirklich nicht gewusst, dass sie nach London geht?«

»Natürlich nicht«, erwiderte Megan reflexartig, zauderte dann jedoch. »Na ja, sie hatte schon mal erwähnt, dass sie sich beworben hätte. Schließlich wusste Michelle, dass ich bei *SARFUR* gearbeitet habe, und hat mich ein paar Sachen über die Firma gefragt. Den Job muss sie aber bekommen haben, als ich schon weg war von *BabyStar*.«

Sie starrten einander an. Erst die Türklingel durchbrach die Stille.

»Ich geh schon«, löste Agnes den Blickkontakt und verließ das Zimmer.

10. KAPITEL

Wozu dient das Erbarmen, als dem Vergehen mutig ins Gesicht zu sehn?

(Hamlet, 3. Akt, Szene 3)

Der Steinkreis war verlockend nahe. Ein teilweise asphaltierter Weg führte an den äußeren Ring heran, hier mussten die Besucher an einer Absperrung innehalten.

»Bist du enttäuscht?«, fragte Siebert. Wieder einmal versuchte er Agnes' Gedanken zu erraten, seitdem sie sich vor einer halben Stunde in so etwas wie eine wandelnde Sphinx verwandelt hatte. »Bestimmt wolltest du in den Kreis hinein.«

»Genau wie in meinem Traum«, ignorierte sie flüsternd seine Frage, ohne den Blick von den mächtigen Steinsäulen zu wenden. »Der Platz ist mir vollkommen vertraut.«

Kaum dass sie den Tunnel unter der Straße verlassen hatten und auf dem Gelände vor Stonehenge aufgetaucht waren, liefen Agnes' Sinne Amok. Jeder Schritt näher an die Formation kam dem Waten in einem trägen Fluss gleich. Deutlich protestierte die Landschaft gegen die Eindringlinge – oder waren es die in den umliegenden Hügelgräbern bestatteten Seelen? Wenn das nicht verrückt war! Jedenfalls *etwas* wehrte sich gegen die Entweihung und drückte mit aller Kraft gegen Agnes' Brustbein. Was war die Ursache dafür? Ihr Blick suchte die Umgebung ab und wurde rasch fündig: Da waren die zwei stark befahrenen Straßen, die Stonehenge buchstäblich in die Zange nahmen, eine von ihnen kreuzte jene Avenue, die Teil der neolithischen Anlage war und der asphaltierte Touristenweg auf dem sie standen, schnitt durch den äußeren Wall. »Wenigstens wird der innere Kreis vor Touristen geschützt«, murmelte Agnes ungehalten und ließ sich von Siebert weiterziehen.

Mittlerweile hatten sie den befestigten Weg verlassen und den Trampelpfad außerhalb des Walls rund um die Anlage eingeschlagen. Der Druck nahm mit der Entfernung ab, das Durchatmen ging leichter. Ohne die anderen Touristen zu beachten, setzte sich Agnes ins Gras. Ein Kaninchen hoppelte über die Wiese, und Raben flogen auf, nur um sich ein paar Meter weiter auf einem der Decksteine niederzulassen. Die sanft hügelige Umgebung strahlte wie in ihrem Traum, wenngleich deutlich weniger Baumbestand ringsum verblieben war. Der Geruch von Heu und Schafgarbe lenkte ihre Gedanken in die Vergangenheit, ließ sie Siebert vergessen, der sich neben sie gesetzt hatte und im Informationsheft aus dem Touristenshop blätterte. Auf den Ellenbogen gestützt, sah sie förmlich Violet mit Theodor auf den Steinkreis zugehen, erinnerte sich an die Verzückung jenes Augenblicks.

»... Henry Huntington, in der er Stonehenge beschreibt ...«, las Siebert.

»Was hast du eben gesagt?«, unterbrach Agnes ihn. Wie lange las er ihr schon vor?

»Die erste schriftliche Aufzeichnung erschien um 1130 in der *Geschichte des englischen Volkes* von Henry Huntington ...«, wiederholte er, nur um wieder rüde unterbrochen zu werden.

»Da steht wirklich Huntington?« Sie schnappte sich das Heft und suchte hektisch die Stelle im Text.

»Hier«, wies Siebert mit dem Finger auf die rechte Textspalte. »Sag bloß, du kennst *Die Geschichte des englischen Volkes*?«

»Huntington!«, keuchte sie und starrte ihn unversehens an. »Verstehst du nicht?« Sein blanker Gesichtsausdruck war Antwort genug, also setzte sie zu einer Erklärung an. »Violet war eine Huntington. Sie lebte hier, das muss in etwa 1410 gewesen sein, und 1130 war bereits ein Huntington in dieser Gegend, fasziniert von Stonehenge – vielleicht ein Vorfahre von Violet!«

»Wie kommst du auf das Datum?«, gab sich Siebert kritisch.

»Weil ihre Eltern von den *Lollarden* und der Verbrennung des *John Badby* gesprochen haben.«

»Das wirst du sicher früher mal gelesen haben«, wehrte Siebert Agnes' überschießende Euphorie ab.

»Ich musste es googeln, Siebert«, verteidigte sie sich empört, »Jener *Badby* wurde tatsächlich 1410 hingerichtet. Es stimmt haargenau.«

»Womit nicht bewiesen ist, dass du noch nie was von *Lollarden* und ihrer Verfolgung gehört hast. Vielleicht in einer Vorlesung zum Kirchenrecht? Das wird einfach Zufall sein«, sagte Siebert und es klang, als müsste er ein übermütiges Kind beruhigen. Ein Eimer Eiswasser hätte nicht besser gewirkt.

»Verstehe«, sagte sie nach ein paar Sekunden, gab ihm das Heft zurück und stand auf. »Gehen wir weiter.« Agnes deutete in Richtung Straße, auf der eine Kolonne Busse weitere Touristen herankarrte. »Es wird hier bald ziemlich voll sein.«

»Bist du sauer?«

»Du hältst mich für verrückt«, erwiderte sie in der Hoffnung, ihm die Wahrheit zu entlocken. Er zögerte einen Wimpernschlag zu lang.

»Quatsch«, sagte er, »mir gefällt diese Violet-Geschichte.«

»Geschichte?«

»Wenn ich dich für durchgeknallt hielte, wäre ich nicht mit dir hierher gefahren, oder?« Das klang verärgert, und Agnes fragte nicht weiter. Dem Impuls, seine Hand zu ergreifen, widerstand sie.

Je näher Agnes dem *SARFUR*-Gebäude kam, desto mehr verwandelte sich ihr Magen in eine Bleikugel. Das Wochenende war vorüber und sie musste sich dem Feind stellen. Das bedeutete warten, bis Michelle ihr zufällig über den Weg lief. Bei diesem Gedanken sackte die Bleikugel in ihrem Leib indigniert tiefer. So konnte es nicht weitergehen – nein, sie musste Michelle zur Rede stellen, ihr klipp und klar sagen, dass sie Siebert und ihr bloß nicht zu nahe kommen sollte, andernfalls … tja, was?

Der Bus hatte es über die *London Bridge* geschafft und hielt in der Station unweit vom *SARFUR*-Gebäude. Ein Druckmittel, überlegte Agnes, eines, das Michelle dazu bringt, Abstand zu halten, uns in Ruhe zu lassen. Gedankenverloren lief sie die Straße hinunter, bemerkte kaum den jungen Mann, der ihr das Eingangstor aufhielt, stieg in den Lift und verließ ihn wieder. Selbst als Agnes am Gang stand, produzierte das Gehirn Variationen auf das Thema *Michelle*. Die Idee, vor Michelle zu behaupten, bei einem Wiener Notar eine sie belastende eidesstattliche Erklärung hinterlegt zu haben, gefiel ihr bislang am besten. Warum war der Bodenbelag rot?, fragte sie sich und schreckte aus ihrem Gedankenwirrwarr auf, sollte doch blau sein … falsches Stockwerk! Der Druck auf den Liftknopf ließ ihn grell aufleuchten, die Türen jedoch blieben zu. »Mist, ist weg.« Der Leuchtschrift nach zu schließen, würde auch der zweite noch länger brauchen. Von innerer Unrast angetrieben, marschierte Agnes den Gang hinunter Richtung Stiegenhaus. Den Namenschildern an den Türen schenkte sie kaum Beachtung, bis die Lettern *Michelle Schoff* auftauchten und sie auf der Stelle versteinern ließen. Das sollte ein Zufall sein? Unmöglich. Hatte das intensive Denken an Michelle sie tatsächlich schnurstracks zu ihr geführt, obwohl sie keinen blassen Tau gehabt hatte, wo deren Zimmer bei *SAFUR* war? »Als ob mich noch irgendetwas verwundern könnte«, schüttelte Agnes den Kopf und betrachtete hin und hergerissen die schwarze Resopaltür. Jene wohlbekannte Frauenstimme drang hindurch und entschied die Sache. Entschlossen sich Michelle zu stellen, drehte Agnes am Türknauf, drückte dagegen …

»Das werde ich nicht auf meine Kappe nehmen. Aufgrund des vorliegenden Datenmaterials war die Berechnung der Dosis korrekt! Als ich ins Projekt gekommen bin, waren die Tests de facto abgeschlossen, ich hatte darauf keinen Einfluss. Keine weiteren Tests, das war deine Anweisung. Die Injektionen ohne zeitlichen Abstand zu verabreichen war auch deine Order.« Agnes erstarrte in der Bewegung, begriff augenblicklich, dass sie unentdeckt bleiben musste. »*Ich* werde dieses Debakel nicht in der Öffentlichkeit verantworten, der Mist ist für meine Karriere so schon die totale Katastrophe.« Telefonierte Michelle, oder war jemand bei ihr? Eine männliche Stimme antwortete, sprach jedoch zu undeutlich, als dass Agnes sie hätte verstehen können. Erst Michelles süffisante Antwort gab weiteren Aufschluss.

»Du verkennst die Situation«, unterbrach sie den Mann, »du wirst mir ganz im Gegenteil den Weg zur Professur in Oxford ebnen, dafür händige ich dir das Erbe aus, das mir mein Vorgänger George Abbey hinterlassen hat.« Ihr spitzes Lachen drang wie ein Dolch durch die Tür. »War doch tatsächlich an der Unterseite einer Schreibtischlade geklebt! Der Mann muss zu viel James Bond geguckt haben …«

»Woher weiß ich, dass du keine Kopien von dem Foto hast?« Agnes stutzte, sobald die erzürnte Männerstimme durch den Türspalt drang. Das war doch …

»Was lernen wir daraus?«, lachte Michelle. »Lass dich niemals beim Ficken fotografieren!«

»Scheißschlampe!«, stieß der Mann hervor … Bernty.

Agnes hatte kaum die Stimme zugeordnet, als ihr im nächsten Augenblick die Tür aus der Hand gerissen wurde und ein Männerkörper gegen ihren prallte. Riesige Hände umklammerten ihre Schultern, verhinderten, dass sie rücklings zu Boden fiel. Ein besitzergreifender Griff, der einer Unterwerfung gleichkam. Unwillkürlich riss sie den Kopf hoch, fiel in seinen Blick, einer Bilderflut hilflos ausgeliefert. Der Wunsch, alles zu beherrschen, was sich widersetzen wollte, breitete sich wie schwarze Tinte in ihr aus, eine Frauengestalt auf Knien erschien und verschwand, eine Injektionsnadel, die sich in bläuliche Haut bohrte, darüber schob sich ihr eigenes Antlitz gepaart mit einer Woge grenzenlosen Misstrauens. Endlich löste sich der eiserne Griff, sie taumelte zurück und Walter Bernty stürmte davon. Jetzt erst bemerkte sie, dass sie immer noch den Atem anhielt, und lockerte die Verkrampfung in der Brust. Instinktiv schlang sie die Arme um den Körper, erkannte im gleichen

Augenblick, dass dieser Umweg über Michelles Büro in der Tat ihr Schicksal verändert hatte. Was sie nicht wusste, und die Ungewissheit drang mit scharfen Klauen in ihr Fleisch, waren die Erfolgschancen, jenes Schicksal lebend zu überstehen.

»Seit wann lauscht du an fremden Türen?« Michelle stand im Türrahmen, die Arme vor der Brust verschränkt, die Lippen zu schmalen Strichen gekniffen. Wäre ich bloß niemals aus dem gottverdammten Lift gestiegen, schloss Agnes resigniert die Augen, untersagte sich allerdings sogleich jegliche Schwäche.

»Ich wollte dich sprechen«, fixierte sie Michelle mit einem, wie sie hoffte, stechenden Blick und erntete ein verächtliches Schnauben. »Ich habe mich abgesichert und meine Aussage bei einem Notar deponiert – geh mir und Siebert aus dem Weg, und ich bin zufrieden.« Täuschte sie sich oder sah Michelle tatsächlich für den Bruchteil einer Sekunde verletzt drein? Der Moment verstrich, und die gewohnt überhebliche Maske starrte sie an.

»Abgesichert? Soso«, spöttelte ihre Busenfeindin, »eine großartige Idee eigentlich.«

Alles an dieser Frau widerte Agnes an. Wenn ich nicht auf der Stelle verschwinde, knall ich ihr doch noch eine, kämpfte Agnes mit schwindenden Mitteln gegen ihre Wut an. Ohne ein weiteres Wort zu verlieren, kehrte sie Michelle den Rücken und rannte beinahe davon.

Megan wartete wie vereinbart vor der Intensivstation. Die Freundinnen begrüßten einander knapp und gingen zu dem Zimmer, in dem die *Ulysses*-Opfer untergebracht waren. Besucher waren nicht zugelassen, die Männer wurden hermetisch von der Außenwelt, insbesondere von Journalisten, abgeschirmt. Umso verwunderlicher war es, eine Frauengestalt vor der Tür anzutreffen. Kaum hatte die Frau sich ihnen zugewandt, wusste Agnes, um wen es sich handelte. Nancy. Mit dem Babybauch und der zartgliedrigen Hand, die schützend auf der Rundung lag, wirkte sie über alle Maßen verwundbar. Mühsam unterdrückte Agnes ihren Fluchtreflex. Schließlich kam sie von *SARFUR*, vom Feind. Nancy wandte sich wieder dem Zimmer zu, presste die Stirn gegen die Glasscheibe. Ein Paravent nahm ihr die Sicht auf die Patienten im Raum.

»Miss Nancy?«, fragte Agnes vorsichtig.

»Ja?« Die Frau drehte das Gesicht zu Agnes, blass, hager, die Augen tief in die Höhlen gesunken, von Schatten umgeben, die Lider geschwollen.

»Vielleicht hat Ian mich erwähnt. Ich bin Juristin bei *SARFUR*, Agnes Feder. Es tut mir so leid.« Die Frau wich ihren Blicken aus – die Lippen waren noch schmäler geworden.

»Da sind Sie die Erste von *SARFUR*, der das leidtut«, fauchte Nancy sie an, und Agnes zuckte zusammen. »Ist mir auch scheißegal, ich will meinen Ian wieder. Und zwar so, wie ich ihn am Montagmorgen hier abgeliefert habe.« Tränen quollen an den Rand der Augenlider. »Und nicht ein entstelltes Monster …« Agnes schluckte den harten Kloß herunter, der sich bei Nancys Anblick gebildet hatte. Die Schuld der anderen war zu ihrer geworden – sie stand auf deren Gehaltsliste, trug die Firmenpolitik mit.

»Ich gehöre nicht zu denen, Nancy«, wehrte sie sich gegen die eigene Einsicht. »Ich mache hier nur ein Praktikum und gehe nächstes Jahr wieder zurück nach Wien. Was in meiner Macht steht, werde ich für Sie tun«, beschämt senkte sie den Blick, weil die Rechtfertigung in ihren Ohren allzu billig klang, »obwohl das recht wenig ist.« Eine kleine Pause entstand. Nancy rang um Fassung und Agnes um Worte. »Ian ist ein sympathischer junger Mann, er hat sich so sehr auf das Baby gefreut. Er muss unbedingt wieder gesund werden.« Die Inbrunst ihrer Worte schien Nancys Herz schließlich doch zu erreichen. Die Schwangere blickte auf und gleichzeitig erfasste Agnes ein Schmerz, der ihr Tränen in die Augen trieb. Es kostete alles an Willenskraft, die sie aufbieten konnte, nicht zusammenzuzucken und sich abzuwenden. Wenn sie Nancy von ihrer Aufrichtigkeit überzeugen wollte, musste sie das aushalten. Das metallische Gleiten des Paravents erlöste Agnes. Sofort wandte sich alle Aufmerksamkeit der Schwester zu, die mit einer Handgeste bestätigte, dass Nancy jetzt eintreten durfte. »Ich muss hinein«, raunte Nancy heiser. »Vielleicht kann ich ihn aus dem Koma zurückholen mit meiner Stimme oder meiner Berührung.«

»Das können Sie, Nancy, es funktioniert«, bestärkte Agnes sie. »Vor wenigen Monaten lag mein Freund genau wie ihrer auf der Intensivstation. Heute sind wir gemeinsam in London und glücklich. Lassen Sie sich von Ihrer Intuition leiten, dann finden Sie den Weg zu ihm. Alles Gute.« Nancy nickte nur und wandte sich zur Tür. Bevor sie durch die Tür trat, fiel Agnes noch etwas ein. »Warten Sie!« Aus der Tasche zog sie eine Visitenkarte und hielt sie Nancy hin. »Das ist die Nummer einer hervorragenden Hebamme, die Ihnen mit Naturheilkunde und Bachblüten in dieser Situation gut helfen könnte.« Zögerlich, weil unsicher, ob ihr ein persönlicher Kommentar zustand, fügte Agnes hinzu: »… damit mit dem Baby alles klargeht, jetzt, wo Sie so viel Kummer haben.« Die schmale Hand fasste nach der Karte. Mit zusammengepressten Lippen nickte Nancy ihr zu.

»Danke. Sie sind genau, wie Ian Sie beschrieben hat.« Die Frau steckte die Karte in die Tasche und kümmerte sich nicht weiter um Agnes oder Megan. Ihre Gedanken waren längst in dem Zimmer hinter der Tür. Obgleich die junge Frau ganz bestimmt eilig zu ihrem Freund wollte, lag in ihrem Schritt etwas Zögerliches. Agnes konnte es ihr nicht verdenken. Ians Anblick nach der Reaktion auf *Ulysses* hatte auch in ihrem Gehirn ein Brandmal hinterlassen, dessen Narben niemals wieder verschwinden würden. Durch die Scheibe sah man Nancy an das Bett treten. Der Mann, der darin lag, hing an Schläuchen, Infusionen und Kabeln. Der Kopf war zwar noch angeschwollen, aber die Haut nicht mehr ganz so lilafarben, und seine Füße bandagiert.

»Was ist mit seinen Füßen, Megan?« Eine Vorahnung erfasste Agnes, eigentlich wollte sie die Antwort schon nicht mehr hören.

»Sie mussten den Vorderfuß amputieren«, erläuterte diese gnadenlos, »es hatten sich Gangräne gebildet.«

»Was …?« keuchte Agnes auf, die Frage erstarb. Das alles wegen einer Injektion?

»Das ist eine Blutunterversorgung im Gewebe, das Areal wird schwarz und stirbt ab …«

»Amputiert?«, wisperte Agnes und rubbelte an den Schläfen. »Die Vorderfüße … kann das noch weiter gehen?« Megan antwortete nicht, sondern griff stattdessen nach ihrer Hand und zog diese zu sich. Die Krankenschwester war ans Fenster getreten, bedachte sie mit einem düsteren Blick und zog den Paravent wieder vor die Scheibe. Als Agnes zu Megan schaute, sah sie schwarze Fingerstummel vor ihrem inneren Auge. »Ich halte das nicht aus!«, brach es aus ihr heraus. Sie riss sich los, versuchte den grellen Schmerz hinter der Schläfe wegzurubbeln. »Wieso passiert so etwas?«

Megan legte beschwichtigend den Arm um sie. »Lass uns abhauen«, murmelte sie bloß und zog die Freundin aus der Station. Der neonbeleuchtete Krankenhausgang war erfüllt vom durchdringenden Geruch scharfer Desinfektionsmittel. So riecht der Tod. Was für ein absurder Gedanke, ich muss meinen Verstand zusammenhalten, kämpfte Agnes gegen die Panik an. Eiskristalle schienen sich durch ihre Adern zu schieben. »Zu Hause würde ich mir jetzt einen Assam Typhoo machen.« Megan nickte. Teeschwestern verstanden einander.

»Komm mit«, sagte sie grimmig, als gälte es, die Waffen für eine bevorstehende Schlacht zu wählen, »ein Päckchen Typhoo habe ich für Notfälle aufgehoben.«

Zwei Tassen Assam Typhoo später fühlte sich Agnes stark genug, um noch mal im Büro vorbeizuschauen.

»Hi, was machst du hier?«, rief ihr Helen entgegen, kaum dass die Tür zum Büro aufgegangen war. »Dachte, du bist fertig für heute.«

»Bin ich«, erwiderte Agnes und war sich der Doppeldeutigkeit ihrer Antwort mehr als bewusst. »War auf der Intensivstation – es sieht nicht gut aus für die beiden Probanden.«

»Shit!«, fluchte Helen und lehnte sich vor. »In der Chefetage sind alle komplett verrückt wegen der Sache. Da wird gestritten auf Biegen und Brechen.«

»Was gibt's da zum Streiten?« Agnes ließ sich auf ihren Sessel fallen und zog eine Lade auf. Irgendwo mussten doch noch Butter-bread-biscuits rumliegen. Seit dem Frühstück hatte sie nichts mehr zwischen die Zähne gekriegt. Stöhnend presste sie eine Hand auf den Solar Plexus.

»Na wegen der Vorgangsweise«, näselte Helen gereizt, warf ihr aber einen Apfel zu.

»Danke, Helen, bekommst morgen Ersatz«, fing Agnes ihr Mittagessen dankbar auf.

»Die einen wollen mit großzügigen Entschädigungen aus den Schlagzeilen kommen, und die anderen sehen das als Schuldeingeständnis«, sprach Helen unbeirrt weiter.

»Das ist verrückt!«, blaffte Agnes sie an und sah Ians bandagierte Füße vor sich. Wie konnte ein Unternehmen mit einen Jahresgewinn von 60 Millionen Pfund auch nur eine Sekunde zögern, den Opfern finanzielle Unterstützung zukommen zu lassen? »Wofür ist Doktor Bernty?« Seinen Namen auszusprechen, fachte die schwelende Panikattacke an. Sie biss in den Apfel, konnte jedoch kaum den Saft der Frucht die Kehle hinabwürgen. Den Bissen weiter und weiter kauend versuchte Agnes, den Krampf in der Speiseröhre zu entspannen. Denk' an etwas Schönes, versuchte sie eine Autosuggestion einzuleiten und fühlte doch nichts anderes als Berntys Griff an ihren Schultern, seinem stechenden Blick ausgeliefert.

Helen schmunzelte, bemerkte offensichtlich Agnes' Anspannung nicht. Genüsslich zwirbelte sie eine der blonden Haarsträhnen, die sich in der Gemeinschaft von roten und schwarzen Kringeln besonders hervortaten.

»Super Geschichte, hör' zu.« Nach dieser Einleitung wechselte Helen in einen konspirativen Stimmmodus, der wohl dem Schauspielunterricht geschuldet war. »Virginia hat den guten alten Bernty niedergeschrien, das hat sich hier noch keiner getraut! Sie will natürlich, dass alles mit Geld niedergebügelt wird, er bleibt stur und lehnt das ab. Wegen seiner Ehre als Mediziner und Forscher oder so was. Da müsste man sich nicht derart anschreien, denke ich mir und gehe wieder raus aus dem Zimmer. Und dann höre ich im Gehen, wie er sagt: *Das machst du nur, um meinen Ruf zu zerstören.* Und sie sagt: *Du hältst dich für wichtiger, als du bist. Glaubst du, ich will noch was von einem Typen, der nicht zu seiner Verantwortung stehen kann?* Und er sagt: *Ich habe eine Frau und drei Kinder, für die bin ich verantwortlich.* Und sie sagt: *Und was ist mit uns?* Und er sagt: *Es gibt kein ›uns‹*. Blöderweise musste ich dann verschwinden, weil jemand vorbei kam. Na, was sagst du?« Agnes schluckte krampfhaft, die Apfelstückchen wollten einfach nicht die Kehle hinunter. »Alles okay?«, fragte Helen nach. Agnes nickte und deutete mit den Händen, dass in Kürze mit Antwort zu rechnen war.

»Das Ende einer großen Affäre?«, brachte sie schließlich heiser hervor.

»Witzig! Für mich klang das fast so, als wäre sie schwanger.«

Verblüfft gaffte Agnes ihre Kollegin an. »Da verstehe ich ihre schlechte Laune gleich viel besser«, reagierte sie etwas zeitverzögert.

»Vorher war sie auch kein Sonnenscheinchen«, plauderte Helen unbeschwert dahin, »aber du hast echt ihre schlechteste Zeit abgekriegt. Du reizt sie wie ein Nickelpearcing.« Sie schlug sich die Hand vor den Mund und kicherte. Schließlich mussten sie beide lachen, und Agnes' Kehle entspannte sich endlich.

»Warum?«, wollte Agnes dann doch wissen.

»Was weiß ich? Vielleicht, weil du Zufriedenheit ausstrahlst, so was in der Art.« Erstaunt sah Agnes zu Helen hinüber. So wirkte sie auf ihre Umwelt?

»Wenigstens ist sie nicht wegen Bernty auf mich eifersüchtig«, sagte sie schließlich, weil ihr nichts Besseres einfiel. »Gott sei Dank bin ich nicht sein Typ.«

»Aber mit der neuen Leiterin vom *Ulysses*-Projekt flirtet er direkt vor Virginias Nase. Das müsstest du sehen, was da abgeht. Letzthin dachte ich, Virginia fährt mit ihren lila Krallen in seine Brust und reißt ihm das Herz heraus.« Agnes verdrehte die Augen. Helen neigte eine Spur zur Übertreibung und las eindeutig zu viel Romantik-Horror à la Sookie Stackhouse.

»Wenn da ein Herz wäre«, konterte sie. »Falls Virginia schwanger ist, ist sie in einer beschissenen Situation. Tut mir echt leid.« Jetzt sah Helen betreten drein. Anscheinend hatte sie sich keinerlei Gedanken gemacht, was eine Schwangerschaft für ihre Chefin bedeutete.

»Na ja, das hätte ihr jeder von *SARFUR* vorher sagen können, dass Bernty seine Frau niemals verlassen würde. Die hat nämlich die besten Beziehungen in die Politik und die Wirtschaft, und da haben wir noch nicht über die Ländereien und Firmenbeteiligungen geredet, die sie in die Ehe mitgebracht hat. Darunter *SAFUR*«, fügte sie bedeutungsvoll hinzu.

»Klingt nach einer sehr glücklichen Geschäftsverbindung«, ätzte Agnes. »So was hält ewig.«

Das Telefon klingelte, und Helen nahm ab. Der Körperhaltung nach zu schließen war Virginia am Apparat. Helens Gesicht wirkte angespannt, und sie sagte kaum etwas. Agnes begann ihre E-Mails durchzusehen. Eines war von Michelle.

Agnes, wir müssen reden. Morgen Früh um 8 Uhr, mein Büro. Ich habe dir etwas zur Aufbewahrung geschickt – mehr dazu unter 4 Augen. Michelle

Eine Unterredung mit Michelle … nicht für viel Geld! *Ich habe dir etwas zur Aufbewahrung geschickt* – was sollte das bedeuten? Keinesfalls etwas Gutes, nicht, wenn es von ihr kam. Sie musste Michelle zur Rede stellen – großartig – genau, was die Frau hatte erreichen wollen! Das musste man Michelle jedenfalls lassen, die wusste, wie man seine Opfer köderte. Verärgert löschte Agnes die Mail, ohne darauf zu antworten.

»Shit!«, hörte sie Helens Fluch und blickte vom Bildschirm auf. Hektisch klackten deren bunte Fingernägel über die Tasten des Telefonapparats. Während Helen auf Antwort wartete, klopfte ihr Stift in einem aufwühlenden Rhythmus auf die Tischplatte.

»Ja, Helen Waris von *SARFUR Chemistries* hier. Ich möchte einen Termin für meine Chefin Miss Murdoch mit Mrs Tromp.« Eine kleine Pause entstand, in der Helen durch den Outlook-Kalender klickte. »Nein, zu spät. Das hat oberste Priorität. Morgen Vormittag spätestens. Beim Geschäftsführer.«

Agnes horchte auf. *Tromp & Wotens* – was war los?

»Zehn Uhr. Sehr gut. Bitte sagen Sie Mrs Tromp, einer der Probanden ist eben verstorben. Sie soll Miss Murdoch umgehend anrufen. Danke. Bye.« Helens Blick zuckte hinüber zu Agnes.

»Wer ist es?«

»Ich weiß es nicht.«

Der Rasen im *Kensington Park* war großflächig vertrocknet, die Erde von Rissen durchfurcht. Viel zu lange hatte es nicht mehr geregnet, und auch heute würden die wenigen Wolken, ohne das ersehnte Wasser abzugeben, vorüberziehen. Um Agnes herum tummelten sich Liebespärchen, eine schwangere Frau saß auf der Parkbank, Kinder tobten sich beim Frisbeespielen aus, sogar eine Gruppe junger Leute mit einem Picknick-Korb nutzten den Nachmittag. Ein leichter Wind bewegte die Blätter und löste das Sommerkleid ein wenig von Agnes' schweißfeuchter Haut ab. Beinahe bereute sie es, nicht gleich nach Hause gefahren zu sein. Um keinen Preis hatte sie alleine sein wollen, war in die *Circle Line* gestiegen und hatte den *Kensington Palace* angepeilt. Unter einem Baum sank sie schließlich ins Gras und richtete den Blick zum Himmel.

Ian Miller oder einer der anderen Probanden. Ein Gedanke, der sich unentwegt in ihrem Kopf wiederholte. Die Wolken am Himmel zogen mit hypnotischer Langsamkeit vorüber.

Das Haus aus Stein ließ Grasbüschel aus Ritzen wachsen, stand wie ein lebendiges Wesen in dem umfriedeten Garten, umgeben von Büschen, Blumen und Obstbäumen. Violet liebte den Anblick, liebte das Gefühl von Glück und Geborgenheit, das sie erfasste, wenn sie auf ihr Heim zuging. Eine sanfte Brise strich durch den mächtigen Holunderbusch, der nahe am Haus wucherte, und die Katze döste auf der Steinmauer im Sonnenschein. Violet schlug ihre Hacke ins Erdreich, lockerte die Krume, um Unkräuter jäten zu können. Im Kräutergarten wuchsen alle wichtigen Heilpflanzen, die rasch zur Hand sein mussten. Beeren und Gemüse hatten ihren eigenen Bereich südlich vom Haus. Für das nötige Getreide sorgte Theodor mit einem Knecht draußen am Feld, die Schafe waren auf der Weide und verursachten im Sommer kaum Arbeit. Theodor besaß Land und Fischgründe. Sie hatten ein gutes Auskommen – das Leben im Rhythmus der Natur war so befriedigend wie ihr Zusammenleben.

Täglich erfuhr sie mehr über das alte Wissen der Vorfahren, seit Bartholomew sie als Schülerin angenommen hatte. Das Geheimnis der Sommer- und der Wintersonnwende, der Tagundnachtgleiche im Frühling und im Herbst; Maria Lichtmess ersetzte das Fest der Lichtgöttin Brigit, die sich nach den dunklen Monaten aus der Erde erhob, Ostern und Pfingsten nahmen den Platz der einstigen Frühlingsfeste ein, der orgiastischen Fruchtbarkeitsrituale, das Fest der Göttin im Hochsommer war nun Maria Himmelfahrt. Langsam begriff Violet, dass *die große Mutter* unter neuem Namen weiterlebte.

Die Leute der Umgebung hatten sie zu Beginn als Theodors Frau geduldet, waren jedoch verschlossen geblieben. Erst die Unachtsamkeit eines Nachbarn brachte eine unerwartete Wendung. Der Mann hatte sich bei der Arbeit mit den Ochsen die Hand gequetscht, und die Wunde drohte brandig zu werden. Für den Bauern ein unfassbares Unglück, die drohende Amputation hing über ihm und der Familie wie ein Fallbeil. Wer sollte dann die schweren Arbeiten verrichten? Die Söhne waren noch zu jung, die Frau nicht kräftig genug. In seiner Verzweiflung ließ er sich von seinem Weib überreden, einen letzten Versuch mit Violets Heilkenntnissen zu wagen. Und das Schicksal war gnädig – so, wie Violets Kräutermedizin stark war.

Das Wunder geschah, die Hand heilte vollständig aus. Als die Geschichte in der Gegend die Runde machte, wurde immer öfter Violets Rat gesucht. Bald vergaßen die Leute, dass sie einst eine von den Hochwohlgeborenen gewesen war, die nicht zu arbeiten brauchten für ihr Brot.

Violet stand über die Fingerhutblüten gebeugt, als das Gartentor knarrte. Gegen das Licht erschien der Schemen einer alten Frau, die eine andere Gestalt, noch kleiner und zarter als sie selbst, stützte. Gemeinsam schleppten sie sich auf das Haus zu.

»Seid gegrüßt!«, rief Violet ihnen entgegen. »Was wollt Ihr, gute Frauen?« Die letzten Worte erstarben in ihrer Kehle. Zu erschütternd war der Anblick, der sich ihr bot, als dass sie noch einen weiteren Laut von sich hätte geben können. Das Gesicht des Mädchens war von Blutergüssen entstellt, die Augen verquollen, getrocknetes Blut hatte ihr Haar verklebt. Ein Arm hing in einem unnatürlichen Winkel herab, und sie konnte weder aufrecht stehen noch alleine gehen. Stöhnend sank sie zu Boden, als die alte Frau anhielt.

»Ruhe dich aus, Mädchen«, murmelte die zahnlose Alte. »Die Frau hier kann dir helfen.« Damit wandte sie ihr verrunzeltes Gesicht Violet zu. »Seid Ihr die Heilerin von Stonehenge? Ich habe die da«, dabei deutete sie auf das Kind, »im Straßengraben gefunden. Werden wohl Vogelfreie sich ausgetobt haben.«

»Ich bin kein Arzt«, ging Violet nicht weiter auf die Alte ein, obschon ihr Blick über die Verletzungen des Mädchens wanderte. »Sie ist schwer verletzt.«

»Hab nach keinem Arzt nich' gefragt«, spottete die Alte. »wer überlebt schon deren Behandlung?« Sie spuckte geräuschvoll Schleim aus und fixierte Violet mit ihren wässrigen Augen. »Das ist Arbeit für eine Kräuterfrau, also – tut Ihr etwas für sie?« Herausfordernd reckte die Alte das Kinn vor. Violet richtete sich zu voller Größe auf. Das Auftreten der Alten gefiel ihr nicht, jedoch das Mädchen brauchte dringend Hilfe.

»Bringen wir sie in Haus«, befahl sie also. »Die Wunden müssen gereinigt, der Bruch geschient werden.« Die Alte grunzte zufrieden. Das Mädchen war halb ohnmächtig und stöhnte vor Schmerz bei den Versuchen, sie hochzuziehen. Schließlich gelang es mehr schleifend als tragend, das geschundene Kind über die Hausschwelle zu bringen. Kühles Dämmerlicht umfing die Frauen im Haus, ein köstlicher Geruch von Fleischbrühe und Hafer lag in der Luft, der Boden war sauber gefegt und mit frischen Binsen bestreut. Die Verletzte ließen die Frauen auf jene Holzbank beim Tisch der Länge nach hingleiten. Eilig errichtete Violet ein Strohlager nahe dem Herd, dann setzte sie Wasser auf das Feuer und gab Ringelblumen gemeinsam mit Zinnkraut in eine Schale. Der Weinkrug war glücklicherweise gefüllt, und Violet goss einen Becher ein. Vorsichtig hob sie den Kopf des Mädchens an und hielt das Gefäß an seine Lippen. Obwohl deren Augen geschlossen blieben, bewegten sich die blutigen Lippen und sogen gierig die belebende Flüssigkeit ein.

»Wir müssen sie ausziehen und säubern«, wies Violet die Alte an, die die längste Zeit teilnahmslos danebengestanden hatte. Vorsichtig ließ sie den Kopf des Mädchens zurück auf die Bank sinken und stellte den Becher auf dem Tisch ab.

»Pah«, erwiderte diese, und Violet hob erstaunt die Brauen. »Ich gehe. Meine Christenpflicht ist erfüllt, wollte die Kleine nicht verrecken lassen.« Schon humpelte die Alte zur Tür. »Doch wer weiß, mit wem das Gör im Bunde ist –

gut möglich, dass sie sich mit dem Teufel eingelassen hat, und das ist die verdiente Strafe.«

»Das glaubt Ihr ja selbst nicht!«, empörte sich Violet. »Zuvor habt Ihr noch Wegelagerer der Tat bezichtigt.«

»Was auch immer, mich geht's nichts mehr an. Viel Glück, lebt wohl.« Die Alte trat ins Freie ohne sich umzublicken, und ließ Violet mit der Verletzten zurück. Das Mädchen wimmerte, Blut benetzte bereits die Binsen unter der Bank. Was muss zuerst getan werden?, versuchte sich Violet zu sammeln, die Empörung beiseitezuschieben. Das Wasser sang im Topf. Einen Augenblick lang stand Violet unentschlossen da, aber schon im nächsten strich sie ihr Kleid glatt und atmete tief durch. Zuerst die Kleine beruhigen, entschied sie, kniete sich neben die Bank und streichelte über das Haar der Verletzten, bemühte sich um einen beruhigenden Tonfall.

»Sieh mich an, Kind, ich heiße Violet. Hörst du mich? Violet.« Dabei fuhr sie nun sanft über eine unverletzte Stelle an der Wange des Mädchens und befühlte die Stirn. »Wie ist dein Name?«

Stöhnend öffnete sich der Mund, ermöglichte die Sicht auf einige blutverschmierte Stummel, wo früher die Vorderzähne gewesen waren.

»Brit«, krächzte sie heiser.

»Brit, gut – höre mir zu. Ich entkleide dich und reinige deine Wunden mit heißem Wasser. Das wird wehtun, aber es ist unbedingt notwendig. Ich kenne mich mit Heilkräutern aus, ich kann dir Linderung verschaffen. Dein Arm ist gebrochen, der muss in eine Schiene gebunden werden. Diese Prozedur wird schmerzhaft sein.« Die Augenlider von Brit pressten sich zusammen. »Ich weiß, du hast bereits reichlich Schmerz ertragen. Keine Sorge, ein spezieller Pflanzensaft wird dir etwas von der Pein nehmen. Davon wirst du ruhig und kannst tief und traumlos schlafen. Willst du, dass ich dir helfe?«

Brit nickte, hielt jedoch die Augen weiter geschlossen. Der Anblick der Kleinen rührte Violets Herz. Keinesfalls wollte sie dem Mädchen unnötiges Leid zufügen, selbst wenn dies für die Heilung nötig war. Entschlossen holte sie eine kleine Flasche hervor, die eine dunkle Flüssigkeit enthielt. Die richtige Dosierung war von entscheidender Bedeutung, denn manch einer hatte sich schon in der Anderswelt verloren, in die der Saft der Mohnkapsel und des Blisenkrauts den allzu Gierigen trug. Das Mädchen war klein und knochendürr, abgesehen von dem aufgeblähten Bauch. Alles Anzeichen für eine lange währende Unterernährung. Ein Löffel voll sollte fürs Erste genügen. Bedacht, nichts von dem wertvollen Elixier zu verschütten, ließ Violet die Medizin in Brits Mund fließen. Diese schüttelte sich vor Abscheu, hustete und keuchte.

»Der Saft ist sehr bitter, ich weiß«, beruhigte Violet sie schuldbewusst. »Honig hätte es dir leichter gemacht, doch es ist keiner mehr im Haus. Ich warte ein wenig, bis du die Wirkung spürst, dann beginne ich, dich zu entkleiden.« Violet nutzte die Zeit, um das kochende Wasser über die Ringelblumenblüten zu gießen und ein Leinentuch auszukochen. Brits Gesichtszüge entspannten sich zusehends, und Violet begann die heikle Arbeit des Auskleidens. Nur die Götter wussten, wie lange das Kind im Graben gelegen hatte, das Blut war getrocknet, die Wunden entzündet und mit Dreck verunreinigt, zudem klebten Urin und Kot das schleißige Gewand an die Haut. Um das Mädchen nicht allzu viel bewegen zu müssen, schnitt sie die Kleider kurz entschlossen auf und warf die Fetzen sogleich ins Feuer.

Mit dem Leinentuch reinigte sie sanft den zerschundenen Körper und betupfte hernach die Wunden und Schnitte mit dem Ringelblumen-Zinnkraut-Aufguss, auf die Blutergüsse kam Ringelblumensalbe. Nur wenige Stellen des Körpers waren unversehrt. Tapfer hielt sich das Mädchen, alleine beim Einrichten des Armes entrang sich ihm ein Schmerzensschrei, wonach es gnädig in Ohnmacht fiel. Von einer unbestimmten Unruhe getrieben ließ Violet ihren Blick durch den Raum schweifen, bis er am Tisch hängen blieb. Beinwell. Die schwarzen Wurzeln lagen direkt vor ihrer Nase, und doch hatte sie sie erst jetzt bemerkt. Im Morgengrauen hatte Theodor sie von draußen mitgebracht. Ohne den Zweck seines Tuns zu erläutern, hatte er sie hingelegt und hatte dann sein Tagwerk begonnen. Violet fragte nicht nach, wusste, dass Theodor stets seiner Eingebung folgte. Die Große Mutter sprach zu ihm auf mannigfache Weise. Oft schon hatte er Wurzeln und Kräuter heimgebracht, die sich ihm dargeboten hatten, und jedes Mal fand sich für die Kostbarkeiten der Erdmutter eine Verwendung.

Mit einem glatten Stein zerquetschte Violet den Beinwell, strich das schleimige Mus auf die Bruchstelle und fixierte Arm und Schiene mit einem Tuch. Zufrieden besah sie sich ihr Werk. Der Arm lag am Körper, war stabil und vor schmerzhaften Berührungen sowie Bewegung geschützt. Fürs Erste gönnte Violet dem Mädchen etwas Ruhe. Sorge bereitete ihr die Blutung, die aus dem Schoß des Mädchens sickerte. Kaum erwachte sie aus der Ohnmacht, regte sie sich stöhnend.

»Brit, hast du die Monatsblutung?«, wollte Violet wissen. Das Mädchen schüttelte den Kopf. »Wurde dir geschlechtliche Gewalt angetan?« Jetzt nickte sie und hielt ihre Augen krampfhaft geschlossen.

»Kommt das Blut daher?«, fragte Violet, denn sie wagte nicht, die Beine des Mädchens zu spreizen. Es hatte genug Übergriffe für Brit gegeben.

»Hat meinen Bauch getreten«, lispelte das Mädchen so leise, dass Violet ihr Ohr nahe an dessen Mund schieben musste. »Will den Balg nicht … er stirbt …«

Violet richtete sich auf. Das Mädchen war schwanger! Sicher war die Kleine keine 13 Jahre. Das war nicht recht, welche Bestie tat so etwas einem Kind an? Erbittert presste sie die Lippen zusammen. Von dieser Sorte Männer gab es leider viele. Violet versuchte, die nutzlosen Gedanken abzuschütteln. Taten waren gefragt. Eine erfahrene Hebamme war vonnöten, doch es gab niemanden, den sie zu Babeth hätte schicken können. Was, wenn Wehen einsetzten? Mit Geburtshilfe hatte sie kaum Erfahrung. Zuerst sollte Brit bequemer liegen. So behutsam wie möglich schleppte sie Brit zum Strohlager, hüllte sie in Decken und flößte ihr heiße Fleischbrühe ein. Um etwas gegen die Blutungen zu unternehmen, träufelte sie dem Mädchen Misteltinktur in den Mund. Schließlich kam der Punkt, an dem nichts anderes mehr zu tun war, als abzuwarten. Lange saß sie da, hielt Brit die Hand, beobachtete deren Atem und erwartete Theodors Heimkehr.

Als er endlich in der Tür stand, war die Dämmerung bereits hereingebrochen. Verwundert über die unerwartete Szene, die sich ihm bot, trat er ans Lager heran, das blanke Erstaunen im Gesicht. Violet konnte es ihm nicht verdenken, im Schein des Feuers lag ein fremdes Mädchen, blutdurchtränktes Stroh unter ihr und selbst so fahl, als hätte der Tod es bereits geholt.

»Was ist geschehen?«, fragte ihr Mann und verbarg seine Unruhe nicht.

»Das ist Brit. Eine alte Vettel hat sie hergeschleppt und sich sodann aus dem Staub gemacht.« Den Vorwurf in ihrer Stimme konnte Violet nicht unterdrücken. Wenn sie an die Alte dachte, stieg Galle in ihr auf. Theodor kam noch näher heran und ließ seinen Blick über das Mädchen wandern.

»Armbruch, eine Vielzahl von Wunden und Schrammen ...« Violet zögerte kurz, ehe sie weitersprechen konnte, »... und ein Kind im Bauch.« Theodor sog scharf Luft ein. Violet konnte seine Missbilligung fühlen, die er einer solchen Tat entgegenbrachte. »Blutungen nach Tritten in den Unterleib«, fuhr sie fort. »Ich hatte nur Schafgarbe und Misteltinktur im Haus.«

Er nickte. »Liebste, du hast sie gut versorgt«, flüsterte er anerkennend. Dann hielt er seine Hände über des Mädchens Kopf und Bauch, die Augen hielt er geschlossen. Auf diese Art fühlte er ihrer Lebenskraft nach, wusste Violet, doch da war kaum mehr als ein Flackern auszumachen. Er rieb die Hände aneinander, erhob sie über seinen Kopf und suchte das Band der Götter – Himmel und Erde, Vater und Mutter. Violet spürte die Energie fließen, die Kraft der vereinten Götter in ihrem Mann. Theodor legte eine Hand unter Brits Becken und eine auf ihren Bauch. Die strömende Energie, die durch ihn hindurch auf den geschundenen Leib des Mädchens überging, brachte etwas Lebenskraft in ihren Körper.

»Die Frucht ist erloschen«, raunte Theodor, damit Brit ihn nicht hören konnte. »Das Kind wird abgehen, schon bald. Bereite alles vor. Wenn wir das Mädchen retten können, ist dies bereits ein Geschenk der Götter.« Nun zeichnete er mit der Hand Symbole über Brits Körper und breitete seine Handflächen über sie wie ein schützendes Dach. So verharrte er in tiefer Versenkung, bis Krämpfe das Ausstoßen des toten Kindes ankündigten. Von da an ging alles schnell – ein winziges totes Mädchen wurde in Tücher gewickelt und gemeinsam mit der Nachgeburt verscharrt. Von Laudanum betäubt, geriet das Erlebte für Brit zu einem nebulosen Albtraum, von dem sie nicht wusste, ob er real war. Bald schlief das Mädchen erschöpft ein. Später des Nachts erwachte es erneut von Schmerzen gepeinigt und bekam abermals vom bitteren Schlafsaft. Dieses Mal schlug es seine Augen auf, verwirrt, wenngleich in dem Bewusstsein, in Sicherheit zu sein.

»Danke«, hauchte Brit, und ihre Augen schimmerten tränennass. Noch ehe die Medizin ihre narkotische Wirkung entfalten konnte, wollte Violet ihre brennendste Frage stellen.

»Wem gehörst du an, Brit?«, fragte sie eindringlich. Brit hielt dem forschenden Blick ihrer Retterin stand.

»Ich bin die Magd von Bischof O'Connor. Er hat mich seit Kindertagen genommen, bis ich mit seinem Balg schwanger ging.« Violet sog scharf Luft ein. Der Bischof? Wie oft hatte der an der Tafel ihrer Eltern gespeist und alle mit seinen unerträglich langen Belehrungen gemaßregelt, seine moralischen Ergüsse voller Überzeugung zum Besten gegeben, dieser elende Heuchler.

»Hat er dich so zugerichtet?«, fragte Violet vorsichtig nach. Anstelle einer Antwort quollen Tränen aus den Augen des Mädchens, rollten über die geschwollenen Wangen und Schrunden. Bis der Saft seine barmherzige Wirkung tat und sie erneut in die Anderswelt entführte, lag sie so da, die kleine Hand in Violets.

»Autsch!«, schrie Agnes auf und rieb sich die Stirn. Neben ihr lag eine Frisbee-Scheibe.

»I'm awfully sorry!«, ertönte über ihr eine helle Stimme, und ein Schatten schob sich über Agnes. Sie blickte auf, direkt in das erhitzte Gesicht eines Mädchens, das zerknirscht von einem Bein aufs andere trat.

»Schon gut«, erwiderte Agnes gutmütig und hielt dem Mädchen die Scheibe hin. »Hier, dein Frisbee.« Das Mädchen lief zu seinen Freunden zurück und ließ Agnes benommen zurück. Leise ächzend richtete sie sich auf und genoss die Sonnenpause, die einer dunkelgrauen Wolke zu danken war, welche sich eben breit vor die Sonne geschoben hatte. Kündigte sich der ersehnte Regen an? Noch etwas orientierungslos von dem kurzen Schlaf blickte Agnes ringsum. Der Park war nach wie vor gut besucht, ihr Lederrucksack nicht gestohlen. Nach einem Schluck aus der Wasserflasche ordneten sich die Gedanken. Die Erfahrungen der letzten Monate hatten sie gelehrt, ihren Träumen Bedeutung zuzumessen. Warum dieser Traum zu dieser Zeit? Da war der Tod des Probanden, die Auseinandersetzung mit Michelle, ihre Unsicherheit Megan gegenüber, der Zusammenprall mit Bernty – aber wo war der Zusammenhang, das Bindeglied? »Ich muss wissen, wer diese Brit und wer Bischof O'Connor in der Gegenwart ist«, murmelte sie, während sie die steifen Beine lockerte und dann aufsprang. Sie brauchte ihr Pendel, sofort. Zur Station der *Central Line* war es nicht weit zu laufen und von da bloß noch fünf Stationen bis *Tottenham Court Road*. Zum *Bedford Square* brauchte Agnes lediglich zwei Quergassen in nördliche Richtung zu gehen. Als Agnes endlich die Eingangstür des schwarz-weißen Wohnhauses hinter sich zuzog, waren da immer noch die vielen Treppen in die Mansarde zu bewältigen, die sich steil vor ihr auftürmten. Stöhnend kickte sie die Schuhe von den Füßen und lehnte sich gegen das Treppengeländer. Wie erschlagen wollte sie auf die Stufen sinken und kapitulieren, da tauchte Annie auf der Küchentreppe auf, grüßte knapp und legte den Kopf schief.

»So wie du aussiehst, könntest du ein Bad vertragen«, kam prompt eine Therapieanweisung von ihr. »Ich lasse dir ein exakt 37 Grad Celsius warmes Badewasser ein, und du mischst dir inzwischen deinen Badezusatz. Geh' runter ins große Badezimmer, einen Bademantel findest du dort im Schrank. Nachher fühlst du dich wie neugeboren – vertrau mir!«, lachte Annie so zuversichtlich, dass ein wenig von diesem Optimismus auf Agnes übersprang. Umso befremdlicher nahm Agnes den eigenen Unmut darüber wahr, was Megan alles über sie ausgeplaudert hatte. Stumm folgte sie Annie die Stiege zum Souterrain hinunter.

Angesichts der großen Auswahl ätherischer Öle hellte sich ihre Stimmung wieder auf; auch Honig und Meersalz waren vorhanden. »Meersalz bringt uns zurück zum Ursprung«, murmelte sie vor sich hin, als gälte es, eine Beschwörung in die Mischung einzubinden. Der Zeigefinger glitt die Reihen der Öle entlang. »Oh ja, Koriander- und Orangenöl. Lässt das Herz lächeln und die Seele tanzen.« Die Ingredienzien waren zusammengestellt. Durch die Oberlichter fiel ein Sonnenstrahl auf die Arbeitsfläche, und genau dorthin stellte Agnes das Salz und die Ölfläschchen. In einem der Oberschränke fand sich ein Glaspokal in einer Reihe anderer, antik wirkender Gläser. Das Salz rieselte in den grün schimmernden Kelch; es folgten einige Tropfen Korianderöl, die Agnes mit einem Essstäbchen untermengte. Bereits durch die Tätigkeit des Mischens löste sich der innere Krampf, den der Traum hinterlassen hatte.

Orangenöl tropfte langsam auf die Kristalle, färbte sie in leuchtendes Gelb. In der Wärme des Sonnenstrahls stiegen würzig süße Aromen in Agnes' Nase. Sie seufzte tief, füllte die Lungen mit Sauerstoff und genoss das Weiten des Brustkorbs. Ihr kontemplatives Rühren in den Kristallen erzeugte ein rhythmisches Knirschen und der aufsteigende Geruch von Koriander und Orange erfrischte ihre Gedanken.

»Herrlich!«, rief Annie, die eben in die Küche kam und deutlich hörbar mit geblähten Nasenflügeln Luft einsog. »Ein Aphrodisiakum! Was hast du vor?«, neckte sie Agnes. Lebensfreude war in der Tat eine gute Idee, und wer sonst als Aphrodite, die Göttin der Liebe, konnte diese bringen? Durch die offenen Türen hörte Agnes das Rauschen von Wasser.

»Ich kann's kaum erwarten, in die Wanne zu kommen.« Die Füße fühlten sich wie gekochte Wassermelonen an, und der ganze Körper war in klebrigen Dampf gehüllt. Dazu knurrte jetzt ihr Magen, der das bisschen Apfel vor ein paar Stunden lediglich als Provokation verstanden hatte.

»Iss' etwas Richtiges«, ermahnte sie Annie, die das Knurren ebenfalls gehört hatte. »Im Kühlschrank ist Suppe von gestern. Das dauert sowieso eine Weile, bis die Eckwanne voll ist.«

»Du bist wie eine Mutter zu mir«, bemerkte Agnes und holte folgsam den Topf aus dem Kühlschrank. 15 Jahre war ihre Mutter tot – wie war das gewesen, als sie noch gelebt hatte – die Erinnerung war längst verblasst, ließ sich nicht konservieren. Nur Bilderfetzen verbunden mit Emotionen blieben, kleine Lichter, die von Zeit zu Zeit aufflackerten, um rasch wieder zu verlöschen.

»Berufskrankheit, Liebes. Außerdem mag ich dich gern, und meine Tochter fehlt mir. Sag' ruhig, wenn ich übertreibe.« Annies Augen glänzten feucht. »Ich muss los.« Die Umarmung war hastig, gleich darauf war sie fort. Nach all dem Trubel des Vormittags fühlte sich die Einsamkeit seltsam an.

Nahrung half. Jeder Löffel Gemüsesuppe brachte ein Stück innere Festigkeit. Am Ende streckte sie satt und zufrieden die Beine von sich, nahm sich vor, regelmäßiger zu essen. Jetzt die Kleider runter und in die Wanne legen, versuchte sich Agnes zum Aufstehen zu motivieren. Ächzend erhob sie sich, froh, dass keiner ihre Bewegungen beobachten konnte. Eine 80-jährige bewegt sich vermutlich anmutiger, verspottete sie die eigene Steifheit bei jedem Schritt.

Das Badezimmer war erfüllt von sphärischen Klängen. *Enya*, unverkennbar. Bewundernd sah sich Agnes in der grünen Oase um. Farne und Schlingpflanzen wucherten rund um die Eckwanne. Die Einfassung war mit Schiefersteinen ausgelegt, zwischen denen die Pflanzen eingesetzt waren. Neben dem Grau des Steins blitzten weiße, grüne und goldfarbene Mosaiksteine an Boden und Wänden. Der gesamte Raum wirkte wie von einem Künstler geschaffen, Hundertwasser vielleicht, oder Gaudi. Auf Knien, gegen den Wannenrand gestützt, ließ Agnes das Salz aus dem Kelch langsam auf die Wasseroberfläche rieseln. Wie Regen prasselten die Kristalle nieder, setzten sich in einer geschwungenen Spur am Grund ab. Mit der Hand den Bodensatz aufwühlend, mischte Agnes das Wasser, gab sich den aufsteigenden Düften hin, fühlte in heitere Gelassenheit. Zu *Watermark* entledigte sie sich ihrer Kleidung, stieg in die tragende Leichtigkeit des Wassers und tauchte ein in den sinnlichen Genuss des schwächsten und zugleich stärksten Elements. Als *Paint the Sky with Stars* erklang, war sie bereits in einen tranceähnlichen Schlaf gefallen.

Die Sonne war noch nicht aufgegangen, über dem Wald lag dichter Nebel.

»Dies ist Bartholomew Acroyed, Violet.«

Ein hünenhafter Mann stand vor ihr im Nebel, blickte sie prüfend an. Das graue Haar trug er im Nacken zusammengebunden, und der Bart reichte ihm bis auf die Brust. Theodor hatte ihr erzählt, dass er Schmied sei und den Kult der alten Zeit bewahrte. Bartholomew war der Lehrmeister gewesen, der ihn über Jahre mit in den Wald genommen hatte, wo das Wissen der Ahnen gespeichert war und von Generation zu Generation weitergegeben wurde.

»Das ist eine würdige Braut, Theodor«, sagte der Alte bedächtig, ohne Violet dabei aus den Augen zu lassen. Sie war ganz und gar beeindruckt von dem Blau seiner Augen, der Reinheit und Aufrichtigkeit, die ihr daraus entgegenblickten. »Die Götter haben dich wohl geleitet, ich kann in ihr die Liebe zu dir sehen, und diese ist bereits viele Leben alt. So wird ein Kreis geschlossen werden zum Wohlgefallen der Erdmutter.«

Ein zweiter Mann gesellt sich zu ihnen und blickte freundlich auf Violet. Raven, Theodors Freund und ein weiterer Schüler Bartholomews, legte seine Rechte aufs Herz und neigte das Haupt.

»Sei gegrüßt, Violet, Schwester, hier auf der heiligen Erde unserer Ahnen.« Sie nickte ihm zum Gruß zu. Er war gleich Theodor ein freier Mann, der genug Boden besaß, um gut davon leben zu können. »Es gibt dieser Tage nur mehr wenige Träger des alten Glaubens, kaum mehr, als sich heute hier im Hain eingefunden haben«, fuhr er fort. »Die alten Riten sind verboten und vergessen. Wenngleich ihre Spuren überall zu finden sind. Zu tief sitzt der alte Glaube im Herzen der Menschen.« Zwei Frauen traten aus Ravens Schatten. Die eine war Victoria, Tochter von Acroyed, die Violet stumm zunickte, die andere war Theodors Schwester und Ravens Gattin Babeth. Sie vervollständigte seine Erklärung, während sie Violet mit einer herzlichen Umarmung willkommen hieß. »Vieles wurde dämonisiert und verteufelt, was dereinst von heiliger Bedeutung war. Ich freue mich, dass du den alten Weg mit uns gehen willst.«

»Ich fühle mich geehrt, meinen Fuß auf diese Erde setzen zu dürfen«, erwiderte Violet bewegt. »Jedes Blatt und jeder Halm atmet die Geschichte unserer weisen Vorfahren.« Ein Windstoß fuhr durch die Wipfel. Das Brausen erhob sich in die lichten Höhen, ließ Blätter erschaudern, als hätte das Eichenlaub der Versammlung seine Zustimmung bekundet. Bartholomäus nickte, und die Gemeinschaft nahm Platz an den Wurzeln des Giganten. Ohne jede Eile löste Babeth einen Trinkschlauch und ein Trinkhorn von ihrem Gürtel. Alle Augen waren auf sie gerichtet, während sie die dunkle Flüssigkeit eingoss. Mit einer ehrerbietigen Verneigung übergab die junge Frau Bartholomew das Gefäß und setzte sich zurück in den Kreis. Bartholomew schloss für einen Moment die Augen, dann nahm er einen Schluck zu sich.

»In diesem heiliger Hain«, erhob er schließlich das Wort, »kann jener alles über unser Sein erfahren, der sich bedingungslos der Anderswelt öffnet.« Sein Blick richtete sich auf Violet. »Heute bin ich es, der dich in diese

Welt führt – in einem anderen Leben führst vielleicht du mich.« Er reichte das Trinkhorn an sie weiter. Langsam führte sie es an die Lippen und nippte daran. Die Flüssigkeit schmeckte leicht bitter, wenngleich sie mit Honig versetzt war. Aufmunternd nickte Bartholomew ihr zu, und sie wagte, einen größeren Schluck zu nehmen. Wein mit Kräutern, befand sie und gab das Trinkhorn an Theodor weiter. Schweigend nahm er es an sich und trank. So wurde es reihum gereicht, in stiller Kontemplation. Die Geräusche des Waldes fesselten Violets Aufmerksamkeit. Wundervolle Gesänge von Amseln drangen an ihr Ohr, das Schlagen eines Spechts hallte ringsum wieder. Alles Leben, Pflanzen wie Tiere, strahlten ein schimmerndes Licht aus. Als Bartholomew zu sprechen begann, fühlte sich Violet wie ein Kind, das überwältigt staunend in einen Raum voll süßer Früchte und köstlicher Speisen blickte.

»Theodor hat dich vieles gelehrt, es ist an der Zeit, sich der Anderswelt hinzugeben. Bist du bereit, Violet?«

»Das bin ich, Meister Acroyed«, gab Violet eifrig zurück und sah ihm erwartungsvoll entgegen. Sein Blick traf sie gleich einem Bann. Das Blau der Augen wurde dunkler und begann in den Farben des Regenbogens zu schimmern. Gedanken, die nicht die ihren waren, strömten durch ihren Kopf. Sie konnte sie nicht festhalten, also ließ sie diese wie Wolken weiterziehen. Ein Lächeln breitete sich in dem faltigen Gesicht ihres Gegenübers aus und griff auf sie über. Weiter und weiter wurden die Augen, in denen sie sich verlor, Licht sprang gleißend hervor, erfüllte sie mit Freude. Etwas Glühendes berührte ihre Stirn, und sie schloss die Augen.

In einem Raum ohne Anfang und Ende, schwebend im tiefsten Indigoblau, mühelos getragen von allem und nichts, löste sich ihr Dasein auf.

Wo sind Körper und Verstand, wo das Herz?

Bedeutungslose Fragen, Wolken, die vorüberzogen.

Wer bist du?

Etwas erschütterte ihr Inneres. Ketten fielen zu Boden, lautlos und doch eine Erleichterung.

Sei im Nichts.

In der Zeit verloren hielt das Schweben an. Wieder berührte etwas ihre Stirn, und Bartholomews Gesicht erschien vor ihren Augen wie zuvor, faltig, von roten Äderchen durchzogen, lächelnd. Doch die Welt hatte sich verändert, der Kreis der Anwesenden war anders. Etwas war hinzugetreten, das Violet nicht zu benennen vermochte. Eine Verbundenheit, die vorher nicht da gewesen war, erfüllte sie. Der Eichenhain leuchtete in intensiven Farben, und die Gesichter, in die sie blickte, strahlten von innen heraus. Desgleichen war der Wald zu unbekanntem Leben erwacht, alles schien in Bewegung, selbst jahrhundertealte Baumstämme vibrierten unter einer unbekannten Kraft. Bunte Schatten sprangen zwischen Gebüsch, Stämmen und Ästen.

»So soll es sein, Schwester. Wir haben den Bund erneuert, der vor langer Zeit geschlossen wurde. Worte mögen sich verändern, doch das, was wir suchen, bleibt, was es ist. Unbeschreiblich, fürwahr – du kannst es nur selbst erfahren.« Bedächtig erhob sich der Alte und blickte in die Tiefe des Waldes. Die anderen folgten seinem Tun, strichen über die Kleider, achteten darauf, keine Spuren zurückzulassen. Violet konnte ihre Augen nicht von Meister Acroyed wenden, der so viel jünger wirkte als noch zuvor. Vollkommen bewegungslos stand er da, eins mit dem Waldboden, dem Wind und den Nebelfetzen, die sie umfingen. Kaum, dass alle bereit waren, ging er sicheren Schrittes voran. Geräuschlos folgte die Gemeinschaft dem Meister durch den Hain, unsichtbar für Fremde, das Herz auf das angestrebte Ziel gerichtet. Im Innersten des Forsts, umfasst von bemoosten Felsblöcken, entsprang eine Quelle, den Hütern des alten Glaubens heilig. Den Augen der Abtrünnigen blieb die Göttlichkeit des Ortes jedoch verborgen. Als die Sonne im Osten vollends aufging, färbten sich die Morgennebel orange. Sonnenlicht blendete die Gemeinschaft, was ihnen nichts ausmachte, war es schließlich nicht der Augen Aufgabe, den Weg zu finden. Ihre Sehnsucht wies ihnen die Richtung, weder Durst noch Hunger beeinträchtigte ihr Unterfangen.

Als die Sonne über den Wipfeln stand, hatte sich das Antlitz des Waldes verändert. Ein Hügel wölbte sich sacht vor ihnen, die Bäume standen weniger dicht, der Boden zeigte sich üppig begrünt. Die Nebel hatten sich gelichtet, und eine Formation von Felsbrocken lag an den Hang geschmiegt. Eine Bewegung zog Violets Aufmerksamkeit auf sich. Bartholomews Kleider fielen zu Boden, blieben um seine Füße am Waldboden liegen. Sein Körper war trotz des Alters muskulös und kräftig. Der Wind spielte mit dem lose wallenden Haar, und die Silhouette des Mannes strahlte hell gegen das Grün der Umgebung. Während Violet ihn noch staunend betrachtete, trat er über die Kleidung hinweg und setzte seinen Weg fort. Die anderen taten es ihm gleich, ließen ihre Kleider fallen und folgten ihrem Ältesten nach. Keiner verspürte eine Notwendigkeit, sein Geschlecht zu bedecken. Ohne weiter darüber nachzudenken, löste Violet den Gürtel ihrer Kleidung und streifte den Stoff über die Schultern. In vollkommener Natürlichkeit ging sie mit den Hütern des alten Wissens weiter, wenngleich die Nacktheit ihres Körpers die Sinneswahrnehmungen über die Maßen steigerte, bis dass ihr die Natur als ein lebendiges Wesen erschien: Der Wind streckte seine Finger nach ihr aus, berührte sie an den sonst verborgenen Zonen wie ein zärtlicher Liebhaber, sodass Schauer über ihren Leib zogen. Ein Zweig schüttelte seine Blätter und Blüten, kaum dass er ihrer gewahr wurde. Ein Windhauch hüllte Violet in Pollenstaub, bedeckte Haut und Haar mit glitzerndem Gold. Die Erde zwischen ihren Zehen legte sich schützend um die Füße, und das Sonnenlicht wärmte ihren Leib gleich einem Bärenfell. Im Näherkommen wurde das Gurgeln von Wasser hörbar, erweckte Violets Sehnsucht. Schon meinte sie, Bäume flüstern zu hören und hinter den dicken Wurzeln umgestürzter Waldriesen Elfen und Kobolde erkannt zu haben. Gräser streiften ihre Waden, Ameisen krabbelten über ihre Füße. Sie ließ alle gewähren, dem Sinnesrausch vollkommen hingegeben, verzaubert und magisch angezogen von jenen heiligen Felsen vor ihr.

Aus den dunklen Tiefen der Steinformation floss die Quelle ihnen entgegen, schlängelte sich vorbei und zog weiter hinab in einem schmalen Lauf, gebettet in Steine, Moos und Laub. Während Bartholomew, gefolgt von seinen Gefährten, weiter den Hügel hinan stieg, hielt Violet inne. Etwas tief in ihr zwang sie dazu, dem Wasser zuzuhören. Ihre Gedanken gehörten nicht länger ihr selbst, sie verschmolzen mit dem Glucksen und Plätschern, machten sie gewahr des Weges, den das Wasser aus dem Schoß der Mutter nahm, hervorquoll, sich in der Senke sammelte, weiter über Steine strömte und gleich einer schillernden Schlange immer weiter floß. Violet watete in die Senke, bis der Wasserspiegel die Oberschenkel erreichte und sie erschaudern ließ ob der Kälte des Quellwassers. Es sprach zu ihr. Flüsterte.

Erkenne mich.

Den Blick auf die finstere Tiefe des Felsspalts gerichtet, sank sie auf die Knie. »Große Mutter …«

Gib dich mir hin.

Die eisige Flut umspülte ihre Schenkel, ihren Leib, ließ sie keuchend atmen. Dennoch sank sie tiefer in die Mulde, legte sich in das Wasserbett. Die Kälte durchdrang sie wie Dolche, und doch genoss sie den Schmerz, die Berührung glatter Steine, das Necken der kleinen Wogen, die über ihren Bauch rollten, ihre Brüste erregten, ihren Schoß umspülten, wollüstige Schauer auslösten. Noch nie hatte sie das Leben gefühlt wie in diesem Augenblick, so unmittelbar, so überwältigend. Ihr Blut wallte auf, schmolz die Fesseln des Geistes, ließ sie alle Begrenzungen vergessen. Vollkommen hingegeben, liebkost von der Erdmutter, die sie einhüllte, geküsst vom Sonnenlicht, das sich über sie ergoss wie ein Liebhaber.

Lebe, wie das Wasser fließt.

»Große Mutter.« Sie wusste nicht, ob sie sprach, wachte oder träumte. Alles war Fühlen, vollkommenes Sein. Einen Atemzug später ließ Violet den Kopf vollends ins Wasser sinken, gab sich dem Wasser, der Kälte, den Geräuschen und dem Leben hin. Kleine Wirbel bemächtigten sich des Haars, benetzten und spülten es, zogen es gleich feuriger Wellen mit sich. Mit offenen Augen unter dem dünnen Spiegel der Oberfläche erfuhr sie eine Welt, die sich anders bewegte, die anders klang und anders gefärbt war, bis es ihr den Atem nahm. Selbst die Sonnenstrahlen schienen an Substanz gewonnen zu haben. Das Schweben und Wogen bemächtigte sich ihrer, sie fühlte keine Notwendigkeit, zu atmen, wusste nicht, wie viel Zeit vergangen war, dachte nicht länger.

Hände erfassten sie. Wie heiß sie sich gegen ihre Haut drückten. Er war gekommen – mit ihm Wärme, Freude und Lust. Theodor lag über ihr und hob ihren Kopf aus dem Bett der Quelle.

Jetzt sog sie gierig Luft in die leer gepressten Lungen und war zurück in der Welt.

»Du bist nun die Tochter der Erdmutter und ihres Gatten, dem Sonnenherrscher«, sprach er feierlich und bohrte seinen von Stolz und Lust dunklen Blick in den ihren. »Von nun an trittst du ein in die Anderswelt, wann immer es dich danach verlangt.«

Wollüstig streckte sie ihm die Hände entgegen.

»Komm zu mir, Liebster, sei du mein Sonnenherrscher«, und der Arm des Geliebten hielt sie fest umfasst, er küsste sie voller Begierde, hungrig, schon konnte sie sein Drängen zwischen ihren Beinen spüren, welches sie in ihrer eigenen Lust noch mehr anstachelte.

»Agnes, du bist unglaublich«, flüsterte ihr der Geliebte heiser ins Ohr.

War das ihr Name?

Sie öffnete einen Spaltbreit die Augenlider, sah Sieberts Gesicht, registrierte die Pflanzen um sich, Annies Badewanne, in der sie vereint mit Siebert lag. Ihr Lachen vermischte sich mit dem lustvollen Stöhnen, welches ihr zur selben Zeit durch den Leib fuhr.

Es gab auch richtig schöne Träume.

In dem Wohnzimmer der Mansarde standen vor dem Kamin ein niedriger Tisch, daneben das schmale Sofa und ein Polstersessel. Auch der Teppich lag wieder unter der Sitzgruppe, gut abgesaugt und seidig glänzend. Gedankenverloren sang Agnes im Duett mit Mick Hucknall, der von seiner Sehnsucht nach seinem wahren Zuhause sang. *Home*. Die Fenster standen weit geöffnet, ein Luftzug strich über Agnes' nackte Beine. In wenigen Stunden würde sie in der Royal Albert Hall sitzen und *Simply Red* live hören, würde für kurze Zeit den Wahnsinn ringsum vergessen – die Träume, die Probanden, Bernty, Michelle …

Auf dem Tisch, vor dem sie kauerte, stand eine Kanne Rooibostee, daneben lag ihr Pendel und das Handy, das schon den nächsten Song abspielte. Sie wusste jetzt, wer diese Brit aus ihrem Traum im gegenwärtigen Leben war. Was sie nicht wusste, war, ob diese Person noch lebte. Auch Siebert hatte keine genaueren Informationen aus der Rechtsanwaltskanzlei mitgebracht, und in den Abendausgaben der Zeitungen wurde nur von einem Todesfall berichtet, ohne den Namen preiszugeben.

Seltsam, dass Brit – oder Ian – wieder dem Peiniger von einst in die Hände gefallen war, wunderte sie sich. Denn jener O'Connor von einst war niemand anderer als Walter Bernty der Gegenwart, der Mann, der für den Medikamententest verantwortlich war. Das konnte Agnes beim besten Willen nicht Michelle anhängen.

War die Todesmeldung der Auslöser für diese Traumepisode gewesen?, fragte sich Agnes und biss sich in die Wange. Der Schmerz tat gut, bewies, dass sie wach war. Frustriert schüttelte sie den Kopf. Der Traum hätte früher kommen müssen, um eine Warnung zu sein. Vielleicht hätte sie Ian gehörig Angst machen können, damit er Reißaus nahm. Hätte, vielleicht – alles zu spät! Wozu quälten sie diese Träume, wenn sie doch nichts ausrichten konnte?

Von Unruhe ergriffen ging Agnes ins Schlafzimmer. Aus der Kommode holte sie ihr silbernes Medaillon hervor und legte sich die Seidenschnur um den Hals. Die geometrischen Erhebungen glänzten hell auf. Jahrtausendealtes Wissen einer untergegangenen Kultur war in dieses Stück Silber gepackt, das kalt auf ihrem Solar Plexus lag. Schützend lag ihre Hand darüber und mit geschlossenen Augen verlangsamte sich das Denken bis zum vollkommenen Stillstand. Bilder entstanden. Die Steinsäule, bedrohlich schwankend, Gesichter, die sich abwandten.

»Hey, was machst du?«

Die Bilder zerplatzten wie Seifenblasen. Agnes schlug die Augen auf und sah verwundert auf den großen Mann in der Tür.

»Du bist unheimlich, wenn du so schaust«, bemerkte Siebert, und Agnes neigte den Kopf zur Seite. Warum sah er sie so befremdet an? War das Abscheu in seinen Augen? Bitte nicht.

»Alles okay«, rief sie übertrieben unbeschwert, »hab' bloß ins Narrenkastl geschaut.« Ihre Hand lag immer noch über dem Medaillon. Er glaubte ihr nicht, das fühlte sie deutlich.

Das wird er nicht zugeben, sagte eine innere Stimme und schon sah sie, wie Siebert mit den Schultern zuckte und zurück ins Wohnzimmer ging.

Unzufrieden mit sich selbst, war sie sich ihrer Unaufrichtigkeit schmerzlich bewusst und folgte ihm hinterher. Am Wohnzimmertisch stand ein großer Teller mit Brötchen bereit. Siebert lümmelte am Sofa und faltete eben die Zeitung auf. Sie gab sich innerlich einen Stoß und schmiegte sich an ihn. »Die sehen lecker aus – sogar Tomaten hast du drauf getan.« Verstohlen beobachtete sie sein Mienenspiel, bemerkte die Mauer, die gespielte Gleichgültigkeit.

»Greif zu«, brummte er, ohne den Blick von der Zeitung zu heben.

»Ich muss dir was erzählen«, überwand sie ihre Scheu. »Hast du Zeit?«

»Klar.« Er legte die Zeitung beiseite und schaute sie fragend an.

»Du warst großartig in der Badewanne ...« Das war ihr Eisbrecher, und sie blinzelte ihm kokett zu. Welcher Mann hörte das nicht gern? Richtig, seine Miene hellte sich auf.

»Ich hatte keine Ahnung, dass Baden derart entspannend sein kann. Sonst finde ich es eher langweilig«, gab er grinsend zu.

»Dann hast du mit den falschen Frauen gebadet.« Sie gab ihm einen kleinen Kuss auf die Wange.

»Mit Sicherheit.« Zuneigung machte sich im Schwarz seiner Pupillen breit. Endlich. Agnes' Herz vollführte einen freudigen Sprung. »Bin mehr der Dusch-Typ«, sagte er sanft und zog sie zu sich. »Als ich dich allerdings im Wasser sah, konnte ich nicht widerstehen.« Sein Schmunzeln gefiel ihr. Die Stirn hatte sich zu Waschbrettfalten zusammengeschoben – einfach unwiderstehlich – dennoch, das Prickeln im Bauch musste warten, sie war ihm etwas schuldig.

»Das haben wir schon mal gemacht, in einem Bach. Heute war das Wasser allerdings bedeutend wärmer.« Erwartungsvoll blickte er sie an.

»Kommt jetzt die Geschichte zum Thema ›Sonnenherrscher‹?«, fragte er und streichelte über die Innenseite ihres nackten Arms. »Fang' an, Schatz, erzähl' mir deinen Traum. Der muss richtig gut gewesen sein.« Eine Spur von Küssen zog sich verzehrend langsam von ihrem Handgelenk aufwärts, endete überraschend in der Armbeuge. Er hob den Kopf und schmunzelte. »Eine Kleinigkeit wäre da noch«, sagte er und streckte sich nach dem Stapel Zeitungen am Beistelltisch. Ein schmales Päckchen kam zum Vorschein, verziert mit einem goldenen Gummiband samt Masche.

»Für mich?«

»Mach die Augen zu«, befahl er, und Agnes folgte der Anweisung mit einem erwartungsvollen Lächeln. Eine Weile geschah nichts, außer dem Ziepen des Gummibands und dem leisen Klappern des Deckels war nichts zu hören. Dann packte Sieberts Hand ihr linkes Fußgelenk und etwas Kühles wurde drum herum gelegt. »Jetzt kannst du gucken.«

»Ein Fußkettchen?«, bestaunte Agnes ihren Knöchel, der jetzt mit einer silbernen Kette geschmückt war. Die soliden Glieder wirkten erstaunlich zart und ein hellblaues Steinchen baumelte daran, forderte Agnes geradezu auf, es genauer zu betrachten.

»Es ist ein Aquamarin«, erklärte Siebert mit vernehmlichem Stolz in der Stimme. »Du hast mal erwähnt, dass du darauf stehst. Und keine Sorge, da ist ein Sicherheitsverschluss an der Kette, die geht nicht so leicht ab.«

»Sie ist wunderschön«, sagte Agnes leise, fühlte Freude und Rührung zugleich in sich aufsteigen, »wieso schenkst du mir etwas so Wertvolles?«

»Als ich es sah, wusste ich einfach, das ist das Richtige für dich«, rechtfertigte er sich und streichelte über ihren Fuß, »Weißt du eigentlich, dass du die schönsten Fesseln der Welt hast?« Er neigte sich ihrem Knöchel zu und hauchte einen Kuss darauf. »Habe ich dir noch nie gestanden, wie sehr ich deine Füße liebe?« Sanft massierte er den Rist und küsste eine Zehe nach der anderen. »Zeit, dass ich auch mal ein Geständnis ablege, nicht wahr?«, raunte er und löste mit seiner sanften Massage erstaunliche Regungen in Agnes' Tiefen aus.

»Wusste gar nicht, dass meine Füße eine einzige erogene Zone sind.«

»Alles nur eine Frage der richtigen Behandlung«, erwiderte er und setzte seine ›Behandlung‹ genüsslich fort. Erregung ließ sie ungeduldig werden, doch seine Hand stoppte jede ihrer Bewegungen, zwang sie, stillzuhalten. »Wir sind hier noch nicht fertig, meine Liebe«, sagte er, und ein lüsternes Glitzern ließ seine Augen aufleuchten, »ich zeige dir gleich, was ich noch für Ideen mit deinen Beinen habe.«

»Klingt wie eine Drohung«, flüsterte sie.

»Tja, du süße Hexe«, raunte er mit belegter Stimme, »jedenfalls wirst du am Ende um Erlösung betteln.« Womit er recht behielt.

Ein scharfer Luftzug wehte durch das Haus. Das Feuer flackerte ungestüm in der Feuerstelle auf. Die Kälte des Winters drang durch die aufgerissene Haustüre herein, nahm Schneekristalle mit sich, die sich glitzernd auf dem Boden ausbreiteten.

Violet und Brit fuhren herum. Polternd fiel Brits Spindel zu Boden. Ein Mann stand im Türrahmen, genoss sichtlich seinen theatralischen Auftritt, der die Frauen zutiefst erschreckt hatte. Violet fasste sich und trat ihm entgegen.

»Merit Thorn, was wünscht Ihr? Weshalb dringt Ihr so ungestüm in mein Haus ein?«

Er lachte.

»*Dein* Haus? Weib, was glaubst du, wer du bist? Dir gehört nichts mehr! Die Ländereien des überführten Ketzers Wistlegreen sind in meinen Besitz übergegangen. Dass du hier wohnen darfst, verdankst du meiner frommen Christenseele. Ein anderer hätte dich mitsamt dem Bastard unter deinem Herzen hinausgeworfen.«

Violet griff sich an den Leib, in dem ihr Kind heftig zu stoßen begann. Ihr wurde schwarz vor Augen, gerade noch rechtzeitig sank sie auf die Bank. Brit eilte um einen Becher Wasser, den Violet dankbar entgegennahm. Merit Thorn beobachtete die Frauen, besonders Brit.

»Das ist doch das kleine Luder vom Bischof! Hast hier Unterschlupf gefunden, was? Deinen rechtmäßigen Herrn im Stich gelassen.«

Brit konnte nichts entgegnen. Voll Scham hielt sie den Kopf gesenkt und versteckte sich, so gut es ging, hinter Violet.

»Ich weiß, dass ich nichts gegen die Willkür der Herrschaft ausrichten kann«, zog Violet Merits Aufmerksamkeit wieder auf sich. »Sagt mir, was Euer Begehren ist und haltet Euch nicht unnötig mit meiner Magd auf.«

»*Deine* Magd?«, höhnte dieser wieder und baute sich vor ihr auf wie der Herr vor seinem nichtswürdigen Diener. »Du bist selbst nicht mehr als eine Magd, hast du das immer noch nicht begriffen? Entehrt, mittellos, von der Familie verstoßen und von der christlichen Gemeinschaft geächtet – was glaubst du, wo du Unterschlupf finden wirst? Es gibt keinen Ort, an dem du erwünscht bist.« Ein offenbar erheiternder Gedanke ging ihm durch den Kopf, ließ ihn amüsiert auflachen. »Oh doch, wie konnte ich es vergessen! Die Bordelle von London würden dich allenfalls aufnehmen, solange sie nicht erfahren, dass du eine Hexe bist.« Violet erwiderte nichts. Ihre wächserne Blässe stachelte ihn an, diese unnachgiebige Würde ihrer Haltung allen Umständen zum Trotz, das alles weckte den Teufel in ihm, und obwohl Violet dies wusste, brachte sie es nicht über sich demütig zu tun, um ihn zu besänftigen. »Zahltag, Violet Wistlegreen. Ich verlange mein Geld. Du hast seit Monaten keine Pacht bezahlt.«

»Ich habe kein Geld, das wisst Ihr nur zu gut«, stellte sie mit anklagender Stimme fest. »Es ist alles verkauft, was es zu verkaufen gab. Das Meiste von meinem Hab und Gut habt schließlich Ihr ergaunert.«

»Ergaunert?«, wiederholte Merit gedehnt. »Wie ausgesprochen undankbar!« Seine Augen waren schmale Schlitze geworden. »Auf Knien solltest du mir danken, mir, deinem Wohltäter. Der einzige Mensch, der noch Umgang mit dir pflegt, dir dein wertloses Leben ermöglicht; bislang ohne angemessene Gegenleistung.«

»Was meint Ihr?«, fragte Violet alarmiert. Ihre schlimmsten Befürchtungen drohten wahr zu werden.

»Tu doch nicht so prüde.« Thorn stand nun unmittelbar hinter ihr und lehnte seinen Unterleib gegen ihren Rücken. Alkoholdunst stach ihr in die Nase. »Schließlich bist du nicht durch den Heiligen Geist zu dem Balg gekommen.« Seine fleischige Hand griff ihr an den Nacken und fuhr der Linie ihrer Schulter entlang. »Für den Ketzer hast du schließlich auch die Beine breitgemacht.«

Violet versuchte von ihm abzurücken, doch es gab kein Entkommen. Schon griffen seine Hände nach ihren schweren Brüsten, und er rieb sich an ihr wie ein Hund am Bein seines Herrn. Ein heiseres Lachen entschlüpfte dabei seiner Kehle und stürzte Violet in noch tiefere Verzweiflung.

»Lasst ab, ich beschwöre Euch! Meine Niederkunft steht unmittelbar bevor. Verschont mich mit Euren Avancen …«

Zur selben Zeit schrie Brit auf. Mit dem Besenstiel wollte sie ihrer Herrin zu Hilfe kommen, doch ehe dieser Merit Thorn auch nur berühren konnte, hatte er ihn ihr entrissen, Brit am Halse gepackt und zu Boden geschleudert.

»Um dich kümmere ich mich später, Schlampe. O'Connor hat mir von deiner verkommenen Seele berichtet. Eine solche Magd kann ich gut brauchen.« Seine Augen waren schwarz vor Lust, als sie sich wieder auf Violet richteten. »Viel zu lange habe ich auf diese Gelegenheit gewartet …« Brit lag benommen da, rang um Luft, die äußerst spärlich durch den gequetschten Kehlkopf hindurchdrang. Violet wollte ihr zu Hilfe eilen, da packte Merit sie erneut. Seine Stimme war heiser, und er sprach mehr zu sich selbst als zu ihr, die sich vor ihm krümmte. »Du Hexe! Mit einem Liebeszauber hast du mich belegt, mich deinem Körper versklavt, sodass ich Jahre hindurch nichts anderes denken konnte, als dich besitzen zu wollen. Du sollst endlich bekommen, wonach du verlangt hast.«

Violet fühlte die Spindel unter ihrer Hand, holte aus und stach deren spitzes Ende in Merits Schulter. Der schrie auf und versetzte ihr einen so heftigen Faustschlag, dass sie besinnungslos niedersank.

Gefangen in frierender Dunkelheit … ein heftiger Schmerz zuckte quer durch den Leib, weckte Violet vollends. Stöhnend atmete sie in die Wehe, die ihren ganzen Körper erschütterte. Erst als die Krämpfe verebbten, nahm sie ihre Umgebung war. Die Tür klapperte im Wind, der Boden davor war mit einer dünnen Schneeschicht bedeckt. Sie selbst lag am Boden, der Rock hochgeschoben, die Strümpfe zerrissen. Ihr Schoß schmerzte, jede Bewegung tat weh. Blut rann an ihrer Schläfe herab. Vorsichtig betastete sie die geschwollene Gesichtshälfte.

»Brit?«, rief sie, von einer diffusen Angst ergriffen. Es blieb still. Nur die Tür klapperte von Geisterhand geführt. Violet versuchte, sich aufzusetzen. Der Bauch schränkte ihre Bewegungen ein, und die Muskelanspannung löste eine weitere Wehe aus. Schmerz lähmte ihr Denken, ließ den Atem stoßweise gehen. Es dauerte eine ganze Weile, bis sie sich erholt hatte, während ihr die Kälte tiefer in die Knochen kroch. Erneut hielt Violet nach Brit Ausschau. »Brit, was ist mit dir? Wo bist du?« Nichts. »Ich brauche dich, das Kind kommt …« Niemand antwortete. Eine Windböe riss fauchend die Tür weit auf, und ein Schauer von Eiskristallen prasselte ins Haus. »Um Himmels Willen, steht mir keiner bei?«, schrie sie in die Dunkelheit und wusste zugleich, dass sie rasch handeln musste. Ächzend kam sie auf die Beine, schloss die Winternacht aus und schürte das Feuer. Hernach schaffte sie es gerade noch zu ihrer Schlafstatt, ehe die nächste Wehe ihren Leib packte, als würde ein Schraubstock darum von eiserner Hand gedreht. Die Geburt war nicht aufzuhalten, nahm keine Rücksicht auf Einsamkeit, Schmerz, Kälte, Erschöpfung. Die schlimmste Zeit ihres Lebens galt es durchzustehen, und als das Kind schließlich durch den Geburtskanal in eine unwirtliche Welt rutschte, war Violet am Ende ihrer Kräfte. Mit letzter Anstrengung durchtrennte sie die Nabelschnur und nahm das Kind, das ein Knabe war, in die Arme.

Er hat deine Augen, dachte sie, legte den Kleinen an die Brust. Erschöpft ließ sie sich auf ihr Lager zurückfallen. Es war so kalt. Ihre Finger ertasteten die Felldecke und zogen sie über das Baby. Das Saugen des Jungen an ihrer Brust erfüllte sie mit euphorischem Glücksgefühl.

Die Kälte verschwand damit, wie auch Erschöpfung und Schmerz. Lächelnd lag sie da, fühlte den winzigen Körper auf sich, der ruhiger wurde und im Einschlafen die Brustwarze verlor. Ihr Herz war leicht geworden – kein Schmerz, kein Hunger, kein Durst quälten sie. Lag sie noch auf dem Lager aus Kräutern und Stroh oder schwebte sie eingehüllt in goldenem Licht auf Engelsschwingen? Dieses Licht …

»Theodor, bist du es?«, flüsterte sie kaum vernehmlich. »Sieh nur, unser Sohn!«, Durch geschlossene Augenlider sah sie sein Antlitz. Ohne Wunden, leuchtend, heil wie am ersten Tag ihrer Begegnung. Liebevoll nickte Theodor ihr zu. Sein Lächeln erfüllte sie mit schier unendlicher Liebe. Die Familie war vereint, alles war gut.

Er ist wundervoll, schöner als der neue Tag, stärker als der weiße Stier des Sonnenherrschers. Ich bin unsagbar glücklich, Violet.

Theodor war wieder bei ihr, umfing sie mit seiner Liebe und Fürsorge. Nun konnte sie ausruhen, schlafen, schlafen …

»Ich liebe dich«, murmelte sie im Hinübergleiten. Eine neue Welt wartete auf sie.

Bald sind wir vereint, mein Herz.

So lagen Mutter und Kind in Glückseligkeit still. Blut rann in stetem Strom aus ihrem Schoß.

Unstillbar verlor sich das Leben in der Erde, der es entstammte.

11. KAPITEL

Ich will Dolche zu ihr reden, doch nicht gebrauchen.
Heuchler seien hierin meine Zunge und meine Seele:
Wie immer hart sie meine Worte auch kasteien,
nie lass, o Seele, die Tat der Worte Siegel sein!
(Hamlet, 3. Akt, Szene 2)

Die Luft hatte sich über Nacht kaum abgekühlt, die Stadt glühte. Selbst jetzt, früh am Morgen, saugte die Hitze des Asphalts und der Hausmauern jedem Fußgänger innerhalb Minuten das letzte bisschen Kühle aus dem Leib. Der stete Verkehrsstrom tat das Seine, um Agnes' subjektives Wärmegefühl zu steigern, das ohnehin von Sieberts Abschiedskuss angeheizt war. Bei jedem Schritt dachte sie an ihn, fühlte den Aquamarin gegen den Knöchel baumeln und die Glieder der Kette umschlangen ihre linke Fessel mit festem Griff. So nahe waren sie einander gewesen und dennoch hatte sie ihm den Traum der letzten Nacht nicht anvertraut, wollte den Horror der Nacht einfach nicht laut aussprechen. Selbst für den obligaten Eintrag ins Traumtagebuch hatte es bislang an Willenskraft gefehlt. Die Gedanken flogen zu dem Neugeborenen auf ihrem Bauch, wie es sie mit einem einzigen Blinzeln an sich gebunden hatte …

Stumm im Bus zu sitzen und einfach die Stadt an sich vorüberziehen zu lassen, tat gut. Kurz vor der London Bridge stoppte der Verkehr. Ein Krankenwagen stand schief eingeparkt am Fahrbahnrand. Polizisten umringten einen Teil des Gehsteigs.

»Da muss was passiert sein«, stellte die Frau neben Agnes fest, holte sie kurzfristig aus ihren Gedanken. Ein kurzer Blick genügte, um festzustellen, dass sie nichts von der Tragödie am Straßenrand wissen wollte, zu frisch war die eigene, geträumte Tragödie in ihrem Gedächtnis. Die Erinnerung das Schwingen des Pendels tauchte auf und die Fragen: Wer ist Merit Thorn in diesem Leben? M-I-C-H-E-L-L-E kam Buchstabe für Buchstabe zur Antwort. Unwillkürlich rubbelte Agnes über jene Stelle am Hals, an der sich Michelles Krallen in ihre Haut gebohrt hatten, damals, in der Liftkabine. Wieder eine Abscheulichkeit mehr, um dieses Weibsstück zu hassen …

Mit einer Teetasse in der Hand öffnete Agnes eine halbe Stunde später die Tür zu ihrem Büro. Das hatte sie um diese Zeit für sich alleine, bis Helen in aller Regel eine Stunde nach ihr erschien, zum Bersten voll mit Anekdoten aus ihrem Schauspielunterricht. In aller Ruhe nahm Agnes den Platz am Schreibtisch ein, ließ den Computer hochfahren und genoss nebenher kräftigen Assamtee. Als sich der Outlook-Kalender öffnete, verzog sie entsetzt das Gesicht. Erster Termin – Michelle. Shit, shit, shit. Den hatte sie komplett verdrängt gehabt. Sofort arbeitete ihr Gehirn auf Hochtouren auf der Suche nach Ausreden. Nein, unterbrach sie sich selbst, zum Kneifen war sie zu stolz – und zu neugierig obendrein. Seufzend trank sie die Tasse leer, als würde Tee unverwundbar machen. Machte er auch, teilweise jedenfalls. Vielleicht sollte sie darin baden wie Siegfried der Drachentöter? Der Gedanke war erheiternd, und mit dem Gefühl, einem Drachen die Stirn bieten zu müssen, verließ Agnes das Zimmer. Sage Michelle klipp und klar, dass du mit einer Mörderin nichts zu tun haben willst, dass sie sich nicht unterstehen soll, irgendwelche Dinge zu schicken, andernfalls … andernfalls *was*? Hilflose Wut kochte in ihr hoch. Nichts, gar nichts hatte sie in der Hand gegen Michelle. Es war, als hörte sie ihre Erzfeindin neben sich in der Liftkabine lachen.

»Ich wollte, du wärst tot!«, fauchte sie und erschrak. Ihr Spiegelbild starrte sie an mit einer Zornesfalte zwischen den Augenbrauen, schmalen Lippen und harten Augen. Das war aus ihr geworden, soviel Macht hatte Michelle über sie? Angewidert wandte sie sich ab. Der Fahrstuhl öffnete seine Türen, entließ sie auf den Gang. Es war niemand zu sehen, die meisten Leute, die hier ihre Büros hatten, fingen erst später an oder waren um diese Zeit im Labor. Eine lange Flucht verschlossener Türen erstreckte sich vor ihr. Auch Michelles Tür war geschlossen. Agnes klopfte, niemand antwortete. »Kann keiner sagen, ich hätte mich gedrückt …«, murmelte sie und wollte schon kehrt machen, da fiel im Raum drinnen etwas zu Boden. Agnes hielt inne, überwand sich dazu, die Tür aufzustoßen und einen Schritt über die Schwelle zu wagen. Keine Menschenseele. Über den Schreibtisch hinweg bot sich der faszinierende Ausblick auf die Themse. Wellen funkelten im Sonnenschein, die *London Bridge* spannte sich mächtig über den Fluss und verband die beiden Ufer. Eine Brücke müsste man sein, dachte sie und ging auf das Fenster zu, so stark, so verbindend, eine Brücke zwischen Vergangenheit und Gegenwart. Ihre Gedanken wollten sich im Glitzern des Wassers verlieren, da nahm sie aus den Augenwinkeln einen Schatten wahr. Am Boden regte sich etwas. Sie machte erschrocken einen Schritt zurück, abgestoßen von dem, was da am Teppich lag, verkrümmt, einem knorrigen Ast gleich. Wo der

Kopf sein sollte, war ein lilafleckiger Ballon, Adern zogen wie eine Landkarte über die gespannte Haut, blondiertes Haar stand ab, aus dem Mund quoll Schaum.

Déjà-vu.

Die monströse Gestalt hechelte wie ein Hund, der Hals war grotesk geschwollen, darin eingegraben ein dreireihiges Halsband aus schwarzer Jade. Starr blickte Agnes auf den Körper zu ihren Füßen. Weit aufgerissene Augen quollen hervor, sprachen von Schmerz, Wahnsinn und Verzweiflung. Blockieren!, kämpfte Agnes gegen die fremden Emotionen an, die in sie eintropften wie schwarze Tinte. Vergeblich. Die Tintenwolken breiteten sich in ihr aus, düster und verzweifelt. Telefonschrillen durchbrach den Bann. Sie fuhr zusammen, konnte sich endlich von Michelle abwenden.

»Hilfe …«, wisperte sie, kaum, dass ihr Verstand wieder klar zu arbeiten begann, »… ich muss Hilfe holen.« Der Telefonhörer in der Hand war gewichtslos. »Bitte«, setzte sie an, jedoch die Leitung war bereits tot. Schweiß prickelte auf ihrer Stirn, und sie hörte das Blut in ihren Ohren pulsieren. »Welche Nummer … ich brauche die Telefonnummer …« Im Vakuum ihres Schädels fanden sich nur österreichische Notrufe. »122, 133, 144 …« Ihr Blick fiel auf einen Aufkleber am Apparat mit der Durchwahl der Zentrale – mechanisch tippte der rechte Zeigefinger die Ziffern ein. Räuspern, schlucken. Rau war das, was aus ihrer Kehle drang, und fremd. Mehr krächzend als sprechend schrie sie in den Hörer: »Das ist ein Notfall! Wir brauchen einen Arzt, Zimmer 612, Michelle Schoff. Schnell. Sie stirbt!« Dann glitt der Hörer aus ihren Fingern. Agnes registrierte die eigene Bewegung als fremd, sah ihre Hand, den Apparat … vor dem Telefonhörer lag eine leere Injektion neben einer Glasampulle auf der Schreibtischunterlage.

Diese Ampulle … sie drehte das Glasröhrchen, um die Aufschrift lesen zu können: *Ulysses*. Der Verdacht bestätigt.

Das war verrückt. Widerwillig wanderte ihr Blick hinunter zu der entstellten Frau am Boden. Nur nicht in diese Augen schauen, nahm sie sich vor. Ihre Sorge war umsonst, Michelles Lider waren nun geschlossen. Agnes atmete durch. Okay, sie musste Erste Hilfe leisten. Ekel überkam sie bei dem Anblick der Leidenden, dennoch zwang sie sich, niederzuknien.

»Ich habe Hilfe gerufen«, sagte sie mit übertrieben deutlicher Artikulation und beugte sich über Michelle. »Wie kann ich dir helfen?« Die verschwollenen Lider öffneten sich einen Spaltbreit. Das Weiß des Augapfels war blutunterlaufen, das sonst kalte Blau der Iris kaum mehr wahrnehmbar. Der Mund verzog sich zu einer Grimasse, erstickte Laute drangen aus der Kehle. Das Sprechen kostete zu viel Kraft – Kraft, die Michelle nicht hatte. »Lieg' ganz ruhig, gleich sind Ärzte hier, die dir helfen.« Auf wundersame Weise war ihre Stimme sanft geworden, obwohl die Nerven vibrierten. »Du schaffst das, Michelle. Du darfst dich nicht anstrengen.« Aber das machte die Kreatur vor ihr nur noch verzweifelter. Michelles Hand griff nach Agnes' Bluse und begann an ihr zu zerren. Entsetzt versteifte sie sich. Die Hand hatte sich zwischen den Knöpfen verkrallt, und Agnes musste nachgeben – oder die Hand packen, um sie aus der Bluse zu ziehen. Um nichts in der Welt wollte sie Hautkontakt zulassen. Ihr Gesicht näherte sich dem Michelles. Brechreiz stieg in ihrer Kehle hoch. Panisch schluckte sie die Säure hinunter. Gott, nicht jetzt, flehte sie, geschockt von der Vorstellung, sich neben Michelle zu übergeben. Sie schloss mit einem stummen Gebet die Augen, nur für einen Augenblick, und hielt dann ihr Ohr über Michelles Mund. Ein rasselndes Geräusch drang hervor. Angestrengt versuchte Michelle, Worte zu formen.

»Bern… ty… ul… lys… ses… bild… bern… ty…« Die Stimme brach, mühevolles Schlucken, die Lider zusammengepresst, ein vergeblicher Versuch zu sprechen. Agnes sah den inneren Kampf und das Erschlaffen der Muskeln, als Resignation einkehrte. Noch einmal öffneten sich die Augen, bohrten sich in Agnes' Pupillen. »Ver… zeih … mir.«

Die Tür wurde aufgerissen, und Schritte kamen näher. Stoff wetzte an Stoff, eine Tasche wurde abgestellt. Der Geruch von Desinfektionsmitteln breitete sich schneller aus als die Worte der Männer. Das Notarztteam. Agnes sah auf, direkt in das Gesicht des Arztes. Er schob sie energisch beiseite, löste dabei Michelles Hand von ihrer Bluse und sprach beruhigend auf die Kranke ein. Dann wandte er sich wieder ab und rief einem der Sanitäter etwas zu. Der blickte entsetzt auf die Kranke und fluchte heiser.

»Holy fuck.«

Oh ja, stimmte Agnes zu, nur ohne *holy*. Hier war nichts heilig. Der Arzt fuhr sich durch das Haar und gab dem Sanitäter Anweisungen. Eine Injektion wurde überreicht. Sofort rammte der Notarzt die Nadel in Michelles Arm. Zwei Hände packten Agnes' Schultern und schoben sie aus dem Zimmer. Nein – stopp! Das Team wusste doch noch nichts von *Ulysses*!

»Dr. Schoff hat *Ulysses* gespritzt!«, stemmte sie sich aufgebracht gegen den Sanitäter, »Sie braucht ein Gegenmittel.«

»Beruhigen Sie sich«, hielt der Mann sie unnachgiebig an den Schultern fest, Hände so groß und kräftig wie Baggerschaufeln. Sein Akzent machte es ihr schwer, den Sinn der Worte zu erfassen. Es klang nach: »Überlassen Sie das dem Arzt.« Verstanden diese Typen nicht, was hier los war?

»Cortison – ihr müsst ihr Cortison spritzen!« Shit, shit, shit! Wie hatte Michelle dieses Cortison im Hospital genannt? Der Name wollte ihr einfach nicht einfallen. Aber der Arzt war schon außerhalb ihres Sichtbereichs, und der Sanitäter ließ auf dem Weg zum Gang hinaus einen weiteren Schwall Worte vom Stapel, die vermutlich sowohl beruhigend als auch Einhalt gebietend wirken sollten, jedoch Agnes nur noch weiter aufbrachten. Das konnte doch alles nicht real sein! Sie biss sich auf die Lippe. Schmerz. Es war kein Traum. Alles echt. Sie blickte ratlos um sich, der Gang verlassen, die Türen geschlossen. Aber nein, da waren Schritte – gehetzt drehte sie sich um – erkannte Walter Bernty. Furcht schoss ihr durch alle Glieder, doch die konnte sie jetzt einfach nicht brauchen. Er kam den Gang entlang, das Handy ans Ohr gepresst, und bemerkte nichts von der Aufregung.

»Mister Bernty!«, rief sie und lief ihm entschlossen entgegen. »Schnell, kommen Sie! Michelle hat sich das *Ulysses*–Präparat gespritzt.« Er blickte sie ungläubig an. Ungeduldig zerrte sie an seinem Arm.

»Ich melde mich später, entschuldige«, murmelte er ins Handy, unterbrach die Verbindung und steckte das Telefon in die Brusttasche des Sakkos.

»Michelle Schoff – Sie müssen ihr das Cortison geben, jetzt!« Nach einer Schrecksekunde gab er ihrem Drängen nach und eilte Richtung Michelles Büro, stürzte ins Zimmer und gab schroffe Anweisungen. In Agnes' Kopf dröhnte es dumpf, Schmerzblitze stachen durch das Hirn wie Laser. Die Knie gaben nach, sie rutschte mit dem Rücken an der Wand zu Boden. Mit beiden Händen rieb sie sich die Schläfen, gleich würde ihr Schädel zerplatzen. Keine fünf Minuten später erschien Bernty dicht gefolgt von zwei Sanitätern, die Michelle auf einer Trage herausbrachten. Der Arzt hielt eine Infusionsflasche hoch und lief neben ihr her. Der Tross bewegte sich Richtung Lift, beunruhigend stumm, bis einige Anweisungen zum sicheren Verbringen der Trage in der Kabine erforderlich wurden. Die Türen schlossen sich, nur Stille blieb zurück.

»Ich mache uns erst mal einen Tee, dann sehen wir weiter.«

Annie streichelte sanft über Agnes' Schultern und erhob sich. Auch wenn ihre Augen der Hebamme folgten, beobachteten, wie die angewärmte Teekanne entleert wurde, das Teesieb eingesetzt und aus der Dose Löffel für Löffel trockene Blätter in die Kanne geschaufelt wurden, löste keine der Handlungen irgendeine Regung in ihr aus. Ein schwarzes Vakuum in ihrem Herzen fraß alle Impulse, ließ nichts vordringen. Annie goss kochendes Wasser in die Kanne, hielt einige Sekunden die Nase in den aromatischen Wasserdampf und setzte schließlich den Deckel auf die Kanne.

»Wirkt das Aspirin schon?«, fragte sie nebenher.

»Es wird leichter«, antwortete Agnes mechanisch.

»Bald ruft Megan an und sagt uns, wie es um Michelle steht«, gab sich Annie zuversichtlich. Zum hundertsten Mal blickte Agnes auf die Küchenuhr. Annie folgt ihrem Blick. »Magst du ein Sandwich? Du hast sicher noch nichts im Magen seit dem Frühstück.« Als Agnes nicht reagierte, holte sie ein kleines Fläschchen Rescuetropfen hervor, schob Agnes Kinn herunter und tröpfelte ihr einige Tropfen der Essenz in den Mund. »Das hätte ich schon früher machen sollen«, tadelte sie sich selbst und nahm sich der verspannten Schultermuskulatur ihrer Freundin an. Mit geübten Griffen knetete sie die Knoten aus, summte dabei leise vor sich hin. »Besser?«

Agnes sah zu ihr hoch, sagte jedoch nichts. Alles in ihr war dumpf, der grelle Schmerz war weg. Annie hielt ihr ein Glas Wasser hin.

»Trink.«

»Kann nicht.«

»Du schaust drein, als hättest du sie auf dem Gewissen«, bemerkte Annie verwundert und schüttelte den Kopf wegen des albernen Gedankens.

»So fühle ich mich auch«, murmelte Agnes und blickte zu Boden. *Verzeih mir.* Michelles letzte Worte – alles in ihr revoltierte gegen den Gedanken.

»Wie kommst du auf eine so alberne Idee?«, entfuhr es Annie, »Das ist verrückt.«

Agnes zuckte mit den Schultern. Verrückt. Richtig. Das war nichts, was sie erklären konnte. Kopfschüttelnd richtete Annie einige Gurkensandwiches auf einem Teller an und stellte das Teegeschirr auf das Tablett.

»Wer ist verrückt?«, fragte Megan, die zur Küchentür hereinkam. Agnes' Kopf wirbelte herum und sprang auf.

»Was ist mit Michelle?«

»Agnes, bitte!« Erschrocken wich Megan zurück. »Du bist völlig außer dir. Lass' mich erst mal hinsetzen, dann erzähle ich alles.« Indem sie zu Annie hinüberging, mied sie Agnes' Blick. »Kann ich schon das Tablett in den Garten tragen?« Sie weicht mir aus, war sich Agnes sicher. War empört.

»Oh ja, gute Idee. Ich folge dir mit den Sandwiches, und Agnes, kannst du den Filter aus der Kanne nehmen und damit nachkommen? Er braucht noch etwa zwei Minuten zum Ziehen.«

Die beiden Frauen verschwanden. Agnes starrte ihnen nach und wusste, dass sie jetzt hinter ihrem Rücken reden würden. Kaum war der Gedanke gedacht, kam Leben in ihren Körper. Hastig zog sie den Filtereinsatz aus der Teekanne und ließ das glühend heiße Ding in die Spüle fallen.

»Verdammt noch mal, was ist das für ein Tag?«, fluchte sie und hielt die schmerzenden Finger unter den kalten Wasserstrahl. »Was für ein beschissenes Leben?« Mit nassen Fingern setzte sie den Deckel auf die Kanne und eilte ihren Freundinnen hinterher. Als sie den Garten betrat, saßen Annie und Megan bereits unter der Weide, wechselten leise Worte. Mit lautem Krach donnerte die Teekanne auf den Tisch, Tee spritzte aus dem Schnabel, der Deckel fiel herunter. Ohne die Gesichter der Frauen aus den Augen zu lassen, setzte Agnes ihn wieder auf.

»Was ist los?«, fragte sie, atmete schwer. »Sag' schon.«

»Agnes«, begann Megan vorsichtig, »Annie hat mir gesagt, dass du dich aus irgendeinem unerfindlichen Grund verantwortlich fühlst für das, was Michelle zugestoßen ist.« Megan räusperte sich, wollte offenbar Zeit gewinnen. Das war kein gutes Zeichen. Gar nicht gut. »Aber das bist du nicht. Das, was geschehen ist, hat nichts mit dir zu tun.«

»Sie ist ins Koma gefallen?«, wisperte Agnes, die Wahrheit in Megans Augen lesend. Die Freundin nickte.

»Ja. Die Infusion mit dem Hydrocortison kam viel zu spät. Multiples Organversagen. Als ich ging, war sie de facto tot. Die Maschinen halten den Kreislauf noch aufrecht, aber da ist nichts mehr zu machen.«

»Nein«, flüsterte Agnes.

»Das ist noch nicht alles. Der Proband, der gestorben ist …«

»Sag' nicht, Ian …«, wisperte Agnes und meinte, ihre Brust würde zerquetscht von jenem Felsen, aus ihrem Albtraum. Megan senkte die Lider und biss sich auf die Lippen.

»Es tut mir so leid.«

Agnes war froh, als alle, einschließlich Siebert, zu Bett gegangen waren. Die mitleidigen Blicke, denen sie sich ständig ausgesetzt fühlte, machten sie rasend. Das verstand sowieso keiner, wie sie sich fühlte, sie verstand es ja selbst nicht.

Da war der Schmerz, dass Ian Miller tot war, seine Freundin alleine sein Kind würde aufziehen müssen, es keinen Vater haben würde. Schuldgefühle, weil Agnes ihn trotz der Träume nicht hatte warnen können. Da war eine perverse Genugtuung, weil sie Michelle verflucht, ihr den Tod gewünscht hatte und dieser Wunsch in Erfüllung gegangen war. Gleichzeitig schämte sie sich für das Machtgefühl, das unwillkürlich in ihr aufgestiegen war.

Hüte dich vor deinen Wünschen.

Es gab keinen Unterschied mehr zwischen Michelle und ihr. Sie war um nichts besser. Nein, schlimmer. Sie war eine moralisierende selbstgefällige Heuchlerin.

Schlaflos stand sie am Fenster der Mansarde. Die Nacht war voller Spannung. Immer wieder konnte man Blitze am Himmel zucken sehen, denen kein Regen folgen wollte. Hie und da drangen Rufe und Sirenen durch die Nacht. Diese Stadt schlief nie. Agnes machte absichtlich kein Licht an, wollte die Geister der Nacht nicht anlocken.

Hätte sie bloß ihren Hass besser im Griff gehabt und nicht geflucht. Verdammter Mist. Warum musste Michelle ausgerechnet bei *SAFUR* arbeiten? In ihrer Ratlosigkeit tastete sie nach dem Medaillon, das mittlerweile ständig um ihren Hals hing. Ihre Gedanken tauchten tiefer in das Schwarz des Himmels ein. Der Traum von Brit entspann sich erneut. Die Bilder des misshandelten Mädchens vor Augen überlegte sie, was ihr dieser Traum hatte sagen wollen. Dann formte sich Walter Berntys Antlitz aus einem Wolkenfetzen. Warum waren Michelles letzte Worte sein Name gewesen? Weil er sie hätte retten können? Oder war das Gegenteil der Fall: Hatte er sie getötet? Und wenn er Michelle getötet hatte, wie würde er mit ihr verfahren, wo sie deren Unterhaltung belauscht und Michelles letzte Worte gehört hatte?

Aus dem Nachthimmel waren keine Antworten zu erwarten … schlagartig wusste sie, was zu tun war. Im Wohnzimmer fanden sich einige Kerzenstumpen, welche rasch am Boden in Kreisformation aufgestellt waren. Beifuß und Weihrauch fehlten, doch dafür lag in der Kommode ein Päckchen Sandelholzräucherstäbchen – die würden gleichermaßen die symbolische Verbindung zur geistigen Welt herstellen.

Im Inneren des Kreises sitzend entzündete Agnes zuerst die Kerzen rundum, danach steckte sie das hellbraune Stäbchen an der Flamme vor sich an. Eine Tonscheibe mit einem kleinen Loch darin hielt den Stängel, der von seinem glühenden Ende her langsam kleiner wurde. Aromatische Rauchwölkchen stiegen empor, verbreiteten einen erdig-warmen Duft. Agnes schloss die Augen, die Hände ruhten mit den Handflächen nach oben auf ihren Knien. Im Lichtkreis fühlte sie sich geborgen, eigentümlich behütet. Nach und nach kehrte eine Stille in ihr Herz ein, die sich gleich einem wärmenden Mantel über Leib und Seele breitete.

»Ihr lichten Helfer, ich brauche Euren Rat.«

Die Geräusche der Nacht hatten nichts Unheimliches mehr. Um sich herum spürte Agnes helle, freundliche Kräfte.

»Wie kann ich mich vor Bernty retten?«

Keine Frage ist ohne Antwort entstanden, blicke in das Schweigen und erkenne, was immer schon war.

Damit war ihr Problem wohl kaum gelöst! Eine Spur konkreter, lichte Helfer… »Was soll ich tun?«

Male.

War das deren Ernst? Damit würde alles wieder gut – wenn sie malte?

Nicht alles. Es stärkt dir den Rücken.

Agnes meinte Heiterkeit zu verspüren. »Was soll ich malen?«

Healing pictures.

»Wie sehen die aus?«

Jeder Mensch trägt seine Wunden. Sieh hin und du wirst das Bild vor Augen haben, das diese Wunde heilen kann.

»Das kann ich?«

Ja.

»Dann verstehe ich alles was geschehen ist besser?«

Manches.

»Für wen soll ich ein solches Bild malen?«

Virginia.

12. KAPITEL

Sei Du gewiss, wenn Worte aus Hauch bestehen
und Hauch aus Leben,
so habe ich kein Leben, das zu Hauchen,
was Du mir gesagt hast.

(Hamlet, 3. Akt, Szene 4)

»Ist Virginia da?«, fragte Agnes Helen und führte die Teetasse an die Lippen. Der Bildschirm ihres PCs wechselte von Schwarz auf Windows-Blau. Der Morgen fühlte sich seltsam an, so, als stünden alle Zeichen auf Veränderung: Der Himmel war endlich von Wolken verhangen und die Luft zum Schneiden schwül, Helen war vor ihr im Büro gewesen, und Siebert hatte angekündigt, dass er vormittags bei *SARFUR* vorbeischauen wollte.

»Was, weißt du es noch nicht?«, zeigte sich Helen ungewöhnlich gesprächig für 8.30 Uhr morgens. Agnes drehte sich unwillkürlich mitsamt dem Bürosessel zu ihr. »Sie hat gestern Nachmittag Krämpfe bekommen und ist ins Hospital rüber. Wenn sie schwanger war, dann ist das Baby jetzt weg. Jede Wette.«

Ein Stich zuckte in Agnes' Solar Plexus. *Healing pictures* – dies war Virginias Wunde, für die sie das richtige Bild finden sollte, eines, das ihre Seele heilen konnte. Eine Welle des Verstehens glitt über ihre Grübeleien, radierte die Zweifel der vergangenen Nacht aus. Unvermittelt machte sich Euphorie in ihr breit, beschämte sie.

»Wer vertritt sie?«, gab sich Agnes nüchtern, um ihre unangemessene Gefühlslage zu vertuschen. »Die Anwälte von *Tromp & Wotens* kommen heute.«

»Das macht Doktor Bernty selbst«, erwiderte Helen leichthin und zog den Zipp ihres Schminkbeutels zu. Ihr Erscheinungsbild war gewohnt bunt. »Der hat das Oberkommando in der *Ulysses*-Sache.«

»Wirklich?« Helen hatte die taktische Überraschung in Agnes' Stimme nicht überhört und führte die Geschichte, wie erwartet, mit großem Vergnügen aus.

»Kensing und er werden sich schrecklich in die Haare kriegen – ist jedes Mal so, weil die können überhaupt nicht miteinander.«

»Kensing wird als Finanzchef das letzte Wort haben«, meinte Agnes, doch Helen grinste.

»Nicht gegenüber Bernty. Berntys Gemahlin ist Hauptaktionärin der Firma.« Helen machte eine kleine Pause, um der Information Raum zur Entfaltung zu lassen. »Schon vergessen?. Deswegen geht Kensing ja immer in die Luft, weil Bernty die Karte allzu gern ausspielt. Für Walter Bernty macht das erst einen guten Tag aus.«

»Das wirkt sich bestimmt äußerst positiv auf das Betriebsklima aus«, bemerkte Agnes und klopfte dabei ihr Passwort in die Tastatur. Kaum wechselte das Hintergrundbild auf die Shakespearestatue vom *Leicester Square*, klopfte es an der Tür, und unmittelbar darauf wurde sie auch schon geöffnet. Der Mann im Türrahmen füllte diesen fast gänzlich aus. Beim Eintreten neigte er unmerklich den Kopf, wie dies häufig die Angewohnheit großer Menschen war. Helen und Agnes saßen kerzengerade aufgerichtet da und sagten gleichzeitig: »Ja bitte?« Der Fremde lächelte fast unmerklich. Sein dunkler Anzug saß locker auf dem schlanken Körper, und der Hemdkragen war trotz der Hitze mit einer schmalen Krawatte zugebunden. Die Augen waren hinter einer Sonnenbrille versteckt.

»Guten Tag. Wer von Ihnen ist Miss Feder?«, blickte er fragend von einer zur anderen. Seine Stimme klang voll und autoritär und ließ Agnes aufmerken. Diesen Tonfall kannte sie.

»Das bin ich«, meldete sie sich und kam sich sogleich wie ein Schulkind vor. Tatsächlich hatte sich ihre Hand ein Stück gehoben.

»Mein Name ist Inspektor Hamish Drought. Ich möchte mit Ihnen über den Tod von Michelle Schoff sprechen.« Er hielt ihr einen Ausweis hin und schob die Brille in den aschblonden Haarschopf. In Agnes' Kopf hallten die Worte ›*Inspektor – Michelle – Tod*‹ mit einer Intensität nach, die ihr Denken lähmte.

»Tot?«, war das Einzige, was ihr über die Lippen kam. Dabei starrte sie entgeistert in das Gesicht des Inspektors, sodass dieser trotz professioneller Miene einen Moment lang verunsichert wirkte.

Michelle war tot. Natürlich hatte Megan angekündigt, dass es schlecht um sie stand. Dennoch war da ein kleiner Funken Hoffnung gewesen.

Tot.

Irgendwann fiel ihr auf, wie neugierig der Inspektor sie musterte, was wenig verwunderlich war, nachdem sie ihn sekundenlang angestarrt hatte. In seinen Augen geradezu versunken war. Augen von einem Blau, das man selten sah: Indigo … ich *kenne dich* … flüsterte es in ihrem Kopf.

»Nein«, riss sie sich mit aller Willenskraft aus dem Sog, erschauderte. Lass dich nicht gehen, ermahnte sie sich.

Dieser Mann sucht nach einem Mörder. Hier. Bei dir. Darauf musst du dich konzentrieren.

»Es ist meine Aufgabe, die Umstände ihres Todes aufzuklären«, fuhr Drought fort, als gelte es, einer geistig Minderbemittelten die Aufgaben der Polizei zu erklären. »Ein Unfall ist unter den gegebenen Umständen auszuschließen. Bleiben Selbstmord oder Mord.« Er ging auf sie zu und blieb knapp vor ihrem Tisch stehen. »Erzählen Sie mir, wie Sie die Verstorbene angetroffen haben, warum Sie überhaupt zu ihr ins Zimmer gegangen sind, und wie ihr Verhältnis zueinander war.«

»Unser Verhältnis?«, wiederholte Agnes und spürte, wie stupid sie auf den Inspektor wirken musste. Wenn nicht verdächtig. Wie er vor ihr aufragte, das war mehr als einschüchternd. Als hätte er ihre Gedanken erraten, wies er fragend auf einen der Sessel und setzte sich nach ihrem Nicken hin. Die langen Beine überschlug er und lehnte sich zurück.

»Wie ich erfahren habe, kannten Sie einander von ihrem gemeinsamen Arbeitgeber in Wien«, leitete er die Befragung ein. Also war der Typ gut vorbereitet. Agnes beschloss, so ehrlich wie möglich zu sein, jedoch von den Animositäten zwischen ihr und Michelle nicht zu sprechen. Bereitwillig schilderte sie den Morgen, an dem sie Michelle gefunden hatte, dass diese zuvor um ein Gespräch gebeten hatte, beschrieb die Lage der Spritze, die sie am Schreibtisch vorgefunden hatte, und wiederholte Michelles letzte Worte: Berntys Namen.

»Was glauben Sie, warum sie das getan hat?« Sein Gesicht wirkte frei von jeder Gefühlsregung. Nur die Augen durchdrangen sie wie ein Röntgengerät. Agnes wollte ihnen ausweichen, zwang sich aber dazu, den Blick nicht zu senken.

»Ich weiß es nicht«, erwiderte sie aufrichtig. »Weil er das Gegenmittel kennt und ihr hätte helfen können?«

»Möglich«, meinte Drought abschätzend. »Aber dann hätte sie Ihnen gleich den Namen des Medikaments sagen können. Machte sich Miss Schoff Vorwürfe wegen des Todes von Ian Miller?«, fragte er und legte nachdenklich den Kopf schief. »Das wurde von anderer Seite angedeutet.«

Agnes' Augenbrauen hoben sich vor Erstaunen. Wer konnte so einen Unsinn behaupten? Wer war diese *andere Seite*? Bernty? Oder gar – Megan?

»Wie ich Doktor Schoff kenne, ich meine kannte«, korrigierte Agnes und merkte, wie sich ihre Mundwinkel nach unten bogen, »würde sie sich wegen eines derartigen Vorfalls sicherlich nicht das Leben genommen haben.«

»Sie mochten die Verstorbene nicht besonders«, stellte Drought ganz beiläufig fest und doch eine Nuance zu schnell. Darauf hatte er gewartet. Agnes biss sich auf die Unterlippe. Worauf lief das alles hinaus?

»Ich will offen zu Ihnen sein, Inspektor«, entschied sie sich zur Offensive. »Michelle Schoff war nicht gerade meine Busenfreundin. Es wäre mir lieber gewesen, sie in London nicht anzutreffen.« Drought räusperte sich, ehe er zum nächsten Schlag ausholte.

»Man hat mir von einem peinlichen Auftritt im St. Josef Hospital erzählt. Angeblich haben Sie Ihre Kollegin geohrfeigt?« Sie schluckte. Woher wusste der Mann das alles? Hatte er mit Megan gesprochen? Sie würde doch niemals … oder doch? Wie kam er überhaupt auf die Idee, sie zu verdächtigen? Sie hatte Michelle doch bloß gefunden und den Arzt verständigt.

»Das ist etwas übertrieben.«

»Haben Sie sie geohrfeigt?«, ließ er nicht locker.

»Ich war sehr überrascht, Michelle im Hospital anzutreffen. Sie hatte immer ein paar Beleidigungen auf Lager, und ich habe mich geärgert, zugegeben.«

»Und sie geschlagen«, provoziert Drought weiter. »An Ihrer früheren Dienststelle gab es mysteriöse Todesfälle. Sie selbst waren auch involviert.«

»Ich habe sie nicht geschlagen«, wehrte sie ab, ärgerte sich über ihre glühenden Wangen. »Und: ja. Es gab in Wien Todesfälle bei *BabyStar*.«

»Hatte das etwas mit Doktor Schoff zu tun?«

Volltreffer. Ihr Kopf war wie leer gefegt. Und jetzt? Sie gab keine Antwort.

»Kann ich das als ja interpretieren?«, hakte er weiter nach.

»Nein«, begehrte Agnes gequält auf, fühlte sich wie ein Schmetterling, der aufgespießt werden sollte.

»Also nein?«

»Da gibt es keine einfache Antwort. Was fragen Sie ausgerechnet mich? Sie haben doch anscheinend alle Informationen aus Wien.«

»Ich möchte Ihre Meinung hören.«

»Michelle wurde nichts zur Last gelegt. Punkt.« Oh nein, Herr Inspektor, dachte sie panisch, sie bekommen meine Meinung nicht zu hören.

»Sie waren in einen Unfall verwickelt?«, ließ Drought nicht locker. Agnes stöhnte auf. Die Erinnerung an sich war mehr als beklemmend, doch vor einem Polizisten die Sache neuerlich auszubreiten, ging an ihre Grenzen. Ein ängstliches Vibrieren erfasste ihre Gliedmaßen, die klamme Kälte ihrer Hände wurde unerträglich.

»Der Fahrer des Jeeps, der mich und meinen Freund angefahren hatte, konnte nicht identifiziert werden«, antwortete sie so distanziert, wie sie nur konnte, rieb die Finger aneinander. »Aufgrund der aufgeblendeten Scheinwerfer war es unmöglich, jemanden zu erkennen. Meines Wissens wurde es der Fahrzeughalterin Dr. Tolf angelastet.«

»Aber Sie verdächtigten Miss Schoff«, stellte Drought mit sachlichem Ton fest. Ganz entspannt. Das hier lief nicht zu ihren Gunsten. Sie zögerte zu lange. »Also ja?«, ermunterte sie Drought.

»Nein!«, begehrte sie mit letzter Kraft auf. »Es wäre eine Möglichkeit gewesen. Dafür gab es allerdings keine Beweise.«

»Ihr Freund ist bei dem – sagen wir mal Unfall«, Droughts Stimme war emotionslos und kühl und verstärkte die innere Unruhe in ihr, »lebensgefährlich verletzt worden?«

»Er lag einige Zeit im Koma«, erwiderte sie und verbarg die zitternden Hände unter dem Tisch, »aber jetzt geht es ihm wieder gut.« Alles, was sie sagte, bestätigte seine Erwartungen. Verzweifelt kämpfte sie gegen die Enge in ihrer Brust, das Zittern, und versuchte, das überlaute Klopfen ihres Herzens auszublenden. »Er ist Rechtsanwalt bei *Tromp & Wotens*.«

»Ah ja, gute Kanzlei«, nickte Drought. »Haben Sie eine Idee, was Miss Schoff mit Ihnen hatte besprechen wollen?«

»Nein, keine Ahnung.« Ihre Lippen fühlten sich taub an beim Sprechen. Der Instinkt verbot ihr zu erwähnen, dass Michelle ihr etwas hatte schicken wollen. Womöglich eine Verbindung zu viel oder gar ein weiteres Mordmotiv. Sollte sie vom Streit zwischen Michelle und Bernty erzählen? Irgendwie musste sie sich doch verteidigen … »Vor Kurzem gab es einen Streit zwischen Michelle und Doktor Bernty. Er wollte ihr die Schuld für das Desaster beim *Ulysses*-Test zuschieben und sie hat sich dem verwehrt. Michelle wusste, dass ich das Gespräch mitangehört habe – vielleicht wollte sie mich deswegen sprechen.«

Der Inspektor hob eine Augenbraue und schob interessiert das Kinn vor. »Kann das außer Ihnen noch jemand bestätigen oder wollen Sie bloß von sich ablenken?«

»Was – nein!«

»Miss Feder, wir haben Ihre Fingerabdrücke auf der Phiole von Ulysses sowie auf der Injektionsspritze gefunden«, fuhr Drought mit demselben neutralen Tonfall fort. »Wie erklären Sie das?«

»Ich … ich …«, ihr Atem ging stoßweise, da war kein Boden mehr unter ihren Füßen, »muss die Sachen angefasst haben … beim Telefonieren.«

»Gab es jemanden hier im Haus außer Ihnen, der Frau Schoff aus irgendeinem Grund nicht mochte?«

»Keine Ahnung.« Innerlich krümmte sie sich, wollte aufspringen und davonrennen. Aber da war keine Kraft in ihren Gliedern, kein Boden, der sie tragen konnte. Alles, was für die Polizei zählte, war, einen Fall möglichst rasch abzuschließen. Das wusste sie von ihrem Ex-Freund, der ein ebensolcher Kriminalbeamter war wie dieser Drought. Erledigen und den nächsten Fall angehen. Zu viele Kriminelle für zu wenig Beamte. Es war nichts Persönliches. Wahrheit war lediglich eine Angelegenheit von Indizien und Beweisen. Für den Streit zwischen Michelle und Bernty hatte sie jedoch keinen Beweis, da stand ihr Wort gegen seins. Hatte sie sich mit ihrer Anschuldigung bloß umso verdächtiger gemacht? Ein Räuspern durchbrach das angespannte Schweigen. Helen hatte die ganze Zeit über aufmerksam zugehört und wollte jetzt mitmischen.

»Na klar, die Virginia«, rief sie zu ihnen herüber. »Ist doch tierisch eifersüchtig auf die Neue vom Bernty.« Der Inspektor drehte sich zu Helen. Interesse stand ihm offen ins Gesicht geschrieben und wirkte auf Helen wie Honig auf Bienen. Geschmeichelt von seiner Aufmerksamkeit errötete sie. Der Anblick ließ Agnes für einen Moment ihre Panik vergessen. Hatte der Inspektor die quirlige, rotzfreche Sekretärin tatsächlich mit einem Blick um den Finger gewickelt? Der Mann war ein Meister – wenn er nicht gerade unschuldige Frauen des Mordes verdächtigte.

»Sie meinen Virginia Murdoch, die Leiterin der Rechtsabteilung?«

»Klar«, grinste Helen kokett.

»Na so was«, sagte Drought und lehnte seinen Oberkörper näher in Helens Richtung, sodass es wie eine vertrauliche Geste wirkte. »Hatten die beiden was miteinander?« Verblüfft registrierte Agnes, wie der Inspektor reflexartig Sprache und Ausdruck seiner Gesprächspartnerin anpasste. Er traf genau den Ton, auf den Helen ansprang.

»Wer? Die Neue mit dem Bernty oder Virginia?«

»Erzählen Sie doch einfach, wer mit wem.« Er lächelte ihr aufmunternd zu. Agnes konnte nicht anders, als fassungslos auf Helen zu starren, der immer noch nicht aufging, dass sie gerade ihre Chefin ans Messer lieferte. Und von Agnes' Motiv ablenkte.

»Okay«, erwiderte Helen gedehnt, »Virginia hatte was mit Walter Bernty, aber das ist aus.« Helen plauderte unbefangen drauflos und zwirbelte eine blonde Locke um den Zeigefinger. »Ob da tatsächlich was zwischen ihm und der Neuen lief, weiß ich nicht genau. Jedenfalls haben sie mordsmäßig geflirtet, wobei das nach der Test-Katastrophe abrupt geendet hat.«

»Wie lange ist die Sache zwischen Miss Murdoch und Mister Bernty aus?«

»Och, vielleicht einen Monat, vielleicht schon länger; ist schwer zu sagen, im Büro haben sie sich bedeckt gehalten.« Helen lehnte sich vor, was ihr Dekolleté appetitlich in Szene setzte. »Diese Affäre war ein dauerndes Auf und Ab.«

»War wohl mehr Sex als Liebe?«, schmunzelte Drought süffisant. Mann, staunte Agnes, Helen fuhr voll auf den Typen ab, und er fragte sie mühelos bis auf das letzte Geheimnis aus.

»Bei Bernty haben Sie mit so einer Ansage immer recht«, kicherte Helen.

»Verstehe«, zwinkerte Drought. »Mister Bernty hat nicht das erste Mal eine Kollegin, ähm, beglückt?«

»Diesmal hat er vielleicht sogar mehr als nur einen schlechten Eindruck hinterlassen«, verriet Helen vielsagend. »Aber ich hab' nichts gesagt!« Drought nickte zufrieden und machte ein paar Notizen. Im Aufstehen steckte er das Büchlein weg.

»Vielen Dank, die Damen, Sie haben mir sehr geholfen. Kann sein, dass Sie in Kürze zu Niederschriften eingeladen werden.« Dann wanderte seine gebündelte Aufmerksamkeit zu Agnes zurück. »Seien Sie versichert, Miss Feder, sobald ich herausbekomme, wie Sie an die *Ulysses*-Ampulle gekommen sind, werden auch Sie mir einiges mehr erzählen.« Einen unerträglichen Moment lang bohrten sich die Indigoaugen in Agnes'. Entschlossenheit und Überzeugung fluteten sie, seine Meinung war gefasst. »Wenn Sie mich jetzt entschuldigen, wir sehen uns bestimmt bald wieder.«

Atemlos lief Agnes die Treppe hoch. Siebert war zum Termin in der Geschäftsführung, Helen hatte es bestätigt. Sie musste ihn sehen, ehe er das *SARFUR*-Gebäude wieder verließ. Auf den Lift zu warten, war ihr unmöglich gewesen. Vermutlich floss in ihren Adern pures Adrenalin, ließ ihre Glieder zucken und das Herz rasen. Im Kopf überschlugen sich die Gedanken. Bitte keine polizeilichen Ermittlungen, nicht alles noch mal, ging es gebetsmühlenartig in einem fort. In den Ohren wummerte der Herzschlag wie eine Beatmaschine. Als sie keuchend vor Berntys Büro anhielt, stand sie sekundenlang vornübergebeugt da und versuchte, sich zu fangen, die würgende Enge in ihrer Kehle loszuwerden. Ihr Atem ging so laut, dass sie die Stimmen, die durch die Tür drangen, nicht gleich zuordnen konnte.

»Juristisch ist der Fall klar, jedoch die Medien werden die Story genüßlich ausweiden«, sagte eine Frauenstimme.

»Hör zu, Walter, einer der Probanden ist gestorben«, drängte eine gepresst klingende Männerstimme. »Das allein sollte uns dazu veranlassen, im Interesse einer positiven Publicity die Familie großzügig abzufinden.« Ein missmutiges Murmeln unterbrach den Redner, der jedoch unbeeindruckt fortsetzte. »Und dann noch der Tod der Testleiterin – wirkt exakt wie ein Schuldeingeständnis.«

»So ein Unsinn«, fuhr eine andere Männerstimme dazwischen. Bernty, erkannte Agnes den Bariton sofort wieder. »Man kann vielleicht eine moralische Verantwortung in den Freitod der Frau Doktor Schoff hineindichten, aber *Ulysses* war hinreichend ausgetestet. Ich selbst habe mit dem guten alten George, Gott hab' ihn selig, die Tests ausgewertet. Das Medikament ist sensationell – ich bleibe dabei.«

»Nach all dem wagst du, so etwas zu behaupten?«,

empörte sich der andere. Es musste Kensing sein, der Finanzgeschäftsführer, überlegte Agnes.

»Doktor Bernty, die Optik ist denkbar schlecht.« Agnes merkte bei diesem weiteren Gesprächsteilnehmer auf. Die tiefe vibrierende Stimme legte sich wie Balsam auf ihr zerrüttetes Nervenkostüm. »Selbst wenn aus juristischer Sicht vorerst keine Verfehlungen von *SARFUR* nachweisbar sind.« Siebert. Souverän, selbstsicher. »Vorerst. Doktor Schoffs Selbstmord verursacht zusätzliche polizeiliche Ermittlungen und öffentliche Aufmerksamkeit.« Er klang absolut überzeugend, und in Agnes' Brust glühte Stolz auf. »Wenn Sie jetzt Geld in die Hand nehmen, kann man den Schaden begrenzen.«

»Die Immunreaktionen der Probanden waren nicht vorhersehbar«, beharrte Bernty mit zunehmend aggressivem Ton. »Alles wurde ordnungsgemäß durchgeführt, uns trifft kein Verschulden. Ein gewisses Restrisiko bleibt immer, und dafür werden Probanden fürstlich entlohnt und versichert.«

»Fürstlich?«, unterbrach Siebert. Agnes vernahm sowohl Sarkasmus als auch Ungeduld. »Ein Mann ist gestorben – für 2000 Pfund.«

»Doktor Schoff hätte die Injektionen nicht in diesem kurzen Abstand verabreichen dürfen, dann wäre nur einer der Männer erkrankt, und die Fehlerquelle hätte sogleich ausgeschaltet werden können«, blockte Bernty sofort ab. »Das Mittel ist gut, diese Antikörper arbeiten perfekt! Das Problem muss die Dosierung gewesen sein, daran arbeiten wir ab sofort. Wenn wir jetzt nachgeben, dann ist *Ulysses* gestorben und jahrelange Forschung umsonst – die Millionen, die wir investiert haben, wären verloren.« Ein Räuspern folgte, und Bernty sprach mit einer Stimme, die

Vito Corleone gerecht geworden wäre, weiter. »Ich bin dem medizinischen Fortschritt verpflichtet und nicht einer Pseudohumanität, die uns von den Medien diktiert wird – das ist mein letztes Wort.«

Die Frauenstimme murmelte einige unverständliche Worte, und dann vernahm Agnes wieder Kensings Stimme.

»Walter, deine Linie ist zu rigide. Ich stimme Mister Thals und Mrs Tromps Empfehlung zu. Wir sollten zahlen.«

»Hast du nicht zugehört, Robert?«, brauste Bernty auf. »Wir haben ein enormes Budget für *Ulysses* verbraucht, das Geld muss wieder reinkommen. Sonst sind wir pleite! Muss ich dir das erklären? *Fuck that* – schließlich bist du der Finanzgeschäftsführer!« Agnes zuckte bei der Schärfe der Worte zusammen.

»Du sagst es: Ich bin der Finanzchef«, konterte Robert Kensing. »Jeder Tag kostet 10.000 Pfund. Multipliziert mit den Jahren, die du wie verbohrt an deinem Wundermittel gearbeitet hast.« Ein abschätziges Lachen erklang. »Ob wir die Investitionen reinspielen oder nicht, ist längst nicht mehr das Thema, sondern ob wir jemals wieder einen Fuß im Markt auf den Boden kriegen.« Ohne ihn sehen zu können, war sich Agnes sicher, dass der kleine, untersetzte Geschäftsführer einen knallroten Schädel hatte und kurz vor dem arteriellen Hypertonie-Supergau stand. Jetzt schob sich Sieberts Stimme beruhigend zwischen die aufgebrachten Männer.

»Doktor Bernty, überlegen Sie doch: Der Verstorbene hinterlässt eine schwangere Frau, die obendrein noch Studentin ist. Wir könnten eine Form der Abfindung wählen, aus der sich keinerlei Schuldeingeständnis ableitet und *SARFUR Chemistries* als Wohltäterin dastehen lässt.«

»Sieh an, ein Samariter«, kam es süffisant zurück. »Aus Wien stammen Sie? Sind da neuerdings die Philanthropen daheim? Ich erkläre es Ihnen nochmals ganz langsam, falls Sie der englischen Sprache nicht ausreichend mächtig sind: Der Mann hätte sich das früher überlegen müssen, wenn er Sorge um seine Brut hatte. Die Familie kriegt sowieso ein paar 1000 Pfund aus der Versicherung. Dafür wird die nämlich abgeschlossen.«

»Das ist doch keine Frage der Berufsehre, Doktor Bernty«, versuchte Siebert einen neuerlichen Anlauf. »Sie haben es selbst gesagt, manches Mal passieren solche Dinge, das wird Ihnen niemand vorwerfen. Aber wenn es Sie schon nicht menschlich berührt, dass ein Mann wegen Ihres Medikaments gestorben ist, dann denken Sie wenigstens an das Image der Firma.« Die kurz anhaltende Stille machte Agnes Angst. Mit geschlossenen Augen erwartete sie den Sturm, der nun folgen musste, wagte nicht auszuatmen. Sie wusste nicht, woher diese Gewissheit kam, nur, dass es hässlich werden würde.

»Sie grüner Junge!«, donnerte Bernty los. »Kommen über den Kanal gepaddelt und wollen mir meinen Job erklären? Was haben Sie denn in Ihrem Leben geleistet? Ich lindere mit meiner Forschung das Leid unzähliger Menschen, heile sie von widerwärtigen Krankheiten: Leukämie, Rheuma, Multiple Sklerose, ja vielleicht Alzheimer! *Sie* wollen *mir* was von Humanität erzählen? Verlassen Sie mein Zimmer! Katreen, mit dem brauchst du hier nicht mehr antanzen. Andernfalls sehe ich mich gezwungen, eine andere Kanzlei mit unseren Angelegenheiten zu betrauen.«

»Walter, mein Freund, bitte lass' uns die Sache in Ruhe regeln«, hob die Frau flehentlich an. »Mister Thal ist, wie du richtig bemerkt hast, noch nicht sehr erfahren in diesen Angelegenheiten. Selbstverständlich agieren wir stets im Sinne unserer Klienten. Da werden wir kein Problem miteinander haben, Walter. Bitte. Du verstehst doch, dass eine gute Beratung einfach alle Möglichkeiten ansprechen muss. Das haben wir gemacht, das ist alles. Selbstverständlich unterstützt *Tromp & Wotens* deine Entscheidung, wie auch immer die aussieht.«

»Er geht oder *SAFUR* beendet die Zusammenarbeit.«

Ein paar gemurmelte Worte später, ging die Tür auf, und ein Siebert trat aus dem Zimmer, den sie kaum wiedererkannte. Hart und abweisend blickte er stur geradeaus, übersah sie. Für Sekunden erschien er ihr als Fremder. Vielleicht auch deswegen, weil ihm mit energischen Schritten eine Frau folgte, die zweifellos zu ihm gehörte. Ihr Gesichtsausdruck wäre als neutral durchgegangen, hätte Agnes nicht die verspannten Kiefermuskeln bemerkt. An der Hand, die sich jetzt auf Sieberts Schulter legte, fiel sofort der Ring auf: ein Smaragd umgeben von Diamanten, eindeutig Jugendstil. Die Frau raunte Siebert einige beruhigende Worte zu, er nickte zustimmend, wandte sich um und bemerkte dabei Agnes. Seine Gesichtszüge hellten augenblicklich auf und wurden weicher.

»Agnes, hey Schatz«, sprach er sie sofort an. »Was machst du hier oben? Ich dachte, dein Zimmer ist drei Stockwerke tiefer.«

Auch die Frau wandte sich Agnes zu, betont ruhig, schlug die perfekt geschminkten Lider auf und fixierte sie wie eine Raubkatze. Agnes erschauerte beim Zusammentreffen ihrer Blicke. Unverblümte Feindseligkeit schlug ihr entgegen, und obwohl der Blickkontakt nur einen Wimpernschlag lang dauerte, war ihr klar, dass Sieberts Chefin sie als Konkurrentin sah. Innerhalb einer Zehntelsekunde wanderte deren Blick wie ein Scanner über Agnes' Körper und hatte im Nu alle Vorzüge und Mängel erfasst. Sodann verhärtete sich der Augenausdruck und stellte auf Kampf um. Dessen ungeachtet kam Siebert sofort auf Agnes zu, küsste flüchtig ihren Mundwinkel und stellte die beiden Frauen einander vor. Katreen Tromp lächelte mit gefletschten Zähnen, als wollte sie ihr Gegenüber von ihrer Kraft überzeugen. Oh ja, die Anwältin war eine Powerfrau, das war bei Agnes angekommen. Perfekter Körper, perfekter Verstand, perfekt gekleidet, überaus höflich und schlagfertig. Eine Frau, die ihr Umfeld mit einer kleinen Geste davon überzeugte, dass ihr niemand das Wasser reichen konnte. Alle bis auf Bernty, merkte Agnes in Gedanken an.

»Wir sehen uns am Abend«, sagte Siebert mit leiser Stimme, es war ihm anzusehen, dass er keine Lust auf Small Talk hatte. »Heute wird es sicher spät.«

»Oh ja, Miss Feder«, stimmte Katreen ein. »Wie leid mir das tut, Ihren Freund derart in Beschlag nehmen zu müssen.« Sie grinste unverschämt. Agnes hob nur die Augenbraue und wandte sich Siebert zu. Ein Kuss auf den Weg, wenigstens das. Doch aus Berntys Zimmer drangen die wutentbrannten Stimmen der dort verbliebenen Geschäftsführer. Für einen Augenblick lang sahen Siebert, Katreen und Agnes zur Tür. Katreen zuckte mit den Schultern, als wäre das nicht außergewöhnlich.

»Keine Sorge. Die zwei sind wie *Tom & Jerry.*« Katreen machte eine wegwerfende Bewegung, ließ jedoch die Hand mit dem Jugendstilring auf Sieberts Schulter liegen. »Aber dieser Mann hier hat einen so hervorragenden juristischen Verstand, den lasse ich mir nicht madigmachen. Die kurze Zeit, die er bei uns verbringt, werde ich ihn hemmungslos ausnützen.« Siebert lachte geschmeichelt, und Katreen stimmte ein. Dann wandte sie sich an Agnes. »Verzeihen Sie, wir sind heute unter Termindruck, es hat mich sehr gefreut, Sie kennenzulernen.« Damit drehte sie sich um, hakte sich bei Siebert unter und schob ihn mit einem vielsagenden »Siebert?« Richtung Lift. Noch während Agnes damit beschäftigt war, die vor Verblüffung offenstehende Kinnlade zu schließen und krampfhaft eine intelligente Entgegnung in englischer Sprache zu finden, stapfte Robert Kensing gleich einem wutentbrannten Nashorn aus dem Büro. Die Anwälte nahm er kaum wahr, sondern setzte seinen Weg zum Lift fort, ohne nach links oder rechts zu sehen.

»Ich wollte dir etwas Wichtiges erzählen«, fand Agnes endlich wieder ihren Faden. »Deshalb bin ich auch heraufgekommen.«

»Siebert, ich muss Kensing im Lift erwischen«, drängte Katreen, nahm mit einem stechenden Blick auf Agnes das Duell auf. »Vielleicht kann er Bernty noch zur Vernunft bringen.« Nervös deutete sie in Richtung Lift.

»Am Abend, ja?«, rief Siebert Agnes zu, während er bereits seiner Chefin folgte.

»Natürlich«, murmelte Agnes hinterher. Dieser Punkt ging eindeutig an Katreen Tromp.

Der Fahrtwind wirbelte die Haare der beiden Freundinnen auf, und die Sonne ließ sie die Augen zusammenkneifen. Das Boot fuhr die Themse hoch, vorbei an Parlamentsgebäude und Big Ben, den Hafenbauten, Parks, unter mächtigen, manchmal knallbunt gestrichenen Brücken hindurch, begleitet von immerzu schreienden Möwen.

»Danke, Megan«, rief Agnes in den Motorlärm. »dass du dir den Nachmittag freigenommen hast.«

»Ich brauche etwas Abstand vom Hospital«, winkte Megan ab. »Dass Michelle gestorben ist, setzt mir zu.« Sie strich sich eine Haarsträhne aus dem Gesicht und legte den Kopf in den Nacken. »Und das nach allem, was sie getan hat. Ich verstehe es nicht.«

»Geht mir genauso«, erwiderte Agnes und sah nachdenklich einer Möwe nach, die scheinbar schwerelos im Wind schwebte. »Unsere Rechnung bleibt offen.« Sie wollte das leichthin sagen wie einen Scherz, aber es fühlte sich schmerzlich wahr an. Megan betrachtete stumm die vorüberziehenden Uferanlagen. Die mitfahrenden Touristen fotografierten mal die rechte, mal die linke Seite der Themse, und Agnes registrierte das Fehlen des eigenen Fotoapparates.

»Der Inspektor glaubt, es war Mord?«, unterbrach Megan die Stille zwischen ihnen.

Agnes nickte.

»Als Täterin komme ich ihm sehr gelegen. Er weiß von den Vorfällen in Wien genauso wie vom Streit in der Klinik neulich. Daraus lassen sich passende Schlussfolgerungen ziehen. Mit geschlossenen Augen hielt sie das Gesicht in den Fahrtwind, fühlte die Kälte der aufsteigenden Angst im Widerstreit mit der Wärme der Sonne. »Bloß wird er niemals klären können, wie ich an das Medikament gekommen sein soll.«

»Hast du Zugang zu den Labors?«, fragte Megan.

»Natürlich nicht«, erwiderte Agnes, ohne die Augen zu öffnen oder sich auch nur umzusehen. »Ich hätte *Ulysses* zufällig auf Michelles Schreibtisch finden müssen.«

»So war es letztendlich auch«, sinnierte Megan. »Kannst

du dir vorstellen, dass Michelle sich freiwillig *Ulysses* spritzt, wo sie ganz genau dessen Wirkung kannte?«

»Schuldgefühle können wir jedenfalls ausschließen«, überlegte Agnes laut.

»Ihre Reputation«, gab Megan zu bedenken. »Sie wollte eine Professur in Oxford.«

»Dafür hätte sie jemand anders getötet, nicht sich selbst.«

»Du bist voreingenommen, Agnes.«

»Ich?«, tat Agnes überrascht. »Wieso bloß? Oh ja, jetzt fällt's mir wieder ein: Sie wollte mich vor vier Monaten umbringen. Und heute stehe ich wegen ihr unter Mordverdacht.« Ihr Lachen schmeckte sogar für sie selbst nach Selbstmitleid.

»Du hast mal erzählt, dass Michelles Verhältnis zu ihrer Mutter problematisch war.«

»Na und?«, Agnes war auf der Palme und hatte nicht die Absicht, wieder runterzukommen. Konnte Megan nicht kapieren, was für eine Teufelin Michelle gewesen war, dass diese Frau selbst aus dem Grab heraus noch ihr Leben zerstören konnte? »Würden alle Menschen mit einer problematischen Mutterbeziehung Mörder werden, gäbe es keine Überbevölkerung.«

»Sie ist tot.«

»Ich. Weiß.« Wut kochte in ihrem Bauch.

»Es war ein grausiger Tod«, ergänzte Megan.

»Ich war dabei«, entgegnete Agnes scharf, hasste Michelle noch mal so sehr dafür, dass sie nun Mitleid mit ihr haben sollte. »Schrecklich. Ja, wirklich.« Und ich habe ihr den Tod gewünscht, meldete sich ihr schlechtes Gewissen mit einer Vehemenz, die einem Schlag in den Magen gleichkam. Wenn Gedanken töten … *Verzeih mir* – Michelles letzte Worte.

»Du lässt aber auch gar nichts gelten«, erwiderte Megan trotzig.

»Findest du?« Zorn verdrängte endlich die Schuldgefühle. Megan, Michelle, *BabyStar*, das Gift. Auf wessen Seite stand Megan eigentlich? »Du scheinst ja nicht so voreingenommen zu sein wie ich: Also, von wem wusste der Inspektor von dem Streit in der Klinik? Vielleicht erzählst du mir mal von deiner Beziehung zu Michelle.«

»Welche Beziehung?«, blockte Megan ab und kniff im nächsten Moment die Augen zusammen. »Da ist doch was. Immer machst du diese Anspielungen.«

»Irgendwann muss es wohl raus, warum nicht jetzt«, fauchte Agnes ihre Freundin an. »Ich trage seit Monaten ein Bild in meinem Kopf herum. Ein Bild, das ich von Michelle übermittelt bekommen habe – damals, als diese Verbindung zwischen uns entstand, und ich ihre Erinnerungen sehen konnte. Du hast ihr das Gift übergeben. Das Gift, das sie mir in den Zucker gemischt hat. Du hast sie dabei angeschaut, als wäre sie eine gute Freundin, als würdest du ihr gern zur Hand gehen.« Herausfordernd schaute sie Megan geradewegs in die Augen. »Erinnerst du dich daran?«

Megan starrte Agnes eine Sekunde lang an, dann wandte sie sich ab. Das Boot legte eben an einem Steg an. *Kew Pier* war das Ziel ihrer Fahrt. Ohne weitere Worte verließen sie den Kahn, ließen sich vom Touristenstrom zur Parkanlage treiben, bezahlten am Tor jeder 16 Pfund und folgten einem der Spazierwege in Richtung Palmenhaus und Rosengarten. Agnes' Vorwurf schwelte während der ganzen Zeit zwischen ihnen, weder die üppigen Beete noch der Rosenduft konnten daran etwas ändern.

»Soll ich dir den Korb abnehmen?«, fragte Megan schließlich.

»Es geht schon.«

Wieder entstand eine beklemmende Pause. Megan überwand sich neuerlich, Agnes fühlte ihre Hemmung zu sprechen und die Sorge, die auf ihrer Freundin lastete.

»Pass auf, ich will dir alles erzählen«, begann Megan. »Wir suchen uns einen schönen Platz zum Hinsetzen, und dann können wir reden.«

»Gut.« Mehr konnte Agnes nicht sagen, viel zu zerrissen war sie von den widerstreitenden Gefühlen in ihrer Brust. Sie gingen noch ein Stück, bis ein weitläufiger Rasen hinter dem prunkvollen Gewächshaus zum Ausruhen einlud. Zwischen Rosenbüschen breiteten sie ihre Decke aus, und während Agnes einen Schmetterling mit der Handycam fotografierte, öffnete Megan eine Flasche Wein. Agnes ließ die entspannende Wirkung der ätherischen Düfte ringsum zu, brauchte deren Trost. Das, was jetzt zur Sprache kommen würde, bedeutete möglicherweise das Ende ihrer Freundschaft zu Megan. Dennoch brauchte sie Gewissheit. Megan hielt ihr ein Weinglas hin, dessen goldener Inhalt im Sonnenlicht funkelte.

»Cheers.«

»Cheers.«

Die Gläser erklangen hell beim Anstoßen.

»Beerenauslese«, nickte Agnes anerkennend, genoss den fruchtig-süßen Geschmack des Weins.

»Aus dem Burgenland. Ist leider meine letzte Flasche.«

Süß wie eine zartbittere Praline. Agnes hatte mit einem Mal Heimweh nach ihrem Haus am Riederberg, nach ihrem Vater, nach Theres und Wien.

»Du denkst an daheim, stimmt's?«, unterbrach Megan den Gedankenfluss. Agnes nickte. »Tut mir leid, wenn der Wein daran schuld ist.«

»Ach was«, winkte Agnes ab und fühlte die Wirkung des Alkohols in ihrem Körper. Träge ließen sie sich zurücksinken und hielten die Gesichter dem Himmel entgegen. Der Rosenstrauch warf ausreichend Schatten, um die Sommerhitze ertragen zu können, und der Rasen fühlte sich beinahe kühl an. Hier auf der Erde liegend beruhigten sich die Emotionen in Agnes' Brust.

»Die letzten Tage«, hörte sie sich sagen, »ist mir alles zu viel geworden. Ich weiß nicht, ob ich nochmals polizeiliche Ermittlungen ertragen kann.« Mit dem Handrücken wischte sie eine Mücke von der Stirn. »Wegen Mordes …«, es traf sie unvermittelt die geballte Bedeutung dieses einen Wortes, »… verdammt nochmal!« Der Brustkorb ließ sich kaum noch zum Einatmen dehnen, als läge ein Felsbrocken auf ihm. Megan sagte nichts. Das Schweigen zwischen ihnen wurde undurchdringlich. Die mit Gurken, Käse, Schinken und Salat gefüllten Bagels dufteten verführerisch, aber keine griff zu. Indes wurden erste Fliegen vom Fleischgeruch angelockt und zogen brummend Kreise.

»Du wolltest etwas von mir wissen«, fing Megan schließlich an, setzte sich auf und verjagte ein Insekt. »Was ich dir jetzt sage, ist die Wahrheit. Sieh' mir die ganze Zeit über in die Augen, damit du sicher sein kannst.« Megan wandte sich vollends Agnes zu, die ihr widerwillig den Kopf zudrehte. »Du darfst es niemandem erzählen, klar?« Es kostete Überwindung, ihrer Freundin in die Augen zu sehen. Sofort setzte der Strom von Megans Emotionen ein, drang in ihre Brust, füllte sie mit Scham und Unsicherheit. Megan atmete einmal tief durch, presste kurz die Lippen aufeinander und schluckte.

»Ich habe dir nicht die ganze Wahrheit über meinen Wechsel von London nach Wien zu *BabyStar* erzählt.

Walter Bernty war der Grund: Dieser Mann ist machtgeil. Macht über Menschen, insbesondere Frauen. Sein liebstes Hobby ist das Ausspionieren seines Umfelds.«

»Was hat das mit Michelle zu tun?«, unterbrach Agnes gereizt. Wollte Megan allen Ernstes Bernty für ihre Taten verantwortlich mache?

»Hör mir zu«, verlangte Megan nicht minder barsch. Ihre Gesichtsmuskeln waren angespannt, alles Blut schien aus Wangen und Lippen gewichen. »Er wusste alles über Larry: Dass er im nordirischen Widerstand aktiv war, dass er synthetische Drogen hergestellt hatte, um Geld aufzustellen …«

»Was?«, keuchte Agnes auf, fassungslos über das, was sie da hörte, »Du warst mit einem Drogendealer zusammen – und Terroristen? Bist du verrückt?« Für einen Moment senkte Megan die Lider und unterbrach den Augenkontakt. Sie schluckte schwer, rieb sich die Stirn, seufzte.

»Das wusste ich am Anfang doch nicht. Außerdem hatte Larry damit längst aufgehört, er hat sich geändert. Jetzt hat er ein neues Leben. Damals war er Student, ein talentierter Chemiker und ziemlich radikalisiert. So ist er nicht mehr«, ihre Handflächen richteten sich beschwörend auf Agnes. »Sein Cateringunternehmen geht fantastisch und Larry hat mit der Vergangenheit komplett abgeschlossen.«

»Na, da gratuliere ich«, konnte sich Agnes ihren Sarkasmus nicht verkneifen. »Chemiker können übrigens prima Bomben basteln. Falls das Catering nicht läuft …«

»Alles klar. Genau deswegen habe ich es dir nicht erzählt.« Unüberhörbar schwangen Kränkung und Enttäuschung in Megans Stimme. Die verschränkten Arme auf den Knien starrte Megan über die Wiese, weigerte sich, weiterzusprechen. Während Agnes ihre Freundin von der

Seite betrachtete, übermannte sie Bedauern. Schäbig war das eben von ihr gewesen. Freunde sollten nicht zynisch sein, keinesfalls bei großen Geständnissen.

»Entschuldige«, gab sich Agnes Mühe, den Fehler gut zu machen. »Ein Urteil steht mir nicht zu.« Es dauerte eine Weile, ehe Megan erneut Luft holte und einen neuen Anlauf nahm.

»Bernty hatte mich in der Hand, drohte, Larrys Vergangenheit auffliegen zu lassen. Es waren anfangs nur Kleinigkeiten, die er verlangte, ich musste ihn über die Kollegen am Laufenden halten, ein Auge darauf haben, wer von den Spitzenleuten wechseln wollte, etwas Unerlaubtes tat. Solche Dinge.«

»Du warst sein Spitzel.«

»Ja«, gab Megan zu. »Er machte mich zur Komplizin seiner kleinen Erpressungen, verlangte Gefälligkeiten – körperlich ...« Der Satz brach wie ihr Blick. Agnes atmete durch. Genug an Demütigung war ihr durch den Kontakt zugeflossen, hatte ihr den Boden unter den Füßen weggerissen. Ihre Hand tastete nach Gras und Erde, wollte nicht verloren gehen in den fremden Emotionen.

»Keine Details nötig, Megan«, versicherte sie ihrer Freundin und fühlte sich unendlich linkisch dabei.

»Ich habe es niemanden erzählt, auch nicht Larry«, erwiderte Megan leise. »Es ist doch nicht Untreue, oder?« Ein verzweifelter Blick traf Agnes, ließ sie zusammenzucken.

»Megan, Liebes«, antwortete Agnes vorsichtig, streichelte über den gebeugten Rücken der anderen, immer darauf bedacht, nicht die bloße Haut zu berühren, wollte keinesfalls Bilder zu dem eben Gehörten empfangen. »Bernty hat dich missbraucht, du trägst keine Schuld. Hörst du?«

Die Träne, die mit zäher Trägheit über Megans Wange lief, schimmerte dunkel. »Du wolltest Larry schützen, das kann dir keiner zum Vorwurf machen.« Megan nickte vollkommen in sich zurückgezogen. Agnes ließ ihr die Zeit, die sie brauchte, schenkte Wein nach und starrte mit Megan gemeinsam in die Weite des Parks. Als Megan fortfuhr zu sprechen, war das Meiste an Wut und Ekel abgeebbt.

»Zuletzt bekam ich den Auftrag, nach Wien zu gehen und Karin Tolf für *SARFUR* abzuwerben. Die wollte wegen ihrem Mann nicht. Ich sollte etwas finden, das sie umstimmen könnte.«

»Also hast du herausgefunden, dass Tolf In-vitro-Embryonen für ihre Forschung abzweigt?« Megan nickte. »Du hast mich komplett belogen«, fasste Agnes zusammen. »Die ganze Zeit.« Ein flehentlicher Blick zuckte über Megans Gesicht, verwandelte sich in Resignation.

»Wahrscheinlich war ich es, die Dr. Wach auf den Embryomissbrauch aufmerksam gemacht hat«, vervollständigte sie das Geständnis.

»… und die Mordserie in Gang setzte«, ergänzte Agnes.

»Larry hat mit mir vor Wien Schluss gemacht. Ich hatte ihm erzählt, womit Bernty mich erpresst.«

»Was hat dieser Arsch gemacht?« Agnes schnappte fassungslos nach Luft.

»Er wollte mich damit schützen!«, verteidigte Megan ihren Freund. Agnes verkniff sich eine weitere Bemerkung über Larry. Der Typ war einfach das Letzte. »Ich bin zwar nach Wien gegangen und habe Bernty mit Informationen versorgt, aber ich konnte mich befreien, habe gekündigt. Michelle wollte von mir eine Empfehlung für *SARFUR*, was ich abgelehnt habe. Sie hat es alleine hierher geschafft. Nachdem Karin Tolf unter Mordverdacht gestanden hat, wollte sie keiner mehr haben; und der Weg war frei für Michelle.«

»Prima«, zischte Agnes wütend, »Michelles Plan ist voll aufgegangen. Verbrechen scheint sich zu lohnen.« Der Zynismus ihrer Worte konnte ihr nicht über die Beklemmung hinweg helfen, die sie befiel. Es gab nur noch eine letzte Frage, die gestellt werden musste. Einen Schluck Wein entfernt.

»Was war mit dem Gift?«, fragte Agnes schließlich und leerte das Glas in einem Zug. Megan hielt ihrem Blick stand.

»Michelle hatte mich damals gebeten, das Acrylamid vorbeizubringen«, antwortete Megan, ohne zu blinzeln. »Das war nicht ungewöhnlich, schließlich habe ich die Apotheke verwaltet. Sie lachte, und ich musste reflexartig lächeln. Das ist alles. So kamen meine Fingerabdrücke auf den Behälter und ich unter Mordverdacht.«

»Sie brauchte bloß noch ihre eigenen Fingerabdrücke abwischen«, ergänzte Agnes, hielt den Blickkontakt nach wie vor aufrecht. Wie auf einer Brücke wanderten Misstrauen, Bedauern, Trauer und Abscheu ungehindert von einer zur anderen.

»Wir waren im Labor – Michelle hatte Einweghandschuhe an«, korrigierte Megan. In Agnes' Gefühlscocktail war der Misstrauensanteil erheblich gesunken, wenngleich ein bitterer Nachgeschmack zurückgeblieben war. Vielleicht lag dies nicht einmal an Megan speziell, sondern vielmehr an der Menschheit an sich. »Okay?«, fragte Megan verunsichert nach, und ihre Augenlider schlugen einen Tick schneller als zuvor. Agnes verlor den Kontakt und atmete aus. Wie konnte irgendetwas in dieser Welt jemals wieder *okay* sein?

Der Wecker am Nachtkästchen zeigte halb elf Uhr. Im Zimmer war es dunkel, nur die Straßenbeleuchtung und der Mond spendeten kühles Licht. Agnes lag auf dem Bett und wartete auf Sieberts Heimkehr. Ihr Buch hatte sie beiseitegelegt, das Licht ausgemacht, um beim Anblick des Nachthimmels zu entspannen. Doch immerzu zogen Bilder durch ihren Kopf. Mal versuchte sie, Michelles entstelltes Gesicht zu verdrängen, mal stand Nancy weinend vor ihr. Nichts als Tod und Verzweiflung.

Bewusst lenkte sie ihre Gedanken zu Siebert. Er war ihr Fels in der Brandung. Ohne ihn hätte sie diesen neuerlichen Ansturm an Tragödien nicht überstanden. Wie leicht es war, sein Lächeln zu imaginieren, das spöttische Zwinkern seiner Augen, wenn er sie neckte. Bald würde er bei ihr liegen, sie mit kräftigen Arme einhüllen, ihr die Illusion schenken, die Welt sei in Ordnung. Von wegen, blitzte ein Gedanken in ihrem Kopf auf, Katreen Tromp machte mit Sicherheit ebenfalls Überstunden!

»Zicke«, presste Agnes durch zusammengebissene Zähne. Wenn es bloß so wäre … Unglücklicherweise war Katreen eine ausnehmend attraktive Erscheinung, gebildet und in der besten Gesellschaft zu Hause.

Du bist eifersüchtig.

Aber warum? Weil Katreen gut aussah? Den ganzen Tag mit Siebert zusammen war? Tatsächlich hatte er zuvor nie erwähnt, wie attraktiv seine Chefin war. Oder gar den Umstand, dass sie ganz offensichtlich mehr als nur den Juristen in ihm schätzte.

Eindeutig Eifersucht, analysierte Agnes kühl, fortgeschrittenes Stadium, das ist unter deiner Würde, Agnes Feder. Die peinigenden Gedanken ließen sich mit therapeutischer Finesse nicht abstellen. Katreen war einfach perfekt, weit entfernt von Mord und Intrige, eine erfolgreiche Rechtsanwältin, mit beiden Füßen in der Geschäftswelt. Nicht wie diese Agnes Feder, Möchtegern-Hexe und Seelenkrüppel. Jetzt stiegen ihr auch noch Tränen in die Augen – ein Anfall von Selbstmitleid, großartig! Denk logisch, Agnes, rief sie sich zur Raison: Gut, es war offensichtlich, dass Katreen gern ihren Siebert vernascht hätte, aber das war kein Grund zur Panik, zum Vernaschen gehörten immer noch zwei. Schließlich war zwischen Siebert und ihr alles bestens. *Oder etwa nicht?*, ließ die Verunsicherung fragen.

Die Hand fasste instinktiv zum Medaillon zwischen ihren Brüsten. Das war ihr neues Leben: übersinnliche Wahrnehmungen und Siebert. War das miteinander vereinbar? Würde er damit klarkommen, dass sie von früheren Leben träumte, Kerzenkreissitzungen abhielt, Kräuter mischte, Gefühle und Erinnerungen las … anders war?

Er ist selbst ein Meister von Valun.

Bestens, dann müsste Siebert dafür Verständnis entwickeln können, früher oder später, fasste Agnes Hoffnung.

Wenn er jedoch diesen Teil seiner Seele fürchtet und verleugnet? Dann wird er deine Gegenwart bald nicht mehr ertragen können. Zumal um dich herum dauernd Leute sterben. Es ist nicht normal.

Mit wem unterhielt sie sich da, verdammt noch mal? Da war eine Stimme in ihrem Kopf! Der Verstand? Ein Teufelchen? Wohl eher Wahnsinn. Von innerer Unruhe getrieben sprang sie aus dem Bett, lief ins Bad, um sich kaltes Wasser ins Gesicht zu spritzen.

»Ich halte diesen übersinnlichen Mist ja selbst kaum aus«, gestand sie ihrem Spiegelbild und beobachtete die Wassertropfen, die über Stirn, Wangen, Lippen, Kinn und Hals glitten.

Eben.

Zurück im Bett versuchte sie, sich auf ein Buch zu konzentrieren, sah jedoch alle zwei Minuten auf die Uhr. Er arbeitet … mit Katreen … die halbe Nacht.

Sie ist völlig normal, unkompliziert, frei von der Wahnvorstellung, eine Hexe zu sein … du hingegen …

»Stopp! DAS ist nicht normal, dass ich einen inneren Dialog führe.«

Selbst das Schweigen der Stimmen schien bedeutungsvoll, jetzt, wo das Gift der Eifersucht erst mal verspritzt war. War wenigstens der Schlaf ihr Freund?

Der alte Apfelschimmel stand vor dem Tor. Theodor prüfte den Sattelgurt und klopfte auf das mächtige Hinterteil des Pferdes. Einige Bremsen stoben davon, kehrten aber binnen Kurzem wieder zurück. Das Pferd zuckte mit dem Hinterlauf und schüttelte seine Mähne.

»Ist schon gut, Dora, wenn du dich bewegst, werden sie dich nicht mehr ärgern.«

Die Antwort war ein Schnauben, und Theodor ging zurück zum Haus. Violet trat eben mit einem Bündel am Arm heraus. Ins Haus rief sie Brit Worte des Abschieds zu, dann wandte sie ihre ganze Aufmerksamkeit auf Theodor.

»Ich gehe nicht gern, Liebster.«

»Und ich lasse dich nicht gerne fort. Jede Minute ohne dich ist verloren, die Nächte werden einsam sein.«

»Ach Theodor!«, sie hing an seinem Hals und küsste ihn überschwänglich. »Ich wünschte, ich wäre schon wieder zurück. Unmöglich kann ich meine Mutter zurückweisen, wenn sie nach mir verlangt. Nicht nach dem Aufruhr, den unsere Heirat verursacht hat. Dies ist eine schicksalshafte Gelegenheit, Frieden mit meinen Eltern zu schließen.«

»Natürlich, das verstehe ich.«

»Kann ich dich nicht doch noch umstimmen? Bleibst du wirklich hier?«

»Ich bin im Hause deines Vaters nicht erwünscht, das hat er mir deutlich zu verstehen gegeben.« Er hielt ihre Taille umfangen und drückte einen Kuss auf ihr Haar. »Es grenzt an ein Wunder, dass er dich kommen lässt. Deine Mutter muss dem Tod nahe sein.« Violet hörte den Ernst aus seinen Worten heraus und fühlte die bestätigende Enge in ihrer Brust.

»Dieselbe Sorge quält mich, seit mich Vaters Nachricht erreichte«, gestand sie und verzog den Mund bei dem Versuch, das Beben ihrer Lippen zu unterdrücken. »Selbst Onkel Titus konnte nichts gegen das schleichende Fieber ausrichten. Mein Kommen scheint die letzte verzweifelte Hoffnung auf Rettung zu sein.« Sie lehnte ihren Kopf gegen die Schulter ihres Gemahls, gab sich dem Trost seiner Umarmung und dem vertrauten Wacholderholzduft seiner Haut hin. Trotz aller Sorge um die Mutter fiel es ihr schwer, den Liebsten zurückzulassen.

»Die Pflanzengeister werden dir zur Seite stehen«, bestärkte sie indes Theodor. »Denke an die Weide, dort, wo die Göttin von der kalten Erde zum Licht aufsteigt. Viele Menschen leiden dieser Tage an dem Fieber, der Leib muss gestärkt werden, mit allen Mitteln, nur kein Aderlass, hörst du?«

Violet hob ihr Haupt und strich über die Sorgenfalten, die sie auf Theodors Stirn entdeckt hatte. Die Epidemie hatte seit Wochen die umliegenden Dörfer fest in ihrem Griff. Viele waren gestorben, die Überlebenden hatte die

Krankheit nachhaltig geschwächt. Überall fehlte es an Arbeitskräften, die Felder standen in voller Reife, konnten jedoch nur nachlässig abgeerntet werden.

»Bleiben wir verschont?«, flüsterte sie.

»Ja, dafür ist gesorgt. *Mother Elder* wird über uns wachen«, sagte er aus tiefster Überzeugung und wies auf den imposanten Holunder nahe dem Haus. »Ich habe ihr von meinem Blut geopfert, zudem Milch für die Ahnen vergossen, auch sie sind besänftigt. Iss' du nur täglich von dem Hollermus, dann kann dir nichts geschehen.«

Gemeinsam gingen sie den Weg zum Tor. Theodors Arm ruhte auf der Schulter seines Eheweibs, das er liebevoll an sich drückte. Die Stute hatte unterdessen geduldig gewartet und zupfte einige Löwenzahnblätter vom Wegrand. Theodor seufzte, befestigte Violets Bündel am Sattel und umfasste danach die Taille seiner Frau, um sie hinaufzuheben. Mit einer kleinen Handbewegung gebot sie ihm Einhalt.

»Liebster, etwas liegt mir am Herzen …«, sie zögerte. Es fiel nicht leicht, davon anzufangen. Doch war dies die erste Trennung seit ihrer Vermählung, mit einem Geheimnis im Herzen wollte sie Theodor nicht zurücklassen. »Seit mehr als einem Jahr sind wir Mann und Frau.« Scham nahm ihr den Mut, weiterzusprechen. Theodor drückte aufmunternd ihre Hand. Violet seufzte und senkte den Blick. »Und doch wurde mein Schoß mit keinem Kind gesegnet.«

»Ach Violet«, seufzte Theodor und zog die Liebste an seine Brust, die geborgen in seinen Armen ihren ganzen Mut sammelte.

»Ich fürchte, Gott will mich bestrafen, weil ich neben ihm auch die Göttin ehre.« Die Worte waren ausgesprochen, geflüstert zwar, aber sie hatte es gewagt. Es schauderte sie bei dem Gedanken, ihre Zweifel könnten ihren Gemahl enttäuschen. Doch dieser zog sie bloß noch enger an sich, umarmte den zarten Leib, den er so liebte. Dann schob er Violet wieder ein Stück von sich, sodass sie einander in die Augen sehen konnten.

»Alles kommt zu seiner Zeit. Du bist nicht unfruchtbar, ganz gewiss nicht. Gott ist weder rachsüchtig noch kümmert es ihn einen Deut, in welcher Art du der göttlichen Einheit dienst. Das wollen uns bloß die Pfaffen einreden, damit sie Macht über uns haben. Ehrst du *Mother Elder*, die Große Mutter, so ehrst du einen Teil von dem alles in sich tragenden Gott. Alles ist miteinander vermählt. Es verhielte sich nicht anders, wenn du inbrünstig zu einem Heiligen oder der Jungfrau Maria beten würdest. Lediglich Namen wurden ausgewechselt, nicht die Kraft, der wir Suchenden begegnen wollen.« Jetzt wurde sein Ausdruck ganz weich, und ein Lächeln spielte um seine Mundwinkel. »Sei versichert, kaum jemand hat so viel göttliche Liebe im Herzen wie du, Liebste. Die Große Mutter liebt dich, egal, was dir die Menschen antun werden. Noch ehe der Herbst alle Blätter verabschiedet hat, wird dein Leib eine neue Seele empfangen haben.« Theodors Mundwinkel zogen sich zu einem spitzbübischen Grinsen auseinander. »Ich werde eine Bank zum Holunder stellen, dort wollen wir gemeinsam abends den Dingen ihren Lauf lassen.« Violets Wangen hatten sich längst rosa gefärbt und in ihren Augen glänzte Zuversicht und Vorfreude. Den ganzen langen Weg bis zu ihrem Elternhaus wollte sie an seine Worte denken und sich ausmalen, wie sie einander unter dem Hollerbusch in den Armen lagen. Würde sie es merken, wenn eine Seele ihren Schoß bezog? Noch ein letzter Kuss, und Theodor hob sie auf Dora. Lange blickte Violet zu Theodor zurück, ihr gemeinsames Haus, ihr Land. Als er schließlich hinter der Wegbiegung verschwand, hatte sie Tränen in den Augen. Es dauerte nicht lange, bis jener Diener aus dem Hause Huntington auf sie stieß, der ihr zum Geleitschutz entgegengeschickt worden war. Am späten Nachmittag tauchte endlich das Elternhaus vor ihnen auf. Dessen steinerne Mauern waren unverändert abweisend, wenngleich sie Sicherheit verhießen. Es roch nach den Stallungen, und ein prächtiger Rappe querte den Weg, vom Knecht am Halfter geführt. Also war der Vater daheim. Mit ängstlichem Herzen näherte sie sich dem Portal.

Würde er sie empfangen?

Messingbeschläge glänzten in der späten Sonne. Violet zögerte kurz, bevor sie an die Tür klopfte. Lange war nichts aus dem Inneren zu vernehmen, und als sich endlich die Pforte für sie öffnete, wehte ihr ein eisig modriger Geruch entgegen. Die alte Magd, von den Jahren der Arbeit gebeugt, die Haube tief in die Stirn gezogen, stand vor ihr.

»Willkommen, Mistress Huntington. Wie schön, dass Ihr wieder zu Hause seid!«

»Lissy, ich heiße jetzt Wistlegreen.«

»Oh!«, zuckte die Alte zusammen, »Verzeiht mir – das war keine böse Absicht. Allein, hier spricht niemand diesen Namen aus, und ich habe vergessen …«, hilflos hielt die Alte die Hände vor den Mund.

»Schon gut, Lissy. Ich freue mich, dich wohlauf zu sehen.« Violet machte den Schritt über die Schwelle und sah sich um. »Wo ist meine Mutter? Oben in ihrem Gemach?«

»So ist es, junge Herrin. Seit Tagen schon hat Mylady das Bett nicht verlassen können. Wappnet Euch vor Myladys Anblick, es ist …«, doch weiter konnte die gute Lissy nicht sprechen. Tränen füllten die alten Augen.

»Verschwenden wir keine kostbare Zeit.« Violet drängte sich an Lissy vorbei, versuchte, ihre Angst in Tatendrang umzuwandeln. Kurz vor der Treppe hielt sie abrupt inne. Erneut wandte sie sich der Magd zu. »Empfängt mein Vater Besuch«, fragte sie zögerlich, »ist er zugegen?« Das betretene Gesicht Lissys sprach für sich. Verlegen rang die Frau um passende Worte, die ihr nicht einfallen wollten. »Schon gut, Lissy. Ich denke, ich weiß Bescheid. Führe mich zu Mylady und bleibe an meiner Seite. Vielleicht brauche ich dich.«

Sie stiegen langsam die Treppe hinauf, dem schleppenden Gang von Lissy angepasst. Der modrige Geruch wurde stärker, verdichtete sich zu einem bestialischen Gestank, kaum dass Lissy die Tür zu Amanda Huntingtons Zimmer aufgestoßen hatte.

»Großer Gott!«, stieß Violet beim Anblick, der sich ihr bot, entsetzt aus. Instinktiv zog sie ein parfümiertes Tuch vor Mund und Nase. Lavendelduft legte sich erlösend über die Nasenwände. »Was habt ihr Mutter angetan?« Der reglose Körper ihrer Mutter wirkte in dem riesigen Bett verloren. Amanda Huntingtons Augen waren dunkel umschattet und lagen tief in den Höhlen. Die Haut aschfahl, die einst vollen Lippen vor Blässe kaum auszumachen, wirkte die Frau mehr tot als lebendig. Noch ehe Violet ans Bett eilte, riss sie die Fenster auf und ließ frische Luft herein. Befreit atmete sie durch, ehe sie sich wieder der Kranken zuwandte. Ihr Blick wanderte durch den Raum, während ihr Verstand auf Hochtouren arbeitete.

»Lissy, du nimmst augenblicklich die Leibschüssel hinaus«, entschied sie brüsk. »Sorge künftig dafür, dass diese regelmäßig entleert wird. Bringe hernach frische Bettwäsche und Brennholz. Wir machen ein Feuer im Kamin.

Der Köchin sage, wir brauchen Fleischbrühe. Wenn keine bereit ist, dann soll sie schleunigst welche machen. Und warmen Wein mit Honig. Schicke jemanden mit heißem Wasser und Seife herauf. Und das hier …«, sie wies auf die Utensilien des letzen Aderlasses, »… das nimmst du sofort weg. Keine weiteren Aderlässe mehr.« Lissy starrte Violet an und rührte sich nicht. Violet klatschte in die Hände, um die Erstarrung der Magd zu lösen. »Nun geh schon. Leibschüssel, Bettwäsche, Brennholz, Fleischbrühe, Wein, Wasser und Seife.« Endlich kam Leben in die Dienerin. Sie packte die Leibschüssel, eilte aus dem Zimmer, und Violet hörte sie die sieben Aufträge stetig wiederholen.

Nun erst setzte sich Violet an das Bett. Die leichte Erschütterung ließ Amanda die Augen aufschlagen. Dunkel und glasig stierte sie ihre Tochter an, ohne sie zu erkennen.

»Angus, bist du es? Wusste ich doch, dass du zu mir zurückkehren würdest. Es ist dein Kind, das in meinem Schoß wächst. Du bist mein erster und einziger Mann gewesen, wie konntest du nur daran zweifeln, der Vater zu sein?«

Die knochige Hand griff nach Violet, die vor der Berührung zurückschrak. Sprach die Mutter im Fieberwahn? Es gab nur einen Angus in ihren Kreisen, Angus Redhurst, der beinahe ihr Schwiegervater geworden wäre.

»Du erwartest ein Kind?«, fragte sie unsicher. Sie griff nach der Stirn der Kranken, fühlte mit Sorge die Glut und den Schweiß darauf.

»Das weiß du doch, mein Geliebter. Du warst es doch, dem ich die Blüte meiner Unschuld geschenkt habe. Wie konntest du das vergessen? Sage mir, dass du gekommen bist, weil du um mich freien willst. Dann muss ich Antonius zu guter Letzt doch nicht ehelichen …« Ihre Sprache wurde undeutlich, ein heiseres Murmeln war alles, was Violet noch vernehmen konnte. War es möglich, dass Amanda die Ehe mit Antonius schwanger eingegangen war? Und zudem nicht Antonius, sondern Angus ihr leiblicher Vater, war – sie also, wäre Theodor nicht gewesen, ihren Halbbruder geehelicht hätte?

Ein neuer Gedanke ließ einen ängstlichen Schauer über ihren Rücken kriechen. Was, wenn Vater die Fieberfantasien seiner Gemahlin gehört hatte? Violet jedenfalls wollte nichts dergleichen mehr vernehmen.

»Mutter, ich bin es, Violet, deine Tochter. Ich bin gekommen, um dich zu pflegen. Du hast nach mir verlangt, erinnerst du dich?«

Doch ihre Worte erreichten die Frau nicht. Unruhig bewegten sich die Augäpfel hinter den Lidern, und ihr fauliger Atem ging stoßweise. Violet erkannte alle Symptome des grassierenden Fiebers: Schweiß, rasender Puls, hohes Fieber, dazu Kurzatmigkeit, was auf eine Erkrankung der Lungen hinwies. Das Knarren der Tür schreckte Violet aus ihren Überlegungen.

Lissy trat ein, beladen mit Brennholz, gefolgt von einem Mädchen, welches einen Kessel mit dampfendem Wasser trug. Während Lissy das Feuer im Kamin entfachte, richtete Violet die Waschschüssel, damit das Mädchen Wasser eingießen konnte. Hernach befahl sie ihr, die Läden und Fenster zu schließen und den Wein zu bringen. Die Kerze nächst dem Bett wurde entzündet, und mit Lissys Hilfe richtete Violet die Kranke auf. Die Reinigung des ausgemergelten Körpers brauchte länger, als erwartet. Wie eine schlaffe Puppe ließ Amanda die Prozedur über sich ergehen. Schlussendlich streiften sie ihr ein frisches Hemd über.

Rasch wechselten Lissy und das Mädchen die Bettwäsche, während Violet die Mutter im Arm hielt. »Geht jetzt«, befahl Violet, »bringt die Suppe.«

»Mutter«, flüsterte sie, kaum dass sich die Tür hinter den Dienstboten geschlossen hatte, »wir werden die Krankheit gemeinsam vertreiben. Vertraue auf Gott und die Kraft, die er seinen pflanzlichen Geschöpfen geschenkt hat. Vertraue auf mich.« Aus ihrem Beutel zog sie eine Flasche Kräutertinktur, von der sie einige Tropfen dem Wein hinzufügte. Ein würziger Geruch entfaltete sich, für Violet der Duft ihrer Wiesen und Hügel, die sie in der Sommersonne durchwandert hatte auf der Suche nach heilkräftigen Pflanzen. Erneut bemühte sie sich, den Oberkörper der Kranken anzuheben. Auch brauchte es Geduld, die Kranke zum Trinken zu bewegen. Jeder Schluck schien ihr Schmerzen zu bereiten. Schlussendlich gewährte Violet der Mutter die nötige Ruhe und wandte sich dem mitgebrachten Beutel zu. Daraus nahm sie das Bündel getrockneter Wildpflanzen, welches sie in weiser Voraussicht eingepackt hatte. Zu Mittsommer gepflückte Sonnenkräuter, zusammengebunden und getrocknet, bargen in sich die geballte Kraft des Sommers. Auch der mächtige Wacholder durfte darin nicht fehlen. Violet sah sich im Raum um. Nahe dem Kamin entdeckte sie eine irdene Schale, die ihrem Vorhaben gut dienen konnte. Mithilfe einer Feuerzange legte sie einige glühende Holzkohlestücke hinein. Alle Jugendlichkeit war von Violet abgefallen, als sie Blatt um Blatt über den Kohlen zerrieb, die glosenden Kräuter betrachtete und sich von dem würzigen Qualm in eine andere Welt entrücken ließ. Die Hand mit einem Tuch geschützt, nahm sie die Schale auf, ging im Gemach herum und fächelte den Rauch mit einer Schwanenfeder in jede Ecke.

»Gundelrebe, Hexenkraut, haltet rein mir dieses Haus.
Blutkraut, Wacholder und Königskerze,
hier ist kein Platz für der Dämonen Werke.«
Zuletzt ließ sie den Rauch über ihre Mutter ziehen.
»Ihr heilend Geister, die hier qualmen,
vertreibt die Würmer, helft sie verbannen.
Beifuß und Mariengras,
schaffet Raum für der Göttin Gnad'.
Ziest und Kamille,
stimmt sie milde!«

Im Zimmer war es angenehm warm, und der Geruch hatte sich zum Besseren gewandelt. Violet fühlte der wohltuenden Wirkung der Räucherung nach und konnte denselben entspannenden Effekt an der Kranken bemerken. Erfreut über die gute Wendung in der Befindlichkeit der Mutter legte Violet ein mit Kräuterelixier getränktes Tuch auf Amandas fieberglühende Stirn. Dabei sang sie mit leiser Stimme eine alte Weise, die ihr dereinst selbst in Kindertagen gesungen worden war. Als Violet alsbald Amandas gleichmäßige ruhige Atemzüge wahrnahm, legte sie sich ihren Umhang um die Schultern in der Absicht, das Haus zu verlassen. »Ich werde zur Weide am Teich gehen und für deine Heilung beten«, flüsterte sie, als könnte die Mutter im Schlaf ihre Worte hören. »Ich knote der Krankheit Würmer in die Äste der Weide, auf dass die große Mutter diese Geister verbannt. Mit der Rinde des Baumes werde ich dich von dem Fieber befreien. Ruhe aus, bis ich den Tee gebraut habe.« Mit der Waschschüssel voll Schmutzwasser verließ Violet das Zimmer. Im Flur blieb alles still, keine Menschenseele begegnete ihr, nur die Eingangstür knarrte in den Angeln, als sie diese aufzog. Spürte sie nicht die argwöhnischen Augen, die sie auf dem Weg zum Teich im Zwielicht der aufkommenden Nacht beobachteten?

Antonius Huntington und Peter O'Connor folgten mit Abstand. Verborgen von Gesträuch sahen sie, wie Violet vor dem Baum niederkniete und innehielt, sich mit einer Klinge in den Finger stach und das Blut an die Wurzeln wischte, das Schmutzwasser hernach ausgoss und drei Zweige verknotete. Die Männer sahen, wie sich ihre Lippen bewegten, so als ob sie mit der alten Weide sprechen würde. Als sie zuletzt Rinde vom Baum schälte, zogen sich der Bischof und Violets Vater ins Haus zurück. Die Auseinandersetzung der Männer gewann stetig an Härte, sodass Violet bei ihrer Rückkehr ins Haus erboste Stimmen durch die geschlossene Tür zum Salon vernehmen konnte.

»Meine Tochter ist keine Hexe!«

»Ihr sagtet doch, dass die Abstammung Eurer Tochter zweifelhaft ist, von Sünde befleckt. Habt Ihr nicht gesehen, was sie getan hat? Braucht Ihr noch mehr Beweise? Die Weiden sind das Tor zur Hölle, das ist alter Hexenglaube. Sie hat sich mit dem Teufel verbündet, hat ihm ihr Blut gegeben und damit den Pakt besiegelt. Die Mutter zu retten, mag ein edles Motiv sein, dennoch ist hier Teufelswerk im Gange. Wenn es Gottes Wille ist, Euer sündiges Eheweib zu sich zu rufen, dann darf sich der Mensch dem nicht entgegenstellen.«

»Ihr seid verrückt, O'Connor! Nie und nimmer gibt sich meine Tochter mit dem Teufel ab!«

»Ich weiß, was ich gesehen habe, Huntington«, herrschte der Bischof ihn an. »Verschließt Eure Augen nicht vor der Wahrheit.«

»Ich habe Violet zu einem gottesfürchtigen Weib erzogen.«

Violet stand regungslos auf der Treppe. Es war ihr, als würde alle Kraft aus dem Leib gezogen. »Möglicherweise handelt sie nicht aus freiem Willen, sondern steht unter dem teuflischen Einfluss ihres Gemahls, dieses Theodor Wistlegreen. Wie wäre es ansonsten erklärlich, dass ein tugendhaftes Mädchen sich einem Gotteslästerer hingegeben hat? Er hat sie verhext, gibt sie der ewigen Verdammnis preis und stürzt euer Haus dazu ins Verderben.«

Entsetzt presste Violet ihre Hand gegen den Mund, sperrte ihre Empörung ein, um unentdeckt zu bleiben. Ohne Zweifel hatte Bischof O'Connor dieses Gespräch nicht ohne Hintergedanken angezettelt. Herauszufinden, was er ausheckte, könnte ihr Überleben gewährleisten. Also harrte sie aus, ertrug das Zögern des Vaters, seinen aufkeimenden Zweifel.

»Mich dünkt, Ihr habt recht – möge Gott meiner Seele gnädig sein, wie sonst wäre Violets Verhalten erklärlich? Dieser Wistlegreen muss ein Diener des Teufels sein. Doch sagt mir, was kann ich jetzt noch tun? Seit Violet diesem Mann begegnet ist, hat das Unheil seinen Lauf genommen. Ich war mit Blindheit geschlagen in meinem Bestreben, die Ehre der Familie wieder herzustellen. Hätte ich bloß diesen Wistlegreen mitsamt dem Mädchen getötet – ihre Seele würde in Frieden bei Gott ruhen und wäre nicht dem Teufel anheimgefallen. Nun sind sie Mann und Frau und meine Hände gebunden. Wie kann ich dem bösen Treiben noch Einhalt gebieten?« Die Antwort auf die bange Frage des verzweifelten Vaters tönte salbungsvoll, kam selbstgefällig und zufrieden daher, wie von langer Hand geplant. Dieser Mann hatte erreicht, was er angestrebt hatte, es war allzu deutlich herauszuhören aus dem Klang seiner Worte. Angst packte Violet mit erbarmungslosen Griff.

»Mein Freund, die heilige Kirche ist mächtiger als der Teufel. Ich werde Euch helfen. Tut Ihr nur, was ich Euch sage, und alles wird gut.«

»Hallo, Schatz«, raunte eine Männerstimme in ihr Ohr, und ein Kuss huschte über ihre Lippen. »Tut mir leid, dass es so spät geworden ist.« Agnes blinzelte ins grelle Licht der Nachttischlampe. Siebert hatte das Buch von ihrer Brust genommen und auf das Nachtkästchen gelegt. Der Schalter der Nachttischlampe knackte, und es wurde dunkel.

»Du bist wieder da«, murmelte sie halb im Schlaf gefangen. »Halt' mich fest.« Die Matratze senkte sich unter Sieberts Gewicht, und sein Körper schmiegte sich an ihren Rücken.

»Bin bei dir, Engelchen«, raunte er ihr zu und umschlang ihre Taille.

»Ich wollte dir so viel erzählen«, erwiderte sie leise und genoss das Gefühl der Sicherheit, das mit seiner Nähe einherging.

»Megan hat mir schon vom Inspektor erzählt«, beschwichtigte er sie und bedeckte Nacken und Schulter mit federweichen Küssen. »Ich habe sie in der Küche getroffen.« Seine Nase sog hörbar ihren Duft ein. Warme Atemluft liebkoste ihre Haut, bis sich die feinen Härchen daran aufrichteten. »Sei nicht böse wegen dem Auftritt vor Berntys Büro. Katreen hatte es total eilig.«

Sie brummte etwas, das durchaus als Zustimmung durchgehen konnte. Der Traum kam ihr in den Sinn, verquickte sich mit dem Streit, den sie mit angehört hatte. »Du hast dich mit Walter Bernty angelegt. Das ist nicht gut.«

»Der kann mich mal«, kam es patzig zurück, und Zähne knabberten an ihrem Ohrläppchen. »Wichtiger ist, dass die Polizei dich in Ruhe lässt. Ich werde mich darum kümmern, mach' dir keine Sorgen. Wir schaffen das gemeinsam.« Er drückte sie fester an sich, seine Hand umschloss ihre Brust. Wohlig ließ sie das Becken kreisen und tastete nach seinem Schenkel. Behutsam drehte er sie auf den Bauch, strich mit den Fingerspitzen über Rücken und Gesäß, erregte die Haut mit Küssen, die sich wie Schmetterlinge niederließen. Mehr, verlangte jede Nervenfaser in ihr. »Mehr«, wiederholte sie den Befehl, und ein selbstzufriedener Triumph machte sich breit.

Von wegen andere Frau – der Mann, der ihre geheimsten Wünsche erfüllte, gehörte ihr allein.

13. KAPITEL

Es gibt mehr Dinge zwischen Himmel und Erde, Horatio, als es die Philosophie sich träumen lässt.

(Hamlet, 1. Akt, Szene 5)

Das Bild auf der Staffelei strahlte aus seiner Mitte heraus in Gold, Grün und Weiß. Eine Gestalt blickte dem Betrachter entgegen, hielt einen leuchtenden Ball vor der Brust, wirkte ansonsten wie ein Geist im Nebel. Etwas Friedvolles lag in den Augen, aus deren Dunkelheit ein Feuerwerk an Farben sprühte. Aus jedem Blickwinkel funkelten sie anders, verfolgten den Betrachter mit überirdischer Intensität.

Agnes entspannte erstmals seit Stunden ihren Rücken an der Lehne des Stuhls und legte den Pinsel aus der Hand. Gähnend streckte sie die Arme hoch über den Kopf. Hier im Garten war die Luft nach dem nächtlichen Gewitter wieder klar, und die Feuchtigkeit hatte dem Rasen frisches Leben eingehaucht. Die Köpfe und Blätter der Blumenstauden standen aufrecht im Sonnenschein und wurden von Insekten umschwärmt. Bereits in den frühen Morgenstunden war sie heruntergekommen und hatte versucht, ihre Vision von Farben und Form auf die Leinwand zu übertragen. Leuchtend und stark. Stark, wie der letzte Streit mit Virginia.

Dabei hatte Agnes alles Menschenmögliche unternommen, ihrer Chefin aus dem Weg zu gehen. Ein sinnloses Unterfangen, wie sich herausstellte, war Virginia doch von genau der gegenteiligen Absicht beseelt gewesen. Die Frau war elend beisammen, das konnte wirklich jeder im Büro sehen. Wahrscheinlich wusste sie um ihr Erscheinungsbild und demonstrierte justament Härte. Die Gerüchteküche brodelte wild, obwohl Virginia kein Wort über einen Abortus verlor. Helen wusste dennoch alles, was im Chefzimmer vor sich ging. Insbesondere Walter Bernty war tagelang nicht in der hochexplosiven Etage zu sehen gewesen. Auf Tauchstation, lautete Helens Interpretation. Sie hatte angeblich gehört, wie Virginia »Du Scheißkerl, was hast du mir angetan?«, ins Telefon gebrüllt hatte, und war sich sicher, dass es sich bei dem *Scheißkerl* am anderen Ende der Leitung nur um Bernty gehandelt haben konnte.

Wie auch immer, wirklich jeder, der Virginia über den Weg lief, bekam ungefragt eine gpfefferte Breitseite ab. Selbstredend blieb auch Helen nicht ungeschoren und wurde mit lästigen Aufträgen schikaniert. Einen Vormittag lang entging Agnes glücklich jeder Konfrontation, doch schließlich am frühen Nachmittag, sie war bereits im Aufbruch begriffen, war es soweit. Virginia riss die Tür zum Sekretariat auf und hielt eine ihrer lila Krallen auf Agnes gerichtet.

»Sie waren das – Sie haben die Freundin von Ian Miller zu dieser Hebamme geschickt!«, die andere Hand warf einige Zettel auf Agnes' Schreibtisch, die in alle Richtungen auseinanderflatterten. »Rechnungen! *Wir* sollen das bezahlen! Und verdammt noch mal, weil *Sie* großkotzig Visitenkarten von Hebammen verteilen, bleibt uns praktisch nichts anderes übrig! Wenn ich könnte, würde ich Sie auf der Stelle feuern, aber bei einer wie Ihnen«, Virginia blickte auf sie herab, als hätte sie Agnes eben überführt, nebenher für einen Escortservice zu arbeiten, »da wundert es mich ja nicht, dass Sie sich auf die Seite der Schmarotzer schlagen. Diesen Job hier haben Sie bloß durch Protektion bekommen. Da war doch irgendetwas in Wien, sonst hätten wir nicht gleich zwei von euch abbekommen.« Das irre Funkeln in Virginias Blick wurde Agnes zunehmend unheimlich. »Na, die eine ist ja aus dem Spiel.«

Okay, dachte Agnes, jetzt habe ich Angst. Sie spürte, dass ihr Mund leicht offen stand, und behob augenblicklich diesen entwürdigenden Zustand. Viel mehr als ihr äußerer Eindruck beschäftigte sie jedoch Virginias Ansage. Protektion? Es war ihr klar, dass die Firma jede Art von Klatsch hatte vermeiden wollen, aber die kleine Agnes Feder war doch keine Bedrohung für einen Pharmakonzern! Und: Michelle war *aus dem Spiel*? Hatte die vielleicht den Job ebenfalls aus Gründen der Diskretion erhalten? Lief tatsächlich ein *Spiel*, zu dem alle außer ihr die Regeln kannten? Herrje, das war: »Endstation Paranoia«! Dagegen war der Ärger wegen Nancys Rechnungen geradezu lächerlich. Fand sie nur gerecht, wenn *SARFUR* die Kosten übernehmen musste. Kluges Mädchen!

»Auf die paar Pfund kommt es einem Unternehmen wie *SARFUR* hoffentlich nicht an. Immerhin ist die Frau schwanger, da muss man doch helfen«, protestierte Agnes gegen Virginias Ausbruch, bereute jedoch ihre Worte fast in demselben Augenblick, als diese ihren Mund verlassen hatten. Der Abortus. Shit.

Virginia konnte unmöglich blasser werden, in ihrem schmächtigen Körper war – von außen betrachtet – kaum genug Blut, um einen Kreislauf aufrechtzuerhalten, geschweige denn ein paar Milliliter Richtung Wangen zu pumpen. Wären da nicht Make-up und Rouge auf ihr

Gesicht gepinselt gewesen, wäre sie als Gespenst durchgegangen.

»So, finden Sie wirklich?« Die Art, wie Virginia regungslos vor ihr stand, als setze ein Panther zum Sprung an, das Opfer fixiert, in seiner Vorstellung bereits zerfleischt, raubte ihr den Atem. Ihr Blickkontakt vertiefte sich, und eine Verbindung kam zustande. Doch nicht Bösartigkeit und Hass schlugen Agnes entgegen, vielmehr lag unter der starren Oberfläche eine Seele, die sich voll der Trauer und Verzweiflung krümmte. Wie Farben erschienen diese Gefühle, und Agnes' Inneres antwortete, ohne es zu wollen, mit komplementären Farben, bis ein Bild entstanden war, das beruhigend auf ihr wild schlagendes Herz einwirkte. Virginia zögerte einen Augenblick mit ihrer Antwort, als wäre auch sie sich dieser beruhigenden Wirkung bewusst geworden. Statt der erwarteten Brüllorgie blieb es still. Nach einer Ewigkeit räusperte sich Virginia, klimperte mit den Wimpern und wandte sich zum Gehen.

»Sie glauben wohl, das hier ist ein Wohltätigkeitsverein?«, murrte sie und hielt an der Tür inne. »Wenn ich es irgendwie hinkriege, dann werde ich das Honorar der Hebamme von Ihrem Gehalt abziehen lassen – das schwöre ich.« Damit zog sie die Tür auf und schloss sie vehement, aber immerhin ohne Knall, hinter sich zu.

Es war bereits Nachmittag, als Agnes heißes Wasser über die senfkorngroßen Teekugeln goss. Der aufsteigende Wasserdampf trug die kräftigen Aromen des Assam Typhoo an ihre Nase. Wie sehr sie sich auf diese Tasse Tee freute – die stärkste Assamsorte, die sie kannte, ein schwerer CTC, reich an Gerbstoffen und dennoch von belebender Frische. Er durfte keinesfalls länger als vier Minuten ziehen, sonst wurde der Geschmack der Bitterstoffe übermächtig. Sorgfältig verschloss Agnes die Vorratsdose. Ihren Lieblingstee hatte sie seit ihrer Ankunft in London streng rationiert, solange jedenfalls, bis sie hier dieselbe Sorte auftreiben konnte. Die durch die Fertigstellung des Bildes hervorgerufene Hochstimmung verlangte nach Gesellschaft, doch da niemand im Haus war, musste eben ihr alter Freund Typhoo herhalten. Den Deckel auf die Kanne, Milch und Zucker auf das Tablett gestellt, wollte Agnes eben die Stufen zum Garten hinauf, als es an der Eingangstür läutete.

»Siebert?«, rief sie freudig überrascht und lief in den Flur. Heute war Samstag, und ihr gemeinsames Programm, nämlich einen Ausflug nach Canterbury, hatten sie wegen dringender Terminarbeiten in der Kanzlei absagen müssen. Agnes riss die Tür auf – und erschrak.

Es stand wohl ein Mann vor der Tür, jedoch nicht Siebert. Das rege Treiben der samstäglichen Touristenströme im Hintergrund, die das British Museum zum Ziel hatten oder wieder verließen, steigerte ihre Verunsicherung. Der Fremde, der in der Tür stand, war etwas kleiner als Siebert, schlank, hatte dunkelblondes Haar und einen Augenausdruck, der sie verwirrte.

»Ja bitte?«

»Guten Tag«, antwortete der Mann mit deutlich irischem Akzent. »Ich – möchte zu Megan Kalth. Ist sie zu Hause?« Jetzt fiel bei Agnes der Groschen. Dieser Blick, die Stimme und der Akzent – das musste Larry Eden sein!

»Sie sind Larry?«

»Wir kennen uns?«, fragte er, ohne verunsichert zu wirken, und musterte sie eingehend.

»Nein, nicht direkt. Ich bin Megans Freundin aus Wien. Wir haben mal über Sie geredet, ich habe ein Foto gesehen.« Was plapperst du für Unsinn, ärgerte sich Agnes. Es bestand keinerlei Notwendigkeit, sich zu rechtfertigen.

»Darf ich reinkommen?«

»Ich weiß nicht.« Der Typ verunsicherte sie. Ein Drogenhersteller, wenngleich ehemaliger, immerhin. Ex-Mitglied einer Terrorgruppe. Das bescherte ihm keinerlei extra Sympathiepunkte. War er in Annies Haus willkommen? Was würde Megan dazu sagen?

»Ich kann auch später wiederkommen, wenn es Ihnen lieber ist«, reagierte Larry halbherzig auf ihr Zögern. »Wann wird Megan zu Hause sein?«

Agnes musterte ihn unverhohlen, es war ihr egal, was er von ihr dachte. Das war einer jener Männer, die nicht aus Gründen der Sozialverträglichkeit lächelten, noch nicht einmal mit den Augen. Unnahbarkeit war seine zweite Haut. Gleichzeitig strahlte er eine Intensität aus, die irritierend war. Mit den Augen hielt er sein Gegenüber gefangen, wollte verunsichern. Ein unheimlicher Kerl, fröstelte sie und wandte den Blick zu Boden, wo sein Rucksack gegen die Hausmauer lehnte.

»Wenn Sie keine Bomben mithaben, können Sie reinkommen«, überraschte sie sich selbst und gab den Eingang frei. »Megan ist bald wieder zurück.« Zum ersten Mal verzog Larry sein Gesicht zu einem Lächeln. Etwas Ungewohntes an diesem Platz, bemerkte Agnes und konnte nicht anders, als sich über Megans Geschmack bei Männern zu wundern. Zugegeben, er sah gut aus, war faszinierend geheimnisvoll – aber was in aller Welt hatte sich ihre Freundin dabei gedacht, sich mit einem Typen einzulassen, der nichts als Ärger bedeutete?

»Hey, ich wusste nicht, dass Wiener über schwarzen Humor verfügen«, nickte er ihr zu. Das Lächeln war längst wieder verschwunden. »Sie passen gut hierher.«

»Danke.« Hatte sie sich tatsächlich über dieses Kompliment gefreut? Dann war sie wohl genauso verrückt wie Megan. Er schob sich an ihr vorbei, und eine flüchtige Berührung seines Arms versetzte ihr einen Schlag in den Solar Plexus. Was zu Kuckuck war das eben gewesen? Niemals zuvor war ihr ein solch energiegeladener Mensch begegnet. Hinter dieser stoischen Fassade brodelte ein Vulkan – und mit einem Mal konnte sie Megans Qualen verstehen. Von diesem Mann konnte man sich nicht einfach lossagen, der saß einem tief in den Knochen.

»Kommen Sie mit in den Garten. Ich habe Tee gemacht.« Er folgte ihr stumm, hielt die Tür auf, während sie das Tablett trug. Fasziniert beobachtete Agnes seine Bewegungen, den kerzengeraden Rücken und die wachsamen Augen. Selbst den Tee probierte er, als könnte Gift darin sein.

»Megan weiß nicht, dass Sie kommen?«, versuchte sie, die Stille zwischen ihnen zu brechen.

»Nein«, erwiderte er knapp. »Ist eine Überraschung.«

»Ach.« Na großartig, das würde so was von einer Überraschung sein … wieder musterte sie ihn eingehend, was ihn nicht im Geringsten zu stören schien. Entspannt streckte er die Beine von sich und sah sich im Garten um.

»Anständiger Tee«, bemerkte er anerkennend. »Ich hasse gefärbtes Wasser. Der hier hat Körper.« Dieser Larry erwiderte ihren forschenden Blick. Wahrscheinlich fragte er sich, wie viel Megan von ihm erzählt hatte. Mehr, als dir recht sein wird, Mister Kopfschmerz, dachte Agnes, sagte jedoch nur: »So mag ich ihn am liebsten.« Wieder trat Schweigen ein. Wann bloß Megan kommt?, fragte sich

Agnes und ließ ihren Blick zum Haus gleiten. Andererseits: arme Megan, – komm lieber erst morgen … Agnes' Fußspitze wippte auf und ab. Larry räusperte sich.

»Gefällt es Ihnen in London?«, gab er sich höflich, und Agnes spürte, wie wenig ihn ihre Antwort interessierte.

»Oh ja. Tolle Stadt«, genoss es Agnes, Larry den gesellschaftlichen Konventionen zu unterwerfen. Als Gastgeberin war es ihre Aufgabe, freundlich zu sein, nicht wahr? »Ich mag die Atmosphäre, die Menschen«, und ergänzte provokant: »die Höflichkeit.« Für London schwärmen war einfach – Menschen aller möglichen Nationalitäten, das bunte Treiben in den Straßen, die fantastischen Museen, großzügige Parks; schließlich High Tea, Cream Tea, Klubs, Tanz, Theater, Musicals, Geschäfte, Mode, Hüte, Tradition gepaart mit Zeitgeist, das ganze Weltstadtflair … kein Zweifel, sie liebte diese Stadt mitsamt ihren Bewohnern. Mit diesem Thema konnte sie getrost die Zeit mit Larry totschlagen.

»Ist das so? Interessant«, erwiderte Larry Eden beinahe pikiert.

»Sie mögen London anscheinend nicht besonders?« Agnes fühlte sich sofort wieder kribbelig. Mit diesem Kerl ging absolut nichts einfach, so viel war sicher.

»Vielleicht weil ich die andere Seite kenne«, erwiderte er mit provokanter Ernsthaftigkeit. Saß da wie der Richter des Jüngsten Gerichts. »Die, die keine Touristen interessiert, wo selbst die meisten Londoner ihr Leben lang keinen Fuß hinsetzen.« Systemkritik – lange hatte er es nicht ausgehalten ohne Drama. Oh Megan, seufzte Agnes stumm in sich hinein, wie konntest du nur … glücklicherweise muss er mir nicht gefallen.

»Kann schon sein«, gab sie ebenso spitz zurück. »Aber

wenn schon die Londoner nicht hinwollen, warum soll ich es tun?«

»Realitätsflucht ist bequem, nicht wahr? Lieber der Queen beim Teetrinken zusehen, als sich arbeitslosen Jugendlichen zu stellen, radikalisierten Moslems, Einwanderern, die in Armut dahinvegetieren, während ihnen unentwegt der Reichtum der herrschenden Klasse vorgeführt wird.« Sein Mund war schmal geworden und der Augenausdruck noch härter als zuvor. Agnes ließ sich ihren Ärger nicht anmerken, diesen Triumph gönnte sie Mister Kopfschmerz einfach nicht. Anscheinend war es für sein psychisches Wohlbefinden unabdingbar, jeder neuen Bekanntschaft sein Weltbild aufzudrängen.

»Beides ist Realität«, widersetzte sie sich seiner moralisierenden Belehrung. »Es ist ja nicht so, dass ich von den sozialen Spannungen nichts weiß oder die Augen davor verschließe. Glauben Sie vielleicht, ihre Art die Dinge anzugehen, schafft kein Leid?« Herausfordernd fixierte sie seine undurchdringliche Miene. Fang jetzt keinen Streit mit einem Terroristen an, zügelte sie ihr Temperament. »In jedem Land gibt es Probleme«, versuchte sie einzulenken. »Auch in meiner Heimat.«

»Allerdings ist Österreich kein imperialistisches Land.«

»Das haben wir gottlob hinter uns«, stimmte Agnes mit einem spöttischen Lächeln zu. »Wir hatten unseren Anteil am Unglück der Welt, was meinen Sie?«

»Touché.«

Wieder stand eine Mauer des Schweigens zwischen ihnen, durch den verbalen Schlagabtausch noch schwerer zu ertragen als zuvor. Agnes schenkte Tee nach und bemühte sich erneut um Konversation. Mit diesem Mann zu schweigen, war tatsächlich schlimmer, als mit ihm zu streiten.

»Ich mag Megan sehr«, hob sie an und bohrte über die Teekanne hinweg ihren Blick in Larrys kühle Miene. »Sie ist eine wirklich gute Freundin.«

»Schön für Megan.« Idiot, dachte Agnes und biss sich in die Lippe, um nicht zu fauchen wie eine schlecht gelaunte Raubkatze. Stubentiger wohl eher, vermeldete jene innere Stimme, die anscheinend nicht viel von ihr hielt.

»Sie waren schon mal hier zu Besuch?«, versuchte sie, auf neutralen Boden zu kommen. Larry nickte und ließ den Blick über das Gebäude schweifen.

»Ist ein nettes Haus.« Das mulmige Gefühl, das die längste Zeit in ihrem Bauch herumzog, wuchs sich zu einer schrecklichen Erkenntnis aus. Ich hätte ihn nicht hereinlassen dürfen, wurde ihr augenblicklich klar. Megan würde ohne Warnung auf ihn treffen, ohne Schutzwälle, ohne Fluchtmöglichkeit. Ausgeliefert. Konnte sie ihn noch zum Gehen überreden?

»Larry, ich will ganz ehrlich sein – ich mache mir Vorwürfe, dass ich Sie hereingelassen habe. Vielleicht will Megan Sie gar nicht sehen. Jedenfalls hat sie jetzt keine Wahlmöglichkeit mehr, und das ist unfair.« Er setzte sich auf und fixierte sie mit seinen kühlen Augen. Agnes' Herz pochte gegen die Rippen.

»Ich weiß Ihre Fürsorge zu schätzen. Bestimmt sind Sie eine gute Freundin.« Er lehnte sich weiter vor. Seine Unnachgiebigkeit und Entschlossenheit wurden zu einer unabwendbaren Tatsache, nichts konnte ihn von seinem Ziel abbringen und ganz sicher nicht Agnes. An diesem Nachmittag hasste sie ihre Gabe, in anderen lesen zu können, aufrichtig. »Das zwischen Megan und mir, das ist etwas Besonderes. Schwierig, aber unausweichlich.« Kein Lächeln schwächte die Macht seiner Worte ab. Agnes schluckte die

Bitternis ihrer Wirkung hinunter. Ein Stalker. Der Kerl war ein Stalker, und Megan kam ihm nicht aus. Angstkribbeln kroch den Rücken hoch. Da braute sich etwas zusammen und sie konnte es nicht aufhalten.

»Larry!«

Agnes' Kopf fuhr zeitgleich mit Larrys herum. Megan stand in der Haustür und starrte zu ihnen herüber. Kaum dass er Megan erblickt hatte, war Larry aufgesprungen und ein paar Schritte auf sie zugegangen. Eilig lief Agnes hinterher, wollte Megan beschützen. Wortlos standen sich Larry und Megan gegenüber. Agnes konnte ihren Blick kaum von ihm wenden. Sein Gesichtsausdruck, seine Körperhaltung und Energie hatten sich schlagartig verändert. Die Selbstsicherheit war einer Unruhe gewichen, einer erregten Spannung. Seine Augen funkelten sehnsüchtig. Megans Anblick ließ Agnes jedoch zusammenzucken. Die Fülle von Emotionen widersprüchlichster Art mussten sie einer Ohnmacht nahe bringen. Agnes wünschte sich nichts mehr, als diesem intimen Zusammentreffen zu entfliehen.

»Brauchst du mich?«, vergewisserte sie sich.

»Geh' ruhig. Ich komme klar«, antwortete Megan, die Stimme heiser.

Agnes schob sich an Megan vorbei Richtung Tür. Die stand angewurzelt da, bleich wie Marmor, mehr eine Statue als eine Frau aus Fleisch und Blut. Kurz entschlossen umarmte Agnes die Freundin. Wie kühl sie war.

»Wenn irgendetwas ist, ich höre dich oben«, flüsterte sie ihr dabei ins Ohr. »Ruf' nach mir, falls du mich brauchst.« Megan nickte bloß, und Agnes schlüpfte ins Haus.

Das Fenster zum Garten stand weit offen. Hin und wieder warf Agnes einen Blick hinaus und lauschte. Larry und Megan saßen auf der Gartenbank, er hielt ihre Hände und sprach leise auf sie ein. Nervös ging Agnes auf und ab, rückte die Staffelei mit dem Bild zurecht und sah dann wieder auf das Handy. Schließlich klappte sie es auf, wählte die Nummer ihres Vaters und wartete auf seine Stimme.

»Ludwig Feder.«

»Paps! Wie geht es dir?«

»Nessi, meine Kleine!«, kam es erfreut aus dem Lautsprecher. »Ach, wie soll es einem alten Mann gehen? Erzähl mir lieber, wie es bei dir läuft. Hast du Spaß? Was treibst du – unternimmst du viel? Was hast du diese Woche alles besichtigt?«

Agnes zählte die Sightseeingtouren der letzten Tage auf, vermied es jedoch, den Tod von Michelle zu erwähnen. Genauso wie das Gespräch mit dem Inspektor. Nach all dem, was im Frühjahr geschehen war und ihrem Vater zugesetzt hatte, wollte sie ihm weitere Aufregungen ersparen.

»Paps, hast du mir mein Buch über Heilkräuter geschickt?«

»Letzten Freitag. Hast du es noch nicht?«

»Nein.«

»Es wird bestimmt am Montag ankommen«, tröstete Ludwig sie zuversichtlich. Von draußen waren Stimmen zu hören.

»Paps, ich muss aufhören. Megan ruft mich. Ich melde mich morgen nochmals, gut? Pass' auf dich auf.«

»Schlaf gut, Nessi.«

Beim Auflegen lächelte Agnes. Paps war ein Frühaufsteher und Frühschlafengeher, wahrscheinlich trug er bereits seinen Pyjama.

Sie sah zum Fenster. Jetzt war alles still.

Von einer Ahnung getrieben, lief sie hinüber und beugte sich weit über das Sims. Zwei ineinander verschmolzene Gestalten waren erkennbar. Larry bekam, was er wollte. Agnes seufzte und zog sich in die Mansarde zurück. Wenn das nur gut ging. Jetzt fing alles von vorne an, und am Ende würde Megan wie gehabt ein Häufchen Elend sein. »Oh Megan!«, wisperte sie, wusste, dass nichts das bevorstehende Drama aufhalten konnte. Missmutig ließ sie sich auf das Sofa fallen, legte die Beine auf den Couchtisch davor und starrte zum Bild auf der Staffelei, nahm mit einem Mal den Terpentingeruch überdeutlich wahr genauso wie das intensive Leuchten der Farben.

Diese Augen.

Seit jeher waren es Augen gewesen, die sie unermüdlich in allen Variationen gezeichnet hatte. Immer Augen, in allen Farben, Schnitten, Ausdrücken.

Diese Augen auf der Leinwand waren besonders – man fiel in sie hinein, es lag eine Geschichte darin.

Diese Augen konnten sprechen.

Irene Worthwill neigte huldvoll ihr Haupt. Die Haube war tief ins Gesicht gezogen, gerade so, als wollte sie nicht erkannt werden.

»Violet? Gott zum Gruß.«

»Mrs Worthwill, willkommen! Welch ein unerwarteter Besuch.« Bass erstaunt wischte sich Violet die Hände an der Schürze ab und erhob sich vom Kräuterbeet. Die Dame vor ihr gehörte zum Kreis ihrer Eltern, jener Landadel, der sie seit ihrer Eheschließung wie eine Verräterin mied. Es musste wohl die Hölle eingefroren sein, dass sich jemand von ihnen herabließ, ihr die Aufwartung zu machen. Aus Violets Stimme war jegliche Verwunderung verbannt, als sie mit einer Geste auf das Haus die Besucherin einlud. »Bitte tretet in mein Haus ein und seid mein Gast. Gerne möchte ich Euch eine Erfrischung anbieten. Ihr seid bestimmt durstig nach der langen Fahrt.«

Irene Worthwill warf einen verstohlenen Blick über die Schulter, wo der Wagen stand. Ihr Knecht versorgte das Pferd und schien völlig in seine Beschäftigung vertieft. Sogleich wandte sie sich Violet zu. Diese wurde das Gefühl nicht los, dass Irene nicht in ihrer Gegenwart gesehen werden wollte, denn obgleich sie von der Fahrt erschöpft wirkte, hastete sie geradezu auf die schützenden Mauern zu. In der Kühle des Hauses erholte sich ihr Gast rasch, labte sich an gewässertem Wein, Brot und Käse, die Violet aufgetischt hatte. Nachdem die der Etikette angemessenen Höflichkeiten ausgetauscht waren, begann Irene Worthwill ihr Anliegen vorzutragen. Die Augen hielt sie gesenkt und sie zupfte nervös an einem Tüchlein, das mit Lavendel parfümiert war.

»Violet, es ist mir sehr unangenehm, was ich zu bitten gedenke. Wäre meine Not nicht derart groß, ich würde Euch nicht behelligen.« Die Frau rang ihre knochigen Hände im Schoß, unschlüssig in welcher Art sie fortfahren sollte. »Seht, es ist nun mal so, dass ein Mann von seiner Frau Nachkommenschaft verlangt. Bislang wurde meine Ehe jedoch nicht mit einem Erben gesegnet.« Nun war Violet vollends verwirrt. Mit einem derart intimen Beweggrund für den Besuch von Irene Worthwill hätte sie niemals gerechnet.

»Mrs Worthwill, verzeiht, aber wieso erzählt Ihr mir das?«

»Oh bitte, nennt mich Irene«, versuchte ihr bleiches Gegenüber eine gewisse Vertraulichkeit zwischen ihnen zu schaffen. »Jetzt, wo Ihr selbst eine verheiratete Frau seid.«

»Gerne, Irene«, lächelte Violet wider besseres Wissen geschmeichelt und wartete auf eine nähere Erklärung. Irene nahm gesenkten Blickes einen Schluck Wein, stellte den Becher mit Bedacht vor sich ab und räusperte sich.

»Eure Überraschung ist verständlich, wo auch ich stets gegen diese Ausbildung bei Titus gewettert habe ...«

»... und gegen meine Eheschließung«, ergänzte Violet, weil die bitteren Erinnerungen an die Ereignisse jener Tage nach wie vor schmerzende Wunden in ihrer Seele waren. Irene Worthwill setzte eine schuldbewusste Miene auf.

»Nun ja, man munkelt viel über Mister Wistlegreen. Selbst der Bischof behauptete unlängst bei dem Festmahl Eurer Eltern, dass Wistlegreen Dämonen beschwöre. Solch ein Ruf färbt naturgemäß auch auf das Eheweib ab«, erläuterte Irene Worthwill. Neugierig musterte sie Violets Miene in Erwartung ihrer Reaktion auf die gleich folgenden Worte. »Tatsächlich heißt es, Ihr seid eine Hexe.«

Jetzt lächelte sie zufrieden, denn Violet schnappte nach Luft, obwohl sie nach den Ausführungen über Theodor nichts anderes hätte erwarten dürfen.

»Was sagt Ihr da?«, kämpfte Violet gegen die Unverschämtheit und Selbstgefälligkeit ihres Gastes an. »Beleidigt mich in meinem eigenen Haus?«

»Man nennt Euch *Heilerin von Stonehenge*, Ihr seid mit Wistlegreen verheiratet, habt flammend rotes Haar und hier«, sie wies mit spitzem Finger auf Violets Kinn, »habt ihr sogar eine, wenngleich kleine, Warze! Das sind doch die Merkmale, nicht wahr?«, rechtfertigte sich Irene ohne einen Funken des Zweifels.

»So ein Unsinn!«, entgegnete Violet ungehalten. »Was wollt Ihr von mir?« Sie fühlte sich mehr als unbehaglich, versuchte entschlossen, ihre Erregung zu verbergen. Es lag Unbill in der Luft, verdichtete sich mit jedem Atemzug.

»Helft mir!« Irene Worthwills Hand umklammerte plötzlich die Violets, drückte sie mit Inbrunst und Verzweiflung. »Tut etwas, gebt mir einen Trank, damit mein Schoß ein Kind austragen kann.« Von dem Gefühlsausbruch geschockt, war Violet erstarrt. Irene hielt sie für eine Hexe. Verlangte nach einem Zauber. Das war nicht gut, und was sie auch tun würde, jemand konnte ihr daraus einen Strick drehen. In den Augen der Frau sah sie sowohl Verzweiflung als auch Entschlossenheit. Diese selbstgefällige Weib würde vor nichts zurückschrecken, um an ihr Ziel zu gelangen. Ein Verdacht befiel Violet, kaum dass ihre Augen tiefer in die Irenes eindrangen, erschien wie eine Erinnerung in ihrem Kopf.

»Habt Ihr schon einmal ein Kind empfangen?«

Irene zögerte und Schamesröte zog über ihr Gesicht. Dann nickte sie schwach.

»Ihr habt es wegmachen lassen«, murmelte Violet und schüttelte den Kopf – nicht weil sie Irene dafür verurteilte, sondern weil sie die entsprechenden medizinischen Schlussfolgerungen zog. Indigniert brach Irene Worthwill den Augenkontakt ab und faltete die Hände so fest in ihrem Schoß, dass die Nagelkuppen hell leuchteten.

»Da kann ich nichts machen«, entschied Violet. »Wahrscheinlich ist Euer Schoß dabei zu Schaden gekommen. Es tut mir leid.«

Brüskiert wich Irene Worthwill zurück.

»Das ist alles?«, keifte sie schmallippig. »Es tut Euch leid? Ich habe Euch mein Herz ausgeschüttet, mein intimstes Geheimnis offenbart, und *es tut Euch leid*?«

»Ich kann nichts tun«, versuchte Violet, die aufgebrachte Frau zu beschwichtigen. »Vielleicht eine erfahrene Hebamme …«

»Hochmütiges Geschöpf!«, zischte Irene Worthwill sie an und erhob sich. »In deiner Hütte sitzt du wie eine Königin und glaubst, auf mich herabsehen zu können – du – du Hexe. Das wirst du büßen.« Der Stoff ihrer Röcke rauschte wie ein Sturm, als Irene davoneilte. An der Tür wandte sie sich noch einmal um. Es bedurfte keiner Worte, die Wucht ihres Hasses schlug Violet unverhohlen entgegen. Sie würde sich rächen, sich der Mitwisserin entledigen. Mit diesem stummen Versprechen verließ Irene das Haus, nicht ohne zuvor ihr Gesicht mit der Haube sorgfältig zu verdecken. Im Garten begegnete ihr Theodor, an dem sie mit gesenktem Haupt, ein Kreuz schlagend, vorüberhastete.

»Was ist geschehen?«, fragte Theodor, kaum dass er Violets schockierte Gestalt auf der Bank sitzend vorfand.

»Nichts Gutes, fürchte ich«, erwiderte Violet, die sich endlich gefangen hatte. Sie stand auf und trat vor die offene Tür. Draußen fuhr der Wagen ab, von einer lang gezogenen Staubwolke halb verhüllt.

»Ich kenne ihr Geheimnis«, flüsterte Agnes und wurde sich des Goldgelbs bewusst, das die Augen umschmeichelte.

»Scheint, als wärest du mit dem Ergebnis deiner Malerei nicht zufrieden. Wie du etwas anstarren kannst …«, amüsierte sich Siebert.

»Was?«, schreckte Agnes auf, und ihr Herz stolperte.

»Na, du hast mich gar nicht kommen gehört, so vertieft warst du in dein Gemälde.«

»Oh Gott. Mach das nie wieder!«, keuchte sie und presste die Hand auf die Brust, beeilte sich, in der Gegenwart anzukommen – das Haus aus Stein war verschwunden, hier war bloß die Mansardenwohnung am *Bedford Square*. Nicht Theodor war es, der mit ihr sprach, nein, es war Siebert, aber das war auf gewisse Weise dasselbe.

Siebert war inzwischen ins Bad gegangen. Die Klospülung rauschte, und gleich darauf ging der Wasserhahn an. Agnes nahm die Geräusche, die Siebert machte, überlaut wahr. Alle Gegenstände und Farben, die sie umgaben, überraschten sie in ihrer Intensität in Kontur und Leuchtkraft. Als Siebert ins Zimmer zurückkehrte, den Anzug und das Hemd hatte er ausgezogen und gegen ein T-Shirt und Shorts getauscht, fand er Agnes in derselben Position vor, wie er sie verlassen hatte.

»Ist was?«, fragte er mit argwöhnischem Blick. Sie konnte sehen, dass er sich zunehmend unwohl fühlte. Erkläre es ihm, flüsterte ihre innere Stimme eindringlich.

»Nein – ja – doch. Ich hatte gerade einen Tagtraum. Du bist auch darin vorgekommen.«

»Wirklich?« Seine Augenbrauen hoben sich und schoben die Stirn in ein ansprechendes Wellenmuster. »Wer oder was war ich denn diesmal?« Agnes' Mund wurde schmal. Für Sarkasmus hatte sie im Augenblick wenig übrig.

»Theodor«, antwortete sie knapp.

»Ah, die Mittelalter-Geschichte«, grinste er. »Hatten wir wieder guten Sex?«

»Du nimmst mich nicht ernst«, fauchte Agnes, sprang angetrieben von einer Woge des Ärgers auf. Beim Fenster blieb sie stehen und lehnte sich hinaus. Megan und Larry waren verschwunden. Natürlich. Sekunden später fühlte sie Sieberts Umarmung und musste ungewollt lächeln.

»Hallo, mein Schatz«, brummte er in ihr Ohr, »Wir haben uns noch gar nicht richtig begrüßt.« Wie zur Besänftigung knabberte er an ihrem Ohrläppchen. »Entschuldige meinen Fauxpas. Es ist halt – Sex mit dir ist der Hammer.«

»Du Ärmster«, säuselte sie mit gespieltem Mitgefühl, »deswegen kannst du also an nichts anderes mehr denken. Ich verstehe.« Sie drehte sich in seinen Armen, um sein Gesicht sehen zu können. Sein strahlendes Lächeln wirkte ansteckend. Natürlich konnte sie ihm nicht böse sein. Ihre Lippen fanden sich zu einem Kuss.

»Okay«, fragte Siebert schließlich und schob seinen Kopf ein paar Zentimeter zurück. »Was war los in deinem Traum?«

»Ich habe nicht geschlafen«, erklärte Agnes und erkannte sogleich das Besondere. Dies war eine Vision gewesen, kein Traum.

Das ist nicht normal.

»Irgendwie bin ich in diese Augen gekippt«, sie deutete auf die Staffelei, »wie in Hypnose, verstehst du? Und dann ist der Film abgelaufen. Die Frau, Irene hieß sie, hat mich in unserem Haus besucht, nannte mich Hexe und wollte eine Medizin, die sie fruchtbar macht. Violet, also ich, hat sie wieder weggeschickt, und Irene war stinksauer. Dann ist Theodor aufgetaucht, zeitgleich mit dir.«

»Aha.« Siebert betrachtete das Bild. »Das ist für Virginia Murdoch, nicht wahr?«

»Ja.«

»Steht sie für diese Frau, die dich besucht hat?«

»Irene Worthwill – ja, daran habe ich keinen Zweifel«, wurde es ihr im gleichen Moment, in dem sie es aussprach, klar. Dennoch würde sie gleich nachher mit dem Pendel diese Vermutung überprüfen.

»Ich hab' ehrlich gesagt nicht verstanden, warum du für

deine Chefin ein Bild malst, wo sie dich so mies behandelt. Aber in Verbindung mit dem Tagtraum macht das Sinn.« Überrascht weiteten sich ihre Augen. War es möglich, dass er ihre Träume doch ernst nahm, sich mit ihrer Realität anfreunden konnte? Ein Hochgefühl machte sich in ihr breit, während Siebert unbeirrt weiterredete. »Sie hat ein Problem mit dem Kinderkriegen und darüber hinaus noch ein Hühnchen mit dir zu diesem Thema zu rupfen. Kein Wunder, wenn sie dich so angeht – gerade jetzt, wo sie den Abortus hatte.«

»Dass du in dieser Weise über den Traum sprichst, das macht das alles so …«, Agnes zögerte kurz, wollte nicht zu viel von ihrem inneren Chaos preisgeben, »… nicht mehr total verrückt.« Sie blinzelte gegen die aufsteigenden Tränen an. »Danke.«

»Wofür bedankst du dich?«, fragte er. Es klang tatsächlich verwundert.

»Dass du mich ernst nimmst.«

»Quatsch«, verlegen küsste er ihr Haar. »Man muss sich natürlich ein wenig mit dieser Sache auseinandersetzen, dann ist es einigermaßen rational zu bewältigen – besser gesagt, nicht mehr ganz so unheimlich. Im Internet gibt's da eine Menge zu finden.«

»Ach so?«, erwiderte Agnes skeptisch. Hatte Siebert das Geheimnis ihrer Gabe mit Hilfe von *Google* gelöst? Da war sie aber gespannt …

»Das stelle ich mir vor wie in *Matrix«,* fuhr er fort, »ein genialer Film. Hast du ihn gesehen?«

»Den ersten Teil mindestens drei Mal«, erwiderte sie und versuchte, den Zusammenhang zu erkennen. Zu einem Kinofilm, herrje. Sie runzelte die Stirn. »Was habe ich mit *Matrix* gemeinsam?«

»Der Film hat mich auf folgende Idee gebracht: Was ist die Matrix?, wird dort gefragt. Im Film geht es zwar um ein Computerprogramm«, er hob entschuldigend die Hände, »aber diese Metapher leihe ich mir für unsere Zwecke aus.« Seine Augenbrauen zogen sich konzentriert zusammen, »Wenn alles Energie ist, und das wissen wir seit Einstein, dann flirrt die Welt von mehr oder weniger dichten Energiewolken, die einander beeinflussen und bedingen. Im Film durchschaut Neo nach seinem Nahtoderlebnis die Matrix und sieht die Zahlenkolonnen des Computerprogramms anstatt der Figuren, die es erzeugt. Das macht ihn unangreifbar für die Produkte des Programms.« Agnes ließ sich seine Worte durch den Kopf gehen und nickte schließlich zustimmend.

»Du meinst, wir sehen ausschließlich Dinge, die von der Energie gebildet werden?«, nahm sie sich der *Matrix*-Theorie an. »Wir werden von unserer Wahrnehmung getäuscht und glauben, dass das, was wir sehen, die einzige Realität ist.«

»Exakt«, stimmte ihr Siebert zu, sichtlich stolz auf seine Recherchen und Schlussfolgerungen. Er zog sie mit sich auf das Sofa und sorgte dafür, dass sie bequem auf seinem Schoß saß. »Alles ist bloß eine Frage der Wahrnehmung, der Kapazität der Sinnesorgane, wie viel oder was ein Lebewesen von der energiegefüllten Welt registrieren kann. Eine Fliege, eine Fledermaus, ein Bakterium – jedes Lebewesen hat seine ganz spezifische Wahrnehmung.« Siebert lehnte sich zurück, und Agnes spürte, dass jetzt der Höhepunkt seiner Ausführung bevorstand.

»Und …?«, drängte sie ihn, weiterzusprechen.

»Deine Wahrnehmung ist in Relation zu der anderer Menschen deutlich schärfer, umfangreicher. Dies beanspurcht dich selbstverständlich über Gebühr, und dein Unterbewusstsein muss einen Weg finden, damit klarzukommen.« Sieberts Miene wurde feierlich. Unwillkürlich hielt Agnes den Atem an und hing an seinen Lippen. »Ich denke, dass dein Unterbewusstsein sehr stark deine Vorstellungskraft beeinflusst.« Ganz vorsichtig und sanft war seine Stimme geworden, als wollte er sie mit seinen Erkenntnissen nicht erschrecken. »Du bist eine sehr sensible Frau und nimmst deine Umwelt ungleich intensiver wahr als andere Menschen. Dein Unterbewusstsein verarbeitet die Impressionen im Traum und drückt sich in Bildern aus.«

»So siehst du das also«, murmelte Agnes, und Siebert nickte stolz, als hätte er ein großes Problem der Menschheit für sich gelöst. »Meine Träume sind demnach tiefenpsychologisch begründbar«, fasste sie zusammen.

»Einfach und genial, nicht wahr?«, freute sich ihr Seelengefährte, den sie seit Tausenden von Jahren liebte.

»Nicht wahr?«, wiederholte sie, legte den Kopf an seine Schulter, damit er nicht die Enttäuschung in ihrem Gesicht lesen konnte.

14. KAPITEL

Sterben, schlafen – schlafen, vielleicht träumen … ja, da hakt es:
Denn was in jenem Todesschlaf für Träume kommen mögen,
wenn wir dies sterbliche Geschlinge losgeworden sind,
das muss uns zögern machen.

(Hamlet, 3. Akt, Szene 1)

Virginia Murdoch platzte ins Zimmer und holte tief Luft. Eine Zornesfalte teilte ihre Stirn. Agnes blickte erschrocken von ihrer Arbeit auf, sah die zierliche Frau in der Tür stehen und machte sich auf eine heftige Schimpftirade gefasst. Jedoch – nichts dergleichen. Stattdessen entwich lautlos die angestaute Luft aus Virginias Lungen. Über Agnes hinweg stierte sie auf das Bild, das dort an der Wand lehnte. Verdutzt folgten Agnes und Helen diesem Blick, nur um gleich darauf wieder Virginia zu mustern. Nach ein paar Sekunden schüttelte diese unmerklich den Kopf und riss sich los.

»Miss Feder«, begann sie zögernd, als müsste sie ihr Ansinnen mühsam rekonstruieren. »Ich wollte heute die Unterlagen über die Förderanträge auf meinem Tisch.« Das war nicht der übliche scharfe Tonfall.

»Zu Mittag bringe ich Ihnen alles rüber«, antwortete Agnes und versuchte, ein klein wenig zu lächeln. Das konnte schließlich nicht schaden. Oder?

»Wenn ich etwas am nächsten Tag haben will, dann meine ich am Morgen«, grollte Virginia, fast wieder die vertraute Kobra. So viel zur bahnbrechenden Wirkung eines Lächelns. »Klar?« Die Lippen zusammengekniffen und den Arm in die Hüfte gestemmt glich Virginia einer einsamen Regenwolke die sich nach Blitz und Donner sehnte. Das half. Anstatt sich zu ärgern und die Augen zu verdrehen, perlte die Schlechtwetterfront einfach an ihr ab. Das Ganze war doch nichts als Theater und auf Spielchen hatte sie einfach keinen Bock mehr.

»Mache ich in Zukunft«, antwortete Agnes ruhig. »Jetzt weiß ich's ja.« Virginia erwiderte nichts, denn ihre Aufmerksamkeit war längst wieder zu dem *Healing Picture* geglitten.

»Das Bild«, fragte sie, und ihre Stimme klang plötzlich nicht mehr so schrill. »Gehört das Ihnen?«

»Ja.«

»Von wem ist das?«

»Ich habe es für Sie gemacht.« Die Wirkung auf Agnes' Vorgesetzte war überraschend. Ein ganz neuer Ausdruck erschien auf dem verkniffenen Gesicht: weicher, zerbrechlicher, geradezu als wäre eine Maske abgefallen.

»Für mich?«, erwiderte Virginia beinahe bestürzt. »Warum?«

Herrje, das kann ja wohl nicht das erste Geschenk sein, das sie jemals erhalten hat, wunderte sich Agnes über die Reaktion. »Ich male, was mich beschäftigt.« Fasziniert studierte sie die Gesichtszüge dieser widersprüchlichen Frau. Feine Linien zwischen den Augenbrauen, unendlich traurige Augen, Lippen, die um vieles voller waren, sobald sie mal nicht zusammengekniffen wurden. »Wir geraten oft aneinander, ich weiß nicht warum und das ist belastend.

Wenn ich einen Menschen male, kann ich ihn besser verstehen.« Das war von Herzen gesprochen.

Und Virginia Murdoch – lächelte.

»Cool, wie du das mit Virginia hingekriegt hast.« Helen steckte eine rote Strähne in dem Gewirr von aufgetürmten Haaren fest. »Wie bist du bloß auf die Idee gekommen, ihr ein *Bild* zu malen? Echt, an so was denke ich nicht mal!« Sie lachte auf, und es war nicht klar, ob aus Bewunderung oder Spott.

»War eine Eingebung«, hielt sich Agnes bedeckt. »Außerdem wollte ich nichts *hinkriegen* – ich wollte ihr eine Freude machen.«

»Na klar«, spöttelte Helen.

»Hey, ist mir doch gleich, was du glaubst!«, regte sich Agnes jetzt doch noch auf. »Die Frau hat gerade eine richtig schlechte Zeit. Wenn es dir mal dreckig geht, wirst du dir wünschen, dass die Leute um dich herum nicht nur auf deine miese Laune reagieren, sondern deine Hilfsbedürftigkeit registrieren.«

»Ich bin nicht so blöd und lasse mich vom Firmencasanova schwängern«, blockte Helen ab. So viel Selbstgefälligkeit – Agnes stieß einen ärgerlichen Seufzer aus.

»Jeder greift mal in die Kacke«, sagte Agnes und fügte in Gedanken hinzu: Und du wirst früher oder später auch dabei sein, verlass' dich drauf.

»Sag' ich ja: genial«, grinste Helen zurück.

Wozu sich über Helen aufregen? Das Mädel war keine 20 und hatte offensichtlich keine Ahnung, was einem im Leben alles widerfahren konnte.

»Das ist keine Manipulation«, versuchte Agnes noch mal, ihren Standpunkt klar zu machen. »Es ist bloß ein Bild, eine nette Geste.« Ein Auftrag – angeleitet von lichten Helfern … auch von denen hatte Agnes Siebert nichts erzählt. Wie hätte er das wohl tiefenpsychologisch erklärt? Will ich gar nicht wissen, schob Agnes das Gefühl der Enttäuschung beiseite und besah das Ölgemälde mit neu entfachtem Interesse. Unfassbar, wie stark die Wirkung des *Healing Picture* auf Virginia gewesen war. Selbst fühlte sie sich seither Virginia beinahe verbunden. Sogar deren Gehässigkeiten nahm sie nicht nur locker hin, sondern empfand aufrichtiges Mitgefühl. Dieses Gefühl schien sich auf irgendeine Weise auf Helen zu übertragen. Das war ein verdammtes Wunder. Dafür brauchte sie keine Tiefenpsychologie.

»Ist gut, hab' schon verstanden.« Helens dreifarbige Löckchen wippten zustimmend mit dem Kopf mit. »Frauensolidarität und so was, stimmt's?«

»Genau«, seufzte Agnes und konnte nicht anders als zu schmunzeln. Irgendwo musste das Verständnis für andere Menschen ja anfangen, warum nicht bei Frauensolidarität? Das konnte Helen wenigstens verstehen. »Ich gehe dann rüber zu Virginia und bringe ihr die Unterlagen.«

»Kommst du noch mal rein?«

»Nein, ich gehe gleich nach Hause«, antwortete Agnes, während sie bereits die benötigten Seiten in eine Klarsichtfolie schob. »Das heißt, unterwegs besichtige ich noch die *St. Pauls Cathedral.*«

»Jeden Tag eine Sehenswürdigkeit.« Helen klatschte in die Hände. »Bravo, du hast bald mehr von London gesehen als ich.«

»Bei den Klubs werde ich dir nie das Wasser reichen können«, zwinkerte Agnes ihrer Kollegin zu. »Daheim bin ich auch nur wegen der Schule zu einer Führung im Schloss Schönbrunn gekommen.«

»Hey, ich zeig' dir am Freitag einen Klub, da kannst du krass abtanzen, super Typen. Ein echter Geheimtipp. Wenn ich dich nächstes Jahr besuchen komme, gehst du mit mir dafür ins *Sisi-Museum*, versprochen? Die hatte so geile Haare.«

»Auf jeden Fall«, lachte Agnes amüsiert auf. Geile Haare! Unter diesem Blickwinkel konnte man die unglückliche Kaiserin von Österreich natürlich auch betrachten. »Und tanzen gehen wir übernächste Woche. Ich habe am Freitag schon ein Date.«

»Cool.«

»Bye!«

Beschwingt lief Agnes den Gang entlang. Das Bild würde sie morgen früh bei Virginia reinstellen, jetzt bloß noch die Unterlagen rasch abgeben, dann die U-Bahn nehmen, zwei Stationen bis *St. Paul* fahren … ach, da musste sie einmal umsteigen, fiel ihr ein und freute sich auf die Kirche. War bestimmt angenehm kühl drinnen … schon wieder so ein schwüler Tag – ihr Geist hüpfte von einem Thema zum anderen – am Heimweg unbedingt ein paar Sachen fürs Abendessen im Supermarkt kaufen … was war das noch, was Siebert unbedingt probieren wollte …? Gedankenverloren öffnete sie die Tür zu Virginias Zimmer und machte eine geistige Notiz für Assam Typhoo in runden Bags, ihre neueste Entdeckung im Supermarktregal. Praktisch abgepackter Typhoo für unterwegs, wenn das nicht genial … sie erstarrte.

»… und die Krämpfe fingen an, nachdem du gegangen warst! Schau nicht so arrogant – irgendwie hast du wieder deinen Willen durchgesetzt – das war kein Zufall. Wo andere ein Herz haben, hast du einen Stein, gehst über Leichen.«

»Was bist du so versessen auf ein uneheliches Kind? Du weißt genau, dass ich meine Frau niemals verlassen werde.«

»Du hast Schiss vor deiner Frau!«

Agnes stand mitten im Zimmer. *Fuuuuck* – konnte sich nicht die Erde auftun, um sie zu verschlingen, bevor Bernty und Virginia sie bemerkten? Zu spät. Wie auf Zuruf wandten sich ihr die Gesichter zu, und hasserfüllte Blicke bohrten sich durch ihre Haut. Bernty lehnte lässig an der Schreibtischkante, Virginias schmale Gestalt vor ihm aufgebaut, erinnerte tragischer Weise an ein Kampfhuhn.

»Ich wollte bloß die Unterlagen reinlegen«, stammelte Agnes, »bin schon wieder weg.« Hastig legte sie die Mappe auf die nächstgelegene freie Oberfläche, einen niedrigen Büroschrank, und zog sich sofort zurück. »Bis morgen dann«, rief sie gekünstelt unbefangen und stolperte im Rückwärtsgehen fast über die eigenen Füße.

Shit! Shit! Shit!

Das hatte sie nicht mit anhören wollen. Die Chefin würde jetzt noch mehr Grund haben, sie zu hassen. Wie fies konnte es mit Virginia noch werden? Nun, eines war gewiss, die Steigerungsmöglichkeiten von *fies* würde sie demnächst kennenlernen.

»Bleiben Sie, Frau Feder!«, herrschte Virginia sie an und machte zwei Schritte um den Schreibtisch herum.

»Die Kleine kann nicht anklopfen, was?«, murmelte Bernty und verzog seinen Mund. »Als würde sie herumschnüffeln.« Agnes schluckte. Der Zusammenstoß vor Michelles Zimmer fuhr ihr durch den Leib wie ein Déjà-vu – und sie wusste, dass auch Bernty daran dachte.

»Das hier ist für Sie gekommen.« Virginias schmale Hand hielt ihr einen Briefumschlag hin. Mit schrägstehender, energischer Handschrift stand ›Agnes Feder‹ darauf, darunter die Anschrift von *Vincent House* war durchgestrichen und mit einer anderen Handschrift, vermutlich die der Concierge, auf *SARFUR* korrigiert. Michelles Handschrift, zuckte Agnes im Augenblick des Erkennens zusammen. Hatte sie eben den Namen hörbar geflüstert? Panisch warf sie einen Blick auf Bernty. Seine Pupillen waren riesige schwarze Löcher, bewirkten, dass ihr Herz aussetzte, gegen die Rippen stolperte. Er wusste es. Schon richtete er sich zur vollen Größe auf, verlagerte das Gewicht des Körpers in ihre Richtung. »Nehmen Sie zur Kenntnis, dass Privatpost nicht an die Dienstadresse zu schicken ist«, redete unterdessen Virginia auf sie ein. »Ich bin nicht Ihre Sekretärin, was glauben Sie eigentlich?«

Die angekündigte Post von Michelle – die Neugier gewann Oberhand, sie musste wissen, was ihre Erzfeindin vor ihrem Tod ausgeheckt hatte. Ihre Hand streckte sich dem Kuvert entgegen, doch ehe die Finger das Papier berühren konnten, wurde das Kuvert mit einer blitzschnellen Bewegung weggezogen. Bernty hielt es in seiner Rechten und betastete es auf den Inhalt.

»Sagten Sie vorhin Michelle?«, fragte er mit einer Eindringlichkeit, die Agnes das Gefühl gaben, bei irgendetwas Verbotenem ertappt worden zu sein.

»Ich habe nichts gesagt«, blaffte sie ihn an, kämpfte gegen Angst, Wut und Empörung gleichermaßen. Verdammt, sie musste diesen Brief bekommen!

»Was soll das, Walter? Gib ihr den Brief«, wies Virginia ihn zurecht, ganz offensichtlich verwundert über sein Verhalten. »Es mag nicht in Ordnung sein, sich die Post in die Firma schicken zu lassen, aber er ist eindeutig an sie adressiert.«

»Er ist an *SARFUR* adressiert, und wer weiß«, Bernty hielt jetzt das Kuvert gegen das Licht, um mehr über den Inhalt zu erfahren, »vielleicht verkauft unsere junge Frau Magister Betriebsinterna an die Konkurrenz oder die Presse.«

»Hast du sie noch alle?«, echauffierte sich Virginia. »Das kann nicht dein Ernst sein – die Feder ist noch keinen Monat hier. Du wirst immer verrückter, Walter. Langsam mache ich mir Sorgen um dich.« Hatte Lady Kobra gerade für sie Partei ergriffen? Im Nebel ihres emotionalen Aufruhrs blieb das Erstaunen über diese Wendung vorerst auf der Strecke, konnte nicht mit dem absurden Vorwurf der Werkspionage konkurrieren. Virginia hatte sich mit verschränkten Armen vor Bernty gestellt und fixierte ihn mit zusammengezogenen Brauen. Diese Frau konnte so was von grimmig dreinschauen! Jedenfalls war der Brief außer Reichweite für Agnes und Bernty schien von Virginias Bemerkung nicht im Mindesten beeindruckt.

»Ich werde den Brief vorläufig an mich nehmen«, verkündete er und schob Virginia beiseite. »Sollte er tatsächlich privater Natur sein …« Weiter kam er nicht. Indem er sich an Virginia vorbeidrückte, war er auf Agnes zugetreten – adlergleich, ohne einen Gedanken zu verschwenden, wie sie einem Angriff von Bernty Paroli bieten könnte, riss sie das Kuvert an sich und rannte zur Tür.

»Meine Post geht Sie einen Scheißdreck an!«, schrie sie im Laufen, knallte die Tür hinter sich zu. Treppe – beim Lift schnappt er dich, befahl ihr der Verstand, weiterzulaufen. Hatte sie vorhin deutsch gesprochen? Diesen überflüssigen Gedanken spann sie nicht weiter, verwandte alle Energie auf die Flucht. Atemlos erreichte sie den Ausgang und blieb bis zur Busstation nicht stehen. Jetzt wagte sie einen Blick zurück – kein Bernty zu sehen, kein Sicherheitsdienst. Eine Reihe von zweistöckigen roten Bussen steuerte die Haltestelle an, und sie sprang in den erstbesten, ohne sich darum zu kümmern, wohin er sie bringen würde. Ein hysterisches Lachen befreite sich aus ihrer Kehle. Geschafft! Sie hatte tatsächlich Bernty ausgetrickst! Keuchend ließ sie sich in einen freien Sitz fallen.

Bernty ausgetrickst? Tickte sie noch richtig? Er würde sie feuern! Nein, korrigierte sie sich, Virginia hatte selbst gesagt, dass der Brief privat war, das Briefgeheimnis war auch in England Gesetz. Was also würde Bernty tun? Denn so viel war klar, dieser Mann würde sich nicht einfach einer kleinen Praktikantin geschlagen geben. Und mit einem Mal öffnete die Furcht ihre schrecklichste Blüte – Inspektor Hamish Drought.

Violet saß unter dem mächtigen Holunder nahe dem Haus und strich über ihren Schoß. Ein Lächeln erhellte ihr Gesicht bei der Erinnerung an die frohen Stunden, die sie hier gemeinsam mit Theodor verbracht hatte. Was hatte die Bank geknarrt! Geschützt von den üppigen Blättern und Zweigen, gesegnet von den Ahnen und Feen, die Busch und Wurzelstock bevölkerten, hatte sie ihr Kind hier empfangen. Hatte im Augenblick gefühlt, wie die kleine Seele in ihrem Leib Einzug hielt.

Schwarz prangten die handtellergroßen Beerendolden in der Abendsonne. Der Himmel färbte sich orangerot, und Wolken zeichneten filigrane Formen. Waren dies zwei Liebende, die sich innig umarmt hielten? Oder doch mehr ein Schmetterling, der langsam über den Horizont strich, bis seine Flügel als Vogelschwarm auseinanderstoben?

Das letzte Glühen der Sonne blendete Violets Augen, die sie doch nicht von dem Schauspiel abwenden konnte. Leise flüsterte der Wind durch die Blätter, streichelte ihre Haut. Die Härchen auf den Armen richteten sich auf, und unvermittelt fröstelte sie. Ein Rabe krächzte heiser auf. Sperlinge flohen aus den Hecken, und die Hauskatze jagte am Haus vorbei über den Hof. Violet wandte alarmiert den Kopf. Blätter rieben aneinander, ein Tuscheln erhob sich, der Wind schüttelte die Hollerbeeren, wirbelte die Wesenheiten auf.

Wo bleibt Theodor? Der Gedanke zerbarst in ihrem Kopf.

Er wird heute nicht kommen, flüsterten die Wesenheiten des Holunders.

Bald wird er einer von uns sein, raunten die Ahnen.

»Violet? Bist du allein?« Ravens Gestalt tauchte dort auf, wo die Katze hergekommen war. »Ich muss dich sprechen!«, presste er atemlos hervor und stützte die Hände auf den Oberschenkeln ab.

»Du hast schlimme Nachricht, ich sehe es in deinen Zügen«, flüsterte Violet, die Stimme wollte ihr kaum gehorchen.

»Man hat unser Treffen ausspioniert – sie haben Theodor fortgezerrt«, stammelte Raven. Sein Haar hing ihm wirr ins Gesicht, klebte an der schweißnassen Stirn. Er muss den ganzen Weg gerannt sein, dachte Violet und wunderte sich über die Banalität ihrer Gedanken, wo doch Theodor … »Mir gelang die Flucht.«

»Wer sind *sie*?«

»Dein Vater hat Theodor der Ketzerei beschuldigt. Er wird der Inquisition übergeben und befragt werden.«

»Befragt?«, keuchte Violet auf, wusste um die Bedeutung dieses Wortes, wenn es um die Heilige Inquisition ging. »Nein«, wisperte sie, schüttelte den Kopf, wollte aus diesem Albtraum erwachen, »Nein. Nein. Nein.« Alle Kraft rann aus dem Körper, als hätten sich Schleusen geöffnet. Eine wütende Böe rüttelte an den Früchten des Holunders, bis sich die schwarzen Perlen über Violets Haupt ergossen.

»Are you okay, can I help you?« Agnes starrte in grau verschleierte Augen. Wo zum Teufel war sie? Sukzessive registrierte sie den alten Mann, hinter ihm das lichtdurchflutete Mittelschiff von St. Pauls mit seinen mächtigen Säulen, der atemberaubenden Kuppelwölbung und dem Prunk der Mächtigen: Gold, Marmor, Kunstobjekte wo man hinsah.

Der Alte musterte sie besorgt unter schweren Lidern, erwartete eine Antwort. Beklommen drückte Agnes eine Hand aufs Dekolleté, wollte das Schlagen des Herzens gegen das Brustbein abdämpfen. Es half nichts.

»Ich habe vergessen … es ist bloß …«, stammelte sie und versuchte, den Alten anzulächeln. »Alles in Ordnung. Danke.«

»Sie haben aufgeschrien, Mädchen.« Noch einmal ließ der Mann seinen Blick über ihren Körper wandern, als wäre er ein Arzt auf der Suche nach der Ursache für die Beschwerden seiner Patientin. Dann nickte er und schlurfte mit kleinen Schritten über die schwarz-weißen Bodenfliesen davon.

Die Träume kamen ohne Schlaf. Drängten sich auf. Es genügte, einen Punkt zu fixieren und den Gedankenfluss längere Zeit zu unterbrechen.

Etwas wird geschehen.

Agnes fuhr sich durchs Haar, nahm es zu einem Pferdeschwanz zusammen und knotete einen Haargummi darum. Konzentriere dich, du lebst im 21. Jahrhundert, ermahnte sie sich, hast in der Kathedrale Zuflucht vor Bernty gesucht, wolltest abschalten. Stattdessen eine weitere verstörende Vision, noch ein Schritt näher dem Wahnsinn. Mit heftigen Bewegungen rieb sie sich über die Arme und stand auf. Von der *Whispering Gallery* drang das Flüstern von 1000 Stimmen herab, Touristen schoben sich vorbei. Alles in ihr verlangte nach freiem Himmel. Wieder vor dem Westportal schweifte ihr Blick über den Platz, suchte verstört den Anker zur Realität. Die Statue von Queen Anne stand da, Tauben tummelten sich um sie, hinterließen ihre dreckig-weißen Spuren. Obwohl die Kathedrale in dicht verbautem Gebiet stand und der Straßenverkehr wie Meeresbrandung ringsum wogte, war etwas Erhabenes zu spüren. *Ludgate Hill* ist seit jeher eine Kultstätte gewesen, erinnerte sie sich an die Worte im Stadtführer. Nach dem großen Brand von London 1666 war St. Pauls die fünfte Kirche an dieser Stelle.

Dennoch, der Lärm und die Abgase waren kaum auszuhalten. Sie sah sich um, entdeckte eine Bushaltestelle und spürte in sich den dringenden Wunsch, den Platz mitsamt der Vision hinter sich zu lassen. Ihre Schritte waren hastig, die Gedanken flogen voraus. Nach Hause – vielleicht war Megan da. Seit Larrys Besuch hatten sie einander nicht mehr gesehen. Michelles Brief – in den sicheren vier Wänden ihrer Mansarde würde sie ihn öffnen. Bei dem

Gedanken zog sich ihr die Kehle zusammen und Ameisenkribbeln unter der Haut ließ sie nervös die Beine gegeneinander reiben. Der Brief einer Toten. Der Frau, die sie hatte umbringen wollen. Was auch immer darin stand, es konnten keine guten Nachrichten sein. Nicht, wenn sie von Michelle stammten.

Der Schlüssel öffnete die Eingangstür mit einem leisen Knacksen, und Agnes betrat den kühlen Flur.

»Megan?«, rief sie in das stille Haus, kaum dass die Tür ins Schloss gefallen war. Auf der Kommode lag neben Lippenstifthülsen, Bürste, Schlüsselbund, Obst und Kleingeld, auch die Post. Das Buch von Paps war wieder nicht dabei. Agnes griff in ihre Tasche und holte Michelles Brief hervor. Die Unterlängen ihrer Handschrift zeigten wie Speerspitze auf Agnes' Körper. Diese Frau verfolgte sie noch aus dem Grab heraus. Andererseits – wie konnte es anders sein? Schließlich war diese Frau eine Soziopathin gewesen.

»Megan?«, rief Agnes neuerlich, schnappte sich einen Apfel und stapfte die Treppen hoch. Es wurde Zeit, mehr über die teuflischen Pläne ihrer Todfeindin zu erfahren. Achtlos warf sie die Tasche in eine Ecke des Wohnraums und kauerte sich zum Couchtisch. Mit einem Bleistift schlitzte sie das Kuvert auf und drängte die ausgefransten Ränder auseinander. Ein zusammengefaltetes Stück Papier steckte darin. Bevor Agnes es herauszog, atmete sie tief durch. Bereit. Sie wollte es wissen. Als sie das Blatt auffaltete, flatterte eine kleinere Seite zu Boden. Diese war aus dickerem Papier, bunt bedruckt. Ein Foto? Neugierig hob Agnes das Bild auf. Die etwas unscharfe Rückenansicht eines breitbeinig dastehenden Mannes, bekleidet mit Hemd und Anzughose, die offensichtlich offen stand … seine Pranken hielten die Hüfte einer Frau, die sich mit hochgeschobenem Rock vornüber auf einem Schreibtisch abstützte. Die Art von Schreibtisch, wie sie bei *SARFUR* in Verwendung standen … das Gesicht der Frau war abgewandt, ihr Haar dunkel.

»Michelle Schoff schickt mir ein Sexfoto«, stellte Agnes belustigt fest. Hinter ihr klopfte es, und sie wirbelte erschrocken herum.

»Du hast vorhin nach mir gerufen?« Megan stand in der Tür.

»Megan«, rief Agnes erleichtert darüber, ihre Freundin zu sehen, schreckte jedoch im nächsten Augenblick vor deren Erscheinung zurück. Blaugraue Ringe lagen unter ihren Augen, die Haare waren ungewaschen, die Schultern gebeugt. Der fahlen Gesichtsfarbe nach zu schließen hatte Megan kaum geschlafen, viel geraucht und nichts gegessen. »Was ist mit dir los?«, fragte Agnes die Freundin mit unverhohlener Besorgnis.

»Hatte eine lange Nacht«, gab diese abweisend zurück. »Was hast du da?« Agnes folgte Megans neugierigem Blick zu dem Foto in ihrer Hand.

»Michelles Vermächtnis. Kam mit der Post ins Büro.« So angelockt trat Megan näher und beugte sich über sie. Nikotin und Schweiß hingen in der Kleidung, lösten Abscheu in Agnes aus. »War zuerst an mein Hotel adressiert – weiß der Henker, wie sie das herausgefunden hat – und wurde an *SAFUR* weitergeleitet. Bernty hat mich fast darum gebracht. Musste ihm das Kuvert regelrecht entreißen.« Sie bemühte sich möglichst dezent die Nase von Megans Klamotten wegzuhalten.

»Zeig' her«, streckte diese begierig die Hand aus, doch Agnes ließ das Bild nicht los. »Wer ist das?«

»Ich habe eben erst einen Blick darauf geworfen«, rechtfertigte sie sich und besah das Pärchen genauer. »Die Gesichter kann man nicht sehen. Aber der Raum sieht aus wie bei …«

»*SARFUR*«, beendete Megan den Satz ohne aufzusehen. »Wer hat das gemacht?«

»Was fragst du mich? Ich habe diesen Brief bekommen und eben erst aufgemacht. Keine Ahnung, wer die beiden da am Foto sind, keine Ahnung, wer sie fotografiert hat …«

»Wer lässt sich denn schon beim Vögeln fotografieren?«, stieß Megan belustigt aus, und Agnes hielt vom Schlag der Erkenntnis getroffen die Luft an. Michelles Worte zu Walter Bernty! Sie klopfte sich gegen die Stirn.

»Gott, bin ich vertrottelt! Wo ist der Brief?« Sie warf das Bild auf den Tisch und schnappte nach dem gefalteten Papier.

Hi Agnes,

ich schicke dir eine Kopie jenes Fotos, über das wir morgen sprechen werden. Wer hätte gedacht, dass Agnes Feder einmal meine Lebensversicherung sein wird? Pass' gut auf dich auf, meine liebe Freundin, unser ›Long Dong Silver‹ hier wird möglicherweise ahnen, wen ich ins Vertrauen gezogen habe – wo er mir doch deine Anschrift verraten hat. Mfg Michelle

»Wer ist ›Long Dong Silver‹?«, fragte Agnes.

»Ein Pornostar aus den 80ern«, erwiderte Megan mechanisch, immer noch ganz auf den Text fixiert, den sie über Agnes' Schulter hinweg mitgelesen hatte. »Riesending.«

»Dann ist das Bernty?«, murmelte Agnes und nahm das Foto wieder auf.

»Du kennst sein Ding?«

»Was?«, zuckte Agnes zusammen. »Nein!«

»Er könnte es sein – die breiten Schultern, lange, stämmige Beine«, Megan ging noch näher an das Foto heran, kniff die Augen angestrengt zusammen, »der Kopf ist gesenkt, aber das Haar ist dunkelblond, eine großkotzige Rolex am Handgelenk …« Sie hielt für eine Sekunde den Atem an, ehe sie hervorstieß: »Genial!«

»Was ist daran genial?«, schnaubte Agnes entsetzt. Die ganze Wucht der Bedeutung dieses Briefes stürzte auf sie ein. »Michelle ist tot – ermordet, Megan! Und sie hat ihm indirekt gesteckt, dass ich ebenfalls einen Beweis seiner Virilität besitze.« Für einen schrecklichen Moment der Erkenntnis lang vergaß Agnes zu atmen. »Warum sonst war er so scharf auf diesen Brief?« *Verzeih mir* – Agnes hörte Michelles gebrochene Stimme in ihrem Kopf und hielt sich die Ohren zu. Als ob das half.

»Ich gehe mal davon aus, dass diese Frau vor ihm nicht seine Ehefrau ist«, redete Megan weiter, als hätte sie Agnes nicht gehört. »dunkles Haar … sieh' nur das Bild an der Wand – das ist Virginias Büro!«, stieß sie triumphierend aus. »Damit hat Michelle Bernty erpresst.«

»Ich muss bloß dem Inspektor das Foto geben«, hob Agnes an, erkannte die wunderbare Wendung in ihrer prekären Situation. »und bin damit entlastet!« Mit verschleierten Blick wandte sich Megan ihr zu, verbarg jegliche Gefühle.

»Man kann Bernty nicht eindeutig erkennen. Die Frau auch nicht. Das Foto bringt dir gar nichts bei der Polizei.«

»Die Kriminaltechniker können die Person abgleichen,

da bin ich sicher. Außerdem sind Michelles Fingerabdrücke drauf«, widerlegte Agnes die befremdlich anmutenden Argumente ihrer Freundin. »Ich habe diesen Brief von ihr. In ihrer Handschrift.« Im gleichen Augenblick wurde ihr bewusst, dass nun ihre eigenen überall auf dem Papier zu finden waren. Wie heiße Kartoffeln ließ sie Brief und Foto auf den Tisch fallen.

»Michelle erwähnt Bernty mit keinem Wort«, widersprach Megan erneut. Wie hartnäckig sie war! »Die Polizei wird nichts damit anfangen können.«

»Aber natürlich!«, kam Agnes allmählich in Rage. »Das *ist* Bernty!«

»Vielleicht verdächtigen die Bullen zum Schluss erst recht dich, weil Michelle dich erpresst haben könnte.« Megan betrachtete das Foto mit gerunzelter Stirn. »Das könntest durchaus du da am Tisch sein …«

»Unsinn, ich habe doch den Brief«, winkte Agnes ab, fühlte sich aber verunsichert. Megan war dermaßen überzeugt, dass sie nicht zur Polizei gehen sollte, vielleicht hatte sie tatsächlich etwas übersehen? Irritiert schüttelte sie den Kopf, rieb sich die Schläfen, versuchte einen klaren Blick auf die Dinge zu erhaschen.

»Der Brief besagt nur, dass sie mit dir sprechen wollte«, insistierte Megan. »Könnte gut ein Erpressungsgespräch damit gemeint sein, nicht wahr?«

»Sie bezeichnet mich als Lebensversicherung, folglich erwartete sie sich von mir Schutz.« Das ging jetzt entschieden zu weit mit Megan.

»Oder Geld. Lebensversicherungen werden am Ende ausgezahlt«, beharrte Megan und Agnes hatte endgültig genug.

»Für heute lassen wir es gut sein, ich muss über das alles nachdenken«, beendete Agnes die Diskussion, kämpfte ihre

Verärgerung nieder und bemühte sich um einen unbefangenen Tonfall. »Ich überschlafe die Sache. Morgen Früh gehe ich zur Polizei.« Auf der Couch lag ein Seidentuch, das ihr als Verpackung für dieses wichtige Beweisstück im Moment geeignet erschien. Ohne die Papiere noch einmal anzufassen, schob sie alles mithilfe des Bleistifts auf das Tuch und schlug es ein. Bernty. Er wusste, dass sie das Foto hatte. Die Konfrontation im Büro war eindeutig gewesen. »Hier bin ich fürs Erste sicher. Und wenn der Brief erst mal bei Drought ist, kann mir nichts mehr geschehen.«

»Wie du meinst«, erwiderte Megan und gähnte. »Entschuldige, ich bin einfach erledigt.«

Agnes sah ihrer Freundin nach, registrierte, nicht nach dem Treffen mit Larry gefragt zu haben. Das würde sie demnächst nachholen. Zuerst musste sie sich in Sicherheit bringen.

Die Holzdielen knarrten, als Agnes über den schmalen Flur der Mansarde tappte. Schmerzen schnitten durch ihren Kopf, stachen durch Augen und Schläfen. Einschlafen hatte sich als unmöglich erwiesen, also geisterte sie auf unsicheren Beinen durch die kleine Wohnung auf der Suche nach Aspirin. Siebert arbeitete noch in der Kanzlei, ihn konnte sie nicht danach fragen. Annie war zu einer Entbindung geeilt, und Megan mit Larry verabredet. Die einzige Chance auf Schmerzlinderung versprach das Seitenfach ihres Koffers. Die Abstellkammer musste allerdings zuerst von Staubsauger, Wäschekorb, Eimer und Besen befreit werden, ehe die unter den Regalen verkeilten Koffer in Griffweite kamen. Mit zusammengekniffenen Augen kämpfte sie sich an ihren Koffer heran, hielt dabei immer wieder inne, denn jede Bewegung oder Erschütterung versetzte ihrem Kopf einen so heftigen Stich, dass ihr Tränen in die Augen schossen. Großartig – Stadium drei erreicht – Schwindel und Brechreiz. Mit einem tiefen Atemzug versuchte sie, den Mageninhalt unten zu behalten. Es dauerte ein paar Minuten, ehe die Übelkeit abgeflaut war. Aspirin. Sie wandte sich wieder dem Unternehmen ›Koffer‹ zu. Dieser steckte unter dem Bord fest, ließ sich selbst mit beiden Händen nicht herausziehen – bis sich selbstverständlich das Regalbrett darüber wieder mal lockerte und mit einem Ruck Koffer sowie Regallast freigab. mit wirbelnden Armen versuchte Agnes, die Sturzflut an Schachteln und Kartons zu stoppen. Wenigstens war ihr das Regalbrett nicht auf die Zehen gefallen, wenngleich die heftigen Bewegungen in ihrem Gehirn weitere Schmerzexplosionen ausgelöst hatten.

»*Fuck*«, stieß sie zwischen zusammengebissenen Zähnen hervor. Zu Boden gesunken hielt sie ihren Kopf umklammert, als könnten die Finger die Splitter ihres Schädels zusammenhalten. Gewitterblitze tobten darin, und kriegswütige Zellen zündeten Handgranaten. Dabei konnte der Magen nicht ruhig bleiben. Er ballte sich zu einer harten Faust und wollte seinen Inhalt herauskatapultieren.

Atmen. Loslassen.

Die Konzentration auf das Heben und Senken der Brust, auf das Loslassen der Muskulatur im Kopfbereich half. Nach einigen Minuten wagte Agnes, die Augen zu öffnen. Unscharfe Bilder erschienen, der umgekippte Koffer, das Regal quer darüber, übergossen von Fotos, Zeitungsartikeln, umgekippten Kartons und Deckeln. Der Geruch von altem Papier und verblassten Erinnerungen. Aus dem heillosen Durcheinander leuchtete ein Gesicht: Das Ölgemälde-Mädchen, gemeinsam mit Annie, Wange an Wange – wie sehr die beiden sich ähnelten. Agnes griff nach dem Bild, betrachtete die Gesichtszüge und entdeckte schließlich auf der Rückseite ein Datum.

Sarah and Annie, Summer '89 Bath, stand da.

Mutter und Tochter.

Zeitungsausschnitte lagen verstreut, alles Berichte eines Flugzeugabsturzes in Indonesien. Langsamer als beim ersten Regalunfall nahm sie diesmal Blatt für Blatt und sah sich die Bilder an. Teile des Wracks auf dem Urwaldboden, aufgebrochene Koffer, zur Unkenntlichkeit verbrannte Leichen.

No Survivals, lautete die übereinstimmende Aussage der Artikel.

In einem Großformat fanden sich Bilder der Vermissten – Agnes ging die Gesichter durch, bis sie auf ein bekanntes Antlitz stieß.

»Annies Tochter.« Geschockt ließ sie die Seite sinken. »Und ich habe sie beide eingeladen. Oh nein …« Die Hebamme hatte sich nichts anmerken lassen, hatte wie immer heiter und gelassen gewirkt. Wie lange war der Absturz denn her? Das Datum auf dem Zeitungsabschnitt zeigte, dass das Unglück bereits sechs Jahre zurücklag. Heute würde Sarah fast so alt sein wie sie. Agnes legte das Papier zurück in die Schachtel mit allen anderen Bildern und Ausschnitten, wünschte sich inbrünstig, nichts von den Geheimnissen anderer Menschen zu wissen. Dann durchsuchte sie vergeblich ihren Koffer nach Aspirin. Wütend warf sie die unnützen Taschen und Beutel zurück in den Koffer. Vielleicht gab es unten in einer der Küchenladen ein Schmerzmittel, irgendeines, Hauptsache der Bürgerkrieg ihrer Gehirnzellen konnte gestoppt werden. Es blieb nichts anderes über, als von Stichen und Übelkeit gequält die Treppen hinunterzusteigen. An der Schwelle zur Küche zeichnete sich ein schmaler Lichtschein unter der Tür ab. Mit zusammengekniffenen Augen trat sie ein, trotzdem ließ sie der Lichtreiz der Tischlampe zusammenzucken. Der Boden schwankte unter ihren Füßen, die Migräne bemächtigte sich des Gleichgewichtssinnes. An den Türstock gelehnt blinzelte sie in den Raum und entdeckte Megan mit einem Weinglas am Küchentisch sitzend. Der Anblick ließ Agnes für einen kurzen Moment ihren Kopf vergessen. Blass und verheult war sie bloß ein Schatten ihrer selbst.

»Larry?«, kombinierte Agnes die Symptome. Megan nickte nur. »Wieder aus?«

»Bernty würde uns nicht in Ruhe lassen.«

»Du arbeitest nicht mehr für *SARFUR*.«

»Du kennst Bernty nicht.«

Weiter wollte Agnes nicht in sie dringen, war doch offensichtlich, wie viel Kraft bereits die wenigen Worte gekostet hatten. Die Stiche in Agnes' Kopf schnitten im Herzrhythmus durch ihre Stirn.

»Weißt du, wo Aspirin zu finden ist?«, wisperte sie kaum hörbar und zog den Kopf ein.

Megan nickte, stand auf und verließ die Küche. Als sie zurückkam, hielt sie Agnes ein Medikamentenpäckchen hin.

»Hier. Ich werde morgen Früh auch welche brauchen …«, Megan deutete auf die leere Weinflasche neben sich. Wenn Megan diese Flasche alleine vernichtet hatte, brauchte sie morgen mehr als nur ein Aspirin.

»Verstehe«, erwiderte Agnes, verzog jedoch ihren Mund zu einer schmerzverzerrten Grimasse. Mit halb geschlossenen Augenlidern nahm sie zwei Aspirin aus der Packung. »Danke.«

Im Kühlschrank fand sich eine Wasserflasche; ihre Hand zitterte beim Einschenken und Herunterspülen der Tabletten. Phase zwei in der Bekämpfung von Migräne bedurfte kochend heißen Wassers in einer Wärmeflasche. Die fand sich in einem Anbauschrank und wurde vorsichtig befüllt.

»Du bist der einzige Mensch der Welt, der bei 30 Grad eine Wärmflasche braucht«, brachte Megan hervor, die sie die ganze Zeit über stumm beobachtet hatte. Es schien sie zu erheitern, und Agnes freute sich trotz der Schmerzen, die Freundin auf andere Gedanken gebracht zu haben.

»Ich weiß«, versuchte sie sich tapfer an einem Grinsen. »Am Kopf brauche ich Hitze um den Krampf zu lösen, an den Füßen hingegen Eisbeutel, damit die Füße in Schuhe hineinpassen«, sie seufzte theatralisch. »Ein Jammer.« Sie ließ sich neben Megan auf die Bank fallen, die Wärmflasche im Nacken. »Ich habe in der Abstellkammer Zeitungsausschnitte von einem Flugzeugabsturz gefunden«, erwähnte sie beiläufig, als die Stille zu drückend wurde. »War Annies Tochter unter den Passagieren?« Megan seufzte, veränderte ihre Sitzhaltung und leerte das Glas in einem Zug.

»Das ist schon einige Jahre her«, sagte sie schließlich und stellte das Glas geräuschvoll ab. »Sarah wäre jetzt 27.«

»Arme Annie«, murmelte Agnes, konnte nicht anders als den Schmerz mitzufühlen, der aus Megans Gesicht sprach. Als hätte sie nicht selbst genug davon. »Unglaublich, wie gefasst sie damit umgeht.«

Eine Zeitlang sagte Megan nichts, und Agnes trank vom Wasser. Über dieses Thema wurde nicht oft gesprochen, so viel war klar.

»Annie glaubt nicht, dass Sarah tot ist. Sie sagt, sie kann ihre Energie immer noch fühlen, also ist sie am Leben.«

»Wie schrecklich.« Das sah eindeutig nach Verdrängung aus. Eine Mutter klammert sich an jeden Strohhalm, so war das nun mal. Andererseits ... »Glaubst du ihr?«

»Das ist für mich eine schwierige Situation«, zögerte Megan ihre Antwort hinaus und veränderte ihre Position, als wäre die Sitzfläche zu heiß geworden. »Wenn ich Annie ansehe, dann glaube ich ihr. Wenn ich mir die Geschichte rational überlege, bin ich mir sicher, dass sie sich einer Illusion hingibt.« Agnes hob den Kopf, und ihre Blicke trafen sich in einem hoffnungslosen Rendezvous. »Sarah wird nie wieder zurückkommen«, flüsterte Megan, presste die Lippen für einen Moment fest zusammen und wandte den Kopf ab. Die Wahrheit in ihren Worten lastete schwer im Raum. Gab es keinen Trost?

»Sishla Vem konnte spüren, dass ihr Bruder nach dem Sturm auf See immer noch am Leben war«, erinnerte sich Agnes an einen ihrer Träume. »Auch Annie verfügt über eine starke Intuition und ist gleichzeitig durch und durch bodenständig, keine Frau, die sich Illusionen hingibt.«

»Der Verstand sagt, dass diesen Absturz niemand überleben konnte.« Megans Finger bogen sich abwehrend gegen die Tischkante. »Sarah war ein tolles Mädchen«, sie verbesserte sich rasch, »eine Frau. So klug und lebensfroh ...« Die Stimme verlor sich in der Erinnerung.

»Hat man denn nichts gefunden?«, versuchte Agnes, den Strom von Wehmut anzuhalten, der nach ihr griff. »Persönliche Gegenstände, Schmuck ... Körperteile ... keine Spur?«

»Nein, nichts«, zwang sich Megan zurück in die Gegenwart.

»Wie erklärt Annie das alles?«

Die Küchentür fiel ins Schloss.

»Das kann ich dir gern selbst sagen.« Agnes und Megan fuhren erschrocken herum und blickten zu Annie hoch.

»Oh Annie«, rief Agnes und wäre am liebsten unter den Tisch gekrochen. Es blieb nur die Flucht nach vorne. »Entschuldige meine Indiskretion«, flehte sie und musste dabei die Augen zusammenkneifen. Schmerzblitze zuckten durch ihren Kopf und lösten Detonationen aus. Die linke Gehirnhälfte wurde von einer unsichtbaren Hand zusammengequetscht, was wiederum den Magen zu heftigen Kontraktionen animierte. Ihre Hand drückte gegen die Stirn, und sie duckte sich weg, als drohe ein weiterer Angriff von dem unsichtbaren Feind in ihrem Schädel. »Das alles geht mich überhaupt nichts an«, gab sie gepresst von sich. Ein müdes Lächeln huschte über Annies Gesicht, Schatten lagen unter ihren Augen. Sie ließ sich in den Sessel neben Agnes fallen und streckte die Füße weit von sich.

»Kein Problem. Ich weiß, was ich fühle, das genügt mir. Sollen mich ruhig alle für verrückt halten – Sarah war möglicherweise schwer verletzt, hatte vielleicht eine Amnesie. Gut möglich, dass sie im Dschungel bei Eingeborenen unterkam. Ich war dort, habe nach ihr gesucht, vergeblich. Irgendwann musste ich mit meinem Leben weiter machen oder zugrunde gehen. Trotzdem – ich *fühle*, dass sie lebt, und ich wünsche mir, dass es ein gutes Leben ist.«

Sie sah Megan und Agnes mit einem Blick an, der ihnen ihre eigenen Lebensseifenblasen vor Augen führte. Larry Eden war so eine, und Agnes' Flucht nach London wiederum eine ganz andere. Jeder pustete seine persönliche Seifenblase vor sich her mit mehr oder weniger Fanatismus, ließ sich von deren Schimmer einlullen. Wer hatte das Recht, die Hoffnung des anderen zu zerstören?

»Kinder, was bin ich müde«, löste Annie das beklommene Schweigen. Dabei klatschten ihre Hände auf die Oberschenkel. »Die Entbindung war eine Tortur für Mutter wie auch Hebamme.« Mit einem entschiedenen Griff in die Tasche zog Annie ein rotes Döschen hervor und gab es Agnes. »Hier, in dieser Creme sind hauptsächlich Pfefferminzöl und noch ein paar andere ätherische Öle. Reibe das auf Schläfen, Nasenwurzel und Nacken, dann ist der Kopfschmerz bald weg. Das erspart meist ein Medikament, wenn man rechtzeitig mit der Behandlung beginnt. Siebert sollte dir die Schultern massieren.« Ihre Finger prüften mit gekonntem Kneifen den Muskeltonus.

»Er ist nicht da. Arbeitet noch«, unterdrückte Agnes ein Stöhnen, als der Trapezmuskel auf den ausgeübten Druck reagierte.

»Bist total verspannt«, erwiderte Annie mitleidig, »was allerdings kein Wunder ist«, fügte sie liebevoll hinzu. Ihre Hände lagen jetzt ruhig auf Agnes' Nacken, warm, beschützend, beruhigend.

»Ich leg' mich hin, Mädels, morgen muss ich früh raus«, sagte Megan. Schwerfällig erhob sie sich, und in jeder Bewegung spürte Agnes Müdigkeit – aber auch eine widersprüchliche Aufregung. Aufregung? Agnes öffnete sich neugierig diesem Eindruck, doch Megan war schon an der Tür. »Lasst euch nicht stören.«

Annie begann die Muskelstränge zu kneten, strich mit den Fingerspitzen etwas von der nach Pfefferminz-, Rosmarin- und Zitronenöl riechenden Salbe auf und drückte auf einzelne, besonders große Knoten mit vibrierendem Druck. Megans Schritte entfernten sich, Stiegen knarrten, und schon bald war die ganze Aufmerksamkeit bei der erlösenden Heilmassage. Vielleicht würde sie in dieser Nacht doch zu einem erholsamen Schlaf finden.

Im Zwielicht der Dämmerung verlor die Umgebung alle Farben. Die Festung aus Stein wirkte abweisender denn je, Gitterstäbe sicherten die Scharten und das Dunkel dahinter gähnte Kälte aus seinem Schlund. Nichts an der Burg ließ einen Schimmer Hoffnung auf Gerechtigkeit entstehen. Hier wohnten Gewalt und Willkür, und jeder, der sich näherte, sollte es nicht nur sehen, sondern auch fühlen. Der von Fäkalien bedeckte Weg zum Dorf verströmte den Gestank einer Güllegrube. Die Regenfälle der letzten Tage hatten Erde und Dreck aufgeweicht und zu einem einzigen Band aus Morast gewandelt, vorüberziehende Menschen waren bis über die Knie mit Kot bespritzt. Kaum jemand von ihnen bemerkte die dunkel gewandete Frau unter den Linden in sicherer Entfernung vor der Festung. Eine unbewegte Statue, beinahe selbst zu einem Stamm geworden im Warten.

Violet fror.

Den Blick starr auf das eisenbeschlagene drei Mann hohe Eichentor der Burg gerichtet, hatte sie jedes Gefühl für Zeit verloren. Es gab Tag, es gab Nacht, es gab Leere.

Mit Sonnenuntergang wurde der Platz einsam. Schwarze Wolken zogen heran, kündeten von einem bevorstehenden Gewitter. Violet machte keine Anstalten, dem Unwetter zu entfliehen.

Vom Dorf her näherte sich ein Mann dem Lindenhain. Der Schrittrhythmus war Violet bekannt, sie musste den Kopf nicht wenden, um ihn beim Namen zu nennen.

»Raven.« Ihre Stimmbänder nahmen nach der langen Phase des Schweigens nur widerwillig die Arbeit auf, die Kehle war trocken.

»Violet, sei gegrüßt. Ich bringe Essen und Wein.«

»Ich danke dir, mein Freund.« Kurz blickten sie einander an, dann richtete sich Violets Blick wieder auf die Festung.

»Und?«

»Nichts.«

»Du solltest dich von mir ablösen lassen.« In Ravens Stimme schwang Entschlossenheit. »Seit drei Tagen harrst du hier aus.« Drei Tage, wiederholten Violets Gedanken. Die ersten Regentropfen fielen auf das Blätterdach über ihnen, aber Raven gab nicht auf. »Es bringt nichts, wenn du vom Regen durchweicht wirst. Wir sorgen uns um dich. Bartholomew will ebenfalls eine Wache übernehmen.« Seine Worte drangen träge in Violets Bewusstsein und fanden doch keinen Ort, eine Wirkung hervorzurufen. Regungslos stand sie an den Baum gelehnt. »Nimm wenigstens diesen Umhang.« Raven bot ihr einen mit Fett imprägnierten Umhang an. Endlich wandte sie den Kopf und musterte die Szenerie: Raven, der Mantel, die Düsternis des wolkenschweren Himmels, das aufgeweichte Erdreich. Langsam drangen die Eindrücke zu ihr vor, und Ravens Worte fanden ihren Empfänger. Als sich Violet aus der verkrampften Haltung löste, ächzte sie unter der Steifheit der Glieder. Wie kalt ihre Füße waren. Bereitwillig ließ sie den Freund gewähren, als er behutsam den Umhang um ihre Schultern legte und ihn an der Vorderseite zusammenzog. Jede seiner Bewegungen verriet die übermächtige Sorge, von der er geplagt war. Doch Violet beachtete nicht die Sorge der anderen, wog doch ihre eigene so schwer wie das Gewicht dieses Umhangs auf ihr, drückte sie regelrecht zu

Boden. Alle Kraft konzentrierte sich darauf, aufrecht zu bleiben. Durchzuhalten bis zum Ende.

Das Ende kommt immer.

Ohne den Blick von der Festung zu wenden, setzte sie sich auf eine Wurzel. Dies war der einzige Ort, an dem sie jetzt sein konnte. Nirgendwo sonst hätte sie eine Minute ruhig verweilen können.

»Ich bleibe, Raven«, verkündete sie leise. »Theodor kann meine Anwesenheit fühlen, ich weiß es. Und ich kann ihn fühlen, sein Leben. Nur das zählt.«

Raven drückte zur Antwort ihre Schulter. In seinem Gesicht stand die Angst um den Freund allzu deutlich geschrieben. Etwas in ihm kämpfte, ließ sich seine Brust unter großer Kraftanstrengung heben und senken.

»Ich sollte jetzt wie er da drinnen sein«, presste er hervor. »Aber ich bin davongelaufen, habe meinen besten Freund im Stich gelassen.«

»Was brächte es, wenn ihr beide in die Hände der Inquisition gefallen wäret?«, erwiderte Violet matt.

»Womöglich hätten wir im Kampf gesiegt«, gab er trotzig zurück.

»Lächerlich. Quäle dich nicht mit diesen unnützen Gedanken. Wir müssen uns auf Theodors Rettung konzentrieren.« Mit einer verzweifelt anmutenden Hoffnung in der Stimme fuhr sie fort. »Ich habe meinen Schmuck und unsere gesamte Barschaft Bischof O'Connor gespendet, um unsere Frömmigkeit zu beweisen«, um sich selbst Mut zu machen, nickte sie bestimmt mit dem Kopf, »sie werden ihn freilassen.«

»Nachts wird in der Burg nichts geschehen«, sagte Raven und versuchte seine Überzeugung, dass Violets bescheidene Opfergabe nichts bewirken würde, zu verbergen.

Seine Hand ruhte immer noch auf der schmalen Schulter der Frau, und seine Augen hatten einen flehenden Ausdruck angenommen. »Auf dich jedoch lauern mannigfache Gefahren. Denke an das Kind in deinem Leib, wenn dir dein eigenes Leben schon nichts bedeutet.« Unwillkürlich legte sich Violets Hand auf die gewölbte Bauchdecke. Ein zartes Zappeln zeugte für einen Moment von dem Leben in ihr. Unser Kind, dachte sie, und Entschlossenheit trat in ihre Gesichtszüge. Dafür galt es zu kämpfen. Sie wandte Raven ihr Gesicht zu, langsam wie unter Schmerzen. Ihr Blick durchdrang ihn: grüne Teiche, ohne Grund, verloren in der Welt des Kummers. Als sie schließlich sprach, klangen ihre Worte wie die Prophezeiung einer Seherin fern dieser Welt.

»Heute Nacht, Raven, muss ich hier sein. Bleibe an meiner Seite. Theodor braucht uns.«

Regen trommelte nun auf die Blätter, in großen Tropfen platschte das Wasser zur Erde und auf das regungslose Paar unter der Linde. Raven schlug die Augen nieder und nickte. Irgendwann wandten sie sich beide dem Tor zu, verharrten Stunde um Stunde in Dunkelheit und Niederschlag. Später, in tiefster Nacht, waren Violets Augen schließlich zugefallen. Raven hatte die Frau sorgsam in eine bemooste Wurzelgabel gebettet und hielt alleine Wache. Der Regen ließ nach, allmählich klarte der Himmel auf, doch die Nacht blieb schwarz. Kein Mond stand am Firmament, nur schemenhaft war die Umgebung auszumachen.

»Theodor!«, schrie Violet im Schlaf und fuhr hoch.

»Leise«, flüsterte Raven und drückte seine schwielige Hand auf ihren Mund. Im selben Augenblick waren metallische Geräusche aus der Festung gedrungen, und die Angst, entdeckt zu werden, nahm ihnen fast den Atem.

»Hast du es gehört?«, wisperte Violet, und Raven nickte.

»Ich glaube, das Tor wurde geöffnet. Es ist jedoch niemand aus der Festung geritten.«

»Wir müssen hin.« Hektisch versuchte Violet, aufzustehen, doch ihr Bein knickte ein, taub von der unbequemen Liegeposition. Mit eisernem Griff klammerte sie sich an Raven fest und wollte humpelnd weiter. »Komm' schon.« Entschieden hielt Raven sie zurück.

»Runter und still«, fauchte er und zog sie mit einem Ruck neben sich auf den Boden. »Sie sind noch da.« Das Dunkel der Nacht gab kein Geheimnis preis. Angestrengt lauschten sie hinaus in die Finsternis. Endlich durchbrachen Stimmen die Stille, ein dumpfes Geräusch, Schritte. Ein lauter Knall ließ sie zusammenzucken. Das Tor war ins Schloss gefallen, und die Stille kehrte zurück, obgleich sie nun anders klang als zuvor. Etwas Beklemmendes schwang in ihr, schnürte Violet die Kehle ab, ließ sie frösteln. Angst kroch ihren Rücken hoch wie eine giftige Spinne. Sie wollte nicht warten, bis deren Gift sie völlig lähmte. Noch ehe Raven Violet erneut zurückhalten konnte, stürmte sie los. Er konnte sie nicht einholen, sein Gewicht ließ ihn bei jedem Schritt tief einsinken, und der Morast sog an seinen Beinen. Violet hingegen flog einem Geist gleich über den Boden, berührte kaum die Erde. In der Nähe der Festung zügelte sie ihr Temperament. Vorsichtig setzte sie jetzt Schritt vor Schritt, suchte Trittsteine, um nicht einzusinken, und starrte auf den umliegenden Grund. Keuchend holte Raven auf. Er sagte nichts, hatte seinen Ärger heruntergeschluckt, und gemeinsam näherten sie sich dem düsteren Gemäuer, geschützt alleine von der Dunkelheit, – viel zu wenig, um sich in Sicherheit wiegen zu können. Gerade als Raven der Mut verließ und er umkehren wollte, vernahm Violet einen Laut, der an ein verwundetes Tier erinnerte. Ihr Kopf wandte sich der Richtung zu, aus der das Geräusch gekommen war, und gleichzeitig gruben sich ihre Fingernägel in Ravens Handgelenk. Scharf sog er Luft in die Lungen, ließ sie jedoch gewähren. Der Klangrichtung zufolge war das Ziel nicht weit, bloß über die nächste Wasserrinne. Ein neuerliches Wimmern gebot ihnen Einhalt. Es war so leise, dass Violet zuerst meinte, es müsse weit von ihnen entfernt sein, doch ihr Herz sprang in der Brust, als sei es am Ziel seines Sehnens angelangt. Der inneren Stimme folgend, strebte Violet geradewegs dem hellen Fleck zu, der einige Meter vor ihr am Erdboden auszumachen war. Die Angst biss tief, pumpte ihr Gift in Violets Körper und Geist, wollte sich ihrer vollständig bemächtigen. Die Finger immer noch in Ravens Handgelenk gekrallt, schritt Violet mechanisch weiter, das verschwommene Ziel klar vor Augen und wissend, dass Schmerz sie erwartete. Und dann war er da.

Die Nacht ist gnädig.

Der Mantel der Dunkelheit verbarg das vollständige Ausmaß an Grausamkeit, das dem Bündel Mensch zu ihren Füßen widerfahren war. Die Glieder abstrus verrenkt, von Stichen und Schnitten übersät, nackt und verschmutzt lag er im kalten Gras. Violet sank auf die Knie, zog Theodors Kopf in den Schoß, hielt ihn umschlungen, konnte den Tränen nicht länger Einhalt gebieten. Auch Raven war angesichts der Zeichen unsagbarer Qualen für den Moment zu Taten nicht fähig und brauchte einige Atemzüge lang, um seine Fassung zurückzugewinnen.

»Wasser«, stöhnte die zerbrochene Kreatur in Violets Armen. Sofort riss sich Raven den Trinkschlauch von der Schulter und reichte ihn Violet. Der gewässerte Wein labte die ausgedörrte Kehle, obgleich Theodor kaum zu schlucken imstande war. Aus den rissigen Mundwinkeln rannen kleine Rinnsale den Hals hinab. Zähne waren abgebrochen, die Lippen aufgeplatzt. Stöhnend sank Theodor wieder in sich zusammen. Der Anblick lähmte Ravens Denken. Unvermittelt wandte er sich ab, suchte nach vernünftigen Auswegen und blickte dabei unruhig zur Festung.

»Wir müssen ihn wegbringen, sofort«, presste er zwischen schmalen Lippen hervor. »Vielleicht kommen sie zurück.«

»Er kann nicht laufen«, stellte Violet das Offensichtliche fest.

»Ich trage ihn.« Ohne etwas zu erwidern, half Violet dabei, Theodor aufzurichten, löste ihren Umhang und legte ihn um die Schultern ihres Mannes. Sein Stöhnen drückte ihr die Luft aus der Brust, jeder Blick auf seine Wunden ließ sie würgen. Zerbrochen, sie hatten ihn zerbrochen wie eine Puppe, zerstört aus Lust am Leid der Wehrlosen, im *Namen Gottes.* »Jetzt hilf mir, ihn aufzunehmen«, forderte Raven sie auf, und ein dumpfer Schrei entfuhr dem Mund des Verletzten, dann sank der Kopf zurück. »Ist er ohnmächtig?«, keuchte Raven, jetzt mit dem gesamten Gewicht des Freundes beladen.

»Ja, dem Himmel sei Dank«, flüsterte Violet, der die Stimme kaum mehr gehorchen wollte. Einen Fuß vor den anderen setzend machte sich Raven auf den Weg, sank tief in den Morast, ging immer weiter und weiter, ignorierte die schmerzenden Arme und Schultern, das Schwanken seiner Beine. Violet lief an seiner Seite, die Hand ihres Gatten fest umklammert. Wie kalt und schlaff sie war, bar der gewohnten Energie, die ihr sonst stets entströmte. Doch diese Gedanken durften nicht zu Ende gedacht werden, die Hoffnung musste fortbestehen … was sollte sonst werden? Tränen liefen ihre Wangen herab, und der Unterleib zog sich zusammen. Das Kind wehrte sich gegen die Enge, protestierte gegen die Panik, die es durchfloss.

Atme tief. Atem ist Leben.

Ihre Brust hob und senkte sich. Die Panik ebbte ab, dafür drang Ravens Verzweiflung und Wut, seine maßlose Wut, in sie ein, jene Quelle der Kraft, die ihn die Aufgabe bewältigen ließ. Sie hörte ihn unter der Last ächzen, wusste, dass sein Herz genau wie das ihre vor Schmerz zu zerbersten drohte.

»Könnte ich dein Leid auf mich nehmen, ich würde es tun«, wisperte Raven leise, »verzeih' mir mein Versagen, Bruder, und halte durch …«

Tränen rannen über Ravens Wangen. Das Leben, das er auf seinen Armen trug, entwich unaufhaltsam, und es gab nichts, was sie dem entgegensetzen konnten.

Als Siebert das kleine Licht neben dem Bett anmachte, zuckte er zusammen. Eine schluchzende Agnes lag auf seiner Seite des Bettes, zu einem Knäuel zusammengerollt, an die Decke geklammert.

»Er stirbt … Theodor stirbt …«, wimmerte sie kaum hörbar. Siebert ging vor ihr auf die Knie, umarmte sie, strich ihr die nassen Haarsträhnen aus dem Gesicht.

»Hey, das war nur ein Traum«, versuchte er, sie zu beruhigen. »Du bist hier bei mir – London, 21. Jahrhundert. Es geht uns gut, alles ist in Ordnung.« Es half nichts, Agnes fand nicht aus dem Traum heraus. Wohl ließ das Schluchzen nach, aber die Gefühle von Schmerz und Trauer waren nicht abzuschütteln. Aus irgendeinem Grund machte es sie wütend, dass er das nicht verstand.

»So funktioniert das nicht«, fauchte sie, und ihr Brustkorb bebte unter dem nachfolgenden Schluchzen. »Das ist so echt. Ich habe dich verloren, und ich hatte dein Kind in mir.« Siebert drückte sie noch fester an sich. Irgendwann hörte das Weinen auf, und er atmete auf.

»Geht's besser?«

»Nein!«, heulte sie erneut auf. »Du verstehst gar nichts. Es ist nicht nur der Traum. Beim letzten Mal ist nach solch einem Traum in der Realität etwas genauso Schlimmes geschehen. Was, wenn es wieder geschieht – Michelle ist schon tot – wer ist der nächste?«

»Du machst mir Angst, Agnes«, sagte er ganz ruhig, und doch blickten seine Augen verstört auf sie herab; er sah drein, als wollte er aufspringen und ins nächste Pub auf ein Bier gehen. Agnes beachtete die Zeichen von Panik nicht, war zu sehr in ihrem Traumgespinst gefangen.

»Ich muss den Zusammenhang finden. Was habe ich geträumt, als Michelle starb?« Sie wand sich aus seinen Armen und lief zur Kommode, riss die Schublade auf und kramte darin herum, ohne den herabfallenden Dingen auch nur nachzusehen. Das blassblaue Notizbuch, es musste obenauf liegen. Falsche Schublade – schon riss sie die nächste Lade auf und fand das Traumtagebuch mit einem Griff. Aus der Handtasche holte sie den Kalender, auch da waren wesentliche Träume stichwortartig eingetragen. Während sich Siebert im Bett ausstreckte, studierte Agnes die Seiten um Michelles Todestag, knabberte am Daumennagel, seufzte, riss durch ihr ungestümes Blättern eine Seite des Tagebuches ein.

»Es ist mitten in der Nacht«, protestierte Siebert irgendwann gegen Agnes' Rastlosigkeit, wurde jedoch keines Blickes gewürdigt. »Was hat Michelles Tod mit dem von Theodor zu tun?«, versuchte Siebert einen Zugang zu ihr zu finden. »Ich meine – Michelle war doch eher bei den Bösen, oder?« Bei dem Namen Michelle blickte Agnes auf und musterte Siebert gedankenverloren. Michelle, Theodor, Bischof O'Connor. Langsam kehrte ihr Denken zu ihm zurück.

»Reinkarnation ist nicht Schwarz-Weiß-Malerei«, begann sie, ohne zu bemerken, wie konfus ihre Worte waren. »Weil wir alle eins sind – irgendwie ineinander verwoben, gut und böse zusammen – was weiß ich.« Sie stöhnte frustriert auf. Es war verdammt schwer, etwas zu erklären, in Worte zu fassen, was nur ein diffuses Gefühl war. »Die Träume erzählen Geschichten, die in dieser Konstellation nicht noch mal geschehen. Wir sind schließlich nicht in einer Zeitschleife gefangen. Die Seelen verändern sich, suchen neue Wege. Es entstehen neue Beziehungen.« Sie tippte mit dem Zeigefinger auf eine der Kalenderseiten. »Damals im März habe ich geträumt, du – also Neddal – wirst ermordet. Tatsächlich war an diesem Tag unsere Sekretärin Muth ermordet worden. Siehst du? Das kann jeden treffen. Später träumte mir, wie mein Bruder Eshulim heimtückisch ermordet wurde, und am folgenden Tag war das Lehrmädchen tot, vergiftet wie Frau Muth. Und es stellte sich heraus, dass auch ich vergiftet worden war, allerdings mit einer zu geringen Dosis. Vor dem Anschlag in der Parkgarage träumte mir von meinem Tod als Sishla Vem. Dann sind wir beide angefahren worden.«

Siebert räusperte sich und rieb sich mit der flachen Hand über die Stirn. »Okay. Es geht um *bad vibrations*. Verstehe.« Sie sah ihn an, fühlte seine Verwirrung und Furcht vor dem Unerklärlichen. Er hat für den alten Glauben Höllenqualen gelitten, wurde Agnes mit einem Mal klar, kein Wunder also, dass er seine Spiritualität scheute!

»Ich dachte, es geht um Warnungen«, flüsterte sie, wischte die Notizbücher fort, um ihn in die Arme zu nehmen, hielt ihn fest. Zögerlich erwiderte er ihre Umarmung. Raven hatte um Verzeihung gebeten ... Ein weiterer Traum geisterte ihr durch den Kopf, und sie löste sich etwas von Siebert. »Ich hatte die Vision von Brit, die halb tot zu Violet gebracht worden war, da wurde Ian Opfer des Medikamententests. Und darauf folgte der Traum, in dem Brit von Merit Thorn verschleppt wurde, und Violet starb – starb wegen Merit Thorn ... und am nächsten Tag starb Michelle. Michelle *war* Merit Thorn.« Tränen erstickten fast ihre Stimme, die sie krampfhaft zu unterdrücken suchte. Siebert verstand kaum noch, was sie sagte. »Vielleicht ist es mein Hass gewesen, der zu ihrem Tod geführt hat – meine ... Rache.« *Verzeih mir*, hörte sie Michelle flüstern. Mit schreckgeweiteten Augen starrte sie ins Leere. Siebert löste sich vollends aus der Umarmung und packte ihre Schultern.

»Mach dich nicht verrückt, Agnes«, forderte er forsch. Er fixierte sie mit einer Vehemenz, die erschreckend war. »Du hast sie nicht getötet. Das war allein derjenige, der ihr die *Ulysses*-Injektion in die Vene gedrückt hat.« Etwas in ihrem Kopf stimmte ihm zu – und doch ... ihr Blick wich dem seinen aus. Ihre Reaktion war verständlich gewesen – und dennoch die falsche. Alles wiederholte sich.

»Es tut mir so leid«, kiekste ihre Stimme. Lediglich Sieberts Finger, die sich tiefer in ihre Muskeln gruben, hielten sie in der Realität.

»Aber du hast nichts getan«, ein Schütteln brachte etwas Klarheit in ihr Denken. Verwundert schaute sie zu ihm auf. »Hör' auf damit!«, schnauzte Siebert, und es klang, als würde seine Beherrschung nicht mehr viel hergeben.

»Ich habe sie gehasst«, ignorierte Agnes die Hinweise, dass ihr Freund mit der Situation nicht klarkam.

»Sie war eine Mörderin, schon vergessen?«, blaffte er sie an. »Wollte dich umbringen, hat mich umgefahren – sei verdammt noch mal dieses eine Mal realistisch.« Erstaunt blickte sie auf. Ihr Gefühl hatte sie nicht getrogen: Siebert hielt sie für eine Spinnerin. Er fing ihren Blick auf und setzte zu einer Rechtfertigung an. »Ist doch verrückt, wenn du dir die Schuld an Michelles Tod gibst, oder? Also wirklich.«

»Verrückt?«, fragte Agnes nach und legte den Kopf zur Seite. Das gefürchtete Wort. Er hatte es ausgesprochen.

»Dreh mir nicht die Wörter im Mund um. Du hast mit ihrem Tod nichts zu tun, fertig.«

»Sie hat mir ein Foto geschickt«, hob Agnes an, »hat geschrieben, ich sei ihre Lebensversicherung, aber sie ist trotzdem gestorben.« Wieder sprang sie aus dem Bett, um den Brief vom Nebenzimmer zu holen. Das würde ihm beweisen, wie sehr sie mit Michelles Tod verstrickt war. Ihre Hände tasteten über die Kommode – wo war der Brief? Hatte sie ihn vielleicht in eine der Laden … sie riss eine Lade nach der anderen auf. Vergeblich. Zweifel kamen auf – waren die Kopfschmerzen schuld an dieser Vergesslichkeit? Langsam ging sie zurück ins Schlafzimmer. Das Licht war aus, und Siebert lag auf seiner Seite in Einschlafposition.

»Ich kann den Brief nicht finden«, flüsterte sie. Keine Antwort. Mit Verrückten zu sprechen, machte schließlich keinen Sinn. »Gute Nacht«, versuchte sie es noch mal, als sie bereits im Bett lag. Siebert seufzte, drehte sich zu ihr um und legte den Arm um sie.

»Schlaf einfach.«

15. KAPITEL

Ein Unglück tritt dem andern auf die Fersen, so rasch folgen sie einander.

(Hamlet, 4. Akt, Szene 7)

Megan lief den Bahnsteig entlang, zwängte sich zwischen die Leiber der anderen Wartenden hindurch.

Verräterin.

Sie biss sich auf die Lippe, schloss die Augen für eine Sekunde. Unverzeihlich. Scham breitete sich wie langsam fließende Lava über ihre Haut, brannte sich gemächlich bis zu den Knochen durch. Früher schon hatte sie *ihm* bereits alles über Agnes erzählt, von den Morden bei *BabyStar* bis zum handgreiflichen Streit zwischen Michelle und Agnes im Hospital, den er vom Lift aus mitangesehen hatte. Und jetzt das … es würde ihr niemals vergeben werden. Sie hatte die Freundschaft für ihre Liebe geopfert. Vehement schüttelte Megan den Kopf, wollte aufhören, darüber nachzugrübeln. Die Entscheidung war gefallen und in die Tat umgesetzt worden. Reue kam zu spät. Bernty war zu dem Treffen im Park erschienen und auf den Deal eingegangen. Sein Schweigen über Larrys Vergangenheit gegen ihr Schweigen zu seinem Sexleben. Das Foto hatte er ihr zusammen mit dem Brief abgenommen, im Gegenzug überließ er ihr jenen Ausweis, den Larry in seiner Zeit als »Widerstandskämpfer« unter falschem Namen benutzt hatte. Gott allein wusste, wo Bernty an solche Informationen kam. Vermutlich hatte er mittlerweile ein richtiggehendes Spionagenetz aufgebaut. Die Papiere hatte sie noch an Ort und Stelle angezündet und sich an den Flammen berauscht. Bernty warf sein Foto dazu, und beinahe waren Gefühle von Versöhnung in ihr aufgekommen angesichts dieser rituellen Verbrennung. Aber der Kerl war gerissen, mit ziemlicher Sicherheit hatte er, genau wie sie, eine Kopie angefertigt. Nichtsdestotrotz würde er sie und Larry in Ruhe lassen.

Pattsituation. Sie waren frei.

Ein kleiner Schmetterling erhob sich in ihrem Bauch und flatterte zaghaft gegen die Schranken ihres Leibes. Hoffnung – wann hatte sie die das letzte Mal in Zusammenhang mit Larry verspürt?

Ich muss zu ihm, drängte es sie, und der kleine Schmetterling im Bauch wurde lebhafter. Es gab keine drohenden Felsüberhänge mehr in ihrem Leben, endlich freie Sicht zum Himmel, auf eine gemeinsame Zukunft. Unterwegs kaufe ich Champagner, beschloss sie mit einem erwartungsfrohen Lächeln, in der Klinik melde ich mich krank. Wie wird er es aufnehmen? Überwältigt? Fassungslos? Argwöhnisch? Der Zug schob eine Luftsäule vor sich her, wehte Haarsträhnen empor. Megan hielt das Gesicht in den Wind, als käme dieser direkt von der Meeresküste. Ein harter Schlag traf sie in den Kniekehlen. Das Gleichgewicht war im selben Moment verloren. Die Wucht ließ sie vorwärts stolpern – der Bahnsteigrand! Ihr Fuß trat ins Leere. Die Welt kippte, Stahl kreischte auf Stahl. Funkenflug. Schmerz.

Finsternis.

Inspektor Drought saß entspannt am Schreibtisch, drehte sich langsam hin und her, während er Helens Plauderei lauschte. Auf dem Kurzarmhemd zeichneten sich Schweißflecken ab, obwohl der Krawattenknopf locker herunterhing. Die schwarze Sonnenbrille steckte hochgeschoben im strubbeligen Haarschopf. Als sich die Tür öffnete, blickte er auf.

»Guten Morgen«, brachte Agnes gerade noch heraus und stand wie angewurzelt im Türrahmen.

»Ah, da sind Sie ja«, erwiderte Drought, »ich habe auf Sie gewartet.« Er erhob sich aus dem Drehsessel und wechselte die Seite des Schreibtischs. »Guten Morgen«, grüßte er und musterte ihre Erscheinung. Seine unverhohlene Neugierde löste Agnes' Erstarrung auf und gleichzeitig ihren Widerspruchsgeist aus.

»Sie sehen ein wenig wie Hugo Weaving als *Mister Smith* in *MATRIX* aus«, konnte sie sich nicht verkneifen und ging auf ihn zu.

»Das haben schon einige behauptet«, konterte er schmunzelnd, »aber mein Haar ist dichter.« Glücklicherweise schien er Sinn für Humor zu haben. Tatsächlich sah er auch besser aus als Hugo Weaving. Viel besser, wenn man dieses Indigoblau seiner Augen, den jungenhaften Ausdruck, wenn er schmunzelte, und den hoch gewachsenen muskulösen Körper mit einrechnete.

»Wie kann ich Ihnen helfen?«, fragte Agnes, aufs Äußerste darauf bedacht, nichts von ihren Gedanken auf den Gesichtsausdruck zu übertragen. Das ist der Feind, mahnte sie sich und legte ihre Tasche betont lässig am Beistelltisch neben den Drucker ab.

»Das weiß ich noch nicht. War mehr der Instinkt, der mich zu Ihnen führte.«

»Instinkt?« Agnes fühlte seinen durchdringenden Blick auf sich ruhen. Einschüchternd und anklagend. Wie kriegt man bloß die Angst wieder aus den Zellen, vergessen diese Biester denn niemals ein Trauma? Das mussten sie den Kriminalisten weltweit auf der Polizeischule beibringen: der Blick, bei dem man sich fühlte, als stünde man nackt auf dem Pranger.

»Möchten Sie Tee?«, fragte sie ihn höflich, aber eigentlich nur, um die bevorstehende Unterredung irgendwie aufzuschieben.

»Nein.«

Mit einem Empfinden in der Magengrube, als hätte sie eben einen grauenhaft fetten Kloß verschluckt, bemerkte sie gegenüber Helen sitzen. Samy Molcho, der Meister der Körpersprache, hätte ›grenzenlose Neugierde‹ nicht überzeugender darstellen können: Helens Mund stand leicht offen, die Augen kugelrund geweitet, alle Sinne auf das Schauspiel vor ihr gerichtet.

»Helen, guten Morgen«, gab sich Agnes Mühe, unbeschwert zu klingen. »Möchtest du vielleicht Tee?« Verdammt, sag ja, ich will raus aus diesem Zimmer!

»Nein, danke«, antwortete der Paradiesvogel, und ihre Anspannung war notdürftig hinter einem Lächeln versteckt. »Ich hatte unterwegs einen Cappuccino. Wieso bist du überhaupt schon da? Du hast gesagt, du kommst erst gegen Mittag.«

»Nenn' mich ein Arbeitstier«, kapitulierte Agnes angesichts der ausweglosen Situation. Dann sollte dieses Gespräch wenigstens schnell vorübergehen. Sie setzte sich auf ihren Platz und wies mit der Hand auf den Besuchersessel. »Bitte, Inspektor.« Er zog den Sessel etwas näher heran und betrachtete sie, als müsste er sich sammeln. »Gibt es etwas Neues zu Michelle Schoffs Tod? Denn aus diesem Grund sind Sie vermutlich gekommen.« Die langen Beine des Inspektors wiesen abgespreizt auf sie, seine gesamte Körperhaltung wirkte entspannt, ganz Herr der Lage. Agnes hingegen presste die Handflächen gegeneinander, hielt die Beine mal überschlagen, mal sittsam nebeneinander, wusste nicht, wie sie ihre Anspannung unter Kontrolle halten sollte. Konzentriere dich, Agnes, wies sie sich an. Ein leichtes Spiel für Drought, dich zu knacken wie eine kleine dumme Nuss. Was hätte Sishla Vem getan?

Fühle meine Kraft durch dich fließen.

Kaum, dass die Stimme ihres Alter Egos in ihrem Kopf erklungen war, schlüpfte Agnes aus den Sandalen und konzentrierte sich auf den kühlen Boden unter den Fußsohlen. Den Rücken aufgerichtet spürte sie dem Energiefluss vom Scheitel bis zur Sohle nach, ein heller Strom von Licht und Kraft, reinigend, belebend …

»Jüngste Ereignisse stützen eine bestimmte Richtung der Ermittlungen«, gab Drought indes kryptisch preis, was ihr höchst seltsam vorkam. Agnes atmete tief in den Bauch, ließ die Energie zirkulieren, fühlte ihre innere Stärke zurückkehren. Stark genug hoffentlich, um logisch zu denken – denn irgendetwas wollte Drought von ihr …

»Was wollen Sie, Inspektor?«, wiederholte Agnes ihr Angebot an Drought. Helens Nägel klackerten auf die Tastatur ein.

Drought musterte sie und gab keine Antwort. In seinem Gesicht bewegten sich unmerklich die Kieferknochen, ansonsten blieb das Antlitz regungslos. Selbst die Augen wirkten verschleiert, wollten keine Emotion preisgeben. Agnes versuchte, tiefer in das Indigoblau einzudringen, war aber selbst zu aufgewühlt, um gegen den Schutzwall des Inspektors anzukommen. Ein Schutzwall? Was zum Henker …

Drought blinzelte, als müsste er sich mit Anstrengung aus dem Augenkontakt befreien. Umständliches Räuspern folgte. »Wann haben Sie Miss Kalth zuletzt gesehen?« Totenstill war es mit einem Mal. So still, dass das Surren des PCs wie ein Wespenschwarm klang.

»Megan?«, schluckte Agnes, und Drought nickte zustimmend. »Gestern Abend in der Küche.«

»Wie ging es ihr?«

Ihr Magen zog sich zusammen, das Herz ließ einen Schlag aus, Unruhe übermannte sie, gab ihr das Gefühl, tausende Ameisen unter der Haut zu spüren. In den Ohren summte der Wespenschwarm. Panikattacke.

Lauf!

»Sie hatte Einiges an Rotwein intus.« Sah er es?

»Hatte sie Kummer?« Die Indigoaugen fixierten sie.

»Mit ihrem Freund, ja. Es war wieder mal aus.« Hätte sie das sagen dürfen? Es fühlte sich falsch an, über Megans Liebesleben mit der Polizei zu reden, wo Larry doch … Agnes atmete tief ein, versuchte das Nervensystem zu beruhigen.

»Geben Sie mir Namen und Anschrift des Freundes«, hakte Drought sofort nach. »Vorher noch eine Frage: Kam Ihnen Frau Kalth depressiv vor?«

»Ich weiß es nicht!«, rief sie und kämpfte gegen die amoklaufenden Ameisen in ihrem Inneren an. Diese Fragen – die kamen nur, wenn das Schlimmste geschehen war – mein Gott, – das Schlimmste … »Was ist mit Megan los?«, brachte sie gepresst über die Lippen. Nicht schreien. Ruhig bleiben.

»Miss Feder, wo waren Sie heute zwischen acht und neun Uhr?« Die klassische Frage, bevor die Katastrophe über einem zusammenschlagen würde. Das Auge des Zyklons – in diesem Fall Indigoblau, irritierend ruhig.

»Am Weg zur Arbeit«, erwiderte sie, fühlte sich paralysiert. »Das heißt, nein, heute nicht. Ich habe zu viele Stunden gearbeitet die letzten Tage, deshalb reduziert sich meine Arbeitszeit diese Woche. Ich habe gefrühstückt und bin gegen halb zehn außer Haus gegangen.«

»Haben Sie alleine gefrühstückt?«

»Ja, die anderen sind alle früher raus.« Nicht schreien. Wie konnte dieser Mann so ruhig vor ihr sitzen und sie ausfragen? Warum sagte er nicht endlich, was los war?

»Verstehe.« Der Inspektor verzog den Mund zu einem grausamen Lächeln. »Sie haben doch Miss Schoff für den Mordanschlag auf sich verantwortlich gemacht – mir kam zu Ohren, dass Sie Miss Kalth der Komplizenschaft verdächtigt haben. Was sagen Sie dazu?«

»Sind Sie verrückt?«, entfuhr es ihr, zu laut. Jetzt würde er sich fragen, warum sie nervös war. Sie sprang auf die Beine. Das Kribbeln und Zittern ließ sich nicht länger niederhalten. Im Kopf schwirrte es, da war kein klarer Gedanke, der Atem stockte. Nur Drought hielt sie unbewegt mit seinem Blick fest. Beobachtete, lauerte.

»Sie waren beim Todeskampf von Michelle Schoff zugegen, und Sie haben kein Alibi für heute Morgen. Gibt es eine wie auch immer geartete Verbindung zwischen Ihnen und Mister Bernty?«

Agnes setzte sich so heftig auf den Schreibtischsessel, dass dieser ein Stück zurückrollte. Fassungslos sah sie die Szene wie aus der Vogelperspektive. Drought vor ihr sitzend, den starren Blick auf sie gerichtet, sie selbst mit offenem Mund sprachlos und gelähmt, während Helen am anderen Ende des Zimmers atemlos zwischen ihr und

Drought hin und her schaute, als wäre sie Zuschauerin bei einem Wimbledonturnier. Alle Punkte gingen an Drought. Oh nein, Bester, nicht mit mir, dafür habe ich zu lange mit einem wie dir gelebt! Endlich begannen ihre Synapsen wieder zu funken. Sie richtete sich auf und lehnte sich herausfordernd dem Inspektor entgegen, schlug mit der flachen Hand auf die Tischplatte.

»Jetzt sagen Sie mir auf der Stelle, was mit Megan los ist«, fauchte sie. Drought legte den Kopf etwas zur Seite und schürzte die Lippen.

»Miss Kalth hatte heute Morgen einen Unfall.« Nein, nicht Megan, überschwemmten ängstliche Gedanken ihren Körper … nicht Megan …

»Ich muss Ihnen mitteilen, dass Miss Kalth heute Morgen vor die U-Bahn gestürzt ist.«

16. KAPITEL

Die Tugend selbst entgeht verleumderischen Hieben nicht.
(Hamlet, 1. Akt, Szene 3)

»Was macht *er* hier?«

Agnes stand mit Annie am Gang des St. Josef Hospitals und starrte in Richtung der Lifttüren, die sich eben hinter einigen Personen schlossen.

»Ich habe ihn gestern angerufen.«

Annie nahm einen Schluck aus der Wasserflasche, während Agnes sich ihr empört zuwandte.

»Er hatte sie sitzen lassen«, knurrte sie und war sich Larrys herandrängender Gegenwart bewusst. Es war ihr vollkommen gleich, ob er sie hören konnte. »Wieder mal.« Seine Schritte hallten über den Gang und kamen stetig näher. »Und dann ist *das* passiert.« Die Geste Richtung Intensivstation entfesselte ihre Lautstärke. »Dieser verdammte ...«

»Trotzdem«, widersprach Annie mit der Autorität einer Hebamme. »Sie lieben einander. Er hat das Recht, davon zu erfahren. Vielleicht ist er der Einzige, der ihr helfen kann.«

»Recht?«, schnaubte Agnes und verschränkte die Arme vor der Brust, jetzt, wo Larry vor ihnen stand. Wie sie selbst wirkte auch er von Sorge gezeichnet, war unrasiert und hatte das Hemd schief zugeknöpft.

»Hi, Annie«, nickte er der Älteren zu, ohne Agnes aus den Augen zu lassen. »Miss Agnes.« Seine Lider waren gerötet. Annie legte ihm die Hand auf die Schulter, und Agnes verzog angewidert den Mund. Der Typ hatte keinen Trost verdient.

»Sie haben sie in Tiefschlaf versetzt, Larry. Ein Ärzteteam ist bei ihr. Du darfst nachher hinein, ich habe das für dich geregelt.«

»Wie steht es, Annie? Sag mir die Wahrheit.«

»Es ist ein Wunder, dass sie noch lebt.« Annies Hand rieb über ihre Stirn, und mit geschlossenen Augen sprach sie weiter. »Um ein Haar wäre sie verblutet.« Larrys Kehlkopf senkte sich mit einer Schluckbewegung.

»Wird sie es schaffen?«, kam es rau aus seinem Mund. Unwillkürlich entfernte sich Agnes ein paar Schritte von den beiden.

»Das kommt auf ihre Willenkraft an«, seufzte Annie und verschränkte die Arme vor der Brust. »Fürs Erste ist sie am Leben.«

»Was für Verletzungen?«, bohrte Larry nach, und Annie sah zur Decke. Ihre Lidränder hatten sich mit Tränen gefüllt, drohten überzulaufen. Die Stimmbänder wollten ihr nicht gehorchen. Heiser presste sie eine Antwort hervor.

»Ein Bein ist verloren. Das andere haben sie wieder annähen können«, die Stimme kiekste kläglich. »Ob das tatsächlich zu retten ist, wird sich erst später erweisen.« Agnes krümmte sich im Innersten bei dieser Schilderung und konnte doch Larry nicht aus den Augen lassen.

Er sagte nichts. Sein Blick fixierte Annie. Keine Fassade verbarg seine Gefühle. Verlustangst und Wut bewegten ihn, und Annies Traurigkeit schien seinen Zorn nur noch mehr zu schüren.

»Wenn das alles ist«, stieß er hervor und die Kieferknochen traten ob der Anspannung deutlich hervor, »sie ist am Leben, das ist das Einzige, was zählt.« Damit wandte er sich der Intensivstation zu und verschwand hinter der Glastür. Tränen rannen über Annies Wangen. Sie schlug die Hände vors Gesicht, lehnte sich an die Mauer, an der sie langsam zu Boden rutschte.

»Sie darf nicht sterben, Gott, sie darf nicht sterben! Nimm' nicht auch noch sie von mir, willst du mich für immer brechen?« Hilflos starrte Agnes auf die Freundin, die sonst so stark, sicher und kontrolliert war. Zögernd hockte sie sich neben sie, hob ihre Arme, unsicher, ob eine Umarmung nicht alles noch schlimmer machen würde. Letztlich umschlang sie die bebenden Schultern, atmete aus. Es tat gut, jemanden im Arm zu halten, nicht alleine zu sein mit der Angst, der Verzweiflung. Erleichtert spürte sie Annie näher rücken.

»Es war gut, dass du Larry angerufen hast«, gestand Agnes leise ein, bemüht, beruhigend auf Annie einzuwirken. »Damit hast du Megan vielleicht gerettet. Er hat eine Scheißangst um sie, der Kerl wird sie nie mehr verlassen.«

Lange saßen die Frauen beieinander, still, hoffend. Larry kam nicht zurück. Einträchtig beschlossen sie, die beiden nicht zu stören und heimzugehen. Megan hatte alles, was sie zum Überleben brauchte. Zum ersten Mal seit Jahren.

Das Abendessen verlief wortkarg. Annie, Agnes und Siebert saßen zusammen und zwangen sich zur Nahrungsaufnahme. Erst als jeder sein Besteck abgelegt hatte und Siebert Anstalten machte, eine neue Flasche Wein zu öffnen, kam so etwas wie ein Gespräch in Gang. Agnes schob ihr Weinglas Siebert entgegen. Das Glucksen der blutroten Flüssigkeit durch den Flaschenhals war überdeutlich zu hören, langsam stieg der Weinpegel.

»Lasst ihn noch ein wenig atmen«, riet Siebert, während er zum nächsten Glas griff. Atmen, erinnerte sich Agnes und machte einen tiefen Atemzug, bemerkte, wie verkrampft ihre Bauchmuskeln den Leib zusammenschnürten.

»Der Inspektor verdächtigt mich«, platzte es aus ihr heraus. Jetzt war sie draußen, die große Angst. »Sowohl was Michelle angeht als auch Megan.« Wahrlich kein Small Talk, und Siebert keuchte entrüstet auf.

»So ein Quatsch, der weiß bloß nicht, wie er mit den beiden Fällen klarkommen soll«, sagte er im Brustton der Überzeugung. »Er hat nichts gegen dich in der Hand.«

»Meine Fingerabdrücke auf der Ampulle? Vergessen?«, fiel ihm Agnes ins Wort.

»Ich habe das Thema bereits mit Katreen besprochen«, fuhr er fort, und Agnes hielt mitten in der kreiselnden Bewegung, die sie mit dem Weinglas vollführte, inne, schaute zu Siebert auf, befremdet, fast schon schockiert. »Sie wird mit einem Vorgesetzten von Inspektor Drought reden. Der Typ soll dich in Ruhe lassen.«

»Du hast ohne mich zu Fragen mit ihr geredet?«, entfuhr es Agnes entsetzt.

»Wieso nicht?« Siebert widmete seine Aufmerksamkeit ganz dem Rotwein, sah sie nicht an. »Sie kann dir helfen.« Natürlich verstand er Agnes' Entsetzen nicht. Für sie jedoch war klar, dass eine Intervention seitens Katreen Tromp nicht zu ihrem Vorteil gereichen würde.

»Es ist für Drought leichter dir etwas anzuhängen als

dem einflussreichen Bernty«, mischte sich zu allem Überfluss auch noch Annie ein. »Da brauchst du jede Hilfe.«

»Bitte Annie ...«, wand sich Agnes im Kreuzfeuer ihrer Freunde. »...nicht.«

»Ich habe damals die Geschichte zwischen Megan und Bernty voll mitbekommen«, setzte Annie unbeirrt fort. »Sie hatte keine andere Chance, als das Weite zu suchen. Der Mann hat einflussreiche Freunde und eine äußerst vermögende Ehefrau. Mir wollte er ein Berufsverbot anhängen, weil ich in einer Zeitschrift über die Behandlung von Schwangeren mit Bachblüten und Kräuter geschrieben und mich dabei geringschätzig über die Pharmaindustrie geäußert habe. Glücklicherweise war der Mann einer Patientin ein prominenter Anwalt, der hat das Verfahren für mich abgebogen.«

»Keine Intervention von Katreen Tromp«, begehrte Agnes auf und fühlte sich unter den Blicken der anderen unweigerlich wie ein störrisches Kind.

»Denk' einen Moment lang rational«, fuhr Siebert sie an. Wieder dieser Vorwurf – *verrückte Agnes!* – sie fühlte den Stich direkt in der Brust. »Das ist ein fremdes Land, wir kennen hier niemanden.«

»Nun, ihr kennt mich«, versuchte Annie mit einem kleinen Lächeln die Situation zu entschärfen.

»Natürlich«, antwortete Siebert eilig, sichtlich wenig von der Effektivität dieser Beziehung überzeugt. »Agnes, du kannst von Glück reden, wenn Katreen ihre Beziehungen für dich spielen lässt.« Mit hochgezogenen Augenbrauen musterte er Agnes wie ein Vater sein ungezogenes Kind. »*Dankbarkeit* wäre die adäquate Reaktion.«

Agnes nahm einen großen Schluck Wein zu sich. Aus den Augenwinkeln beobachtete sie Sieberts aufgebrachtes

Mienenspiel. Die Augen halb geschlossen lehnte sie sich gegen die Bank und spürte dem herben, pelzigen Weinaroma im Mund nach. Der Alkohol begann sich zu entfalten, löste Blutwallungen aus. Sie war nicht sicher, ob ihr dieser Effekt gut tat. Was, wenn sie die Kontrolle über die Angst verlor?

Panik. Mit einem Mal tauchte sie auf. Entstanden mitten in ihr, breitete sie sich aus, übernahm alle Systeme. Ein Feind, dem sie nichts entgegenzusetzen hatte. Einer, der seine Arme um einen schloss und immer fester zudrückte, bis der Atem versagte, das Herz raste, man überwältigt und begraben war, unwiederbringlich verloren. Impulsiv schob sie das Glas von sich. Kein Alkohol mehr. Irgendetwas tun, Kontrolle gewinnen, irgendwie … Die Hände begannen Geschirr zusammenzustellen, Besteck einzusammeln, Servietten zu zerknüllen. Reden, dachte sie, tun, als wäre nichts. Das Zittern unterdrücken.

»Meinst du, es war ein …«, Agnes merkte, wie sie zu stottern begann, »ein Selbstmordversuch?«

»Von wegen«, antwortete Annie brüsk. »Megan muss verzweifelt versucht haben, von den Gleisen runterzukommen. Ein Mann hat ihr geholfen, ehe der Zug einfuhr – und er hat ausgesagt, dass sie sich retten wollte. Immerhin konnte er ihren Leib in Sicherheit bringen, wenn schon nicht die Beine.« Annie hielt sich die Hand vor den Mund und schluckte. »Jemand muss sie gestoßen haben«, stieß sie schließlich gequält aus. »Trotz – oder vielleicht gerade wegen des Gedränges zur Rushhour gibt es keine brauchbaren Augenzeugen. Jeder ist mit seinem Handy beschäftigt, hat Kopfhörer auf, ist in Gedanken versunken. Sieh sie dir doch mal an, die Leute – nimmt doch keiner mehr seine Umwelt wahr.« Ihre Stimme brach und der Blick sickerte in Agnes'. Da war noch viel mehr zerbrochen als sie gedacht hatte. Agnes fühlte die eigenen Scherben im Herzen und wandte sich ab.

»Das Spekulieren bringt nichts«, sagte Siebert. Seine sachliche Herangehensweise wirkte beruhigend auf die Frauen. »Wir müssen abwarten, was Megan selbst zu diesem Unfall sagt.«

»*Wenn* sie aufwacht«, stieß Agnes zwischen zusammengebissenen Zähnen hervor. Behutsam legte Siebert einen Arm um sie und sprach mit sanfter Stimme weiter. »Das wird sie. Dann kann sie dich entlasten, und Drought lässt dich in Ruhe. Dafür sorge ich.«

»Vielmehr Katreen Tromp«, entschlüpfte es ihr, und die Schärfe ihres Tonfalls ließ Siebert seinen Arm zurückziehen.

»Was hast du gegen sie?«

»Nichts. Nur ein ungutes Gefühl.«

»*Gefühl* – wieder hypersensibel, was?« Siebert zog sich vollends zurück. Wortlos blickte sie ihn an, sah Ärger und Unbehagen. Leere schlug über ihr zusammen, als hätte jemand sie zur Ader gelassen und vergessen, die Wunde zu schließen. Das war doch Siebert, ihr Siebert, der sie durch alle Leben gesucht und geliebt hatte. Verlor sie ihn?

Sie brauchte Abstand. Das war alles zu viel – viel zu viel und zu komprimiert. In Ermangelung besserer Ideen folgte sie dem Impuls, das Geschirr in den Geschirrspüler zu räumen. Sieberts Blick folgte ihren Bewegungen. »Katreen hat uns sogar spontan zu einer Weekendparty eingeladen. Das könnte dir gut tun, hat sie gemeint. Das ist wirklich aufmerksam von ihr.«

Agnes hielt inne, stützte eine Hand in die Hüfte und wollte einen patzigen Kommentar abgeben, hielt aber noch rechtzeitig an sich. Das war völlig sinnlos, Siebert hatte einen Narren an dieser Frau gefressen. Blind wie ein Maulwurf, das war er. Jeder andere konnte deutlich erkennen, dass diese Katreen ihn haben wollte. Ganz. Himmelherrschaftszeiten, Männer konnten so dämlich sein.

Frauen kämpfen anders.

»Du willst also partout nicht«, deutete Siebert ihre Reaktion mit wachsender Verärgerung. Du hast ja keine Ahnung, schoss es durch Agnes' Kopf, und sie wappnete sich zum Kampf. Frauen kämpfen mit *allen* Mitteln, mach deine verträumten Äuglein auf und lerne …

»Aber ja«, bemühte sie sich um einen unbeschwerten Tonfall und schaffte sogar ein erwartungsfrohes Funkeln. »Ich wollte immer schon mal zu einer original englischen Weekendparty.« Ein kleines Schlupfloch jedoch musste bleiben. »Wenn Megan bis dahin außer Lebensgefahr ist, fahren wir.« Sieberts Erleichterung traf sie wie ein Hammerschlag.

Ein Teller glitt ihr aus der Hand, fiel zu Boden und zerbrach mit lautem Krach in zwei Teile. Alle zuckten zusammen, blickten auf die Scherben. Ich will nach Hause, dachte Agnes und sagte stattdessen: »Besser, ich gehe jetzt schlafen.« Beobachtet von Siebert und Annie warf sie den kaputten Teller in den Müll und ging, ohne sich noch mal umzusehen.

Sir Worthwill trat mit seiner Gattin in den geräumigen Wohnraum. Augenblicklich verstummten die Anwesenden, und Amanda Huntington eilte den Neuankömmlingen entgegen. Alles in ihrer Erscheinung verlangte nach

Trost und Zuwendung, die Augen waren vom Weinen gerötet, die Wangen ungesund hohl. Sogleich ergriff Irene die Hände der Freundin und gab sich bestürzt.

»Meine liebste Freundin! Welch Unglück! Wir sind sofort aufgebrochen, um Euch zu Hilfe zu eilen.«

»Ich danke Euch von Herzen für Euer Kommen! Dafür, dass Ihr überhaupt noch bereit seid, mit uns zu verkehren.« Ein Schluchzen hemmte die Redeflut der armen Amanda. »Nach alledem …«, beschämt wandte sie sich ab, gebeugt von Gram, und hielt ein Schnupftüchlein vor das Gesicht. Ann Thorn eilte mit Sorgenmiene zu ihrer Schwester, legte tröstend den Arm um sie. Unterdessen wechselten Merit Thorn und Sir Worthwill Worte der Begrüßung, das theatralische Gehabe des Weibervolkes war beiden sichtlich zuwider.

»Gott zum Gruße, mein Freund. Wie ist die Lage? Kann unser armer Huntington diese Schmach ertragen?«

»Der gute Huntington – er versucht, Haltung zu wahren, man muss es ihm hoch anrechnen. Meine Bewunderung ist ihm gewiss. In solch einer Situation bedarf es höchster Willenskraft, den Emotionen nicht freien Lauf zu lassen.« Merit Thorns kalte Augen schweiften durch den Raum und blieben an der gramgebeugten Gestalt seiner Schwägerin hängen. Ihr unbeherrschtes Benehmen reizte ihn, lauter zu sprechen. »Ich wüsste nicht, was ich an seiner Stelle täte. Was bleibt, ist, Gott zu danken, dass er mich mit solch verderbter Brut verschont hat.« Worthwill schüttelte nachdenklich den Kopf.

»Nun, es ist ein großes Glück, mit Nachkommenschaft gesegnet zu sein. Ein Geschenk, das meiner Gemahlin und mir bislang versagt blieb. Jedoch, gutes Blut allein kann den ungestümen Geist nicht zügeln. Ich denke, es ist letztlich eine Frage der Erziehung, wie die Kinder geraten. Es bedarf einer strengen Hand und unnachgiebiger Härte, um einen gottesfürchtigen Menschen zu formen.« Dies gefiel Thorn allzu gut, und sein Nicken mit schmalen Lippen brachte dies deutlich zum Ausdruck.

»Keiner weiß besser als wir, dass genau diese Härte bei der Erziehung der jungen Miss Huntington gefehlt hat.«

»Fürwahr, es musste so kommen«, stimmte Worthwill ein. »Ein Mädchen, welches in höchst unpassenden Dingen unterrichtet wird, muss unweigerlich in seiner sittlichen Entwicklung Schaden nehmen. Hier sehen wir den Beweis dafür. Dennoch, trotz seines Mitverschuldens tut mir Huntington von Herzen leid.«

»Selbstredend«, stimmte Thorn zu und warf einen hochmütigen Blick Richtung Amanda. »Wo ist denn Eure Tochter nun?« Amanda fand keine Kraft, zu antworten. Ann überwand ihre Scheu und kam der Schwester zu Hilfe.

»Sie ist zurückgekehrt, mit ihrem – ähm, Bräutigam – und wartet in ihrer Kammer auf den Ausgang des Gesprächs.«

»Er ist hier? Ungeheuerlich!«, entfuhr es Worthwill. »Kennt dieses Gesindel keine Scham? Im tiefsten Wald sollten sich er und seinesgleichen verstecken.« Amanda heulte auf, und Ann hatte alle Hände voll zu tun, um diese neuerliche Woge der Verzweiflung zu glätten. Merit Thorn dämpfte seine Stimme und holte zu einer Erklärung aus.

»Huntington hätte diesen dahergelaufenen Bauern beinahe erdolcht, als er mit Violet auf der Türschwelle stand. Titus konnte ein Blutbad gerade noch verhindern. Gott sei gedankt, dass er gerade zu dieser Unglückszeit hier weilt. Guter Christ, der Huntington nun mal ist, besann er sich schließlich eines Besseren, schickte das verkommene Ding in seine Kammer und brachte Wistlegreen ins Morgenzimmer. Titus ist zu seiner Unterstützung zugegen. Seither sind jedenfalls die Türen verschlossen.« Irene Worthwill hatte Merit Thorn aufmerksam zugehört. Mühsam unterdrückte sie ein Lächeln.

»Aus der Verbindung mit den Redhursts wird wohl nichts werden«, hob Irene an, und der Triumph in ihrer Stimme war unüberhörbar. »Ist es nicht eine entsetzliche Tragödie für die Familie? Dies wäre eine wahrlich einflussreiche Allianz gewesen.« Anns Giftblick quittierte sie mit einem verächtlichen Hochziehen einer Augenbraue. »Jedoch, Violet ist entehrt, es lässt sich nicht mehr ändern. Wenn dieser Wistlegreen sie nicht heiratet, wird kein Ehrenmann sie ehelichen, und was bleibt, ist das Kloster. Die Huntingtons sind mit ihrer gefallenen Tochter gesellschaftlich gestorben.« Noch bevor Irene zu Ende gesprochen hatte, war das Jammern der erbarmungswürdig in sich zusammengesunkenen Amanda erneut angeschwollen. Schluchzend lag sie in den Armen ihrer Schwester. Wäre die Lage nicht so prekär gewesen, alle Anwesenden hätten sich über den unerwarteten Mut der sonst so stillen Ann gewundert, denn wieder ergriff sie das Wort zugunsten ihrer Schwester.

»Ich hatte den Eindruck, dass es die Absicht der beiden jungen Leute war, eine Heirat zu erzwingen. Wahrscheinlich feilschen die Männer um die Mitgift. Das kann schon seine Zeit brauchen«, und zu Amanda flüsterte sie erneut, »ganz ruhig, meine Liebe. Es wird alles gut.«

»Alles gut? Sie amüsieren mich, Mrs Thorn!«, erregte sich ihr Gemahl Merit Thorn. »Violet wird mit diesem zwielichtigen Bauern – oh ja, schauen Sie mich nicht dermaßen entsetzt an, Sie wissen genau, was man sich über ihn erzählt – Violet wird auf seine Scholle ziehen und ist für die Gesellschaft für immer desavouiert. Dazu jeder, der sich zu einem Umgang mit ihr herablässt!« Ann senkte ob der Zurechtweisung durch ihren Ehegatten den Blick und widmete sich umso mehr ihrer Schwester.

»Violet hat die gottgewollte Ordnung gebrochen, sich dem Willen ihres Vaters widersetzt, und dafür wird sie zu Lebzeiten, wie auch vor dem Jüngsten Gericht büßen müssen«, stimmte Worthwill ein. »Huntington kann lediglich versuchen, das Unheil so gering wie möglich zu halten: den gefallenen Engel vermählen und danach nicht wiedersehen.« Seine Worte versiegten, denn die Tür zum Morgenzimmer begann sich zögerlich zu öffnen. Alle Köpfe drehten sich augenblicklich in dieselbe Richtung, und Titus Huntington trat mit einer Langsamkeit heraus, die das Schlimmste befürchten ließ. Amanda war sogleich aufgesprungen und sah ihn mit bangem Blick an. Er hielt ihr beschwichtigend die Hände entgegen.

»Schon gut, Schwägerin. Die Männer haben sich einigen können. Antonius gestattet die Eheschließung. Diese wird ehestmöglich vonstattengehen. Danach hat wieder alles seine Ordnung.«

Merit Thorn schnaubte verächtlich. Der wütende Blick Titus' unterband einen weiteren derben Kommentar. Verstört von Amandas Kichern, aber sicher, dass die Schwester für kurze Zeit sich selbst überlassen bleiben konnte, lief Ann aus dem Zimmer, um Violet über die letzten Ereignisse zu unterrichten. Violet huschte vom Treppenabsatz zurück in ihre Kammer, strich in Erwartung der Tante die Kleider glatt und kämpfte um eine aufrechte Haltung. Es wird alles gut, sagte sie sich zum tausendsten Mal.

Ann schlang sogleich ihre Arme um die Nichte, kaum dass sie das Zimmer betreten hatte und raunte ihr die frohe Kunde ins Ohr. Seelig ließ Violet den Kopf gegen die Schulter der Tante sinken. Die Anspannung fiel von ihr ab, machte bleierner Erschöpfung und Tränen Platz. In dieser Umarmung fand Titus die beiden Frauen vor, als er wenig später die Kammer betrat. Seine ernste Miene verriet nicht nur Gutes. Mit gesenktem Blick nahm Violet die Botschaft entgegen.

»Du und Wistlegreen werden Sonnabend heiraten. Bis dahin wirst du in deiner Kammer bleiben und deinen Vater nicht mit deinem Anblick behelligen. Unmittelbar nach der Eheschließung ziehst du in das Heim deines Gemahls – und kehrst niemals wieder zurück. Das Haus deines Vaters bleibt für dich verschlossen. Es ist dir gestattet, persönliche Dinge mitzunehmen, jedoch keinerlei Familienschmuck. Wistlegreen erhält deine Mitgift, damit ist der Schein gewahrt.«

Violet blickte mit tränengefüllten Augen auf ihren Onkel. Sie sah seinen Schmerz, sein Mitgefühl, oh ja, er liebte sie wie ein eigenes Kind, dessen war sie gewiss, doch zu sehr hatte sie ihn enttäuscht. In ihm zu lesen steigerte ihre Pein nur noch mehr.

»Es war dir bewusst, welche Folgen dein Tun haben würde«, donnerte er stattdessen, die Arme vor der Brust verschränkt. »Nun trage diese, wie es sich für eine Huntington geziemt.« Ihre schreckensweiten Augen rührten sein Herz, denn schon wurde sein Blick weicher. In etwas sanfterem Ton fuhr er fort: »Mein Segen sei dir trotz allem gewiss. Werdet glücklich, das Leben ist kurz genug.« Noch einmal zögerte er, seine Hände zuckten in dem Verlangen, die tränennassen Wangen der Nichte zu streicheln, jedoch ließen seine aufgezehrten Kräfte nicht mehr als ein Nicken als Glückwunsch zu. Etwas in ihm war zerbrochen, erkannte Violet, sah zu, wie er ihr den Rücken kehrte und das Zimmer verließ.

17. KAPITEL

Nun bricht ein edles Herz.

(Hamlet, 5. Akt, Szene 2)

In der Einfahrt des *SARFUR*-Gebäudes stand ein schwarzer Wagen. Eine Tafel lag hinter der Windschutzscheibe, die ihn als Polizeifahrzeug auswies. Agnes musste um das Auto herumgehen. Irgendetwas an dem Wagen erregte ihr Interesse, kam ihr vertraut vor. Der Aufkleber auf der Heckscheibe – das Logo kannte sie doch: *International Police Assoziation* stand in den Kreis geschrieben. Derselbe Verein, in dem Norman, Ex-Freund und Kriminalbeamter, war. Inspektor Drought würde in ihrem Büro warten. Verdammt. Sogleich reagierte ihr Magen, zog sich zu einer Bleikugel zusammen, und ihre Füße schienen auf unsichtbaren Gummimatten zu schlackern. Was würde er diesmal wollen? Viel zu schnell stand sie vor ihrer Zimmertür. Die Lippen fest zusammengepresst wagte sie kaum den Blick zu heben – es half nichts – sie stieß die Tür auf. Jetzt erst merkte sie, dass sie die ganze Zeit über den Atem angehalten hatte. Das Büro war leer, und die Luft entwich erleichtert den Lungenflügeln. Der Routine gehorchend, die wohltuende Normalität suggerierte, landete die Tasche neben dem Drucker. PC an, Tee holen, Termine checken. Zu wenig Beschäftigung, um nicht noch einen Rest Gedankenkapazität für Drought übrig zu haben. *International Police Assoziation* – dies war ein Berührungspunkt zu Norman, Ex-Freund, Kriminalbeamter und Stalker. Hatte Drought die Infos über die Wiener Mordfälle exklusiv von ihm erhalten, plus ein paar tendenziös bösartige Hinweise auf Agnes Feder, das liederliche Frauenzimmer? Es wäre jedenfalls eine plausible Erklärung dafür, dass der Inspektor beharrlich auf ihrer Fährte blieb. Norman war schon immer scharf auf eine englische Dienstkappe gewesen. Derartige Devotionalien wurden ihres Wissens nämlich gern unter den internationalen Kollegen ausgetauscht. Genervt griff sie nach der Unterschriftsmappe. Zeit, in die Höhle des Löwen zu gehen, einfach den Gang entlang Richtung Virginias Büro, der tägliche Weg in eine ungewisse Stimmungswelt. Am anderen Ende des Gangs kam eine Gestalt auf sie zu. Groß, breite Schultern, Krawatte auf Halbmast. Drought. *Shit!*

»Wollen Sie etwa zu mir?«, fragte sie mit zu hoher Stimme, konnte den bangen Unterton nicht verbergen. Er zog amüsiert die Augenbrauen hoch. Ein süßer Gesichtsausdruck, wäre er nicht der Feind gewesen. In diesem Fall daher: nicht süß.

»Keine Sorge, Sie sind heute nicht dran.«

»Na dann – schönen Tag noch«, erwiderte Agnes und kümmerte sich nicht darum, dass ihre Erleichterung seine Mundwinkel weiter nach oben bog. Hastig setzte sie ihren Weg fort, ehe er es sich anders überlegen konnte. Es war dieselbe Richtung, aus der Drought gekommen war. Virginias Büro lag lediglich zwei Zimmer weiter. Als sie eintrat, fand sie ihre Chefin im Schreibtischsessel sitzend vor, die Augen starr auf das *Healing Picture* an der gegenüberliegenden Wand gerichtet. Entweder hatte sie Agnes nicht gehört oder sie wollte sich einfach nicht aus der Tiefe des Anblicks lösen.

»Miss Murdoch?«

Keine Antwort.

Eine Schrecksekunde lang glaubte Agnes, Virginia sei tot, doch dann bemerkte sie einen Lidschlag.

»Ich bin schon komplett meschugge*«, stieß Agnes erleichtert aus, glücklicherweise auf Deutsch, ging zum Schreibtisch und legte die Mappe darauf. Ihre Absicht war, sich so rasch wie möglich aus dem Staub zu machen, wohingegen ihre Chefin doch noch beliebte, das Wort an sie zu richten.

»Sie wissen mehr von mir, als mir lieb ist.« Die Beherrschtheit in Virginias Stimme täuschte. Kaum dass sich Virginias Blick auf Agnes gerichtet hatte, erfasste sie ein Wirbel widersprüchlichster Emotionen, das pure Chaos.

»In einem Büro gibt es nur wenige Geheimnisse«, antwortete Agnes und versuchte, sich gegen die Qualen der Frau abzuschirmen.

»Leider.« Virginia löste die Verbindung und wandte sich wieder dem Bild zu. Dabei drehten ihre Hände gedankenverloren einen Brieföffner.

»Ich liebe das Bild«, sagte sie schlicht, doch für Agnes klang es nach einem aufrichtigen Dank. »Diese Augen sprechen zu mir. War Ihnen das bewusst, als sie die malten?«

Agnes beobachtete das blasse Gesicht. Etwas Beunruhigendes lag darin, eine Energie, die mit viel Willenskraft gerade noch gezügelt wurde.

»Das geschieht einfach.«

Virginia schien bereits anderen Gedanken nachzuhängen. »Sie wissen, dass der Inspektor eben hier war?«, fragte sie unvermittelt, wieder in dem gleichgültigen Tonfall.

»Er ist mir am Gang entgegengekommen«, antwortete

---

* Lehnwort Jiddisch (in Wien beliebt): verrückt, von Sinnen

Agnes. Ein Kribbeln befiel sie. Sie wollte hier raus. Rasch. »Ich gehe dann …«

»Das ist ein schlauer Mann«, fuhr Virginia fort, ohne an Lebendigkeit zu gewinnen oder Agnes zu beachten. Lediglich der Brieföffner drehte sich in ihren Händen. »Er weiß genau, was seiner Karriere zuträglich ist und was nicht. Da kann ich mir was abschauen. Wirklich clever.« Die Spitze des Brieföffners bohrte sich so tief in den Handteller, dass Agnes befürchtete, gleich Verbandszeug holen zu müssen. War Virginia einem Nervenzusammenbruch nahe? Irgendjemand sollte der Frau helfen.

»Drought nervt«, versuchte Agnes, die Chefin zurückzuholen aus – nun, wohin auch immer sie abgedriftet war. Vergeblich. Keine Reaktion. Die Situation wurde zunehmend obskurer: Virginia starrte ungebrochen in das Bild fern der Realität und erdolchte dabei ihre Hand. Und sie selbst stand hilflos daneben.

»Der Inspektor sucht Michelle Schoffs Mörder«, probierte Agnes es weiter, »weil er nicht an die Selbstmordtheorie glauben mag.« Ah! Endlich kam Leben in Virginias Gesichtszüge. Die Erleichterung verpuffte gleich wieder.

»Es ist ihm aber nicht jeder Mörder gleich willkommen«, entgegnete Virginia aggressiv, drehte den Kopf zu Agnes und durchbohrte sie mit ihrem Blick.

»Den Eindruck hatte ich auch«, erwiderte sie kleinlauter, als sie zugeben wollte. Mit einem tiefen Atemzug gelangte ein unangenehmer Geruch in ihre Nase – Whisky? Am Morgen?

»Lassen Sie sich niemals mit Walter Bernty ein«, zischte Virginia. Als ob das eine Option wäre! Sorry, da besteht keine Gefahr, wollte Agnes antworten, besann sich jedoch anders. Virginia war in Plauderstimmung, diese Gelegenheit sollte genutzt werden …

»Warum?«

»Es tut weh.« Virginia warf den Brieföffner auf den Schreibtisch, lehnte sich tief in den Sessel, schloss Augen und Mund. Das Gespräch war beendet.

18. KAPITEL

Ehe du mich umgelegt, versprachst du, mich zu freien.
(Hamlet, 4. Akt, Szene 5)

Siebert saß am Steuer des Mietwagens – auf der falschen Seite, wie Agnes befand, alles war verkehrt rum. Ein verkehrstechnischer Albtraum. Als Fußgängerin war sie mittlerweile daran gewöhnt, dass die Fahrzeuge aus der verkehrten Richtung daher brausten, jedoch im Auto sitzend war der Linksverkehr schlicht verstörend. Um keinen Preis wollte sie selber fahren. Siebert hingegen meisterte den Linksverkehr mit gemächlichem Tempo und Konzentration. Bisher waren sie auf ihrer Landpartie zügig vorangekommen. Auf der schwach befahrenen Landstraße ging es bereits längere Zeit gut dahin, sie befanden sich einige Kilometer vor Salisbury. Dank des unmittelbar zuvor niedergegangenen Wolkenbruchs strömte frische Luft in das Wageninnere, das Navigationssystem war leise geschaltet, und die Landschaft zog wie eine Filmkulisse an ihnen vorüber. Wohlbestellt lagen Felder, Wiesen, Wäldchen und Ortschaften an ihrem Weg.

»Da vorne muss die Abzweigung sein – fahr' bitte langsamer!«

»Ich weiß«, erwiderte Siebert und betätigte den Blinkhebel. Das Auto rumpelte jetzt eine Allee mit uralten Kastanien entlang. Die tief stehende Sonne blitzte durch üppiges Laub, und ein Spiel von Licht und Schatten irritierte die

Wahrnehmung. Wiesen, von Blumen übersät, waren Spielplatz ungezählter Schmetterlinge, die sich im luftigen Tanz erhoben und senkten. Ein Weiher, umgeben von Schilf, von Libellenschwärmen und einer Entenschar bevölkert, glitzerte wie ein Kristallspiegel im goldenen Licht der Sonne.

Und dann sah Agnes das Herrenhaus.

»Das ist nicht wahr«, flüsterte sie, sah nicht Sieberts zufriedenes Lächeln, das sagte: Ich hab's dir doch gesagt!

»Na? Überwältigt? Die Briten verstehen sich auf Häuser mit Stil, das muss man neidlos zugeben. Der Kasten ist sicher ein paar Hundert Jahre alt. Dahinter sind ein riesiger Teich, Stallungen und eine Tennisanlage.«

In Agnes' Kopf wirbelten die Gedanken kreuz und quer. Ihr erster Impuls war ein Wiedererkennen gewesen. Die Umgebung des Hauses und seine Bauweise selbst waren ihr vertraut vorgekommen. Violet Huntington erkannte es. Dennoch sah es anders aus als in ihrem Traum – viel größer und einladender.

»Unglaublich – ich kann es kaum erwarten, einzutreten«, wisperte sie, konnte die Augen nicht von dem Gebäude lassen. Der Kies knirschte unter den Rädern, als Siebert um einen Brunnen herum zum Eingangsportal fuhr. Kaum erstarb der Motor, legte sich Stille wie eine Decke über die Landschaft, das Haus, die Menschen; hüllte Agnes ein, trug sie in eine andere Zeit, ein anderes Leben. Ein paar Sekunden saßen sie nur da, während der Zauber sein Netz dichter wirkte. Es roch nach Wiese und Teich, hin und wieder trug ein Windstoß Pferdewiehern heran. Die Farben änderten sich, hellten auf, Teile des Hauses wurden transparent. Eine Vision, erschrak sie und versuchte, dagegen anzukämpfen. Siebert öffnete im gleichen Moment ihre Wagentür – das katapultierte sie aus dem

Bann. Wann war er ausgestiegen? Beängstigend, dass sie es nicht bemerkt hatte.

Agnes rieb sich über das Gesicht, lächelte. Contenance, mahnte sie sich, stieg aus dem Wagen und folgte Siebert zur Eingangstür. Anscheinend amüsierte ihn ihr unverhohlenes Staunen, denn er überließ ihr mit einer galanten Verbeugung das Vergnügen, am Messinggriff zu ziehen. Ehrfürchtig umfasste sie den Knauf und zog, lauschte dem unmittelbar folgenden Glockenklang nach. Eine Zeitlang blieb alles still hinter der Tür, ein paar Catering-Fahrzeuge fuhren die Allee herauf und um das Haus herum Richtung Lieferanteneingang. *Himmlische Feste* konnte sie noch lesen. Kaum beugte sich Agnes zur Seite, um den Weg der Fahrzeuge besser einzusehen, wurde die Tür aufgezogen, und ein Bediensteter trat ihnen entgegen. Für Agnes wäre dieser aufrechte, distinguierte Mann als Lord durchgegangen, so wie er da vor ihnen stand, penibel gekleidet, das Gesicht in einer stoischen Maske erstarrt.

»Guten Abend«, grüßte Siebert. »Wir sind Siebert Thal und Agnes Feder.«

»Guten Abend, Sir. Madam.« Wow, ein Butler! Genau wie in der Serie *Downton Abbey.* Sie hätte ihn stundenlang weiter beobachten wollen. »Herzlich willkommen auf Tudor Mansion, Sir. Mrs Tromp erwartet Sie im Salon. Mein Name ist Jeffrey, Madam. Bitte wenden Sie sich an mich, wenn Sie irgendeinen Wunsch haben. Darf ich Ihnen Ihr Zimmer zeigen? Das Auto wird für Sie geparkt. Lassen Sie einfach den Schlüssel stecken, Sir.«

Grinsend folgte Agnes dem Butler. Er hatte *Madam* gesagt. Diese Ernsthaftigkeit, die er an den Tag legte, die Förmlichkeit und Etikette, das war bombastisch! Mit einiger Mühe unterdrückte sie ein Kichern. Würde, Agnes,

Haltung! Ihr Blick wanderte zur Decke der Eingangshalle. Fresken zierten den hohen Plafond.

»Wow«, hauchte sie entgegen den eisernen Vorsätzen. »Überwältigend.« Der Butler lächelte milde, ein deutliches Zeichen, dass Fragen erlaubt waren. »Wann ist das Haus gebaut worden?«

»Nun«, erwiderte er bereitwillig, »dies geschah in mehreren Etappen, Madam.« Mit dem Arm wies er in Richtung eines dunklen Gangs. »Der älteste Teil stammt aus dem 13. Jahrhundert«, dozierte er. »In der Mitte des 16. Jahrhunderts war der Lebensstandard beachtlich gestiegen, und die vermögenden Familien entwickelten das starke Bedürfnis, ihre Wohnsituation zu verbessern. Man wollte natürlich gesellschaftliche Stellung und Einfluss durch einen entsprechenden Wohnsitz repräsentiert sehen. Um 1560 wurde das Herrenhaus in seiner jetzigen Erscheinung ausgebaut. Der ursprüngliche Teil des Hauses wurde in den Neubau integriert. Sie werden bemerken, dass es einen Halbstock gibt. Dies liegt am Niveauunterschied zwischen den beiden Bauten.«

Jeffrey nahm Agnes die Reisetasche ab und wies ihnen den Weg. Die Empfangshalle war nicht nur von beeindruckender Höhe, die Wände waren zudem mit Wandteppichen geschmückt, und ein ausladender Kristallluster erhellte die großzügig gewundene Treppe zu den oberen Etagen. Dicke Teppiche dämpften ihre Schritte. Nahezu lautlos gelangten sie in das ihnen zugedachte Zimmer im zweiten Stockwerk. Es war ein rechtes Winkelwerk, dieses Haus. Verschiedenste Treppen und Hintertreppen führten zu den Wohnebenen, die Gänge waren mit dunklem Holz getäfelt und schwach beleuchtet. Agnes fürchtete, nie mehr in ihr Zimmer zurückzufinden, wenn sie es erst einmal verlassen würde. Anscheinend verfügte Siebert über einen besseren Orientierungssinn.

»Sieh' mal aus dem Fenster«, wies er sie an, »da ist der Teich. Wir sind im alten Teil des Hauses. Der Salon ist im Erdgeschoss schräg unter uns im Neubau.« Er lachte. »Neubau aus dem 16. Jahrhundert.«

»Klingt, als warst du schon mal hier?«, fragte Agnes, nicht ohne einen kleinen Stich der Eifersucht zu verspüren, als er nickte.

»Katreen war sehr bemüht, dass ich mich gut einlebe.« Natürlich hat sie sich bemüht, was denkst du denn, ärgerte sich Agnes in Gedanken und verbarg ein Augenrollen hinter dem Vorhang ihrer Haare. »Sie hat mich bei der Gelegenheit einer Menge wichtiger Leute vorgestellt.«

»Wichtige Leute«, äffte sie nach.

»Stimmt was nicht?«, fragte er nach und zog die Augenbrauen zusammen.

»Quatsch.«

»Dann ist es ja gut.«

»Sicher.«

Sie stellten ihre Reisetaschen ab und gingen wortlos hinunter.

Der Salon präsentierte sich als weitläufiger Prunkraum voller Antiquitäten, Spiegel und Ölgemälde. Im Zentrum war ein Kamin, eine Perle alter Steinmetzkunst. Von enormen Ausmaßen, aus rosa Marmor gearbeitet, dominierte er den Raum. Um ihn herum standen die meisten der vielen Gäste, manche hatten es sich auch auf den umstehenden Ledersitzmöbeln bequem gemacht. Wenn das keine originalen Chesterfields sind!, bewunderte Agnes die Qualitätsstücke und bemerkte im nächsten Augenblick etwas bedeutend Aufregenderes: die exquisite Garderobe der anwesenden Damen.

»Warum hast du nicht gesagt, dass wir uns umziehen müssen?«, zischte Agnes verärgert und stolperte fast über die Kante eines gigantischen Perserteppichs.

»Ach das«, zuckte Siebert mit den Schultern. »Ja, zum Dinner ziehen sich die meisten um.«

»Die meisten?«, es gelang ihr kaum die Stimme piano zu halten, »*alle* Anwesenden! Ich hingegen trage Jeans!«

Siebert schenkte ihr ein beschwichtigendes Lächeln und legte seinen Arm um ihre Schultern.

»Du siehst super aus, keine Sorge.« Er selbst hatte den von der Fahrt zerknautschten Leinenanzug an, trug keine Krawatte, was jedoch seiner einnehmenden Erscheinung keinen Abbruch tat. Es war eine Mischung aus Bewunderung und Neid, die Agnes feststellen ließ, dass Siebert selbst nackt in einer Latzhose nicht deplatziert aussehen würde. Einige Frauen im Salon zogen ihn ohnehin bereits mit den Augen aus.

»Mir ist das nicht so wichtig, entschuldige«, besann er sich seines Fehlers und blickte mit Dackelaugen zu ihr hinunter. Nicht mal böse sein konnte man ihm, zum aus der Haut fahren! »Willst du noch mal hinauf?« Ehe Agnes antworten konnte, schwebte Katreen auf sie zu und blockierte den Rückweg. Ihr Kleid war atemberaubend, schmiegte sich an ihren Körper wie eine zweite kirschrote Haut.

»Ihr Lieben!«, empfing sie die Neuankömmlinge mit ausgebreiteten Armen. »Wie wunderbar, dass ihr gekommen seid. Sagt Jeffrey, welchen Cocktail ihr möchtet, und dann stelle ich euch den anderen Gästen vor.« Überschwänglich umarmte sie Siebert, den sie mit Küsschen links und Küsschen rechts begrüßte – zu Agnes' größtem Missfallen. Siebert war einige Wochen alleine in London gewesen, einsam, ohne Bekannte, besonders abends, nach der Arbeit …

Genüsslich wischte Katreen den Lippenstift von seiner Wange und wandte sich sogleich Agnes zu. Es gab kein Entrinnen. Erleichtert registrierte Agnes, dass diese keinesfalls beabsichtigte, sie zu berühren. Sie faltete lediglich in gespielter Freude ihre Hände vor der Brust.

»Wie schön, dass Sie mitgekommen sind, Agnes«, gurrte Katreen munter drauflos. Und wie sie ihren Namen aussprach; betonte das Ä, als hatte sie eben einer Heuschrecke den Kopf abgebissen. »Wir nennen uns beim Vornamen, nicht wahr? Das ist viel unkomplizierter. Wie nett Sie aussehen – ein wirklich entzückendes Top, das Sie da tragen.« Katreen lachte. Die Zähne blitzten auf, die Augen lachten nicht mit. Durch den Blickkontakt übertrugen sich Spannungen, die Agnes schwer auf der Brust lasteten. War das Eifersucht? War es ihre eigene oder die von Katreen? Die Impression verschwand so schnell, wie sie gekommen war. Katreen drängte sich zwischen sie und Siebert, hakte sich bei ihm unter und schob beide zur ersten Gruppe ihrer Gäste.

»Dies ist mein Vater, Mortimer Wotens«, sagte sie zu Agnes gewandt und richtete gleich darauf das Wort an den stattlichen grauhaarigen Mann. »Siebert kennst du ja, Vater, und dies ist Miss Agnes Feder«, wies sie in ihre Richtung, blickte jedoch zu Siebert auf. »Großmutter ist bedauerlicherweise unpässlich. Dabei hat sie einen solchen Narren an dir gefressen.«

»Oh, das tut mir leid«, zeigte sich dieser enttäuscht, und Agnes konnte nicht fassen, wie unbefangen er mit Katreen verkehrte. Bekam er denn wirklich nichts mit?

Der hagere Anwalt mit dem Adlergesicht nickte Agnes zu. Ohne Zweifel englischer Landadel.

»Erfreut, Sie kennenzulernen. Ich hoffe sehr, dass Sie sich in unserem Hause wohlfühlen«, kam es schmallippig aus Wotens Mund. Dennoch fühlte sich Agnes zu ihrer eigenen Überraschung überaus geschmeichelt. Hoheitsvoll wandte sich Wotens indes Siebert zu. »Mister Thal, wie geht es Ihnen? Meine Mutter ist nicht die Einzige, die von Ihnen begeistert ist. Ich höre nur Worte des Lobes, was Ihre Arbeit bei uns angeht.«

»Ich danke Ihnen, Mister Wotens«, erwiderte Siebert und konnte sich einer angedeuteten Verbeugung nicht enthalten. »Es ist eine Ehre, in Ihrer Kanzlei zu arbeiten.« Der Seniorpartner war die graue Eminenz der Kanzlei, eine Autorität in jeder Hinsicht, wenn man Siebert glauben durfte. Zwar hätte er schon seit Jahren in Pension gehen können, dennoch hielt er sich über die Geschäfte seiner Kanzlei stets auf dem Laufenden. Katreen strahlte Siebert eine Sekunde lang an, beeilte sich bereits in der nächsten, den Mann neben ihrem Vater vorzustellen.

»Mister Huxton, ein Anwaltskollege – Mister Siebert Thal, ebenfalls Rechtsanwalt, aus unserer Partnerkanzlei in Wien. Und seine Freundin Miss Agnes Feder.«

Huxton war ein Mann über 40, ländlich-feudal gekleidet. Die Lachfältchen um seine Augenpartien hatten Agnes sofort für ihn eingenommen. Auch waren seine Wangen rot geädert, was auf ausgedehnte Aufenthalte im Freien hinwies, aber vielleicht spielte auch ein gewisser Hang zum Whisky eine Rolle, von dem er ein Glas in der Hand hielt. Gutgelaunt erwiderte er ihr Lächeln und deutete eine kleine Verbeugung an.

»Sehr erfreut, Miss Feder. Wie gefällt es Ihnen bei uns?«

»Ich bin begeistert von Ihrem Land und den Menschen«, konnte sie dem Impuls, ihm zu schmeicheln, nicht widerstehen. »Im Herzen bin ich eine Engländerin, anders kann ich es mir nicht erklären.«

»Charmant!«, gluckste Huxton amüsiert. »Das hört man gern – wie vertreiben Sie sich die Zeit?«

»Ich bin ebenfalls Juristin.«

»Tatsächlich? Arbeiten sie denn gleichfalls für *Tromp & Wotens*?«

»Nein, ich bin keine Anwältin. Ich habe einen Job bei *SARFUR Chemistries*.«

»Ah, Medizinrecht«, nickte er anerkennend und prostete ihr zu. »Ein sehr interessanter Bereich.« Wie zwanglos der Gentleman plauderte – gleichzeitig hatte er ihr damit Gelegenheit geboten, aus Sieberts Schatten zu treten. Dieses Biest von Katreen hatte es ja nicht für nötig erachtet, zu erwähnen, dass sie einer ordentlichen Beschäftigung nachging und nicht nur als Dekoration für den Herrn Rechtsanwalt fungierte. Seht her, das ist die Noch-Tussi von meinem zukünftigen Ehemann, hätte sie wohl am liebsten herumposaunt. Agnes schluckte ihren Ärger herunter und lächelte Huxton an, wollte etwas erwidern, jedoch schnitt Katreen den Faden der aufkeimenden Unterhaltung energisch durch.

»Wie schön«, kam es kühl von ihr, während sie nach den nächsten Gesprächspartnern Ausschau hielt. Da waren noch eine Menge mehr Gäste zu begrüßen, dämmerte es Agnes mit Grauen. Sie kam sich schmählich underdressed und deplaciert vor. »Hier ist ja meine liebe Freundin Linda Bernty. Linda, das sind Siebert Thal und Agnes Feder.« Damit war Agnes' Interesse geweckt: Bernty? Die Ehefrau von Walter Bernty? Linda war eine gertenschlanke

Frau um die 40. Ihr blondes Haar steckte in einem strammen Dutt fest, und sie hatte wenig Schmuck und sparsam Make-up aufgelegt, wenngleich ihre Kleidung nach Haute Couture aussah. Sie grüßte mit einem knappen Nicken zu Siebert und Agnes herüber. Katreen blickte sich um. »Linda, wo sind die Kinder? Ich habe sie noch gar nicht gehört.« Lindas darauffolgendes Lachen rieselte wie Eisregen auf Agnes herab.

»In der Tat, man würde die Bande hören«, näselte die Frau im taubenblauen Kleid. »Keine Sorge, Liebste, deine Vasen sind für heute in Sicherheit. Wir haben die Kinder dieses Wochenende im Internat gelassen. Es findet ohnehin ein schulinternes Reitturnier statt, da merken sie gar nicht, dass wir sie nicht geholt haben.«

»Sie kommen ganz nach dir, was?« Katreen und Linda lachten, als wäre das hinterlistige Manöver der Witz der Woche. Wie Michelle, überlegte Agnes, derselbe Schlag. Wurde man so in der besseren Gesellschaft? »Ich weiß es zu schätzen, meine Liebe, dass du dich von deinen Pferden losreißen konntest«, schmeichelte Katreen und wies mit einer eleganten Handbewegung zu Agnes. »Linda, du weißt vielleicht, dass Miss Feder für deinen Mann arbeitet.« Linda legte den Kopf prüfend zur Seite. Ihre grauen Augen ruhten dabei forschend auf Agnes' Gesicht, und die Kälte darin übertrug sich wie ein Strudel Gletscherwasser auf ihr Herz. Unwillkürlich legte Agnes ihre Hände schützend über die Brust und lehnte sich an Siebert. »Wo ist Walter denn?«, plapperte Katreen indes ungebremst weiter und blickte suchend im Salon herum. »Gute Gelegenheit, Siebert, dass ihr beide euch wieder vertragt – wir sind doch Profis, nicht wahr.«

»Eben war er noch da«, warf Linda ein und löste endlich ihren Blick von Agnes. »Vielleicht ist er in den Garten hinaus?«, meinte sie und deutete auf die offenen Terrassentüren. Doch dann besann sie sich und richtete ihre Aufmerksamkeit wieder auf Katreen. »Tatsächlich hat Walter mir von eurer Auseinandersetzung erzählt. Gott, was hat er sich echauffiert! Ich kann dir nur raten, lass dir etwas ungemein Einnehmendes einfallen, denn er sieht sich bereits nach einer anderen Anwaltskanzlei um.« Agnes blickte Siebert fragend an. Hatte er davon gewusst? Aber der machte ein ähnlich entsetztes Gesicht wie Katreen. »Hauptsache ihr seid beide dieses Wochenende hier«, bekam sich diese augenblicklich wieder in den Griff und plauderte darauf los, als gäbe es kein Damoklesschwert über der Kanzlei, was Agnes widerstrebenderweise Respekt abverlangte. »Ich bin mir vollkommen sicher, dass wir alle Missverständnisse ausräumen können.«

»Aber sicher doch«, antwortete Linda, und Agnes spürte, wie gleichgültig dieser Frau die Geschäftsbeziehungen zu Tromp & Wotens waren.

»Ah – die Kensings«, rief Katreen geradezu euphorisch und bugsierte ihre beiden Lieblingsgäste ohne Umschweife weiter. »Entschuldige uns, Linda.« Katreens Erleichterung, von Berntys Gemahlin fort zu kommen, war für Agnes geradezu mit Händen greifbar. »Mr und Mrs Kensing«, grüßte Katreen das Pärchen, kaum dass sie in Hörweite kamen, »Robert Kensing ist Finanzgeschäftsführer von *SARFUR*, aber das wissen Sie sicherlich, Agnes.« Bewundernd wandte sich Katreen der jungen Gattin zu. »Deborah, du sieht fantastisch aus. Wo hast du bloß dieses Kleid her? Ein Traum, Darling!« Das, was Katreen eben als Kleid bezeichnet hatte, ging für Agnes bestenfalls als Longshirt durch. Es bedeckte kaum den kleinen Po der Frau, die vor ihrer Ehe als Model gearbeitet haben musste. Es lag so eng an, dass nicht mal ein Stringtanga darunter passte. Jedenfalls war kein Abdruck zu sehen. Ihr engelgleiches Gesicht trug eine gelangweilte Miene zur Schau, und das platinblonde Haar lag glatt wie Seide auf ihrem Rücken, wirkte steif wie sein Untergrund. Erstarrt, dachte Agnes, diese Frau ist zu Eis erstarrt. Kensings ausgestreckte Hand riss Agnes aus ihrem Gedankengespinst. Es folgte der Austausch der üblichen Floskeln. Den Finanzchef hatte sie bislang nicht persönlich gesprochen – was sollte er auch mit der Auslandspraktikantin bereden? Immerhin gab sich Kensing höflich, wenngleich er einen blasierten Eindruck machte. Kaum größer als sie selbst, mit einem ansehnlichen Bauch, sonnte er sich in der Schönheit seiner um einige Jahre jüngeren Frau. Der Stolz des Jägers auf seine Beute. Deborah war eines seiner Besitztümer, sagte seine Haltung. Das Model überragte ihn um einen halben Kopf und blickte immer wieder verächtlich auf die Glatze ihres Gatten herab. Es bedurfte keiner hellseherischen Fähigkeiten, um zu bemerken, dass das keine Liebesheirat gewesen war. Er brauchte sie, um sein Ego aufzumöbeln, und sie ihn für ihre Shopping-Orgien. Eine ausgeglichene Rechnung. Agnes tastete nach Sieberts Hand, drückte sie verstohlen. Wie gut, dass es dich gibt, sollte es bedeuten. Als seine Hand die ihre zweimal drückte, lächelte sie. Nachricht angekommen. Es dauerte eine Ewigkeit, bis alle Anwesenden begrüßt waren. Agnes wunderte sich, wie die Wotens diese Massen von Gästen im Haus unterbringen wollten, doch Katreen klärte ihre Frage lachend auf. Natürlich würden nicht alle Gäste der Dinner-Party hier übernachten – Dummerchen – sagte Katreen zwar nicht, stand ihr allerdings auf die Stirn geschrieben – die meisten hatten ihre eigenen Domizile in der Nachbarschaft. Gerade als Katreen endlich von Siebert abgelassen hatte und die Aufmerksamkeit der Gesellschaft mit der Aufforderung auf sich zog, ihr zum Dinner zu folgen, streifte ein Luftzug Agnes' Nacken. Eine kleine Bewegung im Augenwinkel fesselte ihre Aufmerksamkeit. Die Terrassentürflügel standen weit offen, und eine zarte Frau mit blauschwarzem Haar schlüpfte lautlos in den Raum, blickte verstohlen um sich und glättete den schmalen Rock. Dann ging sie auf Jeffrey zu, nahm ein Sektglas vom Silbertablett und trank es in einem Zug leer. Was für eine Überraschung – wenngleich keine angenehme. Als hätte sie den forschenden Blick gespürt, wandte Virginia sich zu ihr und lächelte nervös. Agnes nickte freundlich und wunderte sich über das erhitzte Gesicht ihrer Chefin. War sie um den Park gejoggt? Wieder strich Virginias Hand über den Rock. Auf dem Weg ins Speisezimmer kamen sie aufeinander zu.

»Guten Abend, Miss Murdoch«, grüßte Agnes ihre Vorgesetzte zuerst.

»Gleichfalls, Miss Feder. Angenehm draußen«, gab diese sich jovial und deutete zu dem Durchgang, durch den Katreen ihre Gäste leitete. »Ich denke, wir müssen zu Tisch«, bemerkte sie das Offensichtliche und überholte Agnes ohne Interesse an einer Fortsetzung dieser Unterhaltung. Agnes zuckte mit den Schultern und hakte sich bei Siebert unter. Gut, auch ihr Bedürfnis mit Virginia zu plaudern, hielt sich in Grenzen. Eine opulente Tafel erwartete sie im angrenzenden Raum: Sonnenblumen, Glockenblumen, Sonnenhut, Goldrute und was ein Sommergarten noch alles zu bieten hatte, steckte in üppigen Arrangements, Efeuranken schlängelten sich zwischen weißem Porzellan und Silberkandelaber, in denen weiße

Kerzen steckten. Handgeschriebene Tischkärtchen wiesen den Gästen ihren Platz zu, und es wunderte Agnes kein Bisschen, dass Siebert nicht neben ihr, sondern neben Katreen platziert worden war. Wenigstens saßen sich die Paare gegenüber, wenngleich Agnes' Gesprächspartner zur Linken Mr Wotens war und zur Rechten – Bernty. Das Haifischlächeln, mit dem er sie bedachte, als sie sich nebeneinander vor ihren Stühlen einfanden, ließ ihr Herz panisch gegen die Rippen schlagen. Um seinem Blick nicht begegnen zu müssen, hielt sie die Augen gesenkt, wandte sich der gegenüberliegenden Tischseite zu, wo Siebert ihr gegenüber zwischen Linda Bernty und Katreen Tromp Platz nahm. Siebert zwinkerte ihr aufmunternd zu, wurde aber sogleich von seinen Tischdamen in Beschlag genommen. »Miss Feder, Sie sind also zu Gast bei Katreen«, begann Walter Bernty die Konversation und ließ ihr somit keine Zeit, sich weiter über Katreen zu ärgern.

»Ja«, antwortete Agnes einsilbig.

»Wie gut, dass Sie meine Tischdame sind, ich werde diesen Umstand voll auskosten«, ließ er sie mit einem teuflischen Schmunzeln wissen. »Ihr Freund hat sich gut eingelebt«, fuhr er fort, »Katreen ist regelrecht besessen von seinen Fähigkeiten.« Die Häme in seinen Worten wurde bloß von dem Grinsen übertroffen. Am liebsten hätte Agnes ihm gegen das Schienbein getreten. Das konnte wohl kaum die britische Zurückhaltung sein, von der in der Literatur stets die Rede war.

»Nun, das kann ich gut verstehen«, entgegnete sie, bemüht, heiter zu wirken.

»Von Ihnen hört man auch Interessantes«, fuhr Bernty fort und führte das Weinglas zum Mund. Die Mundwinkel bekamen einen blutroten Schimmer.

»Ach so?«, erwiderte sie mechanisch, auf schaurige Weise von diesem Anblick fasziniert. Tatsächlich strahlte Bernty etwas animalisch Gefährliches aus. Zum ersten Mal konnte sie sich erklären, warum Virginia ihm verfallen war. Er leckte über seine Lippen und sah sie forschend an.

»Sie bieten Schwangeren auf Firmenkosten Hebammenleistungen an«, sagte er und schien die Wirkung seiner Worte wie in einer medizinischen Versuchsreihe auszutesten. Agnes holte Luft, um etwas zu entgegnen, doch er ließ das nicht zu. »Noch dazu eine Hebamme, die im Dunstkreis von Kurpfuscherei agiert. Das macht die Angelegenheit noch ärgerlicher. Für Anna Whites Dienste«, sein Mund verzog sich angeekelt, »zahle ich nicht.«

»Was gibt es an Annie auszusetzen?«, verteidigte Agnes reflexartig ihre Freundin, »Sie ist eine angesehene Hebamme.«

»Eine von denen, die mit selbst gepanschten Kräutertinkturen arbeiten und sich Kompetenzen anmaßt, die ihr nicht zustehen.« Bernty fixierte sie auf eine Art, die zugleich dominant und fordernd war. Seine Abscheu griff ungehemmt auf Agnes über, flutete ihre Nervenbahnen, bis sie völlig überreizt waren. Mit aller Willenskraft senkte sie den Blick, um der Intensität seiner Emotionen zu entkommen.

»Stört es Sie, wenn jemand Verantwortung für die eigene Gesundheit übernimmt und nicht bloß unreflektiert Medikamente schluckt?«, sagte sie mehr in ihr Weinglas als zu ihrem Gesprächspartner.

»Schwachsinn«, wischte Bernty ihren Einwand vom Tisch. »Hören Sie mir auf mit Kräuterweiblein und Energieheilern. Wo wäre die Menschheit ohne Schulmedizin? Denken Sie mal vernünftig – früher ist man an Masern,

Diphtherie und Wundstarrkrampf gestorben. Was wollen Sie da mit Kräutern?« Verdammt noch mal, der Mann war so selbstgefällig, dass einem übel werden konnte. Agnes hatte alle Mühe, ruhig zu bleiben.

»Ich habe nichts gegen die Schulmedizin, nur gegen ihren Absolutheitsanspruch«, hielt sie ihm entgegen und wusste, dass ihn das wenig beeindrucken würde. »Historisch gesehen gibt es Hebammen weitaus länger als Ärzte. Und was Kräuter angeht – die Pharmaindustrie sucht selbst in der Natur nach neuen Wirkstoffen. Penicillin ist schließlich aus einem Pilz gewonnen worden.« Sein verächtliches Lachen sollte ihr anscheinend einen Vorgeschmack darauf geben, was er von ihrer Meinung hielt.

»Wenn Sie sich einen Hustentee kochen, meine Liebe, ist das eine Sache, aber wenn sie Schwangeren mit gesundheitlichen Problemen Kräuter empfehlen, eine ganz andere. Arzneien müssen analysiert und ausgetestet sein, ehe sie auf den Markt kommen.«

»Wie konnte ich das nur vergessen!«, tat Agnes gekünstelt überrascht, »Zuvor müssen Sie ja mit Medikamententests die Gesundheit junger Männer ruinieren«, ätzte Agnes, »oder die Jungs gleich umbringen! Heilkräuter dagegen sind seit Jahrhunderten in Verwendung und ausgetestet.« Bernty sog scharf Luft ein, erwiderte jedoch ein paar Sekunden lang nichts. Dann, mit einer langsamen Drehung des Oberkörpers zu ihr hin, richtete er neuerlich das Wort an sie, doch dieses Mal fielen die Worte wie Reißnägel über sie.

»Ist Ihnen schon mal der Gedanke gekommen, dass sie ihr tägliches Brot am falschen Ende der Wurst suchen?«, sagte Bernty schlicht. Agnes blickte direkt in seine Pupillen: Er war das Maß aller Dinge, unverrückbar waren seine

Grundfesten. Das Ausmaß an Egozentrik und Aggression verschlug ihr die Sprache. Angst vibrierte in ihren Nervenbahnen, als sich die Abgründe seiner Seele öffneten, Bilder entstanden, die Konturen des Bischofs O'Connor sichtbar wurden. Das fetttriefende Kinn, der selbstgefällige Blick, in dem die Intrige ihren Spiegel fand. Wie in einem Sog gefangen sank sie in ein zeitloses Vakuum, in dem sie die Außenwelt nicht länger wahrnahm. Die Geister der Vergangenheit griffen nach ihr, Stimmen flüsterten heiser in ihrem Kopf.

Die sich nicht unterordnen wollen, werden beseitigt.

Die Worte krochen wie Skorpione durch ihr Hirn. Der Magen zog sich zusammen, das Herz schlug gegen die Rippen, Blut rauschte in den Ohren. Mit aller Kraft versuchte Agnes den Blickkontakt zu lösen, vergeblich. Erst als ein Bediensteter des Cateringservices den ersten Gang servierte, ließ Bernty von ihr ab. Wenngleich die Vision nur wenige Augenblicke gedauert hatte, fühlte sich Agnes schlagartig ausgelaugt. Ein Stöhnen unterdrückend wandte sie sich dem Gazpacho zu, auf dessen Oberfläche ein Basilikumblatt schwamm. Das Kräutlein nicht aus den Augen lassend, kämpfte sie die Erregung nieder, atmete bewusst langsam ein und aus. Einen Löffel Suppe, den Magen beruhigen, sich stärken … Bernty hatte bedauerlicherweise an der Intensität dieser Unterhaltung Gefallen gefunden. Ihr Unbehagen schien ihn zu stimulieren.

»Wie wollen Sie ihren Fehler wieder gut machen, Miss Feder? Ich hätte gut Lust, Sie auf jenen Schaden zu verklagen, den Sie der Firma verursacht haben. Dieser Schaden würde nicht allein aus den Honorarkosten bestehen, sondern vielmehr auch jene Kosten betreffen, die aus dem präjudiziellen Anerkenntnis heraus zusätzlich auf uns zukommen: Andere Probanden und Angehörige schicken jetzt auch die Honorare für Psychotherapie und diverse andere Behandlungen. Wäre doch lustig, wenn Ihr Freund gegen Sie prozessieren müsste.« Er lachte leise, und umso heftiger erregte es Agnes' Wut.

»Niemals«, fauchte Agnes und bekam es doch gleichzeitig mit der Angst zu tun. Bluffte Bernty, oder meinte er das ernst?

»Schließlich wäre da noch jener Brief an Sie«, Berntys Stimme war sehr leise geworden, dennoch verstand Agnes jedes Wort – wie Giftpfeile feuerte er sie ab, »… dessen Inhalt, wie wir beide wissen, mich angeht und Sie zur Komplizin in einer Erpressung macht. Da könnte Inspektor Drought recht unangenehm werden.«

»Erpressung?«, kämpfte Agnes die aufsteigende Panik nieder und versuchte sich im Gegenangriff. »Sie sind ja verrückt!« Bernty wusste also, was in dem Brief von Michelle gewesen war. Zudem ging er davon aus, dass sie immer noch im Besitz dieses Fotos war. Shit, wenn dem nur so wäre, ärgerte sie sich und biss sich auf die Lippe. Jeden Winkel, jede Lade hatte sie danach abgesucht, doch es war verschwunden geblieben.

»Nun, Sie werden verstehen, dass ich nicht darüber erfreut bin, wenn verleumderische Fotomontagen in Umlauf gebracht werden.«

»Das war ein Schnappschuss«, erwiderte Agnes und zuckte über sich selbst erschrocken zusammen. Sie hatte seinen Verdacht bestätigt. Ich blöde Schnepfe! Schon lehnte er sich zurück, verschränkte die Arme vor der Brust und nickte zufrieden.

»Wusste ich's doch«, murmelte er und betrachtete sie verächtlich. Agnes vergaß zu atmen. »Wie geht es Ihrer

Freundin, der Kalth?«, wechselte Bernty scheinbar das Thema. »Habe gehört, sie wäre ein wenig tollpatschig gewesen.«

»Tollpatschig!«, keuchte Agnes auf. Der Löffel glitt ihr aus der Hand und landete platschend im Gazpacho. »Sie wurde vor die U-Bahn gestoßen, das kann man wohl kaum als tollpatschig bezeichnen!« Es war ihr egal, ob er sie verklagte – der Kerl konnte von Glück reden, dass sie ihm nicht die Suppe aufgesetzt hatte.

»Natürlich«, beschwichtigte Bernty, »die Kalth war früher schon depressiv, wussten Sie das nicht? Wer müsste sich die Mühe machen, sie zu stoßen?«

In Agnes Ohren begann es zu summen, als hätte sich ein Zeitzünder in Gang gesetzt.

»Halten Sie den Mund«, zischte sie so leise, wie es ihre Gemütsregung noch zuließ. »Ich weiß genau, wer Megan gestoßen hat«, bluffte sie, doch Bernty lachte nur.

»Umso besser«, erwiderte er amüsiert. Seine Hand griff blitzschnell nach ihrem nackten Arm, und sie zuckte zusammen. »Passen Sie gut auf sich auf.« Haifischgrinsen. Die Berührung seiner Hand brannte sich in die Haut. Augenblicklich war die Verbindung entstanden, die sie so sehr fürchtete. Bilder tauchten aus dem Nebel einströmender Emotionen auf.

Megan und Bernty blicken auf brennendes Papier, stehen im nächsten Moment am Bahnsteigrand, eine dichte Masse von Menschenleibern um sie herum – ein Fußtritt gegen Megans Beine – sie reißt die Arme hoch, und das Bild verändert sich – statt Megan sieht sie sich selbst: Ein Glas Wein fällt ins Gras, eine Hand packt sie im Nacken, rohe Gewalt drückt ihren Kopf unter Wasser. Nein, bitte nicht, denkt sie, spürt, wie die Lunge gegen den Brust-

korb drängt, sich weiten will, Luft braucht … Brich den Kontakt!

»Nehmen Sie«, ihre Stimme war rau und dünn, »die Hand von mir.« Mehr war ihr nicht möglich zu sagen. Sie starrte in Walters Gesicht, unfähig zu irgendeiner Bewegung. Sie hatte Berntys Gedanken gesehen … was er ihr antun wollte …

»Aber ja doch«, Bernty schüttelte indigniert den Kopf, »sobald wir alles geklärt haben, lasse ich Sie in Ruhe. Wir treffen einander am besten nach dem Essen beim Teich und bereden die Sache.«

»Halten Sie mich für verrückt?«, presste Agnes hervor.

»Wie Sie wollen«, zuckte Bernty mit den Schultern. »Ich werde so oder so eine Lösung finden für unser kleines Problem.« Diese *Lösung* kannte sie bereits, auf Details war sie keineswegs neugierig.

Zügig beendete er die geeiste Suppe, während Agnes kaum einen Löffel herunterbrachte. Indes belustigte sich Mrs Kensing an den ausgetauschten Belanglosigkeiten mit Bernty in gekünstelter Weise. Wie konnte irgendjemand Berntys Gesellschaft genießen? Deborah Kensings Lachen ertönte erneut vollkommen unmotiviert. Mr Wotens auf der anderen Seite schlürfte geräuschvoll die Suppe vom Löffel und war glücklicherweise zu konzentriert, um nebenher ein Gespräch führen zu wollen. Agnes atmete tief durch und griff nach dem Weinglas. In ihrem Hals hatten sich alle Muskeln verkrampft.

Er will dich töten.

Der erste Schluck löste die Anspannung etwas, beschwichtigte die ersten Paniksymptome. Du darfst dir nichts anmerken lassen, betete sie sich vor. Jeder Löffel Suppe kostete größte Überwindung. Bernty war verrückt. Ein Killer. Sie musste mit Siebert reden. Noch besser: mit Drought. Aber es gab keine Beweise. Keiner würde ihr glauben. Megan – sie hatte das Foto gesehen, konnte es bezeugen. Falls sie wieder zu Bewusstsein kam. Bis dahin … Megan war Berntys Spitzel … und mit einem Mal fügten sich die Teile zusammen: Alles was Bernty über sie wusste, kam von Megan. Natürlich – wie hatte sie nur so blind sein können! Das Foto hatte Megan gestohlen, niemand anders hatte davon gewusst und die Gelegenheit gehabt. Ihre Freundin hatte sie nach Strich und Faden betrogen. So erst konnte Bernty Inspektor Drought auf sie ansetzen. Agnes hatte das Gefühl, ihre Arme und Beine nicht mehr zu spüren. Alles wurde taub. Warum hatte sie ihr das angetan? Der Gedanke pfählte sie geradezu. Sie durfte nicht daran rühren, sonst würde all ihr Vertrauen in Menschen durch die Wunde unwiederbringlich verloren gehen.

Der Griff nach der Stoffserviette, die auf ihrem Schoß liegen sollte, ging ins Leere. Wahrscheinlich zu Boden gerutscht. Suchend hob sie das Tischtuch an und stieß mit dem Schuh gegen etwas Weiches. Rasch tauchte Agnes unter den Tisch, die Hand nach dem Stoff ausgestreckt. Aus den Augenwinkeln erregte eine Bewegung ihre Aufmerksamkeit. Den kurzen Blick zur Seite bereute sie augenblicklich: Berntys Hand lag zwischen Deborah Kensings Schenkeln. Warum sah sie ständig Dinge, die sie absolut nicht sehen wollte! Agnes stieß sich im Auftauchen den Hinterkopf an der Tischkante und erregte die Aufmerksamkeit von Mr Wotens.

»Was machen Sie denn da, Kind?«, murmelte der alte Mann und beobachtete, wie sie verlegen ihr Haar in Ordnung brachte.

»Die Serviette«, entschuldigte sie sich und strich bestätigend das Stofftuch auf ihrem Schoß glatt. War ja klar – feine Leute bückten sich nicht nach ihrer Serviette, befingerten einander allerdings beim Dinner unter der Tischdecke, während der Ehepartner gegenüber speiste. Ein Blick zu Siebert genügte, um zu wissen, dass von dieser Seite keine Aufmunterung zu erwarten war. Seine Gesichtszüge zeugten von einer höchst interessanten Diskussion mit Katreen. Die genoss ihre Rolle als Gastgeberin, war amüsant und zugleich umsichtig, behielt den Ablauf des Dinners gleichsam nebenher im Visier. Ein Bediensteter beugte sich zu ihr und zog den leeren Teller vom Tisch. Agnes' Blick blieb am scharfkantigen Profil des Kellners hängen – und traute ihren Augen nicht: Larry?, wollte sie rufen, doch der Mann sah im selben Augenblick auf, schüttelte unmerklich den Kopf und zog sich sogleich zurück. Wie in Trance ließ sich Agnes gegen die Stuhllehne sinken, unfähig, auch nur ein Wort zu sprechen. Die Aufschrift der Catering-Fahrzeuge kam ihr wieder in den Sinn: *EDEN – Himmlische Feste*. Ganz offensichtlich war das Larry Edens Firma, und heute war der Chef selbst im Service tätig.

»Was machen Sie hier, Larry?«, zischte Agnes ihn an. Unter dem Vorwand, das Bad aufsuchen zu müssen, hatte sie die Gesellschaft verlassen und war in die Küche gelaufen. Obwohl das Dinner so gut wie beendet war, herrschte in der riesigen Küche die Betriebsamkeit eines Bienenstocks.

»Arbeiten, was sonst?«, antwortete Larry und musterte sie durch schmale Augenschlitze. In einer Nische schirmte er sie fast vollständig von neugierigen Blicken ab.

»Klar, als ob Sie sonst auch selbst bei Ihren Aufträgen servieren müssten!«, rief sie aufgebracht. In ihr hatten sich die schlimmsten Befürchtungen breitgemacht. Larry war Chemiker, kannte sich mit Drogen aus … jedenfalls hatte sie ein verdammt schlechtes Gefühl gehabt, dabei zuzusehen, wie Larry Speisen vor Bernty abstellte oder ihm Wein nachschenkte. Nicht dass ihr so viel an Berntys Leben lag, aber wen würde Inspektor Drought wieder verdächtigen? Wohl diejenige, die zwei Stunden lang neben ihm gesessen hatte.

»Wenn jemand ausfällt, springe ich ein«, erwiderte er knapp, drehte sich weg und wollte sie einfach stehen lassen.

»Wenn er Sie erkannt hätte!«, packte sie ihn am Ärmel.

»Keiner von denen schaut auf's Personal.«

»Machen Sie keinen Quatsch, verstanden?« Er wandte ihr endlich das Gesicht zu. Schmerz und Wut verdunkelten seine Augen. Ehe er ihr etwas Unflätiges entgegenschleudern konnte, fuhr sie in sanfterem Ton fort: »Megan braucht Sie, Larry. Wenn Sie im Gefängnis landen, ist alles aus.«

»Sie wissen, dass das Arschloch uns erpresst hat?«, fragte er heiser nach, obwohl er die Antwort kennen musste. Dachte er, Berntys schäbiges Verhalten würde einen Mord rechtfertigen? »Er trägt an allem Schuld«, antwortete er unbewusst auf Agnes' stumme Frage. Genauso war es ihr mit Michelle ergangen.

Rache heilt keine Wunden. Rache macht alles schlimmer.

»Jetzt zählt nur Megans Leben«, blaffte sie ihn an, schüttelte ihre Betroffenheit ab. »Was immer Sie vorhatten, vergessen sie es. Ich habe Sie gesehen, und wer weiß noch alles, aus der Nummer kämen Sie niemals heil raus.« Sekundenlang starrte er sie an, dann entzog er ihr frustriert seinen Arm.

»Glauben Sie, mit Ihnen würde ich nicht fertig?«, raunte er ihr zu, bedacht darauf, dass sein Personal nichts von ihrer Unterhaltung mitbekam.

»Sie sind ein gottverdammter egoistischer Soziopath, Larry Eden, aber Sie werden keine von Megans Freundinnen killen«, sagte Agnes in Befehlston. In ihrem Herzen war sie sich nicht ganz so sicher, ob Larry dieselben Skrupel hegte, wie sie sie ihm unterstellte. Immerhin, Megan hatte sie bereits ohne mit der Wimper zu zucken verraten.

Er kehrte ihr fluchend den Rücken zu, und das Einzige, was sie davon verstand, war: Fuck you.

»Siebert, Darling«, säuselte Katreen über ihr Sherryglas hinweg, »Großmutter möchte dich sehen. Würdest du mir die Freude machen, sie kurz zu besuchen? Nur fünf Minuten.« Ein flehender Blick gepaart mit der Andeutung eines Schmollmundes folgte der Bitte. Agnes wandte unwillkürlich den Blick zur Decke des Salons, schließlich besann sie sich eines Besseren und kippte den Rest ihres Portweins herunter. Das Stimmengewirr der Gäste umbrandete sie, als wäre sie eine einsame Insel. Einige spielten Bridge, andere saßen plaudernd bei einem Glas Whisky beisammen. Henry Huxton spielte am Klavier melancholische Melodien, während Linda Bernty neben ihm saß und in den Noten blätterte. Walter Bernty brachte Deborah nach wie vor zum Lachen, und Virginia zuckte jedes Mal zusammen, wenn die schrille Stimme des Models erklang. »Ein wundervoller Abend«, bestätigte Agnes einer Dame, deren Namen sie längst wieder vergessen hatte. »Das Essen war vorzüglich, da muss ich Ihnen zustimmen.« Als Nächstes würden sie über das Wetter sprechen müssen, möglicherweise über die Klimaerwärmung. Während sich das Gespräch träge dahinzog, drifteten ihre Gedanken zu Bernty. Wieder spürte sie die Hand in ihrem Nacken, die mörderische Gewalt darin, die sie unter Wasser drücken wollte. Verfluchte Vision. Nein, korrigierte sie sich, es waren Berntys Pläne mit ihr gewesen. Siebert musste davon erfahren, er würde Rat wissen. Der Druck in ihrem Kopf stieg, in den Ohren summte es.

»Aber sehr gerne, Katreen«, schmeichelte Siebert, und Agnes registrierte seine galante Verneigung vor Katreen. Vor Katreen! Agnes ließ vorsichtig die Luft aus ihren Lungen entweichen. »Es ist mir eine Ehre.« Wie auf Knopfdruck strahlte Katreen ihn an und wandte sich selbst dann nicht von ihm ab, als sie Agnes ansprach.

»Agnes, Sie können gern mitkommen.«

»Aber mit dem größten Vergnügen«, nahm Agnes die halbherzige Einladung umgehend an. Keine Sorge, ich lasse ihn nicht aus den Augen, schwang zwischen jedem einzelnen Wort mit. Erhobenen Hauptes folgte sie ihrer Gastgeberin durch das Haus, bedacht, sich möglichst zwischen Siebert und Katreen zu halten.

Das Zimmer der alten Dame lag im hinteren Teil des Hauses, dem alten Trakt. Die Luft roch hier feuchter, beinahe eine Spur modrig, und der Boden knarrte unter ihren Tritten; der rote Läufer zu ihren Füßen konnte das Alter der Dielen nicht vollständig verbergen. Als sie vor einer der Türen stehen blieben, hielt Katreen kurz inne, atmete durch und legte die Hand auf den Türknauf.

»Ich klopfe nicht an – sie würde es ohnehin nicht hören«, rechtfertigte sie ihr mangelhaftes Benehmen. Großmutter Wotens wurde allem Anschein nach großer Respekt gezollt, schloss Agnes daraus und aus der Tatsache, dass sich Katreens Schultern verspannt hatten, kaum dass sie die Tür geöffnet hatte und eingetreten war.

»Großmutter?« Eine Bewegung im Zimmer verriet die Anwesenheit der Dame, ohne dass Agnes an Katreen vorbeisehen konnte, um mehr zu erkennen. »Siebert Thal und Agnes Feder sind hier. Dürfen sie eintreten?«

»Aber ja«, hörte Agnes eine greise Stimme antworten. »Führe sie an den Kamin, damit ich sie gut sehen kann. Du kannst dann gehen. Ich brauche dich nicht mehr.« Oh ja, Omi gab im Hause Wotens den Ton an, und Agnes hatte den Eindruck, dass Katreen diese Anweisung ganz und gar nicht passte. Die Lippen waren schmal geworden, und der Rücken versteifte sich noch mehr, doch das war alles an Emotion, die Katreen zeigte. Den Anflug von Schadenfreude verbarg Agnes und konnte nicht umhin, Katreens Contenance zu bewundern. Vielleicht war es jahrzehntelange Gewohnheit, von Großmutter Wotens herumkommandiert zu werden, vielleicht konnte Katreen bloß ihre Gefühle gut verbergen, jedenfalls führte sie ihre Gäste, ganz Dame des Hauses, an den Kamin. Bevor sie das Zimmer verließ, versicherte sie sich, dass das Feuer gut brannte und ausreichend Tee bereitstand. Die Tür schnappte leise ins Schloss und ein paar Sekunden lang sagte keiner etwas. Verstohlen musterte Agnes Mrs Wotens. Deren Lehnstuhl stand nahe dem Kamin so ausgerichtet, dass sie den gesamten Raum überblicken konnte. Nach den Falten in ihrem Gesicht zu schließen zählte sie mehr als 90 Jahre. Obwohl die Augen altersbedingt getrübt waren, hatte sie einen stechend forschenden Blick. Ihre behandschuhten Hände tasteten nach dem Spitzenhäubchen im watteweißen Haar.

»Mein lieber Herr Thal, es ist mir eine große Freude, Sie wiederzusehen«, sagte sie und streckte ihm die Hand entgegen, über die er sich sogleich artig beugte. Siebert beherrschte die Kunst des Handkusses wie ein Prinz – du lieber Himmel! »Dies ist in meinem Alter keine Selbstverständlichkeit mehr. Die meisten Menschen langweilen mich. Stellen Sie mir doch Ihre junge Begleiterin vor.« Sofort glättete Agnes ihre Gesichtszüge und versuchte sich aller Benimm-Regeln, die ihr jemals eingebläut worden waren, zu entsinnen.

»Gnädige Frau, dies ist Miss Agnes Feder«, stellte Siebert sie vor. »Sie ist Juristin wie ich.« Mrs Wotens strenger Blick traf sie unmittelbar.

»Guten Abend«, platzte Agnes heraus in der Annahme, dass die jüngere Frau die ältere zuerst zu grüßen hatte. Aus Mrs Wotens Lächeln schloss sie erleichtert, dass diese Annahme richtig war.

»Sehr erfreut, meine Liebe.« Die graubraunen Augen wanderten über ihre Gestalt. »Sie sind eine Schönheit, sehr natürlich – das gefällt mir. Gemeinsam geben Sie ein schönes Paar ab. Wie genau stehen Sie zueinander, Miss Feder?«

»Ähm, nun«, begann Agnes und wusste nicht recht, wie sie diese Frage beantworten sollte. Die alte Dame machte eine abwehrende Bewegung mit ihrer schmalen Hand.

»Mein Fehler, verzeihen Sie mir. Diese Frage müsste ich richtigerweise Mister Thal stellen«, erinnerte sie sich und wandte ihr Gesicht wieder Siebert zu.

»Mrs Wotens«, hob Siebert an, ehe Agnes ihre Stimme wieder fand und fragen konnte, was das eigentlich eine Fremde anging. »Agnes und ich kennen einander erst seit einigen Monaten. Ich habe jedoch keinen Zweifel, in ihr die Frau fürs Leben gefunden zu haben.« Das wiederum hatte eine äußerst wohltuende Wirkung auf Agnes' Innenleben, und auch Mrs Wotens lächelte zufrieden. 1000 Falten bewegten ihr Gesicht und verwandelten es in eine sonnige Quelle der Freude. Was für eine Verwandlung – Agnes fühlte die Herzenswärme der alten Frau und jedes Misstrauen fiel in sich zusammen. Diese Greisin hatte jedes Recht zu fragen, was ihr beliebte. Siebert blickte zu Agnes, die glühende Wangen bekommen hatte. Seine Hand griff nach der ihren und drückte sie. Das Wohlgefühl breitete sich in ihrem ganzen Körper aus, ließ ihr Herz heftig pochen. Am liebsten hätte sie Siebert umarmt und geküsst. Stattdessen lächelte sie ihn einfach an, bis Mrs Wotens mit einem kleinen amüsierten Glucksen in der Stimme weitersprach.

»Das gefällt mir. Ich schätze es sehr, wenn junge Männer wissen, was sie wollen. Das ist nichts, dieses Hin und Her zwischen den Geschlechtern.« Siebert und Agnes hatten sich der Dame wieder vollständig zugewandt. »Sehen Sie mich nicht an, als wäre ich aus einem anderen Jahrhundert.« Sie hielt inne, als wollte sie das Gesagte überdenken. »Nun gut, das mag wohl so sein und ich behaupte nicht, dass es früher besser gewesen wäre – man hat bloß nicht damit angegeben wie heute.« Missbilligend schüttelte sie das Haupt und wandte sich Agnes zu. »Sie haben da einen guten Fang gemacht, mein Kind. Passen Sie auf ihn auf. Meine Enkelin hat auch ein Auge auf ihn geworfen.«

»Das ist mir nicht entgangen«, lächelte Agnes und neigte zustimmend den Kopf.

»Ich bin anscheinend der Einzige, der das nicht mitbekommen hat«, wunderte sich Siebert und löste damit allgemeine Erheiterung bei den Damen aus.

»So sind sie, die Männer – einfach köstlich!«, amüsierte sich Mrs Wotens und tupfte mit einem Spitzentuch ihre Mundwinkel ab. »Vor 60 Jahren war es amüsant, Spielchen mit ihnen zu spielen. Ich erinnere mich.« Dabei kicherte sie wie ein übermütiger Kobold. Agnes konnte nicht anders, als diese Frau mehr und mehr lieb zu gewinnen. Das hohe Alter gab Mrs Wotens Gelegenheit, Dinge beim Namen zu nennen, ohne dafür zur Rechenschaft gezogen zu werden. Das genoss sie offenbar sehr.

»Wie gefällt Ihnen dieses Haus, Miss Feder?«, wechselte Mrs Wotens das Thema.

»Ich bin überwältigt davon«, schwärmte Agnes aufrichtig und gab sich keinerlei Mühe, ihre Bewunderung zu verbergen. »Jeffrey hat mir erzählt, dass es im 13. Jahrhundert erbaut wurde.«

»So ist es«, antwortete Mrs Wotens zufrieden. »Ich persönlich bevorzuge die Räumlichkeiten des alten Trakts. Sie sind kühler, und man kann sogar im Sommer am Kaminfeuer sitzen. Ich brauche das, erst dann fühle ich mich richtig behaglich.« Mrs Wotens neigte ihren kleinen Kopf zur Seite. Wie eine Krähe blickte sie aus funkelnden Augen auf Agnes. »Wir haben sogar einen Geist. Hat Jeffrey davon erzählt?«

»Sie meinen – ein Gespenst?«, fragte Agnes nach. Kam jetzt die Märchenstunde für Touristen?

»Jedes anständige Herrenhaus hat einen Hausgeist«, klärte Mrs Wotens sie auf, also war die Frage offen in ihrem Gesicht gestanden. »Das sind wir unserem Ruf schuldig, nicht wahr?« Da war wieder dieser spöttische Unterton, der belegte, wie wenig die alte Dame die Meinung anderer scherte. »Der gute alte Antonius«, sagte sie in einem Ton, als spräche sie von einem geliebten Großonkel. Dabei nickte sie zur gegenüberliegenden Seite des Zimmers. »Sein Porträt finden Sie dort drüben, über dem Sekretär.« Agnes und Siebert wandten sich folgsam um. »Ja richtig. Dort, das kleine Ölgemälde.«

Ein Bild in dunklem Holzrahmen hing an der Wand, so unscheinbar, dass man sich selbst nach Stunden des Aufenthalts in dem Raum nicht mehr daran erinnern würde. Agnes ging zu dem Sekretär hinüber und hielt vor Schreck den Atem an. Ein Mann blickte ihr entgegen, ernst und streng, das Haupthaar von einer schwarzen Kappe bedeckt. Auch sein Umhang war schwarz, jedoch pelzverbrämt. Sein Anblick schmerzte Agnes. Die Augen blickten aus dem Gemälde heraus, als klagten sie den Betrachter an. Unwillkürlich wollten ihre Finger das Gesicht berühren. »Dein Herz ist gebrochen«, wisperte Agnes unhörbar für die anderen im Raum. Dies war kein Fremder für sie. »Antonius …«

Mrs Wotens zeigte sich indes hocherfreut über Agnes' Interesse an der Geschichte ihres Hauses. Ohne Zweifel war die Familienhistorie ihr bevorzugtes Steckenpferd.

»Ein sehr ernsthafter Mann, zumindest in seinen späteren Jahren«, begann sie. »Im alten Salon nebenan hängt übrigens das Porträt seiner Gattin, eine Schönheit zu ihrer Zeit. Es ist überliefert, dass Antonius sein einziges Kind verstoßen hat. Die junge Frau war eine nicht gerade standesgemäße Verbindung eingegangen und hatte entgegen allen Widerständen ihren Willen auf Eheschließung durchsetzen können. Erstaunlich für die damalige Zeit, man muss es sagen. Antonius hatte das nicht verkraftet. Man sagt, er habe den Gemahl seiner Tochter der Inquisition ans Messer geliefert. Ohne den Gatten war die junge Frau bald am Ende und soll unter traurigen Umständen gestorben sein.

Angeblich ereilte sie der Tod im Kindbett. Auch das Kind überlebte nicht, ein unschuldiges Wesen, ungetauft. Vermutlich die Ursache für seinen ruhelosen Geist.«

Agnes starrte auf das Portrait. »Antonius Huntington …« Die Gesichtszüge begannen unter ihrem Blick weicher zu werden, die Augen wurden dunkler, als wollten sie weinen.

»Sie brauchen keine Angst vor Antonius haben, Liebes, er ist ganz harmlos«, fuhr Mrs Wotens fort. »Man sieht ihn nicht mal. Hin und wieder lässt er ein Gemälde zu Boden krachen oder läutet die Glocke. Das ist alles. Es ist niemand dahintergekommen, wie man ihn erlösen könnte.« In Mrs Wotens' Gesicht spiegelte sich Mitgefühl. »Der Ärmste spukt schon über 500 Jahre hier herum. Das ist eine lange Zeit, selbst für einen Geist. Was ein schlechtes Gewissen nicht alles anstellen kann.«

»Antonius Huntington«, flüsterte Agnes nochmals und streichelte den vergilbten Firnis, der die Ölmalerei bedeckte.

»Ich liebe ihre Geschichten, Mrs Wotens«, brachte sich Siebert in die Unterhaltung ein und füllte die Lücke, die mit Agnes' Schweigen entstanden war. »Schon bei unserer ersten Begegnung haben Sie mich damit beeindruckt. Ich wünschte, Sie wären Agnes' Großmutter.« Mrs Wotens lachte amüsiert auf.

»Haben Sie vielen Dank, Mister Thal«, ihr Blick richtete sich von ihm in die Ferne, »Sie wären genau die Art von Mann, den ich in der Familie akzeptieren würde.« Kokett hielt sie sich das Spitzentüchlein vor den Mund, straffte die Schultern und ließ die Hände dann wieder in den Schoß sinken. Die Standuhr schlug elf Mal, und Mrs Wotens lauschte ihrem satten Klang nach. »Jetzt muss ich

Ihnen beiden leider Gute Nacht sagen, es ist für eine Dame meines Alters an der Zeit, sich zurückzuziehen.« Mit einem majestätischen Nicken entließ sie Siebert und wandte sich Agnes zu. »Ich hoffe, ich habe Ihnen keine Angst gemacht, junge Dame. Geister gehören nun mal dazu, nicht wahr?« Agnes riss sich von dem Bildnis los und machte die paar Schritte zurück zum Kamin. Im Nacken fühlte sie Antonius' Blick kribbeln.

»Keine Sorge, Mrs Wotens«, entgegnete sie, »es sind nicht Geister, die mir Angst machen.«

»Kluges Kind«, erwiderte die alte Dame mit einem Lächeln. Sie legte ihren Kopf nachdenklich zur Seite, und ihre Augen funkelten im Schein des Kaminfeuers. »Sie sehen mehr als andere Menschen. Das macht Sie besonders. Verursacht aber auch mehr Leid. Tja, so ist das.« Damit richtete sie sich wieder gerade und reichte ihr die Hand zum Gruß. »Schlafen Sie wohl.« Agnes nahm die behandschuhte Hand in die ihre, fühlte kühle Energie durch das Netzgewebe fließen, so wie sich ein Gebirgsbach in die Hände des durstigen Wanderers ergießen würde. Kühl, rein und klar. »Es war mir eine Ehre«, sagte Agnes und meinte die Worte zutiefst aufrichtig. Beinahe wäre sie rückwärts aus dem Zimmer gegangen, so schwer fiel es ihr, dieser Frau den Rücken zuzuwenden. Siebert beugte sich galant über Mrs Wotens Hand und schenkte der zierlichen Frau ein herzerwärmendes Lächeln. Er wird immer mehr zu einem englischen Gentleman, dachte Agnes und wusste nicht, ob ihr das gefallen sollte. Leise zogen sie sich zurück und gingen durch den schmalen Gang Richtung Haupttreppe. Beide hatten sie keine Lust, zur Gesellschaft zurückzukehren.

»Danke für die Liebeserklärung vorhin«, flüsterte Agnes und drängte Siebert in eine finstere Ecke des Korridors.

Ihre Arme umschlangen seine Taille und zogen ihn dicht an sich. Lebendig sein, egal, was kommt. Nicht über Antonius Huntington reden, nicht nachdenken, was das alles bedeutete. Ihre Lippen suchten die seinen, zuerst sanft, fragend, bis sie sich öffneten, auf seine Resonanz stießen, Zungenspitze an Zungenspitze, einander ertastend, im Zwiegespräch ihrer Körper. Der Kuss heizte das Blut weiter an. Seine Hände, so groß, dass sie sich klein und zierlich vorkam, strichen über ihre Schultern hinab zur Taille, schlüpften unter das Top und strichen die Haut an den Seiten hoch, reizten die empfindsamen Stellen, neckten die Brustwarzen durch den Stoff des BHs. Sie hörte sich selbst im Dunkel des Gangs aufstöhnen und hoffte inständig, dass kein Hausbediensteter oder einer der Gäste vorüberkäme.

»Vorsicht, leicht reizbar«, hauchte sie atemlos in Sieberts Ohr, doch anstatt einer Antwort strichen seine Lippen ihren Nacken entlang, so enervierend langsam, dass die Hitze in ihrem Schoß unerträglich wurde. Ihre Hüften rieben gegen seine und bescherten ihr einen zärtlichen Biss in den Nacken. Seine Hand strich ihr Gesäß entlang und presste sie gegen seine Hüften ließ sie spüren, wonach sich sein Körper sehnte.

»Ins Bett«, flüsterte sie nur allzu willig. Ohne die Hand von ihrem Po zu lassen, zog er sie durch das Labyrinth der Gänge. An irgendeiner Zimmertür packte er sie erneut und drückte seinen Mund auf ihren. Gleichzeitig öffnete er die Tür, schob sie ins Zimmer, schlug mit dem Fuß die Tür zu und schubste sie aufs Bett.

»Hier ist Ihr Bett, Mylady«, funkelte er sie hungrig an. Schon kniete er sich vor das Bett, knöpfte irritierend langsam ihre Jeans auf, ehe er die Hose über die Hüften zog. Sein Gesicht legte sich auf ihren Bauch, liebkoste Kuss für

Kuss die Haut jenseits des Nabels, sorgte mit kleinen Bissen für unerträgliche Spannung.

»Sir, was gedenken Sie für Ihre Lady zu tun?«, fragte sie ungeduldig nach.

»Alles, was Mylady Wonne bereitet«, gab er zur Antwort und schob sanft ihre Knie auseinander.

»Mrs Wotens ist ein echtes Fossil«, erinnerte sich Agnes einige Zeit später. Lust war wohliger Zufriedenheit gewichen, und Sieberts Arm lag kraftlos auf ihr.

»Mhm«, hörte sie ihn in das Polster brummen. Der Mann war erledigt. Agnes schmunzelte über die eigene Selbstzufriedenheit bei seinem Anblick und strich über seinen Rücken.

»Sie hat mir ungeheuer imponiert; diese Haltung und Würde, und das in ihrem Alter – keine Spur von Senilität.« Siebert kuschelte sich enger an Agnes, geradezu als wäre sie sein persönliches Einschlafkissen.

»Was ich so mitbekommen habe, hat sie ihre Leute noch immer gut im Griff«, murmelte er dabei. »Die hätte ich gern als junge Frau gesehen.«

»Jedenfalls ist Mrs Wotens mit ihren 90 Jahren zehn Mal interessanter als Katreen«, konterte Agnes, ehe sie sich ihrer feindseligen Worte bewusst wurde.

»Jetzt hack' doch nicht immer auf ihr herum«, knurrte Siebert, deutlich weniger schläfrig. »Die Ärmste ist frisch geschieden, und ihr Ex hat eine Menge Klienten von der Kanzlei abgezogen.« Die Informationen sickerten in Agnes ein, ohne dass sich ein Funken Mitleid in ihrer Brust regte. Mr Tromp wird seine Gründe gehabt haben.

»War das der Seniorpartner Tromp?«

»Der Sohn des verstorbenen Tromp. Was ich mitbekommen habe, war die Ehe nicht von langer Dauer und die Scheidung ein ziemliches Massaker. Jedenfalls hat Katreen die Kanzlei für sich gewonnen.« Sein verärgerter Ton brachte Dissonanzen in Agnes' Hochgefühl. Selbst schuld, was rede ich auch von dem Weib, ärgerte sie sich, Katreen hat nichts in unserem Bett verloren.

»Ich höre schon auf. Eigentlich wollte ich dir etwas erzählen – es geht um Walter Bernty.« Das Gespräch hatte jetzt klare disharmonische Tendenzen angenommen. Agnes fühlte jenes ängstliche Ziehen, das einer Panikattacke vorausging. Der Herzschlag beschleunigte sich bereits, in ihr vibrierte es vor Unruhe. Wie sollte sie anfangen? Etwa so: Ich hatte wieder eine Vision, nein, warte, es war eher Gedankenübertragung – Bernty will mich ertränken, weil er glaubt, ich habe ein Foto, auf dem er mit einer Frau rumvögelt …? Das würde Siebert bestimmt amüsant finden – und sie endgültig für verrückt erklären.

»Ich dusche noch rasch«, wand sich Siebert aus der Kuschelposition und ging ins Bad.

Chance verpasst.

Der Morgen dämmerte. Grau lagen die Schatten der Nacht über allen Dingen. Violet wandelte durch das schlafende Haus, nahm Abschied von dem Hort ihrer Kindheit. Ihre Hände berührten die schweren Vorhänge, fuhren das Sims des Kamins entlang, liebkosten die Konturen der edlen Schnitzereien. Viele Winterabende hatte sie vor dem Feuer gesessen, in Decken gehüllt, von ihrer Zukunft träumend.

War das Elternhaus ihr auch niemals ein liebevolles Heim gewesen, hatte sie dennoch Schutz und Sicherheit darin gefunden. Niemals zurückkehren zu dürfen, schmerzte. Ein Stoßseufzer entrang sich ihrer Brust. Was sollten alle diese Überlegungen – die Entscheidung war gefallen, und im Herzen spürte Violet, dass es die Richtige gewesen war. In wenigen Stunden würde der Priester sie Theodor zum Eheweib geben.

Der Silberring, das einzig verbliebene Schmuckstück, wog mit einem Mal schwer an ihrer Hand. Traurig blickte sie auf ihn. Er war ein Geschenk ihres Vaters gewesen, wie sehr hatte sie sich einst darüber gefreut! Wieder wollten ihr Tränen in die Augen steigen. Violets Finger fuhren über die Gravur, eine Mahnung, Gott zu suchen. Was einst große Freude verursacht hatte, schuf nun noch größeren Schmerz in ihrer Brust. Dies Kleinod erinnerte sie beständig an die väterliche Liebe, die unwiederbringlich von ihr genommen worden war. Heute würde sie den Vater ein letztes Mal sehen, wenn er ihre Hand in Theodors legen würde. Und danach niemals wieder.

Das Herz wollte zerbersten, als sie den Ring vom Finger zog.

»Lebt wohl, geliebter Vater«, flüsterte sie dabei und steigerte mit den Worten die Pein. »Wie betrübt ist mein Herz, Euch nicht zur Freude gereicht zu haben. Welchen Schmerz mir Euer Anblick verursacht, die Enttäuschung über die ehrlose Tochter ist für immer in das liebe Antlitz geschrieben. Und doch konnte ich nicht anders handeln. Ihr habt mich in den Ungehorsam gezwungen, wenngleich niemand mich von meiner Schuld freisprechen wird. Der Makel haftet für immer meiner Familie an, allein der äußere Schein bleibt gewahrt. Welch hoher Preis für mein

Glück«, ihre Hand ballte sich zu einer Faust um den Ring, und die Nägel gruben schmerzhaft in den Ballen der Hand. »Vergebt mir, Vater, vergebt mir«, tränenloses Schluchzen ließ die Brust erbeben. Mit einer Hand suchte sie in der Tiefe des Kamins nach dem losen Ziegel, hinter dem sich das Geheimversteck aus Kindertagen befand. »So lasse ich denn alles zurück, was mir dereinst aus Liebe gegeben wurde. Mein Recht, dies Pfand zu tragen, habe ich verwirkt.« Sie bettete den Silberring auf Rosenblätter und verschloss schließlich mit dem Stein das Versteck. Noch ein letztes Mal blickte sie sich im Raum um, nahm Abschied. Bereit, das Hochzeitsgewand anzulegen, kehrte sie ihrem alten Leben den Rücken.

Agnes stolperte. Im Fallen klammerte sie sich an ein schweres Möbel, das dem Aufprall standhielt. Mit schreckensweiten Augen starrte sie in die Finsternis. Ihre Arme umklammerten einen Ohrensessel, soviel konnte sie jedenfalls wahrnehmen.

»Wo bin ich?« Die eigene Stimme klang fremd, das Herz schlug bis zum Hals, die Zehen schmerzten, wenngleich das alles sie vollends aufwachen ließ. Allmählich gelang es, die Konturen im Raum zu erkennen. Bedacht, nicht nochmals zu stürzen, ertastete sie den Weg zu den Fenstern, von wo durch den Spalt der Vorhänge ein wenig Licht einfiel. Agnes zog die Stoffbahn zur Seite, ließ Mondlicht ins Zimmer und betrachtete die Rosenbüsche hinter der Glasscheibe.

Erdgeschoss. Wie war sie heruntergekommen? Ein suchender Blick über die Schulter fiel auf die offene Zimmertür. All die Treppen und Korridore, ohne Licht, schlafend … das war … unheimlich. Ihre Gliedmaßen zitterten unkontrolliert.

Die Mitte muss stark sein, ermahnte sie sich und atmete in den Bauch mit tiefen, langen Zügen. Besser. Zuallererst Licht. Sie tapste zur Tür. Erleichterung machte sich breit, als sie die Form eines antiquierten Drehknopfs ertastete. Eine Deckenlampe flammte auf und tauchte das Zimmer in gelbes Licht. Es war im Verhältnis zu den anderen Räumlichkeiten des Haupthauses deutlich kleiner, wirkte vergessen. Die Möbel wiesen starke Gebrauchsspuren auf, und die Tapeten über der Holzvertäfelung waren vergilbt. Agnes' Blick schweifte zunächst umher, bis der Kamin ihre Aufmerksamkeit fesselte. Die Holzschnitzereien rund um die verrußte Maueröffnung waren von erlesener Schönheit, dunkel und glatt. Vergessen und doch vertraut. Ein Frauenporträt hing darüber, die Ölfarben waren rissig geworden und hatten jede Leuchtkraft verloren. Die Frau auf dem Gemälde musste zu ihrer Zeit als Schönheit gegolten haben. In edle Stoffe gehüllt, saß sie stolz in einem Lehnsessel und blickte herablassend auf den Betrachter.

»Antonius Huntingtons Ehefrau«, flüsterte Agnes ehrfürchtig. Vergessen war das Grauen angesichts der schlafwandlerischen Umtriebe – dies war Violets Mutter, eine wunderschöne Dame, genau wie in ihren Träumen! Das Herz klopfte aufgeregt gegen die Rippen, und sie musste beide Hände vor den Mund pressen, um nicht loszuschreien. »Ich bin nicht verrückt, die Träume sind real.« Agnes starrte auf das Portrait, als hätte sich darin etwas bewegt. Die Augen der Dame wollten nichts preisgeben, keine Gefühle und keines ihrer Geheimnisse. »Du hattest Einiges zu verbergen«, nickte Agnes ihr zu. Ein Gefühl von Bitterkeit beschlich sie, und es kam einem Aufatmen gleich, den Blick endlich abwenden zu können. Hin zu den Schnitzereien des Kamins. Dieselben, die sie im Traum gesehen hatte. Langsam ging sie darauf zu und streckte die Hand danach aus. Etwas in ihr verlangte, die Struktur des Holzes haptisch wahrzunehmen. Bedächtig strichen ihre Finger über das Sims des Kamins. Staub lag darauf, und graue Flocken lösten sich von ihren Fingerkuppen. Ein scharfer Luftzug wirbelte sie weiter. Durch Fensterritzen und Türspalt zog ein frostiger Luftstrom den Kamin empor. Agnes ließ die Hand in die Tiefe der dunklen Öffnung wandern, spürte Krusten von Ruß auf brüchigen Ziegeln. Tatsächlich, einer der Steine war locker. Erregung erfasste sie, ließ die Finger fester nach dem Ziegel fassen und daran rütteln. Widerwillig löste er sich Millimeter für Millimeter. Getrieben von Ungeduld, die in Besessenheit umschlug, krallte sie sich an ihm fest, bis ihre Nägel splitterten. Endlich, der Stein glitt aus seinem Loch. Vorsichtig legte Agnes ihn auf den Boden und richtete sich sofort wieder auf, um die Ausnehmung zu erforschen. Ihre Wangen glühten vor Aufregung. Violets Versteck! Konnte der Traum wahr sein? Vorsichtig tastete sie in die freigelegte Öffnung, Mörtelkörnchen klebten sich an die Finger, bis sie an der hinteren Wand der Maueröffnung auf etwas Hartes stießen. Agnes hielt den Atem an, schloss die Augen. Ein Bild entstand noch ehe sie den Fund hervorgeholt hatte. Vaters Geschenk. Der Silberring, schwarz angelaufen und von so geringem Durchmesser, dass er lediglich auf Agnes' kleinen Finger passte. Was einst aus Liebe gegeben worden war, hatte seine rechtmäßige Besitzerin wiedergefunden.

Der Weg zurück ins Zimmer stellte eine Herausforderung an Agnes' Orientierungssinn dar. Nach den Holztäfelungen am Gang zu schließen befand sie sich im ältesten Teil des Hauses, mit eigener Treppenflucht und etwas tiefer gelegen als der vordere Teil. Auf jener Treppe jedenfalls wagte sie sich nicht durch das Labyrinth von Gängen zurück. Das bedeutete folglich die Eingangshalle zu suchen und von dort aus den bekannten Weg einzuschlagen. Die Korridore waren spärlich beleuchtet, hie und da glomm ein Notlicht, gerade ausreichend, um Schatten an die Wände zu werfen. Schritt für Schritt tappte Agnes an der Wand entlang weiter, betastete den Ring an ihrem kleinen Finger, dessen Präsenz einfach nicht schwächer werden wollte. Ambivalente Gefühle und Gedanken gingen mit seinem Besitz einher, lenkten sie von der gespenstischen Umgebung ab: Da waren Freude über die wundersame Fügung, die sie noch gar nicht in ihrer gesamten Bedeutung erfasst hatte, Euphorie, aber auch Wehmut, ein Ziehen und Sehnen im Herzen, das an Verlust und Trauer gemahnte.

Fern schlug eine Glocke, leise wie im Traum. Agnes horchte auf. Die Glocke der Haustür? Im nächsten Moment war sie schon nicht mehr sicher einen Glockenton vernommen zu haben. Nichts rührte sich, keiner machte sich daran, die Haustür zu öffnen. Das Haus lag still, keine Schritte, kein Rumoren. Also war es bloß Einbildung gewesen, analysierte Agnes ihren Geisteszustand. Realität und Traum, Vergangenheit und Gegenwart wuchsen zunehmend ineinander wie Mauerkatze und Schlingknöterich an einer Hausfassade, wurden zu einem untrennbaren Gewirr. Am Ende des Korridors ließ ein kräftiger Lichtschein die Hoffnung aufkeimen, die Eingangshalle erreicht zu haben. Sie beschleunigte ihren Schritt, erkannte mit Erleichterung das Portal. Eine Wandleuchte nahe dem Eingangsbereich erhellte die Halle sowie die gegenüberliegende Haupttreppe. Die Kristalle des Kronleuchters schimmerten im Halbdunkel wie Bergkristalle in einer Höhle.

Die Stiegen hinauf, bis in den zweiten Stock, jetzt nach links, dann rechts und einen Halbstock tiefer … ihr Zimmer konnte nicht mehr weit sein. Da vorne um die Ecke und die erste Tür rechts …

Agnes drückte zögernd die Klinke nieder, dachte an Siebert, der schlafend im Bett liegen würde, nicht ahnend, dass seine Freundin des Nachts durch das fremde Haus irrte. Durch den Türspalt lauschte sie vergeblich nach Schnarchgeräuschen, doch kein Schnarchen, sondern gepresste Stimmen drangen an ihr Ohr.

»… und ich war in dich verliebt! Wenn ich nur gewusst hätte, was für ein Scheißkerl du bist, Walter…«

»Du bist hier, weil ich dein kleines Koks-Polizei-Problem diskret gelöst habe, Schätzchen«, unterbrach eine gelangweilte Männerstimme den weiblichen Redeschwall. »Wenn ich gewusst hätte, was du für eine Pute bist, hätte ich mich die fünf Minuten alleine im Bad erleichtert.«

Erschrocken zog Agnes den Kopf zurück. Hatte man sie bemerkt? Dies war jedenfalls definitiv nicht ihr Zimmer! So schnell es in der Dunkelheit möglich war, lief sie nochmals zum Treppenabsatz des Halbstocks zurück. Hier musste sie falsch abgebogen sein. Ah, ja, dort vorne links herum – Agnes hastete auf ihr Zimmer zu und unablässig spukten dabei die erlauschten Worte durch ihren Kopf. *Walter. Scheißkerl. Pute*. Hastig geflüstert. An der Ecke nahm sie die erste Tür in Augenschein. Irgendwo knarrte eine Diele und Agnes fuhr elektrisiert herum. Das ist lächerlich, schalt sie sich, erzürnt über die Heidenangst, die durch alle Glieder gefahren war. Daran ist nur diese schummrige Beleuchtung schuld – und Bernty, fügte sie ihren Gedanken hinzu, fühlte seine Hand im Nacken, als wäre die Vision real gewesen. Ihm wollte sie auf gar keinen Fall mitten in der Nacht über den Weg laufen.

Ihr Puls raste, als sie in das Zimmer schlüpfte. Im Raum war es still bis auf jene regelmäßigen Atemgeräusche, die vom Bett kamen. Geschafft. Deutlich sah sie nun die Konturen ihrer Tasche unter dem Fenster. Jetzt erst spürte sie, wie kalt ihre nackten Füße geworden waren, kroch rasch zu Siebert unter die Decke und schob die Beine zwischen seine. Der Gute schreckte nicht vor der Eiseskälte an seinen Waden zurück, brummelte etwas Unverständliches und drehte lediglich den Kopf in eine andere Position. Dankbar lächelte Agnes in die Dunkelheit. Siebert und sie lagen hier, in diesem Haus, Seite an Seite. Sie war tatsächlich heimgekehrt – zusammen mit ihrem Seelengefährten, wo Antonius Huntingtons Geist auf sie gewartet hatte. Zum ersten Mal wurde ihr das Ausmaß der letzten Ereignisse bewusst. Der Ring an ihrem Finger fühlte sich unnatürlich schwer an.

Die Seelen wollen heilen.

Violet, ihr Baby, Theodor – ihnen war kein Leben in Frieden vergönnt gewesen. Agnes fühlte die Trauer und Wehmut ihrer Träume und fragte sich, ob sie Antonius jemals reinem Herzens verzeihen konnte.

19. KAPITEL

Denn Mord spricht, selbst wenn er keine Zunge hat,
mit höchst wundersamer Stimme.

(Hamlet, 2. Akt, Szene 2)

»Guten Morgen!«, grüßte Agnes Jeffrey, der ihr die Tür zum Frühstücksraum aufhielt. Trotz des nächtlichen Abenteuers war Agnes voller Elan. Das Frühstückszimmer war sonnengeflutet, und weit geöffnete Glastüren gaben den Blick auf Rasen und Park frei. Gedeckte Tische standen unter ausladenden Sonnenschirmen auf der Terrasse. Frühstück im Freien – heute würde alles gut werden – sie würde mit Siebert über Bernty sprechen, ihm erzählen, dass Larry Eden hier gewesen war. Und die Sache mit dem Ring. Keine Geheimnisse mehr. Neben ihr stellte Jeffrey eine Kanne Orangensaft am Buffet ab.

»Darf ich Ihnen Tee bringen, Miss Feder, oder lieber Kaffee?«, fragte er und nickte zustimmend, als sie *Breakfast Tea* mit Milch bestellte. Siebert machte sich derweilen am Buffet zu schaffen, und auch Agnes bediente sich an Eiern, Tomaten und Toastbrot. Als sie auf die Terrasse hinaustrat, hatte Siebert bereits einen der Tische okkupiert und sich in einen Gartensessel fallen lassen. Nicht einen einfachen Gartensessel wie bei ihr daheim am Riederberg, oh nein, dies waren Luxus-Rattan-Fauteuils mit breiten Armlehnen und dicken Kissen, auf denen man wie inmitten einer maßgeschneiderten Wolke saß. Während Agnes überlegte, ob sie sich wenigstens einen davon für ihre Veranda am Berg leisten könnte, brachte Jeffrey ein Tablett mit Tee und für Siebert einen Espresso.

»Oh, Sie haben sich das mit dem Espresso gemerkt, Jeffrey?«, dankte er dem Butler. Ein kleiner Stich in ihrer Brust ließ ihre Lippen schmal werden. Womöglich war Siebert öfter Übernachtungsgast bei Katreen gewesen? Lieber sterben, als fragen! Sofort wandte sie sich von ihm ab und beobachtete das Treiben auf der Terrasse, bemüht, ihren Gesichtsausdruck unter Kontrolle zu halten.

Die meisten Gäste der Wochenendgesellschaft hatten sich bereits eingefunden, aßen, tranken und plauderten. Virginia, eine dunkle Brille auf der Nase, trat aus dem Haus und entdeckte Agnes.

»Ist hier noch Platz?«, fragte ihre Chefin geradezu freundschaftlich.

»Natürlich«, erwiderte Agnes und hoffte, ihr Erstaunen nicht allzu deutlich gezeigt zu haben. Hohe Anforderungen am frühen Morgen. »Bitte setzen Sie sich.« Einladend rückte sie Geschirr zur Seite.

»Danke«, erwiderte Virginia knapp und nickte Siebert mit einem kleinen Lächeln zu.

»Guten Morgen, Miss Murdoch«, erwiderte er ihr Lächeln. Eine beklemmende Pause entstand.

»Es ist ein wunderbares Anwesen, einfach traumhaft«, bemühte sich Agnes um Konversation. Es ging nichts über Small Talk, wenn man sich unbehaglich fühlte. Virginia und Siebert griffen das offerierte Thema dankbar auf. Gedankenverloren drehte Agnes an ihrem Ring. Siebert war das neue Schmuckstück an ihrer Hand bislang nicht aufgefallen. Auf den ersten Blick war der Ring schließlich nichts Besonderes, das Silber schwarz angelaufen, unansehnlich.

Ich werde Jeffrey nach einem Silberputzlappen fragen, sinnierte sie, irgendetwas ist darin eingraviert. Dass dieser Ring von Rechtswegen der Hauseigentümerin gehörte, kümmerte sie nicht; Juristin hin oder her, es gab ältere Rechte, und die Träume hatten eine eigene Realität entwickelt. Die Realität verändert sich, erkannte Agnes und fühlte sich wie ein Heißluftballon, dem alle Ankerseile gleichzeitig gekappt wurden.

Du wirst dich verlieren.

»Haben Sie gut geschlafen, Miss Feder?«, riss Virginia sie aus dem Gedankengespinst. »Inspiration für neue Bilder gesammelt?«

»Ähm – ja, beides. Viel geträumt – das inspiriert mich.« Mit einem Schluck Tee spülte sie die Unsicherheit hinunter.

»Tatsächlich?« Virginia hob eine Augenbraue hinter dem dunklen Brillenrand. »Ich träume nie.«

»Die meisten vergessen ihre Träume mit dem Aufwachen«, erwiderte Agnes, bloß um die Unterhaltung nicht abreißen zu lassen, wollte zudem die eigenen Gedankenfäden nicht weiterspinnen und das Gefühl des Bodenverlustes verdrängen. »Man kann sich allerdings darauf trainieren, sie festzuhalten.«

»Wenn ich bloß alles so schnell vergessen würde wie meine Träume«, kam es in diesem Tonfall, der ein Stimmungstief ankündigte.

»Sie essen ja gar nichts«, umschiffte Agnes die gefährliche Klippe, auf welche die Unterhaltung zusteuerte und wies auf die einsame Kaffeetasse vor ihrer Chefin.

»Mir liegt noch das Dinner von gestern Abend im Magen.« Virginias Aufmerksamkeit richtete sich auf die herannahende Frauengestalt. »Ah, da kommt Katreen.« Innerlich schüttelte Agnes frustriert den Kopf. Es hätte ein perfekter Morgen sein können – Sonne, Frühstück, Siebert …

»Guten Morgen, ihr Lieben«, unterbrach Katreens Stimme Agnes' inneres Lamento. »Seid ihr ausgeruht? Ich dachte, wir reiten nach dem Frühstück aus.«

»Auf Pferden?«, entfuhr es Agnes voller Schreck, worauf Siebert, Virginia und Katreen in Gelächter ausbrachen. Agnes' Wangen färbten sich spürbar rot. Ausgerechnet vor Virginia und Katreen hatte sie sich zum Affen gemacht – selbst Siebert lachte sie aus.

Eiskristalle sprossten im Herzen.

»Meine liebe Agnes«, Katreen tätschelte gönnerhaft ihren Unterarm, »sagen Sie bloß, dass Sie dem Pferdesport abgeneigt sind.« Dabei unterdrückte sie mühsam ihr Lachen. Wenn das kein Anlass war, stinksauer zu sein.

»Man könnte es so ausdrücken«, entgegnete Agnes reserviert. Einatmen, ausatmen, die Wut absenken – schwierig, wenn man damit randvoll war. »Falls es Fahrräder gibt, werde ich in der Zwischenzeit auf zwei Rädern die Gegend erforschen.«

»Großartige Idee«, grinste Katreen und zeigte ihre makellosen Zähne. Sie war unübersehbar zufrieden. Jetzt gehörte Siebert an diesem Vormittag allein ihr.

»Du kannst reiten?«, blaffte Agnes ihn an, und sein Grinsen fiel augenblicklich von seinem Gesicht ab.

»Nicht besonders«, gab er kleinlaut zu, »ich halte mich im Sattel und gebe dem Pferd die Richtung vor. Mehr ist es nicht.«

»Absolut, mein lieber Siebert, das tust du«, schmeichelte sich Katreen ein, »dies ist exakt, worauf es beim Reiten ankommt. Wie immer stellst du dein Licht unter den Scheffel. Als wir zuletzt ausritten, war ich ganz angetan von deiner Haltung und dem wohldosierten Schenkeldruck.« Katreen strahlte ihn verschwörerisch an, und Agnes wünschte, diesen Blick nicht mitbekommen zu haben. Schenkeldruck, alles klar.

»Aber vielleicht will Miss Feder es trotzdem versuchen?«, wandte Virginia gut gemeint ein, und Katreen zuckte mit den Schultern.

»Ich habe eine lammfromme Stute, auf der lernen Kinder das Reiten«, lächelte Katreen in Agnes' Richtung. »Das wäre doch ein guter Anfang?« Agnes' Wangen färbten sich eine Nuance röter.

»Danke, aber nein«, lehnte sie vehement ab. »Ich würde die Gesellschaft bloß aufhalten.«

Nun reagierte Siebert auf die unterdrückte Wut in ihrem Gesicht. Sein Blick drückte Missbilligung aus.

»Agnes, Schatz, komm' mal mit«, begann er eindringlich. »Ich zeige dir etwas Nettes am Teich.« Bereitwillig ließ sich Agnes entführen, froh, aus der Gegenwart der beiden Frauen zu entkommen.

»Warum bist du so aggressiv?«, fragte er sie, sobald sie außer Hörweite waren. »Wir sind hier zu Gast.« Wie angewurzelt blieb Agnes stehen.

»Aggressiv?«, sie funkelte ihn ungläubig an. Musste man ein Mann sein, um nichts von zwischenmenschlichen Dramen mitzubekommen? »Ihr habt mich eben ausgelacht! Du – du – *Mister Schenkeldruck* am hohen Ross!«, stammelte sie, um Worte ringend, die ihrer Wut angemessen waren. Siebert hätte jetzt nicht schmunzeln sollen. In weit ausholenden Schritten machte sich Agnes davon. »Ich bin die Lachfigur der feinen Gesellschaft, die halten sich eine wie mich als Hofnarren«, schimpfte sie vor sich hin. Am liebsten wäre sie in den Teich gesprungen, um ihre Wut zu kühlen. Bernty kam ihr wieder in den Sinn – *ich werde so oder so eine Lösung finden für unser kleines Problem*, hatte er gesagt. Sie schluckte Magensäure hinunter, fühlte seine Hand im Nacken.

»Jetzt bleib' doch stehen«, rief Siebert ihr hinterher.

»Die schauen uns jetzt sicher nach und amüsieren sich köstlich«, zeterte sie weiter, einfach nur, um die Gedanken an Bernty zu vertreiben. »Das muss eine Genugtuung für Katreen sein, dass sie einen Streit zwischen uns hat provozieren können. Pah!« In ihrem Kopf schwirrte es, der ganze Druck entlud sich, und das tat überraschend gut. »Ich sehe die beiden vor mir, Katreen und Virginia, erzählen die Geschichte als Anekdote auf einer dieser langweiligen Dinnerpartys ...« Sieberts Hand packte sie am Oberarm und stoppte ihren Lauf.

»Agnes, sei nicht kindisch«, herrschte er sie an. Wie streng seine Stimme sein konnte. Ganz der Anwalt, allen restlos überlegen. Verdammt. »Lass' uns miteinander um den Teich gehen. Wir reden das aus.« Jetzt hatte er es geschafft, dass sie sich wie ein Trotzkopf fühlte. Siebert, der Vernünftige, und Agnes, die Zicke. Nein, sie beide waren kein Traumpaar. Katreen und Siebert, das passte viel besser zusammen. Die ersten Tränen drängten an den Lidrand.

»Okay«, lenkte Agnes ein, wider dem Impuls zu schreien. Keine weitere Blöße, beschwor sie sich. Stumm gingen sie eine Weile nebeneinander her. Die Sonne wärmte ihr Haar, Sieberts Hand fasste nach der ihren, ließ die Eiskristalle im Herzen ein wenig antauen.

»Da läuft nichts zwischen mir und Katreen, klar?«, sagte Siebert schließlich. Worte, nichts als Worte.

»Mein Lieber, du kriegst aber auch gar nichts mit«,

zischte sie ihn an, »die will dich!« Und Bernty will mich ersäufen wie eine Katze, dachte sie und rieb sich fröstelnd über die Arme. Siebert schüttelte missbilligend den Kopf, sah dabei jedoch verdächtig nach geschmeicheltem Macho aus. Der Anblick half ihr tatsächlich aus dem Sog der Angst heraus – also einfach weiterstreiten. »Warum glaubst du, lässt sie mich die ganze Zeit schlecht aussehen?«

»Wie kommst du nur darauf?«, sprach er mit so viel Unverständnis in der Stimme, dass Agnes stattdessen: *Wie bescheuert bist du eigentlich?*, verstand. »Die Meldung mit den Pferden kam doch von dir«, berichtigte er sie. »Und das war wirklich komisch.«

»Du hast echt keine Ahnung, wie Frauen das machen.« Ihre abschätzige Geste ließ ihn genervt innehalten.

»Okay«, erwiderte er gedehnt, »ich verstehe es nicht«, gab er bereitwillig zu. »Gott sei Dank bin ich ein Mann.« Dabei deutete er doch tatsächlich mit gefalteten Händen zum Himmel. Agnes war fast sprachlos, aber nur fast.

»Selig sind die Einfältigen …«, ätzte sie.

»Hey, ich will nicht streiten«, fiel er ihr ärgerlich ins Wort. »Dieses Wochenende wollten wir ausspannen und alle Sorgen hinter uns lassen, vergessen?« Versöhnlich legte er seine Hände auf ihre Schultern, ganz langsam und vorsichtig, als wäre sie ein wildes Tier – oder sonst etwas Gefährliches. Sein aufmunternder Blick ließ die Eiskristalle im Herzen nur so dahinschmelzen. Wie hatte sie derart wütend auf ihn sein können, wo sie sich so sehr nach seiner Nähe sehnte? Ihr Kopf sank gegen seine Schulter.

»Tut mir leid. Ich bin zurzeit etwas reizbar.«

»Reizend, würde ich sagen«, erwiderte er und grinste.

»Häng' mir ein Gefahrenschild um.« Endlich musste auch sie schmunzeln. Es tat wahnsinnig gut.

»Gehen wir dort hinüber.« Er schob sie weiter, und endlich nahm sie die zauberhafte Umgebung wahr. Der Teich lag vor ihnen, beschaulich schwammen Enten über die grün schimmernde Oberfläche, versteckten sich im Schilf, tauchten nach Futter. Wasserläufer saßen auf der dünnen Wasserhaut, drückten sie unmerklich ein. Dunkle Schatten bewegten sich unter ihnen, lauernd, hungrig. Eine Libelle stob im Tiefflug über den Teich, gefolgt von einer zweiten. Ein Hochzeitsflug? Sieberts Arm um ihre Taille zog sie enger an ihn. Sein Griff zeugte von Kraft und Stabilität. Sie wollte darauf bauen, so sehr wollte sie das. Er küsste ihr Haar, sog ihren Duft ein und hielt ihren Körper fest an sich gedrückt.

»Wieder gut?«, flüsterte er.

»Ja.« Der Streit war mit einem Male absurd und peinlich. In seinen Armen zu liegen, das war real. Siebert brummte etwas Zustimmendes. Die Schwingungen übertrugen sich von seinem Brustkorb auf den ihren. Wohlig strömten die Wellen durch den Körper, gaben ihr das Gefühl, ein Instrument zu sein, das mit seiner Umgebung mitschwang.

»Du hast heute Morgen eine SMS bekommen?«, fragte er leise.

»Megan geht es gut«, erwiderte sie, weil sie wusste, was er meinte. Wenn sie sich nicht in absurden Ängsten verstieg, wusste sie das immer.

»Sind ihre Erinnerungen zurückgekommen, was den Unfall angeht?« Er betonte das Wort *Unfall* in einer Weise, die klarstellte, dass er nicht daran glaubte.

»Nein, nichts«, sagte Agnes mit entsprechender Enttäuschung in der Stimme. »Dafür ist Larry jeden Tag bei ihr. Das tut ihr gut. Sagt Annie jedenfalls.« Das hatte sie eigens nachgefragt: *Ist Larry heute Morgen bei Megan gewesen?* Antwort: *Ja.*

»Das freut mich.«

»Wobei, gestern Abend, das Catering – das war seine Firma. Ich habe ihn gesehen.«

»So ein Zufall«, erwiderte Siebert, ohne sonderliches Interesse für Larry aufzubringen. Viel lieber schien er sich der empfindlichen Haut ihres Nackens zu widmen.

»Hoffentlich zieht Larry das durch mit Megan«, fuhr sie fort und kuschelte sich tiefer in Sieberts Umarmung. »Im früheren Leben hat Megan ihn sitzen lassen, in diesem hat er das gleiche mit ihr gemacht. Wird Zeit, dass die beiden das auf die Reihe kriegen.«

»Na ja, wir werden sehen.« Siebert klang skeptisch und knabberte nahe dem Ohrläppchen.

»Du glaubst, er verlässt sie wieder?«, erwiderte Agnes und wurde durch die aufsteigende Sorge von den wohligen Empfindungen abgelenkt. Irritiert schob sie ihn ein Stück von sich, um sein Gesicht sehen zu können.

»Erzähl' mir was über Männer«, spöttelte er. Die friedliche Stimmung war hinüber. »Wenn er es bisher nicht geschafft hat, zu ihr zu stehen, warum gerade jetzt? Weil sie ein Bein weniger hat?« Agnes keuchte auf. Ein Bein weniger. Das andere gerade mal so angenäht.

»Du bist …«, sie rang um Worte, »schrecklich.«

»Realistisch.«

»Auch das.« Den Kopf freibekommen, die Bilder von abgetrennten Beinen, Blut und Schmerz löschen, irgendwie musste sie das schaffen. Ihre Hand rieb über Stirn und Nasenwurzel.

Sieh' mich an.

Ihr Blick wanderte zum Teich, verlor sich in der Weite und Freiheit der Landschaft. Das Atmen wurde leichter, jetzt erst bemerkte Agnes, wie angespannt Brust und

Magen gewesen waren. Eine uralte Weide stand nahe am Wasser, beugte ihren zerfurchten Stamm müde dem Teich zu und ließ ausladende Äste bis zur Wasseroberfläche hängen. Enten saßen auf den herausragenden Wurzelstöcken, putzten ihr Gefieder, schnatterten untereinander. Eine Gruppe von Erpeln schwamm auf Agnes und Siebert zu, vielleicht in der Hoffnung auf Brotkrümel. Siebert deutete auf eine zwischen Gräsern und Büschen versteckte Holzbank.

»Setzen wir uns.«

»Sieh nur, Seerosen«, freute sich Agnes, ließ sich zur Bank führen ohne den Blick vom Teich nehmen zu können: Es summte, zirpte, quakte und zwitscherte um sie herum, das pralle Leben. Keine Probleme wälzen, einfach nur leben, ja, das wollte sie. Ein unbändiger Hunger nach Lebendigkeit breitete sich in ihr aus, als gäbe es kein Morgen. Auf Sieberts Schoß sitzen, von seinen Armen umfangen sein, mehr brauchte es nicht. Ein leichter Wind strich ihre Haarsträhnen über sein Gesicht, trug den Geruch des Wassers mit sich und ließ Libellen tanzen, deren Flügel Miniaturregenbögen im Sonnenlicht. Alle Sinneseindrücke verwoben sich zu einem wunderbaren Stoff voller Magie, legten sich als schützender Mantel um Agnes. So sollte die Ewigkeit sein, dachte sie und schloss die Augen. Das Zirpen veränderte sich, der Flügelschlag eines Erpels platschte auf die Teichoberfläche, und die Weide schüttelte in einer Windböe ihre Zweige. Agnes fühlte den Eindringling, noch ehe er sich räusperte. Eine Whiskyrauhe Stimme zerriss endgültig das feine Gespinst der Intimität.

»Im Sommer sind die Nächte zu kurz!« Das Lachen machte deutlich, wer sich zu ihnen gesellt hatte.

»Mister Huxton!«, zeigte sich Siebert erstaunt, jedoch keineswegs verlegen. »Sie platzen in eine Versöhnung.«

»Nehmen Sie bitte meine aufrichtige Entschuldigung entgegen«, bedauerte Huxton sein Eindringen mit einer kleinen Verbeugung und stellte seine gute Laune offen zur Schau.

»Sir, wir zählen auf Ihr Verständnis«, grinste Siebert zurück.

»Einst war auch ich in jenem ungestümen Alter«, antwortete er in rezitierender Weise, als wären die Zeilen von Shakespeare, »… ist gar nicht so lange her«, fügte er nachdenklich hinzu und massierte dabei sein Kinn. Diskret über den Teich blickend, stand er neben ihrer Bank. Agnes saß immer noch auf Sieberts Schoß und dachte nicht daran, das zu ändern. »Nun, ich hätte nicht gewagt, zu stören, wäre ich nicht von Katreen, unserer charmanten Gastgeberin, ausgeschickt worden, Mister Thal für den Ausritt einzufangen.« Seine rot geäderten Wangen leuchteten im Tageslicht noch greller, und Lachfalten umfingen seine Schelmenaugen. »Denken Sie, dass Sie sich von Ihrer Herzdame losreißen können, Mister Thal? Ich würde es verstehen, wenn Sie es nicht könnten«, lachte er wissend und legte den Kopf in den Nacken. Der Himmel schien seine Reminiszenzen bezüglich verpasster Gelegenheiten zu stimulieren. »Vom heutigen Erfahrungsstand aus würde ich Ihnen sogar dringend abraten, Pferde vorzuziehen. Es werden Zeiten kommen, da haben Sie keine Wahl mehr, da warten bloß noch Pferde auf Sie …« Sie lachten gemeinsam, und Huxton schickte sich an, zurück zum Haus zu gehen. »Mein Auftrag ist erfüllt, wir sehen einander später, Mr Thal.« Eine kurze Weile genossen Siebert und sie noch das Schauspiel von Licht und Wasser, die Geräusche der Blätter im Wind.

»Stört es dich, wenn ich ausreite?« Sieberts Fingerspitzen kreiselten über ihre Haut. »Ich habe selten Gelegenheit dazu.«

»Geh ruhig«, erwiderte Agnes und schenkte ihm ein Lächeln. »Ehrlich, das macht mir nichts aus.«

»Was wirst du in der Zwischenzeit unternehmen?«, fragte er mit offensichtlich schlechtem Gewissen nach.

»Hey, du bist nicht meine Gesellschafterin!«, lachte Agnes ihn aus, damit die Sache mit dem schlechten Gewissen ein für alle Mal vom Tisch war. Als könnte sie sich ohne Siebert nicht amüsieren – das sollte er schleunigst streichen. »Ich ziehe mir Sportsachen an und mache eine Runde auf dem Fahrrad. Wir sehen uns zum Mittagessen.«

»Und du bist nicht mehr eifersüchtig?« Die Frage klang sowohl provokant als auch flehentlich. Ein Meisterwerk der manipulativen Fragestellung, fand Agnes.

»Kein Bisschen.« Sie grinste ihn frech an. »Wenn sie dich allerdings wieder anhimmelt«, dabei zeigte sie Richtung Herrenhaus, »regle ich das mit einer Runde Schlammcatchen.« Siebert atmete theatralisch ein und erteilte seine Zustimmung mit erhobenen Daumen. »Kann es kaum erwarten«, sagte er, gab ihr einen Kuss auf die Nasenspitze und schubste sie sanft von seinen Oberschenkeln. Arm in Arm legten sie den Weg zurück. Auf der Terrasse angekommen, stellte Siebert fest, dass die Reitergruppe bereits aufgebrochen war und eilte Richtung Stallungen weiter. Agnes sah sich um. Die Tische waren bis auf jenen von Deborah und Robert Kensing verlassen, Tischtücher flatterten im Wind, und Jeffrey räumte Geschirr ab. Ehe sie sich ins Haus begeben konnte, winkte Robert Kensing ihr zu.

»Miss Feder, gesellen Sie sich doch zu uns«, rief er, und mit einer Spur Widerwillen folgte sie der Einladung. Jeffrey brachte eine weitere Tasse und schenkte ihr Tee ein. Wenngleich es herrlich war, in diesem prächtigen Park Tee zu trinken und die Wärme der Vormittagssonne zu genießen, hätte die Gesellschaft dabei gern angenehmer sein können. Eine Unterhaltung wollte nicht so recht in Schwung kommen, und alsbald wurde deutlich, dass zwischen dem Ehepaar Kensing das denkbar schlechteste Einvernehmen herrschte. Ihre Blicke trafen sich fast nie, und wenn dies durch Zufall doch geschah, dann wandten sie sich sogleich wieder angewidert voneinander ab. Um der peinlichen Situation möglichst bald zu entkommen, nahm Agnes einen hastigen Schluck vom Tee. Überrascht von dem ungewöhnlichen Aroma schnupperte sie an der Tasse. Kräftige Gerbstoffe gepaart mit einem etwas rauchigen Aroma – könnte ein *Keemun* sein, überlegte sie und entschied sich gegen Zucker, jedoch für einige Tropfen Milch. So wurde der Körper mollig und jeder Schluck zum Genuss. Andererseits – sie warf einen Blick auf Deborahs Schmollmund – besser rasch austrinken und nichts wie weg hier, das war die bessere Idee.

»Sie mögen keine Pferde, Miss Feder?«, versuchte Robert Kensing, in einem neuerlichen Anlauf die Unterhaltung in Gang zu bringen.

»Ganz im Gegenteil, Mr Kensing. Aber deswegen muss ich nicht auf einem draufsitzten wollen, nicht wahr?« Kensing lachte und erstmals fand Agnes ihn sympathisch. »Ich fahre später eine Runde mit dem Fahrrad.«

»Das wäre doch was für dich, Deborah?«, wandte er sich an seine Frau mit einer Eiseskälte in der Stimme, die Agnes selbst als Außenstehende frösteln ließ. »Kalorien verbrennen.« Deborahs lange Beine verknoteten sich bei seinen Worten noch fester umeinander.

»Gute Idee. Dann brauche ich nicht mit dir rumzuhängen«, keifte sie zurück. Anstatt Deborah einzuladen, schwieg Agnes. Derweil stand Robert auf, an seiner Schläfe hämmerte eine Ader, und Zornesröte überzog das ganze Gesicht bis zum Hals hinunter.

»Ich reite doch aus«, presste er hervor und stapfte Richtung Stallungen davon.

»Fein, dann brauche ich nicht Radfahren«, höhnte Deborah hinter ihm her und wandte sich Agnes zu. Ihre Hand tippte blasiert an die Stirn, die Augenlider waren auf Halbmast gesenkt. »Migräne«, flötete sie. »Ich lege mich noch ein Weilchen nieder. Sie sind bestimmt nicht ungehalten, wenn ich Sie nicht begleite?« Agnes versicherte ihr umgehend, dass es ihr nicht das Geringste ausmache, und atmete auf, als Deborah im Haus verschwunden war. Versonnen drehte sie am Ring, während sie den Blick über die Parklandschaft gleiten ließ. Welche Überraschungen würden sie erwarten – weitere vertraute Ecken, Erinnerungen an Violet? Als sie schließlich auf ihr Zimmer ging, war sie überzeugt, dass dies doch noch ein gutes Wochenende würde. Sie müsste bloß noch den Fahrradschuppen finden und in die Pedale treten.

Enthusiastisch schloss Agnes die Tür hinter sich. In Radshorts und Sportschuhen ging sie den Korridor entlang und überlegte, wen sie nach einem Fahrrad fragen könnte. Jeffrey möglicherweise. Den konnte sie dann auch gleich um einen Silberputzlappen für den Ring bitten. In diesen englischen Herrenhäusern gab es doch bestimmt jede Menge Silber zu putzen.

»Allmächtiger! Allmächtiger!« Eine junge Frau, dem Aussehen nach pakistanischer oder indischer Herkunft, stürzte vom Halbstock kommend auf sie zu. »Wo sein Mrs Tromp?«, rief sie ihr entgegen, völlig verstört. »Allmächtiger!«

»Was ist los?«, erwiderte Agnes und breitete instinktiv die Arme aus, um die strauchelnde Frau aufzufangen. Deren weiße Schürze hing halb abgerissen von der Hüfte, und ein Zipfel des weißen Kopftuchs stand lächerlich schief vom Kopf ab. Hastig löste sie sich aus Agnes' Armen, rieb sich den Knöchel und brabbelte in ihrer Landesprache vor sich hin.

»Alles in Ordnung mit dem Fuß?«, sorgte sich Agnes, nicht sicher, was sie mit der Frau anfangen sollte. Jeffrey holen – das wäre wohl das Beste.

»Vergessen Fuß«, fuhr die Frau sie an. In ihren Augen funkelte Panik, und eine unsichtbare Hand griff nach Agnes' Herzen. Hastig verschränkte sie die Arme hinter dem Rücken, entschlossen, jeden weiteren Körperkontakt zu vermeiden.

Du willst es nicht sehen.

»Mrs Tromp, unbedingt, sofort!« Das Stubenmädchen erhob sich und humpelte Richtung Haupttreppe.

»Mrs Tromp ist ausgeritten. Kann ich Ihnen helfen?«

»Nein«, wehrte die Pakistani mit einer ausladenden Geste ihrer Hände ab und ging dabei unbeirrt weiter. »Mister Wotens, ja, Mister Wotens, oder Mister Jeffrey … Schreibzimmer muss abschließen.« Ihre Worte nahmen den Klang ihrer Muttersprache an, verhallten in den Gängen des Hauses. Agnes sah ihr nach, bis der wehende Schürzenzipfel um die Ecke verschwunden war. Schlagartig wurde ihr die Stille bewusst, die sich gegen ihre Trommelfelle presste.

Wie eng die Korridore waren. Mühsam tat sie einen tiefen Atemzug. Der Radausflug war vergessen. Diese Klammer um ihr Herz presste mittlerweile ihren ganzen Brustkorb zusammen, drohte, sie zu ersticken.

Wo war das Schreibzimmer? Agnes' Füße waren von ganz alleine losgegangen, als kannten sie den Weg. Einen Wimpernschlag später fand sie sich am Ende des Korridors, blickte auf eine angelehnte Türe zur Rechten. Derselbe Weg, den sie heute Nacht gegangen war, dasselbe Zimmer, in dem das Pärchen seine Differenzen ausgetragen hatte ... In ihren Adern schien das Blut zu gefrieren. Die Kälte lähmte aufkeimende Emotionen, unterdrückte Angst und Panik. Nur so konnte sie sich im Nachhinein erklären, was sie nun tat: ihre Finger in den Türspalt legen, die Tür aufdrücken, den Schritt in den Raum. Ihr Blick glitt von den Bücherregalen zum Schreibtisch und tiefer ... Agnes keuchte auf, presste beide Hände vor den Mund und taumelte einen Schritt zurück.

Unmittelbar vor dem Schreibtisch lag Walter Bernty, der Bademantel offen, sein Geschlecht entblößt, Arme und Beine von sich gestreckt. Aus der haarigen Brust ragte der Griff eines Brieföffners.

20. KAPITEL

Schräg an dem Bach wächst eine Weide,
die ihre hellen Blätter in der glänzend klaren Strömung zeigt;
aus jener flocht sie wunderliche Kränze …

(Hamlet, 4. Akt, Szene 7)

»Liebes!«

Agnes zuckte bei Katreens leidend-schrillem Tonfall zusammen und rückte ein Stück mehr in die äußerste Ecke des Salons. Das ist alles nicht real, sagte sie sich vor, es ist nur ein Theaterstück, ein Spiel. Doch Katreens Stimme schnitt in ihr Mantra wie eine Kreissäge. Die Szene vor dem Kamin nahm ihren Lauf, surreal und gleichzeitig Teil ihres Lebens.

»Trink«, forderte Katreen die vor ihr sitzende Linda auf, »das wird dir gut tun!«

»Oh mein Gott«, schluchzte diese auf. »Ich kann jetzt einfach nicht alleine sein … ständig sehe ich ihn, wie er da liegt …« Nun, damit war Linda tatsächlich nicht alleine, auch auf Agnes' Netzhaut hatte sich der Anblick von Walter Berntys Leiche eingeätzt. Allerdings war es Linda, die von Katreen den mittlerweile dritten Whisky gereicht bekam. Desgleichen wich Mister Huxton Linda nicht von der Seite, jederzeit bereit, die frischgebackene Witwe in seinen Armen aufzufangen. Und die ganze Zeit über wurde Agnes das Gefühl nicht los, dass in diesem Raum nichts echt war, dass sie im Theater schon überzeugendere Emotionen gesehen hatte.

»Du hättest nicht in das Zimmer dürfen, Linda. Warum hast du bloß nicht auf mich gehört?«, sprach Huxton leise auf sie ein, tätschelte ihre Schulter und nickte immerzu mit dem Kopf. War das Pferdesprache? Jeden Augenblick würde er ihr über die Nase streicheln und ein Zuckerstück darbieten, ging es Agnes durch den Kopf. Himmel, ich bin unmöglich! Je intensiver sie sich mit der Künstlichkeit dieser Menschen beschäftigte, umso mehr vergaß sie ihr eigenes Drama. Um dem Abgrund in ihrer eigenen Seele zu entkommen, saugte sie sich geradezu an dem Auftritt der Witwe fest.

»Mach dir keine Sorgen«, beschwichtigte Huxton, »irgendwann verschwinden diese Bilder wieder.«

Agnes kauerte sich auf der Fensterbank zusammen. Das Gequatsche machte sie langsam aber sicher verrückt, dennoch brauchte sie es. Nur nicht alleine sein. Als ob solche Bilder jemals verschwinden würden; und warum alle Welt dachte, mit Alkohol würden die Sorgen kleiner. Im Gegenteil, sie wurden unkontrollierbarer. Und Kontrolle war das Wichtigste. Siebert trat zu ihr.

»Die gute Linda wird in Kürze umkippen«, raunte Agnes ihm zu, sicherheitshalber in deutscher Sprache. Dankbar für die tröstende Nähe lehnte sie sich gegen seine Hüfte.

»Dann spürt sie wenigstens nichts mehr von diesem penetranten Mitleid, das alle vor sich hertragen«, antwortete er ebenso leise und legte die Hand in ihren Nacken. Seine Wärme fühlte sich besser an als jeder Whisky. Sanft massierte er die steinharten Muskeln.

»Wo eh keiner Bernty ausstehen konnte«, fügte sie hinzu

und genoss die einsetzende Entspannung im Schulterbereich.

»Huxton klebt wie Kaugummi an ihr«, stimmte Siebert in die Sticheleien ein. Anscheinend ging ihm das Theater um Linda ebenfalls gehörig auf die Nerven. »Jemand hat erzählt, die hätten was miteinander gehabt – allerdings vor Walter.«

»Hat sie ihn wegen Walter verlassen?«, regte sich Agnes' Neugierde, und sie hob den Kopf.

»Keine Ahnung, da musst du Katreen fragen.«

»Na sicher.« Sie verzog den Mund. Als ob sie Katreen irgendetwas fragen wollte. »Mir wird sie das sicher nicht erzählen – *du* bist ihr Liebling.«

»Du willst also, dass ich meinen Charme gezielt einsetze, um für dich zu spionieren?«, fragte Siebert mit gespielter Empörung. »Unglaublich, wie du mich benützt.« Agnes verkniff sich das Lachen und knuffte ihn in die Seite.

»Letzte Nacht hast du dich nicht beschwert«, raunte sie und grinste verstohlen. Seine Hand strich zur Antwort von ihrem Kiefer langsam den Hals entlang über Kehle und Halsgrube abwärts zu Schlüsselbein und Schulter. Die feinen Härchen auf der Haut reagierten mit einem Prickeln, und ein wohliger Schauer zog durch den Leib.

»Das würde ich mir niemals antun«, erwiderte Siebert mit einem wissenden Lächeln. Sie sah sich beide im Bett und all die Dinge, die sie dort miteinander angestellt hatten. Ganz gleich, ob es seine Gedanken gewesen waren oder ihre, jetzt an Sex zu denken, war sicherlich nicht besonders schicklich, lag aber aus irgendeinem perfiden Grund nahe, geradezu als zöge der Tod seinen Widerpart an.

»Worauf warten wir hier eigentlich?«, fragte Agnes schließlich, um die Bilder wieder aus dem Kopf zu bekommen. Andernfalls hätte sie Siebert auf der Stelle zurück ins Zimmer komplimentieren müssen. Nachdem der Salon sowohl mit seinen als auch ihren Chefs bevölkert war, hätte das möglicherweise keinen guten Eindruck gemacht.

»Irgendwem von der örtlichen Polizei ist aufgefallen, dass es in London bereits Ermittlungen gibt, bei denen der Geschäftsführer von *SARFUR Chemistries* involviert ist. Bis ein Inspektor auftaucht, bleiben wir nach Weisung der Polizei im Haus und weg vom Tatort. Katreen hat mir erzählt, dass die Leute von der Spurensicherung die Hände über dem Kopf zusammengeschlagen haben«, erzählte Siebert weiter, »Praktisch jeder im Haus war in dem Zimmer, um Bernty tot zu sehen.«

»Wenn das nichts über seine Beliebtheit aussagt«, reagierte Agnes und war in Gedanken längst bei den bevorstehenden Stunden: Polizei, Verdächtigungen, Verhöre. Ihr Innenleben fühlte sich an, als hätte man es durch einen Fleischwolf gedreht, und trotzdem musste sie hier sitzen, tun, als wäre sie heil und stark.

»Du musst essen, Nessi«, sagte er streng und sanft zugleich, »Seit dem Frühstück hast du nichts mehr zu dir genommen. Ich bringe dir etwas.« Er wies auf den Tisch, wo Jeffrey einen *High Tea* angerichtet hatte. Aus dem Samowar dampfte es, und ringsum waren allerlei Sandwiches, Törtchen und Warmhalteplatten mit pikanten Pies, Blätterteigröllchen und Tartlets arrangiert. Kaum einer der Gäste hatte es gewagt, etwas davon zu nehmen – zu pietätlos erschien es, sich leiblichen Genüssen hinzugeben, wo doch einem von ihnen dies nie wieder möglich sein würde. Dergleichen moralische Bedenken galten allerdings nicht für Whisky, vielmehr schien er das approbierte Mittel bei derartigen Ereignissen zu sein, und die Gäste hatten diesem Brauch gehörig entsprochen.

»Mrs Tromp, der Herr Chefinspektor ist jetzt da«, meldete Jeffrey. »Soll ich Mr Wotens verständigen?«

»Ich übernehme das«, unterbrach ihn Katreen und sprang auf die Beine. »Ich möchte Vater schonen.«

»Der Inspektor möchte zuerst Mrs Bernty sprechen«, ergänzte Jeffrey diskret.

»Verstehe«, sagte Katreen, ganz Herrin der Lage, und legte ihre Hand auf Lindas Arm. »Ich begleite dich, Linda. Als deine Freundin und Anwältin lasse ich dich in dieser Situation nicht alleine.« Arm in Arm verließen sie den Salon, Linda schwer auf Katreen gestützt. Ihr Schwanken war dem dritten Drink geschuldet, so viel war sicher.

Kaum schloss sich die Tür hinter ihnen, hellte sich die Stimmung auf.

»So sieht also kollektives Aufatmen aus«, stellte Agnes fest und erhob sich. »Lass uns essen.« Bedeutend ungenierter griffen die Gäste nun beim *High Tea* zu. Auch Agnes und Siebert probierten sich durch die kulinarischen Köstlichkeiten.

»Endlich«, stöhnte Siebert und schichtete noch zwei Pilztartlets auf seinen Teller, »ich hab schon einen Schwips.« Dass sogar seine Nerven nach alkoholischem Trost verlangt hatten, ließ die Ereignisse schlagartig wieder unangenehm real werden, verursachte in Agnes die Vorstellung, in ein Korsett gezwängt zu sein – jeder Atemzug war ein Kampf gegen die herandrängende Panik. Irgendwie musste sie trotzdem ein paar Bissen herunter bekommen, wenn ihre Nerven das alles noch länger mitmachen sollten.

»Ganz meine Rede«, stimmte Robert Kensing Siebert zu, hielt einen voll beladenen Teller in Händen und kaute an einem Würstchen in Blätterteig. »Mit Linda im Zimmer konnte ich kaum an Essen denken.«

»Der hat bislang locker zehn Mini-Pies verputzt«, raunte Agnes Siebert in deutscher Sprache zu, während sie Kensing den Rücken zukehrte. Siebert konnte nur verlegen lächeln, trat zur Seite, um seiner Freundin den Weg zum Samowar freizumachen. Agnes' Aufmerksamkeit fiel indes auf Deborah Kensing, die in einem der Polstermöbel nahe dem Kamin saß und an einem Gin Tonic nippte. »Eine schlimme Sache, das mit Walter. Arme Linda. Und da sind noch die drei Kinder«, seufzte Robert Kensing. »Verdammte Scheiße, ich kann nicht fassen, was geschehen ist.« Kopfschüttelnd fuhr er sich über die Glatze. Der Tod seines Geschäftsführerpartners schien ihn aufrichtig mitzunehmen, das Gesicht war fahl, und sein Blick irrte immer wieder suchend durch den Raum.

»Ach was! Die haben ihn sowieso nie zu Gesicht bekommen«, rief Deborah mit schwerer Zunge.

»Das ist nicht ihr erster Gin«, murmelte Siebert in Agnes' Ohr.

»Du bist peinlich«, polterte Kensing, »der Tod eines Elternteils ist immer tragisch.« Beleidigt trank Deborah ihr Glas aus und stand auf, um sich einen weiteren Drink zu mixen. »Schluss jetzt!«, herrschte ihr Ehemann sie an. Der veränderte Tonfall erschreckte nicht nur Agnes. Robert Kensings Augen waren enge Schlitze geworden. Der untersetzte Mann wirkte wie ein Vulkan kurz vor der Eruption. Weg von der Flasche, beschwor Agnes in Gedanken Deborah. Einem Wutanfall von Kensing wollte sie keinesfalls beiwohnen – für heute hatte sie genug Drama miterlebt. Dem Mann war durchaus zuzutrauen, dass er seine Frau vor allen Anwesenden ohrfeigte. Anscheinend kannte Deborah ihren Mann gut genug, um auf den Drink zu verzichten.

»Wollte doch nur das Glas zurückstellen«, säuselte Deborah und verdrehte die Augen zur Decke. »Ich hole mir Tee.« Agnes, die sich selbst eben Tee eingoss, wunderte sich über Robert Kensings Wut. War dies bloß ein simpler Machtkampf unter Ehegatten gewesen? Die beiden waren nicht gerade eine Werbeveranstaltung für die Ehe. Während sie ihrem Tee Milch und Zucker beifügte, nahm Deborah eine der bereitstehenden Teetassen und goss sich ein. Agnes übergab ihr die Milchkanne, wusste aber nichts zu der blonden Schönheit zu sagen. Die schmunzelte herausfordernd, zuckte mit den Schultern und murmelte: »Ist mir doch egal, was der alte Glatzkopf will.« Die aggressive Gegenwart der Kensings und der in sich versunkene Huxton waren mehr, als Agnes ertragen wollte. Mit Teetasse und einem Gurkensandwich floh sie auf die Terrasse. Abseits von Ehezwist und Trauermienen ließ es sich tatsächlich freier atmen. Kurz entschlossen stellte sie die Teetasse mitsamt Sandwich auf einen Tisch, streifte die Schuhe ab und machte ein paar Schritte über den Rasen. Erde. Sie streckte die Arme zum Himmel empor und spürte dem Energiefluss zwischen Himmel und Erde nach. Der Atem ging tief und ruhig, die Füße schlugen imaginäre Wurzeln und sie stellte sich vor, wie jeder Atemzug innere Reinigung brachte, alle Emotionen und Belastungen über ihre Fußsohlen ausgespült wurden. Allmählich entspannten sich ihre Gesichtszüge. Ein paar Vögel gaben ihr Nachmittagskonzert, Bienen suchten im Sommerflieder nach Nektar, ein verirrter Grashüpfer sprang über Glockenblumen. Alles friedlich.

Ein leises *Hicks* erregte Agnes' Aufmerksamkeit. Sie blickte suchend in die Richtung, aus der das Geräusch gekommen war. Dort, schräg hinter ihr auf der Terrasse, bewegte sich etwas. Ein enormer Terrakottatopf versperrte ihr die Sicht, ausladende Oleanderzweige verdeckten teilweise einen Liegestuhl.

»Hallo?«, rief Agnes hinüber.

»Ach, die Agnes Feder«, antwortete eine Frauenstimme träge lallend. »Ich würde zu dir rüberkommen, aber das geht gerade nicht.«

»Miss Murdoch«, erkannte Agnes nun ihre Chefin hinter dem Oleander. »Was ist mit Ihnen?«, und ging dabei um den Blumenkübel herum. Ihre Chefin lag ausgestreckt auf dem Luxusmöbel. »Zu viel Whisky«, lallte diese. »Gott, bin ich voll.« Sie hielt sich die Hände vors Gesicht, ob aus Scham oder aufsteigender Übelkeit, blieb vorerst unklar.

»Müssen Sie sich übergeben?«, fragte Agnes sicherheitshalber nach. »Soll ich Ihnen einen Kübel holen?« Virginia lachte schrill.

»Wie süß! Ich weiß gar nicht, warum ich dich so hasse. Bist die Einzige hier, die nett ist.« Agnes musste grinsen: Betrunkene waren offene Bücher. Virginia murmelte einige unverständliche Worte, ganz in ihre Gedanken verstrickt. »Agnes, ich habe dich ganz falsch eingeschätzt.«

»Wieso eigentlich?«, amüsierte sie sich und nahm auf dem nächststehenden Gartensessel Platz. Dass Virginia sie duzte, belustigte Agnes.

»Na, das ist doch offensichtlich, oder?« Virginia guckte sie aus kajalverschmierten Augen an. »Du bist groß und schlank, hast Haare bis zum verdammten Apfelarsch runter, einen Job im Ausland und zu allem Überfluss einen scheißgeilen Mann, der voll zu dir steht. Was habe ich?« Die Laune schlug augenblicklich um, und Virginias Stimme wurde schwer von Selbstmitleid. »Schau mich an … ein greiser Vater, eine Mutter mit Alzheimer, wegen denen ich in London festsitze, bin viel zu klein, zu dürr, zu dünnes Haar, keine Titten, kein Arsch, nichts. Männer benützen mich als Lückenbüßerin. Von der letzten Geschichte weiß jeder in der Firma … alle lachen mich aus.«

»Keiner lacht Sie aus, Miss Murdoch«, beteuerte Agnes und spürte gleichzeitig die Leere in ihren Worten.

»Mitleid? Die heilige Agnes«, seufzte Virginia bitter. »Hat keine Ahnung.« Jetzt schnellte eine Hand vor den Mund, und ein Aufstoßen ließ ihren Oberkörper nach vorne schnellen.

»Stopp!«, rief Agnes und sprang zu einem ungenutzten Übertopf nahe dem Oleander. Rasch schnappte sie ihn und war in weniger als einer Sekunde bei Virginia. Der Topf landete unter dem Kinn der Chefin, die sich angestrengt auf ihre internen Vorgänge konzentrierte. »Alles unter Kontrolle«, stammelte sie, umschlang jedoch den Topf mit beiden Armen. Nach ein paar Atemzügen lockerte sich ihre Haltung. Schließlich lehnte sie sich zurück und ließ den Topf sinken. »Danke.« Dabei sah sie Agnes so seltsam an, dass diese das Gefühl bekam, der Dank bezog sich nicht nur auf die kleine Rettungsaktion eben. »Das Bild war das Schönste, was mir seit Jahren jemand geschenkt hat.« Wieder rülpste Virginia, diesmal lautstark, und ein vielsagendes Gurgeln ging damit einher. Fasziniert von der bizarren Situation schüttelte Agnes den Kopf.

»Schon gut. Freut mich, wenn es Ihnen gefällt.« Wie zerbrechlich Virginia in dem Liegestuhl aussah, oder war sie längst zerbrochen? Bedauern machte sich in ihrer Brust breit. Selbst das Geständnis von vorhin ärgerte sie nicht mehr. »Glauben Sie bloß nicht, dass ich ein Bilderbuchleben führe. Vor ein paar Monaten noch wurde ich von meinem fanatischen Ex-Freund tyrannisiert, es hat zweimal jemand versucht, mich zu ermorden, und ist dafür nie zur Rechenschaft gezogen worden.« Virginia nickte ihr anerkennend zu. Anscheinend konnte Agnes im Wettbewerb ›Wer hat das beschissenste Leben‹ doch ein paar Punkte machen.

»Du weißt, wer?«, fragte Virginia, trotz ihrer Alkoholisierung erstaunlich klar.

»Die Sache hat sich erledigt«, bestätigte Agnes. »Denjenigen gibt es nicht mehr.«

»Also ist das Leben doch fair?« Virginias Augen blitzen belustigt auf. »Da bin ich ja mal gespannt, was noch auf mich zukommt.« Ihr Lachen war unheimlich. »Es hat ja kürzlich schon gute Tendenzen gezeigt.« In Agnes stieg Befremden auf. Virginia musste Berntys Tod meinen. So sehr hasste sie ihn?

»Das Leben ist weder fair noch unfair«, wich Agnes aus.

»Kann sich wohl nicht entscheiden, hä?«, erwiderte Virginia mit geschlossenen Augen. Agnes konnte Virginia sehen – richtig sehen, nicht die Oberfläche, sondern die Schnecke ohne Haus, herausgerissen aus dem Schutzpanzer.

Beyond repair.

»Ein Fluss reißt alles mit sich«, hörte Agnes sich sagen, »er fällt kein Urteil über das Treibgut.« Virginia klatschte Beifall auf dem Übertopf. Ihre Ringe schlugen scharf gegen die Keramik.

»Bravo! Sie hat einen Zen-Kalenderspruch für jede Gelegenheit auf Lager«, sagte sie mehr zu sich selbst als zu Agnes, »Mann, solche Weiber hasse ich«, fuhr sie fort und machte Anstalten, sich nun doch übergeben zu müssen. »Jetzt weiß ich wieder, was mich so an dir nervt. Ich revidiere meine vorherigen Zweifel und hasse dich weiter.«

Insgeheim stimmte Agnes ihrer Chefin zu. Das hatte total abgehoben geklungen.

»Sie haben recht, Virginia. Lassen Sie es mich anders sagen.« Virginia machte eine eindeutige Handbewegung mit dem Zeigefinger in den Mund. Sie ist richtig voll, dachte Agnes und konnte nicht anders, als zu grinsen. »Es gibt einen Ausgleich. Vielleicht nicht in einem Leben, aber über mehrere. Das Leben ist …«

»Verloren?«, unterbrach Virginia ungeduldig. »Einen hat die ausgleichende Gerechtigkeit jedenfalls ereilt.« Ihr Lachen glich mehr einem Schnauben. »Oder was glaubst du, wer Blondie den Schuss *Ulysses* gesetzt hat? Kam doch sonst keiner an das Zeug ran.«

»Und Sie?«, wagte Agnes einen Vorstoß. »Aus Eifersucht?« Virginia lachte spitzt auf.

»Wäre ich kaltblütig genug, hätte ich ihm den Mist gespritzt.« Eine Hand ließ den Topf los und tastete nach der fast leeren Whiskeyflasche, die zwischen Glasscherben neben dem Liegestuhl stand. Aber Virginia brauchte kein Glas für ihr Vorhaben. »Is' nich' schade um Walter. Hab' meine Liebe verschwendet, hab' *mich* verschwendet …« Das Lallen war stärker geworden, und Virginias Worte verkamen zu einem Singsang. »Oh ja, verschwendet an *Walter den Scheißkerl.*« Agnes zuckte bei den letzten Worten zusammen. So war er schon mal genannt worden … »Das sollte Linda auf seinen Grabstein schreiben lassen: *Hier ruht Walter, der Scheißkerl.*« Der Schluckauf stellte sich wieder ein. »Auf dich, Sch-Sch-Scheißkerl«, prostete sie mit der Flasche Richtung Boden. »In der Hölle sollst du braten!« Vorsichtig peilte Virginia mit der Flaschenöffnung ihre Lippen an und nahm einen Schluck.

»Virginia, Sie haben genug getrunken.«

»Nicht ganz«, flüsterte sie, als vertraute sie Agnes ein Geheimnis an. »Ich warte, bis ich nichts mehr spüre«, dabei klopfte sie mit der Faust am Flaschenhals gegen die Brust. Eine kleine Pause entstand. »Wenn mich jemand suchen sollte, tu einfach so, als hättest du mich nicht gesehen. Ich werde mich morgen sowieso an nichts mehr erinnern können …« Die Flasche glitt zu Boden und fiel um.

Virginia registrierte das Klirren nicht mehr. Die Augen geschlossen, der Mund leicht geöffnet war sie ansatzlos aus der Realität in den Schlaf geglitten. Agnes hoffte jedenfalls, dass sie schlief und nicht ins Koma gefallen war. Vorsichtig hob sie die Flasche auf, schraubte die Kappe auf und klemmte sie unter den Arm. Virginia hatte wahrlich genug getankt und war einer Alkoholvergiftung gefährlich nahe. Ein Toter pro Wochenende reichte vollauf. Den Übertopf zog sie ihrer Chefin aus den Armen, wischte die Scherben unter die Liege und stellte den Topf in Griffweite daneben. Mit sanften Händen drehte sie Virginia in eine Seitenlage, falls sich diese doch noch übergeben musste. Ich werde Jeffrey informieren, nahm sie sich vor, hörte ihren Magen grummeln und ging zurück zum Tisch. Das Gurkensandwich wölbte sich inzwischen an den Seiten pagodenartig auf, der Tee war ausgekühlt – theoretisch konnte der Tag nur besser werden.

Inspektor Drought saß Agnes mit stoischer Miene gegenüber. Er passte perfekt in diesen dämmrigen, mit Antiquitäten vollgestopften Raum, welcher der Polizei von der Familie Wotens für die Zeit der Untersuchungen zur Verfügung gestellt worden war. Über dem Kamin hing das Bildnis von Antonius' Gemahlin, welche die Szene unter sich gelangweilt zu beobachten schien. Agnes hielt die Hände im Schoß gefaltet und starrte auf den Kartentisch zwischen ihnen. Die heiteren Zeiten, in denen gut gelaunte Gäste an diesem Tisch Karten gemischt und hohe Einsätze gemacht hatten, waren Vergangenheit. Gegenwärtig herrschte weder gute Laune noch Spielleidenschaft. Einsilbig hatte Agnes Droughts Fragen beantwortet, fühlte sich so klein wie die in der Holzverkleidung des Kamins nagenden Würmchen. Doch das genügte Drought nicht. Ansatzlos wechselte er die Taktik.

»Miss Feder, wie erklären Sie sich, dass in Ihrem Umfeld ständig Menschen zu Tode kommen – oder bestenfalls knapp überleben?«

»Was wollen Sie damit sagen?«, schreckte sie aus ihren Gedanken auf.

»Ich stelle die Fragen, Miss Feder.« Eine filmreife Floskel, doch aus Droughts Mund klang sie trotzdem wie eine Drohung. Agnes rutschte auf ihrem Stuhl vor und zurück, die Handflächen klamm und beide Füße fest am Boden, bereit, davonzurennen. Als ob sie weit käme. »Mir wurde ein Bericht aus Wien übermittelt, wonach an ihrem früheren Arbeitsplatz drei Menschen gestorben sind, und das innerhalb kürzester Zeit. Einen Täter konnte man bislang nicht dingfest machen, also ist die offizielle Version *Unfallgeschehen*.« Das letzte Wort betonte er, als wäre das ein polizeiinterner Witz, über den längst keiner mehr lachen konnte. »Kaum hat es Sie nach London zu *SARFUR* verschlagen, kommt die Testleiterin des *Ulysses*-Projekts, die zufälligerweise ihre ehemalige Kollegin ist, unter mysteriösen Umständen ums Leben. Ausgerechnet die Person, die *Sie* hassen – und *Sie* haben Miss Schoff sterbend aufgefunden.« Seine Augen fixierten sie. Schlange versus Kaninchen. Kaninchen in völliger Erstarrung. Jedes seiner Worte machte Sinn, klang wie eine schreckliche Wahrheit. Mühsam formten ihre Lippen eine Rechtfertigung, doch sie klangen wenig überzeugend.

»Ich habe sie nicht gehasst. Also, nicht so …« Agnes hörte sich sprechen und spürte dem Eindruck nach, den sie auf Drought machen musste.

»Man hat Sie beide streiten sehen. Im Hospital.« Inspektor Drought kam noch näher an sie heran, sprach wie ein Beichtvater, streng und sanft zugleich. »Ihre Freundin Megan Kalth wurde möglicherweise vor die U-Bahn gestoßen, und *Sie* haben wieder kein Alibi. Jetzt sind Sie Gast bei den Wotens, und prompt wird der Geschäftsführer von *SARFUR* erstochen.« Unvermittelt lehnte er sich zurück und löste damit den Bann. Schon atmete Agnes auf, nur um bei seinen nächsten Worten umso schmerzlicher getroffen zu werden. »Sollten Sie keine Mörderin sein, was ich stark bezweifle, dann bringen Sie verdammt noch mal kein Glück.«

In Agnes' Augen schossen Tränen. Das alles war zu viel – zu viele Tote, zu viel Intrige, zu viele Lügen, zu viel Hass, zu viele Verdächtigungen. Zu viel. Zu viel. Sie griff sich an die Schläfen, versuchte, dem Zerspringen Einhalt zu gebieten.

Der Inspektor machte sich auf ihr Schweigen seinen eigenen Reim.

»Na kommen Sie, Miss Feder«, sagte er versöhnlich, ganz der gute Onkel, der helfen wollte. »Machen Sie es sich nicht so schwer. Wir legen eine ordentliche Niederschrift von Ihrem Geständnis an, und Ihr Gewissen hat seine Ruhe. Glauben Sie mir, ich habe 20 Jahre Berufserfahrung – alle fühlen sich nach einem Geständnis besser.«

In der Halle schlug die Glocke an. Der Klang dröhnte in ihrem Kopf nach, rüttelte sie auf. Ihre Antwort konnte Drought wahrscheinlich kaum verstehen, so schwach war ihre Stimme zu Beginn.

»Ich habe niemandem Gewalt angetan, weder in Wien noch hier.« Kämpfe, dachte sie, zeig wer du bist. »Sie wollen es sich leicht machen, lieber eine Ausländerin ans Messer liefern, als den wahren Täter zu enttarnen.« Mit jedem Wort kehrte ihr Mut zurück. »Weil die Berntys über reichlich Einfluss verfügen, verschließen Sie die Augen vor der Wahrheit.« Jetzt hatte sie sogar mit dem Finger auf Drought gezeigt. Agnes richtete sich kerzengerade auf. Die Konzentration lag bei den tiefen Atemzügen, die Bauchdecke hob und senkte sich, die Verbindung ihrer Füße mit dem Boden trat ins Bewusstsein. Wie eine Verdurstende schlüpfte sie aus den Sandalen, suchte die Verbindung zur *Großen Mutter*, die sich in ihr zu regen begann.

Meine Kraft ist deine Kraft.

Herausfordernd blickte sie zu Drought. »Sind Sie mit dieser Einstellung in Ihren Beruf gegangen?« Das Blatt kehrte sich. Die *Große Mutter* füllte Agnes' innere Leere schlagartig mit Macht aus, und die Autorität der Meister von Valun nahm von ihr Besitz. Jetzt war sie es, die Drought fixierte, in das Indigo seiner Augen tauchte und nicht losließ. Von einer Sekunde auf die andere befand er sich ganz und gar in ihrem Bann. Schien Agnes zuvor leichte Beute für den Inspektor gewesen zu sein, einfach zu knacken, konnte er mit einem Mal keine seiner Strategien mehr verfolgen, nicht sprechen, nicht denken, sich nicht bewegen. Sie beherrschte ihn allein mit ihrem Blick, der ihn durchdrang, durchleuchtete, transparent machte. Hitze entstand zwischen ihnen, ein Energiefluss setzte ein, die Kraft der *Einsheit* durchströmte Agnes und durch sie auch Drought.

Wie einst.

Stolz saß sie vor ihm, griff nach seiner Hand. Die Meisterin von Valun war zurück. Drought konnte sich nicht entziehen, im Gegenteil, er wollte von ihr gesehen werden, gelesen wie ein Buch, nichts sollte ihr verborgen bleiben. Ihre Seele erkannte die Seine, sprach zu ihm und ließ keine Zweifel an ihrer Wahrhaftigkeit zurück. Seine Seele dürstete nach Frieden und Liebe, fühlte die *Einsheit*, die ihm wie ein Geschenk zufloss. Nach Jahrzehnten geprägt von Gewalt, Hass und Zynismus überwältigte ihn die Reinheit dieser puren Energieessenz. Seine Gedanken waren ihre Gedanken, ihre die seinen und etwas in ihm wollte endlich heilen.

Fühle, wir sind Eins.

Das Gute und das Böse gehören zusammen,

werden gleich gültig.

Der Zeit entrückt saßen sich zwei Menschen gegenüber, verbunden in Herz und Geist.

Es klopfte an der Tür. Dreimal, dann öffnete sie sich. Ein dunkler Haarschopf schob sich durch den Spalt.

»Chefinspektor?«, fragte der junge Mann. Drought zuckte zusammen, sah auf seine Hände und entzog sie Agnes' Griff. Doch gleich darauf musste er sie wieder anstarren, magnetisch angezogen. »Da wäre ein Anruf für Sie. Der Assistant Commissioner, Sir«, beharrte der Polizist. Der junge Mann konnte offenbar nicht umhin, die eigentümliche Atmosphäre im Raum zu bemerken und zog die Augenbrauen fast bis zum Haaransatz hoch. Verlegen griff Drought nach dem Krawattenknopf und zog ihn fest.

»Okay. Eine Sekunde«, antwortete er dabei, ohne seine Augen von Agnes zu wenden. Seine Stimme klang rau, gerade so, als hätten sie eben Sex ohne Anfassen gehabt. In seinen Augen glänzte Erstaunen gleichwohl wie Bewunderung, und von nun an würde sie ein Fabelwesen für ihn sein, die Antwort auf sein Leben, auf alle Fragen. Ängste waren an die Oberfläche getreten und von ihr fortgespült, Sehnsucht war gestillt, Hoffnung geschürt worden. Agnes beobachtete seine Gesichtszüge, wie mühsam sie nach der gewohnten Maske suchten. Seine Lippen öffneten und schlossen sich, doch Worte wollten ihm nicht über die Lippen kommen. Die Hände stützten sich an der Tischkante ab, die Kniekehlen schoben den Sessel geräuschvoll zurück, er beugte sich vor, kam ihr nahe. Ein Hauch Aftershave, vermischt mit einem männlich-holzigen Duft streifte ihren Geruchssinn. Unwillkürlich atmete sie noch tiefer ein und schloss die Augen. Als sie die Lider wieder hob, war er weg.

In der Abenddämmerung schlenderte Agnes alleine durch den Park. Wolken am Horizont leuchteten orangerot und violett. Licht und Schatten begannen ineinander zu verschmelzen, und die Farben des Tages lösten sich auf. Die Nacht ließ sich nicht aufhalten. Agnes Weg führte an den Teich, wo Frösche ihr Lied zum Besten gaben und Mückenschwärme kleine Fledermäuse anlockten. Ein leichter Wind strich zärtlich durch das Geäst der Weide, die einem erschöpften Krieger gleich am Wasser lehnte. Wie ein

Vorhang im Luftzug bauschten sich die biegsamen Zweige, wühlten die glatte Wasseroberfläche auf.

Agnes ging an der Bank vorbei und kletterte über Wurzelstränge zum Weidenstamm hin. Der Boden war schlammig, es roch nach brackigem Wasser und Lilien. Die Rinde, grob gefurcht und dunkel, fühlte sich beim Festhalten unerwartet warm an.

Wie alt du geworden bist, dachte sie und korrigierte sich sogleich selbst. Dieser Baum konnte unmöglich 600 Jahre alt sein, obgleich er durchaus als Methusalem durchging. Zärtlich streichelte sie die Rinde, fühlte ihre Rauheit, ihr Alter, bewunderte die auseinanderragenden dicken Äste, die sich bereits auf Schulterhöhe über dem Wurzelgewirr erhoben, wie ein Zauberer in seiner Pose erstarrt. Auf einem der fast waagrechten Äste, der selbst so dick wie ein junger Baum war, zog sie sich hoch und kletterte ein Stück hinaus, immer wieder prüfend, ob nicht ein Knacken einen Bruch im spröden Holz ankündigte. Nichts, der Ast war stark. Vorsichtig streckte sie sich katzengleich über die Länge des Astes aus, den Blick auf die Wasseroberfläche gerichtet. Wie polierter Obsidian schimmerte diese im Mondlicht, hypnotisierte mit ihrer unbekannten Tiefe und Dunkelheit. Auch die tierähnliche Körperhaltung färbte auf Agnes' Gemüt ab; Gelassenheit machte sich breit, die Grübeleien kamen zum Stillstand. Dafür nahm sie die Weidenenergie wahr, die jede Körperzelle durchdrang und den letzten Rest Kopfschmerz hinab zu den Wurzeln zog. Hamish Droughts entrückter Gesichtsausdruck trat in ihr Bewusstsein gemeinsam mit einem übermächtigen Gefühl der Verbundenheit. Zugleich durchströmte Agnes mit einem Mal eine weitere Kraft, die nicht von der Kühle der Weide herrührte, sondern weitaus feuriger war –

unmöglich, auch nur eine Sekunde länger ruhig dazuliegen – sie musste sich befreien, bewegen – alle Sinne nutzen! Ungeduldig entledigte sie sich ihres Kleides, streifte BH und Slip ab und glitt vom Ast direkt ins Wasser, schlangengleich. Kälte umfing sie, raubte ihr für Sekunden den Atem, und doch hielt sie nicht inne, sondern tauchte hinunter, tief in die Anderswelt.

Dunkelheit
gleiten am Mondsilberstrang
Arme sternenweiß
bewegen sich wie unter Zwang
Atemnot
Luftperlenspiel
Funke der alten Macht
berührt das Ziel
Schwebe umfangen von Nacht;
Tochter, du bist erwacht!

Der Drang zu atmen trieb Agnes an die Oberfläche, ließ sie tausende Sterne am Himmel wie auf dem Wasserspiegel erblicken; ein Bad im Sternenmeer. *Magie*, war der einzige Gedanke in ihrem Kopf, losgelöst schwebte ihr Körper dahin, dem Mond zugewandt, dem Wasser hingegeben, der Atem im Einklang mit Zikaden und Fröschen. Eine Entenfeder trieb vorüber, die feine Wasserhaut nicht durchbrechend. Unbeschwerte Leichtigkeit, in der Nacktheit vollkommen, geboren aus Wasser, aus Erde, die Füße tief im

Schlick versunken, das Haupt hoch zum Himmel gehoben, so erfuhr sich Agnes wie ein verwandeltes Wesen.

Sie verschwendete keinen Gedanken daran, ob jemand ihre Nacktheit sehen konnte, oder wie sie ihren tropfnassen Zustand Siebert erklären würde. In diesem Augenblick war sie frei. Mondlicht versilberte die Haut, Wasserperlen schmückten den Leib, der Wind liebkoste seine Geliebte.

Die Mutter schickt ihre Tochter aus und lacht von ganzem Herzen.

Tatsächlich waren die Hausbewohner mittlerweile zu betrunken, um irgendetwas von Bedeutung wahrzunehmen. Die meisten lagen längst in ihren Betten und schliefen, manch einer kniete vor der Toilette, übergab sich heftig und verfluchte den Mörder von Bernty, der nun auch die Schuld am kollektiven Alkoholmissbrauch trug. Dumpf und schal geworden, bemerkten sie allesamt nicht, woran es ihren Seelen mangelte.

Inspektor Drought indessen saß auf der Terrasse, die Beine weit von sich gestreckt, den Blick in der Finsternis verloren. In regelmäßigen Abständen glomm Zigarettenglut auf. Der Rauch schmeckte ihm nicht, die letzte Zigarette lag drei Jahre zurück. Angeekelt warf er den Rest in eine der Pfützen, welche die automatische Bewässerungsanlage hinterlassen hatte. Diese innere Reinheit – und nicht anders konnte er das Gefühl beschreiben, das ihn seit dem Zusammentreffen mit Miss Feder erfüllte – die wollte er bewahren. Da war etwas in ihm, etwas, das er vermisst hatte, ohne es zu wissen. Und sie hatte wie mit einem Spot ihr Licht darauf geworfen, sodass er für einen Moment lang das Bewusstsein auf jenen wertvollsten Teil seiner selbst hatte richten können, ehe dieses Etwas wieder im Schatten verschwand. Gleichwohl hatte er es lange genug betrachten können, um es nie wieder zu vergessen. Die Erinnerung war erwacht.

Ein Eulenruf nahm seine Aufmerksamkeit in Beschlag, lenkte den Blick zum Teich. Dunkelheit ringsum, die Bäume nur schemenhafte Schatten, das Wasser schimmerte im Mondlicht. Etwas regte sich am Ufer. Eine helle Gestalt – eine Frau? Nackt entstieg sie derart langsam dem Teich, dass die Bewegung zu einem Gleiten wurde. Drought rieb sich die Augen und versuchte erneut, den Fokus scharf zu stellen, doch er konnte immer noch nicht sicher sein, worum oder um wen es sich dabei handelte. War die Erscheinung überhaupt real?

Und mit einem Mal war es ihm gleich. Der Wunsch, zu sehen, gewann Oberhand. Sein Mund öffnete sich, die Zunge befeuchtete die Lippen. Ein Atemzug, dann ein leises Aufstöhnen. Die Augen sahen Schönheit, die sich selbst genügte, unerreichbar und so flüchtig wie der Anblick einer Seifenblase, die mit dem nächsten Windstoß, der nächsten Wolke, die sich vor den Mond schieben würde, zerplatzte.

Schaumgeborene. Der Großen Mutter entstiegen.

Wassergeist, Nymphe, Elfe.

Die Mythen seiner Ahnen waren lebendig geworden, hatten von ihren Kindern Besitz ergriffen.

21. KAPITEL

Wir sind oft darin zu tadeln, 's ist allzu oft erwiesen, dass wir mit der Andacht Miene und frommem Gebaren den Teufel selber überzuckern.

(Hamlet, 3. Akt, Szene 1)

Jeffrey hatte zum *Early-Morning-Tea* vorausschauend Aspirin ans Bett serviert, sodass die verkaterten Gäste immerhin aufrechten Ganges zum Frühstück erscheinen konnten. Agnes und Siebert waren die Ersten auf der Terrasse gewesen und beobachteten die nach und nach eintreffenden Ankömmlinge.

»Da ist Virginia«, wisperte Agnes alarmiert Siebert zu. »Hoffentlich setzt sie sich nicht zu uns.« Agnes starrte Siebert an und überlegte, ob sie ihn abknutschen sollte, um einen möglichst abschreckenden Eindruck auf ihre Chefin zu machen. Um nichts in der Welt wollte sie mit ihr das gestrige Terrassengespräch erörtern.

»Sie hat sich zu Huxton gesetzt«, gab Siebert Entwarnung. »Mann, sieht die fertig aus.« Er stupste Agnes an. »Du brauchst mich nicht mehr anzustarren.« Agnes atmete aus.

»Ich hätte dir die Zunge in den Hals gesteckt, nur damit sie nicht rüberkommt«, raunte sie ihm zu.

»Klingt gruselig«, schüttelte sich Siebert und grinste.

»Ein Wunder, dass sie wieder auf den Beinen ist«, ignorierte Agnes seinen Spott. »Gestern war sie einer Alkoholvergiftung nahe. Vermutlich hat Jeffrey sie gerettet.«

»Sag' bloß, sie weint Bernty auch nur eine Träne nach«, echauffierte er sich und gab sich keine Mühe, das verständnislose Kopfschütteln zu verbergen. »Dann verstehe ich die Frauen endgültig nicht mehr.«

»Sie hat ihn *Walter, der Scheißkerl,* genannt«, verteidigte Agnes ihre Chefin.

»Schon besser«, befand er und zeigte sich versöhnt mit dem weiblichen Geschlecht.

»Nach der Flasche Whisky zu schließen war sein Tod trotzdem ein Schock für sie.«

»Walter, der Scheißkerl?«, wiederholte Siebert Walters Kosenamen und nickte beifällig. »Passt zu ihm. Ich meine, passte. Gestern dachte ich noch, die beiden hätten es miteinander im Garten getrieben, während seine Frau im Haus Cocktails schlürft.«

»Wieso das denn?«, fragte Agnes verwundert.

»Nicht bemerkt? Virginia ist total echauffiert in den Salon gekommen«, zwinkerte Siebert ihr zu. Sie sah ihn verblüfft an. »Und Bernty ein paar Minuten darauf.«

»Du meinst … wieso bemerkst du so was? Wow.«

»Na jetzt sei mal nicht so penetrant überrascht, wenn ich was mitkriege«, tat er beleidigt, und Agnes stieg auf sein Spielchen ein.

»Entschuldige, so habe ich es nicht gemeint.« Nach einem Kuss von ihr war Sieberts Miene wieder heiter. »Ich war derart überrascht über ihre Anwesenheit«, fuhr sie fort, »mir ist das entgangen.« Ihr Kopf ruhte jetzt an seiner Schulter. »In der vorletzten Nacht, auf dem Weg in unser Zimmer«, begann sie erstmals von ihrem traumwandlerischen Ausflug im Herrenhaus zu erzählen, »da hörte ich, wie jemand *›du Scheißkerl‹* sagte, und es war in dem Zimmer, in dem Walter erstochen wurde. Ich bin mir sicher …«

»Was?«, keuchte Siebert auf und wirbelte gleichzeitig zu ihr herum. Er konnte das Entsetzen kaum unterdrücken, selbst Agnes' beschwichtigende Berührung zeigte keine Wirkung. »Du warst in der Mordnacht im Haus unterwegs?«, wisperte er. »Davon sagst du kein Wort?«

»Ich erzähle es dir ja jetzt«, raunte sie ihm zu, alarmiert von seiner Aufregung. »Ich habe niemanden gesehen, nur Stimmen gehört. Eine männliche und eine weibliche.«

»Na prächtig«, fauchte er sie an, so leise er das hinbekam. »Als ob Drought es nicht auf dich abgesehen hätte! Hast du es ihm erzählt? Überhaupt: Was hast du letzte Nacht gemacht?«, bohrte er nach, am Rande der Selbstbeherrschung. »Du warst ewig lange weg, irgendwann bin ich eingeschlafen.«

»Erstens: nein. Zweitens: Ein wenig spazieren, habe ich dir doch gesagt.«

»Da muss noch was gewesen sein«, polterte er und sah sie misstrauisch an. »Du siehst verändert aus.«

»Ist das so?«, lächelte Agnes und wandte den Blick wie zufällig suchend über die Terrasse. Es sollte wirken, als prüfe sie die Umgebung auf Lauscher ab, doch eigentlich war ihr schlechtes Gewissen Ursache für das Zögern. Schon wieder hatte sie ihm etwas verschwiegen – aber wie konnte man das Unaussprechliche, das ihr widerfahren war, erklären?

»Ja«, erwiderte Siebert. Das klang jetzt etwas weniger mürrisch.

»Zum Guten also?« Eine Frage, die zugleich eine Antwort in sich trug. Wenn er der war, für den sie ihn hielt, würde er es ohne Worte verstehen.

Siebert sah Agnes lange an. Sie konnte seinen Unmut schwinden sehen, seine Befürchtungen und Ärger. Seine

Finger webten sich in die ihren, langsam beugte er sich über ihre Hand, küsste sanft die Innenseite des Handgelenks, sog den Duft ihrer Haut ein, ertastete mit den Lippen deren Weichheit, kostete ihren Geschmack.

»Siebert ...«, hauchte sie, überwältigt von der Zärtlichkeit dieser Geste.

»Hm ...«, war alles, was er dazu äußerte. Verdammt, er kannte sie schon allzu gut.

»Wir sind nicht alleine ...«, viel mehr Widerstand würde sie nicht aufbringen. Innere Bilder projizierten sich auf ihre Netzhaut, wo er sie über seine Schulter warf und direkt ins nächste unbewohnte Zimmer schaffte. Eine Chaiselongue reichte für ihre Zwecke ...

Eine Weile sah er sie einfach nur an, forschend und fragend zugleich. »Was ich sagen wollte«, begann er erstaunlich gelassen, »eigentlich war ich darauf gefasst, heute Morgen ein Häuflein Elend vorzufinden und nicht eine strahlende Göttin.«

»Eine Göttin?« Ihr geschmeicheltes Lächeln kam entlarvend sinnlich über die Lippen. Fragend neigte sie den Kopf zur Seite. »So etwas sagst du, obwohl wir heute Morgen gar nicht miteinander geschlafen haben?«

»Großer Fehler.« Seine Stimme war noch sonorer als sonst und vibrierte verführerisch. Sofort entstanden weitere Bilder in ihrem Kopf.

»Wenn du heute Vormittag nicht ausreitest ...«, begann sie vielsagend.

»Keinesfalls auf Pferden«, raunte er und lehnte sich näher zu ihr, doch Katreen sank unvermittelt auf den Polstersessel neben ihm und seufzte demonstrativ.

»Guten Morgen, meine Lieben. Wie habt ihr geschlafen? Ich habe kein Auge zugetan. Die arme Linda, mein

Gott!« Siebert und Agnes ließen voneinander ab, lehnten sich zurück und ließen die Tirade über sich ergehen. »All die Amtswege, die ihr bevorstehen … die Beisetzung muss organisiert werden. Ihr könnt euch nicht vorstellen, wie viele Leute zur Trauerfeier einzuladen sind! Keiner darf vergessen werden. Das ›Who is Who‹ der Gesellschaft wird sich einfinden, und alle müssen durch ein würdevolles, sprich pompöses Begräbnis beeindruckt werden. Es ist schlimmer als eine Hochzeit, weil viel weniger Zeit für die Vorbereitungen bleibt. Darauf müsste man als Ehefrau vorbereitet werden – man kann doch nicht einfach von heute auf morgen dahinscheiden«, missbilligend schüttelte Katreen den Kopf und nahm einen Schluck vom Tee. Er schien die richtige Medizin zu sein, denn obwohl Siebert und Agnes sie entgeistert anstarrten, fuhr Katreen munter mit ihren Ausführungen fort. »Natürlich werden wir – als Kanzlei – Linda tatkräftig unterstützen. Das Testament liegt bei uns auf. Vermögensrechtlich gibt es einiges zu tun«, seufzte sie mit einer Inbrunst, als würde die bloße Vorstellung an die bevorstehenden Aufgaben reichen, um Reißaus zu nehmen. »Interessiert dich dieses Rechtsgebiet, Siebert?« Wenn das eben kein berechnender Unterton war, dann werde ich Turnierreiterin, ärgerte sich Agnes. Doch Katreen ignorierte ihre missbilligend hochgezogene Augenbraue und nahm einen weiteren Schluck Tee zu sich. Spielte da ein boshaftes Lächeln in ihren Mundwinkeln?

»Natürlich unterstütze ich dich, wo ich kann«, nutzte Siebert die Pause im Redeschwall seiner Chefin. »Wenn du willst, nehme ich dir auch die *SARFUR*-Schadenersatzsache ab, soweit es meine Befugnisse erlauben.«

»Jetzt, wo ihr *SAFUR* nicht mehr verlieren werdet …«,

murmelte Agnes und erntete einen giftigen Seitenblick Katreens.

»Du bist ein solcher Schatz, Siebert«, ignorierte diese Agnes' Bemerkung. »Überlege dir bitte ernsthaft, mein Angebot anzunehmen. Einen Mann wie dich könnten wir im Team gut brauchen.« Agnes beobachtete die Szene, fühlte sich wie eine Theaterbesucherin in der ersten Reihe. Die unverhohlene Zweideutigkeit von Katreens Worten machte sie sprachlos. Als wäre sie Luft – völlig ungeniert machte diese Frau ihrem Freund Avancen! Katreens Blick war bereits auf die nächsten Gäste gefallen, die hinter Sonnenbrillen geschützt die Terrasse betraten. »Die Kensings«, stöhnte sie und nippte neuerlich an der Teetasse. »Gott, war Deborah gestern betrunken«, ereiferte sie sich, besann sich jedoch ihrer Gastgeberrolle und schwächte ihre herben Worte ab. »Nun, in gewisser Weise waren wir alle ziemlich mitgenommen von Walters Tod.« Katreen griff sich an die Schläfen. »Wie konnte er mir das nur antun und sich auf meiner Weekendparty erstechen lassen – ich werde es ihm niemals verzeihen.«

»Das war wirklich taktlos von ihm«, meinte Siebert, doch Katreen ignorierte seinen Sarkasmus geflissentlich. Jeffrey trat an den Tisch, um seiner Arbeitgeberin Frühstück zu servieren, doch sie schenkte ihm keinerlei Beachtung.

»Ich bitte dich – mit meinem Brieföffner, das muss man sich mal vorstellen – ein Geschenk meines Ex-Mannes zwar, aber dennoch wertvoll«, erklärte sie nachdrücklich und richtete sich pikiert auf. »Jetzt bringe ich die Polizei nicht mehr aus dem Haus. Wenn die Presse davon Wind bekommt – nein, ich darf gar nicht daran denken.« Was sie mit einer Hand über den Augen versuchte, in die Tat umzusetzen. »Der Skandal!« Sie schob den Toast, den Jeffrey ihr mit einer Verbeugung vorgesetzt hatte, weit von sich. »Dieser Inspektor Drought ist ein Besessener – er verdächtigt anscheinend jeden im Haus. Hat alle Zimmer durchsuchen lassen!«

»Andererseits«, wandte Siebert nachdenklich ein, »wer sonst als einer von uns könnte Bernty getötet haben?« Damit löste er pure Empörung bei Katreen aus.

»Ein Einbrecher natürlich!« Sie sah ihn an, als wäre er ein zurückgebliebenes Kind, und Agnes musste augenblicklich an Larry denken. Was, wenn er im Haus geblieben war, sich in einem der unzähligen Zimmer versteckt und Walter aufgelauert hatte? Unwillkürlich suchte ihre Hand nach dem Handy in der Seitentasche ihrer Cargohose und unterdrückte den Impuls, sofort Annie anzurufen. Wann war er nach London zurückgefahren?

»Davon wüsste Drought aber, nicht wahr?«, riss Siebert sie aus ihren Gedanken. Netter Versuch, sachlich zu bleiben, dachte sie amüsiert bei sich, ohne den Blick von Katreen und ihm zu wenden.

»Ach was«, winkte Katreen sogleich ab und wirkte das erste Mal, seit Agnes sie kannte, auf Siebert verärgert. »Der ist doch nur ein Polizist, was wissen die schon.«

»Immerhin beschäftigt er sich seit mehr als 20 Jahren mit Verbrechen, da sollte man annehmen, dass er Fachmann ist«, nahm Agnes Drought in Schutz und spürte Sieberts verwunderten Blick auf sich ruhen.

»Dieser Drought weiß noch nicht, dass Sir Bloom mein Taufpate ist«, knurrte Katreen regelrecht, und Agnes bekam ein Gefühl dafür, wie unnachgiebig und hart diese Frau vor Gericht sein konnte. Und erst recht privat. Nicht angenehm.

»Wer ist Sir Bloom?«, fragte Agnes, bemüht, möglichst harmlos zu klingen.

»Der *Commissioner* – das ist der oberste Polizeichef«, kam die Antwort nicht ohne eine gehörige Portion Stolz. »Wird Zeit, Drought über die wesentlichsten Verhältnisse aufzuklären. Entschuldigt mich, ich muss mich um die anderen kümmern.« Katreen erhob sich und steuerte den Tisch der Kensings an.

»*Commissioner* als Taufpaten«, nickte Siebert beeindruckt, fand mit seiner Bewunderung jedoch bei Agnes wenig Anklang.

»Was für ein Angebot?«, feuerte sie ihre Frage ab, kaum dass Katreen außer Hörweite war.

»Du meinst das von Katreen?« Die Unschuldsvermutung verlor angesichts seines betretenen Gesichtsausdrucks jegliche Geltung.

»Genau.«

»Dabei geht es um eine Verlängerung meines Aufenthaltes hier.«

»Aha«, erwiderte sie gereizt, und ihr Magen zog sich schmerzlich zusammen. »Interessant.«

»Ich wollte dir schon davon erzählen, aber ständig gibt es neue Katastrophen«, versuchte er, sich herauszuwinden. »Mal stirbt wer, mal fällt jemand vor die U-Bahn …«

»Natürlich, ich verstehe«, gab sich Agnes weiter einsilbig, und Siebert konnte dummerweise nicht umhin, ihr eingeschnapptes Gesicht zu belächeln.

»Spuck's aus«, forderte er sie heraus.

»Du scheinheiliger Lump!«, fauchte sie entrüstet. »Mir vorwerfen, ich behalte Sachen für mich!«

»Du willst wissen, für wie lange, oder?«, stieg er nicht auf ihre Vorwürfe ein.

»Schlaumeier«, murrte sie und bestrafte ihn mit einem giftigen Blick.

»Für unbefristete Zeit, solange ich will.«

»Die steht auf dich«, versuchte Agnes, ihren Schock unter Kontrolle zu kriegen. Unbefristet. Nach London ziehen. Für … unbefristet.

»Hey, ich bin ein guter Jurist«, erwiderte Siebert gekränkt. Er wusste es wirklich nicht. Merkte nicht, dass sich Katreen einen neuen Ehemann ausgesucht hatte. Agnes war klar, dass sie sich zusammenreißen musste, wenn das hier für sie gut ausgehen sollte.

»Natürlich, Schatz«, erwiderte Agnes mit der salbungsvollen Stimme eines Oberarztes der Psychiatrie. »Aber gute Juristen wird 's in London vermutlich ausreichend geben, ohne dass man welche aus Österreich importieren muss – was meinst du?« Ihr Sarkasmus ließ seinen Mund schmal werden. Treffer.

»Du bist eifersüchtig«, lautete seine Gegenoffensive. Waren sie im Krieg? Schlagartig fühlte Agnes ihr Herz so schwer werden, als hätte jemand einen Felsblock darauf gerollt. Wahrscheinlich waren ihre Augen jetzt gerötet, während sie ihren Liebsten betrachtete. Ihr perfekter Mann – liebevoll, einfühlsam, aus Träumen gemacht. Vertrauter als irgendjemand sonst in diesem Leben. Also: War sie eifersüchtig? Hatte sie Angst, ihn zu verlieren?

Sei ehrlich.

»Ich freue mich mit dir über deinen Erfolg. Ich verstehe nur zu gut, dass andere Frauen dich attraktiv finden, und ich gönne dir dieses Gefühl, begehrt zu werden.« Behutsam strich sie über seinen Arm, bis ihre Hand in seiner ruhte. Dann blickte sie ihn fest an. »Das mit uns ist etwas Besonderes. Ja, manchmal habe ich Angst, dich zu verlieren.«

Ein zufriedenes Grinsen huschte über Sieberts Gesicht. So wenig brauchte es, um Frieden zu machen. Nur Ehrlichkeit. »Danke.« Seine Finger strichen über ihre Wange hinab zum Hals. »Etwas Besonderes, richtig. Da kann keine andere mithalten.« Sein Kuss war sanft und kurz. »Zum Thema Eifersucht habe ich etwas beizusteuern«, fuhr Siebert fort, »gestern Abend hat dich Drought lange und seltsam angesehen. Hatte das Gefühl, dass er … dich mag.« Siebert schob forschend das Kinn vor. »Und vorhin hast du ihn in Schutz genommen.«

»Quatsch«, entrüstete sich Agnes so energisch, dass es ihr selbst eigenartig vorkam. »Ich bin seine Lieblingsverdächtige.« Verlegen drehte sie an dem Ring, der am kleinen Finger steckte. Siebert verfolgte ihre Bewegung und kräuselte die Lippen.

»Ich weiß«, erwiderte er schließlich. »Aber nach deiner Einvernahme war er wie ausgewechselt.«

»Das ist dir aufgefallen?« Ihre Verwunderung bestärkte ihn offensichtlich nur noch mehr in der Annahme, zwischen Drought und ihr liefe etwas.

»Schon wieder diese Überraschung, dass ich nicht dumpf und stumpf durchs Leben taumle?«, spielte Siebert den Gekränkten. »Also, was war? Nie erzählst du etwas freiwillig.«

»Unangenehmes Gefühl, wenn man im Ungewissen ist, was?«, konterte sie. Der Ärger über das geheime Angebot war nicht ganz verschwunden. »Aber ja, ich hab's dir erzählt, wenn auch nicht im Detail. Er hält mich für die Mörderin und wollte mir ein Geständnis abringen.«

»Deshalb ist er jetzt in dich verliebt?«, erwiderte Siebert sarkastisch.

»Er ist doch nicht verliebt!«, echauffierte sich Agnes und

registrierte im selben Moment ihr schlechtes Gewissen. »Was soll das denn jetzt – machst du einen auf Othello?« Der Aufenthalt auf *Tudor Manor* mutierte in der Tat zu einem privaten Shakespeare-Festspiel.

»Was sonst?«, war seine störrische Antwort. Agnes seufzte und lehnte sich zurück. Rasch warf sie einen Blick ringsum, wollte sich vergewissern, dass keiner sie belauschte.

»Es gab da ein paar Sekunden, in denen ich ihm in die Seele geschaut habe.« Sie zögerte, verunsichert, wie sie das Erlebnis mit Drought beschreiben konnte, ohne Sieberts Eifersucht noch weiter zu schüren.

»Du hast *was*?« Ungläubig riss er die Augen auf. Also war das Bisschen an Erklärung schon zu viel gewesen. Oder zu wenig?

»Ich habe die Kraft der *Einsheit* durch mich strömen gefühlt – du weißt schon«, beeilte sie sich, ihm die Geschehnisse genauer zu erklären. »Die Kraft der Meister von Valun. Und die ist auf den Inspektor übergegangen. Drought hat es gespürt – und wahrscheinlich nicht ganz verstanden.« Lange musterte Siebert sie, bis er schlussendlich den Kopf schüttelte.

»Agnes?«

»Ja?«

»Du bist mir unheimlich.«

Der Ring glänzte in dem staubigen Sonnenstrahl, der durch das Fenster auf den Ohrensessel fiel. Zufrieden legte Agnes das Silberputztuch beiseite und betrachtete ihr Kleinod. Die Oberfläche reflektierte das Licht so hell, dass sie die

Augen zusammenkneifen musste. Nur die Gravur war schwarz geblieben. Die Schrift war zart, wirkte mehr wie ein Ornament als ein Schriftzug.

»*Look within where I am*«, flüsterte sie, spürte Tränen der Rührung aufsteigen, fühlte sich zurückversetzt in ihren Traum. *»and do not seek me outside your heart«*, vervollständigte sie den Satz aus dem Gedächtnis. *Schau nach innen, wo ich bin und suche mich nicht außerhalb deines Herzens.* Der Text entstammte einer mittelenglischen Handschrift des 13. Jahrhunderts, der *Ancrene Wisse*, wie sich bei ihrer Internetrecherche herausgestellt hatte. Alles passte zusammen. Vertieft in die Inschrift bemerkte Agnes nicht, dass sich die Tür zum Salon geöffnet hatte.

»Miss Feder?«

Mit einem Aufschrei schreckte sie aus ihren Gedanken hoch. Das Herz klopfte wild gegen die Rippen, während sie den Kopf vorschob, um den Eindringling sehen zu können.

»Ich habe Sie überall gesucht«, sagte Drought, und seine Mundwinkel zuckten verdächtig. Ein Lächeln würde ihm gut stehen, befand Agnes und legte nachdenklich den Kopf zur Seite. Seine Augen waren stets ernst – würde das Blau darin erstrahlen, wenn er eine Frau im Arm hielt? Würde es von Indigo zu Aquamarin wechseln?

»Jetzt haben Sie mich ja gefunden, Inspektor«, antwortete sie schließlich mit einiger Verspätung. Verstohlen steckte sie den Ring zurück an den kleinen Finger. »Brauchen Sie mich?«

»Ich wollte mit Ihnen reden.« Ein kleines Beben in seiner Stimme machte Agnes stutzig – Drought verunsichert? Das war neu.

»Noch ein Verhör?«

»Nein«, wehrte er ab und strubbelte mit der Hand durch den Haarschopf. »Nur reden. Geht das?« Der flehende Blick traf sie unerwartet. Hatte Siebert am Ende recht gehabt? Nein, unmöglich. Dieser rätselhafte Mann stand jetzt vor ihr, war fast so groß wie Siebert, etwas hagerer, aber gut trainiert, hatte wie immer die Krawatte lässig auf Halbmast hängen, trug seine Klamotten so entspannt, als wäre Dienstkleidung gerade der angesagte Trend in der Modeszene. Nur sein Gesicht verriet innere Anspannung, war längst nicht mehr dieselbe unnahbare Fassade, mit der sie ihn kennengelernt hatte. Hier stand ein Mensch voller Gefühle, Stärken und Schwächen, ein Mensch wie sie. Es gab nichts mehr an ihm, das sie beunruhigte.

Ein Lächeln huschte über ihr Gesicht. Seine Erwiderung blieb ein linkischer Versuch, und das darauf folgende Räuspern ließ die Fragmente der angedeuteten Heiterkeit vollends verschwinden.

»Danke«, sagte er schlicht und sah sich um. »Hier ist man wahrscheinlich ungestört.«

»In diesem Teil des Hauses hält sich überwiegend Mrs Wotens auf, hat mir Jeffrey erklärt. Ach, und aktuell die Polizei.« Agnes zog ihre Füße vom Fußschemel und schlüpfte in die Sandalen. Hamish Drought setzte sich ihr gegenüber auf das Sofa. Eine Weile schwieg er, starrte auf ihre Zehen, die ungeduldig gegen die Schuhsohlen drückten. Anscheinend legte er sich in aller Ruhe seine Worte zurecht.

»Vielleicht könnten Sie kurzfristig vergessen, dass ich Inspektor bin?«, begann er schließlich.

»Nun«, lächelte Agnes überrascht, »wenn Sie mich kurzfristig nicht als Mörderin betrachten.« Drought schmunzelte. Um seine Wangen und Augen zogen Fältchen auf, gerade so, als würde er oft lachen, und die Lippen wirkten dabei voller. Dieses Gesicht war definitiv sympathisch, sobald die Chefinspektormaske abfiel.

»Okay«, nochmals ein Räuspern. »Ich habe viel über Sie nachgedacht, Miss Feder. Für einen alten Hasen wie mich ist das äußerst irritierend, verstehen Sie? In meiner Karriere gab es einige schöne Frauen, die ich hinter Gitter gebracht habe – manch eine davon hatte versucht, mich zu verführen, um einen Vorteil für sich herauszuschlagen. Es wäre gelogen, würde ich behaupten, dass mir das nicht geschmeichelt hätte. Diese Damen zu verschmähen und auffliegen zu lassen, war eine ganz eigene Befriedigung.« Erinnerungen schienen ihn einzuholen, und der Blick verdunkelte sich. Indigoblau. Gefährlich war er, dieser Drought, unbestechlich. »Ein Gefühl der Stärke«, erklärte er, und Agnes spürte förmlich, wovon er sprach. Ein Ruck ging durch ihren Körper, richtete die Wirbelsäule auf. Mit einer hastigen Handbewegung wischte Drought alle Eindrücke weg, als wären es lästige Mücken.

»Verstehe«, fing sich Agnes und konzentrierte sich auf ihre eigene Situation. Alleine in einem Zimmer mit dem Inspektor, Mordverdächtige in einem fremden Land, hochgradig empathisch und mit Erinnerungen an vergangene Leben gepeinigt. »Hat in diesem Fall jemand versucht, Sie zu verführen?« Inspektor Drought kniff die Lippen zusammen. Über Persönliches zu sprechen kostete ihm offensichtlich einiges an Überwindung.

»Schwer zu sagen, keine Ahnung. Etwas ist passiert. Etwas, das mir in all den Jahren bei der Polizei nicht widerfahren ist – und ich verstehe es einfach nicht.«

»Hat das was mit mir zu tun?«, stellte sich Agnes begriffsstutzig, mit dem bestimmten Gefühl, dass die nächsten Minuten unentrinnbar peinlich würden. Unwillkürlich blickte sie zur Tür. Flucht? Der Inspektor griff den Faden dankbar auf.

»Ja. Ja, so ist es.« Dann schwieg er wieder. Irgendwie waren ihm die zurechtgelegten Worte entfallen. »Für mich sind Sie die ideale Verdächtige. Erstens sprechen einige Indizien gegen Sie, und zweitens, ich gebe es zu, ist das die angenehmere Variante. Dass sich Michelle Schoff selbst getötet haben soll, ist vollkommen unrealistisch. Nicht, nachdem sie gesehen hat, was *Ulysses* anrichtet. Um ihre Fingerabdrücke auf der Injektion zu hinterlassen, brauchte der Mörder ihr die Spritze bloß einmal in die Hand drücken. Sie war nicht in der Lage, sich dagegen zu wehren. Ich würde die Tat absolut einer Frau zutrauen, die sich rächen will, aus enttäuschter Liebe oder Rache für den Anschlag auf den Geliebten.« Die sachliche Zusammenfassung seiner Schlussfolgerungen brachte Agnes nicht auf. Erstaunlich, befand sie und konnte die ganze Situation mit einem Mal mit Distanz betrachten. Fast spielerisch entwickelten sich ihre eigenen Gedankengänge, fernab von der üblichen Panikfalle.

»Und wenn der Mörder genau diesen Eindruck hinterlassen wollte, als Plan B gewissermaßen, falls die Selbstmordvariante nicht durchgeht?«, stellte Agnes ihre Theorie in den Raum.

»Das müsste ein recht verschlagener Kerl sein«, meinte der Inspektor, und Agnes fühlte Erleichterung über die von Drought gewählte männliche Form für den potenziellen Mörder. »der zudem Miss Schoffs Mails gelesen und sich die Verabredung mit Ihnen zu Nutze gemacht hat.«

»Der Mörder musste auch stark genug sein, um Michelle

zu überwältigen«, sinnierte sie weiter. »Die wird sich gegen die Injektion gewehrt haben.«

»Man hat Spuren von Narkotika in ihrem Blut gefunden. Rohypnol. Allerdings hat sie regelmäßig Antidepressiva eingenommen, ebenso Schlafmittel und aufputschende Substanzen. Bei der Obduktion war ihr Körper aufgrund der Behandlung vollgepumpt mit allen nur vorstellbaren Medikamenten. Die k.o.-Tropfen bleiben eine Vermutung.«

Ein kleiner Stich ins Herz erinnerte Agnes an ihren alten Hass gegen Michelle – und deren letzte Worte. *Verzeih mir.* Was hatte sie dieser Frau an den Hals gewünscht, ohne zu wissen, wie es tatsächlich in ihrer Feindin ausgesehen hatte, ohne deren Zerbrochensein wahrzunehmen. Michelle war eine Mörderin gewesen, aber auch eine Gefangene ihrer verzerrten Realität. Wieviel Spielraum hatte ihr Verstand gehabt, einen anderen Weg einzuschlagen? Gab es überhaupt einen? Anmaßend, das ist es, was ich bin, musste Agnes vor sich selbst zugeben. »Interessanterweise fand sich auch beim kürzlich verstorbenen Assistenten George Abbey Rohypnol im Blut«, fuhr er fort, sprach mehr zu sich selbst als zu ihr. »Ich werde diesen Fall nochmal aufrollen müssen.« Ihre Blicke trafen sich. Seine Züge waren weich und entspannt, in seinen Augen fand sie Mitgefühl und Liebe. Irritiert schlugen die Augenlider außerhalb des gewohnten Taktes. Was war das Thema gewesen? Ach ja, Michelle.

»Bernty war ein Kontrollfreak, hat die Mitarbeiter ausspioniert«, begann sie schnell. »Er wollte Michelle für die hohe Dosierung und rasche Verabreichung von *Ulysses* in der Öffentlichkeit verantwortlich halten. Ich habe selbst gehört, wie er sie diesbezüglich bearbeitet hat. Sie hat nicht nachgegeben, sondern ihn vielmehr mit einem Foto erpresst.«

»Was ist das mit dem Foto?«, merkte Drought auf. Agnes biss sich auf die Lippe. Mit Sicherheit würde Drought jetzt austicken. Oder ihr nicht glauben.

»Michelle hat es mir geschickt: Bernty beim außerehelichen Geschlechtsverkehr. Die Frau konnte man allerdings nicht erkennen, nur, dass das Ganze bei *SARFUR* abging.« Die Miene des Inspektors gefror zu einer Maske.

»Das ist Unterschlagung von Beweismaterial, Miss Feder.«

»Ich wollte es Ihnen gleich am nächsten Tag bringen, aber es war weg.«

»Was heißt: weg? Wann war das?«

»Am Tag bevor Megan verunglückte. Wegen der Aufregung um den Unfall habe ich nicht mehr daran gedacht.« Droughts Augenbrauen schoben sich nach oben und Agnes konnte förmlich sehen, wie hinter seiner Stirn Gedanken kreuz und quer sprangen.

»Hatte Miss Kalth einen Grund, Walter Bernty erpressen zu wollen?«, zog dieser den folgerichtigen Schluss und Agnes konnte nicht anders, als sich erneut über ihre eigene Blindheit zu ärgern. Niemals hätte sie Megan das zugetraut. Trotzdem: Durfte sie selbst Larry verraten, sein Leben zerstören?

»Was ich weiß, gab es da vor einiger Zeit einen heftigen Konflikt. Aber das müssen Sie Megan selbst fragen.« Eine Zeitlang musterte Drought sie mit einer Intensität, die Agnes damit rechnen ließ, als nächstes verhaftet und zum Kreuzverhör abgeführt zu werden, doch dann nickte er bloß und setzte das Gespräch mit der für ihn typischen Gelassenheit fort.

»Ich werde dahinter kommen, keine Sorge.« Er schob das Kinn vor und drückte den Rücken durch. Auf einmal sah er noch größer aus. »Wir haben DNA-Spuren von Walter Bernty am Tatort gefunden, daraus konnte ich ihm jedoch keinen Strick drehen, schließlich war er Michelle Schoff zu Hilfe geeilt. Aber er war einer der wenigen, die an das *Ulysses*-Präparat herankamen und er hatte kein Alibi für den Zeitraum von Miss Kalths Unfall. Und dann noch der Tod des Assistenten – dieses Foto ist das Bindeglied, das ich gesucht habe. Ich muss es haben.« Seine Augen verengten sich zu schmalen Schlitzen. »Wieso wurde Bernty ermordet?« Drought räusperte sich und fuhr sich mit beiden Händen durch den Haarschopf. »Das ist mein Problem, nicht das Ihre. Wenn es noch einen Abzug von diesem Foto gibt, werde ich ihn finden. Eigentlich wollte ich mit Ihnen über etwas anderes reden.«

»Ja?« Gänsehaut machte sich über den Armen breit. Die Scheu vor dem, was er anzusprechen gedachte, ließ sie in dem Maß zurückweichen, in dem Drought sich ihr jetzt entgegen neigte. Durch ihre Nase strömte sein besonderer Geruch nach Holz, Sonne und ... Mann.

»Ja«, erwiderte er gedehnt und zögerte erneut. »Wenngleich man von mir die Präsentation eines gefälligen Mörders erwartet, der für alles verantwortlich gemacht werden kann und mit dem die ganze Affäre für immer von der Bildfläche verschwindet. Es soll keine Diskussion über Medikamententests mehr geben. Die Pharmaindustrie hat eine verdammt starke Lobby, glauben Sie mir.«

»Ich weiß das«, erwiderte sie schlicht und ließ ihn nicht aus den Augen. Drought hielt diesmal ihrem Blick stand. Einander zugewandt saßen sie da, atmeten im Gleichklang. Etwas zog sie näher aufeinander zu, ein Band aus Wärme knüpfte sich um die zwei Körper und durch sie hindurch. Es war so verlockend, hineinzufallen, die Kontrolle abzugeben. Als gäbe es nichts Erstrebenswerteres auf Erden.

»Da ist es wieder«, sprach er leise und ertastete ihre Hand, ohne den Blick abzuwenden.

»Das ist das, was uns Menschen verbindet, Hamish.« Ihre Stimme nur ein Wispern. Sie konnte ihn in sich fühlen, seine Gedanken als Farben sehen.

»Wieso erlebe ich das mit dir? Wer bist du?« Seine Ratlosigkeit öffnete Türen. Bedurfte keiner Antwort aus Worten. Verloren in dem Dunkel ihrer Augen ließ er sich treiben, genoss die Entspannung, die er darin fand – das, was er nicht benennen konnte, worin er badete und seine Seele eintauchte zur Heilwerdung – das alles konnte Agnes spüren, als wären es ihre eigenen Empfindungen.

Kraft durchflutete sie, dieselbe die alles bewegte und hielt, die hell war wie Sonnenlicht und genauso strahlend.

Was du bei mir entdeckst, das findest du auch in dir.

Drought zuckte mit den Augenlidern, konnte nicht verhindern, dass sie in ihm las; die Angst vor dem, was ihm widerfuhr und doch die gleichzeitige Sehnsucht danach. Er wandte den Blick von ihr ab und sah zur Seite.

»Ich darf Sie nicht ansehen, sonst verliere ich mich«, sagte er heiser. »Es ist fast so, als könnten Sie alle meine Gedanken lesen – was tun Sie mit mir?« Entschlossen stand er auf, ging zum Fenster und öffnete es. Die warme Luft, die ihm entgegenschlug, war vom Duft blühender Rosensträucher geschwängert.

Es gibt kein Entrinnen. Ich bin überall.

»Ich tue gar nichts«, sprach Agnes mit leiser Stimme, doch in der Stille des Zimmers klang ihre Stimme voll. »Da gibt es etwas, das uns verbindet. Was es genau ist, kann ich nicht beschreiben. Ihre Gedanken kann ich im Übrigen nur dann lesen, wenn wir uns berühren und eine Verbindung entsteht. Machen Sie sich keine Sorgen – ich will Sie weder in mich verliebt machen noch sind Sie in mich verliebt.«

»Es kommt mir allerdings so vor«, murmelte der Inspektor und sah weiter aus dem Fenster.

»Die Kraft der *Einsheit* ist pure Liebe«, erklärte Agnes, ohne zu bedenken, wie ihre Worte auf Hamish wirken würden. »Sie durchströmt mich – und Sie mit.« Kaum hatte er sich umgedreht, erkannte sie ihren Fehler. Alles stand in sein Gesicht geschrieben: Angst, weil er spürte, dass sie recht hatte; Verwirrung, weil er nicht wusste, was das Ganze sollte; Wut, weil er es nicht kontrollieren konnte.

»Was soll der Esoterikscheiß? Liebe, ha?«, fuhr er sie grober an, als ihm bewusst war. »Verarschen Sie mich nicht.« Auch wenn Agnes erkannte, dass es sein Stolz war, der sich dagegen wehrte, kontrolliert zu werden, dazu noch von einer Verdächtigen, brüskierte sie seine Zurückweisung.

»Ich Sie verarschen? Wie denn?«, fragte sie herausfordernd. »Was Sie fühlen, das ist real. Wenn Sie das nicht wahrhaben wollen, dann leiden Sie eben weiter.« Sie stand auf und ging zur Tür. »Mir doch egal.« Genug der Worte, sie hatte sich ihm geöffnet, ihm etwas geschenkt, wofür er anscheinend noch nicht reif war. Sollte er doch in seinem Gefängnis aus Ton bleiben und niemals die Enge seiner vorgefertigten Form sprengen. Was kümmerte es sie?

»Warten Sie«, klang er nun gefasster. Er näherte sich ihr mit ein paar raschen Schritten.

»Was noch?«, fragte sie zögernd, die Hand über der Türklinke schwebend.

»Tut mir leid, dass ich ärgerlich geworden bin.« Seine Stimme vibrierte ganz nahe ihrem Ohr. Agnes spürte, wie Hamish Drought in gleichem Maß verwirrt, aber auch fasziniert war. Der Mann wollte über seinen Schatten springen, wagte sich zögernd an das Unbekannte heran, und er brauchte Zeit. Mitgefühl stieg warm aus ihrem Herzen und stimmte sie versöhnlich. Mit einer kleinen Drehung wandte sie sich zu ihm. Ein zerknirschtes Antlitz blickte ihr entgegen. Das Verständnis, das ihre Brust erfüllte, drückte sich in einem Lächeln aus, das langsam auf ihn überging. Solche spirituellen Erfahrungen ins normale Leben zu integrieren kostete Überwindung und immerhin kämpfte er darum.

»Ich möchte wissen, was uns verbindet.« Seine Kieferknochen traten entschlossen hervor und er ließ sie nicht aus den Augen. »Werden Sie es mir sagen, wenn Sie es herausbekommen haben?«

»Sie müssen immer alles ganz genau wissen, nicht wahr?«

»Berufskrankheit«, erwiderte er, sein Lächeln spitzbübisch, viel zu nahe vor ihrem Gesicht.

»Gut. Ich sage es Ihnen, sobald ich es selber weiß«, kurz zögerte sie, entschied sich aber für Offenheit, »wenn ich das Gefühl habe, Sie können damit umgehen.« Zwar merkte er auf, doch verdüsterte keinerlei Widerspruch seine Züge.

»Das ist in Ordnung«, gab er zurück, »danke.« Das Band war wieder spürbar, schob ihre Leiber Millimeter für Millimeter zusammen. Die Wärme zwischen den Körpern war ein knisterndes Feld, mehr als Elektrizität. Sein Duft hüllte ihren Verstand ein, machte ihn träge und benommen. Sie mochte es, genoss es. Anders als Siebert, aber gut. Verwirrend gut. Siebert. Hm. Es kostete einiges an Willenskraft, sich von Drought abzuwenden. Das kalte Metall des

Türknaufs war der rettende Anker und brach den Bann. Ein neuer Gedanke keimte auf. Der Verstand nahm seine Arbeit wieder auf.

»Da wäre noch was«, hielt sie den Gedanken fest, »kann ich davon ausgehen, dass Sie mich derzeit nicht für die Mörderin halten?«

»Können Sie.«

»In der Nacht, in der Walter Bernty gestorben ist, habe ich eine Unterhaltung belauscht. Eine weibliche Stimme sagte in etwa: *Ich habe dich geliebt, und du bist so ein Scheißkerl, Walter!*, und die Männerstimme antwortete: *Wenn ich geahnt hätte, was du für eine Pute bist, hätte ich mich die fünf Minuten alleine vergnügt.* Ja, so ungefähr lief das Gespräch. Dann bin ich schnell weg.«

»Welche Uhrzeit war das, und hat die Frau tatsächlich *Walter* gesagt?«, fragte der Inspektor aufgeregt. »Wer war es? Warum sind Sie im Haus herumgeschlichen?« Agnes seufzte. Das hatte ja kommen müssen. Wenigstens war diese höchst irritierende sexuelle Spannung weg.

»Mitten in der Nacht, irgendwann zwischen zwei und drei Uhr. Die beiden haben geflüstert, ich konnte die Stimmen nicht erkennen. Der Name *Walter* ist gefallen, und ich habe schlafgewandelt.«

»Schlafgewandelt?«, stammelte Drought ungläubig.

»Ja, verdammt! Was kann ich dafür?«, erwiderte sie gereizt. »Dieses Haus ist ein Labyrinth, ich bin in diesem Zimmer hier wach geworden und hatte keine Ahnung, wo ich bin. Den Rückweg konnte ich nur über die Haupthalle finden, und selbst da habe ich noch die verkehrte Abzweigung genommen und bin prompt ins falsche Zimmer geraten.«

»Wer war in dem Zimmer? Wer war die Frau?«

»Ich weiß es doch nicht«, stöhnte Agnes gequält, aus Hamish war in einem Augenblick wieder der Inspektor geworden. »Die Tür war bloß einen spaltbreit offen.«

»Und dass *Sie* beim Schlafwandeln Walter Bernty …« Hamish zog die Augenbrauen hoch und machte eine stoßende Bewegung aus dem Handgelenk. Darüber und über ihre eigene Dummheit erschrocken, wich Agnes zurück, stolperte beinahe über ein niedriges Blumentischchen. Ein Aufschrei entfuhr ihr.

»Ich wollte Ihnen helfen und hab mich dabei ans Messer geliefert – verdammte Scheiße!« Zwar hatte sie den Fluch in ihrer Muttersprache ausgestoßen, dennoch hatte er verstanden, rückte näher zu ihr auf, näher noch als zuvor. Die Wand im Rücken blickte sie zu ihm hoch, roch seinen Körper, die Mischung aus Rasierwasser, Sandelholz und Testosteron, roch sein Begehren. Das Herz klopfte, pochte die Halsschlagader empor, durchblutete Regionen, die besser kühl geblieben wären. Schon legte er seine Hand auf ihre nackte Schulter. Falsch, ganz falsch – für jemanden wie Hamish Drought war ein solches Verhalten nicht angebracht.

»Es tut mir leid …«, flüsterten seine Lippen, viel zu nahe an ihren. Fest wirkten sie und energisch. Wie sie sich anfühlen würden, wenn …? Sein Atem lag auf ihrer Haut, so angenehm … Siebert! … stopp …

Sie hob die Hand, berührte mit den Fingerspitzen sachte Hamishs Lippen. Eine Geste, ausgeführt mit Zartheit und Zuneigung, auch wenn sie damit Einhalt gebot. Sein Gesicht entfernte sich ein paar Zentimeter, doch seine Hand brannte immer noch auf ihrer Schulter. Deutlich fühlte sie seine Energie in sich einströmen, seine Lippen immer noch heiß an ihren Fingerspitzen, erfüllt von seiner Erregung.

Wenn sie es wagte, ihren Blick mit seinem zu verschmelzen, seine Gedanken wären die ihren … verlockend und gefährlich. Sie löste die Finger von seinem Mund.

Man soll nicht alles sehen.

»Walter war ein Scheißkerl«, erklärte sie ihm stattdessen. Reden half. »Hier im Haus gibt es einige, die diese Meinung teilen. Zwischen Mrs Kensing und ihm ist was gelaufen. Das habe ich mit eigenen Augen gesehen – falls Sie mal diese Ecke ausleuchten wollten.«

»Ich werde Sie zu meiner Assistentin ernennen«, gab er lächelnd zur Antwort. Indigoblaue Tiefen ruhten auf ihr. Sie konnte sie fühlen, die sanfte Wärme, ein Wogen, die überwältigen konnten – nicht aufblicken, mahnte sie sich.

»Danke, aber: nein danke«, fiel ihre verspätete Antwort aus, »ich war einige Jahre mit einem Kriminalbeamten beisammen – kein Job für mich.« Wie langsam die Worte aus ihrem Mund kamen. Seine Heiterkeit entspannte sie. Doch die Entspannung war trügerisch, lullte ein, ließ die Vorsicht schwinden.

»Denken Sie an Ihr Versprechen?«, fragte er leise, hob seine Hand an ihre Wange und ließ die Fingerkuppen federleicht darüber gleiten, den Hals entlang in die Grube ihres Schlüsselbeins. Prickelnde Wärme entstand auf der Spur seiner Berührung, die sich in Wellen ausbreitete.

»Ja.« Sie hob unwillkürlich den Blick und tauchte im nächsten Moment in das Indigomeer seiner Iris ein. Verwirrung, Begehren und Liebe überfluteten sie, Bilder entstanden. Sie sah ihren Körper im Mondschein, bleich und schön, das nasse Haar über die Brust reichend. Dem Wasser entstiegen, mehr eine Nymphe als ein Wesen aus Fleisch und Blut.

»Warst du gestern Nacht am Teich?«, hauchte er ihr entgegen. Sein Atem blies erregend auf ihre Lippen. Die Worte rochen nach Teich, Erde, kühlem Wasser auf nackter Haut. Wie in Trance formte ihr Mund eine Antwort.

»Du hast mich beobachtet. Ich kann es sehen.« Der Klang ihrer Worte ließ seinen Atem stocken. Für einen Augenblick weiteten sich seine Pupillen, verdrängten das Indigo, öffneten sich, um Agnes zu verschlingen, tief wie der Schlot eines Vulkans. Die Lippen so nah den ihren, ein Kuss ohne Berührung. Dann ein Atemzug, Rückzug. Die Hand zog sich von ihrer Schulter zurück. Die Verbindung brach ab, der Lidschlag setzte wieder ein. Dieselbe Hand fuhr durch den blonden Haarschopf, hielt sich daran fest, als wollte sie sich selbst vor Dummheiten bewahren. Drought blickte an ihr vorbei.

»Wahnsinn«, unterstrich er mit einem Wort den Versuch, das Unerklärliche abzuschütteln, sich aus der aufgeladenen Atmosphäre zu befreien. »Ich muss gehen.« Damit stürzte er zur Tür hinaus.

»Was ist das für ein Ring?«, fragte Siebert, und seine Stimme klang ärgerlich. »Ist er von ihm?«

»Ihm? Wer ist *ihm*?«, entgegnete Agnes verwirrt. Seit sie von der Unterhaltung mit Drought zurück in ihrem Zimmer war, hatte Siebert sie grimmig beobachtet.

»Du verbringst viel Zeit mit dem Inspektor.«

»Das nennst du *Zeit miteinander verbringen*, wenn ich verhört werde?«, fuhr Agnes ihn entrüstet an, um ihr schlechtes Gewissen zu überspielen. Siebert deutete auf den Ring.

»Den hattest du nicht, als wir herkamen.«

»Ich habe ihn gefunden, in einem Versteck. Mein Traum von Violet hat mich hingeführt«, erwiderte Agnes, und die

Erinnerung an die Traumwanderung überlagerte sofort den Ärger über Sieberts Eifersucht – oder lag es vielmehr an der Tatsache, dass sein Misstrauen nicht unberechtigt war?

»Ach komm – das soll ich glauben?«, kam es schnippisch zurück. Die Wahrheit, bleib bei der Wahrheit, sagte sie sich angesichts der Härte in seinem Gesicht.

»Violet hat den Ring vor fast 600 Jahren hier im Haus versteckt. Ein Geschenk ihres Vaters. Sie ließ ihn zurück, als sie Theodor heiratete.« Siebert war nähergekommen und starrte auf den Ring. Vorsichtig berührte er ihn, als drohe ihm ein elektrischer Schlag von dem teuflischen Ding.

»Das ist nicht möglich«, murmelte er, und Agnes versuchte, den Stich in ihrem Herzen zu ignorieren, den sein Unglauben verursachte.

»Ich habe das Haus, die ganze Gegend von Beginn an wiedererkannt. Ein dejà vu«, erwiderte sie trotzig. »Dieser Ring«, sie hielt die Hand ins Licht, sodass das Silber aufleuchtete, »er macht es real.« Merkte er nicht, wie wichtig dieser Fund für sie war? Dass er aus der verrückten Esoterikerin eine ernstzunehmende Suchende machte? Vielleicht brauchte es Zeit, aber Siebert würde es irgendwann verstehen. Bestimmt. Hoffentlich. Jetzt aber schwieg er und beobachtete aus zweifelnden Augen ihre Hand. Agnes ließ sie sinken. Wie ihren Mut.

»Das ist … verrückt«, murmelte Siebert schließlich. »Unmöglich.« Die Arme vor der Brust verschränkt machte er einen kleinen Schritt von ihr weg. Seine Distanzierung stand greifbar im Raum, ein Monolith, der auf Agnes kippte, unausweichlich.

Du machst ihm Angst. Du machst allen Angst.

»Aber … das ist ein Geschenk an mich«, stammelte sie, fassungslos, wie Siebert vor ihr und vor den erweiterten

Grenzen der Wahrnehmung zurückschreckte, wo er sich doch alles fein säuberlich erklärt hatte und den Eindruck erweckt hatte, gut klarzukommen mit ihrer nicht ganz normalen Welt. »Verstehst du, ich durfte den Ring wiederfinden.« Wieso hatte er Angst, sah nicht das Wunderbare, das Heilende dieser Begebenheit? Ein Kreis hatte sich geschlossen. Sie war eben nicht …

»Es ist verrückt!«, schleuderte er ihr ins Gesicht und verließ den Raum.

»Der Inspektor will zum *Afternoon Tea* noch einmal mit allen sprechen, dannach dürfen wir abreisen. Er meinte, die Resultate der Spurensicherung ergäben neue Fragen, die er abklären müsse. Ich denke, soweit sollten wir der Polizei entgegenkommen – um Walters Willen.« Katreen wirkte erleichtert und gleichzeitig stolz auf ihren Einfluss. Fürsorglich kümmerte sie sich um ihre Gäste, die sich nach dem Mittagsimbiss im Salon eingefunden hatten. Dass Mr Wotens auf seinem Stammplatz am Kamin saß und in einem Buch las, fiel kaum jemandem auf. Schlechte Stimmung gepaart mit Langeweile machte sich breit und eine zunehmende Beklommenheit, ausgelöst durch die Anordnung, das Anwesen nicht zu verlassen.

»Kinder, wir müssen etwas tun, sonst werden wir verrückt«, verkündete Katreen mit einem Tonfall, der keinen Widerspruch duldete. »Stress abbauen … wir könnten ausreiten, oder wie wäre es mit Tennis? Mixed Doppel?«

»Bin dabei«, stimmte Siebert zu. Seine Reaktion versetzte Katreen in Euphorie. »Großartig! Deborah spielt mit Papa, Agnes mit Robert, Siebert mit mir. Virginia und

Linda, äh …«, dabei wandte sie sich ihrer Freundin zu, »Linda, mein armer Schatz, du wirst wahrscheinlich keine Lust haben, mitzumachen. Keine Sorge, wir verstehen das gut. Du nimmst es uns hoffentlich nicht übel, wenn wir uns etwas ablenken? Das habe ich dringend nötig.«

»Oh nein, weder nehme ich es euch übel noch will ich alleine im Haus zurückbleiben«, wehrte Linda ab. »Ich werde mitspielen. Beim Sport quälen mich wenigstens die Gedanken an Walter nicht länger.« Der Rest der Gesellschaft staunte. Agnes sah hochgezogene Augenbrauen und geweitete Augen. Ausschließlich Katreen blieb gefasst.

»Wie tapfer du bist, Liebes! Dann spielst du mit dem guten alten Henry. Wunderbar! Oh, Virginia – wir brauchen noch einen Partner für dich.«

»Nein, spar dir die Mühe – ich lege mich hin. Migräne«, wehrte Virginia vehement ab, »Der Whisky gestern …«, und hielt in eindeutiger Weise ihre Hand an die Stirn.

»Mach' das, Virginia, Süße. Jeffrey soll dir noch Aspirin und einen Eisbeutel bringen. Was immer du brauchst.« Katreen wandte sich den anderen zu. »Wir haben jedenfalls vier Teams – der Preis für die Gewinner ist – oh, was könnten wir dafür nehmen?«

»Wie wäre es damit?«, brachte sich Mortimer Wotens zu aller Überraschung ein. Die längste Zeit schon stand er an seinen Bücherregalen und hatte die Reihen unentschlossen durchgesehen. Sein Zeigefinger fischte nun einen Band heraus. »Wie wäre es mit dieser alten Sammlung von Shakespeares Dramen? Ist nicht ganz wertlos.« Er hielt ein in Leder gebundenes Buch in Händen. »Und eine Flasche Champagner. Für die, die nicht so gerne lesen.«

»Großartige Idee, Mortimer. Ich bin ausreichend motiviert«, freute sich Henry Huxton. »Na dann los, seid keine

Spielverderber«, munterte er die Übrigen auf. Sein Gesicht war rosig und glatt, wirkte zehn Jahre jünger. Agnes hatte überhaupt den Eindruck, dass er seit Walters Tod förmlich aufgeblüht war. Deborah hingegen wirkte von dem Vorhaben genervt. Sei es wegen ihres Ehegatten oder der sportlichen Aktivität an sich, die Aussicht auf das Turnier bewog Deborah, sich einen Gin Tonic einzuschenken – trotz der bitterbösen Blicke ihres Mannes. Auch er schien wenig Lust auf Tennis zu haben, widersprach dem Vorhaben jedoch nicht. Missmutig ging er mit den anderen die Treppe hoch, um sich umzuziehen, verkündete gewichtig, er wäre lieber schon auf dem Weg nach London, weil da massenhaft Arbeit auf ihn warte, jetzt, wo Bernty tot war.

Agnes ließ sich zurückfallen, um nicht länger Zeuge dieser Art von Kommentaren werden zu müssen. Viel lieber dachte sie an den ausgelobten Preis: Shakespeares Dramen! Allerdings bestand für sie keinerlei Hoffnung, ihn zu erringen, schließlich kannte sie ihr sportliches Können. Die zehn Stunden mit einem Tennislehrer waren seinerzeit harte Arbeit gewesen, vor allem für den Tennislehrer, der sichtlich erleichtert gewesen war, als sie das Training nicht fortgesetzt hatte. Robert Kensing würde ihr Defizit mangels Motivation bestimmt nicht ausgleichen können.

»Spielst du Tennis?«, fragte Agnes Siebert später im Zimmer. Wie wenig sie über ihn wusste, wurde hier auf Tudor Mansion deutlich. Das Thema *antiker Ring* wollte sie lieber nicht mehr ansprechen und auch er tat, als hätte dieses Gespräch niemals stattgefunden.

»Ein wenig.«

Derartige Antworten konnte sie mittlerweile einschätzen – mehr und mehr entpuppte sich Siebert zu einem Tiefstapler. Mit Sicherheit würde er jeden Ball erlaufen und über das Netz schlagen.

»Hast du mit Katreen wegen Huxton geplaudert?«, fiel ihr beim Stichwort »Schlagen« spontan ein. »Du weißt schon, ob er damals sehr enttäuscht war, als Linda sich für Walter entschieden hat.«

»Hätte ich das sollen?«, tat Siebert überrascht. »Du hast nichts gesagt.«

»Also bitte – wir haben darüber geredet! Und du hast gesagt, dass Katreen es weiß.«

»Ja, aber du hast nicht gesagt, dass ich fragen soll.«

»Das versteht sich doch von selbst!«

»Nein, tut es nicht«, erklärte er und knöpfte sich die Jeans auf. »Du solltest sagen, was du willst, und mich nicht raten lassen.« Agnes verdrehte die Augen zur Decke und bemühte sich um einen gelassenen Tonfall.

»Hast du gefragt?«

»Natürlich«, grinste er sie an.

»Du!« Lachend warf sich Agnes auf ihn und gemeinsam fielen sie aufs Bett. Die Rangelei änderte rasch ihren Charakter. Erregt vom Kampf trafen ihre Lippen aufeinander, wollten alle Unstimmigkeiten aus dem anderen saugen.

Schneller, gieriger, *Es-ist-alles-gut-Sex*.

»Wirst du am Tennisplatz weiche Knie haben?«, schmunzelte Agnes danach und schob Sieberts Hüfte zur Seite. »Ich möchte doch so gern dieses Buch.« Siebert wälzte sich zur Seite, hielt sie aber immer noch fest im Arm.

»Gegen diese Truppe gewinne ich auch mit weichen Knien.« Agnes stützte sich auf einem Arm auf und strahlte ihn an.

»Oh ja, bitte! Ich liebe Shakespeare.«

»Ich gebe mein Bestes«, seufzte er ergeben.

»Wie gewöhnlich«, zwinkerte sie ihm zu und strich anzüglich über seine Leistengegend. Sein Zusammenzucken amüsierte sie und ließ ein paar Küsse folgen. »Auf, Superman, wir ziehen uns an.« Widerwillig ließ sich Siebert aus dem Bett schieben. »Erzähle mir von Huxton.«

Er seufzte schwer. »Huxton? Ich brauche eine kalte Dusche …«

»Schnell«, ließ sie nicht locker und folgte ihm ins Bad. »Was war mit Huxton und Linda?«

»Die zwei waren ein Paar. Sind beide Pferdenarren, hätten insofern perfekt zusammengepasst. Als der schneidige Walter auf der Bildfläche erschien, war Huxton abgemeldet.«, Siebert stieg in die Dusche und ließ den Wasserstrahl an. »Katreen meinte, die Geschichte hätte ihn sehr getroffen, und eigentlich hat er nie aufgehört, Linda den Hof zu machen.« Agnes drängte sich zu ihm in die Kabine und seifte ausgiebig seinen Rücken ein. »Die Ehe von Linda und Walter ist nicht besonders gut gelaufen, und Huxton hat sich als Seelentröster angeboten, ist oft mit Linda ausgeritten und so weiter, und so weiter.«

»Was heißt *und so weiter*?«, drängte Agnes ungeduldig.

»Treibjagden, Polo, Tennis, Partys – was die Reichen halt so machen in ihrer Freizeit.«

»Interessant. Noch einer mit einem Motiv, Walter zu töten. Es gibt kaum jemanden, der kein Mordmotiv hat. Sowohl Virginia als auch seine Frau hat er betrogen, Kensing ist ein gehörnter Ehemann. So wie Bernty seine Hand zwischen Deborahs Schenkel geschoben hat, ist er bestimmt auch mit anderen Körperteilen an ihr dran gewesen. Falls er sie abserviert hat, findet möglicherweise auch sie Gefallen an seinem Ableben. Huxton liebt immer noch Linda und ist damit ebenfalls ein potenzieller Mordverdächtiger. Wen habe ich vergessen?«

»Uns.«

»Na ja, dich hat Walter beschimpft und hätte deine Londoner Karriere gefährden können. Wenn Katreen nicht so vernarrt in dich wäre, hättest du wahrscheinlich den Job verloren. Bei mir konstruiert Inspektor Drought einen Rachemord für den Anschlag auf dich und mich, bei dem zuerst Michelle und schließlich Bernty dran glauben mussten.«

»Quatsch. Wieso Bernty?«

»Er könnte mir auf die Schliche gekommen sein – irgend so was. Drought ist kreativ.« Sie zögerte, von Drought weiterzureden. Sein Gesicht war plötzlich präsent, sein Atem, dieses seltsame Band zwischen ihnen. Siebert würde es nicht verstehen. »Mittlerweile scheint er jedoch Bernty zuzutrauen, sowohl seinen ehemaligen Assistenten als auch Michelle und Megan am Gewissen zu haben.« Der Duschstrahl schwemmte den restlichen Schaum von ihrer Haut. »Und was Katreen und ihren Vater angeht – immerhin wollte Walter der Kanzlei das Mandat entziehen.« Sie machte einen Schritt aus der Duschkabine und wickelte sich in eines der Handtücher.

»Der wichtigste Klient«, sagte Siebert und drehte den Wasserhahn zu. »Seit Katreen geschieden ist, läuft die Kanzlei nicht mehr so gut. Die Ärmste hat wirklich eine Menge Sorgen.« Er griff nach einem Handtuch und begann sich abzurubbeln. »Weißt du was? Schluss damit. Da kriegt man ja Gänsehaut, wie du Motive aus dem Hut zauberst. Lass' uns Tennis spielen, bevor ich mich noch selbst verdächtige.«

Schicksalsergeben verließ Agnes das Bad, um Sportkleidung überzuziehen. Eine weitere Gelegenheit, sich vor Katreen zu blamieren, stand unmittelbar bevor.

»Den kriegen Sie, Agnes, los!« Wieder ließ Robert Kensing aus und schickte Agnes um den Ball. Sie hatte glühende Wangen, und das T-Shirt klebte schweißnass auf ihrer Haut. Unerbittlich brannte die Sonne auf den Tennisplatz herunter, keine einzige Wolke hatte Erbarmen mit den Gelegenheitssportlern.

»Null zu 40. Einen noch, und wir haben die Partie gewonnen«, tönte es von der anderen Seite des Sets. Linda, komplett im schwarz-weißen Trikot, hatte ansonsten alle Trauer abgeworfen und war ausschließlich auf den Sieg konzentriert. Henry stand souverän auf der Grundlinie und brachte jeden Ball mühelos zurück. Die beiden ergänzten einander wie ein altes Ehepaar und verständigten sich mit wenigen Gesten.

Kensing warf den Ball hoch und schlug ihn über das Netz. Henry brauchte nur den Schläger hinhalten, und der Ball schoss zurück, unerreichbar für Agnes Vorhand.

»Robert, Ihrer!« Aber dieser sah die gelbe Kugel bloß von Weitem vorüberflitzen.

»Verdammt, der war doch Ihrer!«, schrie er sie an und schmiss den Schläger zu Boden. Dann rieb er sich sein linkes Handgelenk. »Fuck.«

Wütend wollte Agnes etwas Passendes erwidern, doch als sie sein purpurrotes schweißüberströmtes Gesicht sah, war sie einfach froh, dass es vorbei war, ohne dass Kensing einem Herzinfarkt erlegen war.

»Ihr habt gewonnen, gratuliere«, rief sie ihren Gegnern zu und ging vom Platz Richtung Laube. »Siebert, ihr zwei seid dran. Ich brauche eine Pause.«

»Was heißt gewonnen? Wir haben euch vom Platz gefegt«, triumphierte Linda.

»Das war aber kein Geniestreich, meine Liebe. Ich bin ein übergewichtiger 50-Jähriger, und Agnes ist eine blutige Anfängerin«, echauffierte sich Kensing. Der Frust der Niederlage machte seine Stimme hart.

»Unter Berücksichtigung dieser Umstände wart ihr wirklich gut«, lenkte Henry ein. »Nein, im Ernst – für eine Anfängerin spielen Sie hervorragend, Agnes«, versuchte Henry, Agnes zu trösten.

»Sie sind ein Schatz, Henry«, zeigte sich Agnes gerührt von dem Taktgefühl, welches der Gentleman für sie aufbrachte. Man musste Henry Huxton einfach mögen. »Niemand sonst könnte meinem Spiel etwas Positives abgewinnen.«

»Henry, bringst du mir eine Flasche Wasser?«, rief ihm Linda zu, die bereits einen Platz im Schatten der großzügigen Laube eingenommen hatte. »Ohne Kohlensäure.«

»Natürlich, mein Herz«, antwortete er sofort und wandte sich wieder Agnes zu. »Darf ich Ihnen auch etwas bringen?«

»Oh danke – Wasser wäre perfekt«, erwiderte Agnes.

»Dann nimm doch gleich noch ein Bier mit«, stöhnte Kensing, der sich in den Sessel neben Linda fallen ließ, »Ich bin total fertig.« Katreen war inzwischen aufgestanden und drehte ungeduldig ihren Schläger in der Hand.

»Kinder, wartet doch auf Jeffrey und lasst euch bedienen. Ihr habt brav gespielt.« Damit wandte sie ihnen den Rücken zu und scheuchte die Spieler der nächsten Runde weiter. »Wir fangen an – Siebert an meine Seite! Deborah und Daddy, los, los!«

Die Truppe eilte auf den Platz. Allein Mortimer Wotens bewegte sich ungeachtet der aufoktroyierten Hektik in würdevoller Langsamkeit. Ein Mann seines Standes ließ sich nicht hetzen. Er kam als Letzter auf das Set, warf die Münze, die entschied, wer den ersten Aufschlag haben sollte, und bezog hernach in angemessenem Tempo Stellung auf der Grundlinie schräg hinter Deborah. Siebert schlug auf, und das Spiel nahm seinen Lauf. Agnes genoss die Kühle der Laube, streckte die Beine weit von sich. Immer wieder tupfte sie sich mit einem Handtuch das Gesicht trocken und beobachtete Sieberts Bewegungen am Set. Ihre Kehle war staubtrocken und die Zunge drohte am Gaumen festzukleben. Vom Durst gequält wandte sie sich suchend nach Huxton um. Neben ihr schien Robert Kensing genauso zu leiden.

»Hier im Schatten ist es einigermaßen erträglich«, versuchte sie, die Missstimmung zwischen Kensing und ihr zu bereinigen.

»Wir glühen, als wären wir aus der Hölle hochgefahren«, erwiderte er sauertöpfisch und starrte auf das Spiel in der Sonne.

»Tut mir leid, Mr Kensing, dass Sie mit mir Anfängerin spielen mussten.«

»Ach was, vergessen Sie's. Wenn ich 30 Kilo leichter wäre, *dann* hätten wir eine Chance gehabt«, entgegnete er, und allmählich schien er seine Wut ausgeschwitzt zu haben.

»Das und 100 Trainerstunden«, neckte ihn Linda.

»Ich muss zugeben, Katreen hat die Paarungen recht unüberlegt zusammengestellt. Immerhin spielen Henry und ich gut und gerne 20 Jahre, oder mehr?« Sie hielt kurz inne. »Egal, besser wäre gewesen, die schwächeren Spieler mit den Erfahrenen zu mischen. Schauen Sie nur, wie gut Siebert spielt! Und Katreen genauso. Haben Sie eben den Schlag vom alten Wotens gesehen? Er kriegt jeden Ball, den Deborah durchlässt. Sie hätte sich in der Tat nicht derart echauffieren brauchen, dass sie mit ihm spielen muss. Er ist der Altmeister des Tennis. Was ihm an Kondition fehlt, macht er mit Routine wett.«

»Deborah ist dieses Wochenende etwas indisponiert«, beeilte sich Kensing, seine Frau in Schutz zu nehmen. »Es sind ja auch sehr bizarre Tage, wenn ich es so ausdrücken darf.« Die unbedachte Bemerkung erinnerte Linda an ihre Witwenrolle. Sofort verdüsterte sich ihr Gesichtsausdruck, und Robert registrierte seinen Fehler.

»Entschuldige, Linda«, beeilte er sich zu sagen, »mein Gott, es tut mir so leid! Könnte ich es nur ungesagt machen ...«, seine überzogene Bestürzung irritierte Agnes. Wenngleich die Situation in der Tat bizarr war – einer von ihnen war ermordet worden, und es wurde Tennis gespielt. Mit seiner Witwe. »Eben hast du mal alles vergessen können, und ich Esel fange wieder davon an.« Zerknirscht fuhr sich Kensing mit dem Handtuch über die Glatze.

»Ist schon gut, Robert. Schon gut«, Linda blickte zum Himmel, als müsste sie Bernty auf einer Wolke finden. Da waren allerdings keine nennenswerten Wolken, und Bernty saß mit Sicherheit einige Etagen tiefer fest. »Ich muss lernen, damit umzugehen.« Wieder einen Deut zu theatralisch, fand Agnes. Sie beobachtete Lindas Stimmungswechsel mittlerweile mit beinahe wissenschaftlichem Interesse. Robert auf der anderen Seite wirkte bedrückter als Linda, ja erweckte geradezu den Eindruck tiefster Bestürzung. Genaueres konnte sie nicht erfühlen, denn er wich jedem

Blickkontakt aus. Henrys Ankunft erlöste alle aus der beklemmenden Atmosphäre.

»Ich musste zum Haus laufen. In der Kühlbox waren nur Softdrinks«, plauderte Huxton unbefangen los. »Linda, mein Herz, du bist doch inzwischen nicht verdurstet?« Fürsorglich stellte er die Flasche auf den Tisch, drehte den Verschluss auf und goss für sie ein Glas ein.

»Ich danke dir, du kommst zur rechten Zeit, Henry. Wie immer.« Der Blick, den sie ihm dabei zuwarf, erregte Agnes' Aufmerksamkeit. Lief da womöglich was zwischen den beiden? Siebert hatte doch gesagt, dass Linda in letzter Zeit oft mit Henry gesehen worden war ...

»Für Sie, junge Dame«, schreckte Huxton Agnes aus ihren Gedanken und hielt ihr eine blaue Flasche entgegen. »Sie haben sich wacker geschlagen«, lobte er, während er das Mineralwasser einschenkte. Das Glas beschlug augenblicklich, und unzählige Perlen stiegen an der Glaswand empor. »Miss Agnes?«, fragte Henry nochmals, weil sie fasziniert auf das Glas starrte.

»Oh ja, vielen Dank. Danke. Ich bin völlig ausgetrocknet.« Mit Mühe gelang es ihr, die Augen von den Gasbläschen zu nehmen. »Mrs Bernty kann sich glücklich schätzen, einen Freund wie Sie an ihrer Seite zu haben.« Ihre Blicke trafen sich, und Agnes bemerkte Verlegenheit in Huxtons Miene.

»Wir sind alte Freunde, nicht wahr, Linda«, erwiderte er und prostete Linda zu.

»Ach ja! Wie viele Turniere sind wir beide schon geritten, Henry? Die Treibjagden kann man gar nicht zählen«, lächelte sie ihm versonnen zu. Man schwelgte in Erinnerungen, die vor Walters Zeiten stattgefunden hatten, und Agnes lauschte aufmerksam. Selbst Robert wirkte jetzt entspannter als zuvor. Lag es an der tiefen Freundschaft zwischen Henry und Linda, die so demonstrativ zur Schau gestellt wurde? Aber wieso beruhigte ihn dieser Umstand? Und wie kam es, dass Linda nahtlos an der Beziehung zu Henry anknüpfte – oder war dies bereits zu einem viel früheren Zeitpunkt geschehen? Die Unterhaltung erstarb, die Gesichter wandten sich dem Spiel zu. Das schweißnasse Shirt auf Agnes' Haut fühlte sich klamm an.

»Ich laufe schnell ins Haus, Shirt wechseln. Bin gleich wieder da«, ließ sie die Runde wissen und verließ das Sportareal. Kaum war sie einige Meter von ihren Tennispartnern entfernt, nahm sie eine deutliche Erleichterung in sich wahr.

Das Gehen tat ihr gut. Die verhärteten Muskeln hatten wieder etwas zu tun und würden bis zur nächsten Runde nicht steif werden. Stretching wäre eine gute Idee. Toilette auch, stellte sie fest, während sie ihren Schritt beschleunigte. Das Herrenhaus kam in Sicht. Die beigefarbenen Steine hielten seit Jahrhunderten Wind und Wetter stand, den Tragödien ihrer Bewohner. Dicke Ranken begrünten Teile des Gemäuers, hielten sich an ihm fest, kaschierten diskret den Übergang zwischen dem älteren Trakt und dem prächtigeren Neubau aus dem 16. Jahrhundert. In der flimmernden Hitze des Nachmittags erschien das Gemäuer wie mit gelbem Firnis überzogen. Ihre Augen blieben an dem älteren Steinbau hängen, an den schmäleren Fenstern, der zugemauerten Eingangspforte, dem überwucherten Weg dorthin. Ihre Füße trugen sie immer näher heran an die Mauern, achteten nicht länger auf den Pfad, liefen quer über die Wiese. Es roch nach Pferden und Heu, schon meinte sie, Knechte rufen zu hören. In dem Augenblick, als sie die zugemauerte Stelle des alten Portals berührte, schlug die Glocke. Da, das Tor unter ihren Fingern, Eichenholz an ihren Fingerkuppen, Eisenbeschläge an den Rändern. Der Ring an ihrem Finger blitzte im Sonnenlicht auf. Die Reflexion stach wie ein Blitz in ihre Augen. Schmerz durchzuckte sie. Für einen Moment kniff sie die Augen zusammen, stöhnte auf, und bunte Lichter flackerten auf der Netzhaut.

Verzeih mir.

Waren das ihre Gedanken gewesen? Oder die von Antonius Huntington? Raven? Oder … Michelle? Das Bersten eines metallischen Gegenstands zerschnitt die Stille. Vorsichtig hob Agnes die Lider, blinzelte gegen die Sonne. Ihre Finger tasteten über Ziegel, losen Mörtel und Flechten. Die Mauer war wieder aus Stein, der Stallgeruch verflogen. Trotz der Sonnenglut fröstelte sie. Visionen am helllichten Tag – sie verlor definitiv den Verstand.

Eilig umrundete sie das Haus. Getrieben von dem bevorstehenden Spiel gegen Siebert und Katreen lief Agnes im frischen Shirt zurück zum Tennisplatz. Der Weg führte nicht direkt am Teich vorbei, jedoch konnte sie ihn verlockend nahe in der Sonne glitzern sehen. Unwillkürlich verlangsamte sich ihr Schritt. Ein Schwan glitt über das Wasser. Weidenzweige bauschten sich in der sanften Brise. Der weiße Vogel blickte sie an – so kam es ihr wenigstens vor – während er unbeirrt seine Bahn über die spiegelglatte Oberfläche des Teichs zog. Dunst lag über der Szenerie und zog Agnes mit einer Macht an, der sie nicht widerstehen konnte. Den Blick auf den Schwan geheftet, unfähig, sich der Faszination des Tieres zu entziehen, hielten ihre Beine auf den Teich zu. Sanftmut und Kraft gingen von dem Vogel aus, und die Art, wie er ihr Näherkommen aus schwarzen

Augen beobachtete, wissende Fenster in eine andere Welt, ließ auf Intelligenz einer höheren Art schließen. Unweit des Ufers hielt sie inne, bemüht, jedes Geräusch zu vermeiden. Der Schwan senkte seinen Kopf, hob ihn wieder an und wandte sich mit einem kräftigen Schlag der Schwimmfüße von ihr ab. Überraschend entfalteten sich die weiten Schwingen, jedoch nicht zum Flug. Als wollte er sich strecken und dehnen, bewegte er die Flügel mit langsamem Gebaren und faltete sie wieder auf dem Rücken. Eine Feder hatte sich losgelöst, trieb gemächlich auf der Bugwelle des Schwanenleibs dem Ufer zu. Ein weiterer Schwan tauchte aus dem Schilf hervor und gesellte sich dem ersten hinzu. Gemeinsam zog das Pärchen seine Spur durch das Wasser.

Berührt von der Eintracht der Vögel und entschlossen, noch mehr davon aufzunehmen, sank sie ins Gras. Es duftete nach Schafgarbe und der Erdboden schien mit dem Zirpen der Zikaden mitzuschwingen. An das Turnier dachte sie nicht mehr, als sie sich der Sportschuhe samt Socken entledigte, die Beine ins Wasser tauchte und sich mit ausgebreiteten Armen in die Wiese sinken ließ.

Die Weite des Himmels war grenzenlos. Sie hätte ihn umarmt, wäre es möglich gewesen. Das Herz füllte sich mit Liebe zu dieser Unendlichkeit des Firmaments. Was auch geschah, nichts konnte gegen diese Dimension von Freiheit ankommen. Unendliche Weite. Die Tiefe des Universums ließ sie selbst zugleich wachsen und schrumpfen, als wäre sie ein winziges Molekül unter Milliarden anderer Molekülen und doch die allumfassende Macht, dies wahrzunehmen. So verlor sie sich in dem Blau, bis die Lider schwer wurden und herabsanken.

Stundenlang war Violet am Rand des verlassenen Steinbruchs gesessen. Die Wolken hingen tief am Himmel, schienen zum Greifen nahe. Die Luft war schwül, sengende Hitze lag über dem Gras. Allein die heftigen Windböen, die an Violets Haaren in gleicher Weise wie an den trockenen Halmen der Wiese zerrten, machten die Glut des Tages erträglich.

Die Sonne wanderte über den Himmelsbogen, die Schatten wurden kürzer und schließlich wieder länger. Von Wiesenblumen umgeben, saß sie frei von allen Gedanken da, hörte den Gesang der Vögel, das Zirpen der Grillen, das Rascheln des Laubes, das vom Wind aufgewühlt wurde. Eine Natter zog an ihr vorüber, Ameisen krabbelten, beladen mit Samenkörnern, ihres Weges. Bienen sogen Nektar aus filigranen Blütenkelchen, und Fliegen kitzelten ihr Gesicht. Eine Taube flog auf, flatterte ausgelassen über ihrem Haupt. Dann strebte sie dem Wald entgegen, ließ bloß eine ihrer weißen Daunen zurück, die langsam herabschwebend in Violets Schoß fiel. Bilder erschienen und verschwanden – Bilder von Menschen, von Häusern und Situationen. Zuerst waren es vertraute Gesichter und Gebäude, aber irgendwann veränderten sich die Erscheinungen, wurden fremdartig. Dennoch fühlten sich die Ereignisse vertraut an, erkannte ihr Herz die Menschen darin und sich selbst. So wandelte sie durch Bilder vergangener Zeiten, bis ein weiß gewandeter Mann auf sie zu schritt. Seine Arme waren weit ausgebreitet, warteten nur darauf, sie zu umfangen. Die Aussicht, seiner ansichtig zu werden, ihn zu sprechen und zu umarmen, löste unbeschreibliche Freude in ihr aus, erfüllte sie mit der Gewissheit, das Ziel erreicht zu haben.

»Kossar, mein Vater und Meister! Welch Glücksgefühl erfüllt meine Brust über die unerwartete Begegnung!« Endlich sank sie in seine Arme, fühlte sich geborgen und in Sicherheit.

»Wir sind ohne Anfang und Ende, nichts geht verloren, mein Kind, der Tod ist bloß der Zauberer, der unsere Erscheinung verändert. Und doch hast du den Weg gefunden, der durch Zeit und Raum führt. Wir erinnern uns gegenseitig an das Geheimnis der *Einsheit*, einmal wirst du mich auf den Weg bringen, ein anderes Mal werde ich dich leiten. Egal, ob wir uns Kossar und Sishla Vem, Bartholomew und Violet oder Hamish und Agnes nennen, der eine wird den anderen zu erinnern vermögen.« Tränen der Rührung stiegen in ihre Augen, das Herz quoll über von Liebe und Freude.

»So will ich niemals wieder Trauer empfinden, weiß ich doch um das Geheimnis der Zeit«, flüsterte sie gegen die Brust des Meisters. Sanft strich er über ihr Haar und drückte einen Kuss darauf.

»Als Mensch kannst du dich schmerzlicher Gefühle nicht entziehen, doch was du entdeckt hast, wird dich befreien. Wenn Gefühle wie Schmerz und Trauer dich nicht länger beherrschen, sind sie durchschaut, haben sie ihre Macht verloren.« Schwere Tropfen fielen auf ihr Haupt, spülten die Vision hinfort.

»Aufwachen!«, eine vertraute Stimme, eindringlich über ihr. »Agnes, los, komm schon, alle warten auf dich.« Sie blinzelte, sah den Himmel und davor Sieberts Gesicht. Neue Tropfen fielen von seinen Händen auf ihr Gesicht.

»Spinnst du?«, noch war sie völlig verdattert von dem unsanften Anschlag auf ihren Schlaf. »Hör auf!« Verärgert wischte Agnes über das nasse Gesicht und setzte sich auf. »Herrje, ich bin eingeschlafen.«

»Ach was?«, amüsierte sich Siebert. »Ich habe dich überall gesucht. Du und Robert müsst gegen Katreen und mich spielen.« Das sind ja super Aussichten, dachte Agnes und kniff die Lippen zusammen, wenn das nicht zu größter Eile beflügelte.

»Ich komm' ja«, gab sich Agnes geschlagen und wollte die unvermeidliche Blamage lieber schnell hinter sich bringen, »der Schwan hat mich hierher gelockt.«

»Wovon redest du?«, erwiderte Siebert ungeduldig. »Hier ist kein Schwan. Hast du wieder geträumt?« Er schüttelte missbilligend den Kopf und sprang auf die Füße. Ohne sich nach ihr umzublicken, joggte er Richtung Tennisplatz. Noch drang sein abweisendes Benehmen nicht in Agnes ein. Es prallte an einer Art Schutzschicht ab, gemacht aus dem unbeschreiblichen Hochgefühl ihrer Vision. Wer hätte auch nur ansatzweise verstehen können, was sich ihr eröffnet hatte? Der Blick richtete sich auf das dunkle Wasser des Teichs, auf seine Tiefe und Stille. Stumm beobachtete sie das Ufer, das Spiel der Sonne auf dem Wasser. Siebert rief über die Wiese nach ihr, drängte zum Aufbruch, da beugte sie sich vor und zog eine weiße Flaumfeder aus dem Wasser.

22. KAPITEL

Die Zeit ist aus den Fugen,
o verfluchte Schicksalstücken, dass jemals ich geboren ward,
um sie zurechtzurücken!

(Hamlet, 1. Akt, Szene 5)

Das Papier roch eine Spur modrig, die Seiten waren um den Rand vergilbt. Solide genäht und gebunden war auch der Einband von erlesener Qualität. Feines Leder mit Goldprägung gab den ausgewählten Werken Shakespeares einen würdigen Rahmen. Es erfüllte Agnes mit Ehrfurcht, dieses Buch in Händen zu halten. Ihre Fingerkuppen blätterten durch die Seiten, strichen über das raue Papier, bis sie an einer Stelle innehielten. Die Kopfzeile wies auf *Hamlet* hin, sie fand sich in der 4. Szene, 3. Akt wieder. Ein Mord war im Begriff vollzogen zu werden, verübt vom jungen Prinz Hamlet. Wahnsinnig schien er, voller Emotionen und ohne Skrupel.

Hamlet: [Draws.] How now, a rat! [Makes a pass through the arras] Dead, for a ducat, dead.

Polonius: [Behind the arras] O, I am slain! [Falls and dies]

An diesen Zeilen blieb Agnes hängen, starrte sie an, so lange, bis ihre Augen tränten. Hamlet tötet den Vater seiner Geliebten und fühlt kein Bedauern. *A rat!* Mehr war er nicht für ihn.

Hass ist ein mächtiger Trieb, und Wahnsinn hat viele Gesichter; wenn die Nacht böse Taten verhüllte, wer wollte sich am Tage noch daran erinnern? War der Mörder unter ihnen, so schien es ihm leicht zu fallen, das Böse, welches sich seiner bemächtigt hatte, zu verbergen. Agnes betrachtete die Anwesenden. Keinem in der Runde war ein Mord zuzutrauen, und doch musste es einer gewesen sein. Sie hatten gemeinsam gegessen, gespielt und unter dem gleichen Dach geschlafen. Unfassbar. Es gibt keinen sicheren Ort, dachte Agnes und erschauderte, fühlte sich abgetrennt von den anderen, von der Welt und aller Freude. Jeder war unter gewissen Umständen zu allem fähig. Wölfe unter Wölfen. Mord war in der Realität etwas ganz anderes, als davon in der Zeitung zu lesen. Mord im Familienkreis, da dachte jeder an asoziale Verhältnisse, verkorkste, primitive Existenzen. Kriegsgräuel – die fanden irgendwo weit weg statt, bei unzivilisierten Völkern. Die Morde bei *BabyStar* hätten nicht passieren dürfen, auch nicht der verfrühte Tod von Ian, Michelle und Walter Bernty. Nicht unter gebildeten, wohlhabenden Menschen, die alles hatten, wonach ihnen der Sinn stand. Woher sollte Agnes das Vertrauen nehmen, unter den menschlichen Raubtieren weiterzuleben?

Du bist nicht anders.

Ein Frösteln durchlief ihren Körper, und alles in ihr zog sich zusammen. Der Impuls, zu rennen, ließ sich kaum noch unterdrücken. Weg von hier. Aber wohin, wenn überall das Hier war.

Energische Schritte hallten am Flur, sickerten in die Aufmerksamkeit der Anwesenden. Die Tür ging auf und ließ freien Blick auf Inspektor Drought. Wohl hatten die Wochenendgäste samt Gastgebern sein Kommen erwartet, doch nun, da er von ihnen stand, spitzte sich die Anspannung zu. Unruhiges Scharren von Füßen war zu hören, ein Husten, Klappern von Porzellan, ein schwerer Atemzug hier, ein Seufzen dort. Keiner rührte sich von der Stelle, außer Katreen, ganz die souveräne Gastgeberin.

»Inspektor Drought, endlich. Bringen Sie uns gute Nachrichten?« Mit verschränkten Armen baute sie sich vor ihm auf, sprach mit der Selbstgefälligkeit der Oberschicht. »Meine Gäste sind allesamt bedeutende Persönlichkeiten, die in London ihren Geschäften nachgehen müssen. Ist diese Angelegenheit endlich geklärt?«

In die Stille nach dieser Frage schnitt das Scheppern der Silberkanne, die Jeffrey eben abgestellt hatte. Unbeeindruckt von den äußeren Ereignissen, reichte der Butler Tee und Sandwiches. Agnes bewunderte seine Hingabe an die ihm gestellten Aufgaben. Er erfüllte jede noch so unbedeutende Tätigkeit mit demselben tiefen Ernst, den er nötigenfalls für einen chirurgischen Eingriff aufgebracht hätte. Angesichts seiner Person musste sie sich fragen, ob es überhaupt irgendeine wichtigere Aufgabe gab als das, was man gerade zu tun hatte.

Drought räusperte sich. Sein Gesicht war verschlossener denn je, die Krawatte trotz der Hitze diesmal korrekt gebunden. Mit einem Blick hatte er die Personen im Raum erfasst, ohne dabei Agnes besonders zu beachten. Ebenfalls einer, der auf seine Aufgabe vollkommen fokussiert war.

»Ich möchte Ihnen danken, dass Sie alle in vorbildlicher Weise mit der Polizei kooperieren. Was ich meinerseits für Sie tun kann, ist, das absolute Stillschweigen vor der Presse zu wahren. Bislang haben wir keine Journalisten am Hals.« Drought hielt inne, stemmte die Hände in die Hüften und richtete seine durchdringenden Augen neuerlich auf jeden Einzelnen im Raum. »Das war die gute Nachricht. Im Konkreten hat die Spurensicherung entgegen allen Erwartungen einige aufschlussreiche Hinweise liefern können. Bevor ich Sie jedoch in die Arbeitswoche entlassen kann, sind noch einige Aussagen zu protokollieren. Wenn Miss Feder gleich den Anfang machen würde?« Er sah sie kühl an, tat, als bemerke er ihr Erröten nicht. Agnes stellte die Teetasse klirrend auf den Unterteller und stand auf.

»Soll ich mitkommen, Agnes?«, erbot sich Siebert sogleich, zwischen den Brauen eine tiefe Zornesfalte. Agnes spürte die Rivalität zwischen den Männern, als dampfte pures Testosteron aus Sieberts Poren. Eilig wehrte sie ab.

»Danke, Siebert. Das schaffe ich schon.«

Die Augen aller Anwesenden waren auf sie gerichtet und verfolgten ihren Weg zur Tür. Die Beine bewegten sich wie ferngesteuerte Roboterglieder, es brauchte ihre ganze Konzentration, nicht zu stolpern. Das kurze Stück durch den Raum zog sich unendlich hin. Vor Drought angelangt, versuchte Agnes ein Lächeln zustande zu bringen.

»Ja?«

»Wir gehen in den Salon im alten Trakt«, murmelte er ihr zu. Seine Augen nahmen wieder jenen dunklen Indigoton an, der eine fast hypnotische Wirkung hatte. Beinahe abrupt wandte sich der Inspektor zur Tür. »Folgen Sie mir bitte, Miss Feder.«

»Unterschreiben Sie hier.«

Agnes nahm den Stift zur Hand und schrieb ihren Namen unter ihre Aussage. Erstmals lächelte Inspektor Drought.

»Könnten Sie auch mit der linken Hand unterschreiben?«

»Nein«, fragend sah sie ihn an. »Wie kommen Sie denn darauf?«

»Mit welcher Hand schreibt Ihr Freund?«, bohrte Drought nach, ohne auf ihre Frage einzugehen.

»Auch rechts.«

»Gut so. Ich freue mich, Ihnen mitteilen zu können, dass Sie endgültig von der Liste der Verdächtigen gestrichen sind. Walter Bernty wurde von einem Linkshänder erstochen«, und da ihr Gesicht ganz offensichtlich ein einziges Fragezeichen war, fügte er hinzu: »Das erkennt man am Einstichwinkel. Er war sofort tot.« Agnes kämpfte gegen die aufsteigenden Bilder von Berntys Leichnam. Verlor. »Ich habe noch nicht alle Ergebnisse der Spurensicherung, aber das bestimmte Gefühl, dass nur jetzt die Gelegenheit ist, den Mörder dingfest zu machen, wo die Eindrücke und Emotionen frisch sind. Wenn sie alle erst wieder in London sind, die Anwälte sich einmischen…«

»Das Haus ist voller Anwälte«, unterbrach Agnes grinsend.

»Sie wissen was ich meine – Vorort gibt es bedeutend weniger Distanz. Ich kann die Mörderin oder den Mörder aus der Reserve locken, den Fall abschließen.« Genau darum ging es ihnen, den Normans, den Droughts: Fall abschließen. Was war mit Wahrheit, mit Gerechtigkeit? Wozu hatte sie Recht studiert, wenn Recht nichts mit Gerechtigkeit zu tun hatte? Sie hatte mal was daran ändern wollen … vor gefühlten 1000 Jahren. Es brauchte einiges an Mühe, die Bitterkeit zur Seite zu schieben und auf das Gespräch einzugehen.

»Das heißt also, Sie checken jetzt, wer von uns Linkshänder ist, und haben dann den Mörder?«, fasste Agnes zusammen.

»Vereinfacht gesprochen, genau das habe ich vor«, gab er zögernd zur Antwort, und Agnes vermutete, dass da noch mehr dahinter sein musste. »Mal sehen, ob mehr als eine Person Linkshänder ist. Ich habe da eine Theorie entwickelt, wenn die aufgeht … es gibt leider noch ein paar Unbekannte in der Gleichung – es bleibt ein gewisses Risiko.«

»Könnte der Mörder nicht absichtlich mit der Linken zugestoßen haben?«

»Das ist ziemlich unwahrscheinlich«, winkte Drought ab. »Hierbei ist von einer Affekthandlung auszugehen, da sind große Emotionen im Spiel. Sowenig Sie nur einen Gedanken daran verschwenden würden, mit der Linken zu unterschreiben, denkt der Täter in seiner Wut keine Sekunde daran, mit einer anderen als seiner aktiven Hand seiner Aggression Ausdruck zu verleihen.« Drought nickte dem jungen Polizisten zu, der zuvor noch das Protokoll vorgelegt hatte und sogleich den Raum verließ. Augenblicklich veränderte sich Droughts Gesichtsausdruck.

»Ich bin sehr erleichtert, dass ich nicht mehr gegen Sie ermitteln muss«, lächelte er und lehnte sich etwas näher zu ihr.

»Das bin ich auch.« Seltsamerweise fühlte sie sich nicht bedrängt. Seine Gesellschaft und Nähe waren angenehm. Die Erinnerung an den Traum am Teich tauchte auf, und sie erwiderte sein Lächeln. Eine Zeitlang sahen sie einander an, bis Agnes fühlte, dass es etwas gab, was er wissen sollte.

»Ihr Vorname ist Hamish, nicht wahr?«, begann sie vorsichtig.

»Ja. Warum?«

»Ich wollte Ihnen etwas über unser *Erlebnis* erzählen.« Sie betonte »Erlebnis« in einer Weise, die ihm klar machen sollte, dass es sich dabei um etwas Reales gehandelt hatte. »Wenn es Sie noch interessiert.«

»Mehr als das«, antwortete er und hielt dabei ihrem Blick stand. »Zuerst jedoch die Arbeit, sonst sind meine Gedanken abgelenkt.« Nichts an seiner offenen Haltung ihr gegenüber änderte sich, vielleicht war das Indigo etwas dunkler geworden und sein Atem tiefer.

»Natürlich«, erwiderte sie und bereute beinahe, damit angefangen zu haben. Ehe sich dieses Gefühl in ihr manifestieren konnte, legte Hamish seine Hand über ihre – im nächsten Augenblick sah sie sich beide an der Themse sitzend in ein Gespräch vertieft.

»Das – was immer es auch sein mag – möchte ich in Ruhe mit Ihnen besprechen, ohne Störungen. Ich habe viel über das nachdenken müssen, was Sie mir bislang gesagt haben. Wir werden uns in London verabreden, außerdienstlich.« Seine Hände waren kühl, der Griff sicher. »Wäre das möglich?«

Ob Siebert dafür Verständnis haben würde? Es war ja schließlich kein Date, jedenfalls nicht im herkömmlichen Sinn. Hamish war ein alter, sehr alter Freund. Ihr Meister. Und in diesem Leben hatte sie ihm einen Dienst zu erweisen.

»Gut.« Siebert würde es anders sehen, soviel war klar. »Eine Frage habe ich noch: Woher wussten Sie so viele Details zu meiner Person? Von Bernty?«, sagte sie Drought auf den Kopf zu. Anerkennend hob der Inspektor die Augenbrauen und nickte.

»Er hat mich voll auf Sie angesetzt, wusste eine Menge interessanter Fakten und Gerüchte. Vom Wiener Kriminalamt habe ich alle übrigen Informationen erhalten. Miss Murdoch hingegen hat nichts über sie kommen lassen, obwohl sie selbst unter Verdacht steht.«

Seine Offenheit löste in Agnes einen Entschluss aus.

»Fangen Sie seinen Mörder«, forderte sie ihn auf. »Ich helfe Ihnen.«

»Sie? Helfen mir?« Drought konnte seine Überraschung kaum verhehlen.

»Es wird Zeit, meine Talente nutzbringend einzusetzen«, verkündete sie mit Mut in der Stimme, der ihrer tiefsten Unzufriedenheit entsprang. »Es gibt allerdings eine Bedingung.«

»War zu erwarten«, erwiderte Drought und verzog abschätzig den Mund. Anscheinend half keiner der Polizei ohne Eigennutz.

»Sie bringen die Umstände von Michelles Tod und Megans Unfall ans Licht. Was bei den Medikamententests schief gelaufen ist. Ach ja, und da war noch dieser Assistent«, ergänzte sie und fixierte Drought mit all jener Entschlossenheit, die sich eben in ihr bahnbrach. Bernty sollte nicht so davon kommen – er mochte tot sein, aber es gab Opfer und Hinterbliebene, die mit den Geschehnissen klar kommen mussten. Dafür brauchten sie die Wahrheit. In diesem Leben sollte es anders enden, schwor sie insgeheim, koste es, was es wolle. »Insbesondere wenn der Täter prominent, einflussreich und tot ist. Nichts wird vertuscht. Ich will es in der Zeitung lesen. Verstehen Sie, was ich meine?« Drought lehnte sich wortlos zurück. Seinem Gesichtsausdruck zufolge hatte sie ihre Forderung in Elbisch oder einer ähnlichen Fantasiesprache gestellt. Gebannt hielt sie den Atem an, ließ Drought nicht aus den Augen.

»Ich verspreche es bei meiner Ehre«, antwortete dieser nach einer halben Ewigkeit. »Falls ich versage, soll meine Seele direkt ins Fegefeuer.« Die Worte klangen theatralisch und hätten scherzhaft, wenn nicht zynisch gemeint sein können. Agnes starrte ihn an, öffnete bewusst alle Schranken, ließ sich von seinen Emotionen fluten und empfand nichts als Aufrichtigkeit und Zuneigung. Der Schwur kam aus einem anderen Leben, zeigte ihr, dass Drought sich ihrer besonderen Verbindung bewusst war. »Was bieten Sie mir an?«, raunte er.

»Keine große Sache«, versuchte Agnes die aufkeimende Beklemmung zu meistern. Könnte sie bloß in diesem Indigoblau seiner Augen versinken, alles ringsum vergessen … was sie vor hatte, würde einen Preis haben, daran hatte sie keinen Zweifel, doch wie hoch der war, konnte niemand ahnen.

Die Terrasse lag nun schattig und kühl, der Himmel wolkenverhangen. Agnes schlürfte Gingerale durch einen Strohhalm, lümmelte in einem Wolken-Rattan-Fauteuil. Im Salon herrschte dicke Luft, nicht nur wegen des Zigarettenqualms, sondern jenem Wirrwarr an Gefühlen, welche unentwegt gleich Schweißgeruch von den Anwesenden ausgedünstet wurden. Unter freiem Himmel konnte man durchatmen, sich von dem Ballast befreien. Gelegentlich hatte sich einer der Gäste zu ihr ins Freie gesellt und war aufgrund ihrer Einsilbigkeit bald wieder verschwunden. Mit geschlossenen Augen konzentrierte sie sich auf die Gerüche und Geräusche ringsum.

Irgendwo musste es regnen. Vom Teich wehte ein kühlender Wind herüber, trug den Duft des Wassers und die Erinnerung an Seerosen und Lilien mit sich. Rauschende Blätter besänftigten ihr Gemüt. Als Siebert sich zu ihr setzte, hörte sie ihn durchatmen, spürte, wie das Grün der

Parkanlage auch seine Nerven beruhigte. Er war der Letzte gewesen, der zu Drought hatte gehen müssen.

»Ich habe es drinnen schon ausgerichtet«, sagte er, und seine Stimme klang fern, »wir sollen noch etwas warten, dann will Drought uns abschließend alle gemeinsam sprechen.«

»Ich weiß«, antwortete sie verspätet und wandte sich ihm zu.

»Ah, da kommt er schon.« Sieberts Kinn reckte sich Richtung Wiese. »Das ging schnell.« Drought schlenderte über den Rasen. Agnes hatte den Eindruck, auch er wollte sich vor dem Showdown noch etwas Luft verschaffen. Drought hielt den Kopf gesenkt, der Haarschopf war wüst zerzaust, die Hände in den Hosentaschen vergraben, und die Krawattenenden pendelten lose im Rhythmus der Schritte. Agnes schloss die Augen. Im Geist berührte sie ihn, schob die Wolken weg und ließ Sonne auf sein Haupt scheinen. Die Wärme und Freude, die sie dabei empfand, ließen sie lächeln. Als sie ihre Augen öffnete, stand Drought aufrecht auf der Wiese und hatte das Gesicht dem Himmel zugewandt. Genieße es, dachte sie und wunderte sich nicht, dass er bald darauf seine Augen auf sie richtete. Selbst über die große Entfernung hinweg fühlte sie seinen Blick auf sich ruhen und das Lächeln, das darin lag. Langsam kam Drought auf das Haus zu, ließ Agnes nicht aus den Augen.

»Wir werden besser hineingehen«, meinte Siebert, und Agnes zuckte unter seinem missbilligenden Blick zusammen. Dabei wusste er noch gar nicht, was sie vor hatte. »Ich denke, die Abschlussvorstellung beginnt gleich.«

»Du hast recht«, bestätigte Agnes und legte ihm die Hand auf die Schulter, als könnte diese Geste seine Eifersucht fortwischen. »Geh schon mal voraus. Drought wird mir noch etwas sagen wollen.«

»Was läuft da?« Der argwöhnische Unterton schmerzte.

»Nichts.« Ihre Augenbrauen hatten sich gehoben. Auf eine Eifersuchtsszene wollte sie weder Energie noch Zeit verschwenden. »Es geht um den Mord. Ich erkläre dir nachher alles. Gut?« Siebert musterte sie eine Sekunde, zog sie mit seiner Hand in ihrem Nacken heran und drückte einen harten Kuss auf ihren Mund. Eine Warnung für den Rivalen, die Besitzansprüche abstecken. Mit einem selbstgefälligen Nicken drehte sich Siebert um und ging ins Haus.

»Probleme?« Drought stand ein paar Sekunden später neben ihr, die Hände immer noch in den Hosentaschen vergraben und zwinkerte ihr zu. »Ich verstehe ihn.«

»Ich weiß«, erwiderte sie und machte sich nicht die Mühe, den Ärger in ihrer Stimme zu verbergen. Männer. Mit einem Schulterzucken kam sie zur Sache: »Also, wen alles?«

Alle waren zurück im Salon, genehmigten sich einen Drink oder aßen etwas von dem Obst, das Jeffrey bereitgestellt hatte.

»Der Zeitpunkt des Todes wird von der Gerichtsmedizin zwischen drei und vier Uhr morgens angegeben. Das, meine Herrschaften, bedeutet, dass theoretisch jeder von Ihnen als Täter infrage kommt.« Aufgebrachtes Murmeln unterbrach Droughts Rede. Robert Kensing erhob seine Stimme.

»Was wollen Sie damit sagen, Inspektor? Dass wir hier

alle potenzielle Mörder sind? Passen Sie auf, was Sie von sich geben!«

»Es ist unerhört, mit derartigen Pauschalanschuldigungen meine Gäste zu beleidigen!«, echauffierte sich Katreen, »Das werde ich nicht so stehen lassen, Inspektor Drought. Sie zwingen mich, meinen Onkel, Sir Bloom, neuerlich anzurufen.«

Während Drought damit beschäftigt war, die aufgebrachten Gemüter zu besänftigen, ging Agnes zu Virginia. Die saß auf der Couch, hielt eine Zigarette in der linken Hand und nippte an ihrem Drink.

»Er wird ausführen, was jeder von uns in der Mordnacht gemacht hat«, sagte Agnes leise und legte dabei die Hand auf Virginias Arm. »und welchen Grund es gab, Bernty zu hassen.« Überrascht wandte Virginia ihr den Kopf zu – ihre Blicke trafen sich. Sofort entstand die Verbindung, dieses Mal ganz bewusst von Agnes herbeigeführt: eine bestimmte Erinnerung angeregt, Augen- und Hautkontakt. Vollkommen auf die Gedanken ihres Gegenübers konzentriert, sich in den Tiefen von Virginias Pupillen verlierend, fühlte sie durch ihre Finger die Energie einer gebrochenen Frau strömen. Gleichzeitig drang aus den Augen so viel Schmerz zu ihr, dass Agnes gegen ihren Fluchtreflex ankämpfen musste. Allein das Versprechen gegenüber Drought hielt sie an Ort und Stelle.

Bilder tauchten auf, ein verwilderter Teil des Parks von Tudor Mansion …

Baumrinde im Rücken, der Rock ist hochgeschoben und Walters Antlitz direkt vor ihr. Seine Hand löst sich von ihrer Brust, greift an seinen Hosenschlitz und packt das feucht glänzende Geschlecht zurück in die Anzughose.

»Was machst du jetzt?«, fragt sie.

»Ich gehe zurück ins Haus, was sonst?«

»Und was ist mit uns?«

»Was soll sein?«, er zuckt die Schultern, der Blick ohne Gefühl, kalt. »Wir hatten Sex und fertig.«

»Das ist alles?«

»Tu nicht, als hättest du's nicht nötig gehabt.«

»Verdammt bin ich dafür, dass ich dich geliebt habe!«, kommt es heiser aus ihrer Kehle. »Du Arschloch. Verpiss dich.« Walters Gesichtszüge verändern sich. Hart, vulgär.

»Giny, dich krieg' ich immer rum.« Er tätschelt ihre Wange, und es fühlt sich wie Schläge an. Schläge, die klebrige Spuren zurücklassen und den Geruch von Sperma. »Aber ich mag es, wenn du dich zierst, das macht den Fick amüsanter.«

Das Bild riss, alles verschwamm um sie herum, wurde farblos und düster. Die Abendgesellschaft formte sich aus dem Nebelgrau. Sie trank hastig. Der Alkohol rann ihre Kehle hinab und lähmte ihre Wahrnehmung. Lindas Erscheinung was das Einzige, was in der diffusen Masse von Menschen hervorstach. Unvermittelt verlor sich der Fokus und sie fiel … durch Stimmen, Farben, Angst und Einsamkeit.

Agnes' Hand zuckte zurück. Den Blickkontakt mit Virginia zu lösen, fiel schwerer. Auf der Wange fühlte sie die Kälte einer Träne hinabgleiten.

»Es tut mir so leid«, flüsterte sie, ohne sich der für Virginia eigenartig anmutenden Situation bewusst zu sein.

»Ist etwas?«, fragte diese verdutzt.

»Nein.« Agnes riss sich zusammen, ließ den Verstand eine Ausflucht ersinnen. »Entschuldigen Sie, ich brauche was zu trinken.« Rückzug Richtung Bar. Jeffrey stand hinter dem Tresen, hielt einen Cocktailshaker in Händen und schüttelte ihn kräftig durch. Die scharrenden Geräusche ließen auf Crash-Eis schließen. Einen Oberschenkel auf dem Barhocker gelehnt, beobachtete Deborah den Butler.

»Wollen Sie auch einen?«, fragte Deborah mit schwerer Zunge, ohne den Blick von Jeffrey zu nehmen.

»Eigentlich nicht«, erwiderte Agnes vorschnell, hielt inne und gemahnte sich ihres Auftrages. »Wenn ich es mir recht überlege, einen Drink zur Stärkung könnte ich vertragen.«

»Meine Rede«, nickte Deborah zustimmend. »Das ist alles Irrsinn. Ein Theater – ja genau, ein Theater. Die lustige Witwe gefällt mir am besten.« Deborah sprach leise mit einem Blick auf den glänzenden Hinterkopf ihres Mannes. Kensing erwiderte etwas auf Droughts höfliche Worte, sichtlich erregt.

»Madam, ihr *Ginny*«, sagte Jeffrey und stellte ein Glas vor Deborah hin, gefüllt mit dem rosafarbigen Cocktail samt Limonenspalte, Cocktailkirsche und Trinkhalm.

»Reichlich Gin, Jeffrey?«, fragte sie nach und unterdrückte mit vorgehaltener Hand ein Aufstoßen. Eine blonde Strähne löste sich aus dem Haarknoten und fiel ihr übers Gesicht. Deborahs Hand vollführte eine linkische Bewegung mit abgespreizten Fingern, um den derangierten Zustand zu beheben, was sich als nicht allzu einfache Aufgabe erwies. Einzelne Haare blieben an den dick getuschten Wimpern hängen und beschäftigten Deborahs vom Alkohol eingeschränkte Motorik.

»Wie gewünscht, Madam.«

»Perfekt.« Professionell ignorierte Jeffrey sowohl den arroganten Gesichtsausdruck als auch das neuerliche Hicksen der angesäuselten Schönen und wandte sich Agnes zu.

»Miss Feder, was darf ich für Sie zubereiten?«, fragte er mit einer angedeuteten Verbeugung.

»Ach, ich weiß nicht«, sie schaute auf Deborahs Glas. »Der hier sieht gut aus. Was ist da drin?«

»Gin, Wermut, Grenadinesirup und Zitronensaft.«

»Klingt interessant.« Jeffrey nickte und startete einen neuen Durchgang der Zubereitung eines *Ginny*. Seine routinierten Handgriffe lullten Agnes' Verstand ein. Nur zu gern ließ sie sich ablenken. Der Auftrag, rief sie sich ins Gewissen, ein weiterer Kontakt musste hergestellt, eine weitere Flut an Emotionen aufgenommen werden; alles in ihr wiederstrebte diesem Gedanken, der Magen zog sich schmerzlich zusammen, Hände und Füße waren eiskalt. Ich habe es versprochen, mahnte sie sich und kniff die Lippen zusammen. Für Gerechtigkeit.

»Mit Kirsche?« Jeffreys Stimme riss sie jäh aus ihren Gedanken.

»Obst ist gut«, antwortete Agnes mechanisch. Wie sollte sie an Deborah rankommen? Stur starrte diese jetzt in das Glas, das Jeffrey vor sie hingestellt hatte, unterbrochen nur durch periodischen Schluckauf, sog dazwischen an dem Halm und schien sich ernsthaft betrinken zu wollen. Hinter ihnen herrschte aufgeregtes Stimmengewirr. Ein Blick über die Schulter zeigte ihr Katreens gestikulierende Arme. Drought sah im selben Moment an Katreen vorbei zu Agnes. Unmerklich zuckte sie mit den Schultern und sein Blick wanderte zurück zu seiner Gesprächspartnerin.

»Miss Feder, ihr *Ginny*«, hörte sie Jeffrey sagen. Sofort wandte sie sich der Bar zu.

»Danke.« Er deutete eine Verneigung an, begann, Flaschen und Gläser wegzuräumen und die Arbeitsfläche zu säubern. »Passen Sie auf, der Inspektor erzählt weiter«, eine alkoholische Schwade wehte mit den Worten zu ihr herüber. »Der gefällt mir – lässt sich von meinem Mann nicht einschüchtern«, zischte die Blondine und murmelte weiter, ohne dass Agnes etwas davon verstand. Deborahs schmale Hand, an der ein Brillant sowie drei funkelnde, ineinander verschlungene Cartierringe steckten, schob sich bei Agnes unter, bis ihre beiden nackten Arme fest ineinander gehakt waren. War es der Alkohol, der ihren Hochmut gedämpft hatte, oder das Gefühl von Unsicherheit, das sie zur Fraternisierung mit Agnes zwang, jedenfalls ließ Deborah nicht mehr von ihr ab. Die Berührung brannte wie Feuer auf Agnes' Haut und mit ihr die Vorstellung der bevorstehenden Notwendigkeit, in die wässrig blauen Augen eintauchen zu müssen. Besser gleich, gab sich Agnes einen inneren Stoß, dann ist es vorbei.

»Was haben Sie in der Mordnacht gemacht, Deborah?« Einatmen, ausatmen, Kopf wenden.

Der Sog traf sie unmittelbar. Die Pupillen waren offene Scheunentore, ließen sie in den Brunnen der Erinnerung fallen. Wut und Scham überwältigten augenblicklich die Atmung, legten alles lahm, was sich dagegen sträuben wollte. Ungekannter Hass stieg auf, getaucht in graubraune Düsternis.

Walter steht ihr gegenüber, redet in leisem, hartem Stakkato. »Wenn ich gewusst hätte, was du für eine Pute bist ...« Gedemütigt und benutzt, Dreck unter seinen Füßen, besudelt. Sperma tropft an ihren Schenkeln herab. Sie will sich verstecken, waschen, fort. Schon ist sie zur Tür hinaus, läuft den Flur entlang, schlüpft durch die Zimmertür in den stockfinsteren Raum. Vorsichtig tappt sie voran, stößt mit dem Fuß gegen einen Bettpfosten. Erschrocken verharrt sie, doch kein Protest folgt, kein Atem ist zu hören – das Bett ist leer. Ist Robert auf der Toilette? Ehe er zurückkommt, muss sie im Bett liegen ...

Agnes löste ihren Blick von Deborah und keuchte; Übelkeit stieg auf, ein Bereich in ihrem Gehirn verkrampfte sich, sandte messerscharfe Stiche aus. Ekel war in ihrem Mund, die Lust auf Rache schmeckte wie schimmliges Brot. Deborahs Berührung ätzte auf der Haut, und der Drang, sich zu befreien, wurde übermächtig. Glücklicherweise war Deborah zu betrunken, als dass sie Agnes' hektische Bewegungen registrieren konnte. Inmitten der aufgewühlten Emotionen drang Droughts Stimme an ihr Ohr.

»Ich möchte Ihnen die Fakten präsentieren, die wir bislang herausgefunden haben. Ich schließe mittlerweile aus, dass der Mörder von Walter Bernty ein Fremder war. Der Täter muss aus diesem Haus stammen, jemand von den Bewohnern, dem Personal oder den Gästen.« Den aufkeimenden Widerspruch erstickte Drought mit einer einzigen Handbewegung. »Wie gesagt, Mr Bernty verstarb zwischen drei und vier Uhr. Nach den vorliegenden Aussagen lagen zu diesem Zeitpunkt alle in ihren Betten und schliefen.« Drought warf Agnes einen Blick zu. Tatsächlich hatte der Inspektor darauf verzichtet, sie bloßzustellen, und behielt ihre nächtliche Wanderung für sich. *Danke*, sagte sie in Gedanken. Er nickte, als hätte er sie gehört. »Naturgemäß gibt es keine Alibis, wenn alle schlafen. Also lassen Sie uns rekonstruieren, was in dieser Nacht geschehen ist.«

Deborah zuckte zusammen.

»Alles in Ordnung?«, flüsterte Agnes und bemühte sich, den inneren Aufruhr unter Kontrolle zu bringen, die Fassade der Normalität aufrechtzuerhalten. Verkrampft bogen sich ihre Mundwinkel zu einem Lächeln. Armselig, aber immerhin.

»Oh ja, es könnte nicht besser sein.« Der schrille Grundton in Deborahs Stimme jagte Agnes Gänsehaut auf die

Arme. Das Modelgesicht vor ihr erbleichte, und Deborahs Hand wanderte blitzartig vor den hübschen Rosenmund. »Großer Gott, ich muss kotzen …«, leicht torkelnd eilte Deborah aus dem Zimmer. Der plötzliche Abgang zog die Aufmerksamkeit aller Anwesenden auf sich, jeder im Raum sah Deborah nach. In die eingetretene Stille krachten Kensings Worte wie eine Axt.

»Da sehen Sie, was Sie anrichten, Inspektor – das hält doch kein anständiger Mensch aus! Wir sind nicht das Gesindel, mit dem Sie sich sonst abgeben. Meine Frau ist seit dem Mord völlig verstört, und die arme Mrs Bernty muss Höllenqualen erdulden. Lassen Sie uns in Ruhe!« Kensing warf die zur Hälfte geschälte Orange samt Obstmesser auf den Teller und sprang auf. Er stand jetzt bedrohlich nahe vor Drought, der wie die übrigen Anwesenden Deborah nachgesehen hatte. Drought wandte sein Gesicht Kensing zu, vollkommen gelassen, Herr seiner Emotionen.

»Sir, bitte beruhigen Sie sich. Ich will meine Untersuchung so rasch wie möglich abschließen, glauben Sie mir. Lassen Sie mich dies hier zu Ende bringen, dann wird sich alles auflösen.«

»Machen Sie, was Sie wollen«, fauchte dieser, und seine Hände ballten sich zu Fäusten, die er mühsam im Zaum hielt, »ich jedenfalls sehe nach meiner Frau.« Kensing stapfte auf die Tür zu, und Drought machte keine Anstalten, ihn daran zu hindern.

»In diesem Fall werden wir auf Mr und Mrs Kensing warten und nach ihrer Rückkehr fortfahren«, verkündete der Inspektor. »Ich möchte, dass alle anwesend sind.« Kensing warf dem Inspektor an der Tür einen wütenden Blick über die Schulter zu und zog die Tür mit lautem Knall ins Schloss. Sofort kam Bewegung in die schreckensstarren

Zuseher der Szene, aufgebrachtes Geschnatter brach aus. Agnes rieb sich die Nasenwurzel, versuchte, durch Akupressur der Migräne-Attacke entgegenzuwirken. Schon verspannten sich die Nackenmuskeln, und es trübte sich zunehmend die Sehkraft ein. Als Nächstes würde Übelkeit und Schwindel einsetzen. Durchhalten, ermahnte sie sich. Du hast es gleich geschafft, ein letztes Mal noch. Sie beendete die Massage und richtete ihre Aufmerksamkeit auf Drought. Als hätte er nur auf diesen Moment gewartete, nickte er ihr fragend zu. Ihr kurzes Kopfschütteln gab ihm die erbetene Antwort. Seine Aufmerksamkeit wurde sogleich wieder von Katreen okkupiert, die ihrem Unmut mit der Situation freien Lauf ließ. Zur selben Zeit versorgte Henry seine Linda mit einem Sherry und legte in Beschützer-Pose den Arm auf die Lehne ihres Fauteuils. Mit bewundernswerter Ausdauer richtete er beruhigende Worte an sie und beugte sich wieder und wieder hinab. 100 Verbeugungen vor der lustigen Witwe. Das Brimborium tat seine Wirkung nicht – Linda ereiferte sich über die Methoden der Polizei, die Respektlosigkeit gegenüber der Witwe und dem Verstorbenen. Aus ihren Gesichtszügen las Agnes, dass diese keines Beschützers bedurfte, wenngleich sie unerbittlich ihre Rolle zu Ende spielen würde. Henry gab den kongenialen Partner dafür ab.

Unterdessen hatte sich Siebert zu Katreen gesellt und versuchte, seine aufgebrachte Chefin zu beschwichtigen, und auch Virginia hatte sich vom Sofa erhoben, um Katreen beizustehen. Droughts Körpersprache bedeutete eine einzige Mauer, undurchdringlich und hart wie Beton. Die umstehenden Personen ließen ihn nicht zu Wort kommen, so ließ er mit stoischer Ruhe die Wortkaskaden über sich ergehen. Aus seinen Gesichtszügen waren jedwede

Gefühle verbannt. Ein Mann aus Stein. Agnes fühlte in sich den Impuls aufsteigen, Katreen einen Tritt in den wohlgeformten Hintern zu verpassen. Der wäre nicht nur für das Gezeter gewesen, das ihre Kopfschmerzen verschlimmerte. Um nicht schließlich doch noch dem gewalttätigen Drang nachzugeben, wandte sie sich Mr Wotens zu, der aufrecht in dem Ohrensessel nächst dem Kamin saß. Mit der Gelassenheit eines weisen Alten beschränkte er sich auf die Beobachterrolle, zog lediglich beim Anblick seiner Tochter eine Augenbraue hoch und drückte den Rücken in die Lehne.

»Hinter einem Wall von Worten kann man Leichen verstecken«, krächzte eine Frauenstimme hinter Agnes. Sie fuhr herum und blickte in die blassgrauen Augen von Mrs Wotens. Unbemerkt von der aufgebrachten Meute, die Drought ankläffte, war sie durch eine Tapetentür ins Zimmer getreten, die Agnes zuvor nie aufgefallen war. Dezent in graue Seide gehüllt, das weiße Haar kunstvoll aufgesteckt, stand Mrs Wotens vor dem Kamin wie eine Monarchin aus vergangenen Tagen. Agnes konnte sich an ihr kaum sattsehen.

»Mrs Wotens, Sie hier?«, fragte Agnes und machte ein paar Schritte auf sie zu. »Ist Ihnen das alles nicht zu …«, das rechte Wort wollte ihr einfach nicht einfallen; *aufregend* wäre möglicherweise beleidigend gewesen, *zu blöde* taktlos, »… zu mühsam?«

»Zu dumm, meinten Sie wohl? Meine Liebe, in meinem Alter ist man dankbar für jede Abwechslung. Man hat alle Hausbewohner hierher gebeten, und da ich noch am Leben bin, gedenke ich dem Schauspiel beizuwohnen.«

»Mochten Sie Walter Bernty?«, fragte Agnes unverblümt und biss sich auf die Unterlippe. Absolut indiskret, solche persönlichen Fragen stellte man nicht in feiner Gesellschaft. Die Worte ließen sich jedoch nicht zurücknehmen, so sehr es sich Agnes wünschte unter dem erstaunten Blick der Alten.

»Kennen Sie jemanden, der ihn mochte?«, erwiderte diese, kippte ihren Kopf zur Seite und erinnerte Agnes dabei an eine Kohlmeise vor dem Abflug. Als Agnes stumm den Kopf schüttelte, erschien ein wissendes Lächeln auf Mrs Wotens Lippen. Das Gesicht erstrahlte durch die veränderte Anordnung der Falten und wirkte um vieles jünger. »Seine Stärke waren Charisma und Macht«, erklärte sie mit einer Eindringlichkeit, die Agnes überraschte. »Das kann viele andere positiven Eigenschaften ersetzen, sie gewissermaßen aufsaugen. Er hat seine Umgebung manipuliert, mit Vorliebe Frauen. Oh, ja! Die Ausübung von Macht fasziniert so manche Frau. Ich fand das stets sehr spannend zu beobachten.« Das war eindeutig mehr, als Agnes der zierlichen Dame zugetraut hatte. Trotz – oder wegen, das traf es wohl eher – ihres hohen Alters hatte sie Bernty vollkommen durchschaut. Mrs Wotens Hand senkte sich leicht wie ein Spatz auf Agnes' Arm, der mit Adern durchzogene Handrücken vom Netzhandschuh bedeckt. Durch die Lücken des Gewebes drang kühle Energie, und in den von Grauschleiern eingetrübten Augen fand Agnes eine Klarheit und Geistesgegenwart, die sie dort nicht in diesem Ausmaß vermutet hätte.

Ehre das Alter.

»Wissen Sie, wer es getan hat?«, flüsterte Agnes in die Kühle hinein, die aus den Toren der betagten Augen drang. Die Große Mutter hatte zu ihr gesprochen, veranlasste sie, vertrauensvoll in die Welt der Alten einzusinken. Eine windstille Ebene, Dämmerlicht und Schatten. Gleichgültigkeit.

»Was kümmert es mich? Ich beobachte die Menschen schon viel zu lange.« Diese Gleichgültigkeit war nicht unangenehm, denn es lag Frieden darin, war frei von Urteil und Emotion. »Sie, meine Liebe, beginnen bereits in jungen Jahren hinter die Fassaden zu sehen. Das ist höchst erfreulich und stimmt mich zuversichtlich. Tun Sie ruhig, was Sie vorhaben.« Aufmunternd tätschelte Mrs Wotens Agnes' Arm, »Ich setze mich zu meinem Sohn und sehe zu.« Mit kleinen Schritten tippelte sie gemächlich auf Mortimer Wotens zu. Der erhob sich sogleich und bot seiner Mutter mit einer angedeuteten Verbeugung seinen Platz an. Widerstrebend löste sich Agnes von Sohn und Mutter Wotens, zwei alten Menschen, die sich mit Respekt begegneten, jeder sich seines Platzes bewusst. Bewusstsein – Agnes besann sich erneut ihrer eigenen Rolle in diesem Stück, und die war noch nicht beendet. Die Gruppe um Drought war nach wie vor im Diskurs vertieft, keiner verfolgte ihren Weg hinaus auf die Terrasse.

»Entschuldigen Sie mich einen Augenblick«, sagte der Inspektor kurz angebunden, »muss kurz Luft schnappen.« Damit ging er um Katreen, Siebert und Virginia herum und steuerte die offene Terrassentür an. Draußen winkte er Agnes zu einem Mauervorsprung. Kaum waren sie außer Hörweite, stellte er seine Fragen. Wenige Worte von ihm, noch weniger von ihr. Ein kurzes Nicken und er verschwand wieder. Ein paar Minuten später folgte sie ihm in den Salon, zwang sich, nicht an das zu denken, was noch zu tun war.

Kensing war mit seiner Frau am Arm zurückgekehrt. Deborah war immer noch bleich und wirkte geschwächt. Schwer zu sagen, ob dies Kensings Werk oder dem Erbrechen zuzuschreiben war. Wahrscheinlich beidem, entschied Agnes, als sie Deborahs ängstlichen Augenaufschlag Richtung Kensing bemerkte. Einem Stier gleich stampfte er durch den Raum, schob Deborah vor sich her und platzierte sie auf der Couch. Demonstrativ setzte er sich neben sie und legte seinen Arm um sein Besitztum. Mit einer herablassenden Geste bedeutete er Drought, anzufangen. Alle Gespräche erstarben. Die gesamte Aufmerksamkeit richtete sich auf den Inspektor, der seinen Platz im Zentrum des Raums einnahm.

»Mrs Kensing, geht es Ihnen soweit wieder gut?«, fragte er Deborah, was nach den Regeln guten Benehmens für angebracht erschien. Das halbherzige Nicken ihrerseits war der Startschuss für Drought. »Nun gut, dann können wir fortfahren.« Er richtete sich zur vollen Größe auf. »Faktum ist, Mr Bernty hat sich in der Nacht seines Todes im Schreibzimmer mit einer Frau vergnügt. Wir fanden Sperma am Sekretär, welches eindeutig vom Verstorbenen stammt. Was wir ebenfalls wissen, ist, dass es eine Auseinandersetzung gegeben hat. Offenbar hegte Mr Bernty nicht dieselben romantischen Gefühle für diese bewusste Dame, wie diese sie ihm entgegenbrachte. Nach Aussage seiner Ehefrau, Mrs Bernty, war keinesfalls sie diejenige, die zum nächtlichen Stelldichein mit Mr Bernty ins Schreibzimmer gekommen war.« Er blickte entschuldigend zu Linda, die wie versteinert in ihren Drink starrte. Henrys Hand lag nun fest auf ihrer Schulter, und seine Haltung verriet, dass diese Offenbarungen für ihn nicht überraschend waren. »Mrs Bernty wusste seit geraumer Zeit, dass ihr Gatte notorisch fremdging.«

»Wieso hast du dir das bieten lassen?«, platzte Katreen in die Ausführungen und überraschte damit sogar Drought.

»Der Skandal«, erwiderte Linda und sah ihrer Anwältin direkt ins Gesicht. »Und du hast ihn ja gekannt – er wusste von jedem ein schmutziges Geheimnis. Wer hat denn keines?« Der Inspektor räusperte sich um die Aufmerksamkeit der Anwesenden zurückzugewinnen.

»Mrs Bernty, mit den Fragen zum steuerlichen Gebaren des Familienvermögens werden sich die Finanzbehörden noch beschäftigen. In diesem Fall hier«, er wandte sich den anderen Zuhörern zu, »hat die Spurensicherung Schuhe und Kleidung der Hausbewohner auf Sperma untersucht. Kurzum, sie wurden fündig.« Alle Anwesenden hielten den Atem an. Niemand sprach ein Wort oder bewegte sich. Selbst Jeffrey erstarrte zu einer Statue. Agnes' Aufmerksamkeit war nun ganz beim Inspektor. Und war überrascht, wie sehr Drought diese Situation genoss.

»Mrs Bernty?«, fuhr er fort.

»Ja?« Linda klimperte mit den Lidern und wandte den Kopf vom Sherryglas hin zu Drought.

»Haben Sie bemerkt, wann Ihr Mann in der Nacht das Zimmer verlassen hat?«

»Nein.« Ihre Mundwinkel zeigten nach unten, und die Lippen zogen sich immer wieder zusammen, als wollten sie einen Schrei zurückhalten. »Ich habe ein Schlafmittel genommen und bis etwa sieben Uhr durchgeschlafen«, presste sie hervor und reckte das Kinn vor, der Demütigung zum Trotz.

»Am Morgen haben Sie Ihren Gatten nicht weiter vermisst?«, drang Drought weiter in sie.

»Nein. Walter ging morgens gern joggen. Das war nicht ungewöhnlich.« Drought dankte ihr knapp und entließ sie aus dem Gespräch. Sofort senkte sie wieder den Kopf und setzte die Sherryglas-Meditation fort.

»Mr Huxton?«, adressierte Drought nun den Beschützer der nun nicht allzu frohen Witwe.

»Inspektor?« Huxton streckte die Brust hinaus, als befände er sich bei der Musterung wehrpflichtiger Jünglinge.

»Sir, Sie haben zu Protokoll gegeben, dass Sie nichts gehört hätten in der Mordnacht. Ihr Zimmer liegt nächst dem Schreibzimmer, und es hat darin wohl eine handfeste Auseinandersetzung gegeben, die schließlich in einem Mord gemündet hat.« Droughts Stimme war sachlich kühl, ließ keinerlei Rückschlüsse auf eine vorgefasste Meinung oder irgendeine persönliche Sicht auf den Fall zu. »Bleiben Sie bei Ihrer Aussage, nichts gehört zu haben?«

»Tut mir wirklich leid, Inspektor, aber: ja«, erwiderte Huxton und gestikulierte mit fahrigen Händen. »Wie gern würde ich den ausschlaggebenden Hinweis liefern, der den Mörder überführt. Aber es ist nun mal eine Tatsache, dass ich nach einem späten Abendessen schlafe wie ein Stein. Der Rotwein war vorzüglich, und Jeffrey ließ mein Glas nie leer werden.« In Verbundenheit nickte Huxton Jeffrey zu. Während Henry Huxton weitersprach, hatte sich Agnes dem Sofa der Kensings genähert. Robert hatte Deborah zwischen sich und der Armlehne eingeklemmt, die Beine überschlagen und seine freie Hand in die Polsterlehne gekrallt; die Fingerkuppen leuchteten von der Anstrengung weiß. Ein tiefer Atemzug, die Augenlider für einen Moment zusammengepresst streckte Agnes mit aller möglichen Überwindung ihre Hand vor und berührte die von Kensing. Ein letztes Mal noch, dachte sie.

Es wird dich verschlingen.

»Darf ich mich dazusetzen?«, flüsterte sie, die Finger entschlossen auf die behaarte Oberfläche seines Handrückens gedrückt. Kaum drehte er ihr sein Gesicht zu, fühlte sie einen Speer durch ihre Stirn schneiden – kalt und tödlich. Die *Große Mutter* hat mich gewarnt, war ihr letzter eigener Gedanke, und hätte sie zurückweichen können, um dem Strom an Gefühlen und Bildern zu entkommen, sie hätte es getan, entgegen dem Versprechen, das sie Drought gegeben hatte. Zu spät. Die Verbindung kam einem stählernen Seil gleich, betäubte die Hand, fesselte ihre Augen an die seinen. Grauen schlich sich in ihr Herz, schwarze Tinte, die in klares Wasser tropfte, sich in Schwaden ausbreitete und pures Gift war, ein Bild ausformte. Ihr Denken und Fühlen wurden geflutet, raubten ihr den Atem. Dieses Bild … eingebrannt in ihrem Kopf … vergiftete jede Zelle … Droughts Worte fielen weit weg, waren Wassertropfen hinter Nebelbänken aus dissonanten Klängen, drangen nicht länger zu Agnes' Verstand durch.

»Wir fanden bei zwei Damen besagte Spuren von Mr Bernty«, umschrieb Drought diskret, was nicht gerade eben gesellschaftstauglich war. »Beide gaben an, die ganze Nacht ohne Unterbrechung in ihren Zimmern verbracht zu haben. Es ist davon auszugehen, dass zumindest eine von ihnen gelogen hat.«

Virginias Glas fiel zu Boden, doch das bemerkte niemand, denn Deborah war mit einem Schrei aufgesprungen, stand schwankend vor Drought, die Hände in die Taille gestemmt.

»Unerhört! Was fällt Ihnen ein …« Robert Kensing entriss Agnes seinen Arm, packte seine Frau und zerrte sie zurück auf die Sitzbank. Die jedoch zeigte sich davon unbeeindruckt, sprang neuerlich auf und setzte ihre Tirade unbeirrt fort. »Lass mich, Fettsack!«, kreischte sie. »Wie kommen Sie dazu, derartige Lügen zu verbreiten!« Deborah kämpfte gegen den Griff ihres Mannes an. »Scheißbulle!«

»Setz dich«, zischte ihr Mann sie an, dennoch widersetzte sie sich überraschend erfolgreich. An Kensings Schläfen pochte eine dicke blaue Ader. Entweder ereilte ihn in Kürze ein Schlaganfall, oder seine Frau würde eine Ohrfeige abkriegen.

»Ich habe keine Namen genannt, Mrs Kensing«, kam Droughts Antwort emotionslos und kühl. »Noch nicht.« Der Kontrast zu Deborahs Erregung war eklatant. Sie schnappte nach Luft, und ihr Schwanken verstärkte sich unter dem Druck, kein weiteres Wort hervorbringen zu können. Schließlich ließ sie sich unter Kensings Krafteinwirkung zurück auf die Couch fallen. Kensings Tomatengesicht drehte sich von Deborah zu Drought. Mit zusammengepressten Lippen folgte er den Worten des Inspektors.

»Vielleicht interessiert es Sie, dass Mr Bernty von einem Linkshänder ermordet wurde.« Keiner rührte sich. Das Zimmer glich einer Fotografie. Alles wirkte eingefroren, als wäre die Zeit unentschlossen, ob sie vorwärts oder rückwärts laufen sollte.

»Wir haben drei Linkshänder unter uns«, fuhr Drought nach dem wohlplatzierten Effekt fort. »Diejenigen stehen unter dringendem Tatverdacht.«

Jetzt bohrten sich Droughts Augen in Agnes' Gesicht. Eine Antwort. Das Zeichen. Agnes war auf die Armlehne der Couch gesunken und von gespenstischer Blässe. Ihre Erstarrung verflog unter Droughts Blick, ließ das Blut pulsieren und erinnerte sie an das Versprechen. Mit einer Kopfbewegung zur Seite gab sie ihm das verabredete Zeichen. Für einen Moment weiteten sich Droughts Augen, und im nächsten Augenblick war seine Miene wieder undurchdringlich.

»Ich gehe von folgendem Tathergang aus«, setzte er sachlich fort. »Mrs Kensing schlich zur verabredeten Zeit aus ihrem Zimmer und traf im Schreibzimmer auf Walter Bernty. Nach dem Koitus folgte die ernüchternde Erkenntnis, dass Mr Bernty keinen Sinn für Romanzen hatte.«

»Ich höre mir das nicht länger an!«, schrie Deborah unter Tränen. »Tu' doch was, Robert!«

»Halte den Mund, Deborah«, herrschte er sie an. »Wir werden, ohne unsere Anwälte konsultiert zu haben, gar nichts mehr sagen. Dies ist eine Ungeheuerlichkeit, das werden Sie noch bereuen, Inspektor.«

»Mrs Kensing, Sie sind Linkshänderin, dies konnte ich heute Nachmittag mit eigenen Augen feststellen.«

»Ich habe Walter nicht erstochen«, kreischte Deborah, »was glauben Sie denn – so etwas könnte ich nie tun!« Mit beiden Händen hielt sie sich den Kopf, als drohte dieser zu zerspringen. »Ja, es stimmt, ich hatte diesen Quickie mit Walter, er hatte mich in der Hand wegen einer Drogensache, Robert – sonst hätte ich dich nicht betrogen, ehrlich! Aber ich habe ihn nicht getötet. Ich bin bloß in mein Zimmer gelaufen.«

»Du sollst dein blödes Mundwerk halten, Schlampe!«, fuhr Robert Kensing sie an. Dicke Adern wölbten sich nun auch unter der Haut am Hals. Hass quoll aus jeder Pore, sprang auf Agnes über. Sie stöhnte auf, musste mehr Distanz zwischen sich und Kensing bringen, blieb aber doch wie gelähmt sitzen. Das Atmen fiel ihr schwer. Keine Luft … ich ersticke, dachte sie panisch und zerrte an ihrem Halsausschnitt.

»Das bringt mich zu Ihnen, Mr Kensing. Sie wurden nachts wach und bemerkten die Abwesenheit ihrer Frau. Es heißt, dass Sie ein äußerst eifersüchtiger Mann sind. Ihr erster Gedanke war, dass Ihre Frau sich mit einem anderen Mann treffen könnte. Kann durchaus sein, dass Sie Bernty längst in Verdacht hatten. Sie standen auf, um Deborah zu suchen. Es muss so gewesen sein, dass Ihre Gattin gerade das Schreibzimmer verließ, als Sie den Flur absuchten. Wahrscheinlich hatte Walter ihr noch etwas nachgerufen, das Ihnen Gewissheit verschaffte, dass die beiden eben Sex gehabt hatten. Vielleicht machte er diesbezüglich eine geschmacklose Bemerkung, wer weiß? Ich denke, diese Begegnung hat Ihr Blut in Wallung gebracht, hat Sie alles vergessen lassen, Mr Kensing. War es nicht so?« Droughts Blick war von hypnotischer Kraft, fixierte Robert Kensing mit einer Macht, die ihn niederrang. Entgegen allen Erwartungen begann dieser weder erneut zu schreien noch zu toben, sondern starrte gebannt in Droughts Augen. Etwas schien in ihm zu platzen. Agnes spürte den Knacks in ihrem Körper widerhallen, und alle Farbe wich aus ihrem Bewusstsein. Um Kensing wurde es düster, als drängten alle Schatten des Raumes zu ihm. Seine Hände griffen ineinander, kein Ton verließ seine Lippen.

»Mr Kensing, ebenso wie Ihre Gattin sind Sie Linkshänder. In jener Nacht haben Sie Bernty im Schreibzimmer zur Rede gestellt. Ich denke, er hat sich über Sie lustig gemacht, hatte sich schon zum Gehen gewandt, da sahen Sie am Sekretär den Brieföffner …«

»Dieses verdammte Arschloch hat mir Hörner aufgesetzt und mich verhöhnt …«, flüsterte Robert Kensing heiser. Alle saßen sie gleich Wachsfiguren in ihren teuren Gewändern in diesem luxuriösen Salon, in vornehmer Gesellschaft – und konnten es nicht glauben, dass einer von ihnen ein Mörder war.

Primitiv, animalisch und banal.

Eine krächzende Stimme holte die Versammelten aus ihrer Erstarrung.

»*Meine Untat ist vergangen, doch wehe, welche Form des Betens kann mir nützen?*«, rezitierte Mrs Wotens den König von Dänemark aus *Hamlet*. Agnes schloss für Sekunden die Augen. Die Bilder des Mordes auf ewig in den Kopf gebrannt: Das Empfinden, als die Spitze des Brieföffners die Haut durchstach und ins weiche Fleisch drang; der ungläubige Blick Berntys; der letzte Atemzug, mit dem sein Leben entwich; das Reinigen des Griffes und der ekelhafte Widerstand, den dieser leistete, fest mit Bernty verbunden.

Es gibt kein Entkommen.

Besudelt für immer, der Gedanke zirkulierte in einer Endlosschleife durch ihren Kopf, machte sie taub für das, was um sie vorging, verhinderte, dass sie auf die Bewegung neben sich reagieren konnte …

Kensings Hand schnellte vor, packte das Obstmesser, welches achtlos neben der Orange am Couchtisch lag. Ehe Drought etwas unternehmen konnte, hatte Kensing blitzschnell Agnes den Arm auf den Rücken gedreht und das Messer an ihre Kehle gepresst.

»Mich kriegt ihr nicht!«, schrie er ihr ins Ohr. Im Gehörgang summte es, sie fühlte die Kälte der Klinge, die sich spitz in die Haut über dem Kehlkopf bohrte, und den Schmerz im Schultergelenk. Meine Stimmbänder – ich werde stumm sein, dachte sie, wunderte sich zugleich über die Absurdität des Gedankens. Kensing war verrückt, er würde sie töten, stumm für alle Zeit. Wieder schrie er etwas, sie konnte es nicht verstehen, etwas lähmte ihr Denken. Hektisch zerrte er an ihr, wollte Richtung Tür. Sie versuchte, sich seinen Bewegungen anzupassen, wollte vermeiden, dass die Klinge die Haut durchstieß. Drought machte eine Bewegung auf sie zu, die Hand an ihrem Hals zuckte nervös, und ein warmes Rinnsal lief träge ihren Hals hinab. Alles ringsum erstarrte. Nur Kensing und sie bewegten sich fort. Durch die Eingangstür. Hinaus ins Licht. Zu den Fahrzeugen, die für die bevorstehenden Abreisen bereitstanden. Kensing steuerte einen schwarzen Audi an.

»Werden Sie mich töten, Robert?« Fatalismus machte sich in ihr breit.

»Ich nehme Sie mit, Agnes«, keuchte Kensing, »als Lebensversicherung.« Irgendetwas stimmte nicht mit ihm. Jetzt erst merkte sie, dass sich sein Griff um ihr Handgelenk gelockert hatte, auch das Messer lag nicht mehr auf der Haut auf. Scharfer Schweißgeruch stieg ihr in die Nase.

»Lassen Sie Miss Feder gehen, Kensing.« Droughts Stimme zog die Aufmerksamkeit ihres Entführers auf sich. Er wirbelte mit ihr im Arm herum, drückte ihr Gesicht gegen seinen klebrigen Hals, die Stahlspitze am Kehlkopf ließ sie aufs Atmen vergessen. Seine Halsschlagader hämmerte gegen ihre Haut. Beängstigend schnell. Kensing stöhnte auf, Agnes spürte, wie er sich krümmte und mit aller Kraft dagegen ankämpfte. An den Seiten ihres Gesichtsfeldes bewegten sich Schatten. Andere Polizisten?

»Verschwindet alle!«, brüllte Kensing. Mit letzter Kraft öffnete sich Agnes weiter seinen Energien, ließ sich fluten: Beklemmender Schmerz in der Brust – sein Herz, es kämpfte gegen den Infarkt an. Todesangst. Seine? Ihre? Da war kein Unterschied.

»Das bringt nichts, Kensing – machen Sie es nicht noch schlimmer.« Droughts Stimme wirkte so beruhigend. »Ich kann Ihnen helfen.« Kensings Arm umschlang sie von rückwärts, doch es fühlte sich jetzt an, als klammerte er sich an ihr fest, als wäre sie seine letzte Stütze. Die Messerhand zitterte.

Agnes Sinne waren hellwach – noch einmal sehen, hören, riechen – Metall glitt über Metall – sie erkannte das Geräusch, wusste, dass eine Waffe entsichert worden war, sich auf Kensing und sie selbst richtete. Man würde auf sie schießen …

»Nein!«, schrie sie auf. »Wartet – er hat einen Herzanfall – tut das nicht!«

»Verzeih mir …« Seine Lippen an ihrem Ohr jagten Entsetzen durch alle Körpersysteme. Eine Sekunde gellende Stille.

Quick-play, alles bewegte sich im Schnelllauf: Ihre Knie gaben unter Kensings Gewicht nach. Der Boden kam näher, die Welt schwankte. Schreie und gleichzeitig die Explosion eines Schusses. Sie fiel, war begraben unter einem Koloss. Dröhnen im Kopf.

Robert ist Antonius.

Gellendes Schreien. Das Messer direkt vor ihrem Gesicht reflektierte das letzte Tageslicht.

Ich schreie, erschrak sie. Kämpfte sich unter Robert hervor. Keuchte vor Anstrengung, Panik, Ekel.

»Es ist okay, wir haben ihn!« Droughts Stimme. Fern? Nein, er kam näher, bückte sich zu ihr, ließ seine Hände über ihren Körper gleiten, tastete sie ab. »Nur ein Kratzer am Hals – alles wird gut«, flüsterte er. Seine Augen waren so wundervoll indigoblau.

»Nessi!« Sieberts Stimme. Oh. Er sorgt sich, dachte sie erstaunt. Natürlich. Er zog sie in seine Umarmung. Viel zu eng. Sie konnte nicht atmen. Unwillkürlich wehrte sie sich, kreischte auf, hörte sich selbst hysterisch schreien. »Lass mich!«

»Wir brauchen zwei Ärzteteams«, befahl Drought; irgendjemand lief über den Kies.

»Was ist mit dir?« Siebert.

»Ich muss weg.«

Der Schmutz der Welt floss durch Agnes' Körper. Der heilige Ganges, eine Kloake.

Verzeih mir … wieder und wieder. Antonius Huntington und Robert Kensing, Michelle Schoff und Merit Thorn, Megan und Raven – die Stimmen in ihrem Kopf wurden lauter, ihre Schritte schneller; bald lief sie, lief, bis sich der Boden unter den Füßen elastisch anfühlte, Wasser durch die Solen drang. Der Teich war erreicht, lag vor ihr. Ihr Keuchen war eine Zeitlang das Einzige, was sie hören konnte. Selbst die Tränen, die ihre Wangen netzten, spürte sie nicht. Besudelt, für immer. Der eine Gedanke wiederholte sich wie ein teuflisches Mantra in ihrem Kopf.

»Wie kann ich Euch all das verzeihen – was verlangt ihr da von mir?« Hatte sie es herausgeschrien? Kaum wurde der Atem ruhiger, kehrte die Außenwelt zurück, machte ihr mehr Angst als sie ertragen konnte. Wohin kann ich noch fliehen? Violet fiel ihr ein, die Quelle im Wald.

Komm zu mir.

Hastig streifte sie die Schuhe ab, ließ sie im Schlamm zurück. Der Teich rief sie, ihre Zuflucht, einziger Hort der Läuterung. Schritt für Schritt watete Agnes tiefer in das Grün des Wassers, ließ sich fallen, tauchte hinab, erreichte den weichen Grund, Schlick und Algen, die sie einhüllten, liebevoll wie eine Mutter. Kühl und still, bar des Bedürfnisses, jemals wieder zur Oberfläche zurückzukehren. Die

Wurzeln der Weide umschlangen ihre Beine, lange Algenstränge wickelten sich um den Leib.

Ich halte dich, sprach die *Große Mutter.*

Agnes ließ los.

Schweben in flüssiger Jade
Sonnenstrahl bricht an winzigen Sedimenten
Leuchten gleich Sternenstaub
Treiben in kühlen Tiefen
schwerelos die Glieder
die Wurzeln der Weide, tief im Schlamm
kein Atem
kein Schmerz
das Leben am Spinnfaden ängstigt nicht mehr.
Stimme hell und rein
ruft nach mir
Ich bin in allem und alles ist in mir
ich bin die Mutter und das Kind

Die Lungen brennen, brauchen Atem. Ich muss hinauf und doch geht es nicht – was hält mich? Ich strample, winde mich, doch die Kette am Fuß hängt an der Wurzel fest, gibt kein Stück nach. Hand packt Nacken, zerrt mich hoch, die Kette schneidet tief ins Fleisch, zerreißt. Hinauf zum Licht, aus dem Wasser, aus der Trance. Atmen! Sieberts Gesicht vor mir.

»Bist du komplett wahnsinnig geworden?« Hemd und Hose klebten an seinem Körper, der Brustkorb hob und senkte sich hektisch, teils aus Atemnot, teils vor Zorn. Agnes nahm ihn kaum wahr. Ihre Lungen brannten wie Säure, mit jedem Hustenkrampf rann Wasser aus ihrem Mund, der Magen zog sich zusammen, presste seinen Inhalt nach oben. »Wolltest du dich umbringen?« Mit zitternden Händen fuhr Siebert über seine Haare, wischte Algen und Wasser fort. Nebeneinander saßen sie da, ans Ufer geworfen, Agnes auf allen Vieren, immer noch Wasser spuckend, Siebert die Arme auf den Knien aufgestützt und um Fassung ringend. »Was um alles in der Welt hast du dir dabei gedacht?«, stammelte er wieder, ohne dass Agnes eine Antwort lieferte. Erschöpft ließ sie sich auf den Rücken fallen und starrte zum Himmel. Seine Weite gab ihr das Gefühl, verloren zu sein. Sie brauchte ihren Garten am Berg, das Haus ihrer Mutter und Großmutter, einen Rahmen für dieses ausgefranste Leben. Sie musste heim.

»Bring mich hier weg«, verlangte sie mit fester Stimme, ignorierte Sieberts zuvor gestellten Fragen, wie auch seine brüskierte Reaktion.

»Zuerst verrätst du mir, ob du lebensmüde bist!«, herrschte er sie an. »Ich bin fast gestorben vor Angst um dich!«

»Dann fahre ich eben mit Drought nach London zurück«, stellte sie sachlich fest, rappelte sich auf die Beine und machte schwankend erste Schritte auf das Haus zu, als Siebert sie an der Schulter packte.

»Verdammt, Agnes, ich hab dich eben aus dem Wasser gezogen«, seine Stimme vibrierte gefährlich, »du schuldest mir eine Antwort!« Mit dem letzten Wort rüttelte er ihre Schultern. Entgeistert starrte sie auf seine Hände und dann zu ihm empor.

»Lass. Los.« Mein geliebter Siebert, er will mich am liebsten ohrfeigen, dachte sie, erstaunt über die Klarheit in ihrem Kopf. So weit habe ich ihn getrieben, mache diesen wunderbaren Mann verrückt, bis er sich selbst hassen wird. Sie legte den Kopf schräg, als könnte eine veränderte Perspektive zu neuen Erkenntnissen verhelfen. Seine Hände glitten von ihren Schultern.

»Danke für alles«, sagte sie schließlich, kämpfte die Tränen nieder und ging zurück zum Haus.

Er hatte ihr gebührend Abstand eingeräumt. Genug, um ein Pflaster über den Schnitt am Hals und eines am Knöchel zu kleben, wo die Kette sie verletzt hatte – trockene Kleider, die Tasche gepackt. Jetzt stand sie in der Eingangshalle, für einen Moment lang verloren. Drought hatte Agnes einen Arzt nachgeschickt, der ihre Wunde versorgen und ihr ein Beruhigungsmittel spritzen wollte, doch sie hatte ihn weggeschickt. Keiner durfte sie angreifen. Keine Berührungen mehr. Zeitgleich mit ihr trat Drought aus dem Salon, abfahrbereit, mit dem Autoschlüssel in der Hand.

»Nehmen Sie mich mit?«, fragte sie ihn direkt. Dabei war es ihr egal, ob es direkt nach London ging oder irgendwelche Umwege einzuschlagen galt, Hauptsache weg von hier. Die Eingangstür wurde aufgerissen, ein kühler Luftstrom streift Agnes' feuchtes Haar. Siebert stand wie ein Racheengel im Gegenlicht.

»*Ich* bringe dich zurück«, ließ er Agnes als auch Drought wissen. Dieser hob entschuldigend die Hände und sah fragend zu Agnes hinüber.

»Ich muss alleine damit klarkommen, Siebert.« Jetzt, wo die Worte heraus waren, spürte sie die unerträgliche Wahrheit dahinter. Kensing lebte, war direkt auf die Intensivstation gebracht worden. Um die ›posttraumatische Belastungsstörung‹, wie es der Notarzt ihren Zustand genannt hatte, würde sie sich später kümmern. Es gab nur ein einziges Ziel: nach Hause. Wien, Riederberg. Ehe sie nicht für sich einstehen, sich nicht selbst schützen konnte, hatte sie der Welt nichts entgegenzusetzen. Für Siebert hatte sie *normal* sein wollen, passend zu seiner vielversprechenden Anwaltskarriere. Das war nicht länger möglich. Weil ich nicht normal bin, dachte sie und presste für eine Sekunde die Augenlider fest aufeinander. »Lass mich gehen.« *Für immer* schwang mit, deutlich vernehmbar.

Jetzt standen sie einander gegenüber, unfähig auszusprechen, was seit Wochen zwischen ihnen schwelte. Liebe war nicht genug. Man musste auch die Kraft haben aufrichtig zu sein – und die hatte sie nicht gehabt.

»Ich bin beim Wagen und warte eine Viertelstunde, Miss Feder«, ließ Drought sie wissen und schob sich an Siebert vorbei, der immer noch den Eingangsbereich blockierte. Er machte einen Schritt zur Seite, gab die Tür frei und bewegte sich ein Stück auf Agnes zu.

»Dann war ich bloß dein Übergangsmann?«, stellte er nüchtern fest, wenngleich seine Worte in krassem Kontrast zu dem Ausdruck seiner Augen standen. Jede einzelne Emotion übertrug sich auf Agnes, verdoppelte ihren Schmerz, zerstampfte ihr gebrochenes Herz zu Staub. Wenn sie ihrer Sehnsucht nach seiner Umarmung jetzt nachgab, würde sie nicht gehen können. Noch eine Minute durchhalten und Härte vortäuschen, dann wäre es vollbracht.

»So eine wie ich ist nicht gut für dich«, begann sie, und ehe er widersprechen konnte, setzte sie zum Vernichtungsschlag an. »Und du …«, *grausam muss ich sein, nur um liebevoll zu sein, so fängt das Schlimme an,* spukte Hamlet durch ihren Kopf, versuchte vom verzweifelten Kampf ihres Herzens abzulenken, »... du bist nicht gut für mich.«

Alle Luft entwich seinen Lungen, als hätte sie ihm ihre Faust in den Magen gerammt. Was hab ich nur getan? Dieselbe Sekunde nutzte sie, um aus dem Haus zu laufen, geradewegs auf Droughts Dienstwagen zu. Sie riss den Wagenschlag auf, warf die Tasche auf die Rückbank und sank neben ihm auf den Beifahrersitz. Ohne sich umzusehen, wusste Agnes, dass Siebert in der Tür stand, ihr jedoch nicht folgte. Seine Akzeptanz schmerzte mehr als alles andere. Irgendein hoffnungslos romantischer Teil in ihr hatte anscheinend geglaubt, er würde um sie kämpfen, trotz dieses verrückten Auftritts – Himmel, wie absurd sie war! Das Leben war kein Platz für Romanzen, hier wurde betrogen, gehasst und gemordet.

»Abfahrt?« In Droughts Stimme schwang entgegen seiner knappen Wortwahl Mitgefühl.

»Vollgas.«

Mit Mühe hielt sie sich aufrecht, widerstand der Versuchung, das Gesicht in den Händen zu verbergen, loszuheulen, wie es ihrem Gemüt am nächsten stand.

Nein. Nicht vor Hamish Drought.

Nicht, wenn sie keine Ahnung hatte, wie sie einen weiteren emotionalen Zusammenbruch überstehen sollte. Es musste ein Flug nach Wien gebucht und ein Koffer gepackt werden. Wenn sich die Welt in Chaos und Wahnsinn auflöste, hielt eine Säule am längsten stand: Disziplin. Das hatten ihre Eltern sie gelehrt, daran klammerte sie sich fest.

Solange du aufrecht stehst, kannst du überleben, Agnes. Dann ist es noch nicht vorbei.

ENDE

REINKARNATIONSTABELLE

Gegenwart	England um 1410 n.Chr	
Agnes Feder	Violet Huntington	Theodors Gemahlin
Siebert Thal	Theodor Whistle-green	Violets Gemahl
Megan Kalth	Raven Cadman	Theodors bester Freund
Anna White	Amanda Huntington	Violets Mutter
Larry Eden	Babeth Cadman	Theodors Schwes-ter/ Ravens Gemahlin
Hamish Drought	Bartholomew Acroyed	Meister alten Glaubens
Walter Bernty	Peter O'Connor	Bischof von Salisbury

Linda Bernty	Victoria Acroyed	Bartholomews Tochter
Michelle Schoff	Merit Thorn	Violets Onkel
Helen Waris	Ann Thorn	Amandas Schwester
Virginia Murdoch	Irene Worthwill	Freundin von Amanda
Katreen Tromp	Aldwyn Worthwill	Freund von Antonius
Robert Kensing	Antonius Huntington	Violets Vater
Deborah Kensing	Iris Aspen	Tochter des Verwalters
Ian Miller	Brit	Magd
Henry Huxton	Titus Huntington	Violets Onkel
George Abbey	Stanley Aspen	Verwalter der Huntingtons
Mortimer Wotens	Angus Redhurst	Violets leiblicher Vater
Roberta Wotens	Annice Huntington	Titus' verst. Gemahlin

Nancy	Timothea Huntington	Titus' verst. Tochter
Jeffrey	Kendrick Redhurst	Violets Halbbruder

HINTERGRUND

Liebe Leserin, lieber Leser,

denken Sie bloß nicht, meine Fantasie hätte *diabolische* Ausmaße – keineswegs. Oftmals übertrifft die Realität die Vorstellungskraft mit erschreckender Leichtigkeit.

Was tatsächlich geschah: Im März 2006 nahmen sechs junge Männer in einem Londoner Spital an einer Arzneimittelstudie teil. Infolge der verabreichten Substanz TGN1412 reagierten die Körper innerhalb kürzester Zeit mit einer lebensbedrohlichen Entgleisung des Immunsystems, was in weiterer Folge zu multiplen Organversagen führte. Es kam einem Wunder gleich, dass alle sechs Männer überlebten. Dem jüngsten Versuchsteilnehmer (20) mussten Finger und Zehen amputiert werden, bei einem anderen Teilnehmer wurde bald danach Lymphdrüsenkrebs diagnostiziert. Einem von ihnen, ein junger Schauspieler, schwoll Kopf und Hals auf das 3fache an und wurde in den Medien als neuer »Elephant Man« betitelt. Gedächtnisverlust und Konzentrationsstörungen waren weitere Nebenwirkungen – es ist zu befürchten, dass jene Krankheiten, gegen die das Medikament wirken sollte, z.B. Multiple Sklerose und Leukämie, irgendwann bei den Probanden ausbrechen werden. Die Männer werden zeitlebens um ihre Gesundheit bangen.*

Zudem mussten die Versuchsteilnehmer lange um eine angemessene Entschädigung kämpfen. Die Versicherung zahlte laut Medienbericht ursprünglich je 15.000 € Entschä-

* Die Zeit *online*, 9.8.2006 http://www.zeit.de/2006/33/M-Med_Versuche

digung als Abschlagszahlung aus, die Pharmafirma ging in Konkurs, ein beteiligter Konzern wies jede Schuld von sich. Erst durch ein Gerichtsverfahren konnte eine angemessene Entschädigung für die Opfer erkämpft werden.*

An TGN1412 wurde nach dem Unglück weiter geforscht. Die Risiken von Medikamententests blieben wenig abschreckend: Probandenjobs sind nach wie vor begehrt, besonders unter Studenten. Es wird gut gezahlt und die Befindlichkeiten der Probanden werden, jedenfalls im EU-Raum, akribisch dokumentiert, zudem wurde seit jenem Vorfall 2006 europaweit verschärfte Richtlinien eingeführt. Hochrisikoprodukte dürfen heute nur mehr in gewissen zeitlichen Abstand in niedrigster Dosierung verabreicht werden. Die Ethikkommissionen, wie auch die jeweiligen Firmen achten darauf, das Risiko möglichst gering zu halten. Wie man sich leicht vorstellen kann, ist dies ein kostenintensives Procedere.

Zuletzt berichteten die Medien über den Tod von 1.725 indischen Frauen und Männer, die zwischen 2007 und 2010 während und nach der Teilnahme an Medikamententests starben, zum Teil überhaupt nicht wussten, dass sie Teil einer solchen Studie waren. Tatsache ist, dass in Osteuropa, Schwellen- und Entwicklungsländern Medikamententests bedeutend billiger kommen.**

Als die Ebola-Epidemie 2014 in Westafrika tobte, wurde zwar die Frage gestellt, ob es ethisch gerechtfertigt sei, noch nicht ausgetestete Medikamente erkrankten Personen zu

* Pharmazeutische Zeitung, Ausgabe 11/2007, http://www.pharmazeutische-zeitung.de/index.php?id=2776 ; Financial Times, July2, 2012, http://www.pharmatimes.com/article/07-03-14/Window_is_open_for_compensation_in_TGN1412_case.aspx

** Spiegel *online*, 9.5.2012, http://www.spiegel.de/wissenschaft/medizin/klinische-studien-in-indien-fordern-immer-wieder-todesopfer-a-829817.html verabreichen, dennoch wurden diese, der Not gehorchend, zum Einsatz gebracht.*

Jedes Medikament, welches wir einnehmen, wurde zuvor an Tieren und Menschen erprobt und das nicht immer komplikationsfrei. Da de facto jeder Mensch irgendwann in seinem Leben auf die Einnahme von Medikamenten angewiesen ist, akzeptiert die Gesellschaft Medikamententests unter der Bedingung einer möglichst schonenden Behandlung der Probanden.

Ohne unser aller Problembewusstsein, einer ausreichenden Kontrolle und nicht zuletzt einer freien Presse, die Missstände aufzeigt, kann diese Bedingung nicht erfüllt werden.

Erneut sei darauf hingewiesen, dass Handlung und alle Figuren in diesem Roman frei erfunden sind. Weder die Romanfiguren noch die fiktiven Firmen und Institutionen des Romans haben das Geringste mit real existierenden Menschen, Spitälern und Firmen des oben beschriebenen Falles gemein und sind reine Fiktion.

Ich danke Ihnen von Herzen für die Zeit, die Sie mit Agnes Feder verbracht haben und freue mich auf ein Wiederlesen,

Ihre Autorin,

Petra K. Gungl

---

* http://www.vfa.de/de/arzneimittel-forschung/woran-wir-forschen/ebola-medikamente

QUELLEN

Ärzteblatt, 16.8.2006, http://www.aerzteblatt.de/nachrichten/25305/Zytokin-Sturm-fuehrte-zur-Katastrophe-in-TGN1412-Studie-Bericht-der-Klinikaerzte

PharmaTimes, 03-14-2007, http ://www.pharmatimes.com/article/07-03-14/Window_is_open_for_compensation_in_TGN1412_case.aspx

Financial Times, July2, 2012, http://www.pharmatimes.com/article/07-03-14/Window_is_open_for_compensation_in_TGN1412_case.aspx

Spiegel online, 9.5.2012, http://www.spiegel.de/wissenschaft/medizin/klinische-studien-in-indien-ethik-ist-eine-schwere-frage-a-829820.html

Die forschenden Pharmaunternehmen, 19.4.2015, http://www.vfa.de/de/arzneimittel-forschung/woran-wir-forschen/ebola-medikamente

Frankfurter Allgemeine, Wissen, Donnerstag, 30. Oktober 2014, www.faz.net/-gx3-x4g2

Riele Wolfgang, Englische Mystik des Mittelalters, 2011

Vogt-Lüerssen Maike, Der Alltag im Mittelalter, 2006

Wolf-Dieter Storl, Pflanzen der Kelten, AT Verlag

Wolf-Dieter Storl, Götterpflanze Bilsenkraut, Nachtschatten Verlag AG

English Heritage, Stonehenge, 2009

GLOSSAR

John Wyclif 1330–1384, Theologe, vertrat die revolutionäre Lehre von »Macht allein durch Glaube« wider dem Machtanspruch des Papstes, Transsubstantiationslehre, Zölibat und Ohrenbeichte. Er wurde postum als Ketzer verurteilt, seine Gebeine wie seine Schriften verbrannt.

John Badby – wurde von Erzbischof Arundel 1410 zum Tod am Scheiterhaufen verurteilt. Badby weigerte sich anzuerkennen, dass Jesus beim letzten Abendmahl seinen eigenen Leib verteilte.

Lollarden – wurde eine religiöse Bewegung in England um 1400 genannt, die Dogmen und Hierarchien im Sinne John Wycliffs hinterfragten und von der Kirche hierfür als Häretiker verfolgt wurden.

»Look within where I am« – Zitat aus der *Ancrene Wisse*, eine mittelenglische Handschrift aus dem 13. Jahrhundert, die Anchoritinnen zur spirituell-mystischen Unterweisung diente. Diese Frauen lebten eingemauert, nur durch ein kleines Fenster mit der Außenwelt verbunden, in spiritueller Versenkung. 1962 wurde eine Ausgabe des Textes von Prof. J.R.R Tolkien herausgegeben (*The English Text oft the Ancrene Riwle*)

Zytokinsturm – das Immunsystem entgleist aufgrund einer Überreaktion auf bestimmte Reize (Proteine, Infektion) und sendet massenweise entzündungsauslösende Botenstoffe aus, was zum Tod führen kann.

DANKSAGUNG

Den allerersten Dank richte ich an meine wunderbare Lektorin Claudia Senghaas – ich danke dir für die Begeisterung, mit der du Bücher machst und für dein Vertrauen in mich. In gleicher Weise sei Herrn Armin Gmeiner für die Möglichkeit gedankt, Agnes Feders Geschichte zu erzählen, und mit ihm all den engagierten MitarbeiterInnen des Verlages.

Ein Herzensanliegen ist mir, meiner Familie zu danken, in die einzuheiraten ich das Glück hatte. Ihr seid einfach fantastisch, vielfältig, großherzig und nicht zuletzt loyal und aufrichtig. Selbst für meine Romane seid ihr unentbehrlich geworden: Von größtem Wert ist die ärztliche Beratung durch meine liebe Schwägerin Christiana und Schwager Peter, zudem meine Nichte Anna, Molekularbiologin ersten Ranges, deren Fachwissen ich strapazieren musste. Besonders hilfreich war das Feedback meiner lieben ›beinahe‹-Nichte und Probeleserin Lisa – die Begeisterung, mit der du in Agnes' Welt eintauchst und mir eine Außensicht auf meine heißgeliebten Figuren gibst, ist Goldes wert – innigsten Dank an dich!

Allen meinen Freundinnen und Freunden sei hier gedankt, die mein Tun so enthusiastisch unterstützen – ich wünschte, ich könnte euch alle viel öfter sehen, aber der Drang an die Tastatur lässt sich einfach nicht in den Griff kriegen!

Danke, liebe Inge, dass du auch im zweiten Teil des Romans die Fehlerteufelchen gejagt hast – du bist eine »diabolische« Jägerin!

Herrn Prof. Singer möchte ich für das interessante Gespräch zur Tätigkeit der Ethikkommission danken.

Thank you so much, dear Marina and Femi, for your nativ speaker insight – Amithaba!

Dieser Roman ist meiner Mutter gewidmet, die sich unermüdlich um ihre Lieben sorgt – du bist die Allerbeste!

Wieviele Seiten noch, Mama? – meine Kinder sind mir das Wertvollste auf der Welt und Quelle der Freude. Danke für eure Geduld, ich liebe euch ohne Anfang und Ende.

Der Letzte und wichtigste Dank gebührt dir, Johannes, – und William Shakespeares Worte seien dir gewidmet:

My bounty is as boundless as the sea, my love as deep.
The more I give to thee, the more I have, for both are infinite.
(Romeo and Juliet, Act II, Scene 2)

Weitere Krimis finden Sie auf den folgenden Seiten und im Internet:

WWW.GMEINER-SPANNUNG.DE